Steve Berry

DER LINCOLN-PAKT

Buch

Cotton Malone befindet sich auf einer Mission mit höchster Geheimhaltung: Er soll einen in Dänemark verschollenen US-Agenten finden. Dieser sollte im Auftrag des Weißen Hauses ein Dossier über den Geschäftsmann Salazar anfertigen, der unter der Beobachtung der amerikanischen Regierung steht, weil er fanatischer Anhänger der Mormonenkirche ist und deren Lehren auch in politischer Hinsicht vertritt. Doch Salazars Männer heften sich schon bald an Malones Fersen.

In Utah bahnt sich währenddessen eine Sensation an: In einem Nationalpark werden Überreste einer Mormonensiedlung aus dem späten 18. Jahrhundert entdeckt, die bis dahin als reine Legende galt. Gleichzeitig wird eine Geheimakte aufgefunden, die besagt, dass Präsident Lincoln im Sezessionskrieg einen geheimen Pakt mit den Mormonen einging – sollte dieser publik werden, wird er die USA erneut an den Rand eines Bürgerkrieges bringen …

Autor

Steve Berry war viele Jahre als erfolgreicher Anwalt tätig, bevor er seine Leidenschaft für das Schreiben entdeckte. Mit jedem seiner hochspannenden Thriller stürmt er in den USA die Spitzenplätze der Bestsellerlisten und begeistert Leser in über 50 Ländern. Steve Berry lebt mit seiner Frau in St. Augustine, Florida.

Von Steve Berry bereits erschienen

Antarctica · Der Korse · Das verbotene Reich · Die Washington-Akte · Die Kolumbus-Verschwörung · Das Königskomplott

STEVE BERRY

DER LINCOLN-PAKT

Thriller

Aus dem Amerikanischen
von Barbara Ostrop

blanvalet

Die Originalausgabe erschien 2014 unter dem Titel
»The Lincoln Myth« bei Ballantine Books, New York.

FSC
www.fsc.org
MIX
Papier aus verantwortungsvollen Quellen
FSC® C014496

Verlagsgruppe Random House FSC® N001967

1. Auflage

Published by Arrangement with MAGELLAN BILLET INC.
Dieses Werk wurde vermittelt durch die
Literarische Agentur Thomas Schlück GmbH, 30827 Garbsen.

Redaktion: Werner Bauer
Umschlaggestaltung: © Johannes Frick, Neusäß
Umschlagmotiv: © Shutterstock.com
BS · Herstellung: kw
Satz: KompetenzCenter, Mönchengladbach
Druck und Bindung: GGP Media GmbH, Pößneck
Printed in Germany
ISBN 978-3-7341-0282-0

www.blanvalet.de

Für Augustus Eli Reinhardt IV. –
einen ganz besonderen jungen Mann

Jedes Volk der Welt hat, wenn es dazu geneigt ist und die nötige Macht besitzt, das Recht, sich zu erheben, die existierende Regierung abzuschütteln und eine neue, ihm genehmere zu bilden. Dies ist ein äußerst wertvolles und heiliges Recht – ein Recht, das, wie wir hoffen und glauben, die Welt befreien wird. Dieses Recht ist auch nicht nur auf Fälle beschränkt, in denen das ganze Staatsvolk einer existierenden Regierung sich zu seiner Ausübung entschließt. Jeder Teil eines solchen Volkes, der dazu imstande ist, darf sich erheben und sich den Teil des Territoriums, den es selbst bewohnt, zu eigen machen.

Abraham Lincoln,
12. Januar 1848

Prolog

Washington, D.C.
10. September 1861

Abraham Lincoln zügelte seinen Zorn, obwohl die Frau, die ihm gegenüberstand, seine Geduld enorm strapazierte.

»Der General hat nur getan, was alle gerecht denkenden Menschen für richtig halten«, sagte sie.

Jesse Benton Fremont war die Frau des Armeegenerals John Fremont, der die Verantwortung für alle militärischen Angelegenheiten der Union westlich des Mississippi trug. Dieser Held des Mexikanisch-Amerikanischen Krieges und berühmte Entdecker hatte die Berufung in seine jetzige Position im Mai erhalten. Vor einem Monat hatte er angesichts des im Süden tobenden Bürgerkriegs eine einseitige Erklärung abgegeben, durch die den Sklaven bewaffneter Aufständischer die Freiheit verliehen worden war. Das war schon schlimm genug, aber Fremonts Erlass ging sogar noch weiter und verfügte, dass alle Kriegsgefangenen erschossen werden sollten.

»Madam«, sagte Lincoln mit leiser Stimme. »Ist Ihr Mann wirklich der Ansicht, dass alle gefangenen Rebellen zu töten sind?«

»Diese Männer müssen wissen, dass sie ihr Vaterland verraten haben, und Verräter werden seit jeher hingerichtet.«

»Ist Ihnen klar, dass die Konföderierten dann ihre eigenen Gefangenen, unsere Soldaten, zur Vergeltung ebenfalls erschießen werden? Mann für Mann. Und immer so weiter.«

»Sir, wir haben diesen Aufstand nicht begonnen.«

Die Uhr auf dem Kaminsims zeigte schon fast Mitternacht. Vor drei Stunden war eine knappe Botschaft ins Weiße Haus gekommen. Mrs. Fremont sei mit einem Brief des Generals Fremont und weiteren mündlichen Erläuterungen eingetroffen, die sie gerne schnellstmöglich dem Präsidenten überbringen würde. Würde der Präsident ihr wenn möglich noch einen Termin am selben Abend oder aber früh am nächsten Morgen einräumen?

In seiner Antwort hatte er sie gebeten, sofort zu kommen.

Sie standen sich im Roten Salon im Erdgeschoss des Weißen Hauses im hellen Licht eines Kronleuchters gegenüber. Er hatte von dieser eindrucksvollen Frau gehört. Die Tochter eines ehemaligen US-Senators war sehr gebildet, in Washington, D.C. aufgewachsen und politisch geschult. Gegen den Willen ihrer Eltern hatte sie mit siebzehn Jahren Fremont geheiratet und im Laufe der Jahre fünf Kinder zur Welt gebracht. Sie hatte ihren Mann bei seinen Expeditionen in den Westen unterstützt und stand ihm zur Seite, als er als Militärgouverneur Kaliforniens und als einer der ersten US-Senatoren dieses Bundesstaates diente. Sie war mit ihm auf Wahlkampftour gegangen, als er 1856 als erster Präsidentschaftskandidat der neu gegründeten Republikanischen Partei aufgestellt wurde. Er erhielt den Beinamen Pathfinder, und seine Kandidatur hatte die Begeisterung des Volkes neu entflammen lassen. Zwar war er von James Buchanan geschlagen worden, aber wäre die Abstimmung in Pennsylvania anders ausgegangen, wäre er Präsident geworden.

Für Lincoln, den ersten dann auch tatsächlich gewählten Präsidenten der Republikanischen Partei, hatte die Ernennung John Fremonts zum Kommandanten des Westens auf der Hand gelegen.

Inzwischen bereute er diese Entscheidung.

Er fragte sich, ob sein Leben überhaupt noch irgendwie schlimmer sein könnte.

Der ungeheure Stolz, den er im März beim Ablegen des Eides als sechzehnter Präsident empfunden hatte, war den Qualen des Bürgerkriegs gewichen. Elf Staaten hatten sich von der Union abgespalten und eine eigene Konföderation gegründet. Sie hatten Fort Sumter angegriffen und ihn gezwungen, alle Häfen im Süden zu blockieren und die Habeas-Corpus-Rechte aufzuheben. Die Armee der Union war entsandt worden, hatte aber bei Bull Run eine demütigende Niederlage erlitten – dieser verheerende Schlag hatte ihn überzeugt, dass der Krieg lang und blutig werden würde.

Und jetzt also Fremont und sein Erlass der Sklavenbefreiung.

Im Grunde stand Lincoln der Entscheidung des Generals gar nicht so ablehnend gegenüber. Die Aufständischen hatten die Truppen der Union im südlichen Missouri besiegt und rückten jetzt nach Norden vor. Fremont war isoliert, und die Zahl seiner Soldaten und seine Vorräte waren begrenzt. Die Situation hatte zum Handeln gezwungen, und so hatte er Missouri unter Kriegsrecht gestellt. Dann jedoch war er zu weit gegangen und hatte die Freilassung aller Sklaven der Aufständischen angeordnet.

Weder Lincoln selbst noch der Kongress waren derart kühn gewesen.

Der General hatte mehrere Botschaften und sogar einen direkten Befehl, den Erlass zu ändern, missachtet. Und nun hatte er also seine Frau geschickt, um einen Brief zu überbringen und seine Sache zu verfechten.

»Madam, hier sind Rücksichten zu nehmen, die weit über Missouri hinausreichen. Wie Sie selbst mir ja gerade vor Augen geführt haben, tobt in unserem Land ein Krieg. Leider sind die Streitfragen, die die gegnerischen Seiten dieses Konflikts trennen, nicht so eindeutig umgrenzbar.«

Das größte Missverständnis war dabei die Sklaverei.

Von Lincolns Standpunkt aus war die Sklaverei gar nicht das Thema. Er hatte den Sezessionisten bereits das Angebot gemacht, sie sollten ihre Sklaven behalten. Sie könnten sogar ihre eigene Flagge aufziehen, Abgeordnete nach Montgomery schicken und durchaus auch eine eigene Konföderation gründen – vorausgesetzt, sie ließen das Eintreiben der Hafenzölle durch den Norden weiter zu. Sollte der Süden sich von diesen Zöllen befreien, würde das der Industrie im Norden schaden, und die Regierung der Vereinigten Staaten wäre bald bankrott. Keine Armeen wären nötig, um sie zu besiegen. Die Ein- und Ausfuhrzölle waren die Haupteinnahmequelle des Landes. Ohne sie wäre der Norden am Ende.

Aber der Süden hatte Lincolns Angebot abgelehnt und das Feuer auf Ford Sumter eröffnet.

»Mr. President, ich war bei diesem grauenhaft heißen Wetter drei Tage mit dem Zug unterwegs. Es war keine schöne Reise, aber ich bin gekommen, weil der General Ihnen klarmachen will, dass hier nur noch die Rücksichtnahmen zählen, die von alles entscheidender Bedeutung für unsere Nation sind. Aufständische haben gegen uns zu den Waffen gegriffen. Ihnen muss man das Handwerk legen, und die Sklaverei muss abgeschafft werden.«

»Ich habe dem General geschrieben, und er weiß, was ich von ihm erwarte«, stellte er klar.

»Er sieht sich in dem großen Nachteil, Menschen zum Gegner zu haben, die Ihr volles Vertrauen genießen.«

Eine eigenartige Antwort. »Wen meinen Sie damit?«

»Er glaubt, dass Ihre Ratgeber, die Ihnen ja näherstehen, eher bei Ihnen Gehör finden als er.«

»Und das soll seine Gehorsamsverweigerung rechtfertigen? Madam, seine Anordnung der Sklavenbefreiung fällt nicht in den Bereich des Kriegsrechts und ist auch nicht durch die Notwendigkeit erzwungen. Er hat eine politische Entscheidung gefällt, und die steht ihm nicht zu. Erst vor wenigen Wochen habe ich meinen persönlichen Sekretär Mr. Hay zu ihm gesandt, um von ihm eine Änderung jenes Teils des Erlasses zu verlangen, durch den allen Sklaven in Missouri die Freiheit gewährt wird. Auf diese Forderung habe ich keine Antwort erhalten. Und nun hat der General Sie geschickt, um direkt mit mir zu reden.«

Schlimmer noch, Hays Berichten war zu entnehmen gewesen, dass Fremonts Truppe von Korruption durchsetzt war und am Rande der Rebellion stand. Eine Überraschung war das nicht. Fremont war eigensinnig, neigte zur Hysterie und handelte häufig überstürzt. Seine Laufbahn war bisher ein Fiasko nach dem anderen gewesen. 1856 hatte er den Rat der politischen Experten missachtet und die Sklaverei zum Hauptthema seines Wahlkampfs um das Präsidentenamt gemacht. Aber das Land war für eine solche

Umwälzung noch nicht reif gewesen. Sie hatte zu dem Zeitpunkt nicht zur Stimmungslage gepasst.

Und das hatte ihn den Sieg gekostet.

»Der General ist überzeugt, dass es ein langer und grauenhafter Prozess sein würde, die Aufständischen allein durch Waffengewalt zu besiegen. Um uns die Unterstützung des Auslands zu sichern, müssen auch andere Erwägungen berücksichtigt werden. Der General weiß, dass die Engländer eine allmähliche Befreiung der Sklaven befürworten und dass bedeutende Männer in den Südstaaten den starken Wunsch verspüren, diesem Wunsch entgegenzukommen. Das dürfen wir nicht zulassen. Als Präsident ist Ihnen gewiss klar, dass England, Frankreich und Spanien kurz davor stehen, die Südstaaten anzuerkennen. England wegen seines Interesses an der Baumwolle. Frankreich, weil ihr Kaiser uns verabscheut ...«

»Sie sind ja eine richtige Politikerin.«

»Ich weiß, wie es in der Welt zugeht. Vielleicht sollten auch Sie, ein Mann, der dieses großartige Amt nur mit Mühe errungen hat, genau darauf achten, was andere Menschen denken.«

Diese Beleidigung hatte er schon öfter gehört. Er hatte die Wahl von 1860 dank einer Spaltung der Demokratischen Partei gewonnen, die törichterweise zwei Kandidaten ins Rennen geschickt hatte. Und dann hatte die neu gegründete Constitutional Union Party sich ebenfalls für einen eigenen Kandidaten entschieden. Alle drei zusammen hatten achtundvierzig Prozent der Wählerstimmen und 123 Wahlmänner errungen. Mit seinen vierzig Prozent der Stimmen und 180 Wahlmännern war Lincoln damit als Sieger hervorgegangen. Gewiss, er war ein einfacher Rechtsanwalt aus Illinois, dessen Erfahrung in der nationalen Legislative sich auf eine einzige Amtszeit im Repräsentantenhaus belief. 1858 war er sogar beim Kampf um den Sitz im US-Senat seinem ewigen Gegner Stephen Douglas unterlegen. Jetzt aber, da er als Zweiundfünfzigjähriger für vier Jahre die Herrschaft im Weißen Haus errungen hatte, befand er sich plötzlich im Zentrum der größten Verfassungskrise, mit der die Nation je konfrontiert worden war.

»Ich muss Ihnen sagen, Madam, dass mir die Gedanken der anderen Menschen nicht entgehen können, da ich jeden Tag ihrem Sperrfeuer ausgesetzt bin. Der General hätte die Negerfrage niemals mit in diesen Krieg hineinzerren dürfen. Dies ist ein Konflikt um eine große nationale Sache, und die Negerfrage hat nichts damit zu tun.«

»Da irren Sie sich, Sir.«

Er hatte dieser Frau einen gewissen Spielraum eingeräumt, da ihm klar war, dass sie nur ihren Ehemann verteidigte, wie jede Gattin es tun sollte.

Doch nun hatten sich *beide* Fremonts in die Nähe des Verrats begeben.

»Madam, das Vorgehen des Generals hat Kentucky veranlasst, seine Allianz mit der Union noch einmal zu überdenken, da es sich nun vielleicht lieber den Aufständischen anschließen möchte. Maryland, Missouri und mehrere weitere Grenzstaaten wägen nun ebenfalls ihre Position neu ab. Wenn es in diesem Konflikt um die Befreiung der Sklaven gehen soll, werden wir ihn mit Sicherheit verlieren.«

Sie öffnete den Mund, um etwas zu erwidern, aber er brachte sie mit erhobener Hand zum Schweigen.

»Ich habe niemanden im Zweifel gelassen. Meine Aufgabe besteht darin, die Union zu retten. Dabei ist mir der kürzeste Weg im Rahmen der Verfassung der liebste. Je eher die Staatsgewalt wieder im gesamten Gebiet der Nation herrscht, desto mehr wird die Union wieder das werden, was sie einmal war. Könnte ich die Union retten, ohne einen einzigen Sklaven zu befreien, würde ich es tun. Könnte ich sie retten, indem ich alle Sklaven befreie, würde ich das auch tun. Und könnte ich sie retten, indem ich einige Sklaven befreie und andere nicht, würde ich das ebenfalls tun. Was ich in den Fragen der Sklaverei und der farbigen Rasse unternehme, tue ich nur unter dem Aspekt, inwieweit es hilft, die Union zu retten. Was ich unterlasse, unterlasse ich, weil ich nicht glaube, dass es helfen würde, die Union zu retten. Ich werde in dieser Frage weniger unternehmen, wenn ich glaube, dass ich sonst meinem eigentlichen Anliegen schade, und mehr, wenn ich glaube, dass es meinem eigentlichen Anliegen nützt.«

»Dann sind Sie nicht mein Präsident, Sir. Und auch nicht der Präsident derer, die Sie gewählt haben.«

»Aber ich *bin* der Präsident. Bringen Sie also Ihrem Mann folgende Botschaft zurück. Er wurde in den Westen geschickt, um die Armee nach Memphis und dann weiter ostwärts zu führen. Dieser Befehl gilt noch immer. Er soll ihn entweder ausführen oder er wird abberufen.«

»Ich muss Sie warnen, Sir, dass es schlimme Folgen haben könnte, wenn Sie sich dem General weiter entgegenstellen. Er könnte sich unabhängig machen.«

Die Staatskasse war leer, im Kriegsministerium herrschte Chaos, kein einziger Truppenteil der Union war marschbereit. Und nun drohten diese Frau und ihr unverschämter Mann mit Rebellion? Er sollte sie beide verhaften lassen. Doch leider hatte Fremonts einseitig verkündete Sklavenbefreiung Anklang bei den Abolitionisten und bei liberalen Republikanern gefunden, die ein sofortiges Ende der Sklaverei wünschten. Ein kühner Streich gegen ihren Fürsprecher könnte sich als politischer Selbstmord erweisen.

»Dieses Treffen ist vorbei«, sagte er.

Sie warf ihm einen wütenden Blick zu, der ihm klarmachte, dass sie es nicht gewohnt war, einfach weggeschickt zu werden. Doch er beachtete ihren finsteren Gesichtsausdruck nicht und öffnete ihr die Tür. Draußen saß sein persönlicher Sekretär Hay noch an seinem Schreibtisch, und ebenso wartete dort einer seiner Dienstleute. Mrs. Fremont ging grußlos an Hay vorbei, und der Bedienstete führte sie davon. Lincoln wartete ab, bis er die Haustür aufgehen und wieder zufallen gehört hatte. Dann winkte er Hay in das Empfangszimmer.

»Was für eine unverschämte Person«, sagte er. »Wir haben uns noch nicht einmal gesetzt. Sie hat mir gar keine Gelegenheit gelassen, ihr einen Stuhl anzubieten. Stattdessen hat sie mich so heftig in so vielen verschiedenen Punkten angegriffen, dass ich all meinen bescheidenen Takt brauchte, um nicht mit ihr in Streit zu geraten.«

»Ihr Mann ist keinen Deut besser. Als General ist er eine Fehlbesetzung.«

Lincoln nickte. »Fremont macht den Fehler, sich selbst zu isolieren. Er weiß nicht, wie es um die Frage, mit der er sich befasst, wirklich steht.«

»Und er hört nicht zu.«

»Seine Frau hat tatsächlich damit gedroht, dass er eine eigene Regierung bilden könnte.«

Hay schüttelte angewidert den Kopf.

Lincoln traf eine Entscheidung. »Der General wird abgesetzt. Aber erst, wenn wir einen geeigneten Ersatzmann gefunden haben. Suchen Sie einen. Natürlich in aller Stille.«

Hay nickte. »Verstanden.«

Lincoln bemerkte einen großen Umschlag, den sein Vertrauter in der Hand hielt, und zeigte darauf. »Was ist denn das?«

»Ist heute Abend aus Pennsylvania eingetroffen. Wheatland.«

Lincoln kannte dieses Haus und seinen Besitzer. Es gehörte seinem Vorgänger im Amt, James Buchanan. Ein Mann, der in den Nordstaaten sehr gescholten wurde. Man warf ihm vor, er habe South Carolina den Weg zur Abspaltung geebnet, indem er die Schuld daran der *maßlosen Einmischung der Bürger des Nordens in die Frage der Sklaverei* gab.

Für einen Präsidenten hatte er damit außerordentlich stark Partei ergriffen.

Danach war Buchanan noch weiter gegangen und hatte gefordert, man solle die Sklavenhalterstaaten ihre innerstaatlichen Einrichtungen nach eigenem Gutdünken regeln lassen. Außerdem sollten die Staaten des Nordens alle Gesetze zurücknehmen, die die Sklaven zur Flucht ermutigten. Andernfalls *hätten die geschädigten Staaten nach Ausschöpfung aller verfassungsmäßig garantierten Mittel, um diesen Missstand auf friedlichem Wege zu beheben, das Recht, sich der Regierung der Union auf revolutionäre Weise zu widersetzen.*

Das kam der präsidentiellen Billigung eines Aufstands gleich.

»Was will der ehemalige Präsident denn?«

»Ich habe den Brief nicht geöffnet.« Hay reichte ihm

den Umschlag. Er war vorne mit der Aufschrift: NUR FÜR MR. LINCOLN PERSÖNLICH versehen. »Ich habe diesen Wunsch respektiert.«

Lincoln war müde, und die Begegnung mit Mrs. Fremont hatte ihm das letzte Quäntchen Energie geraubt, das ihm nach diesem langen Tag noch geblieben war. Aber er war auch neugierig. Buchanan hatte es gar nicht erwarten können, sein Amt endlich los zu sein. Am Tag von Lincolns Inauguration hatte er auf der Rückfahrt vom Kapitol seine Absichten klar ausgesprochen. *Falls Sie über Ihren Einzug ins Weiße Haus so glücklich sind wie ich über meine Rückkehr nach Wheatland, sind Sie wirklich ein glücklicher Mensch*, hatte er in der Kutsche erklärt.

»Sie können Schluss machen«, sagte Lincoln zu Hay. »Ich lese das hier noch und lege mich dann ebenfalls schlafen.«

Sein Sekretär ging, und Lincoln blieb allein im Salon zurück und setzte sich. Er brach das Wachssiegel des Umschlags und zog zwei Blätter heraus. Das eine war ein Pergament – vom Alter vergilbt, voller Wasserflecken, trocken und brüchig. Das zweite war ein glattes Velinpapier, das in einer energischen, männlichen Handschrift mit frischer schwarzer Tinte beschriftet war.

Als Erstes las er das Schreiben auf dem Velinpapier.

Ich habe Ihnen das Land in einem sehr bedauerlichen Zustand überlassen, und dafür entschuldige ich mich. Meinen ersten Fehler habe ich schon am Tag meiner Inauguration begangen, als ich erklärte, dass ich nicht für eine Wiederwahl zur Verfügung stünde. Doch mein Motiv dazu war rein. Ich wollte, dass nichts anderes meine Regierungsführung beeinflusst als mein Wunsch, dem Staat treu und fähig zu dienen und meinen Landsleuten in dankbarer Erinnerung zu bleiben. Doch er hat sich nicht erfüllt. An dem Tag, an dem ich nach dem Ablegen des Amtseides ins Weiße Haus zurückgekehrt bin, erwartete mich dort ein versiegeltes Päckchen, das diesem hier in Größe und Form ähnelte. Darin befanden sich ein Schreiben meines Vorgängers Mr. Pierce sowie jenes Dokument, das ich Ihnen nun ebenfalls beigelegt habe. Pierce schrieb, dass diese Anlage zuerst Präsident Washington selbst übergeben wurde. Dieser entschied, dass man das Dokument vom einen Präsidenten zum nächsten weiterreichen solle und jeder dann frei entscheiden könne, was er damit tun werde. Ich weiß, dass Sie und viele andere mir die Schuld an dem gegenwärtigen nationalen Konflikt geben. Aber bevor Sie mich noch weiter kritisieren, lesen Sie zuerst dieses Dokument. Ich halte mir selbst zugute, dass ich auf jede erdenkliche Weise versucht habe, seinen Auftrag zu erfüllen. Ich habe mir Ihre Rede am Inaugurationstag genau angehört. Sie haben ausdrücklich darauf hingewiesen, dass die Union dem Namen und der Verfassung nach unauflöslich ist. Seien Sie sich da nicht so sicher. Der Schein trügt. Ursprünglich hatte ich nicht die Absicht, dieses Dokument weiterzureichen. Vielmehr wollte ich es verbrennen. Doch fern der Aufregungen des Regierens und des Drucks der nationalen Krise bin ich im Verlauf der letzten Monate zu der Überzeugung gelangt, dass man der Wahrheit nicht ausweichen sollte. Als South Carolina sich von der Union abspaltete, habe ich öffentlich erklärt, dass ich möglicherweise der letzte Präsident der Vereinigten Staaten sein würde. Sie haben meine Bemerkung damals vor aller Ohren lächerlich genannt. Vielleicht werden Sie gleich einsehen, dass ich nicht so töricht war, wie sie glaubten. Nun habe ich das Gefühl, dass ich meine Pflicht treu erfüllt habe, auch wenn die

Ausführung vielleicht unvollkommen war. Wozu immer es führen wird, ich werde mit der Überzeugung ins Grab gehen, dass ich jedenfalls nur das Beste für mein Land wollte.

Lincoln blickte von dem Blatt auf. Was für eine sonderbare Wehklage. Und eine Botschaft? Die vom einen Präsidenten an den nächsten weitergereicht wurde? Und die Buchanan ihm bis jetzt vorenthalten hatte?

Er rieb sich die müden Augen und griff nach dem zweiten Blatt. Dessen Tinte war verblasst, und die Schrift war verschnörkelter und schwierig zu entziffern.

Darunter standen mehrere Unterschriften.

Er überflog die gesamte Seite.

Dann las er sie Wort für Wort noch einmal.

Sorgfältiger.

Der Schlaf schien ihm plötzlich nicht mehr wichtig.

Was hatte Buchanan noch geschrieben?

Der Schein trügt.

»Das ist unmöglich«, murmelte er.

ERSTER TEIL

1

Vor der Küste Dänemarks
Mittwoch, 8. Oktober
19.40 Uhr

Ein einziger Blick genügte, und Cotton Malone wusste, dass es Ärger geben würde.

Im Öresund, der die nördliche dänische Insel Seeland von der südschwedischen Provinz Scania trennte – normalerweise eine der verkehrsreichsten Meeresstraßen der Welt –, war diesmal fast nichts los. So weit das Auge reichte, gab es auf der graublauen Wasserfläche derzeit nur zwei Boote – seines und dasjenige, das von der Seite her schräg auf ihn zuraste.

Er hatte das Fahrzeug schon unmittelbar nach ihrem Aufbruch aus dem Hafen des auf der schwedischen Seite der Meerenge gelegenen Landskrona bemerkt. Ein sechs Meter langes, rotes Motorboot mit zwei Innenbordern. Er selbst steuerte ein Boot, das er im Hafen von Kopenhagen auf der dänischen Seite gemietet hatte, fünf Meter lang und mit einem einzigen Außenbordmotor. Mit heulendem Motor pflügte er durch die leichte Dünung. Der Himmel war klar, der Abend kühl und frei von Wind – wunderschönes skandinavisches Herbstwetter.

Vor drei Stunden hatte er noch in seinem Buchantiquariat

am Højbro Plads gearbeitet. Da hatte er einfach nur vorgehabt, wie fast jeden Abend im Café Norden zu Abend zu essen. Doch ein Anruf von Stephanie Nelle, seiner ehemaligen Chefin im Justizministerium, hatte das geändert.

»Ich muss dich um einen Gefallen bitten«, hatte sie gesagt. »Ich würde dich nicht fragen, wenn es kein Notfall wäre. Es geht um einen Mann namens Barry Kirk. Kurzes schwarzes Haar und spitze Nase. Du musst hinfahren und ihn abholen.«

Ihm entging nicht, wie dringend ihre Bitte klang.

»Einer meiner Agenten ist zu ihm unterwegs, aber er wurde aufgehalten. Ich weiß nicht, wann er dort ankommen wird, und wir müssen diesen Barry Kirk finden. Auf der Stelle.«

»Du wirst mir wahrscheinlich nicht erzählen, warum usw.?«

»Das darf ich nicht. Aber du bist am nächsten bei ihm. Er wartet auf der anderen Seite des Öresund in Schweden darauf, dass ihn jemand abholt.«

»Das riecht nach Ärger.«

»Ich habe im Moment keine Ahnung, wo mein Agent steckt.«

Diese Worte hasste Malone.

»Kirk weiß vielleicht, wo er sich befindet, darum ist es wichtig, ihn rasch in Sicherheit zu bringen. Ich hoffe, dass wir etwaigen Problemen zuvorkommen können. Bring ihn einfach in deinen Laden und lass ihn dort bleiben, bis mein Mann ihn holen kommt.«

»Ich kümmere mich um Kirk.«

»Noch etwas, Cotton. Nimm deine Pistole mit.«

Er war sofort in seine Wohnung im dritten Stock über

dem Buchladen hinaufgegangen und hatte den Rucksack, den er immer bereithielt, unter seinem Bett hervorgezogen. Darin lagen Ausweispapiere, Geld, ein Handy und seine Beretta, die er seinerzeit vom Magellan Billet bekommen hatte und die er nach seinem Ausscheiden aus dem Dienst auf Stephanies Geheiß hatte behalten dürfen.

Jetzt steckte die Pistole unter seinem Jackett hinten im Hosenbund.

»Sie holen auf«, sagte Barry Kirk.

Als hätte Malone das nicht selbst gesehen. Zwei Motoren waren nun mal besser als einer.

Er hielt das Steuer fest in der Hand, der Gashebel war zu drei Vierteln umgelegt. Nun beschloss er, Vollgas zu geben, und beim Beschleunigen schoss der Bug hoch. Er warf einen Blick zurück. In dem anderen Boot befanden sich zwei Männer – der eine steuerte, der andere stand mit einer Waffe in der Hand neben ihm.

Das wurde ja immer besser.

Sie befanden sich noch immer im schwedischen Teil des Öresunds und lenkten das Boot schräg über die Meerenge in südwestlicher Richtung nach Kopenhagen. Er hätte auch mit einem Leihwagen die Öresundbrücke überqueren können, die Dänemark mit Schweden verband, aber das hätte eine Stunde länger gedauert. Auf dem Seeweg ging es schneller, und Stephanie hatte unter Zeitdruck gestanden. Daher hatte er das kleine Sportmotorboot vom selben Verleiher gemietet wie sonst auch immer. Es war viel billiger, ein Boot zu mieten, als selbst eines zu besitzen, insbesondere in Anbetracht der begrenzten Zeit, die er auf dem Wasser verbrachte.

»Was werden Sie unternehmen?«

Eine dumme Frage. Kirk war eindeutig ein Blödmann. Er hatte ihn genau am von Stephanie angegebenen Ort auf dem Kai angetroffen. Der Mann war dort unruhig hin- und hergetigert und hatte es eilig gehabt aufzubrechen. Beide hatten ein Codewort erhalten, an dem sie sich erkennen sollten. *Joseph* hatte das von Malone gelautet, *Moroni* das von Kirk.

Eine sonderbare Wahl.

»Kennen Sie diese Männer?«, fragte Malone.

»Sie wollen mich umbringen.«

Malone hielt das Boot weiterhin zur dänischen Küste ausgerichtet, der Bug schlug in wilden Sprüngen auf den Wellen auf und schleuderte Gischt in die Luft.

»Und warum wollen die Sie töten?«, fragte er über das Heulen des Motors hinweg.

»Wer sind Sie eigentlich genau?«

Malone warf Kirk einen kurzen Blick zu. »Der Kerl, der Ihnen den erbärmlichen Arsch rettet.«

Das andere Boot war nun keine dreißig Meter mehr entfernt.

Malone musterte den Horizont in allen Richtungen, entdeckte aber kein weiteres Fahrzeug. Die Dämmerung senkte sich herab und färbte den azurblauen Himmel grau.

Ein Knall.

Dann noch einer.

Er sah sich um.

Der zweite Mann in dem Verfolgerboot schoss auf sie.

»Hinlegen«, brüllte er Kirk zu. Auch er duckte sich, behielt aber Kurs und Geschwindigkeit bei.

Wieder zwei Schüsse.

Einer schlug links von ihm ins Fiberglas ein.

Das andere Boot war nun nur noch fünfzehn Meter entfernt. Malone beschloss, den Verfolgern etwas zum Nachdenken zu geben. Er zog seine Pistole hinten aus dem Hosenbund und feuerte in Richtung des anderen Bootes.

Das andere Boot schwenkte nach Steuerbord ab.

Sie waren noch über eine Meile von der dänischen Küste entfernt und befanden sich beinahe in der Mitte des Öresunds. Das Boot der Verfolger schlug einen Halbkreis um sie und näherte sich nun von rechts voraus, um ihnen den Weg abzuschneiden. Er sah, dass der Schütze die Selbstladepistole gegen eine MP eingetauscht hatte.

Jetzt gab es nur noch eine Option.

Er korrigierte seinen Kurs und steuerte direkt auf das andere Boot zu.

Zeit für eine Mutprobe.

Eine Geschossgarbe zischte durch die Luft. Malone warf sich auf den Boden, behielt aber eine Hand am Steuerrad. Kugeln zischten über ihn hinweg, und ein paar schlugen auch in den Bug ein. Er riskierte einen Blick. Das andere Boot war nach Backbord abgeschwenkt, schlug wieder einen Halbkreis und bereitete einen Angriff von achtern vor, wo das offene Heck wenig Deckung bot.

Malone beschloss, den Stier bei den Hörnern zu packen.

Einziger Haken: Das Timing musste stimmen.

Er ließ das Boot beinahe mit Vollgas weiterrasen. Der Bug ihrer Verfolger war genau auf sie ausgerichtet.

»Unten bleiben«, forderte er Kirk erneut auf.

Er brauchte sich keine Sorgen zu machen, dass der seinen Befehl missachten würde. Kirk presste sich in der Deckung der Seitenwand auf den Boden. Malone hielt noch immer seine Beretta in der Hand, aber verdeckt. Das Verfolgerboot kam immer näher.

Und zwar schnell.

Fünfzehn Meter.

Zwölf.

Zehn.

Malone riss den Gashebel in die Leerlaufposition zurück. Das Boot verlor sofort an Fahrt. Der Bug sank ins Wasser. Sie glitten noch ein paar Meter weiter und kamen dann zum Stillstand. Das andere Fahrzeug näherte sich rasch.

Jetzt war es neben ihnen.

Der Mann mit der Maschinenpistole zielte.

Doch bevor er schießen konnte, schickte Malone ihm eine Kugel in die Brust.

Das andere Boot bretterte vorbei.

Malone legte den Gashebel um, und der Motor erwachte wieder zum Leben.

Im Verfolgerboot bückte sich der Steuermann und hob die Maschinenpistole auf. Wieder lenkte er sein Fahrzeug in einem großen Halbkreis nach vorn, um ihnen den Weg abzuschneiden.

Malones Finte hatte einmal funktioniert, ein weiteres Mal würde das aber nicht klappen.

Zwischen ihnen und der dänischen Küste lag fast immer noch eine Meile, und er konnte dem anderen Boot nicht durch Geschwindigkeit entkommen. Vielleicht könnte er ein paar trickreiche Manöver fahren, aber wie lange würde das helfen? Nein. Er musste sich dem Kampf stellen.

Er schaute nach vorn und versuchte, sich zu orientieren.

Sie befanden sich fünf Meilen nördlich des Stadtrands von Kopenhagen, ganz in der Nähe des Ortes, an dem sein verstorbener Freund Henrik Thorvaldsen früher gelebt hatte.

»Schauen Sie sich das an«, hörte er Kirk sagen.

Er wandte sich um.

Das andere Boot raste aus dreißig Meter Entfernung auf sie zu. Aber aus dem immer dunkler werdenden Himmel im Westen kam eine einmotorige Cessna, ein Hochdecker, herangeflogen.

Ihr unverkennbares dreirädriges Landegestell zog mit nur zwei Meter Abstand über das Wasser hinweg, streifte beinahe das Verfolgerboot und hätte mit den Rädern um ein Haar den Steuermann umgerissen. Der warf sich zu Boden und ließ dabei offensichtlich das Steuer los, denn der Bug schwenkte ruckartig nach links.

Malone nutzte die Situation, um den Angreifer aufs Korn zu nehmen.

Das Flugzeug zog in einer Kurve nach oben und schwenkte dann zu einem erneuten Versuch herum. Malone fragte sich, ob dem Piloten klar war, dass sich eine Maschinenpistole an Bord befand, die sein Gegner nun gleich nach oben richten würde. Seinerseits fuhr Malone mit voller Kraft voraus auf die Gefahr zu. Das andere Fahrzeug trieb inzwischen ohne Fahrt im Wasser, da der Steuermann seine volle Aufmerksamkeit auf das Flugzeug gerichtet hatte.

Das gestattete Malone, sich rasch zu nähern.

Er war dankbar für das Eingreifen des Flugzeugs, aber die Situation schien nun auf eine Katastrophe zuzusteuern. Die Maschinenpistole war inzwischen auf das Flugzeug gerichtet.

»Aufstehen und herkommen«, brüllte er Kirk an.

Der Kerl rührte sich nicht.

»Soll ich etwa kommen und Sie holen?«

Kirk erhob sich.

»Übernehmen Sie das Steuerrad. Fahren Sie weiter geradeaus.«

»Ich? Was?«

»Tun Sie es einfach.«

Kirk packte zu.

Malone stellte sich mit beiden Beinen stabil am Heck auf und zielte.

Das Flugzeug kam zurück. Malones Gegner nahm es mit der Maschinenpistole ins Visier. Malone wusste, dass er selbst nur einige wenige Schuss hatte, und das aus dem über die Wellen bretternden, schwankenden Boot. Nun bemerkte sein Gegner plötzlich, dass Malones Boot sich ihm zur gleichen Zeit wie das Flugzeug näherte.

Beide stellten eine Bedrohung dar.

Was würde er tun?

Malone schoss zweimal, aber daneben.

Sein dritter Schuss traf das Boot.

Malones Gegner sprang nach rechts und kam offensichtlich zu der Entscheidung, dass das Boot die größere Gefahr darstellte. Malones vierter Schuss traf den Gegner in die Brust und schleuderte ihn über Bord in die Wellen.

Das Flugzeug flog so dicht über sie hinweg, dass die Räder sie fast streiften.

Malone und Kirk duckten sich.

Malone übernahm das Steuer, drosselte das Gas und lenkte das Boot langsam auf den Gegner zu. Sie näherten sich mit schussbereiter Waffe von achtern. Im Wasser trieb die eine Leiche, die zweite lag im Boot, klar. Sonst war niemand an Bord.

»Scherereien machen scheint Ihre Spezialität zu sein«, sagte er zu Kirk.

Die Ruhe war zurückgekehrt, und nur das Tuckern des Motors im Leerlauf störte die Stille. Das Wasser schlug plätschernd gegen beide Bootsrümpfe. Eigentlich müsste er die Polizei informieren. Die schwedische? Oder die dänische? Aber da Stephanie und das Magellan Billet involviert waren, war ihm klar, dass das Hinzuziehen der einheimischen Behörden keine Option darstellte.

Stephanie hasste es, zu so etwas gezwungen zu sein.

Er blickte in den Abendhimmel hinauf und sah, dass die Cessna auf einer Höhe von inzwischen wieder dreihundert Meter unmittelbar über sie hinwegflog.

Und dann sprang jemand aus dem Flugzeug.

Ein Fallschirm öffnete sich und entfaltete sich in der Luft, und der Mann, der daran hing, steuerte in einer engen Spirale nach unten. Malone hatte mehrere Fallschirmsprünge hinter sich und sah, dass dieser Mann wusste, was er tat. Mit Hilfe der Steuerleinen lenkte er den Schirm direkt auf sie zu und schleifte schließlich in weniger als fünfzehn Meter Entfernung mit den Füßen durchs Wasser.

Malone steuerte ihn längsseits an. Der Mann, der sich über die Bordwand hievte, war wohl Ende zwanzig. Sein blondes Haar wirkte eher geschoren als geschnitten, und das Gesicht war sauber rasiert und erstrahlte in einem breiten Lächeln mit blitzenden Zähnen. Er trug ein dunkles Polohemd und Jeans, die nass an seinem muskulösen Körper klebten.

»Ganz schön kalt, das Wasser«, sagte er. »Danke, dass Sie auf mich gewartet haben. Bitte entschuldigen Sie die Verspätung.«

Malone deutete auf das in der Ferne davonziehende Flugzeug. »Ist jemand an Bord?«

»Nein. Autopilot. Aber der Tank ist beinahe leer. In ein paar Minuten fällt es in die Ostsee.«

»Teurer Abfall.«

Der junge Mann zuckte mit den Schultern. »Der Kerl, dem ich es gestohlen habe, soll es nicht wiederkriegen.«

»Wer sind Sie überhaupt?«

»Oh, entschuldigen Sie bitte. Manchmal vergesse ich meine Manieren.«

Er reichte Malone die Hand.

»Luke Daniels. Magellan Billet.«

2

Kalundborg, Dänemark
20.00 Uhr

Josepe Salazar wartete, während der Mann vor ihm langsam zu sich kam. Sein Gefangener lag halb bewusstlos auf dem Zellenboden, aber er war doch genug bei Sinnen, um Salazar sagen zu hören: »Schluss damit.«

Der Mann hob den Kopf von den staubigen Steinplatten und stieß mühsam hervor: »Seit drei Tagen … frage ich mich … wie Sie nur so grausam sein können. Sie sind gläubig … vertrauen auf den Vater im Himmel. Ein Mann Gottes …«

Salazar erkannte darin keinen Widerspruch. »Die Propheten waren mit ebenso großen oder noch größeren Gefahren konfrontiert wie ich heute. Und doch haben sie niemals gezögert zu tun, was getan werden musste.«

»Du sprichst die Wahrheit«, ermunterte ihn der Engel.

Salazar blickte auf. Die Gestalt schwebte wenige Schritte entfernt in einem weiten weißen Gewand vor ihm, in Licht gebadet, so rein wie ein Blitz und heller als alles, was er je zuvor gesehen hatte.

»Zögere nicht, Josepe. Keiner der Propheten hat je gezögert zu tun, was getan werden musste.«

Er wusste, dass sein Gefangener den Engel nicht hören konnte. Das konnte keiner außer ihm selbst. Aber der Mann auf dem Zellenboden bemerkte, dass sein Blick sich auf die Rückwand der Zelle geheftet hatte.

»Wonach schauen Sie?«

»Ich sehe etwas Wundervolles.«

»Er kann nicht begreifen, was wir wissen.«

Salazar sah den Gefangenen an. »Ich habe Kirk.«

Er hatte zwar noch keine Bestätigung erhalten, dass in Schweden alles nach Plan verlaufen war, aber sein Mann hatte ihm berichtet, dass er die Zielperson gesichtet hatte. Endlich. Nach drei Tagen. Und genauso lange hatte dieser Mann hier ohne Nahrung und Wasser in der Zelle gelegen. Seine Haut war bleich und mit Prellungen übersät, die Lippen aufgesprungen, die Nase gebrochen, und die Augen lagen tief in den Höhlen; wahrscheinlich hatte er auch ein paar gebrochene Rippen. Um seine Qual zu steigern, stand ein gefüllter Wasserkübel vor dem Zellengitter, gut zu sehen, aber außer Reichweite.

»Mach Druck«, befahl ihm der Engel. »Er muss begreifen, dass wir keine Unverschämtheit dulden. Die Leute, die ihn geschickt haben, müssen wissen, dass wir kämpfen werden. Es ist noch viel zu tun, und sie haben sich uns in die Quere gestellt. Zerbrich ihn.«

Er beherzigte den Rat des Engels immer. Wie denn auch nicht? Er kam direkt vom Himmlischen Vater. Dieser Gefangene war allerdings ein Spion. Den ihm der Feind geschickt hatte.

»Wir sind mit Spionen immer hart umgesprungen«, sagte der Engel. »Anfangs gab es viele von ihnen, und sie haben großen Schaden angerichtet. Das müssen wir ihnen heimzahlen.«

»Aber soll ich ihn denn nicht lieben?«, fragte er die Erscheinung. »Er ist trotz allem ein Sohn Gottes.«

»Mit wem ... reden Sie?«

Er sah den Gefangenen an und stellte die Frage, die ihn interessierte: »Für wen arbeiten Sie?«

Keine Antwort.

»Sagen Sie es mir.«

Er hörte selbst, dass er laut wurde. Das war ungewöhnlich für ihn. Man kannte ihn allgemein als jemanden, der freundliche Worte wählt und immer gelassen auftritt – und an diesem Bild arbeitete er hart. Gutes Benehmen sei eine vergessene Kunst, hatte sein Vater oft gesagt.

Der Eimer mit Wasser stand zu seinen Füßen.

Er füllte eine Schöpfkelle und schleuderte den Inhalt seinem Gefangenen durch die Gitterstäbe ins zerschlagene Gesicht. Der Mann leckte mit der Zunge alles auf, was er von dieser winzigen Erfrischung ergattern konnte. Aber drei Tage Durst waren nicht so schnell gestillt.

»Sagen Sie mir, was ich wissen will.«

»Mehr Wasser.«

Mitleid kannte er schon lange nicht mehr. Ihm war eine heilige Pflicht auferlegt, und das Schicksal von Millionen von Menschen hing von den Entscheidungen ab, die er traf.

»Es muss eine Blutsühne geben«, sagte der Engel. »Das ist die einzige Möglichkeit.«

Die Lehre besagte, dass es Sünden gab, für die ein Mensch weder in dieser Welt noch in der nächsten Vergebung erlangen konnte. Doch wenn man so jemandem die Augen für seine wahre Lage öffnete, wäre er gewiss bereit, sein Blut um der Vergebung willen hinzugeben.

»Das Blut des Gottessohnes wurde für die Sünden der Menschheit vergossen«, sagte der Engel. »Es bleiben noch immer Sünden, die wie in den alten Tagen durch ein Opfer auf dem Altar gesühnt werden können. Aber es gibt auch Sünden, die durch das Blut eines Lamms, eines Kalbs oder einer Taube nicht abzuwaschen sind. Hier muss zur Buße Menschenblut fließen.«

Sünden wie Mord, Ehebruch, Lüge, Bündnisbruch und Abtrünnigkeit.

Er ging in die Hocke und betrachtete den Widerspenstigen auf der anderen Seite des Gitters. »Sie können mich nicht aufhalten. Das kann keiner. Was geschehen wird, wird geschehen. Aber ich bin bereit, milde mit Ihnen umzugehen. Sagen Sie mir einfach, für wen Sie arbeiten und was Ihre Mission ist, dann bekommen Sie dieses Wasser hier.«

Er füllte eine weitere Kelle und streckte sie ihm hin.

Der Mann lag mit ausgebreiteten Armen auf dem Bauch und hatte das nasse Gesicht auf den Boden gelegt. Nun wälzte er sich langsam herum und schaute zur Decke hinauf.

Salazar und der Engel warteten.

»Ich bin ein Agent … des Justizministeriums. Wir sind … hinter Ihnen her.«

Die US-Regierung. Seit annähernd zwei Jahrhunderten machte die nichts als Ärger.

Aber woher wussten seine Feinde über ihn Bescheid?

Der Mann drehte ihm den Kopf zu und richtete den Blick seiner erschöpften Augen auf ihn. »Mich zu töten … bringt Ihnen … gar nichts. Es macht Ihre Lage … nur noch schwieriger.«

»Er lügt«, sagte der Engel. »Er glaubt, er könne uns Angst einjagen.«

Wie versprochen schob Salazar die Kelle zwischen den Gitterstäben hindurch. Der Mann griff hastig zu und schüttete sich das Wasser in den Mund. Salazar schob den Eimer näher, und der Mann goss sich noch mehr von dem Nass in die trockene Kehle.

»Bleibe fest«, sagte der Engel. »Er hat eine Sünde begangen, die ihn, wie er weiß, die Erhöhung kosten wird, nach der er sich sehnt. Die kann er nun nur noch durch Vergießen seines Blutes erlangen. Wird sein Blut vergossen, büßt er seine Sünde und wird gerettet und von Gott erhöht. Es gibt keinen einzigen Menschen, der nicht sagen würde: ›Vergieße mein Blut, damit ich gerettet und von Gott erhöht werde.‹«

Nein, einen solchen Menschen gab es nicht.

»In vielen Fällen wurden Menschen zu Recht erschlagen, um für ihre Sünden zu büßen, Josepe. Ich habe es Hunderte von Malen erlebt, dass jemand die Erhöhung hätte erlangen können, wenn ihm sein Leben genommen und sein Blut als duftender Weihrauch vor dem Allmächtigen vergossen worden wäre. Doch nun sind diese Personen Engel des Teufels.«

Ganz anders als der Gesandte des Himmels vor ihm, der mit Gottes Worten sprach.

»Genau dies heißt, seinen Nächsten lieben wie sich selbst. Wenn dein Nächster Hilfe braucht, reich ihm deine Hand. Wenn er der Errettung bedarf und es dazu nötig ist, sein Blut auf der

Erde zu vergießen, vergieße es. Hast du eine Sünde begangen, deren Sühne das Vergießen von Blut erfordert, so raste und ruhe nicht, bis dein Blut vergossen ist, denn nur so kannst du die ersehnte Errettung erlangen. So erweist man der Menschheit seine Liebe.«

Er wandte den Blick von der Erscheinung ab und fragte den Gefangenen: »Wollen Sie Ihre Seele retten?«

»Warum interessiert Sie das?«

»Ihre Sünden sind groß.«

»So wie die Ihren.«

Doch bei Salazar war es anders. Eine Lüge auf der Suche nach der Wahrheit war keine Lüge. Jemanden um seines Seelenheils willen zu töten war ein Akt der Liebe. Er schuldete diesem Sünder den ewigen Frieden, und so zog er seine Pistole unter der Jacke hervor.

Der Gefangene riss vor Schreck die Augen auf. Er versuchte zurückzuweichen, doch für ihn gab es kein Versteck.

Es würde leicht sein, ihn zu töten.

»Noch nicht«, sagte der Engel.

Er senkte die Waffe.

»Wir brauchen ihn noch.«

Dann schwebte die Erscheinung nach oben und verschwand in die Decke hinein. Die Zelle war nun wieder düster, so wie vor dem Erstrahlen des Lichts.

Ein freundliches Lächeln spielte um Salazars Lippen.

In seinen Augen glänzte ein neues Licht, und das verbuchte er als himmlischen Dank für seinen Gehorsam. Er sah auf die Uhr und rechnete acht Stunden zurück.

In Utah war jetzt Mittag.

Er musste den Ältesten Rowan informieren.

3

Südliches Utah
12.02 Uhr

Senator Thaddeus Rowan stieg aus dem Landrover und ließ sich von der vertrauten Wärme der Sonne durchdringen. Er lebte seit seiner Geburt in Utah und war nach den dreiunddreißig Jahren, in denen er das Amt innegehabt hatte, inzwischen der dienstälteste US-Senator des Bundesstaates. Ein mächtiger und einflussreicher Mann war er, bedeutend genug, dass der Innenminister heute persönlich hergeflogen war, um ihn zu begleiten.

»Was für eine schöne Gegend«, sagte der Minister.

Die südliche Hälfte Utahs gehörte der Bundesregierung, hier lagen Nationalparks wie Arches, Capitol Reef oder Bryce Canyon. Der Zion National Park, in dem sie sich jetzt befanden, erstreckte sich über sechzigtausend Hektar zwischen der Interstate 15 und dem Highway 9 von Nordwesten nach Südosten. Hier hatten einmal die Paiute gelebt, aber ab 1863 hatten Heilige der Letzten Tage, die vom großen Salzsee kamen, sie vertrieben und der verlassenen Gegend ihren Namen gegeben – Zion. Isaac Behunin, der Heilige, der sich hier als Erster zusammen mit seinen Söhnen niederließ, berichtete, ein Mensch könne *Gott in diesen großen Kathedralen ebenso gut anbeten wie in einer von Menschen errichteten Kirche*. Aber nach seinem Besuch im

Jahr 1870 beurteilte Brigham Young das anders und gab dem Landstrich den Spitznamen Nicht-Zion. Der blieb hängen.

Rowan hatte die zweihundertfünfzig Meilen von Salt Lake City im Hubschrauber zurückgelegt und war mit dem Minister im Nationalpark gelandet, wo dessen Superintendent sie erwartete. Als Vorsitzender des Haushaltsausschusses des Senats genoss Rowan viele Rechte. Nicht deren kleinstes war gewiss, dass ohne seine Zustimmung kein Cent an Bundesgeld ausgegeben werden konnte.

»Dies hier ist ein großartiges Land«, erwiderte er dem Minister. Er war schon oft in dieser Wüste voll roter Felsen gewandert, deren Slot Canyons so eng waren, dass kein Sonnenstrahl ihren Grund erreichte. In den abgelegeneren Ecken Utahs waren die Städte fast gänzlich von Heiligen bevölkert, oder von Mormonen, wie viele Leute sie gerne nannten. Manche Heilige, darunter auch er selbst, mochten dieses Etikett nicht besonders. Es stammte aus der Mitte des 19. Jahrhunderts, als Vorurteile und Hass sie zu einer allmählichen Flucht nach Westen gezwungen hatten, wo sie schließlich die einsame Gegend am Großen Salzsee fanden. Seine Vorfahren hatten in den ersten Planwagen gesessen, die am 24. Juli 1847 dort eingetroffen waren. Damals hatte es dort nichts anderes gegeben als grünes Gras und, falls man der Legende Glauben schenkte, einen einzigen Baum.

Einsame Pracht. So hatte ein Heiliger den Landstrich beschrieben.

Als ihr Führer Brigham Young von Fieber geschüttelt und auf ein Lager in einem der Planwagen gestreckt dort eingetroffen war, hatte er sich, so hieß es, erhoben und verkündet: *Dies ist der Ort.*

Zehntausende weitere Siedler folgten ihnen, schlugen, die üblichen Strecken meidend, die Route ein, die die Pioniere der Saints markiert hatten, und säten unterwegs Getreide neu, damit spätere Trecks ebenfalls Nahrung vorfinden würden. An jenem Tag im Jahr 1847 aber fanden in der ersten Einwanderungswelle 143 Männer, 3 Frauen, 2 Kinder, 70 Planwagen, 1 Kanone, 1 Boot, 93 Pferde, 52 Maultiere, 66 Ochsen, 19 Kühe, 17 Hunde und einige Hühner ein neues Zuhause.

»Nur noch diesen Grat hinauf«, sagte der Superintendent und zeigte nach vorn.

Die Männer waren zu dritt mit dem Landrover vom Hubschrauber aus hergefahren. Sie trugen festes Schuhwerk, Jeans, ein langärmliges Hemd und einen Hut. Trotz seiner einundsiebzig Jahre hatte Rowan einen gesunden, kräftigen Körper – und er war bereit, den Marsch durch die abweisende Landschaft, die sich in alle Richtungen erstreckte, in Angriff zu nehmen.

»Wo befinden wir uns?«, fragte er. »Vierzig Meilen tief im Inneren des Parks?«

Der Superintendent nickte. »Eher schon fünfzig. Der Zugang ist normalen Besuchern verboten. Wandern oder Zelten ist nicht gestattet. Die Slot Canyons sind zu gefährlich.«

Rowan kannte die Zahlen. Zion hatte jährlich drei Millionen Besucher und war damit eine der beliebtesten Attraktionen Utahs. Für alles und jedes brauchte man eine Genehmigung, und das war so ausgeufert, dass Fahrer von Geländewagen, Jäger und Naturschutzgegner auf eine Abmilderung der Praxis drängten. Persönlich gab er ihnen vollkommen recht, aber er hatte sich aus diesem Streit herausgehalten.

Der Superintendent führte sie in einen Canyon mit steilen Wänden, dessen Grund mit Großzahnahorn bewachsen war. Zwischen wildem Senf und kräftigen Kreosotbüschen stand büschelweise drahtiges Gras. Hoch oben am klaren Himmel glitt hin und wieder ein kreisender Kondor ins Blickfeld.

»Die Sache ist nur durch die illegalen Wanderer ans Tageslicht gekommen«, berichtete der Superintendent. »Letzte Woche kamen drei Personen verbotenerweise in diesen Teil des Parks. Einer ist ausgerutscht und hat sich ein Bein gebrochen, woraufhin wir ihn bergen mussten. Dabei ist uns das hier aufgefallen.«

Der Superintendent deutete auf einen dunklen Spalt in der Felswand. Rowan wusste, dass Höhlen im Sandstein nichts Ungewöhnliches waren, das südliche Utah war von Tausenden von ihnen übersät.

»Im August hat es in dieser Gegend eine Sturzflut gegeben«, erklärte der Superintendent. »Drei Tage lang stand alles unter Wasser. Vermutlich ist diese Öffnung dabei freigespült worden. Davor war sie wohl lange Zeit verschlossen.«

Rowan warf einen Blick auf den Minister. »Und was haben Sie hier für ein Interesse?«

»Ich sorge dafür, dass der Vorsitzende des Haushaltsausschusses des Senats mit den Dienstleistungen des Innenministeriums zufrieden ist.«

Das bezweifelte Rowan, denn die Regierung von Präsident Danny Daniels hatte sich in den letzten sieben Jahren keinen Deut darum geschert, was der dienstälteste Senator Utahs dachte. Sie gehörten unterschiedlichen Parteien an, die von Rowan stellte die Mehrheit im Kongress, und

Daniels war im Weißen Haus am Ruder. Normalerweise förderte eine solche Zweiteilung die Kooperation und den Kompromiss. Aber in den letzten Jahren war der Geist der Zusammenarbeit verschwunden. Eine Pattsituation, so nannte man das im Volksmund. Das Ganze wurde noch dadurch verkompliziert, dass Daniels ins letzte Jahr seiner zwei Amtszeiten eingetreten und die Nachfolge ungeklärt war.

Beide Parteien hatten eine Chance.

Aber für Wahlen interessierte Rowan sich nicht mehr. Er hatte größere Pläne.

Sie näherten sich der Öffnung im Fels; der Superintendent setzte seinen Rucksack ab und holte drei Taschenlampen heraus.

»Damit geht es besser.«

Rowan nahm seine Lampe entgegen. »Gehen Sie voran.«

Sie quetschten sich durch den Spalt und kamen in eine große Höhle, deren Decke sechs Meter hoch war. Er leuchtete den Eingang mit dem Strahl seiner Taschenlampe ab und stellte fest, dass er früher wesentlich breiter und höher gewesen sein musste.

»Diese Öffnung war einmal recht groß«, sagte der Superintendent. »Wie ein überdimensioniertes Garagentor. Aber sie wurde absichtlich kaschiert.«

»Woher wissen Sie das?«

Der Mann deutete mit dem Lichtstrahl nach vorn. »Das zeige ich Ihnen gleich. Aber seien Sie vorsichtig. So eine Höhle ist genau das Richtige für Schlangen.«

Das hatte Rowan sich schon gedacht. Sechzig Jahre der Erkundungstouren im ländlichen Utah hatten ihn Respekt vor dem Land und seinen tierischen Bewohnern gelehrt.

Zwanzig Meter tiefer in der Höhle zeichneten sich im Dunkeln Formen ab. Er zählte drei Wagen. Sie hatten mächtige Räder und waren vielleicht drei Meter lang und anderthalb Meter breit. Und sie waren hoch, obwohl der Aufbau aus Bögen und Planen längst verrottet war. Er trat heran und untersuchte einen von ihnen näher. Stabiles, nicht angefaultes Holz. Nur die Eisenreifen der Räder waren von Rost verkrustet. Solche Wagen waren früher von einem Gespann von vier oder sechs Pferden gezogen worden oder manchmal auch von Maultieren oder Ochsen.

»Original 19. Jahrhundert«, sagte der Superintendent. »Ich weiß etwas darüber. Durch die trockene Wüstenluft und den Schutz der Höhle sind sie gut erhalten geblieben. Sie sind unbeschädigt, was man äußerst selten findet.«

Rowan trat näher und sah, dass die Bettstätten leer waren.

»Sie müssen durch die Öffnung hereingeschafft worden sein«, erklärte der Superintendent. »Die muss damals also wesentlich größer gewesen sein.«

»Hier gibt es noch mehr«, sagte der Minister.

Rowan folgte seinem Lichtstrahl mit dem Blick und entdeckte Holztrümmer. Berge von Wagenteilen.

»Sie haben sie zerstört«, sagte der Superintendent. »Ich schätze, dass hier zwanzig oder mehr Wagen standen, bevor sie mit der Axt zerhackt wurden.«

Tatsächlich waren es zweiundzwanzig gewesen. Aber Rowan sagte nichts. Vielmehr folgte er dem Superintendenten um die Trümmerhaufen herum bis zu einer Stelle, wo der Strahl ihrer Lampen auf Skelette fiel. Über loses Geröll, das wie trockener Schnee unter seinen Sohlen knirschte, trat er näher und zählte drei. Die Todesursache war unübersehbar.

Einschusslöcher im Schädel.

Ein paar Stofffetzen ihrer Kleidung waren noch erhalten und ebenso zwei Lederhüte.

Der Superintendent schwenkte das Licht zur Seite. »Der da hat ein wenig länger gelebt.«

Rowan entdeckte ein viertes Opfer, das an der Höhlenwand lehnte. Diesmal kein Loch im Schädel, stattdessen waren Rippen zertrümmert.

»In die Brust geschossen«, sagte der Superintendent. »Aber er war noch lange genug am Leben, um das hier zu schreiben.«

Das Licht enthüllte Buchstaben, die wie Petroglyphen, die Rowan in anderen Höhlen Utahs gesehen hatte, in die Felswand geritzt waren.

Er beugte sich vor und las die wackelige Schrift.

FJELDSTED HYDE WOODRUFF EGAN
DER PROPHET SEI VERDAMMT
VERGESST UNS NICHT

Die Bedeutung der Nachnamen war ihm sofort klar.

Aber nur er selbst, einer der zwölf Apostel der Kirche Jesu Christi der Heiligen der Letzten Tage, konnte wissen, wer die Genannten gewesen waren.

»Der Hinweis auf den Propheten war für uns der Anlass, Sie hinzuzurufen«, erklärte der Minister.

Rowan fasste sich und richtete sich wieder auf. »Das war richtig. Diese Männer waren Heilige.«

»Das haben wir uns schon gedacht.«

Im Verlauf der Geschichte der Menschheit hatte Gott seinen Kindern immer wieder Propheten gesandt. Männer wie Noah, Abraham oder Moses. Im Jahr 1830 war Joseph Smith vom Himmel zu einem Propheten der Letzten Tage gesalbt worden, um vor der zweiten Ankunft Christi das Evangelium zu vollenden. Daher hatte Smith eine neue Kirche gegründet. Seitdem hatten siebzehn Männer den Titel des Propheten und Präsidenten innegehabt. Jeder einzelne von ihnen war aus dem Kollegium der Zwölf Apostel aufgestiegen, die in der Kirchenhierarchie unmittelbar unter dem Propheten standen.

Rowans Plan war es, der achtzehnte zu werden.

Und diese Entdeckung würde ihm vielleicht dabei helfen.

Er blickte sich in der Höhle um und stellte sich vor, was hier im Jahr 1857 vorgefallen war.

Alles an diesem Ort entsprach der Legende.

Nur hatte sie sich jetzt als wahr erwiesen.

4

Kopenhagen, Dänemark
20.40 Uhr

Malone steuerte das Boot, während Luke Daniels sich mit seinen von der Landung im Wasser klatschnassen Kleidern geduckt hielt, um dem Fahrtwind auszuweichen, der kalt über die Windschutzscheibe hinwegstrich.

»Machen Sie regelmäßig Fallschirmsprünge?«, fragte Malone.

»In meinem Logbuch stehen über hundert, aber im Wasser gelandet bin ich schon länger nicht mehr.«

Der junge Mann deutete auf Kirk, der im Heck kauerte, und schrie über das Dröhnen des Motors hinweg: »Der Typ kotzt mich an.«

»Würden Sie mir sagen, warum?«, fragte Malone.

»Was hat Stephanie Ihnen erzählt?«

Geschickt pariert, diese Beantwortung seiner Frage mit einer Gegenfrage. »Nur, dass sie einen Agenten vermisst und dieser Kerl hier wissen könnte, wo er steckt.«

»Stimmt. Und der Typ da ist weggerannt, als wäre der Teufel hinter ihm her.«

»Und warum?«

»Weil er ein Spitzel ist. Und einen Spitzel kann keiner leiden.« Luke fixierte Kirk. »Sobald wir an Land sind, habe ich ein Wörtchen mit Ihnen zu reden.«

Kirk erwiderte nichts.

Luke trat näher zu Malone, hielt sich aber weiterhin vor dem Wind geduckt und reagierte mit einem Wippen in den Knien auf das Heben und Senken des Bootes. »Sag mal, Papi, bist du wirklich so gut, wie alle sagen?«

»I ain't as good as I once was, but I'm as good once as I ever was.« *Ich bin nicht so gut, wie ich einmal war, aber für einmal bin ich so gut, wie ich immer war.*

»Du kennst den Song. Ich liebe Toby Keith. Vor fünf Jahren habe ich ihn im Konzert erlebt. Aber für einen Fan von Countrymusic hätte ich dich eigentlich nicht gehalten.«

»Wofür ich Sie halten soll, weiß ich nicht.«

»Ich bin einfach nur ein demütiger Diener der US-Regierung.«

»Das ist doch mein Spruch.«

»Weiß ich. Stephanie hat mir aufgetragen, das zu sagen.«

»Ist Ihnen klar, dass Ihr Flugzeug beinahe mit einer Maschinenpistole beschossen worden wäre?«, fragte Malone. »So im Tiefflug anzugreifen war verrückt.«

»Ich hab die Waffe gesehen. Aber der Schütze stand auf einem schwankenden Boot, und es sah so aus, als bräuchtest du Hilfe.«

»Sind Sie immer so tollkühn?«

Da sie sich dem Hafen von Kopenhagen näherten, drosselte Malone das Gas.

»Du musst zugeben, dass das ein ziemlich cooles Flugkunststück war. Die Räder waren nicht mal zwei Meter vom Wasser entfernt.«

»Das hab ich schon besser gesehen.«

Luke fasste sich in gespieltem Schmerz an die Brust. »Ach, Papi, du triffst mich ins Herz. Ich weiß ja, dass du einmal ein Spitzenass bei der Navy warst. Ein Kampfpilot. Aber gönn mir doch auch etwas. Nur ein Häppchen. Schließlich habe ich dir das Leben gerettet.«

»Ach ja? Wirklich?«

In seinem früheren Leben hatte Malone als einer von Stephanie Nelles ursprünglich zwölf Agenten im Magellan Billet gearbeitet. Davor hatte er in Georgetown ein Jurastudium absolviert und war später Kommandant bei der Marine geworden. Inzwischen war er siebenundvierzig Jahre alt. Aber er hatte immer noch sein Haar auf dem Kopf, gute Nerven und einen scharfen Verstand. Sein robuster Körper trug die Narben mehrerer Verwundungen, die er im Dienst erhalten hatte, einer der Gründe, warum er vor drei Jahren seinen Abschied genommen hatte. Jetzt führte er ein Buchantiquariat in Kopenhagen und hatte eigentlich die Absicht, sich dort von allem Ärger fernzuhalten.

»Los, gib es schon zu«, sagte Luke. »Es wäre schwierig geworden, diesen Typen zu entkommen. Ich hab dir den Arsch gerettet.«

Malone legte den Leerlauf ein, und sie glitten am dänischen Königspalast vorbei, zwischen den Kais von Nyhavn hindurch und schwenkten dann nach rechts in einen stillen Kanal ein. Sie legten unmittelbar hinter Schloss Christiansborg in der Nähe eines Gewimmels von Straßencafés an, an deren Tischen lärmende Gäste aßen, tranken und rauchten. Der belebte Platz fünzig Meter weiter war der Højbro Plads. Malones Zuhause.

Als der Motor aus war, drehte er sich um und verpasste Luke mit der Rechten einen Kinnhaken, von dem der Agent zu Boden ging. Der junge Mann erholte sich aber rasch von dem Hieb und sprang kampfbereit auf.

»Erstens«, sagte Malone. »Nenn mich nicht Papi. Zweitens, deine selbstgefällige Art passt mir nicht, so was kann mit Toten enden. Drittens, wer waren die Männer, die versucht haben, uns umzubringen? Und als Letztes« – er deutete auf Kirk –, »wen zum Teufel spioniert er aus?«

Er fing den Ausdruck in den Augen des jungen Mannes auf, und der sagte: *Ich möchte mich rasend gerne mit dir prügeln.*

Aber da war noch etwas anderes.

Selbstbeherrschung.

Malone hatte auf keine einzige seiner Fragen eine Antwort erhalten. Man spielte mit ihm, und das gefiel ihm nicht. »Ist wirklich ein Mann verschwunden?«

»Ja, verdammt noch mal. Und dieser Kerl kann uns den Weg zu ihm zeigen.«

»Gib mir dein Handy.«

»Woher weißt du denn, dass ich eins habe?«

»Es steckt hinten in deiner Hosentasche. Ich habe es gesehen. Vom Magellan Billet ausgegeben. Hundertprozentig wasserdicht, ganz anders als zu meiner Zeit.«

Luke brachte das Gerät zum Vorschein und tippte den Sperrcode ein.

»Ruf Stefanie an.«

Luke gab die Nummer ein.

Malone nahm das Handy und sagte: »Geh mit Kirk zu dem Café dort und warte da mit ihm. Ich muss unter vier Augen mit ihr reden.«

»Ich bin echt nicht scharf darauf, mich von Pensionären herumkommandieren zu lassen.«

»Fass es als deine Gegenleistung dafür auf, dass ich dich aus dem Wasser gefischt habe. Und jetzt geh.«

Malone wartete darauf, dass abgenommen wurde, und beobachtete, wie Luke und Kirk aus dem Boot sprangen. Er war kein Trottel. Ihm war klar, dass seine Exchefin diesem Jüngelchen beigebracht hatte, wie es mit ihm umgehen sollte. Wahrscheinlich hatte sie den jungen Mann aufgefordert, hart aufzutreten, aber Malone nicht zu vergrätzen. Sonst wäre ein Heißsporn wie Luke Daniels ihm längst an die Gurgel gegangen. Aber das wäre okay gewesen. Malone hatte schon lange keine ordentliche Prügelei mehr gehabt.

»Wie lange hat es gedauert, bis du ihm eine reingehauen hast?«, fragte Stephanie nach dem fünften Läuten.

»Ich habe etwas länger gewartet, als richtig gewesen wäre. Und ich habe gerade zwei üble Burschen getötet.«

Er berichtete ihr, was vorgefallen war.

»Cotton, ich begreife es ja. Du hast bei dieser Sache nichts zu gewinnen. Aber einer meiner Männer ist tatsächlich verschwunden, und er hat eine Frau und drei Kinder. Ich muss ihn finden.«

Sie wusste, was bei ihm zog.

Er entdeckte Kirk und Luke fünfzig Meter entfernt. Er hätte mit dem Anruf eigentlich warten sollen, bis sie alle in seinem Buchladen waren, doch er hatte es eilig, mehr über die Situation zu erfahren. Daher senkte er die Stimme und wandte sich von den Cafés ab und dem Kanal zu.

»Barry Kirk weiß einige wichtige Dinge«, sagte sie an seinem Ohr. »Lass dich von ihm informieren, und dann hilf mir hier bitte aus der Patsche. Du und Luke, ihr müsst meinen Agenten suchen.«

»Ist dieses Fraternity-Bürschchen, das du mir da geschickt hast, überhaupt zu irgendwas zu gebrauchen?«

»Er war nie auf dem College. Aber falls er eines besucht hätte, wäre er mit Sicherheit keiner Burschenschaft beigetreten. Dazu ist er nicht der Typ.«

Er schätzte Luke auf siebenundzwanzig oder achtundzwanzig, wahrscheinlich ein ehemaliger Soldat, da Stephanie gerne auf solche Leute zurückgriff. Aber sein Mangel an Respekt und seine tollkühnen Aktionen schienen jeder Form von institutionalisierter Disziplin zu widersprechen.

Und er war auch kein Jurist.

Aber Malone wusste, dass Stephanie diese Regel für ihre Agenten nach und nach gelockert hatte.

»Ich kann mir vorstellen, dass er ganz schön Nerven kostet.«

»Mal euphemistisch gesagt, ja. Aber er ist gut. Deshalb nehme ich sein … übertriebenes Selbstbewusstsein auch hin. So ungefähr wie bei einem anderen Mann, der einmal für mich gearbeitet hat.«

»Diese Leute waren sofort da«, sagte Malone. »Auf dem Wasser. Sie haben sich für uns bereitgehalten. Und das bedeutet, dass sie entweder einen Glückstreffer gelandet haben, oder dass jemand von deinem Anruf bei mir wusste. War der Mann, den du vermisst, darüber informiert, wohin Kirk unterwegs war?«

»Nein. Wir hatten Kirk eigentlich nach Schweden geschickt.«

Malone wusste, dass sie sich dieselbe Frage stellte wie er. Woher *hatten* die Angreifer vorhin eigentlich gewusst, wo sie auf ihn lauern mussten?

»Vermutlich wirst du mir jetzt nur mitteilen, was ich deiner Meinung nach wissen muss.«

»Du kennst die Anweisungen. Das hier ist nicht deine Operation. Finde einfach nur meinen Vermissten, dann ist die Sache für dich erledigt.«

»Ich kümmere mich darum.«

Er legte auf, sprang an Land und trat mit den Worten auf Luke zu: »Du hast für diesen Abend einen Partner bekommen.«

»Kannst du mir vielleicht Stift und Papier leihen, damit ich mir auch aufschreiben kann, was ich von dir lerne?«

»Bist du immer ein solcher Klugscheißer?«

»Bist du immer so warmherzig und freundlich?«

»Jemand muss ja dafür sorgen, dass den Kindern nichts zustößt.«

»Keine Sorge, Papi. Ich kann auf mich selbst aufpassen.«

»Hab ich dir nicht gesagt, dass du mich nicht so nennen sollst?«

Luke richtete sich hoch auf. »Ja, ich hab dich gehört. Und ich habe meinen Befehl befolgt und einen Hieb von dir eingesteckt, ohne zurückzuschlagen. Aber ab jetzt gibt es nichts mehr gratis.«

Mit seinen grünen Augen sah Malone den Jungen provozierend an.

Der schien die Herausforderung anzunehmen.

Aber nicht jetzt. Vielleicht später.

Malone zeigte auf Kirk. »Dann lass uns mal lauschen, was dieses Spitzelvögelchen zu singen hat.«

5

Atlanta, Georgia
14.45 Uhr

Stephanie Nelle warf einen Blick auf ihre Armbanduhr. Der Tag hatte für sie schon um 6 Uhr begonnen – in Dänemark war da Mittag gewesen –, und er war noch lange nicht zu Ende. Von ihren zwölf Agenten waren derzeit neun mit Aufträgen unterwegs. Die restlichen drei hatten ihre turnusmäßigen freien Tage. Anders als in Agententhrillern und Actionfilmen dargestellt, waren ihre Leute nicht rund um die Uhr im Dienst. Die meisten waren verheiratet und hatten Kinder, sie führten außerhalb der Arbeit ein ganz normales Leben. Und das war gut so. Der Job war auch so schon aufreibend genug, das brauchte man nicht auch noch mit manischem Arbeitswahn zu verschlimmern.

Sie hatte das Magellan Billet vor sechzehn Jahren gegründet. Es war ihr Baby, und sie hatte es sicher durch Kindheit und Pubertät geleitet. Nun war es ein endgültig erwachsener Nachrichtendienst, dem einige von Amerikas jüngsten Erfolgen zuzuschreiben waren.

Doch in diesem Augenblick war in ihrem Kopf nur Platz für einen einzigen Gedanken.

Der Agent, der in Dänemark verschwunden war.

Sie warf einen Blick auf die Uhr, die am Rand ihres Schreibtischs stand, und bemerkte, dass sie sowohl das Frühstück als auch das Mittagessen übergangen hatte. Ihr Magen knurrte, und so beschloss sie, in der Kantine ihres Bürogebäudes drei Stockwerke tiefer einen Happen zu essen.

Sie verließ ihr Büro.

Alles war ruhig. Das Personal des Magellan Billet war absichtlich knapp gehalten. Neben den zwölf Agenten beschäftigte die Abteilung fünf Büromitarbeiter und drei Berater. Stephanie hatte immer auf dieser Überschaubarkeit bestanden. Weniger Augen und Ohren bedeuteten auch weniger undichte Stellen. Noch nie hatte jemand im Billet vertrauliche Informationen weitergegeben. Von den ursprünglichen zwölf Agenten war inzwischen keiner mehr im Dienst – Malone war vor vier Jahren als letzter gegangen. Im Schnitt musste sie pro Jahr einen Mitarbeiter ersetzen. Aber sie hatte Glück gehabt. Die Leute, die sie angeworben hatte, hatten sich bisher immer als ausgezeichnete Wahl erwiesen, und sie hatte nur äußerst selten mit durch Mitarbeiter verursachten Problemen zu kämpfen gehabt.

Sie verließ ihre Abteilung und ging zum Lift.

Das Bürogebäude lag in einem ruhigen Büropark in einem nördlichen Stadtteil Atlantas und bot auch einigen Abteilungen des Innenministeriums und des Gesundheitsministeriums Raum. Sie hatte darauf beharrt, das Magellan Billet ganz unauffällig unterzubringen. Das Schild an der Tür verwies nur unbestimmt auf eine Task Force des Justizministeriums.

Sie drückte den Schalter des Lifts und wartete.

Die Tür glitt auf, und ein hagerer Mann mit scharfen Gesichtszügen und dichtem silbrigem Haar trat heraus.

Edwin Davis.

Wie sie selbst war er ein hochrangiger Beamter. Er hatte vor zwei Jahrzehnten im Außenministerium angefangen, wo drei Minister nacheinander mit seiner Hilfe ihre dysfunktionale Bürokratie auf Trab gebracht hatten. Im Fach Internationale Beziehungen hatte er promoviert und besaß ein geradezu unheimliches politisches Gespür. Der volksnahe, höfliche Mann, den man gerne unterschätzte, hatte die Position des Stellvertretenden Nationalen Sicherheitsberaters innegehabt, als Präsident Danny Daniels ihn zum Stabschef des Weißen Hauses befördert hatte.

Sie fragte sich sofort, was so wichtig sein mochte, dass Davis die fünfhundert Meilen Flugstrecke von Washington, D.C. zurücklegte, um unangekündigt bei ihr aufzutauchen. Ihr Chef war der Justizminister, und laut Protokoll musste er einbezogen werden, wenn das Weiße Haus Kontakt mit ihr aufnahm.

Und doch war das unterblieben.

War das hier beruflich? Oder ein Privatbesuch? Davis war ja *tatsächlich* ein enger Freund. Sie hatten zusammen eine Menge durchgemacht.

»Wolltest du irgendwo hin?«, fragte er.

»In die Kantine.«

»Dann gehen wir zusammen.«

»Werde ich das bereuen?«

»Möglich. Aber was sein muss, muss sein.«

»Dir ist bewusst, dass wir nach unserer letzten Begegnung genau hier an dieser Stelle und einem ganz ähnlichen Gespräch beinahe ermordet worden wären?«

»Aber wir haben diesen Kampf gewonnen.«

Sie lächelte. »Das stimmt.«

Sie fuhren zur Kantine und fanden einen freien Tisch. Sie kaute Karottensticks und trank einen Cranberry-Juice, während Davis eine Flasche Stilles Wasser runterkippte. Der Appetit war ihr vergangen.

»Wie geht es dem Präsidenten?«, fragte sie.

Seit einem Vierteljahr hatte sie nicht mehr mit Danny Daniels gesprochen.

»Er freut sich schon auf den Ruhestand.«

Daniels' zweite Amtszeit würde bald enden. Seine politische Laufbahn war vorbei. Aber vom Ratsherrn einer Kleinstadt in Tennessee bis zu einer zweimaligen Amtszeit als Präsident der Vereinigten Staaten hatte er einen erstaunlichen Weg zurückgelegt. Allerdings hatte er dabei seine Frau und seine Tochter verloren.

»Er würde gerne mal wieder von dir hören«, sagte Davis.

Und sie würde ihn auch gerne anrufen. Aber so war es besser. Zumindest bis seine Amtszeit vorbei war. »Wenn die richtige Zeit gekommen ist, melde ich mich bei ihm.«

Daniels und sie hatten festgestellt, dass sie Gefühle füreinander hegten. Vielleicht hatten die vielen Schlachten, die sie gemeinsam geschlagen hatten, diese Bindung geschaffen. Sicher waren sie sich beide nicht. Aber er war immer noch der Präsident der Vereinigten Staaten. Ihr Chef. Da war es besser, ein wenig Abstand zu wahren. »Du bist bestimmt nicht nur hier, um mir diese Nachricht zu überbringen. Komm also zur Sache, Edwin.«

Ein belustigtes Lächeln huschte über das Gesicht ihres Freundes. Sie wusste, dass er sich schon dem Renteneintrittsalter näherte, aber sein jugendliches Aussehen ließ ihn viel jünger wirken.

»Wenn ich recht sehe, interessiert sich in letzter Zeit der Kongress für dich.«

Das stimmte.

Letzte Woche waren vom Haushaltsausschuss des Senats sechs Anfragen nach geheimen Daten bei ihr eingetroffen. Das war an sich nichts Ungewöhnliches; der Kongress forderte regelmäßig Informationen von den Geheimdiensten an. Wenn die in Frage stehende Abteilung oder Agency nicht mitspielen wollte, folgte eine Zwangsvorladung, gegen die man sich nur gerichtlich zur Wehr setzen konnte. Öffentlicher Streit über geheime Informationen kam allerdings nur selten vor, man wollte den Kongress ja nicht verärgern. Schließlich hatte die Legislative die Gewalt über den Geldbeutel. Daher wurden Auseinandersetzungen normalerweise im persönlichen Gespräch beigelegt. Die letzten sechs Forderungen des Haushaltsausschusses hatten jedoch keinen Raum für Verhandlungen gelassen.

»Sie wollen einfach alles wissen, was irgendwie mit meiner Agency zu tun hat«, sagte sie. »Jeden Stein umdrehen. Finanzen, Berichte der Agenten, interne Analysen, was auch immer. So etwas hat es noch nie gegeben, Edwin. Fast alle angeforderten Informationen sind streng geheim. Ich habe die Sache an den Justizminister weitergereicht.«

»Und der hat sich mit mir in Verbindung gesetzt. Ich bin jetzt hier, um dir zu sagen, dass diese Anfragen mit dem Gefallen zu tun haben, um den ich dich bezüglich Josepe Salazar gebeten hatte.«

Vor einem halben Jahr hatte ein Anruf Davis' Nachforschungen des Billet bezüglich Salazar in Gang gesetzt. Das Weiße Haus wollte eine komplette Übersicht aller finanziellen, geschäftlichen und politischen Verbindungen des Mannes erhalten. Und zwar von Geburt an bis heute. Dank seiner Eltern, die aus verschiedenen Ländern stammten, besaß Salazar sowohl einen dänischen als auch einen spanischen Pass und lebte eine Hälfte des Jahres in Spanien und die andere in Dänemark. Er war ein international tätiger Geschäftsmann, hatte aber die alltägliche Kontrolle über seine viele Millionen Dollar schweren Unternehmungen an Vertreter übertragen, um sich ganz seinen Pflichten als Ältester der Mormonenkirche widmen zu können. Nach übereinstimmenden Berichten war er ein frommer, nicht vorbestrafter Mann, der ein vorbildliches Leben geführt hatte. Dass er die Aufmerksamkeit des Weißen Hauses erregt hatte, hatte bei ihr zahlreiche Fragen aufkommen lassen. Aber als loyale Beamtin hatte sie keine einzige davon gestellt.

Offensichtlich ein Fehler.

Das hatte sie nun schließlich vor drei Tagen bemerkt, als der Mann, den sie nach Europa geschickt hatte, um die Informationen über Salazar zu sammeln, verschwunden war.

Und noch klarer war ihr das gerade eben bei ihrem Gespräch mit Malone geworden.

»Der Agent, der an Salazar dran war, ist verschollen«, berichtete sie. »Ich habe derzeit Leute vor Ort, die ihn suchen. In was hast du mich da hineinmanövriert, Edwin?«

»Ich hatte keine Ahnung. Was ist geschehen?«

»Die Lage ist eskaliert. Einer von Salazars Mitarbeitern, ein Mann namens Barry Kirk, hat Kontakt mit meinem Mann aufgenommen. Kirk besaß Insiderinformationen und behauptete sogar, sein Chef habe jemanden ermordet. Das konnten wir nicht einfach ignorieren. Kirk ist jetzt in unserer Obhut, aber zwei von Salazars Männern wurden bei dem Unternehmen getötet. Cotton hat sie erschossen.«

»Wie hast du es denn geschafft, ihn mit ins Boot zu holen?«

Auch Davis und Malone hatten früher schon zusammengearbeitet.

»Er befand sich in der Nähe, und ihm gefällt es auch nicht, wenn unsere Leute verschwinden.«

»Es gibt eine Verbindung zwischen Josepe Salazar und Senator Thaddeus Rowan.«

»Und das erzählst du mir erst jetzt?«

Rowan war der Vorsitzende des Haushaltsauschusses des Senats. Alle sechs Anfragen waren von ihm unterzeichnet.

»Es war nicht meine Idee, das zurückzuhalten.«

Sie wusste, was das bedeutete. Nur eine einzige Person konnte das Votum des Stabschefs des Weißen Hauses übergehen.

»Der Präsident muss kapieren, dass ihr keine vernünftige Arbeit von mir erwarten könnt, wenn ihr Informationen zurückhaltet«, erwiderte sie. »Das hier ist jetzt der reinste Zirkus. Einer von unseren Leuten könnte tot sein.«

Er nickte. »Verstehe.«

Aber da war noch etwas.

In der Tat, sie hatte zwei Agenten vor Ort – Luke und der verschwundene Mann. Malone hatte sich nun zumindest vorläufig mit ins Getümmel geworfen, so dass sie auf drei kam.

Aber in Wirklichkeit war da noch eine vierte Person.

Und davon hatte sie Malone nichts gesagt.

6

Kalundborg, Dänemark
20.50 Uhr.

Salazar lächelte, als er beim Betreten des Restaurants seinen Essensgast entdeckte. Er hatte sich verspätet, aber im Lokal angerufen und darum gebeten, seine Entschuldigung auszurichten und der Wartenden schon einmal ein Getränk ihrer Wahl zu servieren.

»Es tut mir schrecklich leid«, sagte er zu Cassiopeia Vitt. »Leider wurde ich durch etwas Wichtiges aufgehalten.«

Sie kannten sich seit ihrer Kindheit. Er war zwei Jahre älter als sie, und ihrer beider Eltern waren ein Leben lang befreundet gewesen. Als Twens waren Cassiopeia und er sich nähergekommen und fünf Jahre lang immer wieder miteinander ausgegangen, doch dann war Cassiopeia sich anscheinend klar darüber geworden, dass die Anziehung zwischen ihnen mehr dem Wunsch ihrer beiden Elternpaare entsprach als ihrem eigenen Verlangen.

Zumindest hatte sie ihm das damals gesagt.

Aber er wusste es besser.

Der eigentliche Grund ihres Auseinanderdriftens war grundlegender.

Er war als Mitglied der Kirche Jesu Christi der Heiligen der Letzten Tage geboren. Sie ebenfalls. Ihm bedeutete das alles, ihr aber war es längst nicht so wichtig.

Seit ihrem letzten Zusammensein waren elf Jahre vergangen. Sie waren in Kontakt geblieben und hatten sich gelegentlich bei gesellschaftlichen Anlässen getroffen. Er wusste, dass sie nach Frankreich gezogen war und mit dem Bau einer Burg begonnen hatte, für die sie ausschließlich Materialien und Techniken benutzte, die im 13. Jahrhundert verfügbar gewesen waren. Er hatte Fotos der Burg und ihres ländlichen Châteaus gesehen. Beide waren außergewöhnlich und fesselten den Blick.

Genau wie diese Frau selbst.

»Schon in Ordnung«, gab sie zurück. »Ich habe die Aussicht genossen.«

Kalundborg an der Westküste Seelands war schon eine Siedlung der Wikinger gewesen und galt damit als eine der ältesten dänischen Städte. Der gepflasterte Zentralplatz wurde von der einzigartigen Vor Frue Kirke überragt, einem Meisterwerk des 12. Jahrhunderts mit fünf oktogonalen Türmen. Das Restaurant, dessen von Kerzenlicht beleuchtete Tische gut besetzt waren, lag auf einer Seite des Platzes. Er hatte extra einen Tisch am Fenster reserviert, von wo sie einen guten Blick auf die angestrahlte Backsteinkirche hatten.

»Ich freue mich schon den ganzen Tag auf dieses Essen«, sagte er. »Es gefällt mir hier so gut. Ich bin froh, dass du es endlich einmal geschafft hast, mich zu besuchen.«

Seine Mutter war eine introvertierte Dänin gewesen, die sich ganz ihrem Mann und ihren sechs Kindern gewidmet hatte, von denen er selbst das jüngste war. Als Ende des 19. Jahrhunderts Missionare nach Dänemark gekommen waren, war die Familie seiner Mutter als eine der ersten des Landes zu den Heiligen der Letzten Tage übergetreten. Sein Großvater mütterlicherseits hatte bei der Gründung der ersten Gemeinde Skandinaviens mitgewirkt, und weitere waren gefolgt. Diese Gemeinden hatten schließlich mehrere *Pfähle* gebildet. Genauso war es in Spanien gelaufen, wo die Familie seines Vaters gelebt hatte. Beide Großväter waren Präsidenten großer Pfähle gewesen. Er hatte das Anwesen seiner Mutter in Kalundborg geerbt und verbrachte die Monate von Mai bis Oktober hier, um der Hitze des spanischen Sommers zu entgehen.

Der Kellner kam, und er bestellte ein Glas Mineralwasser. Cassiopeia hielt es genauso. Die Speisekarten wurden gebracht, und beide gingen die Empfehlungen des Hauses durch.

»Bleibt es dabei, dass du morgen von hier aufbrichst?«, fragte sie.

»Leider ja. Ich muss mich um eine bestimmte Angelegenheit kümmern.«

»Wie schade. Wir wurden gerade wieder ein bisschen vertrauter miteinander.«

»Du warst ja sehr zurückhaltend, und ich habe das zugelassen. Aber jetzt wird es Zeit, dass du mir mehr erzählst. Warum hast du wieder Kontakt aufgenommen? Warum bist du hergekommen?«

Sie hatte sich vor fünf Monaten zum ersten Mal seit langer Zeit telefonisch gemeldet. Dem waren weitere Anrufe und E-Mails gefolgt. Nach einem Telefongespräch vor einer Woche hatte er sie dann zu sich eingeladen.

Und sie hatte angenommen.

»Ich bin zu dem Schluss gelangt, dass ich mich damals vielleicht geirrt habe.«

Von ihren Worten gefesselt, legte er die Speisekarte weg.

»Mit dem Älterwerden ist mir klar geworden, dass die Glaubensüberzeugungen meiner Eltern vielleicht doch nicht so verkehrt waren«, sagte sie.

Er wusste, dass sie genau wie er selbst von Kindheit an aus dem *Buch Mormon* unterrichtet worden war, ebenso wie aus dem Buch *Lehre und Bündnisse*, und dass man sie ermuntert hatte, die *Köstliche Perle* zu lesen. Damit waren ihr alle den Propheten und Kirchenführern enthüllten Offenbarungen bekannt, und sie war vollständig in die Geschichte der Kirche eingeweiht. Jeder Heilige der Letzten Tage musste diese Bücher studieren.

Aber er wusste, dass sie sich dagegen aufgelehnt hatte.

Dass sie ihr Erbe zurückgewiesen hatte.

Zum Glück hatten ihrer beider Eltern das nicht mehr miterleben müssen.

»Ich habe lange darauf gewartet, diese Worte von dir zu hören«, erwiderte er. »Deine negative Einstellung gegenüber der Kirche war die Ursache unserer Entfremdung.«

»Ich erinnere mich daran. Und jetzt schau, wie weit du es gebracht hast. Damals standest du kurz davor, eine Gemeinde zu führen. Und inzwischen bist du Mitglied des Ersten Kollegiums der Siebziger und nur noch einen Schritt vom Kollegium der Zwölf Apostel entfernt. Wahrscheinlich bist du der erste Spanier, der es zu solchen Ehren bringt.«

Er hörte den Stolz in ihrer Stimme.

Die Erste Präsidentschaft bildete die Spitze der Kirchenleitung, sie bestand aus dem Propheten und zwei handverlesenen Beratern. Darunter standen die Zwölf Apostel, die das Amt bis zu ihrem Lebensende innehatten und halfen, die Kirchenpolitik zu entwickeln. Danach kamen die verschiedenen Kollegien der Siebziger, deren Mitglieder alle angesehene Älteste waren. Sie hatten die Aufgabe, bei der Organisation und Verwaltung zu helfen und bekleideten ihre apostolische Autorität als *besondere Zeugen Christi.* Viele Apostel entstammten den Siebzigern, und jeder Prophet war einmal ein Apostel gewesen.

»Ich möchte wiederentdecken, was ich verloren habe«, erklärte sie.

Der Kellner kam mit ihrem Mineralwasser.

Salazar beugte sich über den Tisch und ergriff leicht ihre Hand. Die Geste schien sie nicht zu überraschen. »Ich wäre überglücklich, dir bei der Neubesinnung auf deinen Glauben zu helfen. Es wäre mir eine Ehre, dich zurückzuführen.«

»Deswegen habe ich den Kontakt wiederaufgenommen.«

Er lächelte, die Hand immer noch auf ihrer. Fromme Heilige der Letzten Tage hielten nichts von vorehelichem Sex, daher hatten sie nie eine körperliche Beziehung gehabt.

Aber es war doch eine Beziehung gewesen.

Und zwar eine so intensive, dass sie elf Jahre in seinem Inneren überdauert hatte.

»Ich habe Hunger«, sagte er, den Blick in ihren geheftet. »Lass uns das Essen genießen. Und dann möchte ich dir etwas zeigen. Bei mir daheim.«

Sie lächelte. »Das wäre schön.«

7

Atlanta, Georgia

Stephanie war eine erfolgreiche Juristin. Sie hatte unmittelbar nach ihrem Abschluss im Außenministerium angefangen, war dann ins Justizministerium gewechselt und bis zur Stellvertretenden Justizministerin aufgestiegen. Irgendwann hätte sie vielleicht von einem Präsidenten das Ministerium selbst angeboten bekommen, aber dann hatte das Magellan Billet alles geändert. Der Gedanke dahinter war gewesen, eine außerhalb des FBI, der CIA und der Militärdienste operierende Sondergeheimdienstabteilung zu schaffen, die der Regierung direkt zuarbeitete. Die Agenten sollten sowohl eine juristische als auch eine geheimdienstliche Ausbildung durchlaufen haben.

Eine unabhängige Abteilung. Innovativ. Und unauffällig.

Das war die Idealvorstellung gewesen.

Und es hatte funktioniert.

Aber die politischen Probleme waren Stephanie durchaus bewusst. Sie hatte Präsidenten und Justizministern beider Parteien gedient. Obgleich Danny Daniels aufgrund seines Versprechens gewählt und wiedergewählt worden war, mit beiden Parteien zu kooperieren, war er doch in den vergangenen siebeneinhalb Jahren in einem heftigen politischen Krieg gefangen gewesen. Er hatte Verrat durch seinen Vizepräsidenten, einen Justizminister und einen ehemaligen Stellvertretenden Nationalen Sicherheitsberater erlebt. Und man hatte sogar versucht, ihn durch ein Attentat aus dem Weg zu räumen. Stephanie und das Billet hatten dem Präsidenten bei all diesen Krisen zur Seite gestanden. Und jetzt ging es also erneut los. Irgendetwas Außergewöhnliches, und sie steckte schon wieder mittendrin.

»Überlegst du manchmal, was du tun wirst, wenn deine Zeit hier vorbei ist?«, fragte Davis.

Sie saßen noch immer in der Kantine, die jetzt, am Nachmittag, praktisch leer war.

»Ich habe vor, ewig zu arbeiten.«

»Wir könnten beide Bücher schreiben, in denen wir aus dem Nähkästchen plaudern. Oder vielleicht im Fernsehen auftreten. CNN oder Fox oder irgendein anderer Sender. Wir könnten auf ›ewiger Besserwisser‹ machen und giftige Spitzen loslassen. Es ist so viel einfacher, am Montagmorgen das Spiel zu kommentieren, als am Sonntag selbst auf dem Feld zu stehen.«

Sie wunderte sich über Davis' Resignation, wohl ein Fall von Ende-der-Amtszeit-Blues. So etwas hatte sie schon öfter erlebt. Während Daniels erster Amtszeit hatte es tatsächlich einen energischen Vorstoß gegeben, sie zu ersetzen, aber die Bemühungen waren im Sand verlaufen. Vielleicht, weil sonst niemand ihren Job hatte haben wollen. In ihrem stillen Büro in Georgia, fern dem Rampenlicht Washingtons, war nicht viel öffentlicher Ruhm zu ernten. Eine echte Karriere wob man aus einem viel dickeren Faden. Eines jedoch war klar – Edwin Davis hielt absolut loyal zu seinem Chef. Und sie ebenfalls. Und dann war da noch etwas. Normalerweise dachte man im Justizministerium, im Kongress oder im Weißen Haus nicht viel über sie oder das Billet nach. Jetzt aber befand sie sich plötzlich auf dem Radarschirm des dienstälteren Senators Utahs.

»Was will Rowan von mir?«

»Er ist hinter etwas her, das wir bislang nur für einen Mythos gehalten haben.«

Sein Tonfall kündigte Probleme an.

»Ich muss dir eine Geschichte erzählen.«

Am 1. Januar 1863 verkündete Abraham Lincoln seine Emanzipations-Proklamation. In der Geschichtsschreibung gilt dies als ein ungeheurer Fortschritt. Die Wirklichkeit sieht jedoch ganz anders aus. Die Proklamation war kein Gesetz. Sie wurde nicht vom Kongress verabschiedet und von keinem Bundesstaat übernommen. Lincoln erließ sie mit seiner nur nominellen Autorität als Oberbefehlshaber des Militärs. Aber durch sie wurde niemand befreit. Ihr Geltungsbereich beschränkte sich auf die Sklaven in den zehn Bundesstaaten, die sich damals dem Aufstand angeschlossen hatten. Die Proklamation verbot die Sklaverei nicht und verlieh den befreiten Menschen kein Bürgerrecht. In jenen Teilen des Südens, die von der Union kontrolliert wurden – darunter große Bereiche Tennessees und Virginias – und in denen man die Schwarzen tatsächlich hätte befreien und zu Bürgern machen können, war die Proklamation nicht anwendbar. Maryland und Kentucky blieben gleicherweise ausgenommen, ebenso Teile Louisianas. Kurz, die Emanzipations-Proklamation war einfach nur ein politischer Winkelzug. Durch sie wurden nur dort Sklaven befreit, wo Lincoln keinen Zugriff hatte. William Seward, Lincolns Staatssekretär, drückte es am besten aus:

»Wir zeigen unser Mitgefühl mit den Sklaven, indem wir die Sklaven dort befreien, wo wir nicht an sie herankommen, und sie dort in Fesseln belassen, wo wir sie befreien könnten.«

Öffentlich nannte Lincoln die Proklamation eine »Kriegsmaßnahme«, im privaten Gespräch gab er aber zu, dass sie wertlos war. Schließlich war die Sklaverei durch die Verfassung gestattet. Artikel I, Abschnitt 2 hielt ausdrücklich fest, dass Sklaven in Bezug auf Vertretung im Kongress und Besteuerung wie drei Fünftel einer Person zählten. Artikel IV, Abschnitt 2 verlangte, dass in freie Staaten geflohene Sklaven an ihre Herren zurückgegeben wurden. Viele Delegierte der Verfassungsgebenden Versammlung hatten selbst Sklaven besessen – da war es keine Überraschung, dass ihre Rechte mit keinem Wort in Frage gestellt wurden.

Damals war der Süden im Bürgerkrieg im Vorteil. Die einzige praktische Auswirkung der Proklamation hätte also darin bestehen können, einen Sklavenaufstand auszulösen – eine Rebellion von innen, die den Feind hätte ernsthaft schwächen können. Die Angst vor einem Aufstand gehörte sicherlich zu den Sorgen des Südens, da die meisten waffenfähigen Männer der Südstaaten in der Armee kämpften, während ihre Farmen und Plantagen unter der Aufsicht ihrer Frauen oder älterer Männer zurückgeblieben waren.

Aber ein Aufstand blieb aus.

Stattdessen war die Wirkung der Proklamation vor allem im Norden zu spüren.

Und zwar keineswegs auf vorteilhafte Weise.

Die meisten Bewohner der Nordstaaten waren von der

Finte geschockt. Die wenigsten hatten den Krieg mit der Abschaffung der Sklaverei in Verbindung gebracht. Die weißen Nordstaatler verachteten die Afroamerikaner überwiegend, und ihre Black Codes verwehrten den freigelassenen Sklaven, die bereits dort lebten, jegliche Gleichstellung. Die Diskriminierung steckte tief im System. Die Zeitungen im Norden ergriffen energisch Position gegen die Abschaffung der Sklaverei, und nach Lincolns Emanzipations-Proklamation stieg im Norden die Gewalt gegen Schwarze sprunghaft an.

Ebenso kam es vermehrt zu Desertionen.

Nahezu zweihunderttausend Soldaten flohen aus der Armee der Union. Weitere zwölftausend entzogen sich der Einberufung. Neunzigtausend flüchteten nach Kanada. Nach der Proklamation meldeten sich weniger Männer freiwillig zur Armee. Und die Kriegsanleihen verkauften sich schleppender.

Für den Norden ging es bei dem Kampf nicht um die Sklaverei.

»Was willst du damit sagen?«, fragte Stephanie.

»Abraham Lincoln war kein Sklavenbefreier«, antwortete Davis. »Vor 1854 hat er so gut wie nie von der Sklaverei gesprochen. Tatsächlich hat er sich sogar öffentlich gegen die politische oder gesellschaftliche Gleichstellung der Rassen ausgesprochen. Er war ein Unterstützer des Fugitive Slave Act, der Besitzern entlaufener Sklaven gestattete, ihr Eigentum in freien Staaten zurückzufordern. Als Anwalt hat er kein einziges Mal das Mandat eines entlaufenen Sklaven übernommen. Das eines Sklavenbesitzers dagegen schon. Er war ein Freund des Kolonialismus und förderte den Gedanken, freigelassene Sklaven nach Afrika, Haiti, Britisch-Guayana oder Niederländisch-Westindien zu schicken. Ihm war es egal, wo sie waren, nur nicht in den USA. Seine Regierung arbeitete hart an einem realistisch umsetzbaren Plan für ihre Deportation nach dem Krieg. Aber damals gab es in den USA mehr als vier Millionen Sklaven. Sie zurückzutransportieren war logistisch und finanziell einfach nicht möglich.«

Natürlich wusste Stephanie einiges über Lincoln. Um ihn rankten sich vielfältige Mythen, Geschichten und Legenden, die durch zahllose Bücher, Filme und Fernsehshows weiterverbreitet wurden.

»Lincoln hat es damals in seiner Antrittsrede klipp und klar gesagt«, erklärte Davis. »Er hat allen Amerikanern erläutert, dass er das Recht auf den Besitz von Sklaven in den Südstaaten nicht einschränken würde. Punkt. Ende der Debatte. Seine Gegnerschaft galt nur der *Ausbreitung* der Sklaverei in neu hinzukommende Territorien.«

»Ich wusste gar nicht, dass du ein solcher Kenner Lincolns bist.«

»Das bin ich auch gar nicht. Aber was wahr ist, muss wahr bleiben. Im Bürgerkrieg ging es nicht um die Sklaverei. Wie denn auch? Die Praxis war durch die Verfassung gedeckt. 1857 hatte der Oberste Gerichtshof sie in seiner Entscheidung zum Fall von *Dread Scott* noch einmal gestärkt. Erst mit dem 13. Zusatzartikel zur Verfassung, der *nach* dem Ende des Krieges erlassen wurde, änderte sich das. Wie hätten wir also einen Krieg um die Beendigung von etwas führen können, das durch unsere Verfassung ausdrücklich gestattet war?«

Eine gute Frage.

»Aber Lincoln, Gott hab ihn selig, war mit einigen sehr schwierigen Problemen konfrontiert«, fuhr Davis fort. »Kein Präsident war je so herausgefordert. Er hatte buchstäblich das Ende seines Staates vor Augen. Europa schaute aus der Ferne zu und wartete nur darauf, sich auf uns zu stürzen und den Kadaver sauberzupicken. Lincoln befand sich in einer verzweifelten Lage. Und das ist der Grund, warum wir jetzt miteinander reden.«

Sie wartete ab.

»Es ging um die Sezession.«

»Also darum, dass sich Staaten von der Union abspalten wollten?«

Davis nickte. »Das war beim Bürgerkrieg der eigentliche Punkt. Die Südstaaten sagten, sie hätten es satt und besäßen das Recht, aus der Union auszutreten. Lincoln widersprach. Die Union sei auf ewige Dauer angelegt und könne nicht aufgelöst werden. Sechshunderttausend Menschen sind zur Klärung dieser Frage gestorben.«

Auch Stephanie wusste einiges über das Thema, da Verfassungsrecht ihr Hobby war.

»Der Supreme Court hat diese Debatte 1869 entschieden«, erklärte sie. »*Texas gegen White*. Der Oberste Gerichtshof entschied, dass die Abspaltung gesetzeswidrig sei. Die Union sei unauflösbar und für alle Zeit gegründet.«

»Was hätte der Gerichtshof auch sonst entscheiden sollen? Der Krieg war vorüber, Hunderttausende Männer waren gefallen, und der Süden lag in Trümmern. Das Land versuchte einen Wiederaufbau. Und da sollten ein paar Turkey Buzzards aus den Nordstaaten in schwarzen Roben das Ganze für verfassungswidrig erklären? Diese Truthahngeier? Wohl kaum.«

»Mir war gar nicht klar, dass du die Richterschaft so verachtest.«

Er lächelte. »Bundesrichter sind Arschlöcher. Ernennt man jemanden auf Lebenszeit, bekommt man ein Problem. Dem Supreme Court blieb 1869 gar keine andere Wahl, als so zu entscheiden.«

»Uns dagegen schon?«

»Die Sache ist die, Stephanie: Was, wenn Lincoln und der Supreme Court beide falschlagen?«

8

Malone schloss die Tür seines Buchantiquariats auf und ließ Luke Daniels und Barry Kirk hinein. Auf dem Højbro Plads war viel los, aber nicht wie im Sommer, wenn die Sonne spät unterging und es dort bis Mitternacht von Menschen wimmelte. Dann hielt er den Laden bis mindestens 22 Uhr geöffnet. In der jetzigen Jahreszeit aber schloss er schon um 18 Uhr.

Er schaltete das Licht ein und sperrte die Tür von innen ab.

»Hey, echt cool hier«, sagte Luke. »Man kommt sich vor wie in Hogwarts. Und dazu dieser Duft. Der Geruch ist irgendwie in allen Buchantiquariaten gleich.«

»Man nennt es ›Smell des Wissens‹.«

Luke zeigte mit dem Finger auf ihn. »Ist das Buchhändlerhumor? Ich wette, ihr Jungs trefft euch regelmäßig und erzählt euch solche Schoten. Stimmt's?«

Malone warf seinen Schlüsselbund auf die Ladentheke

und fixierte Barry Kirk. »Man hat mir gesagt, Sie wüssten, wo unser Vermisster sich befindet.«

Kirk antwortete nicht.

»Diese Frage stelle ich nur noch ein einziges weiteres Mal auf die freundliche Tour.«

»Dem schließe ich mich an«, fügte Luke hinzu. »Sagen Sie uns, was Sie wissen. Und zwar sofort.«

»Ihren Agenten hat Salazar.«

»Und wer ist Salazar?«, fragte Malone.

»Er steht im Zentrum der ganzen Sache«, antwortete Luke. »Ein Spanier. Verdammt reich. Seine Familie ist mit Kränen im Geschäft. Kräne wie die, die man auf den Baustellen neben den Neubauten sieht. Sein Vater hat das Unternehmen nach dem Zweiten Weltkrieg gegründet.«

»Ich habe vor fünf Jahren eine Stelle als einer von Señor Salazars persönlichen Assistenten angetreten«, berichtete Kirk. »Aber dann habe ich erkannt, dass es ein Problem mit ihm gibt. Mein Arbeitgeber ist Mormone.«

»Und warum sollte das ein Problem sein?«, fragte Malone.

»Er ist ein Ältester, ein hochrangiges Mitglied des Ersten Kollegiums der Siebziger, und vielleicht wird er bald zu einem Apostel der Kirche ernannt.«

»Ein richtig hohes Tier in der Hierarchie«, erläuterte Luke.

»Ich weiß über die Heiligen der Letzten Tage Bescheid«, wehrte Malone ab. Er sah Kirk an. »Und wie sieht das *Problem* mit Salazar aus?«

»Er ist in einige abscheuliche Geschäfte verwickelt. Ich habe die Augen davor verschlossen … bis vor Kurzem, als er nach meiner Überzeugung jemanden ermordet hat.«

»Und woher wollen Sie das wissen?«

»Ich weiß es nicht mit Sicherheit. Aber er hat versucht, ein Tagebuch aus dem 19. Jahrhundert in die Finger zu kriegen. Señor Salazar ist ein begeisterter Sammler von allem, was mit der Geschichte der Mormonen zu tun hat. Der Besitzer des Buches hat den Verkauf abgelehnt. Das hat ... Salazar verärgert. Dann hat er das Tagebuch tatsächlich ergattert, und ich erfuhr, dass sein ehemaliger Besitzer tot aufgefunden wurde.«

»Und wie hängt das mit Salazar zusammen?«

»Ist doch ein eigenartiger ... Zufall, finden Sie nicht?«

In der Hoffnung, mehr zu erfahren, sah Malone Luke an. »Kannst du die Lücken füllen?«

»Schön wär's. Wir hatten die Aufgabe, einfach nur einen normalen Background-Check durchzuführen: die Daten, Zahlen und Fakten aus Salazars Leben. Wir hatten einen Agenten vor Ort, der in den letzten Monaten daran gearbeitet hat. Kirk hier hat Kontakt mit ihm aufgenommen. Dann aber ist vor drei Tagen der Agent verschwunden. Ich wurde hergeschickt, um ihn zu suchen. Heute Nachmittag hatte ich eine kleine Auseinandersetzng mit einigen von Salazars Leuten, daher habe ich eines seiner Flugzeuge gestohlen.«

»Er hat mehr als eines?«

»Der hat die reinste Luftflotte. Wie schon gesagt, er ist *verdammt* reich.«

»Ihr Agent hat mit mir geredet«, berichtete Kirk. »Er wollte mich in Sicherheit bringen. Aber als ich erfahren habe, dass Señor Salazar ihn gefangen genommen hat, bin ich in Panik geraten und abgehauen. Der Agent hatte mir eine Kontaktnummer gegeben, und die habe ich angerufen.

Ich erhielt Anweisung, nach Schweden zu reisen, aber Salazars Leute sind mir gefolgt.«

»Ihr Arbeitgeber hat *Leute*?«, fragte Malone.

»Daniten.«

Das war ein Wort, das er nicht erwartet hatte, aber kannte.

Zielstrebig trat er in den Gang mit der Aufschrift *Religion* und suchte ein Buch, das er dort noch zu finden hoffte. Er hatte es vor ein paar Wochen von einer alten Dame gekauft, die mehrere Kartons voll Bücher hereingeschleppt hatte.

Und tatsächlich, es stand noch auf dem obersten Regalbrett.

Kingdom of the Saints – »Königreich der Heiligen«.

Mitte des 20. Jahrhunderts erschienen.

Das Wort *Daniten* hatte in seinem eidetischen Gedächtnis etwas aufsteigen lassen. Dazu brauchte es nicht viel. *Fotografisch* war eine zu vereinfachende Beschreibung dieser angeborenen Eigenschaft und traf es nur bedingt. Es war eher die Neigung, auf Details zu achten. Oft konnte das ganz schön nerven, aber manchmal war es eben auch hilfreich.

Er überflog den Index und fand einen Hinweis auf eine am 17. Juni 1838 von Sidney Rigdon gehaltene Predigt, einem von Joseph Smiths frühesten Anhängern.

Ihr seid das Salz der Erde, aber wenn das Salz seinen Geschmack verloren hat, womit soll dann die Welt gesalzen werden? Es taugt zu nichts mehr, als dass es weggeworfen und von den Leuten zertreten wird. Wir sind der Welt mit Güte begegnet, wir haben die grundlosen

Beschimpfungen mit Geduld ertragen und sie bis zum heutigen Tag ohne Groll erduldet, und noch immer hören Gewalt und Verfolgung nicht auf. Doch von diesem Tag und dieser Stunde an werden wir dies nicht länger hinnehmen.

Rigdon richtete diese Worte an Abtrünnige, die seiner Meinung nach ihre Glaubensbrüder verraten hatten, aber er bezog sich auch auf Nicht-Mormonen, die den Heiligen der Letzten Tage wiederholt mit Gewalt begegnet waren oder sogar einige von ihnen getötet hatten. Ein neu Bekehrter namens Sampson Avard, der als »gerissen, listig und extrem ehrgeizig« beschrieben wurde, machte sich die Gefühle zunutze, die von der sogenannten Salz-Predigt aufgestachelt worden waren. Er bildete unter den Anhängern der Kirche eine geheime Kampforganisation, die unter dem Namen Söhne Dans bekannt wurde. Das bezog sich auf einen Absatz in der Genesis: *Zur Schlange am Weg wird Dan, zur zischelnden Natter am Pfad. Sie beißt das Pferd in die Fesseln, sein Reiter stürzt rücklings herab.* Die Daniten sollten die jüngsten, hitzigsten und tatkräftigsten Mormonen als Elitekorps rekrutieren, das im Geheimen diente. Sie operierten nicht als Gruppe, sondern als Einzelkämpfer, an die man sich wenden konnte, um schnelle und unmittelbare Rache für gegen Heilige verübte Gewalttaten zu erwirken.

Malone blickte von dem Buch auf. »Die Daniten waren Fanatiker. Radikale im Schoße der frühen Mormonenkirche. Aber sie sind vor langer Zeit verschwunden.«

Kirk schüttelte den Kopf. »Señor Salazar stellte sich vor,

in einer anderen Zeit zu leben. Er ist ein fanatischer Anhänger von Joseph Smith. Er folgt den alten Pfaden.«

Malone war über Smith und seine Vision des Engels Moroni im Bilde, der ihn angeblich zu goldenen Tafeln geführt hatte, die Smith übersetzt und auf deren Grundlage er eine neue Religion gegründet hatte. Diese wurde zunächst Kirche Christi genannt, inzwischen aber war sie unter dem Namen Kirche Jesu Christi der Heiligen der Letzten Tage bekannt.

»Señor Salazar ist intelligent«, berichtete Kirk. »Er hat an der Universidad de Barcelona studiert und einen hochwertigen Abschluss erworben.«

»Und doch ist er Anhänger eines Mannes, der goldene Tafeln gefunden haben will, auf denen Text in einer fremden Sprache eingraviert war. Abgesehen von Smith und ein paar wenigen Zeugen hat niemand je diese Tafeln gesehen. Wenn ich mich recht erinnere, haben einige dieser Zeugen ihre Aussage sogar später widerrufen. Dennoch konnte Smith die Tafeln übersetzen, und zwar mit Hilfe eines Sehersteins, den er in einen Hut legte.«

»Ähnelt das der Überzeugung von Kreuzestod und Wiederauferstehung? Beides ist Glaubenssache.«

»Sind Sie Mormone?«, wollte Malone wissen.

»In der dritten Generation.«

»Und der Glaube bedeutet Ihnen etwas?«

»Von Kindheit an.«

»Und was bedeutet er Salazar?«

»Er ist sein Leben.«

»Sie sind mit Ihrer Flucht ein Risiko eingegangen.«

»Ich habe um die richtige Entscheidung gebetet und die Antwort erhalten, dass ich es so machen soll.«

Persönlich hatte Malone nie viel davon gehalten, sein Leben blind in die Hände des Glaubens zu legen. Aber jetzt war nicht die Zeit, über Religion zu debattieren. »Wo befindet sich unser Mann?«

»Ihr Agent wird in der Nähe Kalundborgs festgehalten«, antwortete Kirk. »Auf einem Anwesen, das Señor Salazar gehört. Nicht im Haupthaus, sondern in einem Nebengebäude auf der Ostseite. Im Keller gibt es einen Kerker.«

»Und im Haupthaus?«, fragte Luke. »Bewahrt Salazar dort Informationen auf?«

Kirk nickte. »Sein Arbeitszimmer ist sein Heiligtum. Keiner darf ohne Erlaubnis dort eintreten.«

Malone stand bei der Ladentheke und schaute durchs Schaufenster auf den dunklen Platz hinaus. Zwölf Jahre lang hatte er als Agent für das Justizministerium gearbeitet und dabei Fähigkeiten perfektioniert, die er nie mehr verlieren würde. Eine davon bestand darin, immer ganz bewusst wahrzunehmen, was um ihn herum vorging. Bis heute setzte er sich niemals mit dem Rücken zur Tür in ein Restaurant. Durch die Fensterscheibe bemerkte er dreißig Meter vor seinem Laden zwei Männer. Beide waren jung und trugen dunkle Jacken und schwarze Hosen. Sie standen seit einigen Minuten an derselben Stelle, ganz anders als die Passanten um sie herum. Malone hatte sich bemüht, nicht hinzustarren, hatte sie aber im Auge behalten.

Luke trat mit dem Rücken zum Fenster zur Theke. »Hast du die beiden auch entdeckt?«

Malone begegnete dem Blick des jungen Mannes. »Schwer zu übersehen.«

Luke fuchtelte mit den Armen, als rege er sich gerade wegen irgendetwas auf, aber seine Worte passten nicht zu dieser gespielten Verärgerung. »Sag mal, Papi, gibt's hier auch einen Hinterausgang?«

Malone spielte mit und machte eine Geste, als wäre er wütend, nickte aber leicht.

»Was ist los?«, fragte Kirk.

Die beiden Männer draußen setzten sich in Bewegung.

Auf den Laden zu.

Dann ertönte plötzlich ein neues Geräusch.

Die Sirene eines Einsatzfahrzeugs.

Sie kam näher.

9

Stephanie lauschte weiter Davis' Erläuterungen.

»Die Amerikanische Revolution war überhaupt keine Revolution. Das Ziel bestand nie darin, die britische Regierung zu stürzen. Die Aufständischen haben niemals die Absicht geäußert, London zu erobern und die Monarchie durch eine Demokratie zu ersetzen. Nein. Die Amerikanische Revolution war ein Sezessionskrieg. Die Unabhängigkeitserklärung war ein Akt der Abspaltung. Die Vereinigten Staaten von Amerika wurden von Sezessionisten gegründet. Sie hatten das Ziel, das britische Imperium zu verlassen und eine eigene Regierung zu bilden. In der amerikanischen Geschichte hat es zwei Sezessionskriege gegeben. Der eine wurde 1776 geführt und der andere 1861.«

Die daraus zu ziehenden Schlussfolgerungen faszinierten Stephanie, aber die Frage, wie relevant diese Information war, weckte ihre Neugier stärker.

»Der Süden wollte die Union verlassen, weil er mit der Politik der Bundesregierung nicht mehr einverstanden war«, erklärte Davis. »Ein großer Teil der Staatseinnahmen bestand aus Zöllen. Der Süden importierte weit mehr als der Norden und entrichtete daher mehr als die Hälfte der Zölle. Aber da der Norden über mehr als die Hälfte der Bevölkerung verfügte, fiel der größere Teil der Staatsausgaben dort an. Das war ein Problem. Die Fabrikanten im Norden verdankten ihren Erfolg den hohen Zollschranken. Hätte man diese abgebaut, wären ihre Unternehmen gescheitert. Die Zölle waren seit 1824 ein Streitthema, da der Süden sich gegen sie wehrte und der Norden beharrlich auf ihnen bestand. Die neu entworfene Verfassung der Konföderierten verbot Zölle ausdrücklich. Damit hätten die Häfen im Süden fortan einen entscheidenden Vorteil gegenüber ihren Gegenstücken im Norden gehabt.«

»Und das konnte Lincoln nicht zulassen.«

»Wie denn auch? Die US-Regierung wäre pleitegegangen. Ende des Spiels. Letztlich lief alles darauf hinaus, dass der Norden und der Süden bei den Entscheidungen zu Einnahmen und Ausgaben grundlegend verschiedener Meinung waren. Nachdem das jahrzehntelang so gelaufen war, beschloss der Süden, dass er einfach nicht mehr zu den Vereinigten Staaten gehören wollte. Und so haben die Südstaaten die Union verlassen.«

»Was haben Josepe Salazar und Senator Rowan denn damit zu tun?«

»Beide sind Mormonen.«

Sie wartete auf die Fortsetzung.

Als er die Emanzipations-Proklamation im Januar 1863 erließ, befand Lincoln sich längst in Panik. Die Armee der Union hatte nach ihrem Scheitern bei der Schlacht von Manassas im Juli 1861 eine Serie weiterer Niederlagen erlitten. Die alles entscheidende Schlacht von Gettysburg, die eine Wende brachte, lag noch sechs Monate entfernt. Im Winter 1863 steckte Lincoln daher tief in der Krise. Er musste den Norden und die Pioniergebiete im Westen halten. Der Verlust des Fernen Westens an die Konföderierten hätte die sichere Niederlage bedeutet. Doch um ihn für den Norden zu bewahren, musste er zu einer Einigung mit den Mormonen gelangen.

Diese hatten sich seit 1847 im Tal des Großen Salzsees angesiedelt. Vor ihrer Ankunft trug die Gegend den Namen Große Amerikanische Wüste, und die Nähe des toten Sees hatte Siedler abgeschreckt. Doch die Mormonen waren dort inzwischen seit zehn Jahren ansässig, hatten eine Stadt errichtet und das Territorium Utah gebildet. Sie wollten einen eigenen Bundesstaat gründen, aber das war ihnen verwehrt worden. Eine Reaktion auf ihre rebellische Haltung und ihre unorthodoxen Glaubensüberzeugungen, zu denen insbesondere auch die Polygamie gehörte, der sie nicht abschwören wollten. Ihr Anführer Brigham Young war ein entschlossener und fähiger Mann. Im Jahr 1857 stellte er sich der Konfrontation mit Präsident James Buchanan, der fünftausend US-Soldaten nach Westen schickte, um die Ordnung wiederherzustellen. Zu Youngs Glück wurde diese Invasionstruppe nicht durch Militärstrategen geführt. Vielmehr bestimmten Politiker und befahlen einen Marsch durch tausend Meilen feindlicher Wildnis, der bei Einbruch des Winters kurz vor Utah zum

Stillstand kam. Die Soldaten steckten in den Bergen fest, und viele starben. Young entschied klug, dass es keinen Sinn machte, sich einer solchen Armee im offenen Kampf zu stellen, und griff stattdessen zu einer Guerillataktik – Proviantwagen wurden verbrannt, Lasttiere gestohlen und Wiesen abgefackelt. Buchanan stand schließlich mit dem Rücken zur Wand und tat, was jeder gute Politiker tun würde – er erklärte den Sieg und bat um Frieden. Gesandte kamen und boten Young und den Mormonen eine vollständige Begnadigung an. Der Konflikt endete, ohne dass zwischen den gegnerischen Seiten ein einziger Schuss gefallen war, und Young hatte erneut die vollständige Kontrolle. Aber 1862 verliefen sowohl die Eisenbahnstrecke als auch die Telegrafenleitung zum Pazifik mitten durch das Territorium Utahs. Wenn Lincoln eine Beschädigung verhindern wollte, die ihn vom fernen Westen abgeschnitten hätte, musste er zu einer Übereinkunft mit Brigham Young kommen.

»Es war eine ganz verdammte Geschichte«, erzählte Davis. »Der Kongress hatte Mitte 1862 das Morrill-Gesetz gegen die Bigamie verabschiedet, das auf die Polygamie abzielte. Das gefiel den Mormonen überhaupt nicht. Daher schickte Young 1863 einen Gesandten zu Lincoln. Die Botschaft war klar. *Wenn ihr uns das Leben schwer macht, machen wir euch das Leben ebenfalls schwer.* Das bedeutete, dass sie Eisenbahnstrecken und Telegrafenleitungen zerstören würden. Vielleicht würden sogar Truppen der Mormonen auf Seiten der Südstaaten in den Krieg eintreten. Lincoln begriff, dass dies eine ernsthafte Bedrohung war. Daher schickte er Brigham Young eine Botschaft zurück.

›In meiner Kindheit war auf unserer Farm in Illinois immer wieder Wald zu roden oder Holz von den Feldern zu räumen. Gelegentlich hatten wir es mit dem Stamm eines umgestürzten Baumes zu tun. Er war zu hart zum Zerhauen, zu feucht zum Verbrennen und zu schwer, um ihn beiseitezuräumen. Also pflügten wir um ihn herum. Sagen Sie Ihrem Propheten, dass ich ihn in Ruhe lasse, wenn er mich in Ruhe lässt.‹

Und so geschah es«, berichtete Davis. »General Conner, der die US-Truppen in Utah befehligte, erhielt Anweisung, weder bei der Frage der Polygamie noch bei sonst irgendeinem Thema auf Konfrontationskurs mit den Mormonen zu gehen. Er sollte sie in Ruhe lassen. Erst 1882 wurde ein weiteres Gesetz zur Strafbarkeit der Polygamie erlassen. Das stellte dann wirklich ein Problem dar, und Tausende Männer wurden verurteilt. Aber damals war der Bürgerkrieg längst vorbei, und sowohl Lincoln als auch Young waren tot.«

»Woher weißt du von dieser Abmachung?«

»Geheime Aufzeichnungen.«

»Aus dem Jahr 1863?«

Davis schwieg einen Augenblick, und sie sah, dass er mit sich kämpfte. Er war für sein Pokerface bekannt, aber sie wusste es besser. Sie hatte ihn in Momenten erlebt, da er zutiefst verletzlich war, und umgekehrt war es genauso gewesen. Zwischen ihnen gab es keine Verstellung.

»Die Mormonen haben Lincoln nicht vertraut«, antwortete Davis. »Sie hatten keinen Grund, irgendjemandem in Washington zu trauen. Jahrzehntelang hatte man sie übergangen, mit Nichtigkeiten abgespeist und belogen. Die

Regierung war ihr schlimmster Feind. Aber diesmal hatten sie endlich die Trümpfe in der Hand. Daher waren sie zu einer Abmachung bereit, aber sie forderten ein Unterpfand seiner Vertrauenswürdigkeit.«

Sie war verblüfft. »Was hätte Lincoln ihnen denn geben können?«

»Hier kommt die Stelle, wo wir nur in Bruchstücken informiert sind. Aber wir wissen genug. Schlimmer ist allerdings, dass Senator Thaddeus Rowan auch einiges davon bekannt ist. Er ist ein Apostel der Mormonenkirche, und die Mitglieder dieses Kreises sind, von uns abgesehen, die einzigen lebenden Menschen, die überhaupt irgendetwas über diese Vorgänge wissen.«

»Deswegen wolltest du, dass wir Salazar unter die Lupe nehmen? Wegen seiner Verbindung zu Rowan?«

Davis nickte. »Vor einem Jahr sind wir auf einige Aktionen Rowans aufmerksam geworden. Damals haben wir auch von seiner Verbindung mit Salazar erfahren. Als wir dich gebeten haben, ihn zu überprüfen, war uns bereits klar, dass wir ein Problem hatten. Inzwischen ist es noch größer geworden.«

Sie versuchte, sich alles, was sie über die Mormonen wusste, in Erinnerung zu rufen. Sie war kein religiöser Mensch, und soweit sie wusste, Davis ebenso wenig.

»Rowan ist intelligent«, sagte Davis. »Er hat die Sache genau durchgeplant und wartet nur noch auf den richtigen Moment zum Handeln. Wir müssen unsere besten Leute darauf ansetzen. Was sich da abzeichnet, könnte katastrophale Folgen haben.«

»Alle meine Leute sind gut.«

»Können wir veranlassen, dass Malone mit dabei bleibt?«

»Das weiß ich nicht.«

»Bezahle ihn. Tu, was du willst. Aber ich möchte, dass er mitmacht.«

»Es kommt mir so vor, als hätte ich dich noch nie so nervös erlebt. Ist es wirklich so schlimm?«

»Es tut mir leid, dass ich dich ein Stück weit hinters Licht geführt habe. Bei meiner Bitte um die Überprüfung Salazars hätte ich dir mitteilen sollen, was ich wusste. Ich habe damit hinter dem Berg gehalten, weil ich gehofft hatte, mich zu irren.«

»Und was ist jetzt anders?«

»Wir haben uns nicht geirrt. Das habe ich gerade eben vom Innenminister erfahren, der sich derzeit mit Rowan in Utah aufhält. Im Zion National Park wurden einige Leichen und Planwagen aus dem 19. Jahrhundert entdeckt. Hier gibt es eine Verbindung zu den Mormonen. Rowan ist sofort nach Salt Lake City zurückgeflogen und trifft sich dort gerade jetzt mit dem Propheten der Kirche. Das, was sie besprechen, könnte dieses Land verändern.«

»Ich vermisse noch immer einen meiner Leute. Das ist im Augenblick meine Hauptsorge.«

Davis stand auf. »Dann kümmere dich darum. Aber ich brauche dich morgen früh in Washington. Wir müssen die Sache schnell und behutsam regeln.«

Sie nickte.

Davis schüttelte den Kopf. »Thomas Jefferson hat einmal gesagt, ein kleiner Aufstand ab und an sei eine gute Sache und ebenso notwendig in der politischen Welt wie Stürme in der physischen. So etwas sei für jede Regierung wie eine heilsame Medizin. Jefferson hat nicht in unserer

Welt gelebt. Ich glaube kaum, dass er das heute wiederholen würde.«

»Wovon reden wir hier eigentlich?«

Davis sah sie mit eiskaltem Blick an.

»Vom Ende der Vereinigten Staaten von Amerika.«

10

Kopenhagen

Malone beobachtete, wie Luke auf das Herankommen der Männer reagierte und sich schützend vor Barry Kirk stellte. Er selbst trat mit der Hand am Pistolengriff zum Schaufenster. Lukes Frage nach einer Hintertür hatte er unbeantwortet gelassen.

»Was ist los?«, fragte Kirk.

»Wir bekommen Besuch.«

»Wo? Von wem?«

»Von draußen.«

Er sah, wie Kirks Blick durchs Fenster zum Platz vor dem Laden schoss. Die beiden Männer waren inzwischen fast bei der Tür angekommen.

»Kommen die Ihnen bekannt vor?«, fragte Luke Kirk.

»Das sind Daniten. Sie gehören zu Salazar. Ich kenne sie. Sie haben mich in Schweden aufgespürt. Und hier ebenso. Ihr seid doch Nieten. Am Ende werde ich noch ermordet, und ihr unternehmt nichts dagegen.«

»Papi, die Hintertür. Wo ist die?«

»Einfach den Mittelgang entlang. Aber hör mal, angesichts der vielen Leute hier werden die beiden keine Szene riskieren.«

»Okay, kapiert. Deswegen wollen sie uns nach hinten raustreiben. Wie viele werden uns da wohl erwarten?«

»Genug, dass wir mit der einen Pistole, die wir haben, das Problem nicht lösen können.«

»Rufen Sie die Polizei«, sagte Kirk.

Luke schüttelte den Kopf. »Die ist hier so überflüssig wie Zitzen an einem Keiler. Aber es klingt so, als hätte bereits jemand ihren Wunsch erfüllt. Die Sirenen werden lauter.«

»Wir wissen nicht, ob die Einsatzfahrzeuge hierher unterwegs sind«, entgegnete Malone. »Aber das Letzte, was wir gebrauchen können, ist ein stundenlanges Rendezvous mit den hiesigen Ordnungskräften. Wir gehen vorne raus und setzen darauf, dass diese Kerle eine Szene vermeiden wollen.«

»Und hast du danach einen Plan?«

»Wie jeder gute Agent.«

Er hatte Luke wegen seiner überstürzten Entscheidung, durch die Hintertür zu fliehen, mit Spott bedacht, aber er bewunderte, wie cool der junge Mann auf Druck reagierte.

Und er hatte gehört, wie Kirk die Männer draußen genannt hatte.

Daniten.

Falls diese Gruppe überhaupt jemals existiert hatte – und über diese Frage war so manche Historikerdebatte ausgefochten worden –, lag das inzwischen mehr als zweihundert Jahre zurück. Sie waren eine Reaktion auf die damaligen Umstände gewesen, hatten zu einer anderen Zeit und an einen anderen Ort gehört. Sie waren ein aus verständlichen Gründen geschaffenes Mittel gegen die Gewalt gewesen, mit der man die Mormonen damals regelmäßig konfrontiert hatte. Aber was sollte das nun hier und heute?

Er schnappte sich seinen Schlüsselbund von der Theke und öffnete die Ladentür. Das Stimmengewirr der Leute, die draußen die Kopenhagener Nacht genossen, wurde lauter, und ebenso die Sirenen. Er trat hinaus und wartete ab, bis Luke und Kirk bei ihm waren. Dann machte er die Tür zu und schloss sie ab.

Die beiden Männer beobachteten sie.

Er wandte sich nach rechts zum Café Norden, das auf der Nordseite des Højbro Plads lag. Bis dorthin waren es fünfzig Meter über den alles andere als menschenleeren Platz. Zwischen ihnen und dem Café plätscherte die Fontäne des Stork-Brunnens. Rund um seinen Rand saßen Leute und unterhielten sich. Aus dem Augenwinkel bemerkte Malone, dass die beiden Männer ihnen folgten. Er ging absichtlich langsamer, damit sie ihn einholen konnten. Sein Puls schlug schneller, alle seine Sinne waren wach. Er wollte, dass ein etwaiger Zusammenstoß sich hier ereignete, in der Öffentlichkeit.

Die beiden Männer näherten sich nun in einem schärferen Winkel und traten ihm in den Weg. Das Gewicht der kalten Pistole unter seiner Jacke beruhigte ihn nur teilweise. Auf der anderen Seite des Platzes, hinten am Kanal, wo die Straße endete und das gemietete Boot lag, hielten jetzt vier Polizeiautos.

Zwei Beamte schlugen ihre Richtung ein.

Zwei weitere wandten sich zum Boot.

»Das ist gar nicht gut, Papi«, murmelte Luke.

Die beiden Uniformierten stürmten auf den Højbro Plads und hielten auf den Buchladen zu. Sie spähten durchs Schaufenster und rüttelten an der Klinke der Ladentür. Als sie merkten, dass abgeschlossen war, zerbrach einer von ihnen die Scheibe, und sie traten mit gezogener Pistole ein.

»Sie haben unsere Leute umgebracht.«

Malone wandte sich wieder den beiden Männern zu. »Himmel, das tut mir aber leid. Kann ich irgendwas tun, um es wiedergutzumachen?«

»Finden Sie das witzig?«

»Ich weiß nicht, was Sie mit *das* meinen. Aber Ihre Leute sind aufgetaucht, um zu kämpfen. Also habe ich gekämpft.«

»Wir sind hinter dem da her«, sagte der Mann und deutete auf Kirk.

»Man kann im Leben nicht alles kriegen, was man sich wünscht.«

»Wir werden ihn bekommen, so oder so.«

Malone schob sich an ihnen vorbei, und sie gingen weiter auf das Café zu.

Er hatte die Lage richtig eingeschätzt.

Diese beiden Männer wollten keine Szene.

Um ihn her schauten fast alle nur nach der Polizei und dem, was beim Laden vor sich ging. Zum Glück würden die Cops nun erst einmal vier Stockwerke zu durchsuchen haben.

Vor dem Café Norden standen Tische, an denen auch jetzt, am späten Abend, noch Gäste saßen und aßen. Normalerweise gehörte Malone zu ihnen, eine Gewohnheit, die er nach seinem Umzug von Georgia nach Dänemark angenommen hatte.

Doch heute Abend war das anders.

»Wie viele von den Typen schleichen hier wohl noch herum?«, fragte Luke.

»Schwer zu sagen. Aber du kannst darauf wetten, dass sie da sind.«

»Seien Sie doch vernünftig, Barry«, rief einer der Männer.

Kirk blieb stehen und drehte sich um.

»Sie werden mit Respekt behandelt, wenn Sie selbst welchen zeigen«, erklärte der jüngere der beiden. »Wenn Sie jetzt nicht mitkommen, werden Sie es büßen.«

Angst zeigte sich in Kirks Gesicht, doch Luke führte ihn weg.

Malone ging auf die beiden Männer zu. »Sagen Sie Salazar, dass wir uns schon sehr bald sehen werden.«

»Er freut sich bestimmt darauf.« Ein kurzes Stocken. »Und ich auch.«

Die beiden Polizisten kamen aus Malones Buchladen. Sie hatten für die Durchsuchung nicht lange gebraucht. Malone zeigte auf einen der jungen Männer und rief: *»Jeg ringede til dig. Det er Malone. Det er ham, du er efter, og han har en pistol.«* Ich habe Sie angerufen. Das hier ist Malone. Er ist der Mann, hinter dem Sie her sind, und er hat eine Pistole.

Das zeigte unmittelbar Wirkung.

Die Beamten stürmten auf die neuen Zielpersonen los.

Malone zog sich ins Café Norden zurück.

»Was hast du gemacht?«, fragte Luke.

»Den beiden Schnullis einen kleinen Stein in den Weg gelegt.«

Er ging an der Treppe vorbei, die zum Gastraum im Obergeschoss führte, und schlängelte sich zwischen den besetzten Tischen hindurch nach hinten. Im Restaurant war so viel los wie immer. Durch die Frontscheiben sah er Passanten draußen über das Kopfsteinpflaster schlendern. Er war Stammgast und kannte das Personal und den Besitzer. Als er die Küche betrat, schenkte ihm daher keiner die geringste Aufmerksamkeit. Er ging mit seinen Begleitern nach hinten durch und stieg die Holztreppe in den Keller hinunter.

Unten stießen sie auf drei Türen. Die eine gehörte zum Lift, der in die oberen Stockwerke des Gebäudes fuhr, die zweite öffnete sich in ein Büro und die dritte führte in einen Lagerraum.

Dort schaltete er eine Glühbirne ein. Überall stand Putzmaterial herum, dazu kamen leere Obst- und Gemüsekisten sowie Vorräte für das Restaurant. In den Ecken hingen Spinnweben, und ein Hauch von Desinfektionsmittel lag in der kühlen Luft. In der hinteren Wand befand sich eine Metalltür. Er ging hinüber und schloss sie auf. Dahinter öffnete sich ein weiterer Raum, und auch dort schaltete er eine Glühbirne ein. Drei Meter über ihm verlief ein Sträßchen, das an der Rückseite des Café Norden entlangführte. Die Keller der Gebäude zu beiden Seiten dieser Passage gingen schon seit vielen Jahrzehnten ineinander über und bildeten ein unterirdisches Geschoss, das die Gasse untertunnelte. Die Ladenbesitzer zu beiden Seiten teilten sich den Lagerraum. Malone war schon mehrmals hier unten gewesen.

»Vermutlich verschwinden wir so von hier, dass niemand es mitbekommt.«

»Das ist der Plan.«

Hinter dem zweiten Kellerraum stieß er auf eine Holztreppe, die wieder auf Erdgeschossniveau hinaufführte. Er stieg, zwei Stufen auf einmal nehmend, hinauf und trat in ein leerstehendes Geschäft, einen ehemaligen Kleiderladen. Überall in dem dunklen Raum lagen und standen Kistenstapel, Säcke voll Müll, eine Ladentheke, Kleiderpuppen und leere Kleiderständer aus Metall herum. Durch die nicht verhängten Fenster hatte er freie Sicht auf die erleuchteten Bäume des Nikolaj Plads, der eine Straße hinter dem Café Norden lag.

»Wir gehen raus und wenden uns nach rechts«, sagte er. »Dort sollte die Luft rein sein. Ein paar Straßen weiter parkt mein Auto.«

»Das sehe ich anders.«

Malone drehte sich um.

Barry Kirk stand hinter Luke Daniels und hielt dem jungen Agenten eine Pistole an die rechte Schläfe.

»Das wird ja allmählich auch mal Zeit«, sagte Malone.

11

Salt Lake City, Utah

Rowan war mit demselben Regierungshubschrauber, der ihn zum Zion National Park gebracht hatte, aus dem südlichen Teil des Staates zurückgekehrt. Er war an solche Privilegien gewöhnt, sie gehörten zu seinem Status als eines in Amerika mächtigen Mannes. Allerdings achtete er darauf, dies niemals übertrieben auszunutzen. Er hatte zu viele Kollegen erlebt, die in Ungnade gefallen waren. Sein Amtsbruder, der andere Senator Utahs, lieferte derzeit das perfekte Beispiel. Er war kein Heiliger der Letzten Tage, sondern einfach nur ein weltlicher Mann, der sein Amt wenig achtete und die Bürger, die ihn gewählt hatten, noch weniger. Derzeit untersuchte die Ethikkommission des Senats seinen Fall, und man hörte unter der Hand, er werde einen Verweis wegen groben Fehlverhaltens bekommen. Zum Glück war derzeit ein Wahljahr, und es hatte sich bereits eine starke Opposition gebildet. Daher würden die Wähler ihn wohl von seinem Elend erlösen.

Es war ein weit verbreiteter Irrtum, dass Utahs Einwohnerschaft beinahe ausschließlich aus Heiligen der Letzten Tage bestünde. Das war keineswegs der Fall! Laut der letzten Volkszählung machten die Heiligen 62,1 Prozent aus, und jedes Jahr ging der Anteil noch weiter zurück. Er hatte seine politische Karriere vor vierzig Jahren als Bürgermeister von Provo begonnen, danach kurze Zeit als Abgeordneter im Parlament des Bundesstaates gesessen und war schließlich als US-Senator nach Washington gewählt worden. Weder sein Name noch irgendeine seiner Tätigkeiten war je von der kleinsten Andeutung eines Skandals überschattet gewesen. Seit einundfünfzig Jahren war er mit derselben Frau verheiratet. Sie hatten sechs Kinder großgezogen – zwei waren Juristen geworden, einer Arzt und drei Lehrer – und alle waren inzwischen selbst verheiratet und hatten eigene Kinder. Rowans Söhne und Töchter waren im Schoß der Kirche aufgezogen worden, ihrem Glauben treu geblieben und lebten nun als aktive Gemeindemitglieder in verschiedenen Teilen des Bundesstaats. Er besuchte sie oft und stand seinen achtzehn Enkelkindern sehr nahe.

Er lebte nach dem Wort der Weisheit. Er trank keinen Alkohol, rauchte nicht und mied auch Kaffee und Tee. Der erste Prophet, Joseph Smith, hatte diese Verbote 1833 verkündet. Vor einigen Jahren war ein weiteres Gebot hinzugekommen, das zu einer Begrenzung des Fleischgenusses zugunsten von Getreide, Obst und Gemüse aufforderte. Er kannte eine von neutraler Seite durchgeführte Studie zu Mitgliedern seiner Kirche, die sich an alle vier Verbote hielten, und das Ergebnis war nicht überraschend. Die Lungenkrebsrate war niedrig, und Herzerkrankungen kamen noch seltener vor. Insgesamt war die Gesundheit frommer Heiliger der Letzten Tage signifikant besser als die der Gesamtbevölkerung. Der Text eines Kirchenliedes für Kinder, das oft beim Gottesdienst gesungen wurde, war richtig:

Damit die Kinder lange leben
und zu Kraft und Schönheit streben,
meiden Sie Kaffee und Tee
und des bösen Tabaks Weh.
Sie trinken keinen Alkohol,
vom Fleisch gibt's nur
ein Mündchen voll.

Er hatte telefonisch aus dem Hubschrauber einen Termin für ein privates Treffen ausgemacht. Vor dreiundzwanzig Jahren hatte man ihn ins Kollegium der Zwölf Apostel berufen. Ursprünglich hatten diese die Missionare bei ihren Reisen beraten, doch im Laufe der Zeit hatte das Kollegium sich zum Führungsgremium der Kirche entwickelt. Wer zum Apostel berufen wurde, blieb es bis zum Ende seines Lebens. Im Allgemeinen erwartete man von den Mitgliedern, dass sie sich dieser Aufgabe mit ganzem Einsatz widmeten, doch gelegentlich gab es Ausnahmen.

So wie bei ihm.

Einen Ältesten zu haben, der gleichzeitig Mitglied des US-Senats war, brachte Vorteile.

Und es gab auch einen Präzedenzfall.

Reed Smooth hatte sich als Erster in beiden Rollen gleichzeitig hervorgetan. Doch er hatte vier Jahre um seine Rechte kämpfen müssen, da man ihm entgegengehalten hatte, seine Religion, sein »Mormonentum« stehe dem Amt des Senators entgegen. Eine Wählbarkeitskommission des Kongresses hatte schließlich seine Entfernung aus dem Amt empfohlen, doch im Jahr 1907 hatte der Senat sich als Ganzes gegen diesen Vorschlag aufgelehnt und Smooth ermöglicht, seinen Dienst fortzusetzen. Das hatte er bis 1933 getan.

Dem Senator Rowan hatte man das Leben nicht mehr derart schwer gemacht.

Die Zeiten hatten sich geändert.

Heutzutage würde man niemandem mehr aufgrund seiner Religionszugehörigkeit das Recht auf ein öffentliches Amt verwehren. Tatsächlich würde ein solcher Versuch inzwischen als anstößig gelten. Ein Heiliger hatte es sogar zum Präsidentschaftskandidaten der Republikanischen Partei gebracht.

Aber das bedeutete nicht, dass alle Vorurteile verschwunden waren.

Im Gegenteil, die Heiligen sahen sich immer noch mit Abwehr konfrontiert.

Heute wurden sie nicht mehr verprügelt, ausgeraubt und ermordet wie vor hundertfünfzig Jahren.

Aber Vorurteile gab es immer noch.

Er betrat einen mehrgeschossigen Wohnkomplex auf der

Ostseite des Temple Square von Salt Lake City, ein bescheidenes Gebäude, wo in einer kircheneigenen Wohnung der derzeitige Prophet lebte. In der Lobby standen zwei Sicherheitsleute, die Rowan durchwinkten.

Er trat in den Lift und gab einen digitalen Code ein.

Da er nicht nur ein Ältester war, sondern auch der Präsident des Kollegiums der Zwölf und damit höchstwahrscheinlich das nächste Oberhaupt der Kirche, hatte er ungehinderten Zugang zum derzeitigen Propheten.

Die Kirche gedieh durch die Loyalität ihrer Mitglieder.

Ein hoher Platz in der Hierarchie wurde belohnt.

Und so sollte es auch sein.

Er hatte sich trotz des Staubs auf seinen Kleidern nicht umgezogen und war direkt vom Flugplatz hergefahren. Der Mann, der ihn erwartete, hatte ihm gesagt, dass Förmlichkeiten überflüssig seien. Jedenfalls heute. Angesichts dessen, was Rowan entdeckt hatte.

»Komm rein, Thaddeus«, rief der Prophet, als Rowan in die sonnenhelle Wohnung trat. »Setz dich bitte. Ich bin schon sehr gespannt.«

Charles R. Snow diente seit neunzehn Jahren als Prophet. Bei seiner Berufung war er dreiundsechzig gewesen, inzwischen also zweiundachtzig. Zu Fuß ging er nur noch außerhalb des Wohngebäudes, drinnen benutzte er einen Rollstuhl. Die Apostel waren über seine verschiedenen Leiden informiert, unter anderem chronische Blutarmut, niedriger Blutdruck und ein fortschreitendes Nierenversagen. Doch der Verstand des alten Mannes war noch immer scharf und so lebendig wie vor vierzig Jahren, als er zum Ältesten berufen worden war.

»Ich beneide dich«, sagte Snow. »Du trägst Outdoor-

Kleidung und kannst durch die Wüste streifen. Ich vermisse diese Wanderungen in den Canyons.«

Snow war in der Nähe des Zion National Park geboren. Als Heiliger der dritten Generation stammte er direkt von einer der Pionierfamilien ab, die 1847 auf dem ersten Treck nach Westen dabei gewesen waren. Zwar hatten sich die meisten Einwanderer im Gebiet um den Großen Salzsee niedergelassen, doch Brigham Young hatte eine Vorhut in verschiedene Teile des neuen Landes geschickt. Snows Familie war südwärts gezogen und in der strengen, kargen Natur des Landes zu Wohlstand gekommen. Snow war Wirtschaftswissenschaftler mit Abschlüssen sowohl an der Utah State University als auch an der Brigham Young University, und an letzterer unterrichtete er seit zwei Jahrzehnten. Er hatte als Hilfsschreiber eines Pfahls gedient und später als dessen Schreiber, als Bischof und als Mitglied des Hohen Rats, bis er dann ins Erste Kollegium der Siebziger und schließlich zum Apostel berufen worden war. Viele Jahre lang hatte er das Amt des Präsidenten der England-Mission innegehabt, ein Aufgabenbereich, den die Brüder später Rowan übertragen hatten. Snows Amtszeit als Prophet war ruhig und fast frei von Auseinandersetzungen verlaufen.

»Ich habe dir doch angeboten, dich jederzeit ins Gebirge zu begleiten«, erwiderte Rowan und setzte sich dem alten Mann gegenüber. »Du musst nur ein Wort sagen, und ich arrangiere alles.«

»Als ob meine Ärzte das erlauben würden. Nein, Thaddeus, ich kann ja kaum mehr richtig laufen.«

Snows Frau war vor zehn Jahren gestorben, und seine Kinder, Enkel und Urenkel lebten alle außerhalb Utahs. Die

Kirche war sein Leben, und er hatte sich als eine aktive Führungspersönlichkeit erwiesen, die die alltägliche Verwaltungsarbeit genau im Blick hatte. Gestern hatte Rowan Snow angerufen und über den Fund im Zion National Park informiert, der viele Fragen aufwarf. Der Prophet hatte ihn gebeten, sich auf die Suche nach den Antworten zu machen.

Nun berichtete Rowan von seinen Ergebnissen und sagte: »Es sind die richtigen Wagen. Das steht zweifelsfrei fest.«

Snow nickte. »Die Namen an der Höhlenwand sind der Beweis. Ich hatte nie erwartet, noch einmal von diesen Männern zu hören.«

Fjeldsted. Hyde. Woodruff. Egan.

»*Der Prophet sei verdammt.* Sie haben uns in ihrer Todesstunde verflucht, Thaddeus.«

»Vielleicht hatten sie da ja auch recht? Schließlich sind sie alle ermordet worden.«

»Ich habe das Ganze immer für eine damals erfundene Legende gehalten, aber anscheinend entspricht sie der Wahrheit.«

Die Geschichte war Rowan in allen Einzelheiten bekannt.

Im Jahr 1856 schien ein Krieg zwischen den Vereinigten Staaten und den Heiligen der Letzten Tage unausweichlich. Die Meinungsverschiedenheiten über Polygamie, Religion und politische Autonomie hatten sich zum Zerwürfnis zugespitzt. Brigham Young führte seine isolierte Gemeinschaft nach seinem eigenen Gutdünken, ohne dem Bundesrecht irgendwelche Beachtung zu schenken. Er prägte eigenes Geld, erließ eigene Gesetze, schuf eigene Gerichte, erzog die Jugend so, wie er es für richtig hielt, und betete nach seinem Glauben. Selbst der Name für das neu besiedelte Land bot Anlass zu Zwist. Die Einheimischen nannten es Deseret. Im Kongress wurde es dagegen als Utah-Territorium bezeichnet. Schließlich erfuhren die Heiligen, dass eine Armee der Union nach Westen marschierte, um die Aufständischen zu unterwerfen, die im Osten allgemein Mormonen genannt wurden.

Daher beschloss Young, das Vermögen der Gemeindemitglieder einzusammeln und es zu verstecken, bis der zu erwartende Konflikt beendet wäre. Alle Vermögensgegenstände wurden in Goldbarren umgetauscht, und die Kirchenmitglieder entäußerten sich bereitwillig beinahe all ihrer weltlichen Habe. Zweiundzwanzig Wagen waren vonnöten, um das Gold nach Kalifornien zu transportieren, wo andere Heilige es in Empfang nehmen würden. Um unauffällig zu bleiben, wurde ein Umweg gewählt, der am besiedelten Gebiet vorbeiführte.

Von dem, was danach geschah, ist wenig bekannt.

Der offiziellen Geschichte zufolge war der Treck der goldbeladenen Wagen durch das unbekannte, unfruchtbare Gebiet im südlichen Teil Deserets gezogen. Bald ging den Männern das Wasser aus, und alle Bemühungen, eine Quelle zu finden, blieben vergebens. Daher traf man die Entscheidung, zum letzten Wasserloch zurückzukehren, das über einen Tagesritt entfernt lag. Die Fuhrleute erhielten Anweisung, sich um die Pferde zu kümmern und das Gold zu bewachen, während vierzig Milizsoldaten sich auf den Weg zum Wasserloch machten. Als sie mehrere Tage später zurückkehrten, fanden sie nur noch die verkohlten Überreste der Planwagen. Alle Fuhrleute waren tot und Gold und Pferde verschwunden.

Diesen Überfall lastete man den Paiute an.

Die Milizsoldaten durchforsteten die Gegend tagelang, doch die Spuren verloren sich an Felsenböschungen oder endeten plötzlich in den trockenen Betten versickerter Flüsse. Schließlich gaben sie auf und kehrten mit leeren Händen zurück, um Brigham Young die Nachricht von ihrem Scheitern zu überbringen.

Danach wurden weitere Suchtrupps losgeschickt.

Doch das Gold tauchte nie wieder auf.

Den Aufzeichnungen zufolge waren in den Wagen achtzigtausend Unzen Gold transportiert worden, mit einem Wert von damals beinahe 19 Dollar pro Unze. Für dieselbe Menge Gold würde man heute mehr als 150 Millionen Dollar erlösen.

»Dir ist klar, dass die Geschichte, die wir schon so lange kennen, so nicht stimmt«, sagte Rowan.

Er sah, dass Snow diese Tatsache bereits selbst bedacht hatte.

»Die Wagen wurden damals nicht niedergebrannt«, fuhr Rowan fort. »Sondern in der Höhle in Stücke gehauen. Versteckt. Vier Männer wurden erschossen. Und dann wurde die Höhle von außen verschlossen.«

Aber es kam noch etwas hinzu.

»Da war kein Körnchen Gold mehr zu finden«, sagte Rowan.

Snow saß stumm in seinem Rollstuhl und dachte offensichtlich über etwas nach.

»Ich hatte gehofft, dass dieses Problem nicht in meiner Amtszeit sein Haupt erhebt«, flüsterte der alte Mann.

Rowan sah den Propheten an.

»*Vergesst uns nicht*. Interessant, dass sie diese Worte

gewählt haben, denn wir haben sie nicht vergessen, Thaddeus. Nicht im Geringsten. Es gibt etwas, das du nicht weißt.«

Rowan wartete ab.

»Wir müssen über die Straße zum Tempel gehen. Dort kann ich es dir zeigen.«

12

Malone machte sich ein Bild von der Lage. Kirk war offensichtlich mit dieser Pistole zu ihnen gekommen. Aber wer hätte bei der ganzen Aufregung daran gedacht, das angebliche Opfer nach Waffen zu durchsuchen? Allerdings war ihm etwas an diesem Mann von Anfang an nicht ganz koscher vorgekommen.

Und sein Gespräch mit Stephanie hatte ihn in diesem Zweifel bestärkt.

»Sie arbeiten mit den beiden Männern zusammen, die uns dort auf dem Platz entgegengetreten sind.«

»Eher schon arbeiten die beiden für mich.«

Luke stand stramm wie ein Soldat da, und seine Augen sagten: *Wir sollten uns diesen Drecksack sofort vorknöpfen, gleich hier an Ort und Stelle.*

Aber Malone signalisierte mit einem festen Blick: *Nein.*

Noch nicht.

Kirk spannte den Abzug seiner Waffe. »Ich würde dem Burschen hier nur zu gern das Gehirn aus dem Schädel pusten. Sie müssen also tun, was ich Ihnen sage.«

»Die Polizei ist vorhin viel zu schnell gekommen«, bemerkte Malone. »Die Leichen auf dem Wasser werden gewiss gefunden, aber nicht so rasch. Und so bald kann die Polizei auch unmöglich auf die Spur zu uns gestoßen sein. Haben Ihre Leute die Cops gerufen?«

»Eine gute Methode, um Sie rauszutreiben. Dafür zu sorgen, dass Sie in Bewegung bleiben. Wir wollten, dass Sie die Stadt verlassen.«

»Dann waren da diese beiden Männer auf dem Wasser. Genau zur richtigen Zeit am richtigen Ort. Sie können nur auf eine einzige Weise erfahren haben, dass sie dort sein mussten.« Er deutete auf Kirk. »Sie haben ihnen Bescheid gegeben. Was soll dieser ganze Zirkus eigentlich?«

»Wir hatten gehofft, mehr zu erfahren, wenn wir das feindliche Lager infiltrieren. Ihr Agent schleicht jetzt schon seit Monaten um uns herum und stellt Fragen über uns. Wir haben uns das geduldig angeschaut, aber uns schließlich überlegt, dass wir Ihnen am besten einen sogenannten Abtrünnigen schicken, um die Sache zu beschleunigen.«

»Dann haben Sie also zwei Ihrer Leute geopfert?«

In Kirks Gesicht trat heiliger Zorn. »Das war nicht der Plan. Die beiden sollten dafür sorgen, dass die Bedrohung glaubwürdig wirkt. Sie sollten Sie vor sich hertreiben und ordentlich Druck machen. Leider haben Sie beschlossen, die beiden zu töten.«

»Salazar muss ja ganz schön viel zu verbergen haben.«

»Mein Arbeitgeber möchte einfach nur in Ruhe gelassen werden. Er hält nichts von der Einmischung Ihrer Regierung in sein Leben.«

»Ist unser Mann tot?«, fragte Luke.

»Falls nicht jetzt schon, dann jedenfalls bald. Eigentlich hatten wir vor, Sie an den Ort zu locken, an dem er derzeit gefangen gehalten wird, und uns dann mit ihnen allen gleichzeitig zu befassen. Aber das haben Sie eben auf dem Platz mit Ihrem Trick durchkreuzt, die Polizei auf meine Leute zu hetzen.«

»Sorry, dass ich ein solcher Spielverderber bin«, erwiderte Malone.

»Da kümmern wir uns doch besser gleich hier an Ort und Stelle um Sie. Dieser leere Laden scheint perfekt dazu geeignet, genau wie die Räumlichkeiten unten. Wir warten also hier, bis meine Leute da sind.«

»Sie werden geortet?«, fragte Malone.

Kirk zuckte mit den Schultern. »Für so was hat man sein Handy doch.«

Das bedeutete, dass Malone schnell handeln musste. »Sind Sie ein Danite?«

»Geweiht und vereidigt. Und jetzt werfen Sie Ihre Waffe auf den Boden.«

Amateur! Nur ein Idiot forderte seinen Gegner auf, die Waffe fallen zu lassen. Wer klug war, nahm sie ihm einfach weg.

Malone streckte die Hand unter die Jacke und ergriff seine Beretta.

Aber statt sie auf den Boden zu werfen, richtete er die Mündung auf Kirk. Der zuckte zurück, zielte aber weiter mit der Pistole auf Lukes Kopf.

»Seien Sie nicht dumm«, sagte Kirk. »Ich bringe ihn um.«

Malone zuckte mit den Schultern. »Nur zu. Das ist mir scheißegal. Auf diesen nervigen Klugscheißer kann ich verzichten.«

Mit dem rechten Auge visierte er am kurzen Lauf der

Beretta entlang. Es war vier Jahre her, seit er zum letzten Mal am Schießstand trainiert hatte. Er war ein bisschen eingerostet, hatte aber gerade vorhin auf dem Wasser bewiesen, dass er beim Schießen noch immer traf. Klar, hier drinnen war es dunkel, aber er drängte allen Zweifel zurück und zielte.

»Runter mit der Waffe«, sagte Kirk, nun mit erhobener Stimme.

Lukes Blick war auf die Beretta geheftet, der junge Mann schien aber die Nerven zu behalten. Er hatte Malones Mitgefühl. Wer befand sich schon gerne im Visier zweier Waffen?

»Ich zähle jetzt auf drei«, sagte er. »Wenn ich fertig bin, sollte Ihre Pistole unten sein.«

»Seien Sie doch nicht blöd, Malone. Meine Männer sind jede Sekunde da.«

»Eins.«

Malone sah, wie Kirks Finger sich am Abzug anspannte. Dessen Dilemma war klar. Er müsste entweder Luke in den Kopf schießen, was bedeuten würde, dass Malone seinerseits ihn erschießen würde. Oder er müsste seine Waffe herumreißen und quer durch den Laden auf Malone feuern. Aber das würde er niemals schaffen, bevor sich eine Kugel aus der Beretta löste. Das Klügste wäre, die Waffe zu senken. Doch Amateure trafen selten die richtige Entscheidung.

»Zwei.«

Malone feuerte.

Der Schuss hallte durch den Raum.

Die Kugel traf Kirk ins Gesicht und riss den Mann nach hinten. Er krallte die Hände in die Luft, taumelte seitwärts und fiel schließlich zu Boden.

»Drei.«

»Hast du verdammt noch mal den Verstand verloren«, schrie Luke. »Ich hab gespürt, wie die Kugel an meinem Ohr vorbeigezischt ist.«

»Nimm dir seine Pistole.«

Luke hatte sich bereits auf die Waffe gestürzt. »Malone, du bist unzurechnungsfähig. Du spielst verdammt leichtsinnig mit anderer Leute Leben. Ich hätte ihn mir schnappen können. Lebend hätte er uns mehr genützt.«

»Das war keine Option. Er hatte recht. Wir kriegen bald Gesellschaft.«

Malone öffnete die Außentür, hielt in der gepflasterten Gasse Ausschau, ob sich irgendwo Ärger ankündigte, und fragte sich dabei, ob der Schuss wohl gehört worden war. Einige Meter zur Linken führte eine von Fußgängern bevölkerte Straße zum Højbro Plads, der nur zwanzig Meter weiter lag. Über ihm schimmerte die grüne Turmspitze der Nikolajkirche durch die Nacht.

»Nimm auch sein Handy«, forderte er Luke auf.

»Schon erledigt. Bin ja nicht ganz neu im Geschäft.«

»Dann schieb die Leiche hinter die Theke da, und dann nichts wie weg von hier.«

Luke tat wie ihm geheißen und kam dann zur Tür.

Sie verließen den Laden und liefen durch eine ruhige Gasse zum Kongens Nytorv, dem belebtesten Platz der Stadt. Straßen, in denen sich der nächtliche Verkehr staute, verliefen um die Statue Christians V. Das königliche Theater war hell erleuchtet und ebenso das Hotel d'Angleterre. In den Hafencafés des Nyhavn, der auf der anderen Seite an den Platz anschloss, wimmelte es noch von Gästen. Er hatte vorhin dafür gesorgt, dass die beiden Daniten auf dem

Højbro Plads aufgehalten wurden, aber nur für eine gewisse Zeit. Falls Kirk recht hatte und die beiden Männer ihn über das Handy orteten, musste er sich beeilen. Er suchte das Gewimmel vor sich mit den Augen ab und fand die perfekte Lösung.

Sie überquerten die Straße und joggten zur Bushaltestelle.

Kopenhagen besaß ein hervorragendes Nahverkehrssystem, und Malone war hier schon oft in den Bus gestiegen. Den ganzen Tag über fuhren sie hier im Minutentakt, und gerade hielt einer an der Haltestelle und Fahrgäste strömten heraus und hinein.

»Das Handy«, sagte Malone zu Luke, der es ihm wortlos in die Hand drückte.

Ganz beiläufig legte Malone es in die Wölbung der hinteren Stoßstange.

Die Türen gingen zu, und der Bus rollte schwerfällig nordwärts in Richtung Königspalast davon.

»Wer immer hinter uns her ist, sollte damit eine Weile zu tun haben«, sagte er.

»Meinst du, Kirk hat vorhin die Wahrheit gesagt?«

Malone nickte. »Es war riskant von ihm, seine Karten aufzudecken. Aber er dachte, er hätte die Sache unter Kontrolle, er hätte alles im Griff.«

»Ja. Ein Riesenfehler. Er hatte keine Ahnung, dass er es mit einem durchgeknallten Cowboy zu tun hatte.«

»Wir müssen an dem Ort nachschauen, den er erwähnt hat, auch wenn das Ganze nach einer Falle riecht.« Er deutete nach Süden. »Ein paar Straßen weiter steht mein Wagen. Wo liegt denn Salazars Anwesen?«

»Wie gesagt, in Kalundborg.«

13

Kalundborg, Dänemark
23.00 Uhr

Salazar genoss das Essen, froh, dass Cassiopeia nach all den Jahren in sein Leben zurückgekehrt war. Ihre Anrufe vor ein paar Monaten waren genauso willkommen wie unerwartet gewesen. Sie hatte ihm gefehlt. Sie war seine erste Liebe gewesen, und damals hatte er geglaubt, sie würde vielleicht seine Frau werden.

Aber dann hatte ihre Beziehung leider geendet.

»Das wird nicht funktionieren«, sagte sie.

»Ich liebe dich. Das weißt du.«

»Und ich habe tiefe Empfindungen für dich, aber es gibt da ... Meinungsverschiedenheiten.«

»Der Glaube sollte uns nicht auseinanderbringen.«

»Das tut er aber«, entgegnete sie. »Du bist zutiefst fromm. Das Buch Mormon ist dir heilig, das Wort der Weisheit führt dich durchs Leben. Das respektiere ich. Aber du musst respektieren, dass es für mich anders ist.«

»Unsere Eltern waren genauso gläubig wie ich.«

»Und mit ihnen war ich genauso wenig einer Meinung.«

»Du willst also die Stimme deines Herzens missachten?«

»Es ist besser, wir trennen uns als Freunde, bevor ich einen Groll gegen dich entwickle.«

In einem Punkt hatte sie recht gehabt. Sein Glaube war

ihm wichtig. *Kein Erfolg kann ein Scheitern im eigenen Heim wettmachen.* Das hatte David O. McKay gelehrt. Nur durch ihre Kooperation können Mann und Frau das ewige Leben im Himmel erlangen. Sollte einer der beiden sich als nicht rechtschaffen erweisen, bliebe beiden das Heil verwehrt. Die Ehe war ein ewiger Bund – zwischen einem Mann und einer Frau – und die Familie hier spiegelte die Familie im Himmel wider. Beide Gatten mussten sich einander vollständig verschreiben.

»Die Nachricht bezüglich deiner Frau hat mir sehr leidgetan«, sagte sie.

Er hatte nicht einmal ein Jahr nach dem Ende seiner Beziehung mit Cassiopeia geheiratet. Eine liebe, schöne Madriderin, die in die Kirche hineingeboren war und den Propheten treu folgte. Sie hatten sich Kinder gewünscht, doch das war ihnen versagt geblieben. Den Ärzten zufolge hatte das Problem vermutlich bei ihr gelegen. Er hatte es als Gottes Willen betrachtet und die Einschränkung akzeptiert. Vor vier Jahren war sie dann bei einem Autounfall ums Leben gekommen. Auch das hatte er als Gottes Willen hingenommen. Es war vielleicht ein Zeichen gewesen, dass ein Richtungswechsel bevorstand. Und nun war diese lebenssprühende, schöne Frau aus seiner Vergangenheit wieder aufgetaucht. War auch das ein Zeichen?

»Das muss schrecklich gewesen sein«, sagte sie, und er wusste ihr Mitgefühl zu schätzen.

»Ich versuche, ihrer aufmerksam zu gedenken. Der Verlust tut noch immer weh, das kann ich nicht leugnen. Deswegen habe ich mich wohl bisher nicht nach einer neuen Frau umgeschaut.« Er zögerte einen Augenblick. »Aber ich sollte dir eine Frage stellen. Warst du je verheiratet?«

Sie schüttelte den Kopf. »Ein bisschen traurig, findest du nicht?«

Sein Kabeljau war lecker, und auch Cassiopeia schienen die Ostseegarnelen auf ihrem Teller zu schmecken. Ihm fiel auf, dass sie keinen Wein bestellt und sich stattdessen für Mineralwasser entschieden hatte. Abgesehen von dem eindeutigen religiösen Verbot war er immer der Meinung gewesen, dass der Alkohol Menschen Dinge sagen ließ, die sie später bereuten, daher hatte er nie Geschmack daran gefunden.

Sie sah umwerfend aus.

Ihr lockiges, dunkles Haar fiel ihr über die Schultern und umrahmte schmale Augenbrauen, hohe Wangenknochen und eine eher flache Nase. Ihr Gesicht war noch genauso, wie er es in Erinnerung hatte. Ihre braune Haut schimmerte noch immer so glatt und makellos wie ein glänzendes Stück Seife, und ihr Hals ragte auf wie eine Säule. Und die von ihr ausstrahlende Sinnlichkeit …

Eine echte Schönheit aus dem Himmel.

»Die Liebe ist jene beständige, nie versagende Eigenschaft, die die Macht besitzt, uns über alles Böse zu erheben. Sie ist das Wesen der heiligen Lehre. Sie ist die Basis für ein sicheres Zuhause. Und sie beschirmt das Gemeindeleben. Sie ist ein Leuchtturm der Hoffnung in einer Welt der Verzweiflung.«

Ja, das wusste er.

Es gefiel ihm, dass der Engel Wacht über ihn hielt.

Zuverlässig. Und er hatte immer recht.

»Was denkst du gerade?«, fragte Cassiopeia.

Sie zog seine Aufmerksamkeit an wie ein Magnet.

»Nur, dass es wirklich wunderbar ist, wieder mit dir

zusammen zu sein, und sei es auch nur für diese paar Tage.«

»Muss es denn darauf beschränkt bleiben?«

»Überhaupt nicht. Aber ich erinnere mich an unser letztes Gespräch vor vielen Jahren, als du klipp und klar gesagt hast, wie du zu unserem Glauben stehst. Du musst wissen, dass sich für mich nichts geändert hat.«

»Aber wie ich eben schon sagte, die Dinge haben sich geändert … für mich.«

Er wartete auf eine Erklärung.

»Unlängst habe ich etwas getan, das ich als Mädchen immer vermieden habe.« Sie sah ihm in die Augen. »Ich habe das Buch Mormon gelesen. Jedes einzelne Wort. Als ich fertig war, habe ich begriffen, dass alles, was dort steht, absolut wahr ist.«

Er hörte auf zu essen und lauschte ihren Worten.

»Dann ist mir klar geworden, dass mein gegenwärtiger Lebensstil meine Herkunft mit Füßen tritt. Ich bin als Mormonin geboren und getauft, aber im Herzen war ich nie eine. Mein Vater hat einen der ersten Pfähle in Spanien geleitet. Sowohl meine Mutter als auch mein Vater waren fromme Gläubige. Solange sie lebten, war ich eine gute Tochter und habe mich nach den Wünschen meiner Eltern gerichtet.«

Sie hielt inne.

»Aber ich habe nie wirklich geglaubt. Und so kamen meine Erkenntnisse bei der jetzigen Lektüre völlig unerwartet. Irgendeine nicht sichtbare Person flüsterte mir immer wieder ins Ohr, dass das, was ich las, der Wahrheit entsprach. Mir sind die Tränen die Wangen heruntergeströmt, als ich endlich die Gabe des Heiligen Geistes erkannte, die ich als Kind empfangen habe.«

Ähnliche Geschichten hatte er von Bekehrten in ganz Europa gehört. Sein eigener Pfahl in Spanien umfasste beinahe fünftausend Heilige, die auf zwölf Gemeinden verteilt waren. Als Mitglied des ersten Kollegiums der Siebziger verfolgte er mit, was in den Pfählen des gesamten Kontinents ablief. Jeden Tag schlossen sich der Kirche neu Konvertierte mit derselben Freude an, die er jetzt in Cassiopeias Gesicht erblickte.

Und das war wunderbar.

Hätte sie diese Freude schon vor elf Jahren empfunden, hätten sie mit Sicherheit geheiratet. Aber vielleicht bot der Himmel ihnen ja eine zweite Chance?

»Die Wahrhaftigkeit dessen, was ich las, hat mich vollkommen erfüllt«, berichtete sie. »Das Buch hatte mich überzeugt. Ich wusste, dass der Heilige Geist die Wahrheit jedes einzelnen Satzes selbst bestätigt hatte.«

»Ich erinnere mich gut an mein erstes Erlebnis dieser Art«, erzählte er. »Damals war ich fünfzehn. Mein Vater las mit mir zusammen in diesem heiligen Buch. Ich gelangte zu der Überzeugung, dass Joseph Smith Gott und seinen Sohn wirklich in einer Vision erblickt hat und den Auftrag erhielt, sich keiner anderen Religion anzuschließen. Stattdessen sollte er die *wahre* Kirche wiederherstellen. Diese Bestätigung meines Glaubens hat mir in all den Jahren gut gedient. Sie sorgt dafür, dass ich mich meiner Aufgabe von ganzem Herzen hingebe und darauf konzentriert bleibe, immer alles Nötige zu erledigen.«

»Es war dumm von mir, dass ich vor all diesen Jahren keine Bewunderung dafür empfunden habe«, erwiderte sie. »Das wollte ich dir sagen. Deswegen bin ich hier, Josepe.«

Er freute sich sehr.

Sie aßen ein Weilchen schweigend. Alle seine Nerven waren wach und lebendig, sowohl wegen der Ereignisse vorhin als auch wegen seines Zusammenseins mit Cassiopeia. Er hatte versucht, den Ältesten Rowan anzurufen und ihm zu berichten, was er von dem gefangenen Agenten erfahren hatte, hatte ihn aber telefonisch nicht erreicht.

Sein Handy vibrierte in der Hosentasche.

Normalerweise hätte er das ignoriert, aber er wartete auf einen Rückruf aus Utah und auf einen Bericht aus Kopenhagen.

»Entschuldige bitte.«

Er schaute auf das Display.

Eine SMS.

WIR FOLGEN KIRK. ER IST UNTERWEGS.

»Ein Problem?«, fragte Cassiopeia.

»Ganz im Gegenteil. Eine gute Nachricht. Wieder ein Schritt näher zu einem vorteilhaften Geschäftsabschluss.«

»Ich habe bemerkt, dass der Konzern deiner Familie gedeiht«, sagte sie. »Dein Vater wäre stolz darauf.«

»Meine Brüder und Schwestern arbeiten hart in der Firma. Schon seit fünf Jahren kümmern sie sich um das Tagesgeschäft. Sie verstehen, dass die Kirche derzeit meine Aufmerksamkeit gänzlich fordert.«

»Niemand verlangt das von einem Mitglied der Siebziger.«

Er nickte. »Ich weiß. Aber ich habe diese Entscheidung selbst getroffen.«

»Zur Vorbereitung auf die Zeit deiner Berufung zum Apostel?«

Er lächelte. »Ich habe keine Ahnung, ob es jemals dazu kommen wird.«

»Du scheinst der ideale Mann für diese Aufgabe zu sein.«

Vielleicht stimmte das. Er hoffte es jedenfalls.

»Du wirst erwählt werden, Josepe. Eines Tages.«

»Diese Entscheidung«, sagte er, »steht dem Himmlischen Vater und dem Propheten zu.«

14

Salt Lake City

Rowan half dem Propheten Snow die Steintreppe hinauf und zum östlichen Eingang. Vier Tage nach der Ankunft der Pioniere im Becken um den Großen Salzsee hatte Brigham Young seinen Stab in die Erde gestoßen und erklärt: *Hier werden wir unserem Gott einen Tempel errichten.* Der Bau begann 1853 und dauerte vierzig Jahre, wobei jene ersten Heiligen den größten Teil der Arbeiten ehrenamtlich verrichteten. Man hatte nur bestes Baumaterial verwendet und den Quarz-Monzonit für die sechzig Meter hohen Wände mit Ochsenkarren aus zwanzig Meilen entfernten Steinbrüchen herangeschafft. Nach der Fertigstellung waren die Wände an ihrem Fuß drei Meter dick und verjüngten sich nach oben auf zwei Meter Dicke. Die Grundfläche belief sich auf 23.500 Quadratmeter. Die vier Geschosse des Tempels wurden von einer goldenen Statue des Engels Moroni überragt, der zusammen mit den charakteristischen

Türmen zum bekanntesten Wahrzeichen der Kirche geworden war.

An Symbolen herrschte kein Mangel.

Die drei Türme der Ostseite standen für die Erste Präsidentschaft. Die zwölf Fialen dieser Türme vertraten die zwölf Apostel. Die Türme der Westseite entsprachen der Präsidierenden Bischofschaft und dem Hohen Rat der Kirche. Die Ostseite war mit Absicht zwei Meter höher, um deutlich auszudrücken, wer die Vorherrschaft hatte. Die burgähnlichen Zinnen des Tempels illustrierten sowohl die Abkehr von der Welt als auch den Schutz der drinnen durchgeführten heiligen Riten. Sie waren die in Stein gemeißelte Behauptung, dass, anders als zuvor die Tempel in Missouri und Illinois, niemand dieses mächtige Gebäude zerstören würde.

Auf jedem der Mitteltürme waren Augen abgebildet, die Gottes allsehenden Blick symbolisierten. Die Erdsteine, Mondsteine, Sonnensteine, Wolkensteine und Sternensteine erzählten jeder eine Geschichte des himmlischen Königreichs und des Versprechens der Errettung. Einer der frühen Ältesten hatte es mit diesen Worten am besten ausgedrückt: *Jeder Stein ist eine Predigt.*

So sah Rowan das auch.

Das Alte Testament lehrte, dass Tempel das Haus Gottes waren. Inzwischen besaß die Kirche weltweit hundertdreißig von ihnen. Dieser hier war das Herzstück einer vier Hektar großen Anlage im Zentrum von Salt Lake City. Das ovale Tabernakel-Gebäude stand unmittelbar hinter dem Tempel, die alte Versammlungshalle daneben und zwei moderne Besucherzentren waren dicht dabei. Ein riesiges Konferenzzentrum, das auf zwanzigtausend Besucher ausgelegt war, befand sich auf der anderen Seite der Straße.

Der Zugang zu jedem geweihten Tempel war jenen Mitgliedern vorbehalten, die ein Empfehlungsschreiben ihres Gemeindevorstehers besaßen. Um dieses zu erlangen, mussten sie an Gott den Vater und Jesus den Erretter glauben. Sie mussten die Kirche unterstützen und alle ihre Lehren befolgen, darunter auch das Gesetz der Keuschheit, das außerhalb der Ehe sexuelle Enthaltsamkeit vorschrieb. Sie mussten ehrlich sein, durften niemanden in ihrer Familie misshandeln, mussten moralisch sauber bleiben und den vom Tempel beanspruchten jährlichen Zehnten bezahlen. Außerdem mussten sie alle feierlichen Eide halten und die Tempel-Unterwäsche Tag und Nacht tragen. Das Empfehlungsschreiben, das von einem Bischof oder Pfahlpräsidenten ausgestellt wurde, blieb zwei Jahre lang gültig und musste dann erneuert werden.

Ein Empfehlungsschreiben zu besitzen war ein Segen, den alle Heiligen anstrebten.

Rowan war mit neunzehn, als er die übliche zweijährige Zeit als Missionar antrat, zum ersten Mal durch den Tempel gegangen. Seitdem hatte er immer ein Empfehlungsschreiben besessen. Nun war er der zweithöchste Amtsträger der Kirche und würde vielleicht in einigen wenigen Monaten der nächste Prophet werden.

»Wohin gehen wir?«, fragte er Snow.

Die Beine trugen den alten Mann kaum, aber er schaffte es durch die Tür.

»Es gibt etwas, das du sehen musst.«

Mit jedem Aufstieg in der Hierarchie hatte Rowan weitere Geheimnisse erfahren. Die Kirche hatte den Zugang zu Interna immer begrenzt und Information sowohl horizontal als auch vertikal stets so weitergegeben, dass jeder nur so viel wusste, wie er brauchte. Es war daher nachvollziehbar, dass es Angelegenheiten gab, in die nur der Mann an der Spitze eingeweiht war.

Zwei junge Tempelarbeiter erwarteten sie am Fuß der Treppe. Normalerweise dienten nur Rentner oder Pensionäre im Tempel, aber mit diesen beiden war es anders.

»Sollen wir uns umziehen?«, fragte Rowan den Propheten. Normalerweise wurde im Tempel nur weiße Kleidung getragen.

»Heute nicht. Wir beide bleiben unter uns.« Snow schlurfte zu den zwei Männern und sagte: »Vielen Dank für eure Hilfe. Leider schaffe ich es allein nicht mehr nach oben.«

Sie nickten mit einem Blick voller Achtung und Zuneigung. Keiner außer den Aposteln durfte sehen, dass sie Snow halfen. Snow setzte sich auf ihre verschränkten Arme, und sie hoben den mageren Herrn vom blassblauen Teppich hoch. Rowan folgte ihnen die viktorianische Treppe hinauf und benutzte dabei den glänzend polierten Handlauf aus Kirschenholz.

Sie stiegen in den zweiten Stock und betraten das Beratungszimmer.

Weiße Wände, ein weißer Teppich und eine weiße Decke verbreiteten einen Eindruck äußerster Reinheit. Viktorianische Lampen brannten hell. In dem Raum standen fünfzehn Polsterstühle mit niedriger Rückenlehne. Zwölf von ihnen waren in einem Halbkreis angeordnet, der zur südlichen Wand hin offen war. Ihnen gegenüber standen drei weitere Stühle nebeneinander hinter einem schlichten Schreibtisch.

Der mittlere der drei Stühle war für den Propheten reserviert.

Snow wurde auf seinen Stuhl gesetzt, und die beiden jungen Männer zogen sich zurück und machten die Tür hinter sich zu.

»Für uns ist dies der sicherste Ort auf der ganzen Welt«, sagte Snow. »Hier fühle ich mich wirklich geschützt.«

Genauso empfand Rowan es seit Langem.

»Was wir jetzt besprechen, darf niemand außer dem nächsten Propheten nach dir erfahren. An dich wird die Pflicht übergehen, dieses Wissen weiterzugeben.«

Bisher hatten sie noch nie über Snows Nachfolge gesprochen.

»Du gehst also davon aus, dass ich gewählt werde?«

»So ist es seit Langem Brauch. Du bist der nächste in der Reihe. Ich glaube kaum, dass unsere Kollegen von der Tradition abweichen werden.«

Die zwölf im Halbkreis aufgestellten Stühle waren für die Apostel bestimmt. Rowans Platz war ganz in der Mitte, dem Propheten gegenüber, mit dem Schreibtisch als symbolischer Trennlinie zwischen ihnen. Zu beiden Seiten des Propheten saßen die beiden Berater der Ersten Präsidentschaft. Er hatte bereits darüber nachgedacht, wen er für diese Position auswählen würde, sobald er selbst die Leitung übernahm.

»Schau dich um, Thaddeus«, sagte Snow mit heiserer Stimme. »Die Propheten wachen über uns. Sie alle sind gespannt, wie du auf das reagierst, was du jetzt gleich von mir erfährst.«

An den weißen Wänden hingen in Goldrahmen die Porträts der sechzehn Männer, die die Kirche vor Snow geführt hatten.

»Bald ist auch mein Bild dabei.« Snow zeigte auf eine

leere Stelle. »Häng mein Porträt dort hin, damit du mich immer sehen kannst.«

Auf dem Schreibtisch vor dem alten Mann stand eine einfache Holzkiste, etwa sechzig Zentimeter lang, dreißig Zentimeter breit und fünfzehn Zentimeter hoch. Der Deckel war geschlossen. Sie war Rowan sofort ins Auge gefallen, und er nahm an, dass sie ihretwegen hier waren.

»Ich habe die Kiste aus dem verschlossenen Archiv bringen lassen. Sie ist nur für Propheten bestimmt.«

»Was ich ja nicht bin.«

»Aber du wirst es bald sein, und du musst über das Bescheid wissen, was ich dir jetzt enthüllen werde. Ich habe es meinerseits von meinem Vorgänger erfahren, als ich in deinem jetzigen Amt als Präsident des Kollegiums der Zwölf gedient habe. Erinnerst du dich noch, was 1993 hier im Tempel vorgefallen ist? Mit dem Stein der Aufzeichnungen?«

Die Geschichte war legendär. In der Südwestecke des Tempels war ein drei Meter tiefes Loch gegraben worden, um einen bestimmten ausgehöhlten Grundstein zu finden. In der Zeit des Baus des Tempels hatte Brigham Young den Stein 1867 mit Büchern, Flugschriften, Zeitschriften und einem Satz Goldmünzen zu 2,50 Dollar, 5 Dollar, 10 Dollar und 20 Dollar gefüllt und damit eine Zeitkapsel geschaffen. Als der Stein gefunden wurde, wies er einen Riss auf, so dass der größte Teil der Papiere in seinem Inneren vermodert war. Bruchstücke waren jedoch erhalten geblieben und hatten einen Platz im Kirchenarchiv gefunden. Manches davon wurde gelegentlich in der Geschichtsbibliothek ausgestellt. 1993 stand Rowan am Anfang seiner dritten Wahlperiode als Senator und war gerade zum

Apostel aufgestiegen. Am 13. August, genau hundertsechsunddreißig Jahre nach dem Tag der Versiegelung des Steins, war er nicht dabei gewesen.

»Ich war da, als sie mit Eimern voller Papiermatsch, dem reinsten Pappmaché, aus dem Loch geklettert sind«, berichtete Snow. »Die Goldmünzen waren allerdings spektakulär. Sie sind hier in Salt Lake geprägt worden. Das ist das Gute an Gold – die Zeit zieht es nicht in Mitleidenschaft. Aber mit dem Papier war das ganz anders. Die Feuchtigkeit hatte schlimmen Schaden angerichtet.« Der Prophet hielt inne. »Ich habe mich immer gefragt, warum Brigham Young die Münzen mit hinzugelegt hatte. Sie wirkten so unpassend. Aber vielleicht wollte er damit sagen, dass es Dinge gibt, die dem Wirken der Zeit entzogen sind.«

»Du sprichst in Rätseln, Charles.«

Nur hier im Tempel, hinter der geschlossenen Tür des Beratungszimmers, kam es für ihn in Frage, den Präsidenten beim Vornamen zu nennen.

»Brigham Young war nicht vollkommen«, sagte Snow. »Sein Urteil war manchmal falsch. Er war ein Mensch wie wir alle. Bei der Sache mit unserem verschwundenen Gold hat er einen schweren Fehler begangen. Aber in Bezug auf Abraham Lincoln war sein Fehler vielleicht sogar noch größer.«

15

Dänemark

Malone und Daniels verließen Kopenhagen in Cottons Mazda und fuhren neunzig Kilometer westwärts nach Kalundborg an Seelands Nordwestküste. Über die vierspurige Schnellstraße waren sie bald da.

»Du hattest Kirk ebenfalls in Verdacht, oder?«, fragte er Luke.

»Er hat in deinem Laden ein bisschen zu bereitwillig Auskunft gegeben. Was hat Stephanie dir am Telefon gesagt?«

»Genug, um mir klarzumachen, dass Kirk nicht vertrauenswürdig war.«

»Als er mit der Waffe hinter mich getreten ist, dachte ich, ich lasse ihn erst mal machen und sehe, wohin das führt. Dann habe ich gemerkt, dass du das Gleiche dachtest. Natürlich wusste ich nicht, dass du mit mir gleich den Wilhelm Tell spielen würdest.«

»Dein Glück, dass meine Augen noch gut sind… für einen Ehemaligen.«

Lukes Handy läutete, und Malone konnte sich denken, wer dran war.

Stephanie.

Der junge Mann hörte mit ausdrucksloser Miene zu und ließ keine Regung erkennen. Er verhielt sich so, wie es ein

Agent tun sollte. Malone erinnerte sich an viele Gespräche mit seiner ehemaligen Chefin, die genauso verlaufen waren. Sie hatte ihm die Informationen gegeben, die er brauchte, um den Job zu erledigen.

Und kein Quäntchen mehr.

Luke beendete das Gespräch und dirigierte Malone dann zu Salazars Anwesen auf einem weitläufigen, teuren Grundstück nördlich der Stadt mit Blick aufs Meer. Sie fuhren von der Schnellstraße ab und parkten einen halben Kilometer östlich der Hauptzufahrt im nächtlichen Wald.

»Ich kenne mich hier aus«, sagte Luke. »Salazars Anwesen grenzt mit der Rückseite an dieses Grundstück hier. Bei Salazars Haus stehen mehrere Gebäude. Wir sollten durch den Wald zu ihnen gelangen können.«

Malone stieg aus.

Jetzt steckte er also schon wieder mitten in diesem Spiel, dem er doch eigentlich den Rücken gekehrt hatte und mit dem er endgültig hatte Schluss machen wollen. Vor drei Jahren hatte er entschieden, dass es das Risiko nicht wert war, und die Aussicht, ein eigenes Buchantiquariat zu besitzen, war einfach zu verführerisch gewesen. Er war seit jeher ein Büchernarr. Und so hatte er die Chance, nach Europa zu ziehen und von vorn zu beginnen, beim Schopf gepackt.

Das hatte allerdings seinen Preis gefordert.

So war es immer.

Aber zur Klugheit gehörte nun einmal auch zu wissen, was man wollte.

Und er liebte sein neues Leben.

Aber jetzt steckte ein Agent in Schwierigkeiten. Früher waren andere Leute ihm zu Hilfe gekommen. Nun war es seinerseits an ihm, diesmal selbst jemandem einen Gefallen zu tun.

Zum Teufel mit dem Risiko.

Sie stießen auf eine gekieste Zufahrt, die durch ein Backsteintor führte. Ein dichtes Schirmdach von Ästen versperrte den Blick auf den dunklen Himmel. Er fühlte, wie das Unbekannte, das vor ihm lag, eine vertraute Erregung in ihm weckte. Ein verwaschener gelber Schimmer flackerte aus der Ferne zwischen den Bäumen hindurch wie eine Kerze im Wind. Dort war wohl irgendeine Behausung.

»Die Informationen zu diesem Ort lauten, dass es keine Wächter gibt«, flüsterte Luke. »Keine Kameras. Keine Alarmanlage. Salazar versucht, sich völlig unauffällig zu verhalten.«

»Ein vertrauensseliger Mensch.«

»Wie man mir sagte, sind die Mormonen so.«

»Aber sie sind auch nicht dumm.«

Malone machte sich noch immer Sorgen wegen der Daniten. Die beiden Männer auf dem Højbro Plads waren ja keine Einbildung gewesen. Lauerte vielleicht noch so jemand in der Dunkelheit, die sie umgab? Möglich. Er hielt das Ganze weiterhin für eine Falle. Hoffentlich war Kirks Verstärkung immer noch auf der Jagd nach dem Handy im Bus.

Sie traten aus dem Wald, und in der Dunkelheit erblickte er drei Gebäude. Ein kleines, zweigeschossiges Backsteinhaus mit Giebeldach und zwei viel kleinere Häuschen. Im größeren Haus sah man auf Erdbodenhöhe zwei Lichter, wahrscheinlich in einem Keller.

Sie huschten zur Rückseite des Hauses, hielten sich dabei im Schatten und fanden eine Treppe, die nach unten führte. Luke stieg hinunter, und Malone sah zu seiner Überraschung, dass die Tür unten nicht verschlossen war.

Luke sah ihn an.

Das ging viel zu leicht.

Beide entsicherten ihre Waffen.

Drinnen war ein schwach erleuchteter Keller, so lang wie das Haus. Aus Backsteinen gemauerte Gewölbebögen trugen die Geschosse darüber. Zahlreiche Nischen und Winkel ließen bei ihnen alle Alarmglocken läuten. Überall lagen Gegenstände und Werkzeug herum – das Material, um das Anwesen in Schuss zu halten?

Da drüben, bedeutete Luke ihm mit Lippenbewegungen und deutete in die entsprechende Richtung.

Malones Blick folgte seiner Hand.

In einer Ecke waren eiserne Gitterstäbe in einen Gewölbebogen eingelassen. Dahinter lag ein Mann mit einem Einschussloch in der Stirn an der Wand. Sein Gesicht war zu einem Brei aus Blut und Prellungen zerschlagen. Sie traten näher und entdeckten einen Kübel voll Wasser und eine Schöpfkelle unmittelbar vor dem Gitter. Das Licht war hier matter, Fenster gab es nicht, und der Zellenboden war hart und rissig. Die Metalltür war abgesperrt, ein Schlüssel nirgendwo zu sehen.

Luke hockte sich hin und betrachtete seinen Kameraden. »Ich kenne ihn. Wir haben einmal zusammengearbeitet. Er hat Frau und Kinder.«

Auch Malone war betroffen. Er fuhr sich mit der Zunge durch den Mund, schluckte kräftig und kniete sich dann neben den Wasserkübel mit der Schöpfkelle. »Salazar wollte, dass du das findest, das ist dir ja klar. Wenn alles nach seinen Plänen gelaufen wäre, hätten wir jetzt mit Sicherheit schon längst Gesellschaft bekommen.«

Luke stand auf. »Ich hab's kapiert. Er hält uns für blöd. Jetzt lege ich diesen Schweinehund um.«

»Das würde dich ja gewaltig viel weiter bringen.«

»Hast du vielleicht eine bessere Idee?«

Malone zuckte mit den Schultern. »Das hier ist deine Show, nicht meine. Ich bin nur für eine ganz begrenzte Aufgabe hier, und die scheint vorbei zu sein.«

»Tja, wenn du dir das lange genug vorsagst, Malone, glaubst du es vielleicht schließlich selbst.«

»Vielleicht ist keiner mehr da, der dich an irgendwas hindern könnte. Diese Typen sind wohl immer noch hinter dem Bus her. Aber vielleicht sind noch mehr von der Sorte in der Nähe.«

Luke schüttelte den Kopf. »Salazar hatte nur fünf Leute. Drei sind tot. Die anderen beiden waren vorhin auf dem Platz.«

»Du bist ja wahrhaftig ein Quell an Informationen. Wäre nett gewesen, wenn du das schon vorher gesagt hättest.«

Er wusste, dass Luke ihn allmählich loswerden wollte. Malone selbst hatte auch nie gerne mit Partnern zusammengearbeitet, insbesondere nicht mit schwierigen. Und er war auch selbst so weit, dass er gehen wollte. Da war natürlich noch die Sache mit der Kopenhagener Polizei, aber mit der konnte Stephanie sich befassen.

»Ich habe einen Job zu erledigen«, sagte Luke. »Du kannst im Auto warten.«

Malone trat ihm in den Weg und sagte: »Hör auf mit dem Mist. Welche Informationen hat Stephanie dir eben im Auto gegeben?«

»Schau mal, alter Mann, ich habe keine Zeit, dir alles zu erklären. Geh mir aus dem Weg und verschwinde in deinen Buchladen. Überlass das dem A-Team.«

Malone spürte den Zorn des jungen Mannes und verstand ihn. Einen Kollegen zu verlieren nahm jeden mit.

»Ich habe Stephanie versprochen, dass ich das zu Ende bringen würde. Und genau das werde ich tun, ob dir das nun passt oder nicht. Ich nehme an, du willst einen Blick ins Haupthaus werfen, in dieses Arbeitszimmer, das Kirk so einladend erwähnt hat?«

»Das ist mein Job. Mir bleibt keine andere Wahl.«

Sie verließen den Keller und wanderten parallel zur Küste in Hörweite der Brandung durch den Wald. Die Villa, zu der sie gelangten, war ein typisches Beispiel des niederländischen Barock. Drei Geschosse, zwei Seitenflügel und ein Walmdach. Die Außenwände waren mit dem für diesen Stil typischen roten Backstein verkleidet – wie Malone gelernt hatte, hieß er niederländischer Klinker. Er zählte auf ihrer Seite des Gebäudes dreißig Fenster, von denen nur eine Handvoll erleuchtet war, alle im Erdgeschoss.

»Es ist keiner zu Hause«, sagte Luke.

»Woher willst du das wissen?«

»Der Kerl ist für den Abend ausgegangen.«

Das gehörte sicherlich zu dem, was Stephanie Luke am Handy mitgeteilt hatte.

Sie hielten sich an die Rückseite des Gebäudes, wo man von einer weitläufigen Terrasse auf das fünfzig Meter entfernte schwarze Meer blickte. Eine Reihe von Terrassentüren und Fenstern führten ins Haus hinein.

Luke probierte die Griffe aus. Abgeschlossen.

Drinnen ging ein Licht an.

Das erschreckte sie beide.

Malone sprang nach links in ein Beet mit Sträuchern, wo die Dunkelheit und die Wand des Hauses ihm Schutz boten. Luke fand an einer ähnlichen Stelle auf der anderen Seite der Terrasse Zuflucht. Nun hatten sie die Terrassentüren und die Fenster zwischen sich. Sie spähten um die Ecke in das erleuchtete Zimmer hinter den Scheiben und sahen einen roten Salon mit eleganten, antiken Möbeln, an dessen Wänden Spiegel in vergoldeten Rahmen und Ölgemälde hingen.

Und dort entdeckten sie nun auch zwei Personen.

Das eine Gesicht – es war ein Mann – kannte Malone nicht, aber man brauchte kein Genie zu sein, um seine Identität zu erraten.

Josepe Salazar.

Die andere Person war jedoch ein Schock. Keiner hatte auch nur ein Wort darüber verloren, dass sie bei dieser Sache mitmischte.

Weder Stephanie noch das Fraternity-Bürschchen.

Niemand.

Und doch war sie da.

Seine Freundin.

Cassiopeia Vitt.

ZWEITER TEIL

16

Cassiopeia Vitt bewunderte das Innere der Villa, die noch die Eleganz widerspiegelte, die Josepes Mutter früher ausgestrahlt hatte. Diese war, wie sie sich erinnerte, eine stille, kultivierte Frau gewesen, die ihrem Mann immer mit Achtung begegnet war und sich liebevoll um die Familie gekümmert hatte. Cassiopeias Mutter hatte sich genauso verhalten, und genau das hatte Cassiopeia bei beiden Frauen für Passivität gehalten, mit ein Grund, warum sie sowohl der Beziehung mit Josepe als auch der Religion ihrer Familie den Rücken gekehrt hatte. Diese religiösen Verhaltensregeln mochten für einige Menschen taugen, aber Abhängigkeit und Verletzlichkeit gehörten einfach nicht zu ihrem Charakter.

»Ich habe das Haus beinahe genau so gelassen, wie meine Mutter es damals eingerichtet hat. Ich habe ihren Stil immer gemocht und sah daher keine Veranlassung, etwas zu verändern. Sie ist mir immer ganz deutlich in Erinnerung, wenn ich hier bin.«

Josepe war noch immer ein erschreckend gutaussehender Mann. Er war groß und breitschultrig, und seine spanischen Vorfahren waren an seinem dunklen Teint und dem dichten schwarzen Haar gut zu erkennen. Der Achtung gebietende Blick seiner braunen Augen verriet Selbstvertrauen und stille Intensität. Er war sehr gebildet, beherrschte mehrere Fremdsprachen und hatte im Geschäftsleben enorme Erfolge verzeichnet. Der Konzern seiner Familie besaß Firmen in ganz Europa und in Afrika. Und genau wie sie selbst führte er das privilegierte Leben eines wohlhabenden Menschen. Aber im Gegensatz zu ihr hatte er sich entschieden, sich dem Glauben zu weihen.

»Du bist viel hier?«, fragte sie.

Er nickte. »Meine Geschwister mögen das Haus nicht besonders. Und so verbringe ich die Sommer hier. Bald kehre ich für den Winter nach Spanien zurück.«

Sie hatte die Salazars damals nie in Dänemark besucht. Immer nur in Spanien, wo sie ein paar Kilometer vom Anwesen der Vitts entfernt gewohnt hatten. Sie näherte sich einer Reihe von Glastüren, die auf eine dunkle Terrasse hinausführten.

»Von hier aus hat man bestimmt einen sehr schönen Blick aufs Meer.«

Josepe kam näher. »Tatsächlich sogar einen wundervollen Blick.«

Er trat vor, legte die Hebel der Türen um, machte auf und ließ die kühle Luft hereinströmen.

»Schön erfrischend«, sagte sie.

Sie war nicht stolz auf sich. Gerade hatte sie den ganzen Abend lang einen Mann angelogen, den sie früher einmal geliebt hatte. In ihrem Innern war überhaupt nichts wiedererwacht. Sie hatte auch das Buch Mormon jüngst gar nicht gelesen; bei ihrem einzigen Versuch als Jugendliche hatte sie die Lektüre nach zehn Seiten abgebrochen. Sie hatte sich immer gefragt, warum die Philosophien der im Buch beschriebenen verlorenen Stämme so verehrt wurden. Die Nephiten waren ausgelöscht worden – keine Überlebenden, keinerlei Überreste ihrer ganzen Zivilisation. Welchem Beispiel galt es da nachzueifern?

Sie sagte sich jedoch, dass der Betrug notwendig gewesen war. Ihre alte Liebe Josepe Salazar war in etwas so Bedeutendes verwickelt, dass das US-Justizministerium auf ihn aufmerksam geworden war. Letzte Woche hatte Stephanie ihr berichtet, dass Josepe vielleicht sogar in einen Mord verstrickt sein könnte. Es war nicht endgültig belegt, aber es reichte doch für den Verdacht.

Das alles konnte sie kaum glauben.

»*Nur ein paar kurze Nachforschungen. Mehr brauche ich nicht*«, hatte Stephanie gesagt. »*Salazar wird dir vielleicht Dinge preisgeben, die er jedem anderen verschweigen würde.*«

»*Warum glaubst du das?*«

»*Wusstest du, dass in seinem Haus in Spanien ein Foto von euch beiden steht, das, wie es aussieht, vor Jahren aufgenommen wurde? Wir haben es direkt neben seinem Schreibtisch bei den anderen Familienbildern gefunden. So bin ich ja überhaupt erst auf den Gedanken gekommen, mich an dich zu wenden. Niemand stellt ein solches Foto ohne einen Grund auf.*«

Nein, wirklich nicht.

Und schon gar nicht ein Mann, der verheiratet gewesen war und seine Frau verloren hatte.

Letzte Woche hatte Stephanie sie dann gefragt, ob sie die Kontaktaufnahme beschleunigen könne.

Daraufhin hatte Cassiopeia den Besuch in Dänemark verabredet.

Früher hatte sie, wie gesagt, einmal geglaubt, Josepe zu lieben. Er selbst hatte sie zweifellos geliebt und schien noch immer einige Gefühle für sie zu hegen. Darauf wies zum Beispiel die Tatsache hin, dass seine Hand beim Essen länger auf der ihren gelegen hatte als notwendig. Sie hatte das falsche Spiel fortgesetzt, um sowohl Stephanie als auch sich selbst zu beweisen, dass alle Anschuldigungen auf einem Irrtum beruhten. Das war sie Josepe schuldig. Er wirkte in ihrer Gegenwart total entspannt, und sie hoffte, dass sie keinen Fehler damit machte, falsche Hoffnungen in ihm zu wecken. In ihren jungen Jahren war er immer nur nett zu ihr gewesen. Ihre Beziehung hatte geendet, weil sie sich geweigert hatte, den Glauben hochzuhalten, den er selbst, seine Eltern und ihre eigenen Eltern für die Wahrheit hielten. Zum Glück hatte er eine Frau gefunden, mit der er sein Leben teilen konnte. Pech für ihn, dass sie gestorben war.

Inzwischen war es für einen Rückzieher zu spät. Cassiopeia steckte mitten drin. Nun musste sie die Sache eben durchziehen.

»Meistens sitze ich abends hier oder auf der Terrasse«, erzählte er. »Vielleicht können wir da draußen gleich noch etwas die frische Luft genießen. Aber erst muss ich dir etwas zeigen.«

Malone stand auf.

Als der Mann in Begleitung Cassiopeias, den er für Salazar hielt, die Terrassentüren öffnete, hatte er selbst sich hinter eine dichte Hecke geworfen. Luke auf der anderen Seite der Terrasse war ebenfalls nach unten verschwunden. Zum Glück war niemand herausgetreten.

Luke erhob sich nun ebenfalls.

Malone ging zu ihm und flüsterte: »Wusstest du, dass sie hier ist?«

Luke nickte.

Stephanie hatte Malone diese Tatsache mit keinem Wort verraten, und das war sicherlich Absicht gewesen.

Die Terrassentüren blieben geöffnet.

Er machte Luke ein Zeichen, dass sie eintreten würden.

Salazar führte Cassiopeia durchs Erdgeschoss zu der Bibliothek, die einmal seinem Großvater gehört hatte. Vom Vater seiner Mutter hatte er die Hochachtung vor den Regeln gelernt, die bei der Gründung der Kirche gegolten hatten. Damals hatte der Himmel absolut geherrscht, und man hatte noch nicht alles geändert, um mit den Bundesgesetzen *konform* zu gehen.

Wie er dieses Wort hasste.

Amerika rühmte sich einer Religionsfreiheit, in der der Glaube die Sache eines jeden Einzelnen sei und der Staat sich aus den Kirchen heraushalte. Aber nichts hätte weiter von der Wahrheit entfernt sein können. Die Heiligen waren von Anfang an verfolgt worden. Zunächst in New York, wo die Kirche gegründet worden war, und das hatte zum Ausweichen nach Ohio geführt. Aber die Angriffe waren weitergegangen. Dann war die Gemeinde nach Missouri weitergezogen, und im Gefolge langwieriger Unruhen war es zu Tod und Zerstörung gekommen. Daher waren sie nach Illinois geflohen, aber wieder war es zu Gewalthandlungen gekommen, bis schließlich ein Mob eine furchtbare Tragödie angerichtet hatte.

Wann immer er an diesen Tag dachte, fing er innerlich an zu kochen.

Der 27. Juni 1844.

Joseph Smith und sein Bruder waren in Carthage, Illinois,

ermordet worden. Die Gegner der Heiligen hatten gehofft, deren Kirche mit der Ermordung ihres Anführers zu zerstören, doch das Gegenteil war eingetreten! Smith' Märtyrertod wurde zum Sammelruf, und die Kirche der Heiligen blühte weiter auf. Hier sah Salazar nicht weniger als die Hand Gottes am Werk.

Er machte die Bibliothekstür auf und ließ seinen Gast eintreten. Vorhin hatte er in der Hoffnung auf eine Gelegenheit, sie hierherzubringen, das Licht angelassen. Bis vor Kurzem wäre ihre Anwesenheit hier unmöglich gewesen, da ganz in der Nähe sein Gefangener eingekerkert war. Doch die Seele dieses Mannes war inzwischen mit Sicherheit auf dem Weg zum Himmlischen Vater, denn durch die Blutsühne hatte sie den Zutritt zu ihm erlangt. Das Wissen, seinem Feind einen solchen Dienst erwiesen zu haben, erfüllte ihn mit Zufriedenheit.

»Töte keinen Menschen, es sei denn, er muss getötet werden, um ihn zu erretten«, hatte der Engel viele Male gesagt.

»Ich habe dich hergebracht, um dir ein ungewöhnliches historisches Objekt zu zeigen«, sagte er. »Seit unserer Trennung bemühe ich mich immer wieder darum, Dinge zu erwerben, die mit der Geschichte der Heiligen in Verbindung stehen. Ich habe eine große Sammlung, die ich in Spanien aufbewahre. Letzthin habe ich allerdings das Privileg erhalten, bei einem besonderen Projekt mitzuwirken.«

»Für die Kirche?«

Er nickte. »Ich wurde von einem der Ältesten ausgewählt, einem hochintelligenten Mann. Er hat mich gebeten, direkt mit ihm zusammenzuarbeiten. Ich würde normalerweise nicht darüber sprechen, aber ich glaube, das hier wird dir gefallen.«

Er trat zum Schreibtisch und zeigte auf ein vom Alter zerfleddertes Buch, das aufgeschlagen auf der ledernen Schreibunterlage lag. »Edwin Rushton war einer der ganz frühen Heiligen. Er hat Joseph Smith persönlich gekannt und eng mit ihm zusammengearbeitet. Er war einer von denen, die den Propheten Joseph nach seinem Märtyrertod bestattet haben.«

Cassiopeia wirkte sehr interessiert.

»Rushton war ein Mann Gottes, der den Herrn liebte und mit ganzer Seele der Wiederherstellung des Evangeliums diente. Er ist in seinem Leben vielen Prüfungen begegnet und hat sie alle überwunden. Schließlich ließ er sich in Utah nieder und lebte dort bis zu seinem Tod im Jahr 1904. Rushton hat Tagebuch geführt. Es ist ein wichtiger Bericht über die frühe Kirche, den viele für verschollen hielten.« Er zeigte auf den Schreibtisch. »Aber ich habe ihn erworben.«

Auf einem Tafelständer neben ihnen war eine kartonierte Karte der Vereinigten Staaten ausgestellt, und ihm fiel auf, wie Cassiopeia einen Blick darauf warf. Er hatte bei Sharon im Bundesstaat Vermont, bei Palmyra im Staat New York, bei Independence in Missouri und bei Nauvoo in Illinois eine Markiernadel eingestochen. Und bei Salt Lake City, Utah.

»Dies hier zeichnet den Weg der Heiligen vom Geburtsort des Propheten Joseph über den Gründungsort der Kirche und die Siedlungsorte in Missouri und Illinois nach, von denen wir nach Westen aufbrachen. Wir haben Amerika durchquert und sind dabei zu einem Teil seiner Geschichte geworden. Und zwar mehr, als irgendjemandem bewusst ist.«

Er sah, dass sie nun eindeutig fasziniert war.

»Das wird durch dieses Tagebuch, dieses historische Dokument belegt.«

»Es scheint dir überaus wichtig zu sein.«

Seine Gedanken waren glasklar. Seine Absicht war unbestreitbar richtig.

»Erzähle es ihr«, sagte der Engel in seinem Kopf.

»Kennst du die Prophezeiung vom Weißen Pferd?«

Sie schüttelte den Kopf.

»Ich würde dir gerne einen Abschnitt des Tagebuchs vorlesen. Dort ist eine wunderbare Vision dargestellt.«

Malone hatte es geschafft, sich in die Nähe der geöffneten Tür zu manövrieren, hinter der er Salazar und Cassiopeia reden hörte. Luke hatte sich in einen anderen Teil des Hauses geschlichen und nahm die Gelegenheit wahr, sich dort umzuschauen. Das war Malone nur recht. Er wollte wissen, was Cassiopeia mit einem Mann zu schaffen hatte, der einen Agenten des US-Justizministeriums auf dem Gewissen hatte.

Alles an dieser Sache kam ihm verkehrt vor.

Cassiopeia, eine Frau, die er liebte, allein mit diesem Teufel?

Cassiopeia und er kannten sich seit zwei Jahren, und der Anfang war alles andere als freundschaftlich gewesen. Erst in den letzten Monaten hatte ihre Beziehung sich verändert. Beide erkannten, dass sie mehr vom anderen wollten, doch keiner war bereit, sich wirklich uneingeschränkt auf den anderen einzulassen. Ihm war klar, dass sie weder verheiratet noch auch nur verlobt waren und dass jeder von ihnen sein Leben nach seinem eigenen Gusto führen konnte. Aber sie hatten erst vor wenigen Tagen miteinander gesprochen, und da hatte sie nichts von einer Reise nach Dänemark erwähnt. Tatsächlich hatte sie ihm sogar gesagt, sie müsse in der nächsten Woche in Frankreich bleiben, da ihr Burgbauprojekt ihre ganze Aufmerksamkeit erfordere.

Eine Lüge.

Wie viele hatte sie ihm sonst schon aufgetischt?

Vorhin hatte er diesen Salazar recht deutlich gesehen. Ein hochgewachsener Mann mit dunklem Teint und dichtem, welligem Haar. Zudem mit einem schicken Anzug bekleidet. War er eifersüchtig? Das hoffte er jedenfalls nicht. Aber er konnte das eigentümliche Gefühl in der Magengrube nicht leugnen. So etwas hatte er schon lange nicht mehr verspürt. Wann war das letzte Mal gewesen? Vor neun Jahren, als seine Ehe allmählich zerbröckelt war.

Das damals war auch fürchterlich gewesen.

Er hörte, wie Salazar ein *vor Kurzem erworbenes* altes Tagebuch erwähnte, und fragte sich, ob das dieselbe Geschichte war, mit der Kirk sie geködert hatte. Das Tagebuch, dessen rechtmäßiger Besitzer inzwischen angeblich tot war. Außerdem fragte er sich, ob Kirk sie vielleicht absichtlich hierhergelenkt hatte. Schließlich hatte er das Arbeitszimmer ausdrücklich erwähnt.

Im Augenblick besaß Malone zu wenige Antworten, um irgendeine Hypothese zu bestätigen.

Daher ermahnte er sich, geduldig zu bleiben.

Er durfte keinen Blick durch die Tür ins Arbeitszimmer riskieren, da er hier, im Korridor, absolut nicht vor Entdeckung sicher war. Aber er konnte sich durch eine weitere offen stehende Tür in einen drei Meter entfernten Raum zurückziehen.

Er blieb jedoch reglos stehen.
Lauschte.
Und er hörte, was Salazar Cassiopeia vorlas.

17

Salazar las einen Text, den er ganz gezielt ausgewählt hatte.

Am 6. Mai 1843 wurde eine große Truppenschau der Nauvoo-Legion abgehalten. Der Prophet Joseph Smith lobte die Männer für ihre gute Disziplin. Es war sonnig und warm, und er ließ sich ein Glas Wasser bringen. Mit dem Glas in der Hand sagte er: »Ich bringe einen Trinkspruch auf das Ende der Herrschaft des Pöbels aus. Mögen sie mitten im Meer mit Eisenpaddeln in einem Steinkanu treiben, möge ein Hai das Kanu verschlingen und der Teufel den Hai, möge der Teufel sich in der nordwestlichen Ecke der Hölle einschließen, den Schlüssel verlieren und einen Blinden danach suchen lassen.«

Am nächsten Morgen kehrte ein Mann, der den Trinkspruch gehört hatte, zum Haus des Propheten zurück und beschimpfte ihn mit so schlimmen Worten, dass Smith ihn des Hauses verwies. Ich wurde auf sie aufmerksam, weil der Mann beinahe schrie. Ich ging zu ihnen, und nun verschwand der Mann endlich. Zu diesem Zeitpunkt waren der Prophet sowie Theodore Turley und ich selbst anwesend. Der Prophet redete nun über die Bedrängnis, den Spott und die Verfolgungen, die wir als Volk erduldet hatten.

»Unsere Verfolger werden selbst mehr als genug Be-

drängnis erleben. Wünscht ihnen nichts Böses, denn wenn ihr ihre Leiden seht, werdet ihr bittere Tränen um sie vergießen.«

Während dieses Gespräches standen wir zu dritt beim südlichen Gartentor. Der Prophet wandte sich mir zu und sagte: »Ich möchte dir etwas von der Zukunft erzählen. Ich werde in einem Gleichnis sprechen wie Johannes in der Offenbarung. Ihr werdet zu den Rocky Mountains ziehen und dort ein großes und mächtiges Volk werden, das ich das Weiße Pferd des Friedens und der Sicherheit nenne.«

»Wo wirst du dann sein?«, fragte ich.

»Ich werde niemals dorthin gelangen. Eure Feinde werden euch weiter mit Verfolgungen bedrängen und im Kongress schändliche Gesetze gegen euch erlassen, um das Weiße Pferd zu vernichten, aber ihr werdet Freunde haben, die die schlimmsten Teile des Gesetzes verhüten, so dass es euch nicht allzu sehr schaden wird. Ihr dürft nicht aufhören, den Kongress mit Petitionen zu bedrängen, aber man wird euch wie Ausländer behandeln und euch eure Rechte nicht gewähren, sondern euch mit Fremden und Beauftragten regieren. Ihr werdet die Verfassung der Vereinigten Staaten beinahe zerstört sehen. Sie wird nur noch an einem seidenen Faden hängen.«

Bei diesen Worten wurde die Miene des Propheten traurig.

»Ich liebe die Verfassung. Sie wurde durch göttliche Inspiration geschaffen, und sie wird durch das Weiße Pferd und das Rote Pferd gerettet werden, die sich zu ihrer Verteidigung vereinigen. Das Weiße Pferd wird die Berge voller Mineralien vorfinden, und sie werden reich werden. Ihr werdet Silberhaufen in den Straßen sehen. Ihr werdet Schaufeln voll Gold sehen. Eine furchtbare Revolution,

wie sie noch keiner erlebt hat, wird im Land Amerika wüten, denn das Land wird keine oberste Regierung mehr besitzen und jeder Art von Verderbtheit wird man zügellos nachgehen. Der Vater wird sich gegen den Sohn und der Sohn gegen den Vater erheben. Die Mutter gegen die Tochter und die Tochter gegen die Mutter. Es wird zu den grauenhaftesten Szenen des Blutvergießens, des Mordens und der Vergewaltigungen kommen, die man sich je vorgestellt oder gesehen hat. Zahllose Menschen werden von der Erde genommen werden, aber Frieden und Liebe wird es nur in den Rocky Mountains geben.

Hier sagte der Prophet, er ertrage es nicht länger, die in der Vision gezeigten Szenen anzuschauen, und er bat den Herrn, sie zu beenden.

Dann fuhr er fort: »In dieser Zeit wird das Große Weiße Pferd gesteigerte Kraft besitzen und Älteste ausschicken, um unter den Menschen der Vereinigten Staaten jene zu sammeln, die aufrichtigen Herzens sind, und um die Verfassung zu schützen, wie sie uns durch göttliche Inspiration geschenkt wurde. In jenen Tagen, die noch kommen werden, wird Gott ein Königreich errichten, das nicht zu stürzen ist; vielmehr werden andere Königreiche in es eingehen. Jene Königreiche aber, die die Predigt des Evangeliums in ihren Landen nicht zulassen, werden gedemütigt werden, bis sie einlenken. Frieden und Sicherheit in den Rocky Mountains werden durch die Hüter beschützt werden: das Weiße Pferd und das Rote Pferd. Das Kommen des Messias zu seinem Volk wird so natürlich erscheinen, dass nur jene, die ihn sehen, wissen werden, dass er gekommen ist. Aber er wird kommen, Zion seine Gesetze geben und seinem Volk helfen.«

Cassiopeia hatte schon viele Geschichten über die Mormonen gehört. Diese Religion nährte sich von großartigen Erzählungen und ausgefeilten Metaphern. Aber die Geschichte, die Josepe ihr gerade vorgelesen hatte, hatte ihr noch keiner erzählt.

»Der Prophet Joseph hat den Amerikanischen Bürgerkrieg achtzehn Jahre vor seinem Eintreten vorhergesagt. Vier Jahre vor dem Treck unseres Volkes zu den Rocky Mountains hat er diesen vorhergesehen. Außerdem wusste er, dass er selbst diese Reise niemals antreten würde. Weniger als ein Jahr nach dem Verkünden dieser Prophezeiung ist er gestorben. Er hat prophezeit, dass der Herrschaft des Pöbels widerfahren würde, was sie verdiente. Ebenjenes Pöbels, der in den frühen Tagen Heilige gequält und getötet hat. Und so ist es geschehen. In Gestalt des Bürgerkriegs, dem Hunderttausende zum Opfer fielen.«

Ihr Vater hatte ihr von den Übergriffen erzählt, die vor 1847 an der Tagesordnung gewesen waren. Wohnhäuser und Geschäfte waren niedergebrannt worden, die Menschen ausgeraubt, verstümmelt oder getötet. Ein Muster organisierter Gewalt, das die Heiligen zwang, aus drei Bundesstaaten zu fliehen.

Aber nicht aus Utah.

Dort gruben sie sich ein. Stellten sich dem Kampf. Wehrten sich.

»Die Prophezeiung sagt, dass wir, das Weiße Pferd, an Macht gewinnen und Älteste ausschicken werden, um in den Vereinigten Staaten die Menschen aufrichtigen Herzens zu sammeln. Das haben wir getan. Die Kirche ist in der zweiten Hälfte des 19. Jahrhunderts unglaublich gewachsen. Und wir waren alle da, *um die Verfassung der*

Vereinigten Staaten zu schützen, wie sie uns durch göttliche Inspiration geschenkt wurde.«

Sie entschied, dass sie mit der Frage, die ihr auf der Zunge lag, kein Risiko eingehen würde: »Was bedeutet das?«

»Dass etwas Großes geschehen wird.«

»Diese Möglichkeiten scheinen dich ja richtiggehend zu erregen. Sind sie so vielversprechend?«

»In der Tat. Und dieses Tagebuch bestätigt unsere Überzeugung. Die Prophezeiung vom Weißen Pferd ist nun eine geschichtlich belegte Tatsache.«

Sie untersuchte das Buch und wendete behutsam einige der brüchigen Seiten. »Kannst du mir mehr davon berichten?«

»Es ist ein großes Geheimnis unserer Kirche. Vor langer Zeit war Brigham Young der Erste, der es hütete. Jede Religion besitzt ihre Geheimnisse, und das ist eines der unseren.«

»Und du hast es entdeckt?«

Er schüttelte den Kopf. »Es war eher eine Wiederentdeckung. Ich habe einige Informationen in den verschlossenen Archiven gefunden. Meine Nachforschungen erregten die Aufmerksamkeit des Ältesten Rowan. Er rief mich zu sich, und gemeinsam haben wir mehrere Jahre an der Sache gearbeitet.«

Sie musste nachhaken. »Und die Prophezeiung vom Weißen Pferd gehört dazu?«

Er nickte. »Unbedingt. Aber das Ganze geht über die Vision des Propheten Joseph hinaus. Nach seiner Ermordung hat sich vieles ereignet. Geheime Dinge, in die nur einige wenige Menschen eingeweiht sind.«

Sie fragte sich, warum Josepe ihr so bereitwillig Auskunft gab. Warum er ihr nach so vielen Jahren vertraute. Oder prüfte er sie gerade?

»Es scheint faszinierend zu sein«, sagte sie. »Und wichtig. Ich wünsche dir viel Glück dabei.«

»Ich hatte eigentlich gehofft, dass du mir ein bisschen mehr anbieten würdest.«

Salazar hatte für seine Bitte genau den richtigen Zeitpunkt abgewartet und Cassiopeia gerade nur so viele Informationen gegeben, dass sie die Bedeutung seiner Mission begriff. Er hatte beinahe zwei Jahre nach Edwin Rushtons Tagebuch gesucht und dann drei Monate mit den fruchtlosen Bemühungen verbracht, es zu kaufen. Seinen Besitzer büßen zu lassen, erwies sich dann jedoch als eine weit einfachere Methode, insbesondere nachdem der Mann sowohl gelogen als auch versucht hatte, ihn zu betrügen.

Er beobachtete, wie sie das Tagebuch studierte.

Rushton war die Art Heiliger gewesen, wie er selbst es auch gerne gewesen wäre. Ein früher Pionier, der seine Priesterschaft auf gute Werke gegründet und die familiäre Verantwortung für vier Ehefrauen übernommen hatte. Er hatte sich bis zum Ende als ein Gerechter hervorgetan und war einer von jenen geworden, deren Seele der Himmlische Vater mit Gewissheit angenommen hatte. Menschen, die sich in ihrem Leben auf Erden bewährt hatten und nun für alle Zeit zur Herrlichkeit zugelassen waren. Könnte irgendjemand bezweifeln, dass diese frühen Heiligen geläutert, geprüft und vorbereitet waren, um ihre letzte Offenbarung zu empfangen?

Natürlich nicht.

Diese Heiligen hatten Zion auf Erden errichtet.

Und er selbst und alle anderen Nachfahren waren die Nutznießer ihrer Frömmigkeit.

»Cassiopeia, ich möchte nicht, dass du noch einmal aus meinem Leben verschwindest. Wirst du mir bei meiner Mission helfen?«

»Was kann ich tun?«

»Als Erstes und Wichtigstes bitte ich dich, hier bei mir zu bleiben. Die Herrlichkeit dieses Erfolgs wird unendlich viel größer sein, wenn du dabei bist. Und dann gibt es Angelegenheiten, bei denen ich deine Hilfe gebrauchen könnte. Ich habe über viele Jahre verfolgt, was du alles unternimmst und wie du diese Burg in Südfrankreich wiedererrichtest.«

»Ich wusste gar nicht, dass du dich darüber informiert hast.«

»O doch. Ich habe dafür sogar anonym größere Summen gespendet.«

»Ich hatte keine Ahnung.«

Er hatte sie immer bewundert. Sie war intelligent und hatte Abschlüsse in Ingenieurwesen und in mittelalterlicher Geschichte. Sie hatte die Unternehmensgruppe ihres Vaters zur Gänze geerbt, einen Konzern, der derzeit mehrere Milliarden Euro wert war. Er war über ihre sichere Hand als Firmenlenkerin informiert und wusste über ihre niederländische Stiftung Bescheid, die beim Kampf für eine bessere Gesundheitsversorgung und gegen den Hunger in der Welt eng mit den Vereinten Nationen zusammenarbeitete. Berichte über ihr Privatleben waren nicht an die Öffentlichkeit gedrungen, und er hatte auch nicht nachgeforscht, sondern seine Erkundungen auf das beschränkt, was frei zugänglich war.

Aber er wusste genug, um sich klar darüber zu sein, dass

er die Trennung damals, vor all diesen Jahren, niemals hätte zulassen dürfen.

»Und sie wird nicht mehr gehen. Nie wieder«, sagte der Engel in seinem Kopf.

»Das, was ich vorhin im Restaurant gesagt habe, war mein Ernst«, erwiderte sie. »Ich habe sowohl mit meinem Glauben als auch mit dir einen Fehler begangen.«

Er war so lange allein gewesen.

Niemand hatte den Platz seiner verstorbenen Frau einnehmen können. Doch dann war er eines Tages auf ein Foto seiner selbst mit Cassiopeia gestoßen, das in ihrer gemeinsamen Zeit als Paar aufgenommen worden war. Allein schon der Anblick des Bildes hatte ihn froh gemacht, und so hatte er es aufgestellt, damit er es jeden Tag betrachten konnte.

Jetzt aber saß das Original ihm gegenüber.

In Fleisch und Blut.

Wieder.

Und er war glücklich darüber.

18

Salt Lake City

Rowan hörte Snow zu und wartete auf die Erklärung, was es mit der Holzkiste auf sich hatte.

»Brigham Young hat mehreren amerikanischen Präsidenten die Stirn geboten und unsere religiöse und politische Unabhängigkeit geltend gemacht. Er hat den Kongress und alle Gesetze, mit denen er nicht einverstanden war, ignoriert und den militärischen Kommandanten vor Ort eine lange Nase gedreht. 1857 hatte James Buchanan schließlich genug und ergriff die außergewöhnliche Maßnahme, Truppen zu unserer Unterwerfung zu entsenden.« Snow hielt inne. »Die Mehrfachehe war ein Fehler, den sowohl Smith als auch Young begangen hatten.«

Die Propheten des Alten Testaments, wie zum Beispiel Abraham, hatten regelmäßig mehrere Frauen geheiratet. Salomon selbst hatte siebenhundert gehabt und dazu noch dreihundert Konkubinen. 1831 hatte Joseph Smith sich wegen dieser Praktik im Gebet an den Herrn gewandt und zur Antwort die Offenbarung erhalten, dass die Mehrfachehe tatsächlich zum wahren Bund mit Gott gehöre, doch öffentlich hatte die Kirche diese Praxis erst 1852 anerkannt.

Niemals nahmen mehr als zwei Prozent der Mitglieder diese Möglichkeit wahr, und alle mussten vom Propheten spirituell auserwählt worden sein. Meistens ging es dabei um ältere Frauen, die sich nicht allein erhalten konnten und in der Mehrfachehe keine sexuelle Rolle übernahmen. Dies geschah immer mit der Zustimmung der ersten Frau. Doch auch der Wunsch, die Zahl der Kinder zu vergrößern, stand hinter dieser Praxis, denn Gott hatte befohlen, dass alle nach seinem Willen *einen Samen ziehen* sollten.

Rowan wusste, dass die Mehrfachehe die amerikanische Gesellschaft verärgert und beleidigt hatte. 1862 ermöglichte das Morrill-Gesetz, jedem, der sie praktizierte, die Staatsbürgerschaft zu entziehen. 1887 wurde sie dann mit dem Edmunds-Tucker-Gesetz strafbar.

»Smith und Young hatten die Wirkung der Mehrfachehe

sowohl auf die Heiligen als auch auf die Kirchenfremden falsch eingeschätzt«, sagte Snow. »Aber statt sich klug von etwas abzuwenden, das sich eindeutig als kontraproduktiv erwiesen hatte, setzten sie die Praxis fort und verlangten politische Autonomie.«

Genau dieses Durchhaltevermögen bewunderte Rowan.

Die Heiligen waren zum Salzsee ausgewandert, um dort Zuflucht zu finden. Sie hatten sich auf unfruchtbarem Land angesiedelt, das sonst keiner hatte haben wollen, und eine Gesellschaft geschmiedet, in der Kirche und Staat nahtlos ineinander übergingen. 1849 wurde eine provisorische Regierung aufgestellt, und man beantragte die Anerkennung als Bundesstaat. Er sollte Deseret heißen, ein Wort aus dem Buch Mormon, das sich auf einen Bienenstock bezog, ein Symbol für Fleiß und Zusammenarbeit. Seine Grenzen hätten das heutige Utah und Nevada, den größten Teil Kaliforniens, ein Drittel Arizonas und Teile Colorados, Wyomings, Idahos und Oregons umfasst. Doch der Status des Bundesstaates wurde ihnen nicht gewährt. Stattdessen akzeptierte der Kongress das neue Land als Territorium, allerdings mit verkleinerten Grenzen und unter dem neuen Namen Utah. Young wurde zu seinem ersten Gouverneur ernannt und war äußerst erfolgreich darin, die Verschmelzung von Kirche und Staat intakt zu halten.

»Einerseits wollten wir Teil der uns umgebenden Gesellschaft sein«, sagte Snow. »Wir wollten zum Wohlergehen der Nation beitragen. Gute Bürger sein. Andererseits forderten wir das Recht ein, nach eigenem Gutdünken zu handeln.«

»Es war eine religiöse Glaubensfrage. Eine Frage der Freiheit. Die Mehrfachehe gehörte zu unserer Religion.«

»Komm schon, Thaddeus. Wenn unsere Religion die Ermordung anderer Menschen verlangte, hätten wir dann um unserer Freiheit willen ein Recht darauf? Dieses Argument ist schwach und nicht aufrechtzuerhalten. Die Mehrfachehe in einem körperlichen Sinn war falsch. Wir hätten das schon lange vor 1890 erkennen sollen, als wir endlich vernünftig gehandelt und sie abgeschafft haben.«

Das sah Rowan ganz anders.

»Brigham Young hat viele kluge Entscheidungen getroffen«, sagte Snow. »Er hat kompetent regiert und war ein echter Visionär. Wir sind ihm enorm viel schuldig. Aber er hat auch Fehler begangen. Trotz der Tatsache, dass er es in seiner Lebenszeit versäumt hat, sie öffentlich anzuerkennen, waren es dennoch Fehler.«

Rowan entschied sich dagegen, hier zu streiten oder Snow zu widersprechen. Er wollte eine Information haben, und ein Konflikt würde nur den Zugang dazu verhindern.

»Wir sollten über die Prophezeiung vom Weißen Pferd sprechen«, sagte Snow.

Hatte Rowan richtig gehört? Er starrte den Propheten an.

»Ich weiß über deine Nachforschungen in den nicht allgemein zugänglichen Archiven Bescheid. Ich bin im Wesentlichen über den Inhalt von Bruder Salazars Recherchen in unserem geheimen Material informiert. Ihr beide habt diese Prophezeiung eifrig studiert.«

Rowan beschloss, seine Zurückhaltung aufzugeben. »Ich wollte unser großes Geheimnis finden, Charles. *Wir* müssen es finden.«

»Dieses Geheimnis ist schon seit Langem verloren.«

Aber der Anblick der Planwagen hatte Rowan Hoffnung gemacht.

»Ich habe die Entscheidung nach deinem gestrigen Anruf getroffen«, sagte Snow. »Etwas sagte mir, dass es sich um den richtigen Ort handelt.« Der alte Mann hielt inne, verschnaufte und kam wieder zu Atem.

»Der Prophet Brigham hat ein großes Geheimnis versteckt«, sagte Rowan, »damit wir es eines Tages finden.«

Snow schüttelte den Kopf. »Das wissen wir nicht.«

Nur Rowan und der Prophet konnten ein solches Gespräch führen, da nur sie beide in die Geschichte eingeweiht waren. Unglückseligerweise kannte jeder einen anderen Teil. Den seinen verdankte Rowan harter Arbeit und Nachforschungen, die er sowohl in Utah als auch in Washington, D.C. durchgeführt hatte. Snow dagegen war von seinem Vorgänger eingeweiht worden.

Und diesen Teil musste Rowan in Erfahrung bringen.

»Jeder Prophet seit Brigham Young musste mit demselben Dilemma kämpfen. Ich hatte gehofft, es würde mich auslassen.« Snow zeigte auf die Holzkiste. »Nur zu.«

Rowan klappte den Deckel auf.

Drinnen lag ein Stapel altersbrüchiger Dokumente, die einzeln in vakuumversiegelten Plastiktüten verpackt waren. Überwiegend Bücher und alte Zeitungen, alle durch Zerfall und Moder schwer beschädigt.

»Das hier konnten wir 1993 aus dem Dokumentenstein bergen«, berichtete Snow. »Es sind bedeutungslose Schriften aus alter Zeit, abgesehen von den zwei Päckchen, die zuoberst liegen.«

Sie waren Rowan bereits aufgefallen. In der Hülle lag je ein einzelnes Blatt; beide wiesen am Rand braune Flecken auf, als wären sie angekohlt. Aber die Schrift war erhalten geblieben.

»Schau sie dir an«, forderte ihn der Prophet auf.

Er nahm die erste Folienhülle heraus.

Die Schrift war eng und klein und die Tinte fast zur Unleserlichkeit verblasst.

Ich fürchte, es ist eine heikle Situation entstanden. Die Wirker des Bösen wären wirklich froh, wenn sie jetzt, da der große Bürgerkrieg nur noch eine Erinnerung ist, die Aufmerksamkeit wieder auf uns lenken und eine erneute Entsendung von Truppen veranlassen könnten, um uns zu unterwerfen. Sie bekennen sich offen zu der Absicht, die Macht der Priesterschaft zu brechen und unsere heilige Organisation zu zerstören. Früher habe ich geglaubt, wir könnten miteinander auskommen und die Vereinbarungen würden gehalten. Aber es wird uns keinen Nutzen bringen, uns in der Hoffnung, dadurch Gunst und Freundschaft zu gewinnen, unter die Welt zu mischen. Ich habe mich so bemüht, zu tun was richtig und anständig schien. So lange ich lebte, habe ich mit niemandem darüber gesprochen. Stattdessen hinterlasse ich diese Botschaft den Getreuen, die nach mir kommen. Wisset, dass wir eine Bürde tragen, die Lincoln selbst uns auferlegt, die wir aber bereitwillig auf uns genommen haben. Als der große Bürgerkrieg ausbrach, habe ich diesen Streit als die wahr gewordene Prophezeiung vom Weißen Pferd betrachtet. Der Prophet Joseph hat alles vorhergesagt, was schließlich geschehen ist, einschließlich unserer Reise in die Rocky Mountains und seines eigenen Todes. 1863 hing die Verfassung tatsächlich am seidenen Faden, und genau wie der Prophet es im Voraus wusste, erließ der Kongress ein Gesetz, das uns zugrunde richten sollte.

Daher habe ich damals einen Gesandten zu Mr. Lincoln geschickt. Der empfing ihn freundlich und formlos. Der Gesandte sollte sich für uns um den Status als Bundesstaat bemühen, doch darauf ging Mr. Lincoln nicht ein. Stattdessen schickte er mir eine Botschaft. Lincoln sagte, er würde uns in Ruhe lassen, wenn wir ihn in Ruhe ließen. Genau darauf hatten wir seit vielen, vielen Jahren gewartet. Wir haben nie nach etwas anderem getrachtet als nach der Freiheit, auf unsere eigene Weise zu leben. Lincoln kannte uns noch aus Illinois. Er sagte meinem Gesandten, er habe das Buch Mormon gelesen, was ermutigend war. Aber es wäre unklug gewesen, eine Übereinkunft mit einem Präsidenten zu schließen, ohne eine Rückversicherung zu besitzen, dass deren Bedingungen auch eingehalten würden. Das teilten wir Lincoln mit, und daraufhin bot er uns ein ausreichend bedeutsames Unterpfand an, um uns die Sicherheit zu gewährleisten, dass er sein Wort halten würde. Er forderte im Gegenzug dasselbe von uns, und ich händigte es ihm aus. Wir akzeptierten jeder das Angebot des anderen, und beide Seiten hielten sich an die Übereinkunft. Leider starb Mr. Lincoln, bevor wir die Sicherheiten gegenseitig wieder zurückerstatten konnten. Kein Regierungsmitglied hat uns je gefragt, was wir über die Regierung in der Hand hatten oder sie über uns, und daraus schloss ich, dass außer mir keiner von der Existenz dieser Sicherheiten wusste. Daher verhielt ich mich still. Dadurch erfüllte ich den Rest der Prophezeiung, die besagt, dass wir als das Weiße Pferd die Nation retten würden. Doch Prophet Joseph hat uns zudem aufgefordert, die Verfassung der Vereinigten Staaten, die durch göttliche Inspiration *geschaffen wurde, zu beschützen. Das ist noch nicht geschehen, zumindest nicht zeit meines Lebens. Das Unterpfand, das ich Mr. Lincoln gab, war das Wissen über das Geheimversteck unseres Schatzes. Seit der Ankunft der Bundestruppen im Jahr 57 reden die Heiligen von unserem verlorenen Gold. Ich sage euch nun, dass nichts von unserem Gold verloren ist. Vielmehr wurde alles klug verwendet. Ich übergab Mr. Lincoln eine Landkarte mit dem Versteck, und dort verbarg ich auch das Pfand, das Mr. Lincoln uns anvertraut hatte. Zwei Monate nach dem Abschluss unseres Abkommens schickte Lincoln mir ein Telegramm des Inhalts, Samuel der Lamanit behüte unser Geheimnis in Washington, inmitten des Wortes, und das beruhigte mich sehr. Außerdem sagte er mir, er trage den wesentlichen Teil des Geheimnisses immer bei sich. Ich erwiderte ihm, dass die Vorsehung und die Natur seinen Teil des Geheimnisses bewachten. Er schien Gefallen an dem Rätsel zu finden, das wir beide geschaffen hatten. Prophet Joseph hatte mit all seinen Vorhersagen recht. Möge es euch ebenso ergehen.*

»Das hat Brigham Young geschrieben?«, fragte Rowan.

»Es ist seine Schrift.«

»Das verlorene Gold und unser großes Geheimnis hängen zusammen?«

Snow nickte. »Von Anfang an. Löst man die eine Frage, löst man damit auch die andere.«

»Was hat der Prophet mit dem Verweis auf Samuel und das Telegramm gemeint?«

»In dieser Hinsicht war Lincoln recht klug. Um 1863 ein

Kappen der Telegrafendrähte zu verhindern, schickte er ein Telegramm an Brigham Young. Er teilte dem Propheten mit, was er in unserem Buch über Samuel gelesen habe, klinge richtig. Welchen besseren Wächter als den Lamaniten hätte er also einsetzen können?«

Das alles gab Rowan Rätsel auf. Aber es war eine vollkommen neue Information. »Und dieses Telegramm ist erhalten geblieben?«

»Außer dem Propheten hat niemand Zugang dazu. Sein Wortlaut wirkt eigentlich bedeutungslos, wenn man das Dokument, das du gerade gelesen hast, nicht kennt. Doch jetzt wissen wir beide über die Wahrheit Bescheid. Sag mir, Thaddeus, wie hast du von diesem Geheimnis erfahren? Es sollte eigentlich allein dem jeweiligen Propheten vorbehalten bleiben.«

Die Zeit der Verstellung war vorbei. »Wie Prophet Brigham berichtet hat, war es eine Abmachung zwischen zwei Seiten. Lincoln auf der einen und wir auf der anderen. Im Nationalarchiv in Washington sind Hinweise auf Amerikas Verhandlungen mit Brigham Young zu finden.«

»Ich weiß schon eine ganze Weile, dass du auf der Suche danach bist. Dein Komplize, dieser Señor Salazar, ist die reinste Plage geworden.«

»Du hast ein Problem mit Josepe?«

»Er ist ein Fanatiker, und die sind immer gefährlich, wie sehr sie auch ihre Aufrichtigkeit beteuern. Er folgt blindlings den Lehren Joseph Smiths und übergeht dabei die fortgesetzten Offenbarungen, die den Propheten im Laufe der Jahre zuteilgeworden sind.«

»Das klingt wie Blasphemie.«

»Weil ich in Frage stelle, wovon ich weiß, dass es falsch

ist? Wie könnte man das anders als klug und pragmatisch nennen?«

»Sonderbare Worte von einem Propheten.«

»Aber das ist der Kern der Sache, Thaddeus. Ich bin *tatsächlich* der Prophet. Daher haben meine Worte dasselbe Gewicht wie alles, was von meinen Vorgängern ausgesprochen wurde.«

Rowan wedelte mit Youngs Botschaft. »Warum hast du mir das hier gezeigt?«

»Weil ich das große Geheimnis ebenfalls erfahren möchte. Wir haben die Prophezeiung vom Weißen Pferd immer für eine Fälschung gehalten, die Jahre nach den eingetretenen Tatsachen verfasst wurde und daher alles einbeziehen konnte, was sich inzwischen als Wirklichkeit herauskristallisiert hatte. So lässt sie den Propheten Joseph vorausschauender wirken, als er es verdient.«

»Die Prophezeiung stammt aus dem Mund des Propheten selbst. Das hat Bruder Salazar bewiesen.«

»Diesen Beweis würde ich gerne einmal sehen.«

»Wir haben die Möglichkeit, die Prophezeiung zu erfüllen. Wir können die Verfassung der Vereinigten Staaten, wie sie *durch göttliche Inspiration geschaffen wurde,* beschützen.«

»Und wenn das das ganze Werk des Herrn zerstört?«

»Dann sei es so.«

»Schau dir die zweite Seite an.«

In der zweiten steifen Folienhülle steckte eine skizzenhafte Landkarte.

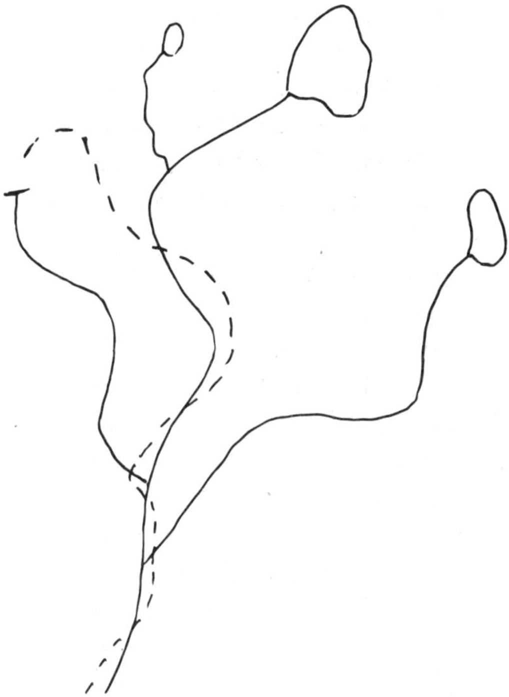

»Hier liegen sowohl das Geheimnis als auch das Gold versteckt«, sagte Snow.

»Aber diese Skizze verrät uns nichts.«

»Young hat die Suche offensichtlich zu einer Herausforderung gemacht. Dafür dürfte es einen guten Grund geben. Um dieses Rätsel zu lösen, wirst du wohl das finden müssen, was Mr. Lincoln versteckt hat.«

Rowan wusste bereits genau, wo er danach suchen würde.

»Darf ich die beiden Dokumente haben?«

Snow schüttelte den Kopf. »Die Originale nicht. Aber ich gebe dir Kopien.«

»Du willst, dass ich der Sache nachgehe, nicht wahr?«

»Ich möchte, dass du im Gebet fragst, wie du vorgehen sollst. Welche Antwort der Himmel dir auch immer geben wird, handele danach. So habe ich selbst es gemacht.«

19

Atlanta

Stephanie hatte im Internet die Entscheidung des Obersten Gerichtshofs der Vereinigten Staaten in der Sache *Texas gegen White* vom 12. April 1869 gefunden.

Die Streitfrage war einfach.

Waren die sich auf 10 Millionen Dollar belaufenden US-Staatsanleihen, die Texas nach seiner Abspaltung von der Union an Privatleute verkauft hatte, gültig? Alle stimmten darin überein, dass der Verkauf der Anleihen gegen Bundesgesetze verstoßen hatte und zu einer Zeit erfolgt war, da Texas sich von der Union losgesagt und eigene Regeln bezüglich des Verkaufs erlassen hatte. Gesetzt, Texas' Abspaltung von der Union wäre rechtmäßig gewesen, wären die Anleihen gültig und entsprächen ihrem Nominalwert. Andernfalls wären sie wertlos. Ein schlichter Streit, der aber in seinem Kern eine fundamentale Frage aufwarf.

Gestattete die Verfassung die Abspaltung eines Bundesstaates?

Noch einmal las sie die Urteilsbegründung durch, genau

wie sie es vor zwei Stunden zusammen mit Edwin getan hatte. Er war inzwischen wieder zu einem Termin in Washington aufgebrochen, wo man ihn für den Abend erwartete. Morgen würden sie sich erneut treffen. Die relevante Passage kam nach der ersten Hälfte des Textes:

Der Staatenbund war niemals eine rein künstliche und willkürliche Beziehung. Er begann zwischen den Kolonien und erwuchs einem gemeinsamen Ursprung, geistiger Verwandtschaft, ähnlichen Prinzipien und Interessen und den geografischen Verhältnissen. Durch die Erfordernisse des Krieges wurde er bestätigt und gestärkt und erhielt dann durch die Konföderationsartikel seine endgültige Gestalt, seinen Charakter und seine bindende Kraft. In diesen Artikeln wurde der Bund feierlich für »ewig« erklärt. Und als sie den Erfordernissen des Landes nicht mehr genügten, sollte die Verfassung eine »vollkommenere Union schaffen«. Klarer als mit diesen Worten kann man die Vorstellung einer unauflöslichen Einheit wohl kaum ausdrücken. Was kann denn überhaupt unauflösbar sein, wenn ein ewiger Bund, der noch vervollkommnet wurde, es nicht ist?

Als Texas daher zu einem Bundesstaat der Union wurde, trat es in eine unauflösliche Beziehung ein. Alle Verpflichtungen eines ewigen Bundes und alle Garantien, die die Union zur Republik machten, galten automatisch auch für diesen Staat. Der Akt, der den Eintritt in die Union vollzog, war mehr als ein Vertrag; er war die Eingliederung eines neuen Mitglieds in den politischen Körper. Und er war endgültig. Die Union zwischen Texas und den anderen Bundesstaaten war ebenso vollständig, ewig und unauflöslich wie der Bund zwischen den ursprünglichen Staaten. Eine

Neuabwägung oder ein Rückgängigmachen des Eintritts war nur noch durch eine Revolution oder mittels Zustimmung der anderen Bundesstaaten möglich.

Der von der Sezessionsversammlung des Bundesstaates verkündete Abspaltungserlass, der durch Volksabstimmung von der Mehrheit der texanischen Bürger angenommen worden war, und alle Gesetzesakte, die diesem Erlass Geltung verschaffen sollten, waren null und nichtig, hatten ergo keinerlei gesetzliche Bindekraft. Die Verpflichtungen des Bundesstaates als Mitglied der Union und die jedes einzelnen texanischen Bürgers als Bürger der Vereinigten Staaten blieben davon unberührt bestehen. Daraus folgt mit Gewissheit, dass der Bundesstaat nicht aufhörte, ein Bundesstaat zu sein, und die Bürger weiterhin Bürger der Union blieben. Wäre es anders, müsste der Bundesstaat zum Ausland geworden sein und seine Bürger zu Ausländern. Der Krieg müsste aufgehört haben, ein Krieg zur Unterdrückung eines Aufstandes zu sein, und sich stattdessen in einen Eroberungs- und Unterwerfungskrieg verwandelt haben.

Doch genau als solchen betrachtete man im Süden den Konflikt.

Dort galt er nicht als Krieg zwischen Bundesstaaten. Oder als Bürgerkrieg.

Sondern als ein vom Norden geführter Angriffskrieg.

Eroberung und Unterwerfung. Genau das.

Damals empfanden es die Leute im Süden so, und so war es heute teilweise immer noch. Fuhr man von Atlanta aus südwärts in die Mitte Georgias, wie sie es schon oft getan hatte, und erwähnte man dort den Namen General William

Tecumseh Sherman am rechten Ort gegenüber den richtigen Leuten, spuckten diese verärgert aus.

Sie hatte niemals ernsthaft über das Thema Sezession nachgedacht. Nach Lincoln hielt man die Frage für erledigt. Gewiss, gelegentlich munkelte man in den Medien über irgendeine Stadt, einen Bezirk oder eine Splittergruppe, die die Union verlassen wollten. Die Insel Key West war wegen ihrer »Conch Republic« bekannt. Aber das Ganze blieb folgenlos.

Nun aber hatte sie Edwin reden gehört. Er war nicht einfach nur irgend so ein Verrückter, der versuchte, sich vor den Steuern zu drücken oder ein Gesetz zu umgehen, das ihm nicht passte, oder der einfach nur seinen eigenen Kopf durchsetzen wollte. Er war der Stabschef des Weißen Hauses.

Und er hatte Angst.

»Das könnte ein echtes Problem werden«, sagte Davis. »Wir hatten gehofft, dass die Zeit es gelöst hätte. Aber wir haben Informationen erhalten, die darauf hinweisen, dass das nicht der Fall ist.«

»Was könnte denn so besorgniserregend sein?«

»Stephanie, wir schauen vierundzwanzig Stunden am Tag Nachrichten, hören Beiträge im Radio und lesen Leitartikel. Den ganzen Tag werden wir mit Informationen überschüttet. Alle haben zu allem und jedem eine Meinung. Blogger und Journalisten. Twitternachrichten und Facebook-Posts sind zu anerkannten Quellen geworden. Aber niemand achtet mehr richtig auf irgendwas. Wir kratzen nur die Oberfläche an, und das hält man dann schon für genug.«

Er deutete auf einen Abschnitt auf dem Bildschirm. Aus der Urteilsbegründung »Texas gegen White«.

Sie las ihn erneut.

Daher gelangen wir zu dem Schluss, dass Texas weiterhin ein Bundesstaat blieb, und zwar ein Bundesstaat der Union, ungeachtet der hier in Rede stehenden Transaktionen. Und diese Schlussfolgerung widerspricht nach unserem Dafürhalten keinem der Gesetze und keiner der Erklärungen irgendeines Teils der nationalen Regierung, sondern befindet sich in vollkommener Übereinstimmung mit der gesamten Folge dieser Gesetze und Erklärungen seit dem Ausbruch des Aufstands.

»Dieser verdammte Oberste Gerichtshof hat nur die Oberfläche angekratzt«, sagte Davis. »Er hat eine politische Meinung verkündet, keine juristische. Der Autor der Urteilsbegründung, der Vorsitzende Richter Salmon Chase, hatte auch noch einen Posten in Lincolns Kabinett. Was hätte er da wohl sagen sollen? Dass der ganze Bürgerkrieg gegen die Verfassung verstoßen habe? Dass die Abspaltung damals legal gewesen sei? Und dass, so ganz nebenbei, sechs-hundert-zwan-zig-tau-send Männer umsonst gestorben seien?«

»Ist das nicht ein bisschen melodramatisch?«

»Nicht im Geringsten. Der Fall Texas gegen White *ist die abschließende Stellungnahme des Obersten Gerichtshofs zur Frage der Sezession. Sollte irgendein Bundesstaat sich abzuspalten versuchen, würde jeder Richter des ganzen Landes auf der Grundlage des Urteils* Texas gegen White *ohne Zögern entscheiden, dass es sich dabei um einen Verfassungsbruch handelt.«*

Sie wusste, dass das stimmte.

»Die Entscheidung ist damals allerdings keineswegs ein-

stimmig gefallen«, fuhr Davis fort. »Drei Richter hatten eine abweichende Meinung.«

Sie schaute erneut auf den Text, der ihr vom Bildschirm entgegenleuchtete.

Und diese Schlussfolgerung widerspricht nach unserem Dafürhalten keinem der Gesetze und keiner der Erklärungen irgendeines Teils der nationalen Regierung.

Wieder erklangen Edwins Worte in ihrem inneren Ohr. »*Was, wenn wir etwas wissen, das dem Obersten Gerichtshof 1869 unbekannt war?*«, hatte er geendet.

Ja, was dann?

20

Dänemark

Nichts von dem, was Cassiopeia da gesagt hatte, gefiel Malone.

Luke war rechtzeitig zurückgekehrt, um den Schluss des Gesprächs mit anzuhören. *Bleib cool*, signalisierten die Augen des jungen Mannes. Der Bursche wusste offensichtlich von seiner Beziehung zu Cassiopeia.

»Ich bring dich in dein Hotel zurück«, sagte Salazar gerade im Arbeitszimmer.

Malone zeigte auf die Tür, die zwei Meter entfernt offen stand, und gemeinsam schlichen sie sich in einen abgedunkelten Medienraum. Weiche Sessel standen vor einem riesigen Bildschirm, eine offensichtliche Neuerung in diesem alten Haus.

Sie pressten sich an die Wand.

Malone hörte, dass im Arbeitszimmer Bewegung entstand, und anschließend Schritte draußen im Flur. Vor der halb geöffneten Tür waren nun Salazar und Cassiopeia zu sehen. Malone spähte dorthin und beobachtete, wie Salazar Cassiopeia am Arm fasste, sie an sich zog und küsste.

Sie umarmte ihn ihrerseits und streichelte dabei seine Schultern.

Ein verstörender und aufwühlender Anblick.

»Danach habe ich mich schon lange gesehnt«, sagte Salazar zu ihr. »Ich habe dich nie vergessen.«

»Das weiß ich.«

»Und wie geht es jetzt mit uns weiter?«

»Wir genießen unsere gemeinsame Zeit. Du hast mir gefehlt, Josepe.«

»Du hast doch sicher geliebt und bist geliebt worden.«

»Das stimmt. Aber unsere Beziehung war etwas Besonderes, und das wissen wir beide.«

Salazar küsste sie erneut. Sanft. Zärtlich.

In Malones Innerem tobten die Gefühle.

»Ich könnte hier übernachten«, sagte sie.

»Das wäre nicht klug«, entgegnete Salazar. »Für uns beide nicht.«

»Verstehe. Aber wenigstens weißt du jetzt, dass ich es wollte.«

»Ja, und es bedeutet mir mehr, als du dir vorstellen kannst. Morgen Vormittag hole ich dich gegen 10 Uhr ab. Packe bis dahin deine Sachen und halte dich zur Abfahrt bereit.«

»Wo fahren wir hin?«

»Nach Salzburg, Österreich.«

Die beiden verschwanden durch den Flur. Eine Tür ging

auf und wurde wieder geschlossen. Gleich darauf heulte ein Motor auf, dann verklang das Geräusch in der Ferne.

Malone stand mit hämmerndem Herzen da.

»Alles in Ordnung?«, fragte Luke.

Malone kehrte mit einem Ruck zur aktuellen Situation zurück. »Warum denn nicht?«

»Das da ist deine Freundin, und …«

»Ich bin aus meinen Highschooljahren heraus. Und woher weißt du eigentlich, dass das meine Freundin ist?«

»Dreimal darfst du raten. Hör mal, mir an deiner Stelle hätte das verdammt wehgetan.«

»Du bist aber nicht an meiner Stelle.«

»Okay, kapiert. Das Thema ist tabu.«

»Hat Stephanie dich angewiesen, mir zu verschweigen, dass Cassiopeia hier mitmischt?«

»Sie und Salazar hätten gar nicht hier sein sollen. Vitt hatte den Auftrag, ihn für den Abend von zu Hause fernzuhalten.«

»Den *Auftrag*?«

»Sie hilft Stephanie. Ein Gefallen. Wir haben herausgefunden, dass Vitt und Salazar sich einmal kannten. Sie standen einander … nahe. Zweifellos. Mehr als das wussten wir allerdings nicht. Stephanie hat Vitt daraufhin gebeten, den Kontakt zu Salazar neu zu knüpfen und zu sehen, was sie in Erfahrung bringen könnte. Vitt probiert gerade, Salazar einzuwickeln, mehr ist das nicht.«

Aber da war Malone sich nicht so sicher. Spielte Cassiopeia eine Rolle? Versuchte sie einfach nur, Salazars Vertrauen zu gewinnen? Falls ja, wäre sie eine ausgezeichnete Schauspielerin. Jedes ihrer Worte hatte glaubwürdig gewirkt. Und jetzt sicherte Salazar sich *ihre* Hilfe.

»Ich muss mich in diesem Arbeitszimmer umschauen.«

Er packte Luke beim Arm. »Hast du sonst noch mit etwas hinter dem Berg gehalten?«

»Du hast in deinem Buchladen gesagt, dass du über Mormonen Bescheid weißt. Wusstest du auch, dass Cassiopeia in einer mormonischen Familie aufgewachsen ist?«

Er starrte Luke wütend an.

»Also nicht, das habe ich mir gedacht«, fuhr der fort. »Zum Teil geht Vitts und Salazars Beziehung darauf zurück, dass sie schon als Kinder befreundet waren. Die Familien haben sich gut verstanden. Sie gehörten ebenfalls derselben Religion an.«

Das hier schien eine Nacht der Überraschungen zu werden.

»Würdest du netterweise meinen Arm loslassen?«

Malone gab ihn frei.

Luke schob sich an ihm vorbei und verließ den Medienraum.

Malone folgte ihm.

Sie betraten das Arbeitszimmer, einen freundlichen Raum mit salbeigrün gestrichenen, holzgetäfelten Wänden. Das Licht war noch angeschaltet und die Vorhänge vor den Fenstern zugezogen.

Malone konzentrierte sich auf die anstehende Aufgabe.

»Er hat kein Personal im Haus?«

»Den Berichten zufolge gibt es ein paar Bedienstete, aber sie bleiben nie über Nacht. Salazar legt Wert auf seine Privatsphäre.«

Allerdings konnten jeden Moment die beiden überlebenden Daniten hier auftauchen. »Die zwei von vorhin haben unseren Trick mit dem Bus vielleicht inzwischen durchschaut. Bringen wir die Sache hinter uns. Er hat ihr aus irgendwas vorgelesen. Aus diesem alten Tagebuch dort.«

Luke trat zum Schreibtisch und schoss mit seinem Magellan-Billet-Handy Fotos der vergilbten Seiten, und zwar insbesondere derjenigen, die mit Papierstreifen gekennzeichnet waren. Während Luke die Schreibtischschubladen durchsuchte, zog es Malone zu der Landkarte auf dem Tafelständer. Er hatte vorhin mitgehört, wie Salazar die Orte herunterrasselte, an denen sich die Mormonen auf dem Weg quer durch den Kontinent bis zum Großen Salzsee zeitweilig niedergelassen hatten. Tatsächlich hatte er einmal Nauvoo im Inneren von Illinois besucht, wo sie sieben Jahre lang ihr Hauptquartier aufgeschlagen hatten. Der Tempel, der heute dort stand, war ein Nachbau, da das Original im 19. Jahrhundert vom Mob zerstört worden war.

Hass.

Was für eine mächtige Emotion.

Genau wie Eifersucht.

Und beides empfand er in diesem Augenblick.

Er musste zu seinen Worten von eben stehen – er ging ja wirklich nicht mehr auf die Highschool, aber er war ein Mann, der etwas für eine Frau empfand. Er war seit drei Jahren geschieden, lebte aber insgesamt schon zehn Jahre von seiner Exfrau getrennt. Das war eine lange Zeit allein. Cassiopeias Eintritt in sein Leben hatte vieles verändert. Zum Besseren. Oder zumindest hatte er das geglaubt.

»Schau dir das einmal an«, sagte Luke.

Er trat zum Schreibtisch – der war riesig, hatte Elfenbeinintarsien und war mit einem reich verzierten Tintenfass aus Onyx geschmückt. Luke reichte ihm einen Katalog des Dorotheum, eines der ältesten Auktionshäuser der Welt, das seinen Sitz in Österreich hatte. Sowohl bei Aufträgen des Billet als auch als Besitzer seines Buchantiquariats hatte Malone schon mit diesen Leuten zu tun gehabt.

»Anscheinend gibt es dort morgen Abend eine Veranstaltung«, berichtete Luke. »In Salzburg.«

Malone fand im Katalog Datum, Uhrzeit und Ort. Beim Durchblättern entdeckte er, dass es sich um eine Haushaltsauflösung handelte. Möbel, Porzellan und Bücher. Eine der Seiten war mit einem Eselsohr gekennzeichnet. Dort wurde ein Buch Mormon angeboten. Von März 1830. Ein Originaldruck. Herausgegeben von E.B. Grandin. Palmyra, New York.

Er wusste über diese Art von Buch Bescheid.

Seit 1830 waren viele Ausgaben erschienen, doch von der ursprünglichen existierten nur noch einige wenige Exemplare. Er erinnerte sich, vor einigen Monaten gelesen zu haben, dass eines davon für beinahe 200.000 Dollar verkauft worden war.

»Offensichtlich möchte Salazar ein Buch erwerben«, sagte er.

Und nicht einfach irgendein Buch. Sondern eines der seltensten der Welt.

Er entfernte sich vom Schreibtisch und betrachtete erneut die Landkarte. Jemand hatte Texas, Hawaii, Alaska, Vermont und Montana mit einem pinken Marker hervorgehoben.

»Warum sind diese Bundesstaaten farbig markiert? Und jetzt behaupte nicht, du wüsstest nicht Bescheid.«

Luke schwieg.

Malone legte den Finger auf Utah, das mit Gelb hervorgehoben worden war. »Und dieser?«

»Der steht im Zentrum der ganzen verdammten Sache.«

Utah war der Heimatstaat der Kirche Jesu Christi der Heiligen der Letzten Tage. Es gab noch mehrere Splittergruppen dieser Religion, aber die Hauptgemeinschaft hatte dort ihren Sitz.

»Im Zentrum wovon?«, fragte Malone.

»Es ist tatsächlich schwer zu glauben. Aber Stephanie hat mir am Handy gesagt, dass es eine Verbindung zwischen Joseph Smith, Brigham Young, James Madison und Abraham Lincoln gibt. Eine, über die sie selbst gerade erst informiert wurde. Sie reicht bis direkt zu den Gründervätern zurück.«

»Und wieso ist das ein Problem? Was ist dadurch gefährdet?«

»Die Verfassung der Vereinigten Staaten.«

»Und wohin führt das?«

»Zu richtig üblem Ärger.«

21

Dänemark
Donnerstag, 9. Oktober
09.20 Uhr

Salazar redete ins Telefon, betrachtete dabei aber die Landkarte. Er befand sich in seinem Arbeitszimmer und hatte nun endlich Gelegenheit, dem Ältesten Rowan zu berichten, was am Vortag in Dänemark vorgefallen war. Ihre Befürchtungen hatten sich bewahrheitet. Die US-Regierung hatte ihn ins Visier genommen.

»Sie sind über mich auf Sie gestoßen«, sagte Rowan. »Es gibt Leute in Washington, die nicht wollen, dass wir Erfolg haben.«

Das glaubte Salazar gerne.

Feindseligkeiten hatte es immer gegeben.

»Von Anfang an, Josepe«, sagte ihm der Engel ins Ohr.

Jeder Heilige kannte die Geschichte, wie Joseph Smith 1839 an die Tür des Weißen Hauses geklopft – er hatte es anschließend als einen Palast geschildert, *groß und prachtvoll, mit allen Raffinessen dieser Welt aufs Eleganteste ausgestattet* – und dort einen Termin mit dem Präsidenten Martin Van Buren verlangt hatte. Als Smith forderte, ihm als Heiliger der Letzten Tage vorgestellt zu werden, betrachtete man diese Bitte als unsinnig. Als er darauf beharrte, lächelte Van Buren nur über diese Selbstbezeichnung.

»Ein arroganter Mensch, Josepe.«

Smith hatte einen Brief dabei, in dem er die schrecklichen Gewalttaten schilderte, denen die Heiligen in Missouri ausgesetzt gewesen waren, und im Einzelnen auf den bestürzenden Verlust von Menschenleben und die Zerstörung von Eigentum einging. Er beschrieb die vom Gouverneur Missouris erlassene, schändliche Executive Order 44, die die Ausrottung der Heiligen anordnete. Er bat die Bundesregierung mit allem Respekt um ihr Eingreifen, aber Van Buren reagierte nicht.

»Er sagte, sein Einstehen für uns würde ihn die Stimmen Missouris kosten«, rief ihm der Engel in Erinnerung. »Er hat uns verurteilt, bevor er uns überhaupt kannte.«

Viele Präsidenten nach Van Buren waren genauso ungerührt geblieben.

»Die Regierung wurde immer von Dummheit, Torheit und Schwäche geleitet.«

Da hatte der Engel recht.

»Welche Kraft hat die Regierung? Sie ist wie ein Seil aus Sand und so schwach wie Wasser. Für die Wahrheit oder das Recht hat sie kaum Achtung. Schande über die Lenker der amerikanischen Nation.«

Genau wie früher die Propheten gegenüber den US-Präsidenten verhielt sich auch Salazar gegenüber dem Ältesten Rowan vorsichtig. Aber nicht aus Misstrauen. Rowan hatte von Anfang an klargemacht, dass er keine Einzelheiten wissen wollte. Daher ließ Salazar das Schicksal des amerikanischen Agenten, den Tod seiner eigenen zwei Leute und das Verschwinden Barry Kirks aus. Er verstand die Demarkationslinie zwischen dem Kollegium der Zwölf und dem Rest der Kirche. Joseph Smith und sein Nachfolger Brigham Young hatten ebenfalls Männer wie ihn, Salazar, benutzt, die genauso wie er das kollektive Interesse wahrten.

»Haben Sie die Situation unter Kontrolle?«, fragte Rowan.

»Vollkommen.«

»Es ist wichtig, dass es so bleibt. Die Regierung wird mit aller Macht versuchen, uns aufzuhalten. Das ist unvermeidlich. Wir konnten dieses Geheimnis nur eine gewisse Zeit wahren. Zum Glück nähern wir uns jetzt dem Ziel.«

»Wäre es nicht hilfreich, Klarheit zu haben, wie viel sie weiß?«, fragte Salazar.

»Ich habe vor, von meiner Seite diesbezüglich Nachforschungen anzustellen. Vielleicht können Sie ja versuchen, dort bei Ihnen ebenfalls etwas Näheres herauszufinden?«

»Genau das hatte ich mir auch überlegt.«

»Aber seien Sie versichert, Josepe, keiner von uns beiden hat irgendwelche Gesetze gebrochen. Diese Nachforschungen sind einfach nur ein neugieriges Herumgestocher.«

Wieder sagte Salazar nichts dazu.

Die Daniten hatten seit jeher im Geheimen gearbeitet. Auch vor hundertfünfzig Jahren waren sie, genau wie heute, ausschließlich über persönliche Kontakte angeworben worden. Die Treffen wurden sorgfältig geheim gehalten. Über Lehren wurde selbst mit anderen Daniten nur im Rahmen dieser Versammlungen gesprochen. Die Mitglieder lehrte man, den Anweisungen ihrer Führung fraglos und ohne Zögern zu gehorchen, und sie wurden ermahnt, sich in allem, was ihnen anvertraut wurde, selbst unter Lebensgefahr treu zu erweisen. Jeder Angeworbene gelobte feierlich, nichts von seinem Wissen preiszugeben. Die Bestrafung für Verletzungen dieser Regel wurde geheim durchgeführt.

»Wir leben in einer neuen und anderen Dispensation«, sagte der Engel. »Einer vollkommen neuen Zeit der Offenbarung. In ihr wird das Königreich Gottes zerbrechen und alle irdischen Königreiche vernichten. Die Pflicht aller edlen und loyalen Daniten besteht darin, die Heiden zu schwächen und sie dem Königreich Gottes zu weihen. Die Erde gehört dem Herrn, Josepe, nicht dem Menschen. Und die Gesetze des Landes gelten nicht, wenn jemand sich ganz Gott anvertraut.«

»Ich befürchte, dass sie ihre Nachforschungen noch ausweiten könnten«, sagte Salazar.

»Das werden sie mit Sicherheit tun. Verhalten Sie sich also entsprechend.«

Er verstand diese Aufforderung. Nichts von dem, was die Daniten taten, durfte jemals an die Öffentlichkeit dringen. Josepe kannte seine Rolle. Er war der Hammer und das Schwert. Sein Lohn war die innere Befriedigung und nichts, womit man sich vor anderen rühmen konnte.

»Es ist nicht an uns zu wissen, was Gott fordert«, sagte der Engel in seinem Kopf. »Er wird dich durch Anweisungen des Propheten in Kenntnis setzen, und dann musst du tun, was zu tun ist.«

»Amen«, flüsterte Salazar. »Ich habe alles unter Kontrolle.«

»Wie ich es von Ihnen erwartet hatte. Ich brauche Sie vielleicht bald hier, machen Sie sich also auf eine Reise gefasst. Ich befinde mich gerade auf dem Rückweg nach Washington. Rufen Sie mich an, wenn Sie mehr zu berichten haben.«

Salazar schaute auf die Karte und die markierten Bundesstaaten.

Texas, Hawaii, Alaska, Vermont und Montana.

Und Utah.

Er sah auf die Uhr.

»Möge der Himmlische Vater über Sie wachen«, sagte Rowan.

»Und über Sie auch, Sir.«

22

Kopenhagen

Malone fühlte sich an die alten Tage erinnert, wie er da schnell das Nötigste in seine Reisetasche warf, dann den Rucksack unter seinem Bett hervorzog und die paar hundert Euro herausholte, die er dort immer zusammen mit seinem Reisepass aufbewahrte. Damals, vor Jahren, waren Reisepässe die kleinste seiner Sorgen gewesen. Als Agent des Magellan Billet war er nach Belieben durch die Welt gereist, manchmal legal, aber noch häufiger nicht. Was für ein Leben. Hin und wieder fehlte es ihm, wie sehr er auch das Gegenteil beteuern mochte. Er hatte damals einige bedeutende Aufträge ausgeführt, darunter sogar einige, die den Lauf der Geschichte geändert hatten. Doch heute sah sein Leben anders aus. Oder zumindest sagte er sich das, seit er dem Dienst vor ein paar Jahren den Rücken gekehrt hatte. Doch auch seit seiner Pensionierung war er an einigen bestürzenden Vorgängen beteiligt gewesen.

Und um so etwas schien es sich auch hier zu handeln.

Was hatte Luke Daniels gestern Nacht gesagt? *Es gibt eine Verbindung zwischen Joseph Smith, Brigham Young, James Madison und Abraham Lincoln. Sie reicht bis direkt zu den Gründervätern zurück.*

Er hatte sich nach der Rückkehr nach Kopenhagen von Luke getrennt, und der junge Agent hatte froh gewirkt, ihn los zu sein. Auch Malone hatte das Magellan Billet einmal mit jungen Augen betrachtet. Damals hatte Stephanie ihn vom Judge Advocate General's Corps abgeworben und ihn für eine Anstellung im Justizministerium rekrutiert, die dann viele Jahre währte. Als Malone schließlich dem Staatsdienst den Rücken kehrte, hatte er auch sein Offizierspatent als Kommandant Harold Earl »Cotton« Malone zurückgegeben – Sohn von Forrest Malone, ebenfalls Kommandant der United States Navy, auf See verschollen. Malones Blick wanderte zu dem Bilderrahmen an der Wand, in dem ein handschriftliches Schreiben vom 17. November 1971 steckte. Die letzten sechshundertvierzig Worte seines Vaters. Eigens an seine Familie gerichtet. Malone hatte jedes einzelne ausgekostet. Und insbesondere den letzten Satz.

Ich hab dich lieb, Cotton.

Nicht, dass er das zu Lebzeiten seines Vaters oft gehört hätte.

Er hatte sich bemüht, mit seinem eigenen Sohn nicht denselben Fehler zu begehen. Gary war inzwischen sechzehn. Er hoffte jedenfalls, dass der Junge wusste, wie er ihm gegenüber empfand. Sie beide hatten weiß Gott genug miteinander durchgestanden.

Er nahm die Beretta in die Hand. Sie hatte ihm gestern gute Dienste geleistet. Wie viele Menschen er mit ihr wohl im Laufe der Jahre erschossen hatte? Zehn? Zwölf? Fünfzehn?

Schwer, sich daran zu erinnern.

Und das quälte ihn.

Und ebenso die Situation, in der er Cassiopeia gestern Nacht beobachtet hatte. Ihr Kuss mit Salazar schmerzte ihn, auch wenn sie da vielleicht nur etwas vorgespielt hatte. Er war eifersüchtig, anders ließ sich das nicht sehen. Sie hatte Salazar bereitwillig angeboten, über Nacht bei ihm zu bleiben. Was, wenn Salazar eingewilligt hätte? Daran wollte Malone gar nicht denken. Natürlich hatte er keine Ahnung, was nach dem Aufbruch der beiden vorgefallen war. Salazar konnte durchaus bei ihr im Hotel übernachtet haben.

Genug.

Hör auf damit.

Er hasste die Zweifel, die sich in ihm breitmachten, und wünschte, er hätte das alles weder gehört noch gesehen. Ohne dieses Wissen wäre er besser dran.

Oder nicht?

Seine Ehe war aufgrund von Lügen und Misstrauen in die Brüche gegangen. Er hatte sich oft gefragt, wie sich Ehrlichkeit in dieser Gleichung ausgewirkt hätte. Hätte sie ihre Beziehung retten können?

Sein Handy klingelte.

Er hatte den Anruf erwartet und wurde nicht enttäuscht, als er Stephanie Nelles Namen auf dem Display erblickte.

»Wie ich gehört habe, hattest du eine harte Nacht«, sagte sie.

»Du hast mich manipuliert.«

»Ich habe deine Hilfe gebraucht. Die Sache hat als simple Recherche nach Hintergrundinformationen über einen ausländischen Staatsangehörigen begonnen. Aber dann hat sie sich zu etwas ganz anderem ausgeweitet. Ein US-Senator steckt da mit drin. Ein Mann namens Rowan aus Utah. Außerdem hatte ich keine Ahnung, dass Barry Kirk ein Spitzel war. Offensichtlich ist Salazar uns weit voraus.«

»Komm zum Punkt.«

»Cassiopeia ist dort, um die Dinge voranzutreiben und so viel wie möglich in Erfahrung zu bringen. Sie ist am dichtesten an dem Problem dran. Aber ich bin mir nicht mehr sicher, ob das wirklich gut ist.«

»Du hast mir das verschwiegen.«

»Es war nicht geplant, dass du da so hautnah mit in die Sache hineingerätst.«

»Du hast mich also benutzt?«

»Um meinen verschollenen Agenten zu finden? Da hast du verdammt recht.«

»Hat Luke-Boy dir berichtet, dass er tot ist?«

»Das hat er. Eigentlich hätte ich nicht übel Lust, mit

Salazar kurzen Prozess zu machen. Aber meine Befehle verbieten das. Außerdem hat Luke mir berichtet, du hättest dich gestern aufgeregt, weil du Cassiopeia zusammen mit Salazar gesehen hast. Cassiopeia tut mir einfach nur einen Gefallen, Cotton. Das ist alles.«

»Sie belügt Salazar also?«

»Richtig. Und das macht ihr keinen Spaß, aber sie hat sich bereit erklärt, die Rolle noch ein bisschen länger zu spielen.«

»Sie hat aber gar nicht so ausgesehen, als müsste sie sich überwinden.«

»Ich weiß, dass das wehtut …«

»Weiß sie, dass ich da war?«

»Ich habe ihr nichts davon erzählt, dass du involviert bist.«

»Dann belasse es dabei.«

»Eigentlich hätten Salazar und sie überhaupt nicht in seinem Haus auftauchen sollen.«

»Das Ganze hat wie eine abgekartete Sache gewirkt.«

»Stimmt«, erwiderte sie. »Aber es hat funktioniert. Wir sind auf einige wertvolle Informationen gestoßen.«

»Das hat dir Happy-Luke mitgeteilt?«

»Er ist kein Trottel, Cotton. Tatsächlich ist er sogar ziemlich gut. Einfach nur ein bisschen impulsiv. Vielleicht hat das etwas mit seinem Nachnamen zu tun.«

Bis zu diesem Augenblick war ihm das gar nicht aufgefallen. Daniels. »Er ist mit dem Präsidenten verwandt?«

»Er ist Danny Daniels' Neffe. Einer der vier Söhne seines Bruders.«

»So also ist er bei dir gelandet?«

»Es ist nicht so, wie du denkst. Luke ist ein Südstaatengewächs, genau wie du. Er ist in Tennessee geboren und aufgewachsen. Nach der Highschool hat er sich bei einer Spezialtruppe der Streitkräfte verpflichtet, als Army Ranger. Und er war gut. Seine Personalakte strotzt nur so von Auszeichnungen. Er hat im ganzen Mittleren Osten gedient, einschließlich dreier Einsätze im Irak. Er wollte für die CIA arbeiten, aber der Präsident hat mich gebeten, ihn zu nehmen. Ohne irgendwelche Bedingungen, keine Sonderbehandlung. Wenn er es nicht packte, sollte ich ihn entlassen.«

»Falls er nicht vorher getötet würde.«

»Ich erinnere mich, dass ich vor fünfzehn Jahren dasselbe über dich gedacht habe. Aber das hat dann ja bestens geklappt.«

»Du hast mir Informationen vorenthalten, Stephanie. Das hat mich schon angekotzt, als ich noch für dich gearbeitet habe, und inzwischen macht es mich wirklich verrückt.«

»Ich habe das mit Cassiopeia nicht erwähnt, weil ich davon ausgegangen bin, dass du nicht lange genug mit der Sache zu tun haben würdest, um es herauszufinden. Sie hilft mir bei einem Problem und wollte, dass das unter uns bleibt.«

»Und das soll jetzt machen, dass ich mich besser fühle?«

»Ihr seid nicht verheiratet, Cotton. Sie hat ihr eigenes Leben und tut, was sie will, genau wie du.«

»Nach den normalen Regeln der Höflichkeit sieht das anders aus.«

»Dann erzählst du ihr also alles?«

»Was genau tut sie für dich?«

»Das kann ich dir an diesem Telefon hier nicht näher erläutern.«

»Luke sagte, es gehe um etwas, das in Verbindung mit den Gründervätern steht.«

»Das hier ist mein Problem, nicht deins.«

Er zögerte einen Augenblick und sagte dann: »Einverstanden. Außerdem stimmt es ja tatsächlich, dass Cassiopeia eine erwachsene Frau ist. Sie weiß selbst, wie sie sich verhalten muss.«

»Da bin ich mir sicher. Die Frage des Tages ist allerdings, weißt du es auch?«

Er konnte Stephanie nichts vormachen. Sie kannte ihn genauso gut wie er sie.

»Du liebst sie, Cotton. Ob du es nun zugeben möchtest oder nicht.«

»Sie hat mich hier nicht nach meiner Meinung gefragt. Es geht mich also nichts an. Wie du schon sagtest, wir sind nicht verheiratet.«

»Ich habe Luke zurückbeordert. Er sollte in Kürze wieder hier in den Staaten eintreffen. Salazars Mann hat ihn und dich gesehen, daher ist Luke für diesen Fall verbrannt.«

»Kommen er und der Präsident gut miteinander klar?«

»Luke hat keine Ahnung, dass sein Onkel sich für ihn eingesetzt hat. Das war eine von Daniels' Bedingungen.«

Malone staunte, dass Stephanie dem Präsidenten diesen Gefallen getan hatte. So etwas war nicht unbedingt ihr Stil. Aber er hatte von Cassiopeia erfahren, dass seine ehemalige Chefin und der derzeitige Präsident etwas füreinander empfanden. Das hatte ihn überrascht. Aber er hatte darüber nie mit Stephanie gesprochen. Sie beide redeten nicht gerne über solche Themen.

»Es fällt schwer, an einem Jungen herumzumeckern, der seine Mutter jeden Sonntag anruft«, sagte sie.

Malones eigene Mutter lebte noch und wohnte im ländlichen Georgia auf einer Süßzwiebelfarm, die ihrer Familie seit mehr als einem Jahrhundert gehörte. Aber im Gegensatz zu Luke Daniels rief er sie nicht jede Woche an. Sondern nur an den größeren Feiertagen, an ihrem Geburtstag und am Muttertag. Mehr Kontakt hatte er nicht mit ihr. Sie beklagte sich nie, aber so war sie eben. Aus ihrem Mund kam nie ein böses Wort. Wie alt war sie jetzt überhaupt? Siebzig? Fünfundsiebzig? Er war sich nicht sicher. Wieso kannte er eigentlich das Alter seiner Mutter nicht?

»Ich habe mit Kopenhagen telefoniert«, fuhr sie fort. »Dort wird man dir keine Scherereien machen.«

Er hatte sich schon gefragt, warum ihm die Polizei noch nicht den Buchladen eingerannt hatte.

»Die Cops haben die Glasscheibe meiner Ladentür eingeschlagen.«

»Schick mir die Rechnung.«

»Genau das mach ich vielleicht auch.«

»Ich weiß, dass du sauer bist«, sagte sie. »Das kann ich dir nicht verübeln. Aber Cotton, du wirst doch Cassiopeia in Ruhe lassen, oder? Wir dürfen sie nicht in Gefahr bringen. Lass sie in Ruhe, bis das alles vorbei ist. Wie du selbst gesagt hast, ist sie eine erwachsene Frau. Es gibt keine Agenten mehr, die ihr im Notfall beispringen könnten. Sie ist auf sich selbst gestellt.«

»Wie immer du meinst.«

Er beendete das Gespräch und schaute auf seine Reisetasche hinunter.

Schon wieder wurde er manipuliert.

Keine Frage.

Er steckte die Beretta wieder in den Rucksack und schob

alles unters Bett zurück. Leider konnte er die Waffe nicht mitnehmen. Das war im Flugzeug verboten, und hätte er sie offiziell angemeldet, hätte das zu Fragen geführt, die er lieber nicht beantworten wollte. Noch so ein Vorteil, den er verloren hatte, seit keine Regierung mehr für ihn bürgte.

Egal. Er würde sich eben entsprechend verhalten.

Die US-Regierung beschäftigte Tausende von Agenten, deren Aufgabe in der Sicherung nationaler Interessen bestand. Früher hatte er einmal dazugehört. Jetzt war seine Mission persönlicher.

Was hatte Stephanie noch über Cassiopeia gesagt? *Es gibt keine Agenten mehr, die ihr im Notfall beispringen könnten. Sie ist auf sich selbst gestellt.*

Das stimmte nicht ganz.

Und Stephanie wusste es.

Er musste sich beeilen.

Sein Flug nach Salzburg: in zwei Stunden!

23

Kalundborg

Cassiopeia packte ihre Reisetasche. Sie hatte verdammt wenig dabei, nur eine kleine Zahl von Outfits, die sie aber zu einer Vielfalt verschiedener Looks kombinieren konnte. Sie hatte erwartet, nur einige Tage von zu Hause weg zu sein. Nun hatte sich ihre Reise verlängert. Die Balkontüren standen offen und boten einen großartigen Blick auf den Fjord und den Großen Belt, dessen graubraunes Wasser von einem steifen Ostwind aufgepeitscht wurde. Josepe hatte in diesem Hotel am Meer für sie gebucht und damit absichtlich verhindert, dass sie auf seinem Anwesen übernachtete. Der Grund dafür konnte sowohl sein Bestreben sein, ihre Beziehung im schicklichen Rahmen zu halten, als auch der Wunsch, sie von seinem Haus fernzuhalten. Sie war jetzt schon drei Tage in Dänemark, und gestern Abend hatte er sie zum ersten Mal direkt zu sich nach Hause eingeladen.

Alles, was gestern Nacht vorgefallen war, hatte sie verstört. Der Kuss mit Josepe nach so vielen Jahren hatte Erinnerungen zurückgebracht, die sie für erledigt gehalten hatte. Er war ihre erste Liebe gewesen, und sie die seine. Er hatte sich ihr gegenüber immer wie ein echter Gentleman verhalten, ihre Beziehung war liebevoll gewesen, aber niemals leidenschaftlich. Die Kirchenlehre verbot vorehelichen Sex. Daher war ihr Angebot, bei ihm zu übernachten, zwar riskant gewesen, aber doch nicht übermäßig. Zumindest sollte sie sich mit dieser Geste noch mehr bei ihm eingeschmeichelt haben.

Sie empfand es noch immer als schrecklich, dass sie ihn betrog, und sie bedauerte ihre Teilnahme an dieser Farce von Stunde zu Stunde mehr. Als sie sich zur Mithilfe bereiterklärt hatte, hatte sie nicht gewusst, dass er noch immer so tiefe Gefühle für sie hegte. Gewiss, Stephanie hatte ihr von dem Foto erzählt, aber das ließ sich auf vielerlei Weise interpretieren. Doch nun war die zutreffende Erklärung mehr als deutlich geworden.

Josepe empfand viel für sie.

Sie legte die restlichen Kleidungsstücke in die Reisetasche und zog den Reißverschluss zu.

Sie sollte dieses Versteckspiel beenden. Das wäre nicht mehr als korrekt von ihr. Aber die Unterstellung, Josepe könnte einen Menschen ermordet haben, legte ihr etwas anderes nahe. Mormonen verabscheuten Gewalt. Gewiss, vor langer Zeit war das einmal anders gewesen, und die Heiligen hatten auch ihrerseits ausgeteilt. Aber damals war es ums Überleben gegangen. Es war eine Frage der Selbstverteidigung gewesen, ein Merkmal jener Zeit. Josepe glaubte treu an die Kirchenlehre, und die verbot es, anderen Menschen Schaden zuzufügen. Warum sollte er sich also so grundsätzlich von diesen Prinzipien entfernt haben? Es musste eine andere Erklärung geben. Eine, die seine Verbindung zu dem Mord widerlegte.

Sie schaute auf ihre Armbanduhr: 09.30 Uhr.

Er würde gleich da sein.

Sie ging zur offenen Tür und lauschte auf das rhythmische Anbranden der Wellen und die Stimmen der Vögel.

Plötzlich läutete ihr Handy.

»Gestern Abend ist es zu einem Zwischenfall gekommen«, erklärte Stephanie, als Cassiopeia angenommen hatte.

Cassiopeia hörte sich an, was auf dem Öresund und dann in Kopenhagen mit einem von Josepes Verbündeten vorgefallen war.

»Ich musste Cotton um Hilfe bitten«, sagte Stephanie. »Jemand anderen hatte ich in diesem Augenblick nicht zur Hand. Er hat die Situation gemanagt, dabei aber drei Männer getötet.«

»Ist mit ihm alles in Ordnung?«

»Ja, bestens.«

»Und habt ihr etwas Neues über euren verschwundenen Agenten erfahren?«

»Von dem fehlt noch immer jede Spur. Die Leute, die Cotton gejagt haben, waren Daniten in Salazars Diensten.«

Daniten? Sie erinnerte sich, als Jugendliche über die Organisation gelesen zu haben, aber es gab sie nicht mehr, sie war im 19. Jahrhundert verschwunden, oder? »Hinweise auf so etwas habe ich hier nicht gefunden.« Dann berichtete sie, was zwischen ihr und Josepe vorgefallen war. »Er empfindet sehr viel für mich. Ich fühle mich wie eine Betrügerin. Ich sollte das beenden.«

»Ich brauche deine Hilfe noch ein wenig länger, bitte bleib noch kurze Zeit dabei. Die Dinge sind hier eskaliert, und heute werde ich mehr erfahren. Flieg mit ihm nach Salzburg und schau, was du herausfinden kannst. Danach können wir die Sache beenden. Für ihn macht das keinen Unterschied.«

»Aber für mich schon. Cotton habe ich ebenfalls angelogen. Er wäre nicht glücklich über das, was ich da mache.«

»Du unterstützt eine nachrichtendienstliche Operation der US-Regierung. Das ist alles. Der Älteste Rowan, den Salazar erwähnt hat, ist Senator Thaddeus Rowan von Utah.«

Cassiopeia berichtete von der Landkarte, die sie in Salazars Arbeitszimmer gesehen hatte. »Utah war gelb hervorgehoben. Und die anderen fünf Staaten in Pink.«

»Welche?«

Cassiopeia nannte sie ihr.

»Derzeit hat Senator Rowan mich vom Kongress aus ins Visier genommen. Diese große Mission, die Salazar erwähnt hat? Sie ist der Punkt, über den wir mehr herausfinden müssen. Das ist wichtig, Cassiopeia. Und du bist unser bester Zugang.«

»Ich muss Cotton anrufen.«

»Lass das lieber. Bei ihm scheint alles in Ordnung zu sein. Er hat mir gestern Abend einen kleinen Dienst erwiesen, und jetzt arbeitet er wieder in seinem Buchladen.«

Aber mit *ihr* war nicht alles in Ordnung.

Sie fühlte sich einsam.

Und das machte ihr zu schaffen.

Sie hatte den ganzen Vormittag über Cotton nachgedacht. Rein formal war das, was mit Josepe vorgefallen war, kein Betrug. Eher eine Täuschung. Interessant, wie verschieden die beiden Männer waren. Wo Cotton sich anspruchslos und reserviert gab und mit Gefühlen geizte, stellte Josepe diese zur Schau und war warm und liebevoll. Seine tiefreligiöse Gläubigkeit war sowohl ein Pluspunkt als auch ein Fluch. Beide Männer sahen so verdammt gut aus und waren Alphatiere, sicher und selbstbewusst. Beide hatten Fehler. Sie begriff nicht, warum ihr diese Vergleiche plötzlich wichtig erschienen, nur, dass sie sie seit gestern Abend anstellte.

»Zieh das nur noch ein bisschen länger durch«, sagte Stephanie.

»Ich fühle mich inzwischen nicht mehr wohl mit dieser Sache.«

»Das höre ich, aber es steht eine Menge auf dem Spiel. Und, Cassiopeia, was auch immer du gerne glauben würdest, Salazar ist kein Unschuldslamm.«

Stephanie beendete das Gespräch.

Es war ihr unangenehm gewesen, Cassiopeia zu belügen,

aber es hatte sein müssen. Mit Cotton war nicht alles in Ordnung. Sein Anruf vorhin hatte das mehr als deutlich gemacht. Auch Luke hatte bestätigt, dass Cotton aufgebracht war.

Und da war noch ihr toter Agent.

Auch diese Tatsache hatte sie zurückgehalten.

Wenn sie Cassiopeia in einem dieser Punkte die Wahrheit gesagt hätte, wäre ihre Reaktion unvorhersehbar gewesen. Vielleicht würde sie dann versuchen, Salazar zur Rede zu stellen. Oder sie wäre gegangen. Da war es besser, diese Informationen noch eine kleine Weile unter Verschluss zu halten.

Sie setzte sich im Bett auf und schaute auf ihren Nachttischwecker. 03.50 Uhr.

Ihr Flug nach Washington ging in vier Stunden. Edwin Davis hatte versprochen, sie am Reagan National Airport abzuholen. Sie wartete gespannt darauf, mehr von ihm zu erfahren. Das Wenige, das sie bisher wusste, war beunruhigend genug. Seit dreißig Jahren arbeitete sie nun schon für die Regierung. Sie hatte zur Zeit der Präsidentschaft Reagans im Außenministerium angefangen und hatte dann ins Justizministerium gewechselt. Krisen hatte sie mehr als genug erlebt. Dadurch hatte sie mit der Zeit einen sechsten Sinn entwickelt. Wenn dieser Sinn sie diesmal nicht trog, befand Malone sich jetzt auf dem Weg nach Salzburg. Er hatte am Telefon den Zurückhaltenden gespielt, aber sie kannte ihn besser. Insbesondere, nachdem sie ihm gesagt hatte, dass Cassiopeia auf sich gestellt sei. Niemals würde er zulassen, dass sie diese Sache allein durchstehen musste. Nichts würde ihn von ihr fernhalten können.

An Schlaf war nicht mehr zu denken. Sie war hellwach.

Und nicht nur wegen der beiden Telefongespräche. Schlimme Vorahnungen machten ihr zu schaffen.

Was war das, das sie nicht wusste?

24

Kalundborg

Salazar traf die letzten Vorbereitungen für seine Reise nach Salzburg. Sein jüngstes Spielzeug, ein Learjet 75, stand schon bereit. Draußen wartete ein Wagen darauf, ihn erst in die Stadt zu bringen, um Cassiopeia abzuholen, und dann zum Flugplatz. Er hatte seine Hotelreservierung problemlos erweitern können, und im Goldenen Hirsch hatte man ihm versichert, dass zwei Suiten bereitstehen würden. Der Flug würde keine zwei Stunden dauern, und er freute sich darauf, bald wieder in den österreichischen Bergen zu sein. Die Wettervorhersagen waren großartig. Er liebte Salzburg. Es war eine seiner Lieblingsstädte – und durch Cassiopeias Begleitung würde die Reise jetzt noch viel schöner werden.

Die Tür seines Arbeitszimmers ging auf. Einer der zwei ihm verbliebenen Männer, ein treuer Danite, der auch in der dänischen Hauptstadt gewesen war, trat ein.

»Dieser Cotton Malone ist in Kopenhagen Buchhändler beziehungsweise Antiquar«, sagte er.

»Und doch ist es ihm gelungen, zwei unserer Leute zu töten.« Diese Todesfälle machten Salazar zu schaffen. Bisher hatte er noch nie einen Mann verloren. »Und Barry? Gibt es irgendeinen Hinweis, wo er sich befindet?«

»Wir haben sein Handy in einem öffentlichen Bus gefunden, wo es platziert wurde, um uns in die Irre zu führen. Bruder Kirk hat uns nicht mehr kontaktiert, seit wir ihn gestern Abend vor dem Buchladen zum letzten Mal gesehen haben.«

Salazar wusste, was das bedeutete.

Er hatte drei Männer verloren.

»Haben Sie alles erledigt?«

Sein Helfer nickte. »Ich habe die Leiche des amerikanischen Agenten persönlich beseitigt.«

»Könnte man irgendwie eine Verbindung zu den beiden Toten herstellen, die man im Öresund finden wird?«

»Das sollte unmöglich sein.«

Salazar war bereits über einen Vorfall vom Vortag informiert worden, als man einen weiteren amerikanischen Agenten in der Nähe von Kalundborg in die Enge getrieben hatte. Diesem Mann war es gelungen, eines von Salazars Propellerflugzeugen zu stehlen und damit die Flucht zu ergreifen – das Flugzeug lag nun allen Berichten zufolge auf dem Grund der Ostsee.

»Wie schätzen Sie die Lage ein?«, fragte Salazar.

Er maß der Meinung seiner Leute viel Gewicht bei. Gute Ratgeber waren die Voraussetzung für gute Entscheidungen. Das war etwas, was alle Propheten gemeinsam gehabt hatten, sie hatten sich für klugen Rat auf intelligente und gehorsame Männer gestützt. Diese Funktion erfüllten er selbst und seine Daniten nun für den Ältesten Rowan.

»Bruder Kirk hat mir vor seinem Aufbruch nach Schweden Bericht erstattet. Er sagte, das Interesse der Amerikaner sei erwacht, als er den Todesfall erwähnte. Sie scheinen fest entschlossen, so viel Negatives wie möglich zu finden.«

Salazar und seine Leute hatten den Verweis auf die Möglichkeit eines mit dem Rushton-Tagebuch zusammenhängenden Mordes benutzt, um ihre Feinde zu einem Fehler zu verleiten. Zwar war der Besitzer des Tagebuchs, das noch immer auf Salazars Schreibtisch lag, tatsächlich tot, aber nichts an diesem Tod wies auf Salazar hin – abgesehen von einer aus der Luft gegriffenen Anschuldigung.

»Glauben Sie, dass sie Barry haben?«, frage Salazar.

Kirk hatte die Aufgabe gehabt, so viel herauszufinden, wie ihm als Spitzel zugänglich war, und dann dafür zu sorgen, dass seine »Retter« sich zu Salazars Haus begaben. Aber irgendetwas war schiefgelaufen.

»Das ist unwahrscheinlich. Wie hätten sie auf die Idee kommen sollen, das Handy im Bus zu verstecken? Bruder Kirk hätte ihnen niemals freiwillig etwas verraten. Unmittelbar bevor Malone auf dem Platz die Polizei auf uns gehetzt hat, hat Bruder Kirk mir ein Zeichen gegeben, mich bereitzuhalten. Wir sollten sein Handy orten und ihm auf diese Weise folgen. Ich selbst habe die Polizei über die tödliche Schießerei im Öresund informiert. Ich habe sie auf Malones Aufenthaltsort verwiesen. Damit wollten wir ihn und die beiden anderen hinaustreiben und in Bewegung setzen. Aber der Schuss ist nach hinten losgegangen.«

In der Tat.

Salazar rief sich sein Gespräch mit dem Ältesten Rowan in Erinnerung. Auf der anderen Seite des Atlantiks war einiges los, und bald würde man ihn dort brauchen. Unterdessen sollte er aber hier so viel wie möglich in Erfahrung bringen, darum hatte Rowan ihn gebeten.

Und genau das hatte er vor.

Er nahm die Fernbedienung und zielte damit auf einen

Flachbildschirm, der an der Wand gegenüber hing. Es erschien eine am Vorabend aufgenommene Videoaufzeichnung des Arbeitszimmers. Zwei Männer durchwühlten den Schreibtisch und studierten die Landkarte auf dem Tafelständer, die er nicht ohne Grund dort hatte stehen lassen.

»Barry scheint ihnen allerdings wie geplant nahegelegt zu haben hierherzukommen«, sagte er.

Salazar und Kirk hatten vereinbart, die Amerikaner herzuführen, damit man vor ihrer Ermordung vielleicht noch so viel wie möglich von ihnen erlauschen konnte, während sie sich unbeobachtet wähnten. Sie würden als Erstes die Leiche finden und dann aufgebracht ins Haupthaus eindringen. Bevor sie ihrem Landsmann in die Ewigkeit folgten, würden sie dort vielleicht Dinge ausplaudern, die sie eigentlich lieber für sich behalten hätten.

Aber so war es nicht gekommen.

Und die Zeitanzeige auf dem Video machte ihm klar, dass der Feind im Haus gewesen war, als er selbst und Cassiopeia von dort aufbrachen.

Das war niemals geplant gewesen.

Als die Lage gestern Abend eskaliert war, war er selbst sich natürlich keines Problems bewusst gewesen. Aufgrund der SMS, die er beim Abendessen empfangen hatte, hatte er angenommen, alles liefe glatt.

»Der jüngere Mann dort ist die Person, die das Flugzeug gestohlen hat und gestern Abend in Kopenhagen war«, sagte Salazars Mitarbeiter. »Und der, der die Landkarte studiert, ist Malone.«

»Warum sind diese Bundesstaaten farbig hervorgehoben?«, fragte Malone. *»Und jetzt behaupte nicht, du wüsstest nicht Bescheid. Als Stephanie dich vorhin im Auto*

angerufen hat, hat sie dich informiert. Mit mir hat sie das früher genauso gemacht.«

»Diese Bundesstaaten sind das Problem.«

Salazar beobachtete, wie Malone auf Utah zeigte.

»Und dieser?«

»Das Ganze ist kompliziert. Es ist tatsächlich schwer zu glauben. Aber es gibt eine Verbindung zwischen Joseph Smith, Brigham Young, James Madison und Abraham Lincoln. Sie reicht bis direkt zu den Gründervätern zurück.«

»Und was ist dabei das Problem?«

»Die Sache betrifft die Verfassung der Vereinigten Staaten.«

Sie beobachteten, wie die beiden Amerikaner den Auktionskatalog fanden, in dem das zum Verkauf stehende Buch Mormon markiert war. Salazar schaltete das Video aus, froh, dass die in der Decke installierte Mikrokamera so perfekt funktioniert hatte. Sie hatten tatsächlich einiges über ihren Feind erfahren.

»Ich breche gleich nach Salzburg auf.«

»Allein?«

»Nein. Miss Vitt kommt mit.«

»Ist das klug?«

Ihm war klar, dass dieser Mann die Aufgabe hatte, ihn zu beschützen, insbesondere nach allem, was in den letzten vierundzwanzig Stunden vorgefallen war.

»Sie ist eine vertrauenswürdige alte Freundin.«

»Ich wollte Ihnen nicht zu nahetreten. Ich meine nur, dass es vielleicht besser wäre, wenn wir die Sache allein regeln.«

»Ich möchte, dass sie dabei ist.«

Er war nicht bereit, sich irgendetwas Negatives über Cassiopeia anzuhören. Er meinte noch immer, ihre Lippen auf seiner Haut zu spüren, so erregend, dass es ihm wie ein Stromstoß durch und durch gegangen war. Sie hatte ihm keinerlei Anlass gegeben, an ihr zu zweifeln.

»Diese Entscheidung steht nicht zur Diskussion.«

Sein Mann nickte.

»Für unsere toten Brüder sind wir Malone etwas schuldig«, wechselte Salazar das Thema.

»Ich musste vom Strand aus hilflos zusehen, wie er sie erschossen hat.«

»Wir müssen einander beistehen und einander jederzeit verteidigen«, sagte der Engel in seinem Kopf. »Wenn unsere Feinde sich gegen uns verschwören, können wir dasselbe gegen sie tun. So werden wir dem Herrn vieles weihen und Sein Reich errichten. Wer könnte uns widerstehen?«

Keiner.

»Halten Sie sich zum Aufbruch bereit.«

Der Danite ging.

Salazar dachte über die bevorstehenden Stunden nach und fragte sich, ob sie es vielleicht zu kühn und raffiniert eingefädelt und ihrem Feind zu viel Spielraum gelassen hatten. Die Idee, Kirk mitten unter ihre Gegner zu schicken, hatte vernünftig gewirkt.

Aber möglicherweise hatte sie seinen Freund das Leben gekostet.

Vielleicht würde einer der Amerikaner von gestern Abend nach Österreich reisen, und vielleicht sogar beide.

Falls ja, würde er, Salazar, Kirks Schicksal in Erfahrung bringen und sich diese Leute vorknöpfen.

Vielleicht lächelte der Himmlische Vater ja sogar auf ihn herab und schickte ihm diesen Cotton Malone.

25

Washington, D.C.
11.00 Uhr

Stephanie saß neben Edwin Davis im Fond der Limousine. Wie versprochen, hatte er sie nach der Landung ihres Linienflugs von Atlanta im Reagan National Airport abgeholt. Er hatte sie gebeten, eine Reisetasche zu packen, da sie sich vielleicht ein paar Tage in Washington aufhalten würde. Davon abgesehen hatte sie keine Ahnung, worauf sie sich einstellen sollte.

Der morgendliche Stoßverkehr quälte sich langsam voran, und selbst nachdem sie von der Schnellstraße abgefahren waren, blieb er zähflüssig. Davis hatte sie herzlich begrüßt, ansonsten aber wenig gesagt und stattdessen aus dem Fenster geschaut. Auch sie selbst hatte verfolgt, wie das Lincoln Memorial, das Washington Monument und das Kapitol draußen vorbeizogen. Obgleich sie seit mehr als dreißig Jahren immer wieder hier gelebt und gearbeitet hatte, beeindruckte sie dieser Anblick noch immer.

»Interessant«, bemerkte Davis schließlich beinahe flüsternd. »Das alles hat mit einer Gruppe von Männern begonnen, die sich in der unbarmherzigen Hitze eines Sommers in Philadelphia hinter geschlossenen Türen versammelt hatten.«

Sie stimmte seiner Einschätzung dieser Leistung zu. Im

Mai des Jahres 1787 waren fünfundfünfzig Delegierte aus zwölf verbündeten Staaten eingetroffen und bis September geblieben. Rhode Island weigerte sich mitzumachen und schickte keine Vertreter, und zwei der drei New Yorker Delegierten brachen vorzeitig auf. Aber die Männer, die zurückblieben, vollbrachten ein politisches Wunder. Sechzig Prozent von ihnen hatten an der Revolution teilgenommen. Die meisten hatten sowohl im Congress of the Confederation als auch im Continental Congress gesessen. Mehrere hatten bereits das Amt des Gouverneurs innegehabt. Über die Hälfte waren Juristen, die anderen übten unterschiedliche Berufe aus – Kaufleute, Fabrikanten, Spediteure, Bankiers, Ärzte, ein Geistlicher und mehrere Farmer. Fünfundzwanzig waren Sklavenbesitzer. Zwei der Versammelten, George Washington und Gouverneur Morris, gehörten zu den wohlhabendsten Bürgern des Landes.

»Du weißt, was am Ende der Versammlung passiert ist?«, fragte Davis. »Als es Zeit war zu unterscheiben.«

Sie nickte. »Nur zweiundvierzig Delegierte waren an diesem Tag anwesend, und nur neununddreißig haben tatsächlich unterzeichnet.«

»Washington ging ihnen voran, und dann kamen die Delegierten von Norden nach Süden an die Reihe, immer ein Staat nach dem anderen. Keiner war wirklich glücklich. Nathaniel Gorham von Massachusetts sagte, er bezweifle, dass die neue Nation hundertfünfzig Jahre überdauern werde. Und doch sind wir hier. Und machen immer noch weiter.«

Sie wunderte sich über seinen Zynismus.

»Die Ereignisse während jener wenigen Monate in Philadelphia sind inzwischen ein Stoff für Legenden, die mit den

Tatsachen nicht mehr allzu viel zu tun haben. Du musst dir nur einmal ein paar von diesen Dokus im Kabelfernsehen anschauen. Da könnte man meinen, diese Männer wären niemals irgendeines Unrechts fähig gewesen.« Jetzt endlich sah er sie an. »Nichts könnte weniger wahr sein.«

»Edwin, ich weiß, dass die Gründerväter viele Fehler hatten. Ich habe Madisons Aufzeichnungen gelesen.«

Der letztgültige Bericht über alles, was in Philadelphia vorgefallen war, waren James Madisons *Notes of Debates in the Federal Convention of 1787*. Madison war zwar nicht der offizielle Schreiber der Versammlung gewesen, hatte aber akribisch eine Mitschrift angefertigt und jeden Abend sorgfältig ins Reine übertragen. Die Delegierten hatten sich zunächst versammelt, um die untauglichen Konföderationsartikel mit Zusätzen zu versehen, dann aber rasch beschlossen, diese Artikel komplett zu verwerfen und eine neue Verfassung zu schaffen. Hätte man sie über diese Absicht informiert, hätten die meisten Staaten ihre Delegierten abberufen und die Versammlung aufgelöst. Daher fanden die Sitzungen unter Ausschluss der Öffentlichkeit statt, und hinterher wurden die vom offiziellen Schreiber angefertigten Arbeitspapiere vernichtet. Nur eine Liste der Beschlüsse und der abgegebenen Stimmen blieb erhalten. Andere Delegierte machten Notizen, aber die Aufzeichnungen von Madison wurden zum maßgeblichen Bericht über das Tagesgeschäft der Beratungen.

»Das Problem dabei: Der Bericht ist nicht zuverlässig«, sagte Davis.

Das wusste Stephanie ebenfalls. »Er hat ihn erst 1840 veröffentlicht.«

Und Madison hatte zugegeben, dass er in den dazwischen liegenden dreiundfünfzig Jahren seine Erinnerungen geschönt und zahllose Korrekturen, Löschungen und Ergänzungen vorgenommen hatte. Und zwar in einem solchen Ausmaß, dass man nun nicht mehr wissen konnte, was sich tatsächlich ereignet hatte. Das Ganze wurde noch durch Madisons damaliges Verbot erschwert, den Bericht zu veröffentlichen, bevor alle Teilnehmer der Versammlung einschließlich seiner selbst gestorben waren.

Was bedeutete, dass niemand mehr lebte, um seinen Behauptungen zu widersprechen.

»Diese Aufzeichnungen haben die Grundlage für viele richtungsweisende Verfassungsentscheidungen gebildet. Sie werden andauernd von den Gerichten des Bundes und der Bundesstaaten zitiert, um die angebliche Absicht der Gründerväter zu belegen. Unsere gesamte Verfassungsrechtsprechung beruht buchstäblich auf ihnen.«

Sie fragte sich, ob das alles etwas mit seinen gestrigen Ausführungen zu tun hatte, der Oberste Gerichtshof habe bei seiner Entscheidung im Fall *Texas gegen White* falschgelegen. Aber sie wusste, dass Davis ihr das erst sagen würde, wenn er so weit war.

Sie orientierte sich, wo sie gerade waren.

Soeben rollten sie auf einer malerischen Allee an der Georgetown University vorbei Richtung Nordwesten. Sie kannte diese Gegend, da viele der ausländischen Botschaften hier angesiedelt waren. Schließlich fuhr der Wagen vor ein von uniformierten Wächtern bewachtes, schmiedeeisernes Tor, das sofort geöffnet wurde.

Sie wusste, wo sie sich befanden.

Beim Naval Observatory.

Hier war ein dreißig Hektar großes, bewaldetes Hügelgelände, von denen fünf Hektar den Sitz des Vizepräsidenten der Vereinigten Staaten bildeten.

Sie bogen in eine Straße mit dem Namen *Observatory Circle* ein, und vor ihren Augen tauchte ein dreigeschossiges weißes Backsteingebäude im Queen-Anne-Stil auf. Seine vielen Fenster wurden von salbeigrünen Läden gerahmt.

Der Wagen hielt, Davis stieg aus.

Sie folgte ihm.

Sie gingen die Stufen einer Veranda hinauf, auf der weiße Korbmöbel standen. Weiter unten war ein Beet Herbstrosen in Blüte.

»Was haben wir denn mit dem Vizepräsidenten zu schaffen?«, fragte sie.

»Nichts«, antwortete Davis auf dem Weg zur Haustür.

Sie betraten eine geräumige Eingangshalle, deren Boden mit einem dicken, beige-grün gemusterten Orientteppich ausgelegt war. Wie bei Queen-Anne-Architektur üblich, waren die Räume ohne Korridore in Fluchten angeordnet. Die Ausstattung war in den Farbtönen Blassgrün, Limonengrün und Blassblau gehalten.

Davis zeigte nach rechts und ging voran.

Sie betraten das Esszimmer.

Am Tisch saß Präsident Robert Edward »Danny« Daniels jr. Er trug Anzug und Krawatte, hatte aber das Jackett ausgezogen und über die Stuhllehne gehängt. Die Hemdsärmel trug er hochgekrempelt.

Stephanie musste ein Lächeln unterdrücken.

»Setz dich doch bitte«, sagte der Präsident zu ihr. »Wir haben viel zu besprechen.«

»Worum geht es?«

»Um dein Problem.«

»Von denen habe ich eine ganze Menge.«

»Aber«, erwiderte Daniels, »nur eines, das mit Thaddeus Rowan, unserem vorzüglichen Senator aus Utah, zu tun hat.«

26

Salt Lake City
09.00 Uhr

Rowan betrat das Hotel Monaco, das ein paar Straßen südlich vom Temple Square im Zentrum der Stadt lag. Salt Lake City hatte einen gitterförmigen Grundriss, die Hauptstraßen verliefen rechtwinklig zueinander und waren auf den Temple Square ausgerichtet. Brigham Young hatte angeordnet, jede Straße solle so breit sein, dass ein Wagen mit Gespann *ohne Rückgriff auf Lästerungen* wenden könne. Man befolgte seinen Plan bis heute und richtete sich auch bei Vorstädten neueren Datums danach.

Das Hotel Utah ganz in der Nähe des Temple Square gehörte der Kirche und war einmal die erste Adresse der Stadt gewesen. 1987 war es jedoch geschlossen und zu einem Verwaltungszentrum der Kirche umgebaut worden. Seitdem wurde seine Rolle vom Monaco übernommen, dessen Gebäude zuvor eine Bank beherbergt hatte und eines der Wahrzeichen der Stadt war. Er hatte das Haus den Gästen vorgeschlagen, die jetzt im Obergeschoss in der Majestic Suite logierten – diesen Namen verdankten die Räumlichkeiten dem Panoramablick auf das Zentrum und die steilen Hänge des Wasatch- und des Oquirrh-Gebirges, die das Salt-Lake-Becken umschlossen.

In der Suite erwarteten ihn drei Männer: seine Einsatzgruppe. Er hatte sie vor mehr als drei Jahren zusammengestellt, und sie war jetzt für den bevorstehenden Kampf bereit.

Er trat ein und schüttelte allen in der Suite die Hände.

Diese Versammlung war schon seit mehreren Wochen geplant. Und nach dem Fund der Wagen und den Enthüllungen, die Snow ihm über den Inhalt der Holzkiste gemacht hatte, hatten ihre Gespräche eine neue Dringlichkeit erhalten.

Alle drei waren Spezialisten für Rechtsverfahren vor Berufungsgerichten. Zwei waren Partner in großen Kanzleien, die eine in New York und die andere in Dallas. Der dritte war Professor an der Columbia Law School. Jeder von ihnen hatte bei Verfahren vor dem Obersten Gerichtshof Parteien vertreten und Fälle gewonnen. Sie waren angesehen, brillant und teuer. Rowan hatte sie engagiert, nachdem er sich vergewissert hatte, dass sie alle dieselbe politische Philosophie teilten.

Er bemerkte, dass ein silbern glänzender Servierwagen mit Säften, Obst und Croissants bereitstand. Jeder lud sich einen Teller voll, und sie setzten sich um einen Esstisch aus Walnussholz, der die eine Ecke der geräumigen Suite einnahm. Tief unten pulsierte der Morgenverkehr durch die Straßen von Salt Lake City. In der Ferne markierte eine stete Kette von Scheinwerfern die Interstate 15, die den Bundesstaat von Norden nach Süden durchschnitt.

»Bitte informieren Sie mich über unsere Schlagkraft in den anderen Teilen des Landes«, sagte er.

»Wir haben in jedem Bundesstaat gute Leute vor Ort«, antwortete einer der Rechtsanwälte. »Wenn die Zeit kommt, können wir auf sie zugreifen. Es handelt sich um PR-Spezialisten, Anwälte, Verwaltungsfachleute und Hochschullehrer. Alles, was wir brauchen.«

»Wie steht es mit der Geheimhaltung?«

»Bisher hat es auf diesem Gebiet noch keine Probleme gegeben, aber wir geizen mit Informationen und sind freigiebig mit Geld.«

»Und der Hauptvorstoß?«

»Der erfolgt wie besprochen in Texas, Hawaii, Alaska, Vermont und Montana. In den Parlamenten dieser Bundesstaaten neigt man emotional am stärksten in unsere Richtung. Die Meinungsumfragen zeigen, dass die Bevölkerung dort nicht ablehnend ist. Gesetzgeberische Maßnahmen könnten also jederzeit ergriffen werden.«

Das würde der Bewegung den Stempel einer nationsweiten Bestrebung verleihen, obgleich Utah voranging.

»Haben Sie die Petition aus Texas gesehen?«, fragte ihn der andere Anwalt.

Das hatte er. Vor zwei Wochen. Mehr als 125.000 Bürger hatten mit ihrer Unterschrift bekundet, dass sie nicht länger Teil der Vereinigten Staaten bleiben wollten.

»Wir haben uns nicht an die Spitze dieser Bewegung gesetzt, aber wir haben auch nichts dagegen unternommen. Es steht nur eine Splittergruppe dahinter. Schauen Sie sich einmal die Präambel an.«

Rowan nahm das iPad entgegen und las auf dem Display:

Da Texas einen ausgeglichenen Haushalt aufweist und seine Wirtschaftskraft weltweit an fünfzehnter Stelle steht, ist ein

> Austritt aus der Union für den Bundesstaat praktisch machbar. Damit würde der Lebensstandard seiner Bürger geschützt, und ihre Rechte und Freiheiten würden in Übereinstimmung mit den ursprünglichen Ideen und Überzeugungen der Gründerväter, denen das Handeln der Bundesregierung nicht mehr entspricht, erneut gefestigt.

Dieser Wortlaut fand seine Zustimmung, aber die Kommentare, die die Initiatoren der Petition in der Presse abgegeben hatten, hatten ihm missfallen. Sie waren zu radikal, zu fanatisch. Sie hatten geradezu absurd geklungen. Allerdings war es der Petition gelungen, die Aufmerksamkeit auf dieses Thema zu lenken, und mehrere Tage lang hatten sich die Nachrichtensender daran delektiert.

»In Georgia, Florida, Alabama und Tennessee wurden inzwischen ähnliche Petitionen gestartet, aber keine von ihnen kommt an die 125.000 Unterschriften von Texas heran. Das sind einfach nur Publicity-Knaller, aber schaden tun sie auch nicht.«

Er legte das iPad auf den Tisch. »Wir müssen diese Diskussion aus dem Süden herausholen.«

Einer der anderen sagte: »Dessen sind wir uns bewusst. Eine vor Kurzem durchgeführte Meinungsumfrage von Zogby zeigt, dass sich in den ganzen USA achtzehn Prozent der Bürger für die Abspaltung von der Union aussprechen. Eine weitere Meinungsumfrage der *Huffington Post* ergab, dass neunundzwanzig Prozent die Möglichkeit der Abspaltung für ihren Bundesstaat wünschen, wenn die Mehrheit seiner Einwohner dafür stimmt. Aber das Interessanteste ist das Folgende: Weitere dreiunddreißig Prozent der Befragten waren unentschieden.«

Was bedeutete, dass potenziell zweiundsechzig Prozent das Recht eines Bundesstaates befürworten könnten, die Union zu verlassen.

Eine Überraschung war das eigentlich nicht.

»Und darum müssen wir unseren Tonfall jetzt ändern«, sagte er. »Zum Glück haben wir, um einmal John Paul Jones zu zitieren, *noch gar nicht angefangen zu kämpfen.* Wo stehen wir juristisch?«

»Ich habe meine Studenten auf das Thema angesetzt«, sagte der Professor. »Eine hypothetische Übung im juristischen Argumentieren, so habe ich es genannt. Es sind hochintelligente Leute, und sie haben ein solides wissenschaftliches Fundament erarbeitet.«

Rowan ließ sich die Voraussetzungen der Argumentation vom Professor erklären.

Die Unabhängigkeitserklärung enthielt die eindeutige Feststellung, dass, *sobald eine Regierungsform dem Volk verderblich wird, es das Recht des Volkes ist, sie zu verändern oder abzuschaffen und eine neue Regierung einzusetzen, die auf solche Grundsätze gegründet, und deren Macht und Gewalt solchergestalt gebildet wird, als ihm zur Erhaltung seiner Sicherheit und Glückseligkeit am schicklichsten zu sein dünkt.* Daraufhin formulierte die Unabhängigkeitserklärung eindeutig: *Wenn aber eine lange Reihe von Misshandlungen und gewaltsamen Eingriffen einen Anschlag an den Tag legt, das Volk unter unumschränkte Herrschaft zu bringen, so ist es sein Recht, ja seine Pflicht, eine solche Regierung abzuwerfen, und sich für seine künftige Sicherheit neue Gewähr zu verschaffen.*

Jede der ursprünglichen dreizehn Kolonien hatte die Unabhängigkeit von Großbritannien eigenständig erklärt.

Nach dem Krieg hatte England jeden Staat einzeln als souverän anerkannt. Die Staaten hatten schließlich die Konföderationsartikel aufgestellt, waren ein Ewiges Bündnis eingegangen und hatten damit eine Bundesregierung als gemeinsames Ausführungsorgan geschaffen. Aber 1787 waren die Staaten aus dem ewigen Bündnis ausgetreten und hatten eine neue Verfassung angenommen. In dieser kamen die Worte *ewiges Bündnis* nicht mehr vor, und bei der Unterzeichnung hatte kein einziger Staat einer solchen Dauerhaftigkeit zugestimmt. Tatsächlich hatten sich Virginia, Rhode Island und New York bei der Ratifizierung das Recht des Austritts eigens vorbehalten, und keiner der anderen Staaten war dem entgegengetreten.

Rowan gefiel, was er da hörte.

Seit dem Bürgerkrieg waren die Stimmen, die sich für eine Abspaltung einzelner Bundesstaaten aussprachen, durch die Tatsache gedämpft worden, dass der Süden verloren und der Oberste Gerichtshof der Vereinigten Staaten 1869 die Verfassungswidrigkeit eines Austritts festgestellt hatte.

Der Professor brachte einen fünf Zentimeter dicken, gebundenen Wälzer zum Vorschein.

»Dies hier ist die Analyse jeder einzelnen richterlichen Entscheidung in diesem Land, die je mit der Frage der Abspaltung befasst war. Überwiegend Fälle vor Bundesgerichten aus der Mitte des 19. Jahrhunderts und ein paar Entscheidungen auf Bundesstaatsebene. Alle erklären jedoch einheitlich das Konzept der Abspaltung für rechtswidrig.«

Rowan wartete darauf, das zu hören, was er wissen musste.

»Fast alle diese Entscheidungen gründen allerdings auf dem Urteil im Fall *Texas gegen White*«, fuhr der Professor fort. »Würde man dieses widerlegen, gäbe es keinen Präzedenzfall mehr. Wir wären wieder auf jungfräulichem Terrain. Ich habe diesen Aspekt sehr gründlich von meinen Studenten analysieren lassen. Die Schlussfolgerung ist unausweichlich.« Der Professor legte den Wälzer vor ihn. »Es ist ein Kartenhaus. Zieht man eine einzige Karte weg, fällt das Ganze in sich zusammen.«

Rowan war klar, dass sein Bundesgenosse sich auf den rechtlichen Präzedenzfall bezog, aber die Metapher traf genauso gut auf die Gruppe der fünfzig Staaten zu.

Sezession war ein Thema, über das er schon lange nachdachte, und zwar seit er zu dem Schluss gekommen war, dass die Bundesregierung endgültig abgewirtschaftet hatte. Sie war zu groß, zu arrogant und zu dumm geworden. Die Gründerväter hatten in einem langen und blutigen Krieg gegen eine zentrale Autorität gekämpft – England und seinen König –, und so hätten sie niemals eine neue Autokratie geschaffen. 1787 verstand es sich von selbst, dass kein Staat gezwungen werden konnte, sich der Union entweder anzuschließen oder in ihr zu verbleiben. Beide Entscheidungen standen allein dem Volk jedes einzelnen Staates zu. Tatsächlich war sogar ein Vorschlag, der der Bundesregierung ausdrücklich gestattet hätte, die Abspaltung eines Staates zu verhindern, in der Verfassungsgebenden Versammlung gescheitert.

Wann also war die Vorstellung einer *Ewigen Union* entstanden?

Rowan wusste es genau.

Durch Lincoln.

Nur eine Handvoll Historiker hatte jemals die Tatsache begriffen, dass Lincoln im Bürgerkrieg nicht um die *Bewah-*

rung einer unauflöslichen Union gekämpft hatte, sondern vielmehr um ihre *Schaffung*, und zu diesem Zweck hatte er den Begriff geprägt, dass die Union irgendwie *ewig* sei.

Aber Lincoln hatte sich geirrt.

Die Unabhängigkeitserklärung war ein Akt der Sezession gewesen, die im direkten Konflikt mit dem britischen Gesetz durchgesetzt worden war. Und die Ratifizierung der neuen Verfassung hatte eine Abkehr von dem durch die Konföderationsartikel geschaffenen Bündnis dargestellt, obgleich diese 1781 aufgestellten und angenommenen Artikel ausdrücklich erklärten, die *Union soll ewig Bestand haben*.

Die Sache war kristallklar.

Die Bundesstaaten hatten das Recht zur Abspaltung niemals verloren.

Und wichtige geschichtliche Ereignisse unterstützten diese Annahme.

Die Union der sozialistischen Sowjetrepubliken löste sich 1991 auf, als fünfzehn ihrer Teilstaaten austraten. Der Bundesstaat Maine entstand, als er sich von Massachusetts abspaltete. Dasselbe geschah, als Tennessee North Carolina verließ und West Virginia aus Teilen Kentuckys und Virginias gebildet wurde. Und als Lincoln 1863 den Bundesstaat West Virginia gründete, geschah dies ohne Zustimmung seiner Bürger. Dem Völkerrecht zufolge kann die Souveränität nicht implizit übertragen werden, sondern nur ausdrücklich, und das bedeutet, dass das Schweigen der Verfassung zum Thema des Austritts eines Bundesstaates von entscheidender Bedeutung ist. Der Zehnte Verfassungszusatz erklärte selbst: *Die Befugnisse, die von der Verfassung weder den Vereinigten Staaten übertragen noch den Bundesstaaten entzogen werden, verbleiben bei den jeweiligen Bundesstaaten oder beim Volk.*

An keiner Stelle der Verfassung wurde den Staaten der Austritt aus der Union verboten.

»Wir sind weit gediehen«, sagte Rowan. »Sie haben großartige Arbeit geleistet. Aber bleiben Sie am Ball.«

»Machen Sie von Ihrer Seite Fortschritte?«, fragte einer der Juristen.

Rowan wusste, was er versprochen hatte.

Die wichtigste Zutat sollte von ihm kommen.

»Wir kommen der Sache jeden Tag näher. Es könnte jederzeit so weit sein. Ich fliege von hier aus nach Washington zurück, um einer neuen Spur zu folgen, die sich als entscheidend erweisen könnte.«

Er spürte eine Woge der Erregung.

Ein Bürgerkrieg stand bevor.

Aber nicht wie 1861.

Diesmal würden keine Truppen auf dem Schlachtfeld aufmarschieren. Es würden nicht Hunderttausende von Menschen ihr Leben verlieren. Es würde zu keinerlei Blutvergießen kommen. Die einzigen Waffen würden Worte und Geld sein.

Die Worte schienen sich immer besser zusammenzufügen. Vielleicht erwartete ihn das letzte Teilstück des Puzzles in Washington. Und Zugang zu einer Menge Geld hatte er auch. Bald würde vielleicht sogar die ganze Kirche Jesu Christi der Heiligen der Letzten Tage – mit ihren Milliarden – ihm zur Verfügung stehen.

Wenn Charles R. Snow einfach nur zu seinem Himmlischen Vater ging.

Alles war in Ordnung.

Er erhob sich vom Tisch und sah seine Bundesgenossen an wie ein General seine Stabsoffiziere.

»Meine Herren, behalten Sie bitte eines im Kopf: Im Gegensatz zum ersten, gescheiterten Sezessionsversuch der Konföderierten werden wir unseren Krieg gewinnen.«

27

Salzburg, Österreich
17.20 Uhr

Malone hatte Salzburg schon früher besucht. Die alte Innenstadt, die auf drei Seiten vom Höhenrücken des Mönchsbergs begrenzt war, lag an beiden Ufern der Salzach. Ein ganzer Wald von Kirchtürmen bohrte sich in den Abendhimmel, sie drängten sich zwischen gepflasterten Plätzen und einem Labyrinth von Gassen, die vor vierhundert Jahren ein christliches Mekka gebildet hatten. Nach einem Beginn als römisches Handelszentrum und als christlicher Außenposten wurde die Stadt im 8. Jahrhundert zum Bischofssitz ernannt. Einst *das deutsche Rom* genannt, sollten Dom, Kirchen und Paläste dem damaligen luxuriösen Geschmack der Kirchenfürsten entsprechen. Salzfunde machten aus dem Fürsterzbistum, der Stadt und dem Fluss das, was sie waren – Kultur, Musik und Kunst waren ihr Erbe.

Er war mit dem Flugzeug aus Kopenhagen gekommen und hatte ein Taxi in die Stadt genommen. Er wählte ein Hotel in der Nähe des Mozartplatzes, ein kleines Haus fern der Unterkünfte, die wohl für Salazar und Cassiopeia in Frage kommen würden. Er wusste wenig über seinen Gegner, aber genug, um zu dem Schluss zu gelangen, dass der Spanier sich derzeit entweder im Hotel Sacher oder im Goldenen Hirsch aufhielt. Das Sacher lag auf der anderen Seite des Flusses in der Nähe von Schloss Mirabell in der sogenannten Neustadt. Der Goldene Hirsch war zentraler in der Altstadt an der Getreidegasse gelegen, einer der bekanntesten historischen Einkaufsstraßen der Welt. Er entschied, dass der Goldene Hirsch die bessere Wette war, und ging durch die Fußgängerzone dorthin. Zu beiden Seiten erhob sich eine Zeile schmaler Häuser, deren Fassaden grün, beige oder altrosa verputzt waren. Jedes bildete den Hintergrund zu einem wahren Schirmdach von Ladenschildern. Sie ragten an filigran verzierten, schmiedeeisernen Trägern wie Nasen vor und zeigten das jeweilige Zunftzeichen des beworbenen Geschäfts. Das Schild des Goldenen Hirschs passte besonders gut – ein schnörkelreiches Gitterwerk, an dem ein Geweihträger im Sprung hing.

Er trat durch eine dunkelgrüne Holztür in eine Lobby mit ländlichen bayrischen Möbeln. Eine lange Mahagoni-Theke lief der Länge nach auf eine Treppe und einen Aufzug zu. Er entschied, dass er am ehesten Erfolg haben würde, wenn er so auftrat, als wüsste er, was er tue.

»Ich sollte mich hier mit Señor Salazar treffen«, sagte er zu der jungen Frau hinter der Theke. Sie hatte ein breites Gesicht, einen festen Blick und trug wie die beiden anderen Empfangsleute die Hausuniform. Er hielt die Augen auf sie geheftet, als erwarte er nun eine Reaktion ihrerseits.

»Er ist gerade erst eingetroffen«, sagte die Frau. »Und er hat nicht gesagt, dass er irgendwelche Gäste erwartet.«

Malone tat so, als sei er verärgert. »Ich habe hier einen Termin mit ihm.«

»Er ist gerade im Restaurant«, sagte einer der jungen Männer in Uniform.

Malone lächelte ihn an, kramte dann nach einem Bündel Geldscheine, das er auffällig in seine Hosentasche steckte, und reichte ihm 20 Euro.

»*Danke*«, sagte er auf Deutsch, als der Schein angenommen wurde.

Die Frau warf ihm einen Blick zu, als sie begriff, dass sie eine Gelegenheit verpasst hatte. Er hätte beinahe gelächelt. Selbst in sogenannten Nobelunterkünften mit jahrhundertealter Tradition machte Geld gesprächig.

Er war selbst auch schon einmal im Goldenen Hirsch abgestiegen und wusste daher, dass das Restaurant sich auf der anderen Seite des Gebäudes im Erdgeschoss befand. Er folgte einem schmalen, von Bögen überwölbten Korridor an der Bar vorbei zu seinem Eingang. Vor langer Zeit war hier eine Schmiede gewesen, doch jetzt galt das Haus als Salzburgs nobelstes Restaurant, auch wenn die Konkurrenz dem vielleicht widersprechen würde. Die Österreicher speisten normalerweise erst nach 19 Uhr, daher waren die Tische mit ihren Tischtüchern, dem blitzenden Besteck und den funkelnden Gläsern nicht besetzt.

Abgesehen von einem einzigen in der Mitte.

Dort saß Salazar mit dem Gesicht zu ihm, während Cassiopeia Malone den Rücken zugekehrt hatte.

Er trat nicht durch die Tür und musterte den Spanier aus dem Verborgenen.

Was immer er als Nächstes unternahm – es würde ein Risiko bergen.

Aber er war jetzt schon so weit gekommen.

Salazar war zufrieden.

Cassiopeia und er waren mit dem Privatjet von Dänemark nach Salzburg geflogen, wo sie ihre Suiten bezogen hatten. Die Auktion war auf 19 Uhr angesetzt, daher hatten sie sich für ein frühes Abendessen entschieden. Die Versteigerung sollte auf der Hohensalzburg stattfinden, einer grimmigen, mächtigen Festung, die hundertzwanzig Meter oberhalb der Stadt auf einem von Fichten bestandenen Granitberg emporragte. Die Ursprünge der Festung gingen auf das 11. Jahrhundert zurück, aber bis zum endgültigen Abschluss aller Arbeiten waren sechshundert Jahre vergangen. Heute war sie ein Museum und eine Touristenattraktion, die eine wunderbare Aussicht bot. Ein kleiner Spaziergang entlang der Brustwehr vor Beginn der Auktion erschien ihm reizvoll, insbesondere in Anbetracht des wolkenlosen Himmels und der milden Luft.

Cassiopeia sah reizend aus. Sie hatte einen schwarzseidenen Hosenanzug, niedrige Absätze, schlichten Schmuck und einen Goldgürtel gewählt, der sich lose um ihre schlanke Taille schlang. Er musste sich davon abhalten, das Dekolleté ihrer tief ausgeschnittenen Bluse zu registrieren. Das dunkle Haar fiel ihr in dichten Locken über die Schultern, und das Gesicht war mit einem Hauch von Farbe aufgefrischt. Bei einigen der Auktionen, die er besuchte, ging es recht förmlich zu. Heute Abend würde das weniger der Fall sein, aber er war trotzdem froh, dass sie sich für den Anlass zurechtgemacht hatte.

»Darf ich wagen zu sagen, dass du umwerfend aussiehst?«

Sie lächelte. »Alles andere würde mich enttäuschen.«

Er hatte den Kellner gebeten, noch ein paar Minuten zu warten, bevor er ihnen etwas zu trinken anbot.

»Wir haben Zeit für ein gemütliches Abendessen«, sagte er. »Und danach sollten wir vielleicht mit der Seilbahn zur Burg hinauffahren. Das ist der einfachste Weg.«

»Klingt großartig. Ist das Buch das einzige Objekt, hinter dem du bei der Auktion her bist?«

Sie hatten im Flugzeug über diese einzigartige Gelegenheit gesprochen. Der bedeutendste Kauf, den ein Sammler von Gebrauchsgegenständen der Heiligen sich erhoffen konnte, war eine Originalausgabe des Buchs Mormon. Nun war ein Exemplar der amerikanischen Ausgabe von 1830 im Nachlass eines kürzlich verstorbenen Österreichers aufgetaucht. Seine Sammlung hatte Salazar zum größten Teil bei Auktionen und Privatverkäufen zusammengetragen, nur ganz wenige Gegenstände hatte er als Geschenk erhalten oder geerbt. Er wusste schon eine ganze Weile von dieser Auktion und hatte ohnehin vorgehabt zu kommen, doch dann hatte das Auftauchen der Amerikaner dem Ausflug noch einen weiteren Sinn verliehen.

Der erste Agent, der Mann, den er in der Zelle gefangen gehalten hatte, hatte kaum etwas preisgegeben.

Der zweite hatte Salazars Flugzeug gestohlen und war entkommen.

Der dritte war so eine Art Buchhändler, der für Salazars Feinde arbeitete und bereits mindestens zwei seiner Leute getötet hatte.

Und nun hatte dieser Mann gerade eben das Restaurant betreten.

Danke.

»Gern geschehen«, antwortete der Engel.

Malone bemerkte, dass Josepe Salazar ihn aufmerksam musterte. Aber falls der Spanier ihn erkannte, ließ er das durch nichts in seiner Miene erkennen. Seine braunen Augen blieben ausdruckslos. Die Daniten hatten mit Gewissheit von Malones Eingreifen berichtet, aber das bedeutete nicht, dass Salazar sein Gesicht kannte.

Malone trat zu den Sitzenden, und Salazar fragte: »Kann ich Ihnen helfen?«

Malone schob einen Holzstuhl vom Nachbartisch herüber und ließ sich, ohne eine Einladung abzuwarten, am Tisch der beiden nieder.

»Ich heiße Cotton Malone.«

Cassiopeia hatte schon einige gefährliche Situationen erlebt, von denen manche sogar lebensbedrohlich gewesen waren, aber an einen unangenehmeren Moment als diesen konnte sie sich nicht erinnern. Ihr erster Gedanke war die Verwunderung, wie Cotton es geschafft hatte, hier in Österreich im Goldenen Hirsch aufzutauchen. Der zweite war die Frage, ob Stephanie wohl Bescheid wusste. Nein, mit Sicherheit nicht. Sonst hätte sie sie vorgewarnt, insbesondere in Anbetracht der möglichen Folgen. Der dritte Gedanke waren Schuldgefühle. Hatte sie Cotton betrogen? Glaubte er das? Was *wusste* er eigentlich?

»Soll ihr Name mir etwas sagen?«, fragte Josepe.

»Ich denke schon.«

»Mir ist noch nie jemand mit dem Namen Cotton begegnet. Bestimmt steckt eine Geschichte dahinter. Habe ich recht?«

»Eine lange.«

Cassiopeia fiel auf, dass Cotton ihnen nicht die Hand

gereicht hatte, und sie bemerkte den harten Ausdruck in seinen grünen Augen.

»Und wer sind Sie?«, fragte er sie.

»Ich glaube kaum, dass das eine Rolle spielt, da ja anscheinend keiner von uns beiden Sie kennt.«

Sie sprach kurz angebunden.

Und ihre Miene war eisig.

»Ich bin ein Agent des US-Justizministeriums«, sagte Malone.

Diese Worte hatte er seit vier Jahren nicht mehr ausgesprochen, nämlich seit er sein Abschiedsgesuch eingereicht hatte und nach Dänemark gezogen war.

»Soll mir das etwa Angst machen?«, fragte Cassiopeia.

»Ma'am, Sie werden uns entschuldigen müssen. Ich bin hier, um mich mit Mr. Salazar zu unterhalten.«

»Wollen Sie mir damit sagen, ich soll mich um meinen eigenen Kram scheren?«

»Genau darauf wollte ich hinaus. Vielleicht wäre es besser, wenn Sie draußen warteten.«

»Sie geht nirgendwo hin«, sagte Salazar, und seine Stimme klang scharf.

Dass sie blieb, war Malone nur recht. Er hatte ihren Anblick vermisst. Und den Klang ihrer Stimme. Aber genau wie sie musste er in seiner Rolle bleiben, und so fragte er: »Sind Sie der Beschützer dieser Dame?«

»Was wollen Sie von mir?«, fragte Salazar.

Malone dachte einen Augenblick über die Frage nach, zuckte dann mit den Schultern und erwiderte: »Okay, wenn Sie wollen, dass sie bleibt, meinetwegen. Die Lage hat sich geändert. Unsere Ermittlungen in Bezug auf Sie sind nicht länger verdeckt. Wir betreiben sie nun direkt vor Ihrer Nase. Und ich bin hier, um den Job zu erledigen.«

»Ich verstehe nicht, worauf Sie hinauswollen.«

»Soll ich das Hotel bitten, die Polizei zu rufen?«, fragte Cassiopeia Salazar.

»Nein, mit diesem Herrn werde ich allein fertig.« Salazar sah ihn an. »Mr. Malone, ich habe keine Ahnung, wovon Sie reden. Behaupten Sie etwa, dass das US-Justizministerium mir derzeit auf den Zahn fühlt? Falls ja, ist mir das neu. Aber sollte es stimmen, habe ich Anwälte, die sich meiner Interessen annehmen. Geben Sie mir doch bitte Ihre Karte, dann wird man Sie kontaktieren.«

»Ich mag weder Anwälte noch Mormonen«, sagte Malone. »Und insbesondere mag ich keine heuchlerischen Mormonen.«

»Wir sind sowohl an Unwissenheit als auch an Selbstgerechtigkeit gewöhnt.«

Malone lachte. »Der ist gut. Wenn sie mit jemand Dummem reden, kapiert der nicht mal, dass das eine Beleidigung war. Und falls er intelligent ist, wird er wütend. So oder so gewinnen Sie. Lernen Sie so was in der Sektenschule?«

Diesmal bekam er keine Antwort.

»Gehen da nicht alle Mormonen hin, um die Kirchendoktrin zu studieren? Da draußen im Tempel-Land. In Salt Lake City. Was bringt man Ihnen da bei? Einfach nur lächeln, cool bleiben und allen sagen, dass Jesus sie liebt? Natürlich wird Jesus einen dann sogar noch mehr lieben, wenn man Mormone wird. Lest das Buch Mormon, und alles wird gut. Andernfalls aber erfriert ihr vielleicht einfach in der äußeren Finsternis. Heißt das bei euch nicht so?«

»Es muss einen Verbannungsort für jene geben, die dem

Plan des Himmlischen Vaters trotzen und sich dafür entscheiden, Satan zu folgen«, erwiderte Salazar. »Einen Ort für gequälte Seelen wie die Ihre.«

Der spöttische Tonfall dieser Worte brachte Malone auf. »Und was ist mit der Blutsühne? Ist die Teil des großen Plans?«

»Sie haben offensichtlich das eine oder andere über die Geschichte meiner Kirche gelesen. Diese Dinge sind in einer ganz anderen Zeit geschehen. Wir praktizieren die Blutsühne nicht mehr.«

Malone zeigte auf Cassiopeia, die wirklich großartig aussah. »Ist sie Ihre Hauptfrau? Oder die dritte? Oder die achte?«

»Die Mehrfachehe praktizieren wir auch nicht mehr.«

Malone versuchte, einen wunden Punkt zu finden, aber Salazar bewahrte sein ruhiges, selbstsicheres Äußeres. Daher schlug Malone einen neuen Kurs ein und fragte Cassiopeia: »Ihnen ist bewusst, dass Sie gerade mit einem Mörder zu Abend speisen?«

Salazar sprang auf. »Jetzt reicht's.«

Endlich. Der richtige Reiz.

»Verschwinden Sie«, forderte Salazar ihn auf.

Malone blickte auf. Hass stand in den Augen, die seinem Blick begegneten. Aber der Spanier war klug genug, den Mund zu halten.

»Ich habe die Leiche gesehen«, sagte Malone mit leiser Stimme.

Salazar erwiderte nichts.

»Er war ein amerikanischer Agent. Er hatte Frau und Kinder.«

Malone warf einen letzten Blick auf Cassiopeia. Ihr Gesicht sah plötzlich betroffen und verletzlich aus. Ihre Augen sagten: *Geh.*

Er schob den Stuhl zurück und stand auf. »Ich habe zwei Ihrer Leute und auch diesen Barry Kirk beseitigt. Und jetzt bin ich hinter Ihnen her.«

Salazar starrte zurück und erwiderte noch immer nichts. Etwas, was Malone vor langer Zeit gelernt hatte, fiel ihm wieder ein. Bring jemanden aus der Fassung, und er fängt an nachzudenken. Bring ihn auch noch in Wut, und er wird es mit Sicherheit vermasseln.

Er deutete mit dem Finger auf den Mormonen. »Sie gehören mir.«

Dann machte er sich auf den Weg zum Ausgang.

»Mr. Malone.«

Er blieb stehen und drehte sich um.

»Diese Dame kann eine Entschuldigung für Ihre Kränkungen verlangen.«

Er warf beiden einen verächtlichen Blick zu und sah dann nur noch Cassiopeia an: »Es tut mir leid.«

Er zögerte.

»Falls ich Sie gekränkt haben sollte.«

28

Washington, D.C.

Es war Stephanie ein wenig unangenehm, mit Danny Daniels allein zu sein. Seit mehreren Monaten hatten sie einander weder gesehen noch miteinander gesprochen.

»Wie geht es der First Lady?«, fragte sie.

»Sie freut sich schon darauf, bald das Weiße Haus zu verlassen. Genau wie ich. Politik ist nicht mehr das, was sie einmal war. Es wird Zeit, ein neues Leben zu beginnen.«

Der 22. Zusatzartikel begrenzte die Amtszeiten eines Präsidenten auf zwei. Beinahe jeder Präsident hatte eine zweite Amtszeit angestrebt, obgleich die historische Erfahrung eindeutig lehrte, dass die letzten vier Jahre nicht mehr wie die ersten waren. Entweder der Präsident, der wusste, dass er nichts mehr zu verlieren hatte, wurde übermäßig aggressiv und verärgerte damit Unterstützer wie Kritiker. Oder aber er wurde übertrieben vorsichtig, ruhig und gefügig, da er nichts unternehmen wollte, was sein Erbe gefährden könnte. So oder so brachte das niemanden weiter. Doch entgegen diesem Trend hatte Daniels seine zweite Amtszeit aktiv angepackt und sich mit einigen brisanten Themen befasst, an deren Lösung oft auch Stephanie und das Magellan Billet beteiligt gewesen waren.

»Dieser Tisch hier ist ein Schmuckstück«, sagte Daniels. »Ich habe mich danach erkundigt. Er wurde vom Außenministerium entliehen. Und die Stühle wurden während der Amtszeit des ersten Bush für Vizepräsident Quayles gefertigt.«

Sie bemerkte, dass Daniels ungewöhnlich nervös war. Sein sonst so dröhnender Bariton klang ein paar Dezibel leiser als sonst, und sein Blick war sorgenvoll.

»Ich habe ein Frühstück vorbereiten lassen. Bist du hungrig?«

Vor jedem von ihnen stand ein Gedeck mit weißem Lenox-Porzellan, das mit dem Wappen des Vizepräsidenten geschmückt war. Tulpenförmige Gläser funkelten in der hellen Morgensonne, die durch die Fenster einfiel.

»Smalltalk ist sonst nicht gerade deine Spezialität«, sagte sie.

Er lachte. »Nein, das stimmt.«

»Ich möchte gerne wissen, worum es hier geht.«

Sie hatte bereits bemerkt, dass eine Akte auf dem Tisch lag.

Daniels öffnete die Mappe und holte ein einzelnes Blatt heraus, das er ihr reichte. Es war die Fotokopie eines Briefes, der mit einer eindeutig weiblichen Handschrift verfasst und schwer zu entziffern war.

»Dies hier wurde am 9. August 1876 an Präsident Ulysses S. Grant geschickt.«

Die Unterschrift konnte sie lesen.

Mrs. Abraham Lincoln.

»Mary Todd war ein komischer Vogel«, erzählte Daniels. »Sie hatte ein hartes Leben. Hat drei Söhne und ihren Ehemann verloren. Dann musste sie sich mit dem Kongress um eine Pension streiten. Sie stieß auf großen Widerstand, da sie es in ihrer Zeit im Weißen Haus geschafft hatte, die meisten Volksvertreter zu verärgern. Schließlich genehmigte man die Zahlung, damit sie endlich Ruhe gab.«

»Sie war genau wie Hunderttausende andere Witwen von Veteranen, denen eine Pension zugesprochen wurde. Sie hatte sie verdient.«

»Das stimmt nicht. Der Fall lag *tatsächlich* anders. Sie war Mrs. Abraham Lincoln, und zu der Zeit, als Grant zum Präsidenten gewählt wurde, wollte niemand mehr Lincolns Namen hören. Heute verehren wir ihn wie einen Gott. Aber in den Jahrzehnten nach dem Bürgerkrieg war

Lincoln noch nicht die Legende, zu der er später wurde. Er wurde gehasst. Und geschmäht.

»Wusste man denn damals etwas, das uns heute unbekannt ist?«

Er reichte ihr ein weiteres, diesmal maschinengeschriebenes Blatt.

»Das ist die Abschrift des Briefs, den du in der Hand hältst. Lies ihn.«

Seit meinem Fortgang aus Washington habe ich ein Leben größter Abgeschiedenheit geführt. Hätte mein geliebter Mann seine Amtszeit überlebt, hätten wir unsere verbliebenen Jahre gemeinsam in einem Zuhause verbracht, das uns beiden Freude bereitet hätte. Wie sehr ich doch an unserem Cottage im Soldier's Home gehangen habe, in dem wir während unserer Jahre in Washington so viel Zeit verbracht haben, und wie sehr ich es hasse, so weit davon entfernt zu sein und mit gebrochenem Herzen beten zu müssen, der Tod möge mich von einem so qualvollen Leben erlösen. Jeden Morgen erscheint mir bei meinem Erwachen aus unruhigem Schlaf die schreckliche Pflicht, einen weiteren so elenden Tag durchleben zu müssen, wie eine Unmöglichkeit. Ohne meinen geliebten Mann ist mir das Leben nur noch eine schwere Bürde, und der Gedanke, dass ich bald von dieser Welt genommen werde, erscheint mir als höchstes Glück. Ich frage mich jeden Tag, ob ich Gesundheit und seelische Kraft jemals wiedererlangen werde. Bevor mich beides endgültig verlässt, muss ich Ihnen eine Sache mitteilen, über die Sie Bescheid wissen müssen. Nach all den Verlusten, die ich erlitten habe, war meinem Geist die Erinnerung abhandengekommen, doch kürzlich ist sie nachts, als ich auf den Schlaf wartete, zurückgekehrt. Zwei Jahre nach dem Beginn seiner ersten Amtszeit erhielt mein geliebter Mann eine Botschaft von seinem Vorgänger Mr. Buchanan, eine Botschaft, deren Inhalt seit den Tagen von Mr. Washington von Präsident zu Präsident weitergegeben worden war. Jene Worte verstörten meinen geliebten Mann zutiefst. Er sagte mir damals, er wünschte, die Botschaft wäre niemals zugestellt worden. Noch drei Mal sprachen wir über diese Angelegenheit, und jedes Mal wiederholte er seine Klage. Während des Krieges litt er schlimme seelische Qualen. Ich hatte das immer für eine Folge seiner Pflichten als Oberkommandierender gehalten, aber einmal sagte er mir, Grund dafür sei die Botschaft. In den Tagen vor seiner Ermordung, als der Krieg schon gewonnen und der Kampf vorüber war, sagte mein geliebter Mann mir, jene verstörenden Worte existierten noch immer. Ursprünglich habe er die Absicht gehabt, sie zu vernichten, doch dann habe er sie westwärts zu den Mormonen gesandt, als Teil eines Abkommens mit ihrem Anführer. Die Mormonen hätten genau wie er selbst ihren Teil der Abmachung eingehalten, und so sei die Zeit gekommen, das, was er ihnen geschickt habe, zurückzuholen. Was er dann damit anfangen werde, wisse er noch nicht. Doch mein geliebter Mann lebte nicht mehr lange genug, um diese Entscheidung zu treffen, und es wurde niemals etwas zurückgeholt. Ich dachte, dass Sie das vielleicht erfahren sollten. Verfahren Sie mit diesem Wissen, wie es Ihnen gefällt. Für mich spielt das alles keine Rolle mehr.

Sie blickte von dem Blatt auf.

»Die Mormonen halten diese Information immer noch in Händen«, sagte Daniels. »Und zwar seit 1863, als Lincoln die Abmachung mit Brigham Young getroffen hat.«

»Edwin hat mir davon berichtet.«

»Tatsächlich ein ziemlich kluger Schachzug. Lincoln hat das gegen die Mormonen erlassene Anti-Polygamie-Gesetz niemals durchgesetzt, und Young hat die Telegrafenleitungen und die Eisenbahn nach Westen unversehrt gelassen. Außerdem hat er niemals Soldaten geschickt, um den Süden zu unterstützen.«

»Diese Botschaft, die unter den frühen Präsidenten immer an den jeweiligen Nachfolger weitergereicht wurde: Hat es sie tatsächlich gegeben?«

»Anscheinend. Etwas Ähnliches ist in anderen geheimen Dokumenten erwähnt. In Dokumenten, die nur der jeweilige Präsident einsehen darf. Ich habe sie vor sieben Jahren gelesen. Die Hinweise sind knapp gehalten, aber vorhanden. George Washington hat mit Sicherheit etwas weitergereicht, das schließlich bei Lincoln angekommen ist. Leider wurde der sechzehnte Präsident ermordet, bevor er Gelegenheit hatte, dieses Dokument dem siebzehnten zu übergeben. Daher geriet es in Vergessenheit. Nur Mary Todd erinnerte sich noch daran.«

Sie spürte, dass da noch etwas war. »Womit hältst du hinter dem Berg?«

Er schlug die Akte auf und reichte ihr ein weiteres maschinenbeschriebenes Blatt.

»Das ist die Abschrift einer Notiz, die bei den nur dem Präsidenten vorbehaltenen Geheimdokumenten lag. Sie stammt von James Madison, und er hat sie 1917 am Ende seiner zweiten Amtszeit verfasst. Vermutlich für seinen Nachfolger James Monroe.«

In Bezug auf die Botschaft, die unser erster Präsident an uns übergeben hat, füge ich als der vierte Amtsträger in dieser ehrenvollen Position dies hier als einen Zusatz bei, der ebenfalls in die Zukunft weitergereicht werden soll. Mr. Washington hat an jenem bestimmten Samstagabend der großen Versammlung beigewohnt. Er hatte bei jener außerordentlichen Sitzung den Vorsitz inne und von allem, was damals vorgefallen ist, persönlich Kenntnis. Bis zur Übernahme meines jetzigen Amtes wusste ich nicht, was mit dem Dokument geschehen ist, auf das man sich am Ende dieser Versammlung geeinigt hatte. Zu meiner Freude habe ich nun entdeckt, dass Mr. Washington für die Weitergabe von einem Präsidenten an den nächsten gesorgt hat. Da ich nie einen einzigen Tag der Verfassungsgebenden Versammlung versäumt hatte und ihr im Laufe der Zeit höchstens einmal gelegentlich für den Bruchteil einer Stunde ferngeblieben war, setzte ich mich immer dem Vorsitzenden direkt gegenüber, während die anderen Teilnehmer rechts und links von mir Platz nahmen. In dieser günstigen Position konnte ich alles verfolgen, was vor sich ging, und achtete genau auf alles, was vom Vorsitzenden vorgelesen oder von den Teilnehmern gesagt wurde. Meine Mitschriften bei der großen Versammlung waren vom ernsthaften Streben nach Richtigkeit und Vollständigkeit motiviert, und nach meinem Tod, der hoffentlich noch eine Reihe von Jahren auf sich warten lassen wird, sollen sie veröffentlicht werden. Aber jeder spätere Präsident muss wissen, dass diese Mitschriften nicht vollständig sind. Unter meinem Sommerstudierraum liegt etwas verborgen, das für das abschließende Verständnis nötig ist. Sollte ein künftiger Amtsinhaber es für geboten halten, sich nach dem Wortlaut des Dokuments zu richten, das Mr. Washington hat überdauern lassen, könnte sich dieser Schatz als äußerst nützlich erweisen.

»Seit Madison hatten wir eine ganze Menge Präsidenten«, bemerkte sie. »Glaubst du nicht, einer von denen ist mal nachschauen gegangen?«

»Diese Notiz wurde niemals als Anlage beigelegt und auch nicht weitergegeben. Anscheinend war sie versteckt und wurde dann vor einem Jahr in Privatunterlagen Madisons gefunden, die in der Library of Congress aufbewahrt werden. Außer mir hat kein Präsident sie je gesehen. Zum Glück arbeitet die Person, die sie gefunden hat, für mich.« Er reichte ihr ein weiteres Blatt aus der Mappe, das diesmal in einer Folienhülle steckte. »Das ist Madisons ursprüngliche Notiz, wie er sie handschriftlich verfasst hat. Fällt dir was auf?«

Ja, in der Tat. Ganz unten.

Zwei Buchstaben.

IV.

»Römische Ziffern?«, fragte sie.

Er zuckte mit den Schultern. »Das wissen wir nicht.«

Daniels war eindeutig nicht sein übliches leutseliges Selbst. Er erzählte keine unverschämten Geschichten, und seine sonst so laute Stimme war verhalten. Er saß steif auf seinem Stuhl, und sein Gesicht war zu einer Maske erstarrt. Hatte er Angst? Sie hatte nie erlebt, dass dieser Mann bei irgendetwas auch nur mit der Wimper zuckte.

»Unmittelbar vor dem Bürgerkrieg wird James Buchanan mit den Worten zitiert, er werde vielleicht der letzte Präsident der Vereinigten Staaten sein. Erst vor Kurzem habe ich begriffen, was er wirklich mit diesem Kommentar gemeint hat.«

»Buchanan hat sich geirrt. Der Süden hat den Krieg verloren.«

»Da liegt ja gerade das Problem, Stephanie. Vielleicht hat er sich gar nicht geirrt. Aber dann ist Lincoln gekommen und hat beim Pokern mit einem Zwilling von Zweiern geblufft, obwohl alle viel bessere Karten auf der Hand hatten. Und er hat gewonnen. Was ihm am Ende aber nur einen Schuss in den Kopf eingetragen hat. Ich werde nicht der letzte Präsident der Vereinigten Staaten sein.«

Sie musste mehr erfahren, und so versuchte sie es mit einem unverfänglicheren Thema. »Was hat Madison mit *Sommerstudierraum* gemeint?«

»Es liegt auf dem Gelände von Haus Montpelier, Madisons Landgut in Virginia. Neben dem Haupthaus hat er einen kleinen Tempel für sich selbst errichtet.«

Sie hatte das Anwesen zwei Mal besichtigt und das Säulenbauwerk gesehen. Madisons Geschmack ging zum Klassizismus, und so hatte er sich bei dem Pavillon am *Tempietto di Bramante* in Rom orientiert. Er stand zwischen alten Zedern und Fichten auf einem Hügel des zum Anwesen gehörigen Parks.

»Madison hatte Stil«, sagte Daniels. »Unter seinem Tempel ließ er eine Grube ausheben, die als Eiskeller genutzt wurde. Darüber lag ursprünglich ein Holzboden, und so muss es im Sommer dort kühl gewesen sein. Wie so eine Art Klimaanlage. Der Holzboden ist inzwischen verschwunden und wurde durch eine Betonplatte mit einer Luke in der Mitte ersetzt.«

»Und warum erzählst du mir das?«

»Madison hat diesen Tempel seinen Sommerstudierraum genannt. Ich bitte dich herauszufinden, was er darunter versteckt hat.«

»Warum gerade ich?«

»Weil du dank Senator Rowan die Einzige bist, die dafür in Frage kommt.«

29

Salzburg

Malone verließ den Goldenen Hirsch und machte sich durch das Gewusel in der Getreidegasse auf den Weg zu seinem Hotel. Er hatte vorgehabt, Josepe Salazar aus der Fassung zu bringen, und diese Mission hatte er wohl erfüllt. Aber seine Absicht war auch gewesen, Cassiopeia eine Botschaft dreifachen Inhalts zu senden. Erstens, dass sie nicht allein war. Zweitens, dass er von ihrer Situation wusste. Und drittens, dass Salazar gefährlich war. Als er Cassiopeia beleidigt hatte, hatte er die Verachtung in Salazars Blick aufgefangen – und die zeigte, dass der Angriff gegen ihre Ehre ihn persönlich gekränkt hatte. Ihm war klar, dass Cassiopeia ihrer Figur treu bleiben und weiter ihre Rolle spielen musste, aber er war sich immer noch nicht sicher, ob es wirklich nur eine Rolle war. Das alles gefiel ihm ganz und gar nicht. Da waren die beiden zusammen im Goldenen Hirsch abgestiegen, aßen zusammen zu Abend, wollten gemeinsam zu einer Auktion und dann wieder zurück ins Hotel, um …«

Hör auf!

Er musste nüchtern denken.

Er bog zum Residenzplatz ab, einer großen, gepflasterten Fläche vor dem Dom und der früheren fürsterzbischöflichen Residenz. In der Mitte gab es einen weißen Marmorbrunnen, in dem das Wasser lauschig plätscherte. Sein Hotel lag ganz in der Nähe nordöstlich des staatlichen Museums. Noch war es hell, aber die Abenddämmerung zog schon herauf und die Sonne ging rasch im Westen unter.

Er blieb beim Brunnen stehen.

Es wurde Zeit, dass er sich wie ein Agent benahm.

Er kramte sein Handy hervor und tat das einzig Vernünftige.

Stephanies Handy vibrierte in der Tasche ihres Blazers.

»Nimmst du nicht an?«, fragte Daniels.

Das Summen tönte leise durch das stille Esszimmer.

»Das kann warten.«

»Vielleicht ja nicht.«

Sie zog das Handy heraus und las den Namen des Anrufers. »Es ist Cotton.«

»Nimm an. Und schalte den Lautsprecher ein.«

Sie folgte seiner Aufforderung und legte das Gerät auf den Tisch.

»Ich bin in Salzburg«, sagte Malone.

»Soll ich jetzt überrascht sein?«

»Ganz schön blöd, wenn man so vorhersehbar ist. Aber ich habe ein Problem. Ich wollte Salazar ein bisschen nervös machen, und jetzt weiß er, dass wir alle hinter ihm her sind.«

»Hoffentlich ging das nicht auf Cassiopeias Kosten.«

»Da besteht keine Gefahr. Dieser Kerl hält sich für ihren Ritter in schimmernder Rüstung. Ein rührender Anblick.«

Sie sah, dass Daniels bei Malones sarkastischen Worten lächelte, und fragte sich, wie viel der Präsident wusste. Er wirkte jedenfalls gut informiert.

»Hier findet gleich eine Auktion statt. Ich möchte ein Buch kaufen.«

»Dafür bist ja du der Experte.«

»Ich brauche Geld.« Er nannte ihr den Betrag.

Sag ja, formte Daniels mit den Lippen.

»Wohin soll ich es schicken?«, fragte sie.

»Du kriegst meine Kontodaten per E-Mail. Führ die Überweisung bitte sofort aus.«

Der Präsident zog das Handy näher. »Cotton, hier spricht Danny Daniels.«

»Oh, ich wusste nicht, dass ich bei einer präsidentiellen Konferenz störe.«

»Ich bin froh darüber. Es ist wichtig, dass Sie Salazar morgen oder so den ganzen Tag auf Trab halten. Schaffen Sie das?«

»Das sollte kein allzu großes Problem darstellen. Falls es

mir gelingt, das Buch zu ersteigern, werde ich ganz oben auf seiner To-do-Liste stehen.«

»Dann sehen Sie zu, dass Sie den Zuschlag bekommen. Der Preis spielt keine Rolle.«

»Sie wissen, dass man ihm eigentlich eine Kugel in den Schädel jagen sollte.«

»Er wird für das bezahlen, was er unserem Agenten angetan hat. Aber jetzt noch nicht. Haben Sie Geduld.«

»Das ist meine Spezialität.«

Sie beendeten das Gespräch.

Stephanie sah Daniels an.

»Stephanie«, sagte er, »wenn wir hier verlieren, ist alles aus.«

Cassiopeia versuchte, das Essen zu genießen, aber Cottons Erscheinen hatte sie verstört. Auch Josepe wirkte beunruhigt. Er hatte sich bei ihr entschuldigt und besorgt angemerkt, dass dieser Malone wohl psychisch gestört sei. Sie hatte erneut vorgeschlagen, die Polizei zu rufen, aber er hatte das abgelehnt. Zehn Minuten nach Cottons Aufbruch tauchte erneut ein Mann im Restaurant auf – jung, muskulös, das Haar kurz geschoren – offensichtlich jemand, der für Josepe arbeitete; die beiden gingen nach draußen.

Ein Danite?

Sie hatte sie durchs Fenster beobachtet, ein paar Schlucke Mineralwasser getrunken und so getan, als interessiere sie das Ganze nicht. Cotton war gekommen, um ihnen seine Anwesenheit unter die Nase zu reiben, und zwar *sowohl* Josepe *als auch* ihr selbst.

Daran gab es keinen Zweifel.

Aber er hatte außerdem gewollt, dass sie von dem toten Agenten erfuhr.

War es möglich, dass Josepe etwas damit zu tun hatte?

»Schmeckt dir das Essen?«, fragte er, als er zum Tisch zurückkehrte.

»Es ist köstlich.«

»Der Chefkoch ist berühmt. Ich komme immer gerne hierher.«

»Machst du das oft?«

»In Salzburg gibt es einen recht aktiven Pfahl, der 1997 gegründet wurde. Inzwischen hat er über tausend Mitglieder. Als Teil meiner Pflichten in Europa war ich schon mehrmals hier zu Besuch.«

»Die Kirche hat sich wirklich über die ganze Welt ausgebreitet.«

Er nickte. »Wir haben über vierzehn Millionen Mitglieder. Mehr als die Hälfte von ihnen lebt außerhalb der Vereinigten Staaten.«

Sie versuchte, ihn zu beruhigen und ihm zu helfen, nicht mehr an die Störung von eben zu denken. Aber sie sah, dass er sich noch immer aufregte.

»Was dieser Malone da eben gesagt hat, dass die US-Regierung dir auf den Zahn fühlt? Stimmt das?«

»Es hat Gerüchte gegeben. Ich habe gehört, es hätte mit der Kirche und irgendeinem Rachefeldzug der Regierung gegen uns zu tun. Aber ich weiß nichts Gewisses.«

»Und diese Anschuldigung, du hättest mit einem Mord zu tun?«

»Das war eine Unverschämtheit, genau wie seine Frechheiten gegen dich persönlich.«

»Wer ist Barry ... *äh* ... Kirk?«

»Er arbeitet für mich und ist tatsächlich seit einigen Tagen verschwunden. Ich muss gestehen, dass ein Teil von dem, was Malone gesagt hat, mich beunruhigt.«

»Dann sollten wir wirklich die Polizei rufen.«

Josepe wirkte gequält. »Noch nicht. Mein Mitarbeiter stellt gerade Nachforschungen an. Möglicherweise hat Barry seinen Job einfach geschmissen, ohne mir Bescheid zu geben. Ich muss mir da sicher sein, bevor ich die Behörden alarmiere.«

»Danke, dass du mich verteidigt hast.«

»Gern geschehen, aber ich möchte dir vor allem klar sagen, dass es hier keinen Grund zur Sorge gibt. Ich habe gerade meinem Mitarbeiter aufgetragen, in Salt Lake City anzurufen und dort zu berichten, was hier vorgefallen ist. Hoffentlich kann unsere Kirchenleitung die richtigen Leute in der Regierung kontaktieren und dafür sorgen, dass wir Mr. Malone nie wieder sehen müssen.«

»Er hat da ja einige wilde Anschuldigungen vorgebracht.«

Josepe nickte. »Und damit wollte er mit Sicherheit eine Reaktion provozieren.«

»Wenn ich dir irgendwie helfen kann, bin ich für dich da, das weißt du doch?«

Er wusste ihre Sorge anscheinend zu schätzen. »Das bedeutet mir eine Menge.« Er schaute auf seine Armbanduhr. »Sollen wir uns für die Auktion bereit machen? Wir könnten uns in einer Viertelstunde in der Lobby treffen.«

Sie standen auf, verließen das Restaurant und gingen ins Hotel zurück. Cassiopeias Besorgnis war inzwischen richtiggehender Angst gewichen.

Josepe irrte sich leider.

Keiner von ihnen hatte Cotton zum letzten Mal gesehen.

30

Salzburg
19.00 Uhr

Malone duschte und zog dann eine Anzughose, ein Hemd von Paul & Shark und einen Blazer an. Er hatte diese Kleidung eigens für die Auktion eingepackt, auch wenn er sich nicht sicher gewesen war, ob er wirklich daran teilnehmen sollte. Aber nach seiner Begegnung mit Salazar wusste er, dass er dorthin musste.

In dem Katalog, den er in Salazars Arbeitszimmer eingesehen hatte, war als Veranstaltungsort der Auktion der Goldene Saal in der Festung Hohensalzburg angegeben gewesen. Die Festung lag hundert Meter oberhalb der Stadt. Zwei große Bastionen, deren untere unmittelbar aus dem Fels herausgehauen war, strotzten nur so von Brustwehren, Zinnen und Türmen, genau wie man es von einer mittelalterlichen Burg erwartete. Er hatte die Anlage früher einmal besichtigt und war durch labyrinthische Korridore in große Säle und vergoldete Stuben gelangt, vorbei an glänzenden Kachelöfen und schließlich hinunter in ein Verlies.

Er mied die Seilbahn, da er vermutete, Salazar und Cassiopeia könnten mit ihr zur Burg hinauffahren. Stattdessen folgte er dem Weg, der eine halbe Stunde lang steil bergauf unter Bäumen hindurchführte, die das erste Herbstlaub abwarfen. Leute, die die Burg gerade besichtigt hatten, kamen ihm auf ihrem Rückweg zur Stadt entgegen, und am Himmel traten schon der Mond und die ersten Sterne hervor. Die Luft war kühl, aber keineswegs kalt.

Der Aufstieg verschaffte ihm Zeit zum Nachdenken.

Dass Stephanie bei Danny Daniels gewesen war, als er sie angerufen hatte, überraschte ihn, und er fragte sich, was auf der anderen Seite des Atlantiks vor sich ging. Der Präsident wusste über Salazar Bescheid, was immer hier also geschah, würde bis ins Oval Office dringen. Das bedeutete, dass der Einsatz extrem hoch war.

Nun, ihm war das recht.

Nichts sorgte besser für geschärfte Sinne.

Und er musste hier konzentriert bleiben.

Er betrat die Burg über eine Steinbrücke, die über den ehemaligen Burggraben hinwegführte. Oben in der Tormauer entdeckte er ein rundes Guckloch und darüber einen vorragenden Turm, von dem aus man Angreifer mit Geschossen empfangen hatte. Er beabsichtigte, unmittelbar nach dem Beginn der Auktion zu erscheinen. Auf einem Schild sah er, dass die Festung um 18.30 Uhr schloss, doch der Goldene Saal wurde abends vermutlich für Veranstaltungen vermietet. Eine ältere Frau bewachte die Treppe. Malone erklärte, er sei wegen der Auktion da, und wurde durchgewinkt.

Das Dorotheum war ihm nicht unbekannt. Dieses Unternehmen veranstaltete professionelle, ernst zu nehmende Auktionen. Oben, in einem hohen, breiten Korridor, reichte ihm eine zweite Mitarbeiterin einen Katalog und trug ihn in eine Liste ein. Sein Blick fiel durch den Gang auf eine monumentale Statue Karls des Großen, die den Goldenen Saal bewachte. Die Burg gründete einen winzigen Teil ihres

Ruhms auch darauf, dass der erste Kaiser des Heiligen Römischen Reiches hier einmal zu Besuch gewesen war. Durch die geöffnete Tür hörte er die Stimme des Auktionators.

»Jeder Kauf ist verbindlich«, sagte die Mitarbeiterin zu Malone. »Es wird sofortige Bezahlung verlangt, und das Bereitstehen der Finanzmittel muss garantiert sein.«

Malone wusste, wie so was lief, und so zeigte er sein Handy vor und sagte: »Das Geld ist da.«

»Dann viel Spaß.«

Den würde er haben.

Cassiopeia setzte sich neben Josepe.

Sie waren mit der Standseilbahn zur Festung gefahren – eine kurze, steile Strecke, die durch einen Tunnel in der unteren Bastion nach oben führte. Inzwischen hatte sich ein Zwielicht herabgesenkt, in der Stadt unten leuchteten die ersten Lichter auf, und am Horizont im Westen ging eine orangerot glühende Sonne unter.

Arm in Arm waren sie über die Festungsmauern gewandert und hatten das Labyrinth der Türme, Türmchen und Kuppeln in den Straßen weiter unten betrachtet. Jenseits von Salzburg hatten sich im Dämmerlicht gerade noch die umliegenden Bergkuppen und grünen Wiesen mit Bauernhäusern abgezeichnet. Eine friedliche, ländliche Umgebung, ganz ähnlich wie ihr Zuhause in Südfrankreich. Ihr Château und ihre Burg fehlten ihr. Hier drinnen in der alten Festung ging ihr durch den Kopf, wie aufwendig die Errichtung eines solchen Bauwerks in der Vergangenheit gewesen war, und das rief ihr ihr eigenes Bauprojekt in den Sinn. Es machte Fortschritte, und drei der Außenmauern standen bereits. Die Planer hatten ihr gesagt, dass sie noch ein Jahrzehnt benötigen würden, um diesen Nachbau einer Burg des 13. Jahrhunderts fertigzustellen.

Sie hatte den Katalog der Haushaltsauflösung durchgeblättert und wirklich eindrucksvolle Auktionsobjekte entdeckt. Der Verstorbene war offensichtlich ein wohlhabender Mann gewesen. Steingut, Porzellan, Besteck, drei Gemälde und mehrere Bücher, von denen eines eine Erstausgabe des Buchs Mormon war. Bei der Aussicht, Besitzer dieses Schatzes zu werden, hatte Josepe erregt gewirkt. Die Salzburger Gemeinde hatte ihn auf den Verkauf aufmerksam gemacht, und er hatte die Hoffnung geäußert, dass nicht allzu viele ernsthafte Sammler kommen würden. Normalerweise waren bei den Auktionen des Dorotheum auch telefonische Gebote zulässig, aber hier war diese Möglichkeit ausdrücklich ausgeschlossen worden, und das bedeutete, dass die Bieter mit Geld vor Ort im Saal erscheinen mussten, um das Objekt zu erringen. Der Vorfall vorhin im Restaurant machte ihr immer noch zu schaffen. Sie hatte den Blick in Cottons Augen aufgefangen. Halb misstrauisch, halb bittend und gleichzeitig wütend.

Nein. Nicht noch mehr Schmerz.

Eine Woge des Zweifels spülte über sie hinweg.

Daher ermahnte sie sich, wachsam zu bleiben.

Was von jetzt an geschehen würde, war unvorhersehbar.

Malone stand vor dem Eingang zum Saal, lauschte den Geboten auf andere Auktionsobjekte und schätzte die Lage ein. Etwa fünfzig Teilnehmer saßen auf Stühlen vor einer kleinen Tribüne. Der Saal wurde von vergoldetem Schnitzwerk und goldschimmernden Tapeten beherrscht, und in der Ecke stand ein riesiger Kachelofen. Gedrehte Säulen aus rotem Marmor trugen eine prachtvolle Kassettendecke, auf der goldene Tupfen wie Sterne funkelten. Hier hatten einmal Fürsten ihre Gäste empfangen, und nun war der Ort eine Touristenattraktion und ein mietbarer Veranstaltungssaal.

Malone hatte bereits Salazar und Cassiopeia auf einem der vorderen Plätze entdeckt. Beide waren auf den Auktionator konzentriert, der gerade Angebote auf eine Porzellanvase entgegennahm. Malone schaute in den Katalog. Vor dem Buch Mormon kamen noch drei andere Objekte.

Er kontrollierte sein Handy.

Eine Nachricht Stephanies bestätigte, dass das Geld überwiesen war und man gegebenenfalls die darüber hinaus benötigte Summe nachschießen würde.

Er lächelte.

Es war niemals ein Fehler, den Präsidenten der Vereinigten Staaten als Bankier zu haben.

Salazar wurde allmählich unruhig. Schon sein ganzes Leben träumte er davon, einmal etwas in Händen zu halten, das der Prophet Joseph selbst berührt haben mochte. Er kannte die dramatische Geschichte um die erste, fünftausend Exemplare zählende Ausgabe des Buchs Mormon. Für die kleine Druckerei in einem Städtchen des Bundesstaates New York war das ein riesiger Auftrag gewesen. Sie brauchte acht Monate, um die beinahe drei Millionen Seiten herzustellen. Am 26. März 1830 stand das Buch endlich zum Verkauf. Anfangs war der Preis auf 1,75 Dollar festgesetzt, aber wegen des schleppenden Absatzes wurde er auf 1,25 Dollar gesenkt. Martin Harris, einer der ersten Heiligen, verkaufte schließlich fünfzig Hektar seiner Farm und brachte damit die 3.000 Dollar auf, die sie dem Drucker schuldeten.

»Du sollst nicht dein eigen Hab und Gut begehren, sondern es großzügig für den Druck hergeben. Diese Botschaft hatte der Älteste Harris erhalten«, sagte der Engel in Salazars Kopf. »Sein Opfer hat dies alles erst ermöglicht.«

Elf Tage nach dem Erscheinen des Buchs trafen sich alle Gläubigen der Welt in Fayette, New York, und gründeten ihre Kirche im rechtlichen Sinne. Acht Jahre später wurde sie in Kirche Jesu Christi der Heiligen der Letzten Tage umbenannt.

»Das ist dein großer Augenblick, Josepe. Die Propheten schauen dir zu. Du bist ihr Danite, der Mann, der versteht, was auf dem Spiel steht.«

Er war gekommen, um das Objekt seiner Wünsche zu erlangen.

Aber nicht nur eines.

Er begehrte das Buch *und* Cassiopeia. Je länger er in ihrer Nähe war, desto mehr wollte er sie für sich haben.

Das konnte er nicht leugnen.

Und das wollte er auch gar nicht.

31

Washington, D.C.

Stephanie nahm ein paar Bissen von dem Frühstück, das das Personal ihr und dem Präsidenten aufgetragen hatte. Sie war nicht besonders hungrig, aber das Essen bot ihr

Gelegenheit zum Nachdenken. Sie war lange genug im Geschäft, um zu wissen, wie der Hase lief. Einige der Spielchen, die ihr aufgezwungen wurden, waren albern. Andere unsinnig. Wieder andere lästig oder ein Ärgernis. Und dann gab es das Eigentliche.

»Edwin und ich sind seit über einem Jahr an dieser Sache dran«, sagte Daniels. »Nur wir beide mit ein bisschen Hilfe des Secret Service. Aber nun eskaliert die Angelegenheit. Als Rowan dich aufs Korn genommen hat, wussten wir, was er wollte.«

Sie legte die Gabel weg.

»Magst du das Rührei nicht?«

»Eigentlich hasse ich Eier.«

»So schlimm ist es doch gar nicht, Stephanie.«

»Du bist ja nicht derjenige, der mit sechs Anfragen des Kongresses konfrontiert ist – aber offensichtlich wusstest du, dass sie kommen würden.«

Daniels schüttelte den Kopf. »Ich habe sie nur erhofft, aber gewusst habe ich es nicht.«

»Erhofft?«

Daniels schob seinen Teller weg. »Ehrlich gesagt mag ich Eier auch nicht so besonders.«

»Und warum essen wir sie dann?«

Er zuckte mit den Schultern. »Keine Ahnung. Ich hatte das Personal hier einfach nur gebeten, eine Kleinigkeit zum Essen bereitzumachen. Das hier fällt mir nicht leicht.«

»Und warum sind wir eigentlich hier und nicht in deinem Büro?«

»Da gibt es zu viele Augen und Ohren.«

Eine sonderbare Antwort, aber sie ließ sie ihm durchgehen.

»Dir ist klar, dass Mary Todd Lincoln wahrscheinlich manisch-depressiv war«, sagte er.

»Sie war eine bedauernswerte Frau, die beinahe alles verloren hatte, was ihr lieb war. Es ist eher schon erstaunlich, dass sie nicht völlig um den Verstand gekommen ist.«

»Ihr einziger überlebender Sohn dachte, das wäre der Fall. Er ließ sie einliefern.«

»Und sie hat es geschafft, diese Entscheidung auf juristischem Wege aufheben zu lassen.«

»In der Tat. Und kurz darauf schickte sie Ulysses Grant einen Brief. Warum um alles in der Welt sollte sie so etwas tun?«

»Offensichtlich war sie nicht so verrückt, wie die Geschichtsschreibung sie gerne darstellt. Grant hat das, was sie ihm geschickt hat, nicht nur aufbewahrt, er hat es auch als geheim eingestuft. Aber seit 1876 hat es schon eine ganze Menge Präsidenten gegeben. Warum bist du der erste, der sich deswegen Sorgen macht?«

»Das bin ich gar nicht.«

Das weckte nun wirklich ihr Interesse.

»Es gibt Hinweise, dass beide Roosevelts und außerdem auch Nixon der Angelegenheit nachgegangen sind.«

»Warum überrascht mich das jetzt nicht?«

Daniels lachte leise. »Dasselbe habe ich auch gedacht. Nixon hatte zwei Mormonen in seinem Kabinett. Er mochte diese Kirche und ihre Denkweise. Er hat die Mormonen 1960, 1968 und 1972 hofiert. Im Juli 1970 hat er Salt Lake City besucht und sich mit dem Propheten und den zwölf Aposteln getroffen. Ein halbstündiges, inoffizielles Gespräch hinter verschlossenen Türen. Ungewöhnlich für einen Präsidenten, findest du nicht?«

»Und warum war er dort?«

»Weil ich mir vorstellen könnte, dass unser lieber Tricky Dick wissen wollte, ob der Inhalt des Briefs von Mary Todd Lincoln der Wahrheit entsprach. Hatten die Mormonen das Pfand, das Abraham Lincoln ihnen gegeben hatte, noch immer in ihrem Besitz?«

»Und was hat er herausgefunden?«

»Das werden wir niemals erfahren. Bis auf eine einzige Person sind inzwischen alle Teilnehmer dieses Gesprächs verstorben.«

»Es scheint so, als müsstest du dich einmal mit dieser einen Person unterhalten.«

»Genau das habe ich vor.« Er zeigte auf Madisons Notiz. »Zum Glück haben wir das hier gefunden, sonst wüssten wir nicht einmal, dass wir die Fragen stellen und der Sache nachgehen müssen.«

Ihr Blick wanderte durch den Raum und heftete sich auf ein Porträt von John Adams, dem ersten Vizepräsidenten der Vereinigten Staaten. »Komm endlich mal zur Sache, Danny.«

Der Gebrauch seines Vornamens ließ erkennen, wie verärgert sie tatsächlich über ihn war.

»Ich mag es, wenn du mich so nennst.«

»Und ich mag es, wenn du mir gegenüber offen bist.« Sie stockte. »Was übrigens nur selten vorkommt.«

»Ich wollte einfach nur meine acht Jahre zu Ende bringen«, sagte er leise. »Die letzten paar Monate hätten still und friedlich verlaufen sollen. Wir hatten weiß Gott genug Aufregungen. Aber Thaddeus Rowan hatte eine andere Vorstellung.«

Sie wartete auf eine Fortsetzung.

»Er versucht nun schon seit über einem Jahr, sich Zugang zu bestimmten als geheim eingestuften Akten zu verschaffen. Dokumente, deren Geheimhaltungsstufe seine Kompetenzen bei Weitem übersteigt. Er hat bei der CIA, beim FBI, bei der NSA und sogar bei ein paar Beamten des Weißen Hauses Druck gemacht. Der Mann kennt sich aus und weiß seinen Einfluss zu nutzen. Bisher war er mäßig erfolgreich. Und nun hat er sich auf dich eingeschossen.«

Sie verstand. »Ich war also als Köder gedacht?«

»Warum nicht? Wir beide verstehen uns. Gemeinsam können wir das Problem lösen.«

»Sieht so aus, als bliebe *uns* keine Wahl.«

»Genau das werde ich vermissen, wenn ich mein Amt einmal nicht mehr innehabe. Dann haben die Leute wieder Alternativen, wenn ich sie um etwas bitte.«

Sie lächelte. Er war wirklich unmöglich.

»Eigentlich wollte ich dich schon früher ins Spiel bringen, aber jetzt bin ich froh, dass ich das nicht getan habe. Dass Rowan sich nun von sich aus auf dich eingeschossen hat, ist perfekt. Er wird die Gefahr gar nicht kommen sehen, und falls doch, wird er so sehr hinter der Sache her sein, dass er das Risiko eingeht.«

»Was genau soll ich eigentlich tun?«

Er zeigte erneut auf die Notiz von Madison. »Finde zunächst das, was Madison in Montpelier versteckt hat. Du brauchst das nicht persönlich zu machen. Hast du einen Agenten, dem du vertrauen kannst?«

»Ja. Er sollte derzeit schon wieder zurück in Washington sein.«

Sie sah ihn so nachdrücklich an, dass er begriff.

»Packt Luke das denn?«, fragte Daniels.

»Er ist gut, Danny.«

»Okay, dann soll er sich darum kümmern. Aber Gott steh ihm bei, wenn er das vermasselt. Nun liegt alles in den Händen dieses wilden Jungen.«

»Es scheint, als wäre Luke hier nicht der Einzige, der in der Schusslinie steht.«

»Du bist ein Profi, Stephanie. Du schaffst das. Es ist *absolut unabdingbar*, dass du es schaffst. Außerdem will ich, dass du dich mit Rowan triffst und sein Vertrauen gewinnst.«

»Und warum um alles in der Welt sollte er mir das schenken?«

»Sag ihm, du dürftest es auf keinen Fall zu einer Zwangsvorladung kommen lassen. Denn die würde deiner Karriere ein Ende setzen. Aber du würdest verstehen, warum er dich aufs Korn genommen hat. Niemand würde bei derart umfangreichen Anfragen je das Feld räumen, ohne einen Kampf zu liefern oder einen Kompromiss vorzuschlagen. Offensichtlich möchte er etwas haben. Frag ihn also, was es ist, und mach dann einen Deal mit ihm.«

»Noch einmal, das wird er mir auf keinen Fall abkaufen.«

»Doch, das wird er. Gestern Abend haben wir über sichere Kanäle durchsickern lassen, dass deine Stelle gefährdet ist.«

Sie war eine Beamtin, keine politische Amtsträgerin, und arbeitete für den Justizminister. Wenn Daniels' Amtszeit zu Ende ging und der nächste Präsident einen neuen Justizminister berief, würde man sie nicht entlassen, aber möglicherweise versetzen. Bisher hatte sie mehrere Präsidentenwechsel überstanden und sich schon oft gefragt, wann ihre Glückssträhne zu Ende gehen würde.

»Und warum ist meine Stelle in Gefahr?«

»Du hast gestohlen?«

Hatte sie richtig gehört?

»Von deinem Diskretionskonto, auf dem das Geld für deine verdeckten Operationen liegt. Wie man mir gesagt hat, hast du jeden beliebigen Tag mehrere Millionen Dollar zur freien Verfügung, die nicht vom Rechnungshof kontrolliert werden. Leider haben wir die Information erhalten, dass etwa 500.000 Dollar ohne Belege verschwunden sind.«

»Und wie willst du an diese Information gelangt sein?«

»Das ist geheim«, antwortete Daniels. »Aber du wirst Rowan sagen, dass es bei dir ein Problem gibt, welches durch seine Vorladung ans Licht der Öffentlichkeit gezerrt werden könnte. Frag ihn, was du tun kannst, um die Zwangsvorladung zu vermeiden.«

»Warum sollte er mir denn glauben?«

»Weil du tatsächlich gestohlen hast, und ich Aufzeichnungen besitze, die das belegen.«

32

Salzburg

Salazar war bereit.

Er ermahnte sich, ruhig zu bleiben und die Geduld zu bewahren.

»Unser nächstes Objekt ist eine Erstausgabe des Buchs Mormon«, kündigte der Auktionator an. »Sie ist mit dem

Erscheinungsort Palmyra, New York gekennzeichnet und trägt den Zusatz: *Gedruckt von E.B. Grandin für den Autor, 1830*. Die Herkunft des Buches ist im Katalog genau erläutert und wurde von Experten verifiziert. Ein seltenes Exemplar.«

Der angemessene Marktpreis wäre 150.000 Euro plus minus ein paar tausend. Er bezweifelte, dass hier irgendjemand über genug Geld verfügte, um ihn zu überbieten, denn bisher waren die Objekte für recht bescheidene Summen weggegangen. Aber er hatte gelernt, die Leidenschaft von Sammlern nicht zu unterschätzen.

»Das Eröffnungsgebot sind 100.000 Euro«, begann der Auktionator. »Wir werden in Schritten von jeweils 1.000 Euro nach oben gehen.«

So war das bei den Versteigerungen des Dorotheum üblich. Das Haus gab im Allgemeinen ein Mindestgebot vor. Wenn niemand in dieser Höhe einstieg, wurde das Objekt an den Besitzer zurückgegeben. Wenn der Versteigerer keinen solchen Boden einzöge, würde immer das höchste Gebot gewinnen, wie niedrig das auch ausfallen mochte.

Salazar hob die rechte Hand zum Zeichen, dass er einstieg. Er hatte den Auktionator bereits informiert, dass er auf dieses Objekt bieten würde.

»Hunderttausend sind geboten.«

»Hundertzwanzigtausend«, sagte ein Mann auf der anderen Seite des Mittelgangs.

»Hundertfünfzigtausend«, erklärte Salazar.

»Hundertfünfzigtausend Euro sind geboten. Wer bietet mehr?«

Niemand meldete sich. Salazar freute sich.

»Hundertsechzigtausend«, sagte eine neue Stimme.

Salazar drehte sich um und erblickte Malone ganz hinten im Saal.

»Das ist der Mann von vorhin«, sagte Cassiopeia.

»In der Tat«, flüsterte Salazar.

Malone trat zu einer Stuhlreihe und setzte sich auf einen leeren Platz.

»Hundertsechzigtausend Euro sind geboten«, verkündete der Auktionator.

»Hundertsiebzigtausend«, sagte Salazar.

»Zweihunderttausend«, rief Malone.

Der Auktionator wirkte überrascht.

Salazar war ebenfalls verblüfft. »Ich fordere die Überprüfung, dass die Zahlungen dieses Mannes garantiert sind.«

Das war gestattet, insbesondere wenn Gebote den Marktwert überstiegen. Sonst könnten ja die Eigentümer der Objekte oder Spekulanten den Preis in unsinnige Höhen schrauben und dann einen Rückzieher machen.

»Herr Salazar wünscht, Ihre Garantien zu erfahren«, sagte der Auktionator.

Malone erhob sich von seinem Platz. Er hatte an genug Auktionen teilgenommen, um zu wissen, dass eine solche Aufforderung denkbar war, und hatte daher in Kopenhagen den Agentenausweis, den Stephanie ihm nach seinem Abschied vom Dienst gelassen hatte, aus dem Rucksack unter seinem Bett hervorgekramt und eingesteckt.

Früher, als Stephanies Mitarbeiter, hatte er den Ausweis äußerst selten bei sich getragen. Er zog die Lederbrieftasche aus dem Jackett und hielt dem Auktionator die goldene Dienstmarke und den Lichtbildausweis hin.

»Cotton Malone. Justizministerium der Vereinigten Staaten. Reicht das?«

Der Auktionator zuckte mit keiner Wimper. »Solange Sie für ihr Gebot geradestehen können.«

»Ich versichere Ihnen, dass ich das kann.«

»Dann also weiter im Text. Zweihunderttausend Euro sind geboten. Herr Salazar?«

»Zweihundertfünfzigtausend.«

Cassiopeia packte Salazar am Arm und flüsterte: »Du hast mir doch den realen Wert des Buches genannt, und der liegt weit unter deinem derzeitigen Gebot.«

»Die Lage hat sich geändert.«

»Dreihunderttausend«, sagte Cotton.

Salazar drehte sich um und fixierte seinen Gegner. Sicher, er hatte gewollt, dass die Amerikaner kämen, und sogar gehofft, dass Malone selbst auftauchen würde. Aber mit einer solchen Herausforderung hatte er nicht gerechnet.

»Vierhunderttausend Dollar«, sagte er, den Blick auf seinen Gegner geheftet.

»Vierhundertfünfzigtausend«, antwortete Malone sofort.

»Fünfhunderttausend.«

Schweigen senkte sich über den Saal.

Salazar wartete.

»Eine Million Euro«, sagte Malone.

Salazar fixierte Malone unverwandt.

»Satan ist hier. Sieh ihn dir an, Josepe. Da sitzt er. Er ist ein Agent der US-Regierung. Wo immer es einmal ein Land unter der Herrschaft der himmlischen Welt geben wird, werden wir von dieser Regierung frei sein. Der amerikanische Kontinent wurde nicht dafür geschaffen, dass eine so korrupte Staatsführung wie die der Vereinigten Staaten dort lange überdauert. Lass Malone siegen. Und später wird er dir dafür bezahlen.«

Salazar hatte die Befehle des Engels noch nie in Frage gestellt und würde auch jetzt nicht damit anfangen.

Er wandte sich dem Auktionator zu und schüttelte den Kopf.

Die Versteigerung war zu Ende.

Salazar beobachtete, wie Malone dem Kassierer den siebenfachen Betrag dessen aushändigte, was für eine solche Erstausgabe angemessen gewesen wäre. Das Buch Mormon lag in einer versiegelten Kunststoffhülle und einer schicken Holzkiste auf dem Tisch.

Malone nahm seine Neuerwerbung heraus, um sie kurz zu inspizieren.

Cassiopeia trat auf ihn zu und sagte: »War es das wert?«

Malone lächelte. »Jeden Euro.«

»Sie sind ein abscheulicher Mensch.«

Der Amerikaner zuckte mit den Schultern. »Man hat mich schon Schlimmeres genannt.«

»Sie werden noch bereuen, was Sie da gemacht haben«, sagte sie.

Malone warf ihr einen fragenden Blick zu. »Ist das eine Drohung, Ma'am?«

»Fassen Sie es als ein Versprechen auf.«

Malone legte das Buch mit einem belustigten Schnauben in die Kiste zurück und klappte den Deckel zu. »Das mache ich. Und wenn Sie mich jetzt bitte entschuldigen würden, ich muss los.«

»Wisse, dass es auf der Welt mehr als diesen einen Schatz für dich gibt«, sagte der Engel zu Salazar. »Sorge dich nicht wegen seines Verlusts. Aber lass auch nicht zu, dass dein Gegner einfach so davonkommt.«

Im Auktionshaus würde nach der Versteigerung ein Empfang stattfinden, und ursprünglich hatte er vorgehabt, daran teilzunehmen.

Doch das hatte sich geändert.

Salazar und Cassiopeia stiegen ins Erdgeschoss der Festung hinunter und machten sich auf den Weg zur Seilbahn. Sie gingen über eine der öffentlich zugänglichen Terrassen der Burg und an einem voll besetzten Restaurant vorbei. Salazar zeigte über die Brustwehr hinweg nach Osten, wo sich die erleuchteten Straßen und Häuser von Salzburgs nüchternen Vororten ausbreiteten.

»Da unten liegt die Zentrale der hiesigen Gemeinde. Ich sollte dort anrufen und einen Termin für einen Besuch vereinbaren, bevor wir die Stadt verlassen.«

»Das können wir morgen machen«, erwiderte Cassiopeia.

Sie betraten die Seilbahnstation, wo schon eine Bahn wartete. Cotton Malone stand im Wagen, in dem eine drangvolle Enge herrschte. Noch ein paar Leute stiegen ein, dann gingen die Türen zu und die steile Fahrt nach unten begann. Salazar schaute während des ganzen kurzen Transports zum vorderen Fenster hinaus.

Unten angekommen, stiegen sie aus und traten auf die Straße.

Malone überholte sie und ging davon.

Salazars beide Daniten erwarteten ihn dort, wo er sie zuvor hinbeordert hatte.

»Vielleicht könnten wir ja noch einen Spaziergang durch

die Altstadt machen«, schlug er Cassiopeia vor. »Bevor wir ins Hotel zurückkehren. Es ist eine wunderschöne Nacht.«

»Ja, gerne.«

»Lass mich noch kurz mit meinen Mitarbeitern reden. Ich hatte sie gebeten zu kommen, damit sie mir meine Neuerwerbung abnehmen könnten. Jetzt habe ich natürlich keine.«

Er ließ sie stehen und ging zu seinen Männern. Mit dem Rücken zu Cassiopeia fasste er beide ins Auge und sagte: »Sie haben Malone doch gewiss eben gesehen?«

Sie nickten.

»Schnappen Sie ihn. Rufen Sie mich an, wenn Sie ihn haben. Und nehmen Sie ihm die Holzkiste ab, die er bei sich trägt.«

DRITTER TEIL

33

Washington, D.C.
13.00 Uhr

Luke war schon mehrere Wochen nicht mehr zu Hause gewesen. Er bewohnte eine Mietswohnung in der Nähe von Georgetown in einem von Efeu überrankten Backsteinhaus, dessen andere Mieter fast alle in den Siebzigern waren. Die Ruhe gefiel ihm, und er wusste zu schätzen, dass sich anscheinend jeder um seinen eigenen Kram kümmerte. Er verbrachte hier nur jeweils ein paar Tage im Monat zwischen seinen Aufträgen, da Stephanie darauf bestand, dass die Agenten des Magellan Billet sich regelmäßig frei nahmen.

Er war in einer Kleinstadt in Tennessee geboren und aufgewachsen, in der sowohl sein Vater als auch sein Onkel wohlbekannt waren. Insbesondere sein Onkel, der in dem Städtchen verschiedene politische Ämter bekleidet hatte, bevor er Gouverneur des Bundesstaats und schließlich Präsident wurde, war jedem ein Begriff gewesen. Lukes Vater war gestorben, als Luke siebzehn war. An Krebs. Nur schicksalhafte achtzehn Tage nach der Diagnose. Was für ein Schock. Seine drei Brüder und er waren jeden Augenblick dieser letzten Tage bei ihm gewesen. Seine Mutter kam mit dem Verlust nur schlecht zurecht. Sie und ihr Mann waren viele Jahre verheiratet gewesen. Er hatte ihr alles bedeutet, und plötzlich war er weg.

Deswegen rief Luke sie jeden Sonntag an.

Ohne Ausnahme.

Selbst wenn er gerade mit einem Auftrag unterwegs war.

Manchmal war es bei ihr schon spät am Abend, wenn er endlich Gelegenheit dazu fand, aber er meldete sich immer. Sein Vater hatte oft gesagt, Lukes Mutter zu heiraten sei das Klügste gewesen, was er je in seinem Leben getan habe, und dann hatte er gerne hinzugefügt: *Auch ein blindes Huhn findet mal ein Korn.*

Sein Vater und seine Mutter waren beide fromme Christen gewesen – Südstaaten-Baptisten –, und so hatten sie ihre Söhne nach den Evangelisten benannt. Seine beiden älteren Brüder hießen Matthew und Mark. Und sein jüngerer John. Er war der dritte in der Reihe und hatte – wie sollte es anders sein – den Namen Luke erhalten.

Das letzte Gespräch mit seinem Vater würde er niemals vergessen.

»Ich werde heute oder morgen sterben. Mit mir ist es aus, das spüre ich. Aber ich muss dir dies eine sagen: Ich möchte, dass du etwas aus deinem Leben machst. Okay? Etwas Gutes. Entscheide selbst, was für dich funktioniert. Egal was. Aber was immer es ist, mach das Beste daraus.«

Luke spürte noch den sanften Griff der schweißnassen Finger des Kranken, als sie sich zum letzten Mal die Hand gegeben hatten. Alle vier Söhne hatten ein enges Verhältnis zum Vater gehabt. Und Luke hatte genau verstanden, was sein Vater mit seinen Worten gemeint hatte. Die Schule hatte Luke nie interessiert, mit seinen Noten war er immer nur gerade so eben durchgerutscht. Das College wäre nichts für ihn gewesen. Und so hatte er sich gleich nach der Highschool beim Militär verpflichtet und war für eine Ausbildung zum Army Ranger zugelassen worden. Diese einundsechzig Tage gehörten zu den härtesten seines Lebens. *Nichts für schwache oder furchtsame Menschen* – so stand es im Handbuch der Ranger. Eine ziemliche Untertreibung, wenn man bedachte, dass die Abbrecherquote bei über fünfzig Prozent lag. Aber er hatte durchgehalten und war zum Lieutenant befördert worden. Im Laufe der Zeit hatte man ihn zu einigen der gefährlichsten Orte der Welt geschickt. Er war zweimal verwundet und mehrmals ausgezeichnet worden.

Sein Vater wäre stolz auf ihn gewesen.

Dann hatte man ihn für das Magellan Billet ausgewählt, wo bei seinen Einsätzen weit mehr auf dem Spiel stand als früher.

Er war inzwischen dreißig, aber der Verlust seines Vaters tat immer noch weh. Wie sagte man noch? *Ein richtiger Mann weint nicht.* Was für ein Scheiß. Richtige Männer heulten sich die Augen aus dem Kopf, so wie er und seine Brüder vor dreizehn Jahren, als sie zugesehen hatten, wie der Mann, den sie verehrten, seinen letzten Atemzug tat.

Jemand klopfte an die Tür und störte ihn bei seinen Gedanken.

Er saß seit einer halben Stunde einfach still da, schüttelte den Jetlag ab und versuchte, sich wieder auf die Zeitzone der Eastern Daylight Time einzustellen. Als er die Tür aufmachte, stand dort Stephanie Nelle. Er hatte keine Ahnung gehabt, dass sie wusste, wo er wohnte.

»Wir müssen miteinander reden«, sagte sie. »Darf ich reinkommen?«

Sie trat ein, und er bemerkte, wie sie seine Einrichtung musterte.

»Nicht das, was ich erwartet hätte«, sagte sie.

Er war stolz auf das einladende Ambiente, das zu einem großen Teil einfach der Wohnung zu verdanken war, zu einem Teil aber auch der Ausstattung, die er gewählt hatte. Männlich, aber nicht auf übertriebene Weise. Holzmöbel. Stoffe in gedämpften Farben. Viele Topfpflanzen, die zwar künstlich waren, aber echt aussahen. Im Gegensatz zu dem Bild, das man von ihm hatte, mochte er Ordnung.

»Sie haben eine Studentenbude erwartet?«

»Ich weiß nicht, was ich erwartet habe. Aber das hier ist wirklich schön.«

»Es gefällt mir hier ... an den paar Tagen im Monat, in denen ich es genießen darf.«

Sie stand mit lose herabhängenden Armen vor ihm. »Haben Sie und Cotton sich im Guten getrennt?«

»Er hätte mich beinahe umgebracht. Er hat Kirk über meine Schulter hinweg erschossen.«

»Ich glaube kaum, dass Sie da in Gefahr waren. Cotton weiß, wie man mit einer Waffe umgeht.«

»Mag sein. Aber ich war froh, als ich den alten Knacker endlich los war. Seine Arroganz ist zum Kotzen.«

»Dieser *alte Knacker* hat jede Auszeichnung verliehen bekommen, die wir vergeben können, und bei jeder einzelnen hat er die Annahme abgelehnt.«

»*Hat* verliehen bekommen. Vergangenheitsform. Er hat den Dienst geschmissen. Seine Zeit ist vorbei. Und ich kann Ihnen sagen, es hat ihm überhaupt nicht gefallen, als er gesehen hat, wie seine Freundin Salazar küsste. Das hat ihn fertiggemacht, auch wenn er versucht hat, es zu verbergen.

Verübeln kann ich ihm das nicht. Ich habe aber getan, was Sie mir aufgetragen hatten. Ich habe ihn gereizt und geärgert. Habe versucht, sein Interesse wachzuhalten. Dann habe ich ihm die Information über die Gründerväter und die Verfassung gesteckt. Leider hat er den Köder nicht geschluckt und ist nicht vor Ort geblieben.«

»Er ist in Salzburg.«

Das überraschte Luke. »Und das finden Sie gut?«

»Cotton ist ein Profi. Er wird das Kind schon schaukeln.«

»Wenn Sie meinen. Aber ich würde sagen, in dieser Angelegenheit ist er nicht ganz bei Trost.«

»Ich komme gerade von Ihrem Onkel.«

»Und wie geht es dem guten Danny? Seit dem Tod meines Vaters hat er nichts mehr von sich hören lassen.«

»Er macht sich Sorgen.« Sie hielt inne. »Und ich stehe kurz vor der Entlassung.«

»Ach, wirklich? Was haben Sie denn angestellt?«

»Anscheinend bin ich eine Diebin. Ein eigens für Thaddeus Rowan inszeniertes Szenario. Es wird Zeit, dass Sie ein paar weitere Informationen erhalten. Also hören Sie zu.«

Stephanie mochte Luke, obgleich er etwas Wildes und Ungebändigtes hatte. Sie beneidete ihn um diese Freiheit. Wie beflügelnd es sein musste, noch so viel Leben vor sich zu haben. Sie war auch einmal in dieser Lage gewesen, fest entschlossen, jede sich bietende Chance zu nutzen. Manche Gelegenheit hatte sie dann am Schopf gepackt, anderes hatte sie sich entgleiten lassen. Sie hatte am Esstisch in der Villa des Vizepräsidenten gesessen und zugehört, während Danny Daniels ihr mehr über die Vorgänge berichtete.

Thaddeus Rowan plante die Abspaltung Utahs.

Er wollte die Union und die Vereinigten Staaten von Amerika auflösen.

Normalerweise würde man das als Unsinn abtun, aber Rowan hatte ganz bestimmte Pläne mit ganz bestimmten Zielen, die – dank James Madison, Abraham Lincoln und Brigham Young – alle erreichbar sein mochten. Sie konnte und würde Luke nicht alles, was sie wusste, enthüllen, aber sie berichtete ihm genug, dass er seinen Job erledigen konnte.

»Sie fahren nach Montpelier und steigen in diesen Eiskeller«, sagte sie. »Ich möchte wissen, ob es dort etwas zu finden gibt.«

Luke ging zu seinem Magellan-Billet-Notebook, und sie verfolgte, wie er etwas eintippte. Mit ein paar Klicks kam er dann zu Montpelier.org.

»Dieser Keller wurde Anfang des 19. Jahrhunderts ausgehoben«, sagte er. »Er ist sieben Meter tief, und die Wände sind mit Backsteinen ausgemauert. Den Tempel, der darauf steht, hat Madison gegen 1810 errichten lassen. Wie könnte dort unten irgendetwas Geheimes zu finden sein? Da hat man doch sicher schon vor Jahren jeden Stein umgedreht.«

»Vielleicht ja auch nicht. Ich habe ebenfalls gesucht. Nirgendwo im Netz gibt es ein einziges Foto, das zeigt, wie es da drinnen aussieht. Das ist doch eigenartig, denken Sie nicht? Wir haben nicht die geringste Ahnung, was da unten zu finden ist.«

»Und wie soll ich Ihrer Meinung nach da reinkommen?«

»Brechen Sie die Tür auf und dringen Sie ein.«

»Können wir nicht einfach darum bitten, dass uns jemand aufschließt?«

Sie schüttelte den Kopf. »Wir können niemanden ins Vertrauen ziehen. Eingeweiht sind nur Sie selbst und ich. Noch nicht mal unsere Leute in Atlanta wissen, was wir vorhaben. Steigen Sie da ein, finden Sie heraus, ob Madison irgendetwas hinterlassen hat, und verschwinden Sie wieder. Aber. Lassen. Sie. Sich. Nicht. Erwischen.«

»Das schaffe ich schon.«

»Davon bin ich überzeugt. Sie können mich jederzeit auf dem Handy erreichen. Geben Sie mir sofort Bescheid, wenn Sie fertig sind.«

»Woher wussten Sie, dass Malone nach Salzburg fliegen würde?«

»Cassiopeia liegt ihm am Herzen. Nachdem er von ihrer Anwesenheit und Salazars Mord an unserem Agenten erfahren hatte, war klar: Er würde nicht zulassen, dass sie im Blindflug weitermacht. Wahrscheinlich ist er sogar ein bisschen eifersüchtig, und das tut ihm nur gut. Er wird Salazar genau das geben, was dieser Drecksack verdient.«

»Salazar muss man plattmachen.«

»Ganz meiner Meinung. Und wir werden Gelegenheit dazu bekommen. Aber jetzt noch nicht.«

»Weiß mein mich liebender Onkel, dass ich an dieser Sache arbeite?«

Sie nickte. »Und er ist damit einverstanden.«

Luke lachte. »Da gehe ich jede Wette ein. Er würde mir eher eins in die Fresse hauen, als mich auch nur eines Blickes zu würdigen.«

»Ich finde, Sie sollten sich über den Präsidenten der Vereinigten Staaten nicht den Kopf zerbrechen. Denn genau das ist er. Er ist der Oberkommandierende. Unser Chef. Er hat uns einen Auftrag gegeben, und den werden wir ausführen.«

Luke salutierte. »Jawohl, Ma'am.«

Er war unmöglich, genau wie Cotton früher.

»Nichts für ungut«, sagte er. »Aber Sie sind keine Daniels und wissen nicht, was ich weiß.«

»Da wäre ich mir nicht so sicher.«

Niemals würde sie die Katastrophen erwähnen, die sie und Danny Daniels gemeinsam durchgestanden hatten. Das ging diesen jungen Burschen nichts an. Zum Teil konnte sie Lukes Verbitterung verstehen. Der Präsident konnte sehr hart sein, das hatte sie aus erster Hand mitbekommen. Aber er war nicht aus Stein, und auch das hatte sie miterlebt. Derzeit allerdings war sie diejenige, die im Fadenkreuz stand. Sie hatte Luke ermahnt, sich nicht erwischen zu lassen, aber dasselbe galt auch für sie.

Sie wandte sich zum Gehen. »Ich habe Ihnen eine E-Mail mit ein paar Informationen über die Sicherheitsvorkehrungen in Montpelier geschickt. Besonders scharf sind die nicht. Heute wird eine fast mondlose Nacht sein, Sie sollten also problemlos rein- und auch wieder rauskommen.«

»Und wo sind Sie dann?«

Sie legte die Hand auf den Türgriff. »An keinem guten Ort.«

34

Salzburg

Malone hatte gewusst, dass sie kommen würden; andernfalls wäre er sogar enttäuscht gewesen. Er war absichtlich mit Salazar und Cassiopeia von der Festung heruntergefahren und hatte sofort die beiden jungen Männer entdeckt, die ihren Chef erwarteten. Cassiopeias kleine Showeinlage beim Tisch des Kassierers war – hoffentlich – für Salazar gedacht gewesen. Eigentlich ein kluger Gedanke. Ihre Verärgerung hatte echt gewirkt, und ihr Eintreten für Salazar war in Anbetracht der Lage vollkommen vernünftig gewesen.

Er schlenderte gemächlich eine leicht abschüssige, gepflasterte Straße zu einem Platz hinter dem Dom hinunter und verbot sich jeden heimlichen Blick zurück. Die Nacht war kalt und der Himmel bewölkt und ohne einen Hauch von Sternenpracht. Alle Geschäfte waren geschlossen und die Türen und Schaufenster mit Eisengittern versperrt. Er ging erneut im Kopf durch, was er über Lage und Anordnung der schmalen Gassen in Erinnerung hatte. Die meisten waren Fußgängerzonen und an vielen Stellen durch verwinkelte Passagen, die Häuser und Innenhöfe durchquerten, sogenannte Durchhäuser, miteinander verbunden. Nun hatte er eine dieser Passagen vor sich, entschied aber, sie zu meiden.

Er ging am Dom vorbei und überquerte den Domplatz.

Einmal hatte er den Weihnachtsmarkt besucht, der hier alljährlich stattfand. Wie lange mochte das inzwischen her sein? Acht Jahre? Neun? Nein, eher schon zehn. Seitdem hatte sein Leben eine ganz andere Wendung genommen. Nicht einmal im Traum hätte er damals gedacht, dass er einmal geschieden sein und in Europa ein Buchantiquariat besitzen würde.

Und dass er noch einmal verliebt sein würde?

Auch vor sich selbst gab er das nicht gerne zu.

Er blickte zum Dom hoch, der teilweise ein wenig an den Petersdom in Rom erinnerte. Die ehemalige fürsterzbischöfliche Residenz, deren aus dem 17. Jahrhundert stammende Fassade grün, weiß und golden schimmerte, versperrte ihm den direkten Weg geradeaus. Vor dem Gebäude lag der Residenzplatz, von dem aus er Stephanie vorhin angerufen hatte, und im angestrahlten Brunnen sprühte noch immer die Wasserfontäne.

Er brauchte einen abgeschiedenen Ort.

Und Dunkelheit.

Plötzlich fiel ihm eine passende Stelle ein.

Er bog nach links ab und ging weiter.

Salazar versuchte, sich auf Cassiopeia zu konzentrieren, aber seine Gedanken kehrten immer wieder zu Cotton Malone zurück.

Dieser unverschämte Heide.

Malone erinnerte ihn an andere arrogante Feinde der Heiligen, die seine Glaubensgenossen in den 1840er Jahren mit unbarmherziger Gewalt terrorisiert hatten. Und die Regierung? Auf beiden staatlichen Ebenen hatten sich ihre

Vertreter vornehm zurückgehalten und die Katastrophe zugelassen, und schließlich hatten sie sich sogar auf die Seite des Mobs gestellt.

»Was hatte deine Drohung gegen Malone, er werde sein Verhalten noch bereuen, zu bedeuten?«

»Ich bin nicht hilflos, Josepe. Ich kann diesem Mann viele Probleme bereiten.«

»Er arbeitet für die amerikanische Regierung.«

Sie zuckte mit den Schultern. »Auch dorthin habe ich Verbindungen.«

»Mir war gar nicht klar, dass du so aufgebracht sein kannst.«

»Jeder wird doch wütend, wenn er herausgefordert wird. Und genau das hat dieser Mann getan. Er hat dich provoziert, was bedeutet, dass er auch mich provoziert hat.«

»Andersdenkende müssen unter den Füßen zertreten werden, bis ihre Eingeweide herausspritzen«, sagte der Engel.

Ja, in der Tat.

»Ich bin so froh, dass du bei mir bist«, säuselte Salazar.

Sie schlenderten weiter nebeneinander her bis zur Getreidegasse und bogen dort zum Goldenen Hirsch am Ende der Straße ab. In den elf Jahren, seit er zuletzt mit Cassiopeia zusammen gewesen war, hatte er es weit gebracht. Sowohl privat als auch beruflich. Zum Glück hatte er den Ältesten Rowan getroffen, der ihn zur Neugründung der Gruppe der Daniten ermutigt hatte. Rowan zufolge hatte Charles R. Snow selbst dieses Vorgehen gebilligt, aber wie in den frühen Jahren der Heiligen durfte es auch jetzt keine direkte Verbindung zum Propheten geben. Salazars Aufgabe bestand darin, die Kirche notfalls sogar auf Kosten seiner eigenen Interessen zu behüten. Sicherlich eine schwierige Aufgabe, aber eine notwendige.

»Es ist der Wille Gottes, dass es so ist.«

Der Engel hatte gerade eben die Worte wiederholt, die Joseph Smith bei seinem ersten Besuch einer Danitenversammlung gesprochen hatte. Man hatte dem Propheten absichtlich verschwiegen, bis wohin die Mission der Gruppe reichte, und ihm nur gesagt, sie hätten sich organisiert, um die Heiligen zu beschützen. Von Anfang an hatte es jene Heiligen gegeben, die mit dem Himmlischen Vater sprachen, so wie heutzutage der Prophet Charles. Dann waren da diejenigen gewesen, die die Offenbarungen in die Kirchenpolitik integrierten, wie der Älteste Rowan und seine elf Brüder es taten. Und schließlich jene, die all das beschützten und verteidigten, was ihnen teuer war, so wie Salazar und seine Daniten.

Und das war nun durch Cotton Malone bedroht.

Dieser Heide war auf einen Kampf aus? Okay. Den konnte er haben.

Salazar und Cassiopeia kamen im Hotel an.

»Ich verabschiede mich hier von dir«, sagte er. »Ich muss noch etwas für die Kirche regeln, das erledigt sein muss, bevor wir aufbrechen. Aber wir sehen uns morgen beim Frühstück.«

»In Ordnung. Einen schönen Abend noch.«

Er ging weg.

»Josepe«, rief sie ihm nach.

Er drehte sich noch einmal um.

»Das, was ich vorhin gesagt habe, war ernst gemeint. Malone hat jetzt *zwei* Feinde.«

Malone betrat den Petersfriedhof, eine christliche Begräbnisstätte, deren Ursprung auf die Jahre unmittelbar nach der Kreuzigung Christi zurückging. Die ältesten Teile waren zwei Dutzend Meter weiter oben in den Fels gehauene Höhlen, die den eigenartigen Namen Katakomben trugen. Vor Jahrhunderten hatten die Mönche des Klosters St. Peter dort in völliger Abgeschiedenheit gelebt und die Höhlen aufgrund ihrer isolierten Lage als Einsiedelei benutzt. Die Gebäude des alten Benediktinerklosters waren noch erhalten – Türme, Verwaltungsräume, Lagerräume, eine Kirche und ein Refektorium lagen jenseits der befestigten Mauer, die sowohl den Friedhof als auch die gotische Margarethenkapelle umschloss.

Die Szenerie war ein wenig surreal, eher wie ein Park denn wie ein Friedhof; farbenprächtige Blumen schmückten die eindrucksvollen Gräber, die halb mit der Dunkelheit verschmolzen. Er war schon öfter hier gewesen und dachte dann immer an die von Trapps, die in *»Sound of Music«* auf ihrer Flucht in die Freiheit hier durchgekommen waren. Allerdings waren sie tatsächlich nur der Fantasie eines Librettisten entsprungen. Viele von Salzburgs wohlhabendsten Familien waren in den Gruftarkaden am Rand des Geländes beigesetzt. Einzigartig an diesem Ort war, dass die Grüfte den Familien nicht gehörten, sondern von ihnen gepachtet wurden. Bezahlte man die Jahresgebühr nicht, wurden die Gebeine entfernt. Er hatte sich oft gefragt, wie oft die Grüfte schon geräumt worden waren, da jede Grabstätte immer liebevoll gepflegt und mit Kerzen, Tannenzweigen und frischen Blumen geschmückt war.

Seine Verfolger hatten Abstand gehalten und sich vergeblich um Unauffälligkeit bemüht. Vielleicht wollten sie ihn auch wissen lassen, dass sie hinter ihm her waren. In diesem Fall waren sie eindeutig Amateure. Man sollte niemals seine Absichten verraten.

Er musste beide Hände frei haben, und so legte er die Holzkiste in ein Beet mit Stiefmütterchen am Fuß eines Grabsteins. Dann eilte er zur Margarethenkapelle weiter, deren Eingang verschlossen und mit Gitterstäben versperrt war. Er verbarg sich hinter ihrer Ecke, drückte sich gegen den rauen Stein und spähte zum Eingang des Friedhofs zurück. Es gab zwei Zugänge. Den einen, durch den er gerade gekommen war, und einen weiteren vielleicht hundert Meter weiter vorn am Ende eines gepflasterten Wegs, der an der Felswand entlanglief. Alle Klostergebäude waren stockfinster, und nur ein paar Lampen bei den Gruftarkaden hellten die Dunkelheit auf.

Einer seiner Verfolger trat durch das Tor rechts von Malone ein.

Malone lächelte.

Da bot sich die Methode *Divide et impera* an, teile und herrsche. Einen nach dem anderen?

Okay.

Um den Mann zu sich herzulocken, hob er ein paar Kieselsteine auf und warf sie zu den Eisengittern, die die Gruftarkaden beschirmten.

Er sah, wie die schattenhafte Gestalt reagierte und sich in seine Richtung wandte.

Malone warf ein weiteres Steinchen, um ihn in seiner Entscheidung zu bestärken.

Der Danite würde bei der Kapelle um die Ecke biegen müssen, und dort, wo der Gegner die Gefahr aufgrund der

Dunkelheit nicht wahrnehmen konnte, würde Malone ihn erwarten.

Er hörte Schritte.

Sie kamen näher.

Die schattenhafte Gestalt passierte die Kapellenwand, den Blick nach vorn auf die Gruftarkaden gerichtet, wo er sein Opfer offensichtlich vermutete. Malone sprang los, legte ihm den Arm um die Kehle, drückte zu und schnitt ihm die Luft ab. Ein paar Sekunden Druck, dann ließ er los, riss den Mann herum und rammte ihm den Ellbogen gegen das Kinn. Der Schlag ließ den Daniten taumeln. Ein Tritt ins Gesicht, und er stürzte der Länge nach zu Boden.

Malone durchsuchte den Mann und fand eine Pistole. Der andere Verfolger würde nicht weit entfernt sein, und so begab Malone sich zur Rückseite der Kapelle und dann zu den Gruftarkaden an der Außenmauer. Davor führte ein mit Steinplatten ausgelegter Weg entlang, auf dem seine Schritte nicht zu hören waren. Er kam zum Ende des Weges und huschte über die festgetretene Erde zu jenem Eingang zurück, durch den er und der erste Danite gekommen waren. Dabei blieb er geduckt und suchte hinter den hohen Grabmalen Deckung. Das Gelände war leicht geneigt und stieg zur Kapelle in der Mitte hin an.

Nun entdeckte er den zweiten Verfolger.

Der Mann ging über den gepflasterten Weg, der zwischen den Gräbern hindurch hangaufwärts führte.

Malone eilte ihm geräuschlos nach.

Noch ein Dutzend Meter.

Er kam an der Stelle vorbei, wo er vorhin die Holzkiste deponiert hatte, und nahm sie wieder an sich.

Noch sechs Meter.

Noch drei Meter.

Er setzte dem Mann die Pistolenmündung in den Nacken. »Hübsch leise, oder ich knall dich ab.«

Der Mann erstarrte.

»Wartet Salazar auf Bescheid, dass ihr mich habt?«

Keine Antwort.

Malone spannte den Hahn. »Du bist mir egal. Vollkommen, kapiert?«

»Er wartet auf meinen Anruf.«

»Jetzt nimmst du hübsch langsam dein Handy heraus und sagst ihm, dass ihr mich habt.«

35

Orange, Virginia
16.15 Uhr

Luke kam gerade noch rechtzeitig in Montpelier an, um die letzte Führung des Tages mitzumachen. Die Gruppe war klein und folgte einer attraktiven jungen Dame, die laut ihres Namensschildchens Katie hieß und eine eindrucksvoll enge Jeans trug. Er war in seinem Mustang direkt aus Washington hergekommen, einem großartig restaurierten Modell der ersten Generation 1967, das er sich in seiner Armeezeit selbst geschenkt hatte. Der silberfarbene Wagen mit den schwarzen Streifen, der nicht den kleinsten Kratzer aufwies, stand normalerweise in einer Garage neben Lukes Mietwohnung. Luke besaß nicht gerade besonders viel, aber das Auto war etwas Besonderes.

Stephanies bedrückte Stimmung hatte ihn beunruhigt. Ihr war anscheinend nur noch eines wichtig gewesen, nämlich die Frage, was sie auf James Madisons Anwesen finden würden, falls dort überhaupt etwas zu finden war. Er war kein Geschichtsstudent. Himmel, er hatte es ja nur mit Müh und Not durch die Highschool geschafft. Aber er wusste, dass Informationen wichtig waren.

Und so hatte er ein wenig im Internet recherchiert.

Madison war in Orange County geboren und aufgewachsen. Auf dem Grundstück, auf dem später Haus Montpelier errichtet wurde, hatte sich als Erster sein Großvater angesiedelt. Das Haus selbst hatte 1760 Madisons Vater bauen lassen, aber Madison hatte als Erbe viele Änderungen durchgeführt. Er war ein glühender Anhänger der Föderation, der an eine starke Zentralregierung glaubte, und war beim Entwerfen der Verfassung wesentlich beteiligt gewesen. Er wurde in den ersten Kongress gewählt, kämpfte mit Hilfe der Demokratischen Partei um die Annahme der Bill of Rights, war acht Jahre lang Außenminister und dann während zweier Wahlperioden Präsident.

»Nach dem Ende seiner letzten Amtszeit hat Mr. Madison sich 1817 hierher zurückgezogen«, erzählte Katie der Gruppe. »Er und seine Frau Dolley lebten bis zu seinem Tod 1836 in diesem Haus. Danach verkaufte Dolley das Anwesen und fast alle ihre Habe. 1984 wurde das Landgut durch den National Trust for Historic Preservation zurückerworben.«

Das Haus lag auf einem tausend Hektar großen Wiesen- und Waldgrundstück in den grünen Ausläufern der Blue Ridge Mountains. Mit 25 Millionen Dollar hatte man es in einen Zustand zurückversetzt, wie es zu Madisons Lebzeiten gewesen war, und der Säulenvorbau, die Backsteinwände und die grünen Fensterläden riefen einem die Kolonialzeit vor Augen.

Luke folgte Katie von einem Zimmer ins andere, mehr mit ihren Jeans und deren Inhalt als mit der Einrichtung beschäftigt. Aber er nahm die Lage und Anordnung der Räume genau wahr, und hin und wieder wanderte sein Blick durch die Fenster aufs Grundstück hinaus.

»Damals lagen dort draußen Tabakfelder, Farmen, Sklavenhütten, eine Schmiede und verschiedene Scheunen.«

Er drehte sich um und merkte, dass Katie seinen Blick nach draußen registriert hatte. Er lächelte sie an und sagte: »Alles, was ein Gentleman des 19. Jahrhunderts so brauchte.«

Sie war süß und trug keinen Ehering. Von verheirateten Frauen ließ er die Finger, zumindest wenn er Bescheid wusste. Es hatte ein paar gegeben, die ihn angelogen hatten, und dafür konnte er nichts, aber zwei Ehemänner hatten das anders gesehen. Einer hatte ihm die Nase gebrochen. Der andere hatte dasselbe versucht, diese Entscheidung aber bald bereut und ein paar Tage im Krankenhaus verbracht.

Frauen.

Nichts als Ärger.

»Sag mal, Herzchen, was steht denn da draußen auf dem Feld? Sieht aus wie ein griechischer Tempel.«

Sie trat zum Fenster und winkte die anderen ebenfalls herbei. Er fing den Geruch ihres Parfüms auf. Kein Schwall, nur ein Hauch, so, wie er es mochte. Sie stand ganz in seiner Nähe, fast schon auf Tuchfühlung, und schien nichts dagegen zu haben.

Und er selbst auch nicht.

»Dieses Gebäude hat Madison errichten lassen. Darunter liegt ein zehn Meter tiefer Keller, in dem das ganze Jahr Eis lagerte. Heute würde man den Bau einen Aussichtspavillon nennen, allerdings einen sehr kunstvollen. Hier wollte er seinen sommerlichen Studierraum einrichten, wo er in Ruhe arbeiten und nachdenken konnte, während das Eis unter ihm für erfrischende Kühle sorgte. Aber dazu ist es nicht gekommen.«

»War schon mal jemand in diesem Keller?«, fragte er.

»Nicht, seitdem ich hier bin. Er ist verschlossen.«

Sie entfernte sich vom Fenster und ging der Gruppe durchs Esszimmer in Madisons Bibliothek voran. Die Führung erstreckte sich nur aufs Erdgeschoss, oben musste man allein durchgehen. Luke schaute auf seine Armbanduhr. Es würde vielleicht noch drei Stunden hell sein. Aber er würde noch viel länger warten müssen, bevor er zurückkehren konnte. Er beschloss, den Rest des Hauses auszulassen, und begab sich durch die Haustür über einen gekiesten Weg zum Eingang des Gartens. Er passierte eine von Hortensien gesäumte Pforte in einer langen Backsteinmauer und ging zu einem niedrigen Hügel, der im nördlichen Teil des Geländes lag.

Acht weiße Säulen trugen das Kuppeldach des Tempels. Wände gab es keine, das kreisrunde Innere, dessen Durchmesser etwa fünf Meter betrug, war den Elementen ausgesetzt. Katie hatte recht gehabt. Dies war einfach nur ein eleganter Pavillon. Er trat auf den Betonboden und drückte gegen eine der Säulen. Sie bewegte sich nicht. Er schaute auf den Boden hinunter und stampfte mit dem Fuß auf. Steinhart. Der Beton war altersgrau, doch in seiner Mitte war eine quadratische Platte abgesetzt, deren Fugen mit Mörtel gefüllt waren. Hier konnte er bestimmt notfalls hinuntergelangen.

Er blickte auf das Gelände hinaus.

Schwarznussbäume sowie Zedern, Kiefern, Sequoias und weitere immergrüne Bäume gaben den Ton an, alle waren alt. Ein paar sahen so aus, als hätten sie hier vielleicht sogar schon zu Madisons Zeit gestanden. Er bemerkte praktisch keine Überwachungsvorrichtungen, allerdings war das Haus selbst mit Bewegungsmeldern ausgestattet. Aber das war kein Problem. Dem Haus würde er sich gar nicht nähern. Das Grundstück war nicht eingezäunt. Aber bei tausend Hektar konnte man das verstehen. Er hatte sich die Gegend schon in Google Earth angeschaut und gesehen, dass in der Nähe des Tempels links von ihm eine Straße durch den Wald führte. Bis dorthin waren es vielleicht dreihundert Meter. So würde er mühelos auf das Grundstück und wieder zurück gelangen. Er hatte ein Seil und eine Taschenlampe dabei.

Aber wonach zum Teufel suchte er eigentlich?

Wie er schon zu Stephanie gesagt hatte, hatte man den Keller im Verlauf der letzten zweihundert Jahre gewiss gründlich unter die Lupe genommen.

Aber andererseits hatte auch Stephanie recht gehabt.

Nirgends im Internet war ein Foto des Raums zu finden. Nach dem Kauf seines Tickets hatte er vor dem Betreten des Hauses jedes Buch im Besucherzentrum durchgeblättert. Auch dort gab es kein Foto.

Was war also dort unten zu erwarten?

Wahrscheinlich verdammt noch mal gar nichts. Aber Befehl war Befehl.

»Genießen Sie die Aussicht?«

Er drehte sich um, und auf der anderen Seite der Säulen stand Katie.

»Sie sollten sich ein Glöckchen umhängen oder so«, sagte er. »Sie können einem ja einen ganz schönen Schreck einjagen.«

»Hab Sie halt rausgehen sehen.«

»Ich wollte mir das hier mal genauer anschauen«, sagte er. »Es ist ein wunderschönes Fleckchen. Total ruhig und friedlich.«

Sie trat unter die Kuppel. »Sie sehen eigentlich nicht aus wie ein Geschichtsfreak.«

»Ach nein? Wie sehe ich denn aus?«

Mit ihren Augen, die ein wunderschönes Blau hatten, musterte sie ihn kritisch. Der Pony ihres kurzen, rötlich blonden Haars war schick gestuft und schmeichelte ihrem sommersprossigen Gesicht.

»Ich glaube, dass Sie ein Soldat sind. Auf Heimaturlaub.«

Er rieb sich das Kinn, das genau wie sein Hals von zwei Tage alten Stoppeln überzogen war. »Erwischt. Ich komme gerade von meinem zweiten Einsatz in Übersee zurück. Ich hatte ein wenig Zeit und dachte, ich würde mal die Häuser von ein paar Präsidenten besuchen und schauen, wofür ich eigentlich gekämpft habe.«

»Haben Sie auch einen Namen?«

»Luke.«

»Wie der Evangelist?«

Er lachte. »So war es gedacht.«

Ihre Direktheit zeugte von Selbstvertrauen, und das gefiel ihm. Die Melanie Wilkes dieser Welt hatten ihn noch nie interessiert. Er stand auf die Scarlett O'Haras. Je kratzbürstiger, desto besser. Nichts erregte ihn mehr als eine Herausforderung. Außerdem musste er mehr über das Anwesen erfahren, und wer könnte ihm da besser helfen als eine Angestellte?

»Sag mal, Katie, wo kann man hier was Gutes essen?«

Sie lächelte. »Das hängt davon ab. Isst du allein?«

»Das hatte ich nicht vor.«

»Ich hab in zwanzig Minuten Feierabend. Dann führe ich dich hin.«

36

Salzburg

Cassiopeia ging gar nicht in den Goldenen Hirsch. Vielmehr wartete sie, bis Josepe fünfzig Meter weiter vorn um die Ecke gebogen war, und eilte ihm dann nach. Hoffentlich würde er nicht merken, dass sie ihm folgte. Zum Glück hatte sie bei der Auktion Schuhe mit niedrigen Absätzen getragen, denn das war nun auf den holprigen Pflastersteinen hilfreich. Die Abenddämmerung war inzwischen in die Nacht übergegangen. Josepe ging weiterhin fünfzig Meter vor ihr her, und die Dunkelheit bot ihr mehr als genug Deckung.

Er blieb stehen.

Sie folgte seinem Beispiel und zog sich in einen Eingang zurück. Eine Reihe von Klingelknöpfen mit Namen verriet, dass in den oberen Stockwerken Wohnungen lagen.

Der Winkel, in dem die Silhouette von Salazars Arm abstand, ließ erkennen, dass er mit dem Handy telefonierte. Ein kurzes Gespräch, nur ein paar Sekunden. Dann steckte er das Gerät in seinen Blazer zurück und ging weiter. Er folgte einer Straße, die den Namen Sigmund-Haffner-Gasse trug. Sie waren vielleicht einen Block vom Dom und dem Residenzplatz entfernt und bewegten sich auf die Felswand zu, die sich nördlich der Stadt erhob und die Festung trug. Die Schatten der Straßenlaternen über ihm hüpften unruhig über das Pflaster. Falls Salazar Cassiopeia erwischte, könnte sie sich damit herausreden, dass sie ihm schon bei der Auktion zur Seite gesprungen war und nicht einfach nur untätig habe warten wollen, während er sie vielleicht brauchte. Das klang gut. Sie war noch immer wütend auf Cotton und fragte sich, warum er sich derart in die Sache reinhängte. Der Kauf des Buchs für eine Million Euro war jedenfalls ein Statement. Sie musste mit ihm reden.

Aber nicht jetzt sofort.

Josepe kam zum Ende der Straße und bog nach links ab. Sie eilte ihm nach und kam gerade rechtzeitig an, um zu sehen, wie er um die nächste Ecke verschwand. Weiter oben sah sie den dunklen Umriss der Peterskirche, deren zwiebelförmiger Turmhelm unverkennbar war. Sie betrat den Hof der Erzabtei, der, auf allen Seiten von Gebäuden umgeben, vor dem Haupteingang der Kirche lag. Auch hier sprudelte in der Mitte ein Brunnen.

Von Josepe war nichts zu sehen.

Alle Fenster waren dunkel, und aus dem Hof führte kein weiterer Weg hinaus.

Oder doch?

Rechts der Kirche war ein Durchgang.

Salazar ging hinein in den Friedhof.

Sein Mitarbeiter hatte ihn angerufen und gesagt, Malone befinde sich in seinem Gewahrsam und er habe ihm das Buch abgenommen. Seine Daniten waren gut. Vielleicht nicht so gründlich ausgebildet wie ein amerikanischer Geheimagent, aber eben doch kompetent. Nach drei Todesfällen verfügte er zwar nur noch über zwei Männer, aber es gab genug Kandidaten, mit denen er die Lücken auffüllen konnte.

Der Petersfriedhof war ihm wohlvertraut. Er hatte ihn mehrmals besucht und sich immer gewundert, dass die Heiden ihre Gräber wie Heiligtümer herausputzten.

Hier hatte er ein ausgezeichnetes Beispiel für diese Übersteigerung.

Gräber, die mit Blumen und schmiedeeisernen Verzierungen geschmückt und den ganzen Tag dem aufdringlichen Blick der Touristen preisgegeben waren, als wären sie eine Sehenswürdigkeit. Niemals würde man einen Heiligen so behandeln. Sicher, es gab Orte, zu denen die Heiligen pilgerten. Er hatte die Grabstätte in Illinois besucht, wo Joseph Smith neben seinem Bruder und seiner Frau begraben lag. Und auch Brigham Youngs letzte Ruhestätte in Salt Lake City hatte er aufgesucht. Ein Heiliger mochte dem Grab eines bestimmten Pioniers seine Reverenz erweisen, wenn er von ihm abstammte. Aber insgesamt gesehen wurden die Heiligen nicht durch große Gedenkstätten geehrt. Der Körper war eine nach dem Bild des Himmlischen Vaters geformte heilige Einheit. Ein Tempel des Heiligen Geistes. Der fleischliche Leib sollte im Leben wie im Tod mit großer Achtung behandelt werden. Zu Lebzeiten musste man auf seine Reinlichkeit achten und ihn vor Giften schützen. Verließ der Geist den Körper, um in sein himmlisches Zuhause zurückzukehren, wurden die sterblichen Überreste voll Achtung würdevoll zur Ruhe gebettet. Gewiss erwartete ihn selbst, Salazar, großer himmlischer Lohn, denn er hatte im Gefolge der Propheten und vom Engel geleitet ein vorbildliches Leben geführt und alles getan, um seine Kirche voranzubringen.

Sein Mitarbeiter hatte ihm gesagt, sie hielten Malone beim Eingang zu den Katakomben fest, die in Wirklichkeit Höhlen oben in der Felswand waren. Hier war die Dunkelheit beinahe undurchdringlich. Hoch aufragende Schatten rahmten den Friedhof ein, sonst war niemand da, und die Stille wurde nur hin und wieder von einem kleinen Tier durchbrochen, das plötzlich erschreckt davonhuschte. Oben auf dem Festungsberg brannte noch immer Licht in der Burg, da der Empfang nach der Auktion dort sicherlich noch nicht zu Ende war.

»Hier, Chef.«

Er spähte in Richtung der Stimme durchs Dunkel.

Zwei Männer standen oben auf einem Hang, der eine hielt den anderen von hinten fest. Der Körper des vorderen Mannes wirkte schlaff; der Kopf baumelte nach vorn und die Arme hingen schlaff herunter.

Salazar trat näher.

Der Mann, der den andern vor ihm festhielt, ließ los, worauf der Körper schlaff zu Boden fiel. Plötzlich richtete die stehende Gestalt eine Waffe auf Salazars Gesicht und sagte: »Es wird Zeit, dass wir mal so richtig ausführlich miteinander reden.«

Nicht die erwartete Stimme.

Malone!

Salazar erschrak einen Augenblick, hatte sich aber rasch wieder im Griff. »Das ist vielleicht eine gute Idee.«

Malone winkte mit der Waffe. »Drinnen.«

Salazar sah, dass das schmiedeeiserne Tor, das den Zugang zu den Höhlen oben verwehrte, offen stand. »Man sollte meinen, hier würde nachts abgeschlossen.«

»Wird es auch. Und jetzt die Treppe rauf. Wir werden uns dort oben unterhalten.«

Cassiopeia beobachtete, wie Josepe auf einer Anhöhe am Ende eines Weges stehen blieb, sich nach rechts wandte und verschwand. Sie wusste nicht recht, wo sie sich befand, da sie sich in Salzburg nicht gut auskannte, aber anscheinend hatte sie den Petersfriedhof betreten. Der Weg war auf beiden Seiten von Gräbern gesäumt. Hier wäre sie leicht zu bemerken, und so huschte sie am Rand entlang und nutzte die Grabsteine als Deckung. Sie hörte Stimmen. Nicht laut, aber unverkennbar, rechts von ihr. Leider hatte sie keines der Worte verstehen können.

Oben auf der Anhöhe angekommen, zögerte sie und ging hinter einem Gebüsch in Deckung. Sie spähte nach rechts, konnte aber niemanden entdecken. Zwanzig Meter zu ihrer Linken bemerkte sie dagegen eine schwarze, deutlich abgegrenzte Masse. Ein Mensch. Er kam taumelnd auf die Beine. Sie eilte zu ihm und sah, dass es einer der Männer war, die Josepe nach der Rückkehr von der Auktion erwartet hatten.

»Alles in Ordnung?«, fragte sie.

Er nickte. »Hab einen ganz schönen Schlag abbekommen.«

Sie wusste, von wem.

»Wo ist Señor Salazar?«, fragte sie.

»Da entlang.«

Sie führte ihn zu der Stelle zurück, an der Josepe verschwunden war, und sie näherten sich vorsichtig einem Tor, das durch ein Eisengitter versperrt war.

Unmittelbar davor lag eine weitere Gestalt.

Sie halfen dem zweiten Mann auf die Beine. Auch er hatte einen Schlag auf den Kopf erhalten und war noch leicht benommen.

Doch beide Männer schienen sich erstaunlich schnell zu erholen.

Sie trat zum Tor und sah, dass ein Holzpfosten mit einem Tritt aus der Verankerung gerissen worden war.

Daraus schloss sie, dass Cotton Josepe in seiner Gewalt hatte.

Sie bedeutete den beiden Männern, still zu sein, und führte sie ein Stück weg.

»Hat einer von Ihnen noch seine Waffe?«, flüsterte sie.

Der zweite Mann schüttelte den Kopf und erklärte, der Mann, der ihn überwältigt habe, müsse sie ihm weggenommen haben. Der Mann, den sie zuerst gefunden hatte, zog seine Pistole. Ob Cotton es eilig gehabt hatte?, fragte sie sich. Eine solche Nachlässigkeit passte so gar nicht zu ihm.

Sie nahm die Waffe entgegen. »Bleiben Sie hier.«

»Es ist unsere Pflicht, nach Señor Salazar zu schauen.«

»Sie wissen, wer ich bin.«

Ihr Schweigen bestätigte, dass das der Fall war.

»Tun Sie, was ich Ihnen sage. Bleiben Sie hier.«

»Nicht Sie sollten da reingehen.«

Sie war froh über die Dunkelheit, die die tiefe Sorge in

ihrem Gesicht verbarg. Bei jeder anderen Gelegenheit hätte dieser Mann recht gehabt.

»Leider bin ich die Einzige, die das kann.«

37

Malone folgte Salazar die aus dem Fels gehauenen und im Laufe der Jahrhunderte tief ausgetretenen Stufen hinauf. Oben betraten sie eine Kammer, deren herabhängender Decke und zerfurchten Wänden man ansah, dass sie einmal eine Höhle gewesen war. Er fand einen Lichtschalter und brachte eine Reihe kerzenförmiger Glühlampen zum Leuchten, die von stecknadelkopfgroßen Lichtpunkten zu mattem Schein erstrahlten. Die Wand gegenüber dem Eingang wurde von sechs flachen, bogenförmigen Nischen eingenommen. Er wusste, worum es sich dabei handelte: Es waren Sitzplätze für die Priester während der Messe. Dies hier war die Gertraudenkapelle, die im 12. Jahrhundert geweiht worden war und noch immer für Gottesdienste genutzt wurde. In der Mitte stützte eine romanisch-gotische Säule die Decke, links davon stand ein Altar aus Keramikplatten und erinnerte ihn an eine echte unterirdische Katakombe, die er einmal besucht hatte. Der Altar war mit den Reliefs eines Kreuzes, eines Ankers und einer Flamme geschmückt, die die christlichen Tugenden Glaube, Hoffnung und Liebe symbolisierten. Vor dem Altar standen fünf Bankreihen aus Eichenholz.

»Da hinüber«, forderte Malone Salazar auf und zeigte mit der Pistole auf die Bänke.

Malone stellte sich zwischen Salazar und den Ausgang. Das Licht kam kaum gegen die Dunkelheit an, das verwaschene Gelb flackerte wie Kerzen im Wind. Er legte die Holzkiste auf den Altar. »Ich staune immer noch, dass Sie mir den Zuschlag dafür überlassen haben. Eine Million Euro sind für einen Mann wie Sie doch nicht gerade viel.«

»Darf ich fragen, warum die US-Regierung sich so für meine Erwerbungen interessiert?«

»Wir interessieren uns für Sie.«

»Das haben Sie mehr als deutlich gemacht.«

Malone war im Blindflug unterwegs. Er hatte nur den einen winzigen Informationsbrocken, auf den er gestern Abend in Salazars Arbeitszimmer gestoßen war. »Erzählen Sie mir etwas über Texas, Hawaii, Alaska, Vermont und Montana.«

»Wie ich sehe, waren sie bei mir zu Hause. Ist das nicht illegal?«

»Und dann noch Utah. Das kommt auch noch dazu. Wieso macht ein Bürger Spaniens und Dänemarks sich Gedanken über sechs amerikanische Bundesstaaten?«

»Haben Sie jemals etwas über die Prophezeiung vom Weißen Pferd gehört?«

Malone zuckte mit den Schultern. »Das kann ich nicht behaupten.«

»Sie gehört zu meinem religiösen Erbe. Sie sagt Amerika eine große Veränderung voraus. Eine, an der die Heiligen der Letzten Tage mitwirken werden.«

»Sie wollen doch nicht ernsthaft behaupten, dass die Mormonen das Ruder übernehmen werden? Das wäre nun *wirklich* eine Beleidigung für Ihre Religion.«

»Da sind wir einer Meinung. Und nein. Darauf will ich

nicht hinaus. Die Verfassung der Vereinigten Staaten ist uns heilig. Unserer Kirchenlehre zufolge ist die Verfassung ein herausragendes Dokument, von weisen Männern entworfen, die sich unter Gottes Führung von Ketten befreiten. Sie ist ein goldener Mittelweg zwischen Anarchie und Tyrannei. Denn alles, was von dieser Verfassung abweicht, entstammt dem Bösen. Unser Gründer, der Prophet Joseph Smith, hat an ihre Regeln geglaubt. Aber wir verehren das Dokument in seiner vollständigen Form, so wie es eigentlich verstanden werden sollte.«

»Wovon zum Teufel reden Sie da?«

Salazar lächelte wie ein Mann, der sich pudelwohl fühlt. In seinem Gesicht stand nicht die kleinste Spur von Sorge. »Ich habe nicht die Absicht, Ihnen das zu erklären. Aber ich möchte von Ihnen die Antwort auf eine Frage. Welche Gesetze habe ich gebrochen?«

»Zum einen haben Sie einen Mord begangen.«

»Wen soll ich denn getötet haben?«

»Laut Barry Kirk haben Sie einen Mann um eines Buches willen ermordet.«

»Und das haben Sie ihm geglaubt?«

»Nicht so ganz. Denn Sie haben ihn zu uns geschickt, damit er uns ausspioniert. Daher hat er diesen Köder an die Angel gesteckt, um unser Interesse zu wecken. Raffiniert. Doch leider hat Kirk es zu weit getrieben, und ich musste ihn töten.«

»Und die beiden Männer auf dem Boot?«

»Sie haben bekommen, worum sie gebeten haben.«

»Dann würde ich sagen, dass zum Ausgleich noch zwei Tote auf Ihrer Seite fehlen.«

Ein ausgefuchstes Eingeständnis des Mordes an dem

Agenten. Um die Ecke. Aber dennoch klar und deutlich. Was bedeutete, dass Salazar davon ausging, derjenige zu sein, der lebend von hier weggehen würde. Malone hatte unten zwei Daniten k.o. geschlagen. Aber wie viele waren noch da?

»Wenigstens machen wir uns jetzt gegenseitig nichts mehr vor. Können wir allmählich mal zum Geschäft kommen?«

»Das einzige Geschäft, das ich mit Ihnen habe, Mr. Malone, ist die Errettung Ihrer Seele.«

»Sie glauben doch nicht etwa, dass ich allein hier bin, oder?«

»Dasselbe könnte ich Sie fragen.«

»Im Moment scheinen wir hier eine Pattsituation zu haben«, erwiderte Malone. »Hier sind nur wir beide. Warum machen wir nicht das Beste daraus?«

Cassiopeia trat durch das Tor und machte das Eisengitter behutsam hinter sich zu. Josepes beide Mitarbeiter warteten außer Sichtweite. Obgleich sie eindeutig helfen wollten, musste sie das hier alleine erledigen.

Sie passierte eine kleine Gruft, in der im Halbdunkel nur einige wenige Gräber zu erkennen waren. Ein schwaches orangegelbes Licht, das wie eine Nachtleuchte schimmerte, ließ ein barockes Kruzifix hervortreten. Links und rechts davon waren sechs Holztafeln zu sehen, mittelalterliche Gemälde mit einer Art Totentanz. Über einem Bild, auf dem der Tod einen Korb mit Gebeinen hinter sich herzog, stand: *huc fessa reponite membra.*

Sie übersetzte für sich: Hier liegen die müden Glieder begraben.

Darunter war eine weitere Inschrift aufgemalt, diesmal auf Deutsch:

Nach einem gottgefälligen Leben und guten Werken
wirst du sanft ruhen.

Ach, wirklich? Da war sie sich nicht so sicher.

Sie versuchte, in ihrem Leben das Richtige zu tun, aber irgendwie winkte ihr niemals ein wirklicher Lohn. Vielmehr gab es immer ein Problem nach dem anderen. Sie hatte die vielen Kämpfe satt und sehnte sich nach Frieden und Stabilität. Sie hatte geglaubt, sich zu verlieben könnte ein Schritt in die richtige Richtung sein. Doch leider hatte sie sich ausgerechnet in einen anderen Querkopf verguckt, denn Cotton war ein genauso innerlich unabhängiger Mensch wie sie selbst.

Und genau das hatte wahrscheinlich auch einen Teil der Anziehung ausgemacht.

Auf beiden Seiten.

Aber es war auch ein Nachteil.

Eine Treppe führte auf direktem Weg den Fels hinauf. Die Sorge machte ihre schlechte Stimmung nicht gerade besser. Kalte Zugluft strich über den Boden und traf sie an den Fußknöcheln. Sie beruhigte sich mit ein paar tiefen Atemzügen. Die Dunkelheit machte sie mutiger, aber nicht klüger.

Vorsichtig begann sie den Aufstieg.

Salazar blieb ruhig. Wie überlegen Malone sich jetzt gerade auch geben mochte, Salazar bezweifelte, dass sein Leben in Gefahr schwebte. Er war nur einer von Tausenden von nachgeordneten Amtsträgern in der Kirche Jesu Christi der Heiligen der Letzten Tage. Unwahrscheinlich, dass die US-Regierung jemanden geschickt hatte, um ihn zu ermorden. Aber das bedeutete nicht, dass die Situation nicht gefährlich wäre. Er hatte bereits bemerkt, dass Malone die Pistole eines der Daniten an sich genommen hatte, denn er erkannte die auf ihn gerichtete Waffe; seine Männer verwendeten alle dasselbe Modell. Schusswaffen waren eine seiner Leidenschaften, er liebte sie seit jeher. Sein Vater hatte ihn den Umgang mit ihnen gelehrt und ihn zum Respekt davor angehalten. Sie zum Besten der Kirche einzusetzen hatte er sich dann selbst beigebracht.

»Interessant, dass Ihre Vorgesetzten Sie mit so wenig Informationen auf mich losgelassen haben. Mir scheint, Sie sollten die Verbindung zwischen diesen sechs amerikanischen Staaten kennen.«

»Sie wären überrascht zu erfahren, wie viel ich weiß.«

Der selbstsichere Ausdruck im Gesicht seines derzeit überlegenen Gegners gefiel Salazar ganz und gar nicht.

»Nach meiner Einschätzung sind Sie derjenige von uns beiden, der neugierig ist«, sagte Malone. »Sie wollen wissen, wie es kommt, dass wir uns so für Sie interessieren. Machen Sie sich auf etwas gefasst. Die Antwort auf diese Frage werden Sie sehr bald herausfinden.«

»Ich freue mich schon darauf.«

»Ob Ihr derzeitiger Prophet wohl von ihrer fröhlichen, kleinen Gang von Daniten weiß? Ich kann mir nicht vorstellen, dass er das absegnen würde. Die Mormonenkirche hat seit ihren Anfängen ein ordentliches Stück Weges zurückgelegt. Solche extremen Maßnahmen braucht schon lange keiner mehr.«

»Da bin ich mir nicht so sicher. Meine Kirche ist immer wieder beschimpft und verfolgt worden. Uns sind Beleidigungen widerfahren, ähnlich denen, die Sie uns eben angetan haben; wir wurden gewaltsam bedrängt und sogar getötet. Und all das haben wir überstanden, weil wir nicht schwach sind.«

Salazar versuchte, Zeit zu schinden, um seinen Männern Gelegenheit zum Eingreifen zu geben – denn das würden sie hoffentlich tun. »Ich habe Sie zwei Mal unterschätzt, Mr. Malone.«

»Das passiert mir öfter.«

»Ein drittes Mal wird mir dieser Fehler nicht unterlaufen.«

Cassiopeia trat vor der Tür, die anscheinend in eine Kapelle führte, aus der Dunkelheit.

Vier Schritte, und sie befand sich unmittelbar hinter Cotton.

Sie presste ihm die Waffe in den Rücken und sagte: »Lassen Sie die Pistole fallen.«

Malone erstarrte.

»Ich sage das kein zweites Mal«, machte Cassiopeia klar.

Er kam zu dem Schluss, dass ihm keine andere Wahl blieb.

Die Pistole fiel klirrend zu Boden.

Salazar hob die Waffe auf, legte den Finger an den Abzug und zielte damit auf Malones Stirn. »Ich sollte Sie hier an Ort und Stelle erschießen. Sie haben drei meiner Angestellten getötet. Und mich haben Sie entführt und mit Fragen bedrängt. Zu nichts von alldem besitzt die US-Regierung ein Recht.«

Salazars Augen waren voll Zorn.

»Sie haben einen amerikanischen Agenten ermordet«, sagte Malone.

»Lügner«, schrie Salazar. »Ich habe überhaupt niemanden ermordet.«

Der schwarze Kreis der Pistolenmündung zeigte noch immer auf Malones Gesicht.

Doch solche Situationen hatte er auch schon früher erlebt, und so zuckte er nicht zurück.

»Nein, Josepe«, sagte Cassiopeia und kam so weit vor, dass Malone sie sehen konnte. »Keine Gewalt. Ich bin hierhergekommen, damit die Gewalt endet.«

»Er ist ein schlechter Mensch«, sagte Salazar.

»Aber ihn zu töten wäre eine ebenso schlechte Tat.«

Salazar nahm mit angeekelter Miene die Pistole herunter. »Natürlich. Du hast recht. Ich habe nichts Verbotenes getan. Überhaupt nichts.«

Malone fragte sich, wie lange Cassiopeia schon vor der Kapelle gestanden hatte. Hatte sie Salazars implizites Eingeständnis mitbekommen? Vielleicht fragte Salazar sich genau dasselbe. Das würde die Show erklären, die er gerade abzog.

Cassiopeia trat zum Altar und nahm das Buch an sich. »Das hier gehört uns.«

Sie reichte Salazar die Kiste, und der sagte zu Malone: »Richten Sie Ihren Vorgesetzten aus, dass ich mich schön für den Kauf bedanke.«

»Stehlen ist also plötzlich in Ordnung?«

Salazar lächelte ihn an. »Unter den gegebenen Umständen würde ich Nein sagen. Nennen wir es eine Teilkompensation für das, was ich Ihnen noch schuldig bin.«

Malone verstand die Drohung.

Die beiden gingen zur Tür.

Cassiopeia zog sich rückwärts zurück und richtete dabei weiter die Pistole auf Malone.

Auch er nahm nicht den Blick von ihr. »Erschießen Sie mich jetzt?«

»Wenn Sie nicht hierbleiben, bis wir weg sind, tue ich das wohl. Ich habe Ihre Beleidigungen nicht vergessen. Weder die gegen Josepe noch die gegen mich. Gegen *unsere* Religion. Ich halte viel von Selbstbeherrschung. Aber wenn Sie mich dazu zwingen, werde ich Sie *tatsächlich* erschießen.«

Damit ging sie.

Malone blieb in der Stille zurück. Er hatte nicht die Absicht, den beiden zu folgen. Cassiopeia hatte die Konfrontation auf ihre Weise beendet.

Und weiter würde es nicht mehr gehen.

Er trat aus der Kapelle in einen kleinen, aus dem Felsen gehauenen Vorraum und ging zu einer rechteckigen Öffnung in der Außenmauer. In diesem Fenster gab es keine Glasscheibe. Ein graugelber, missgestalteter Viertelmond versteckte sich halb hinter Wolkenschleiern. Unten sah er, wie die Silhouetten von Cassiopeia, Salazar und den beiden Daniten den Friedhof verließen und sich auf den Rückweg in die Stadt machten. Er fühlte sich wütend, verraten, desillusioniert, verbittert und mehr als alles andere wie ein Idiot. Er hatte die Auseinandersetzung mit Salazar allein aus dem Grund gesucht, weil er einen Streit wollte.

Das war sonst gar nicht sein Stil.

Normalerweise machte er keine Drohungen, die er nicht umsetzen konnte. Aber dieses Mal war es anders gewesen. Der Präsident der Vereinigten Staaten hatte gewollt, dass er Krach mit Salazar anfing. Das, was eben gelaufen war, konnte man sicherlich so nennen.

Die vier dunklen Gestalten verschwanden in die Nacht.

Eine davon liebte er.

Und jetzt?

Zum Teufel, wenn er das nur wüsste!

Cassiopeia betrat den Goldenen Hirsch, nachdem sie dem jüngeren Mann seine Waffe zurückgegeben hatte. Sie hatte erfahren, dass beide Daniten in einem Zimmer im zweiten Stock schliefen, das im selben Korridor lag wie das von Josepe. Sie selbst hatte eine geräumige Suite ein Stockwerk tiefer bezogen. Josepe reichte seinen Mitarbeitern das Buch, entließ sie für die Nacht und begleitete Cassiopeia zu ihrer eigenen Tür. Sie steckte den Schlüssel ins Schloss. Er ergriff sie sanft beim Arm und zog sie an sich.

»Ich versichere dir, dass ich niemandem irgendetwas angetan habe. Diese Beschuldigung war eine gemeine Verleumdung.«

»Das weiß ich, Josepe. So etwas wäre nicht deine Art.«

»War das, was du gesagt hast, ernst gemeint? Über *unsere* Religion, und dass er *uns* beleidigt hat?«

»Jedes einzelne Wort.«

Das Lügen fiel ihr allmählich viel zu leicht.

»Warum bist du mir gefolgt?«

»Ich habe Fähigkeiten, die dir nützlich sein könnten, Josepe.«

»Das habe ich gesehen.«

»Ich war schon an mehreren wichtigen Ermittlungen beteiligt. Ich weiß, wie ich mich in ... schwierigen Situationen zu verhalten habe.«

»Das habe ich ebenfalls gesehen.«

»Das Wichtigste ist, dass du jetzt das Buch in Besitz hast und dass er nicht gewonnen hat. Was es auch immer sonst noch für Streitpunkte zwischen dir, Malone und den Amerikanern geben mag, ich stehe bereit, falls du meine Hilfe wünschst.«

Er musterte sie aufmerksam. Sie meinte fast zu hören, wie er im Geist die Gründe abwägte, aus denen er ihr nicht vertrauen sollte.

»Ich könnte deine Hilfe gebrauchen«, sagte er schließlich.

»Dann stehe ich dir zur Verfügung.«

»Darüber sprechen wir morgen weiter.« Er küsste sie sanft. »Gute Nacht.«

Damit ging er davon und stieg die Treppe zum zweiten Stock hinauf.

Sie lauschte seinen Schritten nach.

Cotton hatte ihr mit der Beschuldigung von vorhin erneut eine Botschaft geschickt.

Und sie hatte sie genau gehört.

Eines war mehr als deutlich geworden.

Dieser Josepe Salazar war nicht mehr der Mann, den sie einmal gekannt hatte.

38

Washington, D.C.
17.20 Uhr

Stephanie hatte die Adresse von Danny Daniels erhalten. Dann hatte sie sich von Daniels erklären lassen, dass auf ihrem Diskretionskonto aufgrund einer Manipulation bei einer vertraulichen Prüfung, die das Justizministerium durchgeführt hatte, 500.000 Dollar fehlten. Das war nicht ohne die Hilfe des Justizministers gegangen, doch man hatte ihm nicht den Grund dafür genannt und ihm nur mitgeteilt, dass es erforderlich sei, den Eindruck zu erwecken, man könne sie mit Schimpf und Schande davonjagen. Vielleicht würde das dem Justizminister ganz gut gefallen, dachte sie, denn es war in der Vergangenheit gelegentlich zu Zusammenstößen zwischen ihnen gekommen. Gestern Abend nach Edwins Rückkehr hatte man dann dafür gesorgt, dass die Verdächtigungen des Weißen Hauses durchsickerten, damit das Gerücht schnellstmöglich bei Senator Thaddeus Rowan ankam.

»Ich hasse diesen selbstgerechten Drecksack«, sagte der Präsident. »Und das sage ich nicht über viele Menschen.«

»Mir war gar nicht bewusst, dass ihr beide Feinde seid.«

»Und das wird auch niemals jemand erfahren. Wenn ich ein Erschießungskommando beauftrage, stellen wir uns nicht im Kreis auf.«

Sie lächelte. Endlich ein Scherz. Sie hatte sich schon Sorgen um ihn gemacht.

»Versteh mich nicht falsch«, sagte der Präsident. »Ich habe große Achtung vor den Mormonen. Charles Snow war mir gegenüber immer aufrichtig. Aber jede Religion hat ihre Fanatiker und Irren. Und einer von ihnen sitzt im Haushaltsausschuss des Senats.«

Sie hatte den Präsidenten allein am Esstisch zurückgelassen. Edwin hatte sie zum Mandarin Oriental begleitet, dem Hotel, in dem sie immer abstieg, wenn sie in Washington war. Sie hatte sich frisch gemacht, in ihrem Büro in Atlanta angerufen, mit Cassiopeia telefoniert und erfahren, was in Salzburg bei der Auktion vorgefallen war.

»Du hast gewusst, dass Cotton herkommt, und nichts gesagt?«, fragte Cassiopeia.

»Ich hatte nur die Vermutung. Und ja, ich habe meine Befürchtungen für mich behalten.«

»Ich sollte dich einfach stehen lassen und gehen.«

»Aber das wirst du nicht tun.«

»Cotton hat gesagt, dein Agent sei tot. Und er hat Josepe dieses Mordes bezichtigt.«

»Er hat in beiden Punkten recht.«

»Dafür muss ich selbst einen Beweis finden.«

»Tu das. Und während du schon dabei bist, sieh zu, dass du wieder Ordnung in deinen Kopf bekommst.«

»Ich gehöre nicht zu deinen Leuten, Stephanie. Ich nehme keine Anweisungen von dir entgegen.«

»Dann hau ab. Jetzt sofort.«

»Wenn ich das tue, ist Cotton immer noch da.«

»Richtig. Und dann werden wir uns auf unsere Weise mit Salazar beschäftigen.«

Stephanie wurde von ihrem Taxi abgesetzt.

Sie war nun wieder in Georgetown, nicht weit entfernt von der Kreuzung Wisconsin Avenue und M Street. Vor dreihundert Jahren war diese Gegend die Grenze gewesen, bis zu der der Potomac River für seetüchtige Schiffe noch befahrbar gewesen war, und daher war dort ein Handelsposten entstanden. Heute hatte sich hier eine angesagte Vorstadt der US-Kapitale gebildet, in der sich Edelboutiquen, Straßencafés und beliebte Restaurants drängten. Parks und Grünflächen schotteten das exklusive Viertel gegen die heranwuchernde Großstadt ab. Die Häuser, ob sie nun Straßenzüge bildeten oder einzeln in Gärten lagen, gehörten zu den teuersten in ganz Washington. Rowans wunderschöne Federal-Style-Villa lag in einer ansprechenden Nachbarschaft aus Bauten im Kolonialstil und im viktorianischen Stil. Das zweigeschossige, aus weiß gestrichenem Backstein errichtete Haus wurde von den hohen Wipfeln mehrerer Lebenseichen beschirmt. Blumen säumten einen mit Backsteinen gepflasterten Weg und sprossen aus Kästen, die am Verandageländе befestigt waren. Sie stieg die Treppe hinauf, überquerte die Holzdielen und klingelte. Daniels hatte gesagt, der Senator werde gegen 16.30 Uhr aus Utah zurückkommen.

Rowan selbst machte auf.

Er war einer dieser Menschen, die keinerlei Versuch unternahmen, ihren hohen Wuchs zu kaschieren, vielmehr betonte er ihn mit seiner militärisch geraden Haltung noch. Sein dichtes weißes Haar und das wettergegerbte Gesicht ließen an einen alternden Sportler denken. Seine Augen waren wie Kohlestücke und musterten sie mit spürbarem Misstrauen. Ihr Erscheinen war ein ernsthafter Protokollbruch, eine Verletzung des ungeschriebenen Gesetzes, nach dem das Zuhause eines Menschen heilig war und man dort nicht belästigt werden durfte.

»Ich muss mit Ihnen reden«, sagte sie.

»Das erscheint mir hier vollkommen unpassend. Rufen Sie mein Büro an und vereinbaren Sie einen Termin, bei dem ein Anwalt des Justizministeriums anwesend sein soll. Anders werden wir nicht miteinander sprechen.«

Er machte Anstalten, die Tür zu schließen.

»Dann werden Sie das, wohinter Sie her sind, niemals zu Gesicht bekommen.«

Die Tür war nur noch einen Spalt breit geöffnet, verharrte nun aber.

»Und was ist das?«, fragte er kühl.

»Der Brief, den Mary Todd Lincoln an Ulysses. S. Grant geschrieben hat.«

Sie schaute sich um und bewunderte die beiden Regency-Stühle und ein kleines, antikes Sofa, dessen braungoldenes Polster von angelaufenen Messingziernägeln gehalten wurde. Auf mehreren einbeinigen Holztischen stand eine Sammlung von Familienfotos. Zwei Kristalllampen, von deren Schirmen riesige Troddeln herabhingen, verbreiteten ein weiches Licht. In dieser Eingangshalle fühlte man sich, als wäre man im 19. Jahrhundert gelandet. Erinnerungen an das Haus ihrer Großmutter, in dem man einmal viele ganz ähnliche Dinge hatte finden können, schossen ihr durch den Kopf.

»Ich höre zu«, sagte Rowan.

Er saß ihr in einem seiner Sessel gegenüber, der Rücken kerzengerade und die Haltung perfekt.

»Ich kann zu Ihrer Vorladung nicht erscheinen. Und nicht nur, weil Ihre Forderungen zu ausufernd sind.«

»Warum haben Sie Mrs. Lincoln erwähnt?«

»Ich weiß über Ihre Bemühungen, Zugang zu einigen der geheimen Archive zu erhalten, Bescheid. Ich mische hier schon sehr lange mit, Herr Senator, genau wie Sie. Sie haben mir die Vorladung geschickt, um meine Aufmerksamkeit zu erringen. Sie haben auch schon versucht, einige meiner Kollegen in anderen Geheimdienstabteilungen mit Drohungen und anderen Mitteln unter Druck zu setzen, aber ohne Erfolg. Daher haben Sie beschlossen, es einmal mit mir zu versuchen, und sich überlegt, dass Sie mit einem sorgfältig eingesetzten juristischen Hebel etwas bewirken könnten. Dabei wussten Sie allerdings nicht, dass ich ein Problem habe.«

»Das habe ich inzwischen erfahren. Mein Stabschef hat mir mitgeteilt, dass das Weiße Haus Sie ins Auge gefasst hat.«

»Milde ausgedrückt. Und Ihre Vorladung richtet einen hellen Scheinwerferstrahl direkt auf mich.«

»Was haben Sie denn ausgefressen?«

Sie lachte. »Noch nicht. Keine Eingeständnisse, bis wir eine Abmachung haben.«

»Und warum sollte ich Ihnen vertrauen?«

Sie griff in ihre Blazertasche und brachte eine Kopie von Mary Todds handschriflichem Brief zum Vorschein, zusammen mit der ausgedruckten Abschrift. Rowan nahm beides entgegen und las es durch. Obgleich er sich große Mühe gab, sich zu beherrschen, erkannte sie seine Erregung.

»Gehört das zu dem, wohinter Sie her sind?«, fragte sie.

Er zuckte mit den Schultern, als wäre die Antwort offensichtlich. »Sie scheinen ja über meine Aktivitäten recht gut Bescheid zu wissen.«

»Ich bin beim Geheimdienst. So etwas ist meine Aufgabe. Aber diese Anfragen von Ihnen haben mich auf dem falschen Bein erwischt.«

»In welcher Hinsicht?«

»Sagen wir einfach, dass ich ein buchhalterisches Problem habe. Eines, das ich in aller Stille lösen wollte, doch jetzt sind Sie mir in die Quere gekommen. Inzwischen stellt das Weiße Haus mir Fragen, die ich nicht beantworten möchte.«

Er wirkte überrascht. »Ich habe Sie nie für eine Diebin gehalten.«

»Dann nennen Sie mich einfach eine unterbezahlte Beamtin, die sich nach der Pensionierung einen schönen Lebensabend wünscht. Wenn die derzeitige Regierung abtritt, bin ich weg vom Fenster. Dann ist für mich der perfekte Zeitpunkt gekommen, mich unauffällig zurückzuziehen. Ich brauche einfach nur noch ein paar Monate ohne unpassende Aufmerksamkeit.«

»Tut mir leid, dass ich Ihre Pläne durchkreuze.«

»Vielleicht ist das ja gar nicht so schlecht«, gab sie mit betont sachlicher Stimme zurück. »Es gibt da noch etwas, was Sie vielleicht gerne sehen würden. Etwas, von dessen Existenz Sie vermutlich gar nichts wissen.«

Sie holte die Kopie von Madisons handschriftlicher Notiz und die ausgedruckte Abschrift hervor.

Rowan las sie durch.

»Sie haben recht. Ich wusste nicht, dass das existiert.«

Sie warf einen Blick auf ihre Armbanduhr. »Und bis zum Morgen werde ich das Dokument in Händen halten, das

Madison in seinem Sommerstudierraum versteckt hat, was auch immer sein Inhalt sein mag.«

Sie sah, dass er beeindruckt war.

»Und Sie wollen es mir dann zum Tausch anbieten?«

Sie zuckte mit den Schultern. »Ich habe das, was Sie haben wollen, und Sie haben das, was ich haben will.«

Ihr drehte sich fast der Magen um. Diese Worte auszusprechen war schon abstoßend genug, aber der Mann, der ihr gegenübersaß, machte die Sache noch schlimmer. Öffentlich gab er sich den Schein eines Wertkonservativen. Kein Getrickse. Keine schmutzigen Deals. Keinerlei Skandale. Aber es bereitete ihm nicht das geringste Problem, die Korruption einer Beamtin zu decken, wenn er dadurch etwas bekommen konnte, das er haben wollte. Schlimmer noch, er hatte ihr ihre Story abgekauft, was hieß, dass er eine sehr geringe Meinung von ihr hatte.

»Da haben Sie recht«, sagte er. »Es gibt gewisse Dokumente, die ich gerne einsehen würde. Sie sind wichtig für mich ... auf einer persönlichen Ebene. Leider ist es mir nicht gelungen, mir Zugang zu verschaffen. Der Brief von Mrs. Lincoln ist etwas, mit dessen Existenz ich gerechnet hatte. Sie hat damals ein ganz ähnliches Schreiben an den Präsidenten meiner Kirche geschickt, und das liegt in unseren Archiven. Aber diese Notiz von Mr. Madison kommt vollkommen unerwartet.«

»Ich weiß nicht, was Sie treiben, und es ist mir auch gleichgültig. Ich will einfach nur, dass ich wieder aus dem Fokus der Aufmerksamkeit verschwinde. Ich möchte meinen Dienst noch ausüben, bis Daniels abtritt, und dann bin ich weg.« Nun legte sie eine bittere Schärfe in ihre Stimme. »Ich bin hergekommen, um einen Handel mit Ihnen zu schließen. Wenn ich mir Sie vom Hals schaffen kann, werde ich mit dem Weißen Haus schon fertig. Aber gleichzeitig gegen die Regierung *und* gegen den Kongress zu kämpfen, das schaffe ich nicht. Ich habe Ihnen zum Zeichen meines guten Willens zwei Dinge mitgebracht. Morgen früh habe ich, wie schon gesagt, das dritte in der Hand.«

»Auch ich bin im letzten Jahr meiner Wahlperiode angelangt. Und ich werde nicht erneut kandidieren.«

Das war ihr neu.

»Sie gehen in Pension und kehren nach Utah zurück?«

»Nach Utah zurück, ja. Aber Pensionierung, nein.«

Sie fühlte sich wie eine Angeklagte, die zum Galgen schreitet, nachdem sie sich selbst die Schlinge um den Hals gelegt hat. Aber sie beschloss, ihre neue Rolle anzunehmen. Schließlich hatte man nicht oft die Erlaubnis, das Gesetz zu brechen.

»Dann werden Sie also die Vorladung zurückziehen?«, fragte sie.

»Nicht wirklich.«

Warum hatte sie gewusst, dass das nicht leicht werden würde?

»Ich weiß die beiden Dinge, die Sie mir vorgelegt haben, und das dritte, das ich morgen bekommen werde, zwar zu schätzen, aber es gibt noch etwas, das ich haben möchte. Und ich will es heute Nacht sehen.«

39

Salzburg
23.50 Uhr

Malone lag mit übereinandergeschlagenen Beinen in seinem Hotelzimmer auf dem Bett, die Hände hinter dem Kopf verschränkt. Die Müdigkeit hatte ihn wie eine Woge überrollt, aber trotzdem konnte er nicht schlafen. Er schalt sich wegen seiner Ängste und Sorgen. Der nagende Zweifel in seinem Inneren war ihm verhasst. Er erinnerte sich nicht, je in einer eigenartigeren Situation gewesen zu sein. Aber er hatte eine ganze Weile keiner Frau mehr Zutritt zu seinem Leben gestattet. Die letzten fünf Jahre seiner Ehe mit Pam waren alles andere als intim gewesen. Sie hatten sich eher wie Fremde verhalten, die ein Haus teilten. Beiden war klar gewesen, dass die Beziehung vorbei war, aber keiner hatte Nägel mit Köpfen machen wollen. Schließlich hatte Pam das Thema durch ihren Auszug auf die Tagesordnung gesetzt. Und dann hatte er diese Situation gegenseitiger Entfremdung beendet, indem er die Scheidung einreichte. Außerdem hatte er seinen Dienst quittiert und war von Georgia nach Dänemark gezogen.

Als Agent hatte er seine Missionen so präzise wie ein Schweizer Uhrwerk durchgeführt: Er hatte Pläne und Intrigen geschmiedet und genau das erledigt, was zu tun war. Doch wenn es um Emotionen ging, scheiterte er wie ein

Amateur. Er schaffte es einfach nicht, im richtigen Moment anzurufen und das Richtige zu sagen. Er hatte es mit Pam vermasselt. Und jetzt fragte er sich, ob er diesen Fehler nun mit Cassiopeia wiederholte.

Ein leises Klopfen durchbrach die Stille.

Er hatte gehofft, dass sie vorbeikommen würde.

Er machte die Tür auf, und Cassiopeia trat ein.

»Ich habe von Stephanie erfahren, wo du bist«, sagte sie. »Ich bin im Moment weder auf sie noch auf dich gut zu sprechen.«

»Ich freue mich auch, dich zu sehen.«

»Was machst du eigentlich hier?«

»Ich wusste gerade nichts mit mir anzufangen. Da dachte ich, ich schau mal, was du gerade so treibst.« Er sah, dass sie nicht in der Stimmung für sarkastische Bemerkungen war. Und er eigentlich auch nicht. »Du bist ganz schön weit von deiner Burg weg.«

»Es war notwenig, dich anzulügen.«

»Offensichtlich.«

»Was soll denn das heißen?«

»Das kannst du dir selbst überlegen.«

»Ich gehe mit diesem Besuch ein Risiko ein«, erklärte sie. »Aber ich dachte, wir sollten miteinander reden.«

Er setzte sich auf die Bettkante.

Sie blieb stehen.

»Warum hast du dieses Buch gekauft?«, fragte sie.

»Der Präsident der Vereinigten Staaten hat mich dazu aufgefordert.« Er sah, dass sie von Daniels' Beteiligung nichts wusste. »Diese Kleinigkeit hat Stephanie ausgelassen? Daran musst du dich gewöhnen. Man wird dir immer nur das sagen, was du wissen sollst.«

Sie war ganz anders als sonst. Ihre Augen wichen seinem Blick aus, und ihre Stimme war ausdruckslos.

»Was machst eigentlich *du* hier?«, fragte er.

»Ich dachte, ich würde helfen, den Namen eines alten Freundes von Schmutz zu befreien. Jetzt bin ich mir da nicht mehr so sicher.«

Es wurde Zeit, dass sie beide alle Karten auf den Tisch legten. »Er ist mehr als ein alter Freund, richtig?«

»Er war meine erste Liebe. Wir sollten heiraten. Unsere Eltern wollten das unbedingt. Aber ich habe die Beziehung beendet.«

»Du hast ihn nie erwähnt. Und auch kein Wort darüber verloren, dass du Mormonin bist.«

»Beides kam mir für unsere Beziehung irrelevant vor. Meine Eltern waren Mormonen, und ich bin da hineingeboren. Nach ihrem Tod habe ich dieser Religion den Rücken gekehrt. Und mit Josepe habe ich es genauso gemacht.«

Er fragte sich erneut, wie viel sie in den Katakomben erlauscht hatte. »Wie lange hast du vor der Kapelle gestanden?«

Ihr Blick blieb kalt. »Nicht lange.«

»Sein Eingeständnis, dass er unseren Agenten getötet hat, hast du nicht gehört?«

»Nein, habe ich nicht. Stephanie hat dasselbe gesagt, aber es ist eine Lüge.«

Ihr Widerspruch rief in ihm die Erinnerung wach, wie sie Salazar geküsst hatte. »Warum verwirfst du das so rasch?«

»Weil du eifersüchtig bist. Das habe ich im Restaurant gemerkt.«

»Ich bin kein kleiner Junge, Cassiopeia. Ich arbeite an

einem Fall. Ich mache meinen Job. Wach auf und tu dasselbe.«

»Scher dich doch zum Teufel.«

Allmählich wurde er zornig. »Dir ist klar, dass Salazar über Fanatiker verfügt, die die Drecksarbeit für ihn erledigen? Daniten. Genau das sind die beiden Kerle, die auf dem Friedhof waren.«

»Cotton, du musst mich diese Sache selbst regeln lassen. Allein.«

»Sag das mal Stephanie.«

»Dass du Josepe überwältigt hast, war eine Dummheit. Zum Glück konnte ich es zu meinen Gunsten wenden. Es ist mir gelungen, die Situation auszunutzen. Er vertraut mir jetzt allmählich.«

Nun war Malone richtig sauer. »*Josepe* ist ein Mörder.«

Ihre Augen blitzten wütend. »Und welchen Beweis haben wir dafür?«

»Ich habe die Leiche gesehen.«

Das schien zu ihr durchzudringen, doch dann sagte sie: »Ich muss herausfinden, was da los ist. Auf meine eigene Weise.«

»Ich war da«, erklärte er. »Gestern Nacht. Der Kuss zwischen euch beiden war nicht gespielt.« Er sah, dass diese Enthüllung sie überraschte. »Noch so eine Information, die Stephanie nicht an dich weitergegeben hat?«

»Du weißt überhaupt nicht, was du da gesehen hast. Ich weiß es ja selbst nicht einmal.«

»Genau darauf wollte ich hinaus.«

Er hatte mit dieser Frau einen weiten Weg zurückgelegt. Aus Gegnern waren sie zu Liebenden geworden. Sie hatten vieles miteinander durchgestanden, ein festes Band geknüpft und Vertrauen aufgebaut – oder zumindest hatte er das geglaubt. Denn in diesem Augenblick kam es ihm so vor, als wäre sie ganze Universen von ihm entfernt. Eine Fremde.

Und er hasste sie.

»Schau mal, du hast gute Arbeit geleistet. Warum ziehst du dich nicht zurück und überlässt den Rest mir?«

»Ich komme damit klar. Ohne dich.«

Er hielt seine Emotionen im Zaum und versuchte noch einmal, vernünftig mit ihr zu reden. »Dieser alte Freund von dir ist in etwas so Gravierendes verwickelt, dass der Präsident der Vereinigten Staaten sich persönlich damit befasst. Ein Agent ist tot, ob du es nun glauben willst oder nicht. Drei von Salazars Leuten sind tot. Ich habe sie erschossen. Du musst dich wie ein Profi verhalten, Cassiopeia.« Er stockte. »Oder das Feld räumen.«

»Du kannst wirklich ein Arschloch sein.«

»Bestimmt nicht mit Absicht.«

»Du solltest heimfliegen.«

Sie wandte sich zur Tür.

Er rührte sich nicht.

Sie hatte ihm während des ganzen Gesprächs nicht die winzigste Andeutung von Zuneigung gezeigt. Kein Lächeln. Keine Freude, ihn zu sehen. Nichts. Ihre Miene war wie versteinert. Es tat ihm leid, dass er sie bedrängt hatte. Aber jemand musste es tun.

Sie erreichte die Tür.

Er wollte nicht, dass sie ging.

»Hättest du mich erschossen?«, fragte er.

Natürlich eine rein rhetorische Frage, die er zur Selbstvergewisserung stellte, weil er die Antwort brauchte.

Sie drehte sich um und sah ihn an.

Ein Abgrund aus Ungewissheit öffnete sich zwischen ihnen. Ihre Augen waren so hart und glänzend wie polierter Granit und ihr Gesicht ohne jede Emotion gleich einer Totenmaske.

Dann ging sie.

Salazar kniete auf dem Holzboden in seiner Suite. Der schmerzhafte Druck unter seinen Knien erinnerte ihn an die Härten, die die Pioniere auf der Flucht vor Verfolgung und auf der Suche nach Freiheit und Sicherheit während ihres Trecks zum Großen Salzsee im Westen erduldet hatten. Es war wichtig, dass die Heiligen dieses Opfer niemals vergaßen. Ihre Kirche verdankte ihre Existenz dem, was all diese tapferen Männer und Frauen, von denen viele unterwegs gestorben waren, ertragen hatten.

»Unsere Vorstellungen waren nicht mit den gesellschaftlichen, religiösen und moralischen Sitten unserer Nachbarn vereinbar«, sagte der Engel zu ihm.

Die Erscheinung schwebte in einem leuchtenden Strahlenkranz auf der anderen Seite des Zimmers. Voll Sorge, dass Malone vielleicht recht hatte und Cassiopeias Diebstahl des Buchs eine Sünde sein mochte, hatte Salazar gerade sein Abendgebet verrichtet, als der himmlische Bote erschien.

»Erkenne diese Wahrheit, Josepe. Ein Adliger besaß ein Stück Land, doch der Feind kam des Nachts, durchbrach seine Hecke, fällte jeden Baum aund Strauch darin und vernichtete seine Ernte. Die Diener des Adligen flohen voll Angst. Doch der Herr des Weinbergs sprach zu ihnen: ›Sammelt euch neu und nehmt die Stärksten meines Hauses – meine Krieger und meine jungen

Männer – und gehet hin und fordert meinen Weinberg zurück, denn er gehört mir. Reißt den Turm der Feinde ein und verstreut seine Wächter. Und so sie sich gegen euch zusammenrotten, nehmet in meinem Namen Rache an meinen Feinden, so dass ich schließlich mit den Resten meines Hauses kommen und das Land in Besitz nehmen kann.‹«

Salazar ließ sich das Gleichnis durch den Kopf gehen und verstand seine Bedeutung.

»Was geschehen ist, war notwendig. Nur durch die Ausübung von Macht wird die Befreiung Zions möglich sein. Darum hat der Himmlische Vater in seinem Volk einen Mann erhöht, um es zu führen, so wie Moses die Kinder Israels geführt hat. Denn ihr seid die Kinder Israels und stammt aus dem Samen Abrahams, und ihr müsst mit der Gewalt eines ausgestreckten Arms aus der Sklaverei geführt werden.«

»Die Schar meiner Diener steht zum Kampf bereit.«

»Sieg und Ruhm sind nur durch Eifer, Treue und gläubige Gebete zu erringen.«

Also betete Salazar noch inständiger und sagte dann zu dem Engel: »Bei Malone habe ich zugelassen, dass der Zorn mich übermannt. Er hat mich mit dem Tod meiner Leute gereizt, und da habe ich geprahlt und mehr gesagt, als nötig gewesen wäre.«

»Klage nicht. Jener Mann wird im Finsteren wohnen, während du des ewigen Lichts teilhaftig werden wirst. Das Buch gehört jetzt uns. Der Heide hatte kein Recht, es zu besitzen. Er hat es nur erworben, um dir zu schaden.«

Salazar hätte Malone büßen lassen sollen, doch Cassiopeias Gegenwart hatte das unmöglich gemacht. Er fragte sich, ob sie alles gehört hatte, was er zu Malone gesagt hatte.

»Das spielt keine Rolle«, erklärte der Engel. »Sie gehört Zion an, und ihre Absichten sind deine Absichten. Wenn das, was zu tun war, sie abgestoßen hätte, hätte sie sich nicht eingemischt.«

Das klang logisch.

»Sie ist deine Verbündete. Vertraue ihr als einer solchen.«

Er sah die Erscheinung an und fragte das, wozu ihm bisher immer der Mut gefehlt hatte: »Bist du Moroni?«

Ohne Moroni gäbe es keine Kirche. Er hatte gegen vierhundert nach Christus als Prophet auf Erden gelebt und einen auf goldene Tafeln geschriebenen Bericht über sein Volk vergraben. Jahrhunderte später war er Joseph Smith erschienen und hatte ihn zu der Stelle geführt, an der die Tafeln lagen. Vom himmlischen Vater inspiriert, hatte Prophet Joseph mit Moronis Hilfe die Tafeln übersetzt und als Buch Mormon herausgegeben.

»Ich bin nicht Moroni«, sagte der Engel.

Salazar war bestürzt. Davon war er immer ausgegangen. »Wer bist du dann?«

»Hast du je über deinen Namen nachgedacht?«

Eine eigenartige Frage.

»Ich heiße Josepe Salazar.«

»Dein Vorname hat im Hebräischen eine lange Tradition. Dein Nachname entspringt dem baskischen Erbe deines Vaters.«

Das wusste er. Sein Nachname war der einer mittelalterlichen Stadt in Kastilien, der von seinen adligen Vorfahren als Geschlechtsname angenommen worden war.

»Du heißt Josepe. Auf Englisch ist das Joseph. Joseph Salazar. Wie der Vorname des Propheten Joseph Smith, mit dem du die Initialen teilst. J.S.«

Diese doch wohl eher zufällige Gemeinsamkeit war ihm

schon längst aufgefallen, aber er hatte sich nicht viel dabei gedacht. Sein Vater hatte seinen Vornamen eigens zu Ehren des Propheten ausgewählt.

»Ich bin Joseph Smith.«

Salazar war sprachlos.

»Ich bin hier, um dir bei dem bevorstehenden Kampf zu helfen. Gemeinsam werden wir die Freiheit einfordern, die Zion zusteht. Wisse dies, Josepe. Der Himmlische Vater hat versprochen, dass wir noch vor dem Vergehen der jetzigen Generation die Heiden besiegen und alle Seine Verheißungen einlösen werden. Es wird geschehen. Bald wird der Älteste Rowan die Kirche führen, und du wirst ihm zur Seite stehen.«

Salazar fühlte sich vollkommen unwürdig. Das Wasser stieg ihm in die Augen. Er kämpfte gegen die Tränen an, ergab sich ihnen dann aber und ließ seinen Gefühlen freien Lauf. Er beugte sich im Knien vor und legte die Arme auf den Boden.

»Weine, Josepe. Weine um alle, die um unserer Sache willen gestorben sind, mich selbst eingeschlossen.«

Salazar blickte zu der Erscheinung auf.

An jenem Tag, als man ihn unter vorgeschobenen Anschuldigungen eingesperrt hatte, war Smith achtunddreißig gewesen. Ein Mob war über ihn hergefallen, und Joseph und sein Bruder Hyrum waren erschossen worden.

»Ich bin wie ein Lamm zur Schlachtbank geschritten, aber ich war so ruhig und gelassen wie ein Sommermorgen. Mein Gewissen war rein, weder Gott noch meine Mitmenschen hatte ich gekränkt. Sie haben mir das Leben genommen, aber ich bin als Unschuldiger gestorben. Seitdem hat man immer über mich gesagt, ich sei kaltblütig ermordet worden.«

So hieß es, und es stimmte.

Aber die Augen, die ihn ansahen, waren zum ersten Mal voll Macht.

»Mein Blut steigt vom Boden auf und ruft nach Rache.«

Josepe wusste genau, was er sagen musste.

»Und die wirst du bekommen.«

40

Orange County, Virginia
Freitag, 10. Oktober
01.00 Uhr

Luke war wieder in Montpelier. Sein Essen mit Katie hatte drei Stunden gedauert. Sie hatte ihn zu einem gemütlichen Diner nördlich der Stadt gelotst, wo sie Bier getrunken und ein gar nicht mal schlechtes Brathähnchen verspeist hatten. Die Kleine war süß, und er wünschte, er hätte Zeit, die Nacht mit ihr zu verbringen. Anscheinend stand sie auf Soldaten. Sie waren jeder in seinem eigenen Auto zum Diner gekommen, und so war sie anschließend nach Hause gefahren, während er mit ihrer Telefonnummer und E-Mail-Adresse in der Hosentasche zu Madisons Anwesen zurückgekehrt war.

Dann hatte er weitere drei Stunden in seinem Mustang gesessen, den er hinter dem Haupthaus abseits der Straße zwischen Bäumen geparkt hatte. Der Tempel befand sich nur einige hundert Meter entfernt. Nirgends brannte Licht, abgesehen von einer Lampe außen am Herrenhaus, deren Schein er in der Ferne zwischen den Bäumen hindurch erkennen konnte. Weder ging hier ein Nachtwächter die Runde noch waren sonst irgendwelche Sicherheitsleute aufgetaucht. Alles war still.

Daheim hatte er Fotos des Tempels studiert, und die Inspektion vor Ort hatte vorhin seine Überlegungen bestätigt. Er hatte ein fünfzehn Meter langes, dickes Hanfseil, eine Taschenlampe, Handschuhe und eine Brechstange dabei. Alles, was ein unternehmungslustiger Einbrecher gebrauchen könnte.

Er stieg aus dem Wagen, nahm das Werkzeug an sich und machte die Kofferraumklappe leise wieder zu.

Für den Weg durch den Wald brauchte er zehn Minuten unter einem wolkenverhangenen Himmel, an dem weder Mond noch Sterne schienen. Der dunkle Umriss des Tempels kam in Sicht, und er schlich über das unter seinen Füßen raschelnde, trockene Gras den Hügel hinauf. In diesen Wäldern hier war wenig zu hören – ganz anders als bei ihm zu Hause, wo die ganze Nacht hindurch Grillen zirpten und Frösche quakten. Manchmal hatte er Heimweh. Aber durch den Tod seines Vaters war es dort nicht mehr dasselbe. Sich bei der Army zu verpflichten, das war definitiv die richtige Entscheidung gewesen. Er hatte etwas von der Welt gesehen und war dabei erwachsen geworden. Nun arbeitete er als Agent des US-Justizministeriums. Seine Mutter war stolz auf ihn gewesen, als er ihr von diesem Karriereschritt erzählt hatte, und seine Brüder ebenfalls. Er hatte keinen Collegeabschluss, keine berufliche Zulassung, keine Patienten, Klienten oder Studenten.

Aber er hatte verdammt noch mal etwas aus sich gemacht.

Beim Tempel angekommen, legte er Seil und Taschenlampe beiseite. Mit dem Brecheisen nahm er sich die Mörtelfuge um die Luke in der Mitte des Betonbodens vor. Die Zementfüllung ließ sich leicht entfernen, und schon bald konnte er das flache Ende des Brecheisens wie einen Keil in die Fuge stoßen. Ein wenig Gewalt, und auf der einen Seite kam der Deckel hoch. Noch etwas nachhelfen, und er hatte eine Öffnung im Boden freigelegt, durch die er gut hindurchpassen würde.

Er legte den quadratischen Betondeckel neben den Eingang und band dann das Seil um eine der Säulen. Ein kleiner Test zeigte ihm, dass sie ihn halten würde. Dann warf er den Rest des Seils durch die Öffnung nach unten.

Ein letztes Mal schaute er sich um.

Noch immer war alles still.

Er schaltete an der Taschenlampe das Licht mit Rotfilter ein und leuchtete in die Öffnung. Unten wich die Dunkelheit, und er erblickte in zehn Meter Tiefe einen Backsteinboden und einen Ausschnitt der runden Backsteinwand. Wie er es erwartete hatte, würde er die ersten drei Meter frei in der Luft hängen, bis er genug Seil hätte, um mit den Füßen die Wand zu erreichen. Danach würde er mühelos hinuntergelangen. Auf dem Rückweg nach oben stand ihm dann das Gleiche in umgekehrter Reihenfolge bevor. Zum Glück hatte er einen durchtrainierten Oberkörper, die Kletterpartie runter und wieder rauf sollte also kein Problem darstellen.

Er schaltete die Taschenlampe aus und steckte sie in seine Hosentasche. Dann zog er seine Lederhandschuhe an und machte sich ans Abseilen.

Er dachte darüber nach, was für eine Arbeit es vor zweihundert Jahren gewesen sein musste, diesen Keller nur mit Hacken und Schaufeln auszuheben. Natürlich hatte

Madison Sklaven besessen – über hundert, so hatte Katie bei der Führung gesagt. Arbeitskräfte waren also nicht knapp gewesen. Aber die Mühe, die es bereitet haben musste, eine so große und tiefe Grube zu schaufeln, war doch beeindruckend.

Er fand die Wand mit den Füßen und ließ sich zum Boden hinunter.

Von dort blickte er nach oben zurück und stellte sich vor, wie es hier vor langer Zeit ausgesehen haben musste. Im Winter hatte man hier große Mengen Eis eingelagert. Der See, den er vorhin auf der anderen Seite des Hauses bewundert hatte, war gewiss jedes Jahr zugefroren. Dann hatten Sklaven die Eisblöcke herausgehauen, zur Grube geschleppt und mit einer Isolierschicht aus Stroh verpackt. Es war so viel Eis gewesen, dass es die Kälte bis zum nächsten Winter gehalten hatte, wo man die ganze Prozedur dann wiederholt hatte. Er hatte vorhin auf der Website von Montpelier gelesen, dass Eiscreme zu Madisons Lieblingsspeisen gehört hatte. Seiner Frau Dolly schrieb man sogar zu, diese Köstlichkeit bekannt gemacht zu haben, als sie sie beim zweiten Inaugurationsball ihres Mannes servierte.

Er schaltete die Taschenlampe wieder ein und schaute sich in dem Keller um. Der rote Strahl reichte nicht weit und konnte die Umgebung nicht lichten, und so riskierte er es, auf Weiß umzuschalten. Es war schwer zu sagen, wie viele Backsteine ihn umgaben. Gewiss Tausende. Ihre Farbe war verblasst, und in den Fugen und Rissen wuchs ein gelbliches Moos. Das war angesichts des durchlässigen Erdreichs und des hohen Alters der Kellergrube nicht zu verhindern. Aber alles in allem war die Wand relativ sauber. Die versiegelte Luke war da sicherlich hilfreich gewesen.

Im Strahl der Taschenlampe fiel ihm plötzlich etwas auf.

Er lenkte ihn zu einer bestimmten Stelle der Steinwand zurück.

Es war nur ganz schwach zu sehen.

Aber es war da.

Er trat näher und spähte im Halbdunkel nach oben.

»Das sind doch verdammt noch mal Buchstaben«, flüsterte er.

XIII.

Nun suchte er die Wand äußerst konzentriert mit dem Licht ab.

Und er fand weitere, in den Stein geritzte Buchstaben.

XIX. LXX. XV. LIX. XCIX.

Er hatte kein Latein gelernt, aber er erkannte natürlich die römischen Ziffern. Das hatte er beim Super Bowl der Football-Liga gelernt. Er hatte nie kapiert, warum die National Football League diese Methode den guten, alten amerikanischen Zahlen vorgezogen hatte. Vielleicht, weil das die Sache aufwertete?

Langsam setzte er seine Inspektion der Wand fort und stellte fest, dass manche Ziffern mehrfach vorkamen. Bald hatte er fünf LXX gezählt. Und acht XV. Er rief sich die Kopie von Madisons Notiz in Erinnerung, die Stephanie ihm gezeigt hatte. Dort hatte ganz unten das Zeichen IV gestanden. Auf der Suche danach ließ er das Licht die kreisrunde Wand entlanggleiten.

Und da fand er es.

IV.

Ziemlich weit oben, vielleicht zwei Meter unterhalb der Öffnung.

Er hatte eine Vermutung und nahm sich Zeit, um sich

ihrer Korrektheit zu vergewissern. Und tatsächlich, auch nach weiterem Suchen fand er keine zweite Ziffer IV.

Das reichte ihm.

Für eine nähere Untersuchung brauchte er das Brecheisen. Aber das lag oben. Er schaltete das Licht aus, packte das Seil und kletterte hoch. Dort hievte er sich durch die Luke nach draußen und wollte gerade das Werkzeug aufheben, als ihm etwas ins Auge fiel.

In der Ferne. Auf der anderen Seite des Herrenhauses.

Die Dunkelheit wurde von rhythmisch flackerndem Blaulicht und dem Heulen von Alarmsirenen durchbrochen. Dann entdeckte er an zwei weiteren Stellen blau blitzende Lichter.

Und alle kamen auf ihn zu.

»Verdammich«, flüsterte er. »Das kann nichts Gutes bedeuten.«

41

Washington, D.C.
01.40 Uhr

Rowan stieg aus dem Taxi. Die weiße Fassade des Kapitols auf der gegenüberliegenden Seite der 1st Street war hell erleuchtet. Er hatte in den Sitzungsperioden des Kongresses schon oft die Nächte durchgearbeitet, insbesondere vor vielen Jahren während seiner ersten beiden Wahlperioden. Seitdem kam das nicht mehr so oft vor, doch gelegentlich erforderte ein wichtiges Thema noch immer eine nationale

Legislative, die demonstrativ zeigte, dass sie auf Schlaf verzichtete.

Aber mehr war es auch nicht.

Eine Demonstration. Eine Show.

Die eigentliche Arbeit wurde niemals im Parlament selbst erledigt, sondern vielmehr hinter verschlossenen Bürotüren, an einem Restauranttisch oder bei einem Spaziergang auf der National Mall. Die Bundesregierung wies unheilbare Mängel auf, und zwar schon seit Langem. Sie war nicht mehr zu konstruktiver Arbeit fähig. Stattdessen tat sie vor allem eins: Sie entzog sowohl dem Volk als auch den Bundesstaaten Ressourcen. Sie hatte kaum eine Handhabe, um irgendwelche Probleme zu lösen, ließ aber auch nicht zu, dass jemand anders oder eine andere Institution sich ihrer annahm. Der Abschnitt, den er gestern in der Sezessionspetition von Texas gelesen hatte, war ihm im Gedächtnis haften geblieben:

Da Texas einen ausgeglichenen Haushalt aufweist und seine Wirtschaftskraft weltweit an fünfzehnter Stelle steht, ist ein Austritt aus der Union für den Bundesstaat praktisch machbar. Damit würde der Lebensstandard seiner Bürger geschützt, und ihre Rechte und Freiheiten würden in Übereinstimmung mit den ursprünglichen Ideen und Überzeugungen der Gründerväter, denen das Handeln der Bundesregierung nicht mehr entspricht, erneut gefestigt.

Treffend gesagt.

Er konnte sich nicht mehr an den genauen Moment erinnern, in dem er zum Freund von Sezessionsbestrebungen geworden war, aber er war fest von der Richtigkeit seiner Position überzeugt. *Wenn eine Regierungsform dem Volk verderblich wird, ist es das Recht des Volkes, sie zu verän-*

dern oder abzuschaffen und eine neue Regierung einzusetzen, die auf solche Grundsätze gegründet und deren Macht und Gewalt solchergestalt gebildet wird, als ihm zur Erhaltung seiner Sicherheit und Glückseligkeit am schicklichsten zu sein dünkt. Thomas Jefferson und die fünfundfünfzig anderen Patrioten, die die Unabhängigkeitserklärung unterzeichnet hatten, hatten das genau richtig formuliert. War es nicht eigentümlich, dass diese Männer das natürliche und unveräußerliche Recht besessen haben sollten, sich gewaltsam gegen die Unterdrückung durch England aufzulehnen, während ihre Nachfahren, wenn sie dasselbe gegen die Vereinigten Staaten von Amerika durchzusetzen versuchten, durch Abertausende von Bundesbestimmungen daran gehindert wurden? Wann hatten die Amerikaner denn dieses »natürliche und unveräußerliche Recht« verloren?

Rowan wusste es.

1861.

Durch Abraham Lincoln.

Aber er hatte die Absicht, es zurückzufordern.

Dass Stephanie Nelle sich nun mit ins Getümmel warf, kam unerwartet. Einer seiner rechtlichen Berater hatte ihn informiert, dass es in der Gerüchteküche rumorte. Nichts Eindeutiges, nur, dass Fragen zu ihr aufgetaucht waren und dass das Weiße Haus versuchte, das Problem unter der Decke zu halten. Keiner wollte jetzt, kurz vor dem Ende der Amtszeit des Präsidenten, noch einen Skandal. Hatte er Nelles Zwangslage mit seinen parlamentarischen Anfragen vergrößert? Oder sie damit tatsächlich sogar erst geschaffen? Schwer zu sagen. Er wusste nur, dass Nelle über seine Nachforschungen zu geheimen Dokumenten informiert gewesen war, als sie bei ihm auftauchte, und dass sie ihm angeboten hatte, ihm genau das zu verschaffen, wohinter er her war.

Und so hatte er die Situation ausgenutzt.

Am Neptunbrunnen vorbei stieg er die Treppe zur Kongressbibliothek hinauf.

Nelle vertrauen?

Nie und nimmer.

Sie benutzen?

Unbedingt.

Stephanie stand in der Vorhalle des Großen Saals der Kongressbibliothek und wartete. Normalerweise war das Gebäude nachts geschlossen, und es gab kein Sicherheitspersonal vor Ort. Aber nach ihrem Aufbruch von Rowan hatte sie im Weißen Haus angerufen. Fünfzehn Minuten später hatte der Leiter der Bibliothek sie kontaktiert. Noch einmal dreißig Minuten später war ihr ein älterer Herr, den ein freundliches Lächeln, schütteres graues Haar und eine Stahlrandbrille auszeichneten, vor der Bibliothek entgegengekommen. Er hatte sich als John Cole vorgestellt und war trotz der späten Stunde – es war schon weit nach Mitternacht – mit einem Anzug und Krawatte bekleidet und wirkte durchaus munter. Sie hatte sich für die nächtliche Störung entschuldigt, doch er hatte abgewinkt und gesagt: »Der Bibliotheksleiter hat mir aufgetragen, alles zu tun, was Sie von mir verlangen.« Nachdem sie ihre Bitte vorgetragen hatte, war er irgendwo in dem weitläufigen Gebäude verschwunden und hatte sie im Großen Saal allein zurückgelassen.

Links und rechts von ihr führte eine Marmortreppe nach

oben, und die blendend weißen Wände trugen in fünfundzwanzig Meter Höhe eine reich verzierte Stuckdecke, in deren Mitte ein Oberlicht prangte. Eine Intarsie aus Messing in Gestalt einer großen Sonne verschönerte den Marmorboden, und darum herum zeigten weitere Einlegearbeiten die Tierkreiszeichen. Skulpturen, Wandbilder und Architektur vereinigten sich zu einem prachtvollen europäischen Stil.

Und genau darum war es gegangen.

Das 1897 als Schaufenster für die Kunst und Kultur einer wachsenden Republik mit einer Kuppel errichtete Jefferson Building hatte sich zu einer der großen Fundgruben der Welt entwickelt. Die Geländer beider Treppen waren mit Putten verziert, deren symbolische Bedeutung Stephanie bekannt war. Sie stellten die unterschiedlichen Berufe, Gewohnheiten und Betätigungen des modernen Lebens dar. Sie entdeckte einen Musiker, einen Arzt, einen Elektriker, einen Farmer, einen Jäger, einen Mechaniker und einen Astronomen, alle mit den zu ihrem Beruf gehörigen Werkzeugen und Instrumenten abgebildet.

Es war nur angemessen, dass das Gebäude schließlich nach Jefferson benannt worden war, denn nach dem Krieg von 1812 – als die Briten Washington einschließlich der damaligen Bibliothek niedergebrannt hatten – hatte er der Nation sechstausendvierhundert von seinen eigenen Büchern als Kern einer neuen Sammlung verkauft. Aus diesen bescheidenen Anfängen war ein Fundus von zig Millionen Bänden erwachsen. Sie hatte einmal gelesen, dass jedes Jahr weitere zehntausend Objekte hinzukamen. Beinahe der gesamte Bestand war für Besucher frei zugänglich. Man brauchte nur einen Bibliotheksausweis, und der war leicht zu bekommen; sie hatte selbst jahrelang einen besessen. Als sie noch in der Hauptstadt gelebt hatte, hatte sie gerne in den Regalen gestöbert oder eine Veranstaltung im Auditorium besucht.

In der Bibliothek war immer etwas los.

Zu einem Teil des Bestands gab es jedoch nur eingeschränkten Zugang, angeblich wegen der Seltenheit oder Empfindlichkeit der Exemplare. Diese Bücher wurden in einer speziellen Sammlung im Obergeschoss aufbewahrt.

Und das, was Rowan suchte, befand sich dort.

Rowan näherte sich den drei Bronzetüren, auf denen die Tradition, die Schreibkunst und das Druckhandwerk allegorisch dargestellt waren. Wie der Tempel in Salt Lake City strotzte die Kongressbibliothek von Symbolen. Stephanie Nelle hatte ihm auf die Mailbox seines Handys gesprochen, er solle am üblichen Besuchereingang im Stockwerk darunter vorbeigehen und an diese Türen klopfen.

Und das tat er.

Eine wurde geöffnet, und Nelle stand vor ihm.

Er trat ins Minerva-Foyer, das nach den acht Statuen entlang der Decke benannt war, die die Göttin des Wissens darstellten. Ihr Symbol, die Eule, war überall zu entdecken.

Sie betraten den Großen Saal.

»Ich fand, Sie sollten besser hier hereinkommen als unten«, sagte sie. »Hier gibt es keine Überwachungskameras.«

Er wusste ihre Diskretion zu schätzen. »Ich bin immer beeindruckt, wenn ich hier vorbeischaue.«

»Es ist ein großartiges Bauwerk. Wir sind allein, abgesehen von einem Kurator, der gerade den Band holt, den Sie zu sehen wünschen. Aber gestatten Sie mir eine neugierige Frage. Sie hätten doch gewiss auch ohne meine Hilfe Zugang zum Raum mit den seltenen Sammlerstücken bekommen können.«

»Wahrscheinlich schon. Aber die Bedeutung des Buches ist mir erst seit zwei Tagen bekannt, und ich würde es vorziehen, keine Aufmerksamkeit auf meine Nachforschungen zu lenken. Zu unserer beider Glück sind dann ja Sie aufgetaucht.«

»Ich habe der Bibliotheksleitung mitgeteilt, dass wir uns hier gemeinsam um eine Angelegenheit der nationalen Sicherheit kümmern. Dazu hat niemand weiter nachgefragt. Und unsere Anwesenheit wird auch in keiner Besucherliste festgehalten. Ich habe das Buch in den Lesesaal des Kongresses bringen lassen. Ich dachte, dort würden Sie sich vielleicht wohler fühlen.«

Sie zeigte nach rechts, und sie kamen zu einer langen, reich ausgeschmückten Galerie. Eine Flügeltür führte in einen weiteren, ebenso langgestreckten Raum. Das Eichenparkett des Bodens schuf im Verein mit halbhohen Raumteilern aus Eichenholz und einer Kassettendecke mit eingeschlossenen, farbenprächtigen Gemälden eine herrschaftliche Atmosphäre. Wandleuchter beschienen mit ihrem weichen Licht Voluten aus Eichenholz. Die vordere und hintere Querwand wies je einen mit Mosaiken geschmückten, offenen Kamin auf. Er kannte die Geschichte dieses Saals. Früher war er zu den Sitzungszeiten des Kongresses Tag und Nacht geöffnet gewesen, mit einem Bibliothekar und Boten, die jederzeit zur Verfügung standen. In den 1960er und 1970er Jahren, als lange »Filibuster« – Dauerreden zum Verzögern von Abstimmungen – üblich gewesen waren, hatte das Personal hier auf Feldbetten geschlafen und Hunderte von Büchern von der anderen Seite der Straße herangeschleppt, um den Rednern Material für ihre Verzögerungstaktik zu liefern. Inzwischen waren die Feldbetten verschwunden, und der Raum wurde für feierliche Anlässe genutzt.

»Dort liegt das Buch«, sagte sie.

Er entdeckte den Schatz auf einem Couchtisch vor einem der Kamine.

Er ging hin und setzte sich auf das Sofa.

Das Buch maß etwa zehn mal fünfzehn Zentimeter und war gut zwei Zentimeter dick. Der lohfarbene Ledereinband war bemerkenswert gut erhalten.

Er schlug es auf und studierte die Titelseite.

Das Buch Mormon
Übersetzt von
Joseph Smith jr.

Dritte Auflage
vom Übersetzer sorgfältig bearbeitet

Nauvoo, Illinois
Gedruckt von Robinson und Smith
Cincinnati, Ohio
1840

Auf einem in den Buchdeckel eingeklebten Exlibris stand die Signatur und das Kaufdatum durch die Kongressbibliothek: 12. Dezember 1849.

Beim Anblick dieses Buches erfasste ihn Ehrfurcht.

1838 hatten die Heiligen ihr Hauptquartier in Missouri

gehabt. Aber am 30. Oktober hatte eine verbrecherische Miliz das friedliche Dorf Haun's Mill angegriffen und unter den Einwohnern ein Massaker angerichtet. Aus Angst vor weiteren Gewalttaten waren die Heiligen nach Illinois geflohen, und dort war das Bedürfnis nach weiteren Exemplaren des Buches Mormon entstanden, da die ursprüngliche Ausgabe von 1830 vollständig vergriffen war. Die 1.000 Dollar, die für den Druck einer neuen Ausgabe nötig gewesen wären, fehlten ihnen, doch eine göttliche Offenbarung sagte ihnen, was sie tun sollten. In der ganzen Kirche wurden Rundschreiben des Inhalts verbreitet, jeder Zweig werde für einen Druckkostenbeitrag von 100 Dollar hundertzehn gedruckte Exemplare erhalten. Der Prophet Joseph billigte diesen Finanzierungsplan persönlich und machte sich daran, den Text zu überarbeiten und Fehler zu korrigieren. Das Geld strömte herein, und schließlich wurden fünftausend Exemplare produziert. Eines von ihnen lag nun vor ihm.

»Die Ausgabe war so erfolgreich, dass das Buch seitdem niemals mehr vergriffen war.«

»Ich habe die Verleihhistorie dieses Exemplars hier überprüft«, sagte sie.

Er lächelte. »Etwas anderes hätte ich von Ihnen auch nicht erwartet.«

»Den Eintragungen ist zu entnehmen, dass Abraham Lincoln dieses Buch am 18. November 1861 entliehen und am 29. Juli 1862 zurückgegeben hat. Außerdem hat er sich drei weitere Bücher über das Mormonentum ausgeliehen, die die Bibliothek damals besaß.«

»Er war der erste und unseres Wissens auch der einzige Präsident, der je das Buch Mormon gelesen hat. Wir Heiligen halten große Stücke auf Lincoln.«

Mehr als die Titelseite hatte Rowan bisher nicht gesehen.

»Wenn Sie mich entschuldigen würden«, sagte er zu Stephanie. »Ich muss mir das alleine anschauen.«

42

Orange County, Virginia

Luke kletterte aus der Kellergrube und band rasch das Seil von der Säule los. In der Ferne war noch immer Blaulicht zu sehen, und die Sirenen kamen näher und näher. Er schob den Betondeckel wieder an Ort und Stelle und stopfte die Fuge mit Mörtelkrümeln zu. Was übrig blieb, fegte er mit der Hand weg. Wenn keiner allzu gründlich nachschaute, sollte hier im Schutz der Dunkelheit alles ganz normal wirken. Er schnappte sich das Seil und sein Werkzeug und zog sich in den zwanzig Meter entfernten Wald zurück.

Die Polizei kam beim Herrenhaus an, und kurz darauf sah Luke die Strahlen von drei Taschenlampen. Er versteckte sich hinter Gestrüpp, und in der mondlosen Nacht bot seine dunkle Kleidung mehr als genug Schutz. Er hörte Stimmen, während die Träger der Taschenlampen sich aufteilten und dem Tempel näherten.

Aber niemand trat hinein.

Die Beamten schienen sich damit zufriedenzugeben, dass alles ruhig war. Die Taschenlampen kamen nie näher als ein Dutzend Meter an Luke heran. Was hatte die Polizei alarmiert? Warum war sie gekommen? Gab es hier irgendeine Überwachungskamera mit Nachtsicht?

Das bezweifelte er. Nach allem, was Katie ihm beim Essen erzählt hatte, war das Geld knapp, und das Museum kam nur gerade so eben über die Runden. Und wozu hätte eine so ausgeklügelte Sicherheitstechnik gut sein sollen? Hier gab es ja kaum etwas von echtem Wert. Gewiss nicht genug, um Hunderttausende von Dollars für ein Überwachungssystem auszugeben.

Der Strahl der Taschenlampen wanderte noch ein wenig hin und her. Er hörte Männerstimmen, konnte aber nichts verstehen. Auf dem Bauch liegend, beobachtete er alles zwischen knorrigen Zweigen hindurch. Zum Glück war die Nacht so kühl, dass wohl keine Schlangen unterwegs sein würden, aber er wäre nicht überrascht, wenn ein oder zwei Waschbären auftauchen würden.

Die Taschenlampen entfernten sich wieder.

Er sah, wie ihr Licht sich vom Hügel zum Haus zurückbewegte und dann darum herum nach vorn verschwand. Er stand auf und lauschte den davonfahrenden Autos nach, deren drei Scheinwerferpaare er bald in der Ferne verschwinden sah.

Es wurde Zeit, dass er die Sache zu Ende brachte.

Er eilte zum Tempel zurück und machte das Seil wieder fest. Dann räumte er den Lukendeckel weg und warf das lose Seilende nach unten. Die Sache war riskant, aber dafür wurde er nun mal bezahlt. Während seiner Ausbildung zum Army Ranger hatte er gelernt, nachzudenken, eine Situation einzuschätzen und dann unter Druck zu handeln, das Ziel genau vor Augen. Was immer dazu nötig und wie gefährlich es auch immer war. Der Job musste erledigt werden.

Er packte die Brechstange mit der behandschuhten Hand, wickelte sich das Seil für größeren Halt einmal ums

Handgelenk und achtete darauf, dass es straff war. Dann ließ er sich langsam die drei Meter bis zu der Höhe hinunter, auf der er die zwei Buchstaben vermutete.

IV.

Als er die ungefähre Stelle, die er in Erinnerung hatte, erreicht hatte, schob er die Brechstange in seinen Stiefelschaft. Er nahm die Taschenlampe aus der Hosentasche und fand mit ihrer Hilfe den markierten Backstein. Dann packte er erneut die Brechstange und schlug mit der gekrümmten Spitze gegen die Steinwand.

Doch der Backstein hielt.

Wieder schlug er zu, diesmal fester.

Der Stein bekam einen Riss.

Zum Teufel, wird's bald?

Er rammte die Eisenstange krachend gegen dieselbe Stelle, und der Stein zerbrach und gab ein dunkles Loch frei. Flugs vertauschte er die Brechstange mit der Taschenlampe und leuchtete hinein. Drinnen schimmerte etwas.

Wie Glas.

Er griff erneut nach der Brechstange und klopfte den Rest des mit IV gekennzeichneten Steins vorsichtig weg. Allmählich tat ihm die rechte Hand, mit der er sich festhielt, ziemlich weh, auch wenn seine Füße, die er um das Seil geschlagen hatte, die Hauptlast trugen. Er steckte die Brechstange wieder in den Stiefelschaft und wischte die verbliebenen Steinbrocken weg. Bevor er die Hand ins Loch schob, leuchtete er ein letztes Mal mit der Lampe hinein, um zu sehen, was ihn erwartete.

Ein kleiner Gegenstand.

Vielleicht zwanzig Zentimeter breit und ein paar Zentimeter hoch.

Eindeutig etwas aus Glas.

Er packte die kleine Taschenlampe mit den Zähnen und holte seine Beute heraus. Dabei verdrehte er den Kopf schräg nach unten, und nun wurde das Lampenlicht vom Glas zurückgeworfen. Er sah, dass darin etwas eingeschlossen war. Mit einem letzten Schwenk der Taschenlampe vergewisserte er sich, dass das Loch nun leer war.

Auftrag ausgeführt.

Er schlenderte durch den Wald zurück und gab seinem Arm und seiner Hand Zeit, sich von der Anstrengung zu erholen. Eigentlich hätte das seine Muskeln nicht so in Mitleidenschaft ziehen dürfen. Er würde mehr trainieren müssen.

Das Seil hing zusammengerollt über seiner Schulter. In der einen Hand trug er die Brechstange, in der anderen das von Glas umschlossene Objekt. Herauszufinden, was es eigentlich genau war, war nicht seine Aufgabe. Stephanie hatte ihm aufgetragen, alles zu bergen, was in dem Keller zu finden war, und es ihr zu bringen. Nun, ihm war das recht. Er war hier nicht der Chef, und das passte ihm gut.

Er hatte im Tempel alles wieder in die ursprüngliche Position gebracht. Aber morgen oder zumindest demnächst würde jemand die aufgebrochene Mörtelfuge entdecken. Man würde den Betondeckel der Luke abheben und das Loch in der Wand entdecken. Was das alles zu bedeuten hatte, würde ganz einfach ein Geheimnis bleiben. Es würde keine Antworten auf irgendwelche Fragen und auch keine Beweise geben. Nichts, was auf irgendeinen Schuldigen verweisen könnte. Alles in allem eine gute Nacht. Er war nicht nur im Eiskeller fündig geworden, sondern hatte auch noch Katies Telefonnummer bekommen. Vielleicht würde er ihre Einladung ja annehmen und sich wieder bei ihr melden. Nächste Woche standen ihm erneut ein paar freie Tage zu.

Er kam zu seinem Wagen und warf Brecheisen und Seil in den Kofferraum. Ohne sich durch Licht im Innenraum zu verraten, ließ er sich auf den Fahrersitz gleiten. Er legte den Glasklotz auf den Beifahrersitz und steckte den Schlüssel ins Zündschloss.

Auf dem Rücksitz bewegte sich etwas.

Er war plötzlich hellwach.

Ein Kopf tauchte auf.

Dann ein Gesicht im Rückspiegel.

Katie.

Sie hatte eine Pistole – seine eigene, die sie aus dem Handschuhfach genommen hatte – und zielte damit auf ihn.

»Du weißt, wie man damit umgeht?«, fragte er, ohne sich umzuschauen.

»Ja, ich werde ja wohl noch einen Abzug betätigen können. Und deine Rücklehne ist eine ziemlich große Schießscheibe.«

»Du also hast die Polizei gerufen?«

»Ich wusste, dass du nicht bei der Army bist. Du bist ein Dieb. Ich bin dir hierhergefolgt und habe abgewartet, was du tust. Danach habe ich den Sheriff alarmiert.«

»Also, Darling, das tut mir im Herzen weh. Und ich dachte, wir beide verstehen uns richtig gut.« Dann traf ihn plötzlich die Erkenntnis. »Die Telefonnummer, die ich von dir bekommen habe, gibt es gar nicht. Stimmt's?«

»Ich bin nur zum Essen mit dir ausgegangen, weil ich

wissen wollte, was du im Schilde führst. Ich bin auch gar keine Museumsführerin. Heute hab ich einfach nur jemanden vertreten. Ich arbeite im Restaurierungsteam. Ich habe einen Master in Geschichte und schreibe an meiner Promotion. Madison ist mein Fachgebiet. Dieses Haus ist wichtig. Diebe wie du machen es für uns alle kaputt. Und was denkst du wohl? Die Telefonnummer gehört dem Sheriff.«

Dass sie hier war, stellte ein echtes Problem dar. Was hatte Stephanie noch gesagt? *Lassen Sie sich nicht erwischen.* »Ich bin kein Dieb.«

»Und was liegt dann da auf dem Vordersitz?«

Er nahm den Glasklotz hoch und reichte ihn ihr nach hinten.

»Wo hast du das gefunden? Das habe ich noch nie gesehen.«

»Weil Madison es in seinem Eiskeller versteckt hat.«

»Woher wusstest du das?«

Er antwortete nicht.

»Wir fahren jetzt zum Sheriff«, sagte sie.

»Das ist leider nicht möglich. Du magst eine hochkarätige Akademikerin sein, aber ich bin ein Agent des US-Justizministeriums, und wir brauchen das Objekt, das du in der Hand hältst.«

»Du erwartest ja wohl nicht, dass ich dir das glaube.«

Er hörte Sirenen. Schon wieder.

»Ach Scheiße, Katie. Was hast du diesmal gemacht?«

»Ich hab den Sheriff ein zweites Mal angerufen, als ich dich hab kommen sehen.«

Er drehte sich um und sah sie an. »Du gehst mir allmählich gewaltig auf den Zeiger. Hör mal, ich sag die Wahrheit. Ich muss das meiner Chefin bringen. Du kannst mitkommen, wenn du willst, und dich vergewissern, dass alles okay ist.«

Das Heulen der Sirenen kam näher.

»Hast du ihnen gesagt, wo wir sind?«, fragte er.

»Natürlich. Wie sollten sie dich denn sonst wohl finden?«

Das wurde ja immer besser.

»Entscheide dich, Katie. Erschieß mich, steig aus oder komm mit. Was jetzt also?« Er sah die Unentschlossenheit in ihren Augen. »Ich bin wirklich ein Agent, und das hier ist verdammt wichtig. Ich sag dir was. Wenn du dich dann besser fühlst, behalte die Pistole und den Glasklumpen dort hinten bei dir.«

Sie erwiderte nichts.

Die Sirenen wurden ständig lauter.

»Fahr«, sagte sie endlich. »Schaff uns hier raus.«

Er ließ den Motor des Mustangs an.

Die Reifen drehten erst durch, fanden dann Halt, und sie schossen los.

»Wohin fahren wir?«, fragte sie.

»Also, Darling, das wird dich umhauen.«

43

Washington, D.C.

Rowan wartete ab, bis Stephanie Nelle den Lesesaal verlassen und die Tür hinter sich geschlossen hatte, bevor er sich ernsthaft dem Buch zuwandte. Er dachte ehrfürchtig daran, dass Lincoln diesen Band, der vor ihm auf dem Tisch lag, persönlich in Händen gehalten hatte. Unterrichtsstoff aus einer Zeit, die Jahrzehnte zurücklag, ging ihm durch den Kopf:

Es wird aus der Finsternis ans Licht gebracht werden gemäß dem Wort Gottes; ja, es wird aus der Erde hervorgebracht werden, und es wird aus der Finsternis heraus leuchten und dem Volk zur Kenntnis gelangen; und das wird durch die Macht Gottes geschehen. Denn die ewigen Absichten des Herrn werden voranschreiten, bis sich alle seine Verheißungen erfüllt haben werden.

Eine Prophezeiung, ausgesprochen unmittelbar vor dem Vergraben der heiligen goldenen Tafeln in ihrem Versteck, wo Joseph Smith sie Jahrhunderte später gefunden und so übersetzt hatte, wie Rowan es nun in dem Buch vorfand, das vor ihm lag.

Rowan hatte sein Leben seiner Religion geweiht. Seine Eltern und auch wiederum deren Eltern waren Heilige gewesen. Rowan hatte den Propheten gedient und Gutes wie Schlechtes hingenommen. Viele Heilige waren gestorben, um zu bewahren, was ihre Vorgänger geschaffen hatten. Warum sollte es in dieser Generation anders sein? Charles R. Snow war immer nur zurückgewichen und hatte sich angepasst. Seine Führung war bedeutungslos und wenig inspirierend gewesen. Die Kirche blieb gespalten, mit Seitenzweigen in Missouri und Pennsylvania und weiteren, noch kleineren Ablegern in der ganzen Welt. Jede dieser Gruppierungen glaubte an Joseph Smith als ihren Propheten und Gründer. Alle beriefen sich auf das Buch Mormon. Doch in vielen grundlegenden Fragen waren sie anderer Meinung als die Hauptkirche.

Und sie hatten gar nicht unrecht.

So viele von Joseph Smith und Brigham Young verkündete Lehren waren von späteren Führern in Salt Lake City entweder aufgegeben oder zurückgewiesen worden.

Eines der wichtigsten Beispiele war der Glaube an die Mehrfachehe, den viele Fundamentalisten noch immer als zentral für ihre Religion betrachteten.

Genau wie Rowan selbst.

Der Prophet Smith hatte diese Praxis für wesentlich erklärt, und keine später aus politischen Gründen oder unter Popularitätsgesichtspunkten getroffene Entscheidung konnte das rückgängig machen. Für Rowan persönlich war die Monogamie in Ordnung. Aber ein Heiliger sollte, wie vom Propheten Joseph verkündet, die Wahl haben.

Die Zeit war gekommen, so viele der Getreuen unter einer Fahne zu scharen, wie sich dort nur einfinden wollten. Aber das war unmöglich, solange die US-Regierung noch die Macht hatte. Jeder Bundesstaat sollte die Freiheit besitzen, seinen eigenen Weg zu gehen, insbesondere in Glaubens- und Religionsfragen. Den Kongress ging das, was sich im Kopf und im Herzen der Bürger abspielte, nichts an.

Wenn die Leute sich darüber nur im Klaren wären.

Er hatte dreiunddreißig Jahre im Senat gesessen. Leider kam man dort anscheinend immer nur dann weiter, wenn es einer kleinen Minderheit nutzte oder der Regierung als Ganzem oder beiden. Nichts wurde einfach nur deshalb vom Parlament verabschiedet, weil es gut für das Land oder die Bundesstaaten oder die Menschen war. Das war für die Volksvertreter das Unwichtigste. Jeder Kongressabgeordnete lernte rasch, dass sein eigentliches Ziel darin bestand, genug Mittel für die Wiederwahl zu sammeln. Und sonst? Völlig egal, bis die *nächste* Wahl vorbei war. Wie oft hatte er verfolgt, wie eine Schar von Lobbyisten einen guten Gesetzesentwurf in einen schlechten verwandelt hatte. Er hatte niemals auch nur einen einzigen Cent von einem Lobbyisten angenommen. Er unterhielt sich kaum je mit ihnen, und falls doch, dann immer nur in einer Gruppe, damit keine Missverständnisse darüber entstehen konnten, wer was gesagt hatte. Seine Wahlkampfkosten wurden durch individuelle Spenden seiner Wähler in Utah aufgebracht, wobei die einzelnen Beträge akribisch festgehalten wurden. Wem das nicht passte, dem stand es frei, einen anderen Kandidaten zu wählen. Aber in den vergangenen dreiunddreißig Jahren hatte die Bevölkerung des Bundesstaates sich für ihn entschieden.

Er schaute auf das Buch hinunter.

Brigham Young hatte in der im Hohlraum des Grundsteins eingelagerten Botschaft berichtet, Lincoln habe seinem, Youngs, *Gesandten gesagt, er habe das Buch Mormon gelesen.* Als junger Abgeordneter in Illinois hatte Lincoln Heilige in seinem Bekanntenkreis gehabt. Tatsächlich hatte er geholfen, die Zustimmung zur Stadtsatzung von Nauvoo zu erlangen, die den Mormonen nie dagewesene Autonomie zugestand. Zweiunddreißig Jahre lang hatten die Präsidenten der Vereinigten Staaten, von Franklin Pierce bis zu Chester Arthur, der Kirche der Heiligen nur Härte entgegengebracht. Lincolns fünf Amtsjahre waren in dieser Zeit die einzige Oase gewesen. Nach seinem Tod war sein Ansehen bei den Heiligen nur noch gewachsen. In Konferenzreden, Lehrbüchern und Anekdoten nahm man ständig auf ihn Bezug. Wie weit diese Nähe tatsächlich ging, hatte Rowan erst bei seiner jetzigen Suche erkannt.

Doch inzwischen hatte er es begriffen.

Enthielt dieses Buch den Schlüssel?

Gleich als er Brigham Youngs Botschaft gelesen hatte, war ihm klar gewesen, wo er suchen musste. *Zwei Monate nach dem Abschluss unseres Abkommens schickte Lincoln mir ein Telegramm des Inhalts, Samuel der Lamanit behüte unser Geheimnis in Washington, inmitten des Wortes, und das beruhigte mich sehr.* Die Formulierung ›*inmitten des Wortes*‹ hatte Rowan sofort an das Buch denken lassen, das in der Kongressbibliothek aufbewahrt wurde, an ebenjenes Buch, das Lincoln persönlich gelesen hatte.

Er schlug eine der ersten Seiten auf und studierte den winzigen Druck. Auf der Titelseite war ihm nichts Ungewöhnliches ins Auge gefallen, und so blätterte er nun die hinteren Seiten durch.

Keinerlei Markierungen.

Er könnte natürlich jede einzelne Seite durchgehen, aber das würde dauern. Daher ließ er das Dünndruckpapier wie bei einem Daumenkino schnell vorbeistreichen und überflog die dahinflitzenden Seiten nach etwas Auffälligem.

Etwas fiel ihm ins Auge.

Er hielt inne und fand die Seite.

Sie gehörte zum Buch Helaman. Genauer gesagt, zu Kapitel 13. Die Prophezeiung Samuels des Lamaniten für die Nephiten. Er kannte die Geschichte, die sich etwa fünfhundert Jahre vor Christus ereignet hatte. Sie berichtete von der Rechtschaffenheit der Lamaniten und der Verdorbenheit der Nephiten. Samuel sagte den Untergang der Nephiten klipp und klar voraus, sollten sie nicht bereuen.

Auf den oberen, freien Rand der bedruckten Seite hatte jemand eine Landkarte gezeichnet.

Rowan nahm die Kopie der Landkarte aus dem Grundstein des Tempels hervor, die Snow ihm gegeben hatte. Die beiden Darstellungen entsprachen sich, nur dass auf der Skizze im Buch noch zusätzlich etwas geschrieben stand.

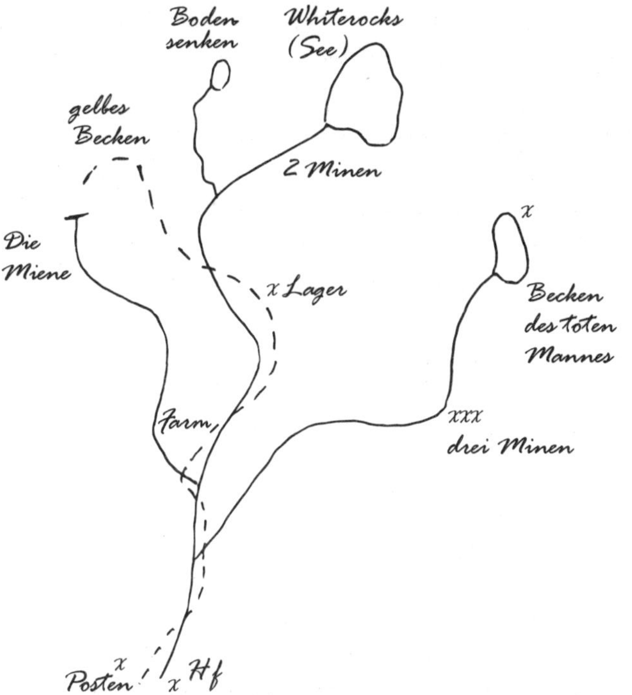

Er las die gedruckte Textpassage unter der Skizze durch.

19. Denn ich will, spricht der Herr, dass sie ihre Schätze für mich verbergen; und verflucht sei, wer seine Schätze nicht für mich verbirgt; denn niemand verbirgt seine

Schätze für mich, außer er sei rechtschaffen; und wer seine Schätze nicht für mich verbirgt, verflucht ist er, und ebenso der Schatz, und niemand wird ihn wiedererlangen – wegen des Fluches auf dem Land.
20. Und der Tag wird kommen, da sie ihre Schätze verbergen, weil sie ihr Herz auf Reichtümer gesetzt haben; und weil sie ihr Herz auf ihre Reichtümer gesetzt haben und ihre Schätze verbergen, wenn sie vor ihren Feinden fliehen; weil sie sie nicht für mich verbergen, seien sie verflucht und auch ihre Schätze; und an jenem Tag werden sie geschlagen werden, spricht der Herr.
21. Seht, ihr Volk dieser großen Stadt, und hört auf meine Worte; ja, hört auf die Worte, die der Herr spricht; denn siehe, er spricht, dass ihr wegen eurer Reichtümer verflucht seid, und auch eure Reichtümer sind verflucht, weil ihr euer Herz auf sie gesetzt und nicht auf die Worte dessen gehört habt, der sie euch gegeben hat.

Er lächelte.

Lincoln hatte die Seite mit Bedacht gewählt.

Die Nephiten hatten Samuel zurückgewiesen und die Propheten letztlich gesteinigt.

Eine Warnung?

Vielleicht.

Aber ihm blieb keine Wahl. Er musste weitermachen.

Ihm fiel auf, dass in der Skizze etwas fehlte. *Eines* nämlich war nicht näher bezeichnet worden. Und das konnte sich als problematisch erweisen. Einige der Örtlichkeiten hatte er bereits erkannt. Sie lagen in den Bergen nordöstlich von Salt Lake City, in einem Gebiet, in dem man schon seit Langem Geheimnisse vermutete. Aber diese Gegend bestand aus Tausenden von Quadratmeilen reiner Wildnis, die durch kaum etwas markiert war, und was zu fehlen schien, war ein Endpunkt.

Lincoln war auf Nummer sicher gegangen und hatte nicht alles preisgegeben.

Unten am Fuß der Seite stand handschriftlich: *Römer 13,11*. Rowan erinnerte sich nicht, worum es in diesem Abschnitt ging.

Warum dieser Hinweis?

Er spähte durch die quer gestellten Lamellen der Jalousie auf die angestrahlte Kuppel des Kapitols. Er brauchte Zeit zum Nachdenken und durfte diesen Hinweis nicht zurücklassen.

Möge der Himmlische Vater ihm vergeben.

Noch nie hatte er ein heiliges Buch beschädigt.

Doch nun riss er die Seite vorsichtig aus dem Band.

44

03.50 Uhr

Luke war rasch von Haus Montpelier geflohen, hatte den Highway genommen und war nordwärts aus Virginia heraus nach Washington, D.C. gefahren. Katie hatte überwiegend schweigend auf der Rückbank gesessen und nur hin und wieder ein paar Worte mit ihm gewechselt. Sie hielt noch immer die Pistole in der Hand, wusste aber augenscheinlich wenig über das Schießen. Er war nicht so blöd, dass er eine geladene Waffe herumliegen ließ, die jeder sich nehmen konnte. Er bewahrte das Magazin unter dem Fahrersitz auf, wo es leicht zu greifen war, wenn man wusste, wo man suchen musste. Aber das wusste sie offensichtlich nicht. Er hatte nachgefühlt und zu seiner Beruhigung festgestellt, dass es noch dort unten verborgen lag.

Sie hatten inzwischen den Highway verlassen und fuhren durch die Stadt, deren Straßen zu dieser nachtschlafenden Zeit vollkommen verlassen dalagen. Zum Glück war er seit jeher ein Nachtmensch, daher war er hellwach.

»Schaust du gelegentlich die *Andy Griffith Show?*«, fragte er sie.

»Klar. Wer nicht?«

»Erinnerst du dich an die Folge, in der Barney immer eine Pistole bei sich tragen wollte? Er hat ein großes Tamtam darum gemacht. Aber Andy hat dafür gesorgt, dass er die Munition in der Hosentasche ließ.«

Katie erwiderte nichts.

»Die Pistole ist nicht geladen«, sagte er.

»Das glaube ich dir nicht.«

»Drück doch den Abzug.«

Er beobachtete sie im Rückspiegel.

Sie unternahm nichts.

»Du hast doch gesagt, du weißt, wie man schießt. Dann tu es auch.«

Er hörte ein Klicken. Und dann noch eines. Und noch eines.

Verdammt! Sie machte das tatsächlich!!

Sie warf die Waffe nach vorn, sodass sie dumpf im Fußraum vor dem Beifahrersitz aufschlug. »Du hältst dich ja wirklich für verdammt schlau.«

Er lachte. »Keine Ahnung. Du bist doch die mit dem

Master, die an ihrer Promotion arbeitet. Da dachte ich, du würdest es vielleicht selbst herausfinden.«

Er hielt vor einer roten Ampel an. »Und du hast mir wirklich statt deiner eigenen Telefonnummer die des Sheriffs gegeben?«

»Ich dachte, du würdest dich vielleicht stellen.«

»Das war wirklich nicht nett. Ich hatte mich so darauf gefreut, dich wieder anzurufen.«

»Wirklich schade«, antwortete sie. »Ich glaube, ich gehe jetzt.«

»Das würde ich nicht tun.«

»Und warum nicht?«

»Weil du dann was echt Cooles verpasst. Das könnte dir sogar bei deiner tollen Promotion helfen.«

Sie machte keine Anstalten, die Tür zu öffnen, und er gab Gas und fuhr über die Kreuzung. Es war kein Problem, die Stadt zu durchqueren und zur Pennsylvania Avenue zu finden, von wo er auf das bewachte Tor des Weißen Hauses zurollte. Vor seinem Aufbruch nach Virginia Stunden zuvor hatte Stephanie ihn angerufen und angewiesen hierherzukommen, wenn er fertig sei.

Er freute sich nicht gerade auf das Familientreffen.

»Was zum Teufel? ...«, murmelte Katie.

Er ließ die Seitenscheibe herunter und holte seinen Ausweis hervor. »Ich hab dir ja gesagt, dass es dich umhauen wird.«

Sie gelangten durch den Besuchereingang nach drinnen, wo sie ein Agent des Secret Service erwartete. Katie hielt noch immer den Glasklotz in der Hand, und ihre Augen leuchteten vor Spannung.

»Ich war noch nie hier«, sagte sie.

»Ich auch nicht«, antwortete er.

»Du bist wirklich ein Agent?«

»Das sagt man mir zumindest.«

Ihr Begleiter führte sie durch einen Marmorsaal. Kristalllüster leuchteten alles taghell aus. Sie kamen an einem Porträt Eisenhowers vorbei. An der hinteren Wand des Saals hingen weitere Präsidentenbilder. Kennedy. Johnson. Ford. Und Carter. Wie eine Parade der letzten *Greatest Hits*.

Sie blieben im Erdgeschoss und betraten einen Raum, der mit einem roten Twillstoff tapeziert war. Oben war eine Bordüre mit Goldschnörkeln abgesetzt. Ausgestattet war der Raum mit Polstermöbeln im selben Rot, die mit Goldmedaillons und weiteren Schnörkeln gemustert waren. Der Teppich war beigefarben, rot und golden. Auch hier brannte ein heller Lüster. In dem Salon erwarteten sie Stephanie und der gute, alte Onkel Danny. Luke hatte ihn seit dreizehn Jahren, seit der Beerdigung seines Vaters, nicht mehr gesehen. Er nahm sich vor, Respekt zu zeigen und sich gut zu benehmen. Das würde seine Chefin von ihm erwarten, was auch immer er selbst empfinden mochte.

»Wer ist das?«, fragte Stephanie sofort.

Er bemerkte, dass heute auf das Protokoll verzichtet wurde. Normalerweise kam keiner in die Nähe des Präsidenten, der nicht vorher gründlich überprüft worden war.

Aber diese Situation war alles andere als normal.

Katie wirkte allerdings bemerkenswert gefasst, als begegne sie dem Präsidenten der Vereinigten Staaten jeden Tag.

»Ein Problem, das so schnell aufgetaucht ist, dass ich es nicht lösen konnte. Also habe ich es mitgebracht. Das ist Katie ...«

Er merkte plötzlich, dass er ihren Nachnamen nicht wusste.

»Bishop«, sagte sie. »Katie Bishop.«

Sie reichte dem Präsidenten die Hand.

»Freut mich, Sie kennenzulernen«, sagte Daniels. »Würden Sie jetzt bitte die Frage der Dame beantworten und mir sagen, was Sie hier machen?«

»Zeig es ihm«, sagte Luke und deutete auf den Gegenstand in ihrer Hand.

Katie reichte den Glasklotz an den Präsidenten weiter.

»Den habe ich in dem Eiskeller gefunden«, sagte Luke. »Er lag hinter einem Backstein versteckt, der mit dem Zeichen IV markiert war. Ich hab ihn rausgeholt, aber Katie hat es geschafft, die Polizei vor Ort zu alarmieren. Sie waren mir dicht auf den Fersen, und so blieb mir keine andere Wahl, als sie mitzubringen.«

»Sie hat dich drangekriegt?«, fragte der Präsident.

»Ich weiß, dass das vielleicht nicht so leicht zu glauben ist. Es fällt mir ja selber schwer. Aber solche Dinge passieren nun mal. Wie du gewiss weißt.«

»Wie ich sehe, hast du noch immer dasselbe freche Mundwerk.«

»Muss wohl in der Familie liegen. Was meinst du?« Er bemerkte Stephanies wütenden Blick. »Okay. Ich hör schon auf. Schau mal, ich hatte nicht groß die Alternative. Außerdem dachte ich, sie könnte uns helfen. Sie sagt, sie hat einen Master in amerikanischer Geschichte, und außerdem weiß sie eine Menge über Madison. Wenn ich sie nicht mitgenommen hätte, hätte man mich erwischt, da habe ich eben das kleinere von zwei Übeln gewählt.«

»Okay«, sagte der Präsident. »Katie Bishop, mit Ihrem Abschluss in amerikanischer Geschichte wissen Sie bestimmt, wo wir uns gerade befinden?«

»Im Roten Salon. Dolley Madison hat hier immer ihre berühmten Mittwochabend-Empfänge abgehalten. Damals traf sich hier, was Rang und Namen hatte. Seitdem hat der Raum als Salon, Wohnzimmer oder Musikzimmer gedient. Leider sind die Wände Nachbauten aus der Zeit, als Truman das Weiße Haus hat entkernen lassen. Zum letzten Mal hat Hillary Clinton hier Hand angelegt. Die Möbel stammen nach meiner Erinnerung noch aus Madisons Zeit. Wirklich bemerkenswert ist ein Ereignis, das hier in U.S. Grants Amtszeit vorgefallen ist. Der hatte Angst, dass bei Rutherford B. Hayes' Vereidigung etwas schieflaufen könnte, da dieser nur gewählt worden war, nachdem eine Fantasiekommission ihm zwanzig umstrittene Wahlmännerstimmen zugesprochen hatte. Daher ließ er ihn noch am Vorabend der öffentlichen Inauguration direkt hier vereidigen.«

»Sie wissen über den Kompromiss von 1877 Bescheid?«

Katie lächelte. »Ich muss doch sehr bitten. Einer der größten Hinterzimmer-Deals aller Zeiten! Hayes verfehlte in der Wahl von 1876 gegen Samuel Tilden die Mehrheit der Wählerstimmen, und keiner von beiden verfügte über genug Wahlmännerstimmen. In der Folge ließen die Demokraten zu, dass die zwanzig umstrittenen Wahlmännerstimmen an die Republikaner gingen, während Hayes ihnen im Gegenzug den Abzug der Besatzungstruppen aus dem Süden, eine Ost-West-Strecke der Eisenbahn durch den Süden und gesetzgeberische Maßnahmen zusagte, die beim

Wiederaufbau des Südens helfen würden. Schließlich hatten die Demokraten ein Druckmittel, und das nutzten sie maximal aus. Grant kam dem Vertrag sofort nach und zog einen Teil der Truppen ab. Hayes entsorgte dann den Rest. Sobald die Besatzung weg war, übernahmen die Demokraten im Süden die totale Kontrolle und behielten sie bis zum Ende des 20. Jahrhunderts.«

»Nicht schlecht. Also, tatsächlich sogar ziemlich gut.« Der Präsident winkte mit dem Klotz in seiner Hand. »Und können Sie mir jetzt auch sagen, was das hier ist?«

»Über die Zeichen auf den Backsteinen im Eiskeller wissen wir schon lange Bescheid. Aber bisher hat keiner ihre Bedeutung herausgefunden. Wir dachten, Madison hätte das eben einfach veranlasst. Zu Dekorationszwecken. Oder wegen irgendeiner persönlichen Eigenart.«

»Gibt es aus diesem Grund im Internet keine Fotos des Kellers?«, fragte Stephanie.

Katie nickte. »Die Kuratoren wollten keinen Presserummel à la da-Vinci-Code, darum haben sie ihn versiegelt.«

»Und das war richtig so«, sagte Daniels. »Aber Sie haben meine Frage noch nicht beantwortet. Was halte ich in der Hand?«

»Ich habe während der ganzen Fahrt von Virginia darüber nachgedacht. Und ich glaube, dass ich die Antwort weiß.«

Stephanie beobachtete Danny und Luke genau. Sie war vor einer Stunde ins Weiße Haus gekommen, nachdem sie in der Kongressbibliothek mit Rowan fertig gewesen war. Der Senator hatte eine halbe Stunde allein mit dem Buch Mormon verbracht. Dank einer versteckten Überwachungskamera, die in diesem Teil der Bibliothek aus Sicherheitsgründen angebracht war, hatte sie ihn die ganze Zeit beobachtet. Sie selbst und John Cole hatten gesehen, wie Rowan eine Seite aus der Ausgabe von 1840 riss. Cole war bei diesem Anblick zusammengezuckt, aber keiner von ihnen konnte etwas dagegen tun. Zum Glück hatte Cole das Buch bereits durchgesehen und die Seite mit der Notiz kopiert. Er berichtete, die ungewöhnliche Skizze sei schon eine ganze Weile bekannt, aber keiner habe gewusst, was es damit auf sich habe. Sie war tatsächlich einer der Gründe, warum das Buch in dem Bereich aufbewahrt wurde, zu dem es ohne Sondergenehmigung keinen Zugang gab. Nun war das Rätsel möglicherweise gelöst.

»Setzen Sie sich doch«, sagte der Präsident zu den Versammelten. »Ich möchte mir anhören, was Ms. Bishop zu sagen hat.«

Stephanie war ein wenig beunruhigt, dass Luke eine Außenstehende hinzugezogen hatte. Aber sie hatte im Laufe all der Jahre gelernt, die Entscheidungen ihrer Agenten nicht unnötig in Frage zu stellen. Schließlich waren sie diejenigen, die ihren Arsch riskierten. Ihre Leute waren ausgezeichnet ausgebildete, intelligente Menschen. Luke hatte offensichtlich die Alternativen gegeneinander abgewägt und seine Entscheidung getroffen.

Der Präsident legte den Glasbehälter behutsam auf den Tisch.

»Zu Beginn des 19. Jahrhunderts gab es noch keine Vakuumversiegelung«, sagte Katie. »Damals machte man gerade die ersten Experimente mit Konservendosen. Papier vor dem Verrotten zu schützen, war damals schwierig. Die ersten Konservierungsbehälter bestanden tatsächlich aus

Glas, aber später wurde es durch Blech ersetzt. Empfindliche Objekte wurden zu ihrem Schutz manchmal mit Glas versiegelt.«

In dem Klotz auf dem Tisch war eindeutig etwas eingeschlossen, das an ein kleines Buch erinnerte.

»Madison war gut mit Thomas Jefferson befreundet. Monticello lag nur dreißig Meilen entfernt, was damals als Nachbarschaft galt. Jefferson wusste alles über das Versiegeln mit Glas. Also hat er vielleicht seinen guten Freund James Madison in die Technik eingeweiht.«

Der Präsident saß schweigend da.

Genau wie Luke.

Das war für beide ungewöhnlich.

Sie hatten kein einziges freundschaftliches Wort gewechselt. Sie waren wirklich vom gleichen Schlag.

Luke war fest entschlossen zu schweigen, bis sein Onkel von sich aus etwas sagte. Danny war immer ein kühler Mensch gewesen. Interessant, wie vollkommen gegensätzlich manche Brüder waren. Luke wusste über die Trauerfälle im Leben seines Onkels Bescheid und hatte ein gewisses Maß an Mitgefühl – Betonung auf *ein gewisses Maß*. In Lukes Familie hatten sich immer alle nahegestanden. Seine drei Geschwister und er verstanden sich gut, sie waren Brüder im wahrsten Sinne des Wortes. Die drei anderen waren inzwischen verheiratet und hatten Kinder. Er selbst war der Einzige, der noch »vogelfrei« war, ein ungebundener Single.

»Gut, dass du dieses Objekt gefunden hast, das war ausgezeichnete Arbeit«, sagte sein Onkel zu ihm.

Hatte er richtig gehört? Ein Lob? Vom großen Danny

Daniels? Zum ersten Mal begegneten sich ihre Blicke. »Tut das weh?«

»Luke …«, begann Stephanie.

Aber der Präsident hob abwehrend die Hand. »Schon gut. Er gehört zur Familie. Und wahrscheinlich habe ich es ohnehin verdient.«

Dieses Eingeständnis verblüffte Luke.

»Sie sind verwandt?«, fragte Katie.

Der Präsident sah sie an. »Er ist mein Neffe. Wahrscheinlich würde er das niemals zugeben, aber so ist es.«

»Du kannst einen ja ganz schön überraschen«, sagte Katie zu Luke.

Luke lag nichts daran, neue Familienbande zu knüpfen. Eigentlich war ihm sein Onkel scheißegal. In der Nähe seiner Mutter musste er allerdings aufpassen, weil sie ihren Schwager immer gemocht hatte.

Der Präsident deutete auf den Glasklotz. »Sei so gut, Luke. Brich das Ding auf.«

Er fragte sich, wieso sein Onkel plötzlich so nett war, sagte sich aber, dass er nicht gerade jetzt einen Streit vom Zaun brechen sollte. Er wog den Klotz in der Hand. Vielleicht ein Kilo oder anderthalb. Dickes Glas. Ein Hammer wäre nicht schlecht, aber vielleicht schaffte er es auch mit dem Stiefel. Er legte den Glasbehälter auf einen Teppich und ließ den Absatz kräftig darauf hinunterkrachen. Nichts geschah. Er wiederholte die Prozedur, und das Glas bekam einen Riss. Ein dritter Tritt, und es zerbrach in mehrere Teile.

Behutsam fischte er das kleine Büchlein zwischen den scharfen Kanten heraus.

»Lass unsere Historikerin einen Blick hineinwerfen«, sagte der Präsident.

Luke reichte es Katie.

Sie schlug das Deckblatt auf und überflog ein paar Seiten. Gleich darauf blickte sie auf und sagte: »Donnerwetter.«

45

Salzburg
09.50 Uhr

Cassiopeia saß zutiefst aufgewühlt in ihrer Suite. Normalerweise hätte sie ihre Umgebung sehr reizvoll gefunden. All die Holzbalken, bestickten Leinendecken, bemalten alpenländischen Truhen und Eichenmöbel. Der Goldene Hirsch wirkte wie eine Huldigung an die Geschichte. Aber das alles war ihr jetzt völlig gleichgültig, denn sie wurde von der Frage verzehrt, wie sie es nur geschafft hatte, sich in ein so schreckliches Chaos zu verstricken.

Ihr Vater würde sich schrecklich für sie schämen. Er hatte Josepe gemocht. Aber obwohl ihr Vater in vieler Hinsicht hochintelligent gewesen war, hatte er in anderen Dingen eine schreckliche Naivität an den Tag gelegt. Die Religion war sein schlimmster Trugschluss gewesen. Er hatte immer geglaubt, es gebe einen göttlichen Plan, dem jedes Individuum praktisch alternativlos folgen müsse. Wenn man das tat, war der Lohn ewige Glückseligkeit. Andernfalls erwarteten einen nichts als Kälte und Dunkelheit.

Leider hatte ihr Vater sich geirrt.

Zu dieser Erkenntnis war sie kurz nach seinem Tod gelangt. Für eine Tochter, die ihren Vater zutiefst verehrt hatte, war sie hart zu akzeptieren gewesen. Aber es gab keinen göttlichen Plan. Keine ewige Erlösung. Keinen Himmlischen Vater. Das alles war nur eine zusammenfantasierte Geschichte, mit der einige Menschen eine Kirche gegründet hatten, in der andere ihnen gehorchen mussten.

Und das erbitterte sie.

Die mormonische Lehre lautete, dass keines der Geschlechter es übel nehmen sollte, wenn Vorrechte oder Pflichten dem einen Teil, aber nicht dem anderen zuerkannt oder auferlegt wurden. Das schien insbesondere für die Frauen gesagt zu sein. Jede Frau war angeblich zu einem von Gott gewollten Zweck geboren. An erster Stelle kam ihre Rolle als Mutter. Der Dienst im Heim galt als die höchste spirituelle Berufung von allen. Vermutlich diente diese Rhetorik der Bemäntelung der Tatsache, dass Frauen niemals in die Priesterschaft eintreten oder in irgendeine verantwortungsvolle Kirchenposition aufsteigen konnten. Diese Aufgaben wurden ausschließlich Männern anvertraut. Aber warum? Das ergab keinen Sinn. Wie alt war sie gewesen, als sie begriffen hatte, was aus all dem folgte? Vielleicht sechsundzwanzig? Jedenfalls kurz nach dem Tod ihrer Mutter. Diese Religion war von Männern geschaffen worden, und Männer würden in ihr herrschen. War das Gottes Plan? Wohl kaum. Sie würde ihr Leben nicht der Erziehung ihrer Kinder und dem Gehorsam gegenüber ihrem Ehemann widmen. Nicht, dass eine solche Haltung an sich verkehrt wäre. Nur war eben beides nicht das Richtige für sie.

In ihrem Inneren brannte eine wohlvertraute, gespannte Aufmerksamkeit. Sie dachte an ein Konzert in Barcelona zurück. Josepe hatte die Veranstaltung ausgewählt. Im Teatre més Petit del Món. Ehemals das Heim eines bekannten Künstlers, war es zum kleinsten Konzerthaus der Welt umgebaut worden – im Ambiente des 19. Jahrhunderts spielte man Chopin, Beethoven und Mozart in einem in Kerzenlicht getauchten Garten.

Es war wunderschön gewesen.

Hinterher waren sie zusammen essen gegangen und hatten sich über die Kirche unterhalten, wie Josepe es gerne tat. Sie erinnerte sich, wie dieses Thema sie zunehmend abgestoßen hatte. Aber sie hatte ihn gewähren lassen, da sie das für ihre Rolle gehalten hatte.

»Letzte Woche hat es in Spanien einen Zwischenfall gegeben«, erzählte er. »Mein Vater hat mir davon berichtet. Ein Mitglied der Kirche ist überfallen und verprügelt worden.«

Sie war schockiert. »Warum denn?«

»Als ich das hörte, dachte ich an Nephi, der Laban fand, wie er sinnlos betrunken in Jerusalem auf der Straße lag.«

Sie kannte die Geschichte von Laban, der sich geweigert hatte, eine Sammlung von Messingplatten zurückzugeben, auf denen etwas geschrieben stand, das Nephis Familie brauchte, um Gott weiterhin zu gehorchen.

Nephi begriff, dass der im Dreck liegende Betrunkene Laban selbst war, und er spürte, wie der Geist ihm den Befehl gab, diesen Mann zu töten. Nephi kämpfte mit dieser Empfindung. Er hatte noch nie Blut vergossen. Doch der Geist wiederholte den Befehl zwei weitere Male und sprach: »Es ist besser, dass ein Mensch zugrunde geht, als dass ein Volk in Unglauben verfällt und zugrunde geht. *Daher tötete Nephi Laban.«*

Sie sah, dass er aufgewühlt war.

»Warum nur hat der Himmlische Vater Nephi befohlen, so etwas zu tun?«, fragte er. »Es scheint allem zuwiderzulaufen, was gut und richtig ist.«

»Vielleicht, weil es einfach nur eine Geschichte ist?«

»Aber was ist mit Abrahams Bereitschaft, seinen Sohn als Opfer darzubringen? Er erhielt diesen Befehl, obgleich geschrieben steht: Du sollst nicht töten. *Und Abraham hat sich nicht dagegen gewehrt. Er hätte Isaak getötet, hätte ihn nicht ein Engel daran gehindert. Doch Gott war stolz auf seinen Gehorsam. Joseph Smith hat selbst davon gesprochen.«*

»Du fasst das doch gewiss als ein Gleichnis auf und nicht als ein Ereignis, das tatsächlich geschehen ist?«

Er sah sie verblüfft an. »Nichts im Buch Mormon ist ohne Wahrheit.«

»Ich habe ja nicht behauptet, dass es verkehrt ist, nur, dass es sich vielleicht eher um eine Geschichte handelt, die einem eine Lektion lehrt, als um einen realen Vorfall.«

Sie erinnerte sich an sein Widerstreben, dieser Argumentation zu folgen.

Für ihn war das Buch Mormon etwas Absolutes gewesen.

»Ich behaupte ja gar nicht, dass ich meinen Sohn getötet hätte«, sagte Josepe. »Aber es war tapfer von Abraham, dem Himmlischen Vater zu gehorchen. Er war bereit, den Befehl auszuführen.«

Cotton und Stephanie hatten beide behauptet, Josepe habe einen amerikanischen Agenten getötet.

War das möglich?

In der Kapelle hatte sie nicht viel von dem Gespräch der

beiden Männer mitbekommen, nur die letzten paar Worte, die vor ihrem Auftritt gefallen waren. Josepe war nie ein gewalttätiger Mensch gewesen. Soviel sie wusste, entsprach das einfach nicht seinem Charakter. Sein energischer Widerspruch gegen den Mordvorwurf, den Malone ihm gemacht hatte, hatte ehrlich geklungen. Daher fragte sie sich, ob man vielleicht versuchte, sie zu manipulieren. Sie war weder mit Cotton noch mit Stephanie glücklich. Der eine hatte überhaupt nichts hier zu suchen und sie schon gar nicht so zu behandeln, als wüsste sie sich nicht zu helfen – und die andere war eine Lügnerin. Der Streit gestern, als sie Cotton aufgesucht hatte, machte ihr zu schaffen, und es tat ihr leid, dass sie ihn ein Arschloch genannt hatte, aber da war sie wütend gewesen, und das war sie immer noch.

Sie liebte Cotton.

Aber auch Josepe hatte sie einmal geliebt.

Wie hatte sie nur zulassen können, dass ein solches Chaos entstehen konnte.

Das lag vermutlich an ihrer Arroganz. An dem Glauben, dass sie alles packen konnte, was das Leben ihr in den Weg warf. Aber sie war nicht so hart und zäh, wie sie andere gerne glauben machte. Ihr Vater war für sie der Fels in der Brandung gewesen. Doch er war nun schon lange tot. Vielleicht war Josepe dazu bestimmt gewesen, ihn zu ersetzen, aber sie hatte die Beziehung beendet. Cotton war ein wenig wie ihr Vater, aber dann auch wieder ganz anders. Er war seit Josepe der erste Mann, mit dem sie sich eine dauerhafte Beziehung hatte vorstellen können.

Und doch hatte sie sich damals von Josepe getrennt.

Und Cotton? Was war mit ihm? Er sollte heimfliegen, aber das würde er nicht tun. Stephanie hatte ihn inzwischen in die Sache verwickelt, und so würde er seinen Job erledigen.

So, wie sie das auch tun sollte.

Sie griff nach ihrem Handy.

In Kürze stand wieder eine der vereinbarten Rückmeldungen bei Stephanie an. Kam nicht in Frage. Nie wieder. Sie löschte alle Kontaktdaten Stephanies von ihrem Handy.

Irgendetwas war hier faul, daran konnte es keinen Zweifel geben. Josepe ließ sich von Bewaffneten begleiten. Daniten? Die Regierung und insbesondere der US-Präsident hatten ihn anscheinend ins Visier genommen – es ging um etwas, in das auch ein US-Senator verwickelt war. Und offensichtlich war ein amerikanischer Agent ermordet worden.

Mit Josepe als Hauptverdächtigem.

Wie das alles zusammenpasste, wusste sie nicht, aber sie hatte die Absicht, es herauszufinden.

Mit einer einzigen Abwandlung.

Sie würde die Sache auf ihre Weise in Angriff nehmen.

46

Washington, D.C.

Samstag, 15. Sept. 1787. In der Versammlung

Nachdem die Hauptsitzung vertagt worden war, versammelten sich die Delegierten nach der Abendmahlzeit zu weiteren Gesprächen über ein eigenständiges Thema.

DR. FRANKLIN erhob sich mit folgendem Eingeständnis: Es gibt mehrere Teile dieser Verfassung, denen ich gegenwärtig nicht zustimme, aber ich bin mir nicht sicher, ob ich ihnen tatsächlich niemals zustimmen werde. Denn im Laufe eines langen Lebens habe ich viele Gelegenheiten erlebt, in denen bessere Informationen oder gründlicheres Nachdenken mich bewogen haben, meine Meinung, die ich richtig fand, bis ich das Gegenteil einsehen musste, selbst zu wichtigen Fragen zu ändern. Je älter ich werde, desto eher bin ich daher fähig, mein eigenes Urteil anzuzweifeln und dem Urteil anderer mehr Achtung entgegenzubringen. Tatsächlich glauben sich die meisten Menschen, genau wie die meisten religiösen Sekten, im Besitz der Wahrheit und gehen davon aus, dass jeder, der von ihrer eigenen Meinung abweicht, sich im Irrtum befindet. Der Protestant Steele teilt dem Papst in einer Widmung mit, in der Gewissheit um die Richtigkeit ihrer Doktrin unterschieden sich ihre Kirchen nur insoweit, als die Kirche Roms unfehlbar sei und die Kirche Englands sich niemals irre. Doch auch wenn die meisten Privatpersonen ihre eigene Unfehlbarkeit fast genauso wertschätzen wie die ihrer Sekte, drücken nur wenige dies so natürlich aus wie eine gewisse französische Dame, die bei einem Streit mit ihrer Schwester sagte: »Ich weiß nicht, wie es kommt, Schwester, aber ich habe noch nie jemand anderen getroffen, der immer so sehr recht hat wie ich.« Im Rahmen dieser meiner Haltung, Sir, stimme ich der Verfassung mit all ihren Fehlern zu, falls es solche sind; denn ich bin der Meinung, dass wir eine gemeinschaftliche Regierung brauchen, und es gibt keine Regierungsform als eine solche, die gut wahrgenommen ein Segen für das Volk ist, und weiterhin bin ich der Meinung, dass die in Rede stehende Regierungsform wahrscheinlich für viele Jahre gut wahrgenommen werden wird, aber nur in Despotie enden kann, wie andere Regierungsformen vor ihr, wenn das Volk so verdorben ist, dass es einer despotischen Regierung bedarf, weil es zu einer anderen nicht mehr fähig ist. Aber mir ist der Vorbehalt, den unsere jüngste Meinungsverschiedenheit in uns hat aufkommen lassen, sehr wohl bewusst. Gewiss, ich bezweifle, dass irgendeine andere Versammlung, deren Einberufung wir anregen könnten, fähig wäre, eine bessere Verfassung zu entwerfen, denn wenn man eine Anzahl von Männern versammelt, damit sie ihre Weisheit vereinigen, versammelt man mit diesen Männern auch unvermeidlich immer ihre Vorurteile, Leidenschaften, Irrtümer, Lokalinteressen und selbstsüchtigen Ansichten. Kann man von einer solchen Versammlung ein vollkommenes Werk erwarten? Die Sorgen jener unter uns, die eine ewige, starre, unverbrüchliche Verbindung der Staaten fürchten, habe ich also sehr wohl zur Kenntnis genommen. Es muss uns bewusst sein, dass alles, was geschaffen wird, endlich ist.

MR. GERRY nannte die Einwände, die ihn bewogen, seinen Namen nicht unter die Verfassung zu setzen: 1. Die Länge der Wahlperiode des Senats und die erneute Wählbarkeit der Senatoren. 2. Die Befugnis des Repräsentantenhauses, sein Protokoll der Öffentlichkeit vorzuenthalten. 3. Die Befugnis des Kongresses, über die Wahlbezirke zu entscheiden. 4. Die unbegrenzte Befugnis des Kongresses, über die Bezüge der Abgeordneten selbst zu entscheiden. 5. Massachusetts ist kein angemessener Anteil an den Abgeordneten zuerkannt worden. 6. Ein Sklave soll wie drei Fünftel der Stimme eines Freien gewichtet werden. 7. Aufgrund der Entscheidungsbefugnisse über den Handel könnte es zur Schaffung von Monopolen kommen. 8. Der Vizepräsident ist Leiter des Senats. Über all diese Einwände könne er sich jedoch, so sagte er, hinwegsetzen, wenn die Rechte der

Bürger nicht durch folgende Bestimmungen in Gefahr gebracht würden: 1. Die umfassende Macht der Legislative, alle Gesetze zu beschließen, die sie nach ihrem Gutdünken für notwendig und richtig hält. 2. Sowie ohne Einschränkungen Armeen aufzustellen und Steuern einzuziehen. 3. Eine Union, aus der kein Austritt möglich ist. Was würden Sie, meine Herren, sagen, wenn eine Zeit käme, in der ein Staat nicht länger Teil des Bundes sein wollte?

COLONEL MASON merkte an, dass eine Regierung, die sich selbst für ewig erkläre, zu einer Gefahr werde, und schloss, dass eine solche entweder als Monarchie oder als tyrannische Aristokratie enden werde. Welches von beidem sei zweifelhaft, aber das eine oder das andere sei gewiss. Diese Verfassung sei ohne das Mitwissen oder die Meinung des Volkes entworfen worden. Es sei unangemessen, das Volk vor die Entscheidung zu stellen, alles oder nichts zu nehmen, und zwar für immer. In ihrer gegenwärtigen Form könne er die Verfassung in Virginia nicht empfehlen oder dort für sie stimmen; und was er dort nicht empfehlen könne, könne er hier nicht unterzeichnen.

MR. RANDOLPH äußerte sich zu der unbegrenzten und gefährlichen Macht, die die Verfassung dem Kongress einräume, und verlieh dem Bedauern Ausdruck, beim Abschluss der gemeinsamen, großen und eindrucksvollen Bemühungen zu einer von der Mehrheit der Versammelten abweichenden Meinung gelangt zu sein. Er habe das dringende Verlangen nach einer vermittelnden Maßnahme, die ihn aus dieser misslichen Lage befreien würde. Seine Sorge, dass die Staaten den Plan durchaus verwerfen könnten, wenn man ihnen nicht die Möglichkeit böte, den Bund zu verlassen, werde von vielen der Anwesenden geteilt. Was würde geschehen, wenn die Nationalregierung sich der Unterdrückung schuldig machte? Und was würde sie daran hindern, wenn kein Staat sich aus dem Bund zurückziehen dürfe? In dieser Hinsicht müsse eine Anpassung vorgenommen werden, und sollte man seinen Vorschlag verwerfen, sehe er sich außerstande, seinen Namen unter das Dokument zu setzen. Ob er später als sein Gegner auftreten werde, könne er vorläufig noch nicht entscheiden, aber er werde sich nicht der Freiheit berauben, dies in seinem eigenen Staat zu tun, sollte sein abschließendes Urteil ihm dies befehlen.

MR. PINKNEY sagte, die Erklärungen so achtbarer Mitglieder der Versammlung kurz vor Abschluss dieses wichtigen Geschehens verliehen dem gegenwärtigen Augenblick einen eigentümlichen Ernst. Auch er sei besorgt, dass nun ein Plan ohne Änderungen in seiner Gesamtheit angenommen werden müsse, und dass jeder Staat, wenn er einmal zugestimmt habe, für immer durch diese Entscheidung gebunden sei. Jemand machte den Vorschlag, dass eine neue Versammlung alle Streitfragen klären könne. Mr. Pinkney verbreitete sich daraufhin über die Folgen, die die Einberufung einer neu konstituierten Versammlung zur Diskussion weiterer, die Regierung im Allgemeinen betreffender Überlegungen und Änderungswünsche der verschiedenen Staaten nach sich ziehen würde. Ein solches Experiment würde nur zu Verwirrung und Zwist führen. Er sagte: Die Staaten werden sich niemals auf einen gemeinsamen Plan einigen, und unter dem Eindruck der widersprüchlichen Wünsche ihrer Wähler werden die Delegierten einer zweiten Versammlung mit Sicherheit zu keinem gemeinsamen Ergebnis kommen. Eine Verfassungsgebende Versammlung ist eine ernste Sache und sollte nicht wiederholt werden. Genau wie die anderen hatte er mehrere Einwände gegen den Verfassungsentwurf. Er wandte sich gegen die verachtenswerte Schwäche und Abhängigkeit der Exekutive. Er wandte sich gegen das alleinige Bestimmungsrecht der Kongressmehrheit über den Handel. Er sagte, zur Frage der Dauer der Union einfach zu schweigen, stelle ihn nicht zufrieden. Er frage sich, ob es eine Lösung geben könne, mit der die Gefahr eines allgemeinen Chaos und einer letztendlichen Entscheidung durch das Schwert gebannt werden könne.

Das allgemeine Gemurmel der Vertreter der Staaten ließ erkennen, dass über Mr. Pinkneys Frage nachgedacht wurde. Um die ablehnend eingestellten Mitglieder zurückzugewinnen, kam man überein, die Frage einer formlosen Diskussion zu übergeben, bei der die Aussicht auf eine Lösung vielleicht größer wäre.

Stephanie hatte jedem einzelnen Wort gelauscht, das Katie Bishop vorgelesen hatte, und war sich dabei sehr bewusst gewesen, dass Luke, der Präsident und sie selbst die ersten Menschen seit gut zweihundert Jahren waren, die diesen Bericht hörten.

»Das ist einfach unglaublich«, sagte Katie. »Ich habe Madisons Aufzeichnungen gelesen. Ein Teil meiner Masterarbeit hat sich genau damit beschäftigt. Aber nichts von dem, was hier steht, ist bei Madison enthalten.«

Stephanie wusste auch warum, denn Madison hatte ja selbst geschrieben, der Bericht sei ein *Zusatz* zum Haupttext und nur für die Augen der Präsidenten bestimmt.

»Erzählen Sie mir von dieser Idee einer zweiten Versammlung«, bat Daniels.

»Darüber wurde viel diskutiert. Mehrere Delegierte waren beunruhigt, weil sie den Staaten einen Vorschlag aufdrängen sollten, den diese nur als Ganzes würden annehmen oder ablehnen können. Sie dürfen nicht vergessen, dass diese Leute ja nur nach Philadelphia geschickt worden waren, um die Konföderationsartikel zu überarbeiten, aber nicht, um sie komplett zu verwerfen und von vorne anzufangen.«

»Und daher glaubten sie, dass eine zweite Versammlung das Problem lösen würde?«, fragte Luke.

»Nicht gerade lösen, aber zumindest abmildern. Ihr Verfassungsentwurf würde in den Staaten vorliegen, und jedes einzelne Wort würde diskutiert werden. Wenn es nicht zur Ratifizierung käme, könnte man zum Ersatzplan übergehen, eine zweite Versammlung einberufen und die Meinungsverschiedenheiten klären.«

Der Präsident lachte. »Das ist, als würde man sagen: *Soll doch der Kongress das Problem lösen.* Dann bekommt man 535 verschiedene Meinungen. Irgendwann gelangt man schließlich zu einem Kompromiss, aber 1787 hatte das Land nicht so viel Zeit. Damals war die Welt ein Härtetest für uns. Franzosen, Spanier und Engländer wollten, dass wir scheiterten. Sie warteten nur auf eine Gelegenheit, über uns herzufallen.«

»Die Versammlung musste zu einem definitiven Abschluss gelangen«, sagte Katie. »Die Delegierten wussten, dass sie nur eine einzige Chance hatten, die Sache zu erledigen. Sie konnten das Problem nicht aussitzen, und das taten sie auch nicht. Hören Sie sich das hier an.«

MR. SHERMAN zog es vor, dass einem Staat der Austritt aus der Union gestattet sein solle, wenn er das wünsche. Nachdem man gerade erst unter großem Blutvergießen das unterdrückerische Joch einer Tyrannei abgeschüttelt habe, hege er nicht den Wunsch, eine neue unterdrückerische Regierung zu schaffen, gegen die es keine Abhilfe mehr geben würde. Er bezweifele, dass irgendeiner der Staaten das Dokument ratifizieren werde, wenn ein Austritt nicht gestattet sei.

COLONEL MASON stimmte diesen Ausführungen zu und merkte an, da die Gegebenheiten für die Staaten unterschiedlich seien, solle man eine Regel finden, die sie so weit möglich auf dasselbe Niveau höbe. Kleine Staaten wären eher zur Ratifikation bereit, wenn man ihnen bei etwaiger Unterdrückung durch die großen Staaten die Gegenmaßnahme des Austritts gestatte. Ein solches Recht der Staaten wäre gleichermaßen ein Instrument zur Zügelung der Regierung, das Tyrannei verhindern könne, da jeder Staat austreten könnte, wenn die Meinungsverschiedenheiten zwischen dem besagten Staat und der Nationalregierung so groß und dauerhaft würden, dass eine Trennung gerechtfertigt erschiene. Andernfalls könnte eine Mehrheit von Staaten der Minderheit ihren Willen aufoktroyieren.

COLONEL HAMILTON drang darauf, dass die Abhängigkeit von der Volksmeinung weder zu groß noch zu gering sein dürfe. Die Kontrollmechanismen innerhalb der Staatsgewalt würden nur wenig Wirkung zeigen, wenn das Bündnis der Staaten für alle Zeit geschmiedet würde. Er erläuterte, dass kein Reich der Weltgeschichte jemals von Dauer gewesen sei, weder das ägyptische noch das römische, türkische oder persische. Sie seien alle letztlich gescheitert, und zwar wegen Überdehnung, verwirrender Strukturen, Machtübertreibung, Ungleichheit und undurchdringlicher Barrieren zwischen den Bevölkerungsschichten. Er verlieh seiner Überzeugung Ausdruck, dass die Staaten nur einen Teil ihrer Machtbefugnisse an die neue Nationalregierung delegierten, nicht jedoch ihre Souveränität. Ginge man vom Gegenteil aus, wäre das ein Übel, das man in allen Staaten beklagen würde.

»Sie debattieren über eine Austrittsoption«, sagte Katie. »Eine Möglichkeit für die Staaten, der Union den Rücken zu kehren. Eine solche Diskussion wurde im Zusammenhang mit der Verfassungsgebenden Versammlung bisher noch nie erwähnt. Nach allem, was ich gelesen habe, wurde dieses Thema niemals offen besprochen.«

»Das liegt daran, dass Madison das Thema aus seinen Aufzeichnungen herausgelassen hat«, sagte der Präsident. »Und den Rest seiner Erinnerungen hat er ebenfalls abgeändert. Er hatte dreiundfünfzig Jahre, um seine Notizen durcheinanderzuschütteln und ihnen den Inhalt zu geben, der ihm passte. Wir haben nicht die geringste Vorstellung, was tatsächlich bei dieser Versammlung vorgefallen ist. Wir wissen nur das, was Madison uns wissen lassen wollte. Und jetzt erfahren wir, dass er diesen Teil der Debatte verschwiegen und seine Aufzeichnungen darüber versteckt hat.«

»Könnte eine Abspaltung also von der Verfassung gedeckt sein?«, fragte Katie.

»Das müssen Sie mir sagen«, gab Daniels zurück.

»Was wir hier lesen, trägt das Datum 15. September 1787. Die Beratungen der Versammlung waren beendet. Die Abschlusssitzung mit der Unterzeichnung fand am 17. statt. Das fragliche Thema haben sie ganz zum Schluss besprochen, wahrscheinlich um den verbliebenen Ängsten der Delegierten entgegenzuwirken, dass ihre Staaten die

Verfassung vielleicht nicht ratifizieren würden. Für diese Delegierten waren die Staaten wichtige Körperschaften. Vielleicht sogar die wichtigsten, gerade auch aus Sicht des Volkes. So dachten die Menschen damals. All das änderte sich erst 1861 durch Lincoln.«

»Sie haben also seine erste Inaugurationsrede gelesen?«, fragte der Präsident.

»Natürlich. Aus Lincolns Sicht waren die Staaten niemals souverän. Er sagte, der Kontinentalkongress, nicht das Volk habe sie geschaffen. Seiner Meinung nach waren sie bedeutungslos. Er glaubte, dass ein Verfassungsvertrag zwischen den Staaten nach seinem Abschluss nicht widerrufbar war.«

»Hatte er da recht?«

»Jefferson und Mason würden das Gegenteil behaupten.«

Stephanie lächelte. Diese junge Dame kannte ihr Fachgebiet.

»Der Theorie dieser beiden zufolge existierten die Staaten schon lange vor 1787, und der Kontinentalkongress hatte überhaupt nichts damit zu tun. Und da haben sie übrigens recht. Die Verfassung ist ganz eindeutig ein Vertrag zwischen souveränen Staaten. Jeder einzelne hat durch die Ratifizierung gewisse Befugnisse an die Bundesregierung als ausführendes Organ delegiert. Die restlichen Machtbefugnisse blieben dem Volk *und* den Staaten vorbehalten. Das ist im Neunten und Zehnten Verfassungszusatz ausdrücklich festgehalten. Aus dieser Sicht wäre eine Abspaltung nicht nur legal, sondern ein unverbrüchliches Recht.«

Der Präsident deutete auf das Notizbuch. »Und was haben nun die Gründerväter dazu zu sagen?«

MR. L. MARTIN setzte sich dafür ein, dass die Nationalregierung die Bundesstaaten und nicht die einzelnen Bürger im Blick haben solle. Er sagte: Ein Verfassungsentwurf, der den Interessen der Bundesstaatsregierungen entgegensteht, wird niemals Erfolg haben, denn deren Einfluss auf das Volk würde dieses mit Sicherheit von einer Annahme abhalten.

Diese Rede war sehr diffus und wurde mit beträchtlicher Heftigkeit vorgetragen, was andere ebenso anmerkten.

MR. WILLIAMSON war der Ansicht, wenn man irgendeine politische Wahrheit auf mathematische Beweise gründen könne, dann jene, dass die Staaten die gleiche Souveränität, die sie jetzt besäßen, auch dann besitzen würden.

MR. SHERMAN: Die Frage lautet nicht, welche Rechte dem Menschen naturgegeben sind, sondern wie sie in der Gesellschaft möglichst gerecht und wirksam gewahrt werden können. Und wenn manche Bürger zur Erlangung dieses Ziels mehr Rechte als andere aufgeben, kann es keinen Raum für Klagen geben. Etwas anderes, nämlich die Forderung, dass jeder sich genau des gleichen Maßes an Rechten entäußert, würde, indem es die Rechte einiger gefährdet, den Zweck zugunsten der Mittel opfern. Der Reiche, der gemeinsam mit dem Armen in die Gesellschaft eintritt, gibt mehr auf als der Arme, ohne dass seine Stimme mehr zählt, doch beide sind gleichermaßen ihrer Rechte sicher. Sollte er entsprechend seiner größeren finanziellen Beteiligung auch mehr Stimmen erhalten, wäre die Sicherheit der Rechte des Armen sofort in Gefahr. Diese Erwägung erhielt beim Entwurf der Konföderationsartikel den Vorrang, und sie sollte auch jetzt den Vorrang erhalten. Der beste Schutz vor

Tyrannei ist das Recht, sich ihr zu entziehen. Man sollte nicht die Notwendigkeit einer zweiten Revolution schaffen. Jedes Blutvergießen sollte vermieden werden. Sollte ein Bundesstaat nicht länger wünschen, Teil des Bundes zu sein, sollte ihm der Austritt freistehen.

COLONEL MASON merkte an, dass das Wissen der Staaten um die leichte Kündbarkeit des neuen Bundes sowohl positive als auch negative Effekte haben könne. Wie bei einer Ehe sei für den Erfolg einer politischen Union ein Element der Dauer nötig, sonst könne jeder der Partner sich für einen Rückzug statt für Pflichterfüllung und Kompromiss entscheiden. Er räumte ein, dass jeder Staat das Recht zum Austritt haben solle, aber es müsse durch die Einsicht eingeschränkt werden, welch harte Arbeit in den letzten Monaten geleistet worden sei und welchen großartigen Entwurf man geschaffen habe. Die neue Verfassung müsse eine Erfolgsaussicht bekommen, die mindestens so groß sei wie das Risiko des Scheiterns.

MR. MADISON schlug eine Lösung vor. Ein von allen Unterstützern der neuen Verfassung unterzeichnetes Dokument, in dem der Vorbehalt festgehalten sein solle, dass alle Bundesstaaten für immer das Recht hätten, sich aus der Union zurückzuziehen. Er drängte darauf, dies in einem eigenen Schriftstück festzuhalten, da bei einer solchen ausdrücklich eingefügten Bestimmung die Ratifizierung des Hauptdokuments unwahrscheinlich würde. Was würde es für einen Sinn machen, einen Zusammenschluss zu bilden, wenn dieser so leicht aufzukündigen wäre? Und wenn die Staaten nach dem Eintritt in den Bund wüssten, dass sie sich ohne Schwierigkeiten wieder daraus zurückziehen könnten, wäre bei einer solchen Union nicht mit großer Stabilität zu rechnen. Um das zu vermeiden, sollten die Delegierten in einer getrennt gehaltenen, geheimen Vereinbarung ihre klare Absicht ausdrücken, den Bundesstaaten in jeder Hinsicht ihre Souveränität zu belassen. Das Dokument solle General Washington zur Verwahrung übergeben werden, der es so einsetzen solle, wie es ihm angemessen erscheine. Man wünsche, eine Enthüllung der Existenz dieses Dokuments möglichst zu vermeiden, außer gegebenenfalls, um die Ratifikation der Verfassung durch einen der Staaten zu gewährleisten oder um später den Austritt eines Bundesstaates aus der Union zu rechtfertigen. Insgesamt drückte er den Wunsch aus, jedes Mitglied der Versammlung, das noch Einwände habe, werde mit ihm gemeinsam ein wenig an seiner eigenen Unfehlbarkeit zweifeln und seinen Namen unter dieses Dokument setzen.

Mr. Madison stellte dann den Antrag, ein solches Dokument aufzusetzen und mit Unterschriften zu beglaubigen, und schlug folgende Formulierung als angemessen vor: »Erstellt in der Verfassungsgebenden Versammlung und einstimmig von den am 15. September anwesenden Staaten angenommen. Zum Zeugnis ist es mit dem jeweiligen Namen sämtlicher Delegierten unterzeichnet.

47

Salzburg

Salazar stand im Vorraum seiner Suite, ein Stockwerk über dem Zimmer, in dem Cassiopeia ihn erwartete. Er war noch immer bestürzt, weil der Engel sich ihm als Joseph Smith geoffenbart hatte. Die Ehre, die ihm zuteilgeworden war, lastete schwer auf Salazar. Er hatte sich daran gewöhnt, diesem Sendboten zu vertrauen, aber jetzt zu wissen, dass es sich um den Propheten Joseph selbst handelte, schien allzu triumphal. Nach dem Verschwinden der Erscheinung hatte er beinahe eine Stunde lang gebetet und war dann eingeschlafen, so dass er seine üblichen vier Stunden Nachtruhe bekommen hatte. Er hatte überlegt, was als Nächstes kommen würde, und der Anruf, den er gerade vom Ältesten Rowan erhalten hatte, schien diese Frage zu beantworten.

»Hier ist viel geschehen«, sagte Rowan.

Salazar ließ sich von dem Apostel erklären, was dieser am Vorabend in der Kongressbibliothek gefunden hatte.

»Ich konnte nur staunen«, erzählte Rowan. »Lincoln hat die Landkarte persönlich skizziert. Alles, was wir bisher über den Propheten Brigham vermutet hatten, hat sich bestätigt. Ich bin fest überzeugt, dass das, was wir suchen, auch tatsächlich immer noch vorhanden ist.«

Salazar hörte die Erregung in der Stimme des Senators, was nur sehr selten vorkam.

»Lincolns Skizze entspricht der Zeichnung, die Young in dem Grundstein hinterlegt hat«, sagte Rowan. »Nur dass Lincolns Landkarte beschriftet ist. Allerdings fehlt ein Endpunkt. Aber ich vermute, dass der Hinweis auf Römer 13,11 die Lücke füllen wird.

Bedenkt die gegenwärtige Zeit: Die Stunde ist gekommen, aufzustehen vom Schlaf. Denn jetzt ist das Heil uns näher als zu der Zeit, da wir gläubig wurden.

»Fällt Ihnen dazu etwas ein?«, fragte Rowan.

»In dem Abschnitt ist von der Zeit und vom Heil die Rede.«

Salazar ging zu seinem Notebook und gab *Lincoln* und *Römerbrief* in die Suchmaschine ein. Auf den ersten paar Seiten kamen keine sinnvollen Treffer.

Er wusste, Römer 13,11 wies darauf hin, dass die Suche nach dem Heil ihrem Ende entgegenging. Die Nacht war schon fast vorbei, und bald würde der Tag heraufdämmern. Es wurde Zeit, die sündigen Werke der Finsternis abzulegen.

Daher versuchte er es mit *Lincoln* und *Zeit*.

Wieder kamen eine Menge bedeutungslose Ergebnisse, aber auf der vierten Seite der Suchmaschine entdeckte er schließlich eine vielversprechende Überschrift. *Das Geheimnis in Lincolns Uhr ist gelüftet.* Er klickte den Link an und las, dass es seit hundertfünfzig Jahren Vermutungen über irgendeine versteckte Bürgerkriegsbotschaft in Lincolns Taschenuhr gegeben habe. Der Zeitmesser gehörte inzwischen zur Sammlung des Smithsonian's National Museum of American History. In Reaktion auf das Gerücht hatten die Kuratoren vor ein paar Jahren das Öffnen der Uhr gestattet, und man war auf eine Botschaft gestoßen. *12. April 1861. Dies ist das Datum des Angriffs der Aufständischen auf Ford Sumter. Gott sei Dank haben wir eine Regierung.*

Anscheinend hatte der Uhrmacher in der Pennsylvania Avenue gearbeitet, und zwar als der einzige Anhänger der Union in diesem Laden. Er reparierte am 12. – vielleicht auch erst am 13. – April 1861 Lincolns Sprungdeckel-Taschenuhr mit englischer Ankerhemmung, also an dem Tag, an dem der erste Schuss auf Fort Sumter fiel. Aufgebracht gravierte er seine Botschaft der Hoffnung ins Innere der Uhr. Während des 18. und 19. Jahrhunderts hielten Uhrmacher ihre Arbeit oft auf diese Weise fest, aber solche Botschaften wurden normalerweise nur von anderen Uhrmachern gesehen. Ob Lincoln etwas von ihr wusste, ist unbekannt. Der Präsident hatte die Uhr in den 1850er Jahren gekauft, angeblich als erste, die er je besessen hatte.

Salazar studierte die Webseite weiter und las, dass das Museum die Uhr als Geschenk von Lincolns Urenkel erhalten hatte. Wirklich interessant war aber das, was am Ende des Artikels stand:

Die Uhr wurde in Liverpool von einem unbekannten Uhrmacher gefertigt. Einigen Quellen zufolge soll sie nie zuverlässig funktioniert haben. Das ist nicht überraschend, da man beim Öffnen feststellte, dass der dritte und vierte Lagerstein im Uhrwerk fehlten. Lincoln besaß außerdem noch eine regelmäßig getragene 44,87-Millimeter-Sprungdeckel-Taschenuhr mit Schlüsselaufzug und elf Rubinen, ein Modell »Wm. Ellery« der Firma Waltham. Diese Uhr wurde ebenfalls dem Smithsonian geschenkt, wo sie Teil der historischen Sammlung ist.

Salazar berichtete dem Ältesten Rowan, was er gerade recherchiert hatte.

»In Lincolns Zeit zeigte man seinen Erfolg mit einer schönen Golduhr«, sagte Rowan. »Sowohl mein Vater als auch mein Großvater haben immer eine bei sich getragen. Und als bekannter Anwalt in Illinois hat Lincoln es genauso gehalten.«

Salazar fand Aufnahmen Lincolns, die mit zu den ältesten Fotografien gehörten, die überhaupt jemals gemacht worden waren, und stellte fest, dass auf den meisten eine Uhrenkette zu sehen war. Dann machte er sich im Netz über Lincolns zweiten Zeitmesser kundig und erfuhr, dass er noch nie geöffnet worden war. Derzeit war er als Teil einer Wanderausstellung des Smithsonian über Lincoln unterwegs.

Und zwar in diesen Tagen in Des Moines, Iowa.

»Sie glauben, dass in der zweiten Uhr ebenfalls eine Botschaft stehen könnte?«, fragte Rowan.

»Lincoln hat den Bibelabschnitt mit Bedacht gewählt. In Römer 13,11 wird ausdrücklich auf die Zeit Bezug genommen. Eine Zeit, in der das Heil nahe sei. Und Lincoln hatte die Taschenuhr wohl immer eingesteckt.«

»Brigham Young hat in seiner Botschaft geschrieben, Lincoln trage den wesentlichen Teil des Geheimnisses immer bei sich. Vor zwei Tagen hätte ich diese Spekulationen noch ziemlich abwegig genannt, aber das hat sich geändert. Anscheinend hatten sowohl Bruder Brigham als auch Mr. Lincoln Gefallen an ihren Geheimnissen gefunden. Könnten Sie nach Iowa fliegen und sich vergewissern?«

»Das würde möglicherweise den Diebstahl der Uhr bedeuten.«

»Normalerweise würde ich das ablehnen, aber wir haben einen kritischen Punkt erreicht und brauchen rasch Antworten. Tun Sie, was immer nötig ist. Aber gehen Sie mit größter Vorsicht zu Werke.«

Er verstand.

»Falls sich das Ganze als Sackgasse erweist, treffen wir uns in Salt Lake City und entscheiden, was wir als Nächstes unternehmen.«

Salazar kürzte den Bericht über die Ereignisse des Vortags ab und sagte nur, es habe sich gezeigt, dass die Amerikaner sich auf genau das eingeschossen hätten, wohinter sie selbst her seien.

»Allerdings ist mir noch immer nicht klar, wie viel sie eigentlich wissen«, sagte er.

»Das dürfte ich wohl von hier aus herausbekommen können«, gab Rowan zurück. »Sie brauchen sich nicht mehr mit ihnen abzugeben. Können Sie unauffällig aus Salzburg verschwinden?«

»In zwei Stunden sitze ich im Flieger.«

Cassiopeia saß schweigend da. Was würde als Nächstes passieren? Wie viel schlimmer konnte das alles noch werden? Ein leises Klopfen holte sie in die Wirklichkeit zurück. Sie machte die Tür auf, sah Josepe und bat ihn herein.

»Wir müssen aufbrechen«, sagte er.

Sie horchte auf, weil er *wir* gesagt hatte.

»Ich muss in die Vereinigten Staaten reisen, nach Iowa.«

Sie war noch nie in diesem Bundesstaat gewesen. »Warum denn?«

»Es geht um dieses Projekt für den Ältesten Rowan, von dem ich dir erzählt habe. Es gibt einen historischen Gegenstand, den ich besichtigen muss.« Er zögerte. »Es könnte sich als nötig erweisen, das Objekt zu stehlen, aber nur für kurze Zeit, um es genauer in Augenschein zu nehmen.«

»Das kann ich schaffen.«

Diese bereitwillige Komplizenschaft schien ihn zu überraschen.

»Stehlen ist eine Sünde«, sagte er.

»Du hast doch gesagt, du würdest es dir nur kurze Zeit

ausborgen. Ich nehme an, dass du es dann wieder zurückgibst?«

Er nickte.

»Dann ist es kein Diebstahl.«

»Der Älteste Rowan hat gesagt, es sei nötig. Diese Mission ist ungeheuer wichtig. Wie du gesehen hast, versuchen die Amerikaner, uns aufzuhalten. Darum müssen wir schnell und unauffällig von hier verschwinden.«

Sie fragte sich, wie Cotton reagieren würde. Er würde nicht aufgeben. Und Stephanie auch nicht. Da war ebenso wenig mit einem Rückzug zu rechnen.

»Während des Flugs erzähle ich dir mehr«, sagte er. »Versprochen. Das hier ist wieder ein Great Treck wie damals der große Zug nach Westen. Vielleicht überhaupt die größte Reise, die die Heiligen je unternommen haben. Aufregender, als du es dir auch nur vorstellen kannst.«

Der erste Große Treck hatte 1847 begonnen. Mit Wagen, Handkarren oder auch nur auf Schusters Rappen hatte man sich auf die über tausend Meilen lange Wanderung nach Westen gemacht. Die Strecke entlang dem Nordufer des Plate River, über die kontinentale Wasserscheide hinweg und durch das Tal des Sweetwater River bis ins Becken des Salt Lake wurde als der Mormon Trail bekannt. Ihr Vater hatte oft und oft mit Ehrfurcht davon gesprochen. Von 1847 bis 1869 hatten siebzigtausend Kirchentreue die Reise unternommen, und jeder von ihnen galt als Pionier.

Er ergriff sanft ihre Hand. »Auch wir beide sind Pioniere. Aber auf eine neue und aufregende Weise. Das alles erzähle ich dir unterwegs.«

Er nahm sie in die Arme, und sie küssten sich.

Sie spürte die Heftigkeit seiner Gefühle.

»Ich liebe dich«, sagte er.

Sein Blick bestätigte seine Worte.

»Schon von Jugend an«, fuhr er fort. »Unsere Trennung hat mir das Herz gebrochen. Aber ich habe deine Entscheidung respektiert. Ich muss dir etwas gestehen. Ich bewahre in meinem Haus in Spanien ein Foto von dir auf. Das habe ich vor ein paar Jahren nach dem Tod meiner Frau wiedergefunden. Als mein Herz vor Trauer leer war, hat das Bild mir stets Freude gemacht.«

Warum nur kam jeder Mann, der Interesse an ihr zeigte, mit seinem eigenen Bündel an Problemen? Das hatte mit Josepe und seiner Religion begonnen und sich dann mit einer endlosen Folge von Anbetern fortgesetzt, die alle in mancher Hinsicht wunderbar gewesen waren, aber in anderer Hinsicht furchtbar. Nun schien sich der Kreis zu schließen. Zurück zu den Anfängen. Einerseits empfand sie etwas für diesen Mann und andererseits fühlte sie sich abgestoßen. Und sie war sich nicht sicher, welche Seite ihrer selbst den Vorrang bekommen sollte.

Aber sie musste es herausfinden.

»Diesmal werde ich keine Entscheidung erzwingen«, sagte er. »Du sollst deinen Entschluss auf deine eigene Weise finden und kannst dir dabei so viel Zeit lassen, wie du willst. Diese Lektion habe ich vor langer Zeit gelernt.«

Das wusste sie auf ganz vielen Ebenen zu schätzen. »Danke.«

»Ich brauche deine Hilfe«, sagte er.

»Es ist wichtig, dass du mir vertraust und mich einbeziehst. Ich werde dich nicht enttäuschen.«

Er lächelte.

»Das hast du nie getan.«

48

Salzburg

Malone befand sich rund hundertfünfzig Meter oberhalb Salzburgs in der Nähe der Richterhöhe, einer mit Nadelbäumen bewachsenen Aussichtsplattform am Mönchsberg. Die Luft war kalt, und beim Ausatmen bildete sich vor seinem Mund ein Wölkchen. Rechts von ihm erhob sich die graue Masse der Festung Hohensalzburg, und links lag das minimalistisch mit weißem Marmor verkleidete Museum für moderne Kunst. Hinter dem Museum zeichnete sich der Mönchstein ab – eine ehemalige Burg, die inzwischen als Luxushotel genutzt wurde. Die Morgensonne wurde von den schimmernden Fenstern mit rot, golden und gelb funkelnden Strahlen zurückgeworfen. Er wusste, dass dieser Berg aus den über Jahrzehntausende abgelagerten Sedimenten zermahlener Flusssteine bestand und seine steilen Flanken zu Steinschlag neigten. Im 17. Jahrhundert hatte eine Steinlawine ein paar hundert Einwohner Salzburgs nachts im Schlaf überrascht und getötet. Heutzutage wurden die Steilhänge regelmäßig inspiziert, um Gefahren auszuschließen, und auf dem Weg nach oben hatte er die Kontrolleure bei der Arbeit gesehen.

Er war früh aufgestanden, hatte sein Hotel zu Fuß verlassen und sich dem Goldenen Hirsch vorsichtig genähert. Hoch oben zwischen den Bäumen des Mönchsberg-Plateaus hatte er einen Mann entdeckt, der Wache hielt. Anfangs hatte er gedacht, es einfach nur mit einem anderen Frühaufsteher zu tun zu haben, aber als die winzige Gestalt oben sich überhaupt nicht von ihrem Aussichtspunkt fortbewegte, kam er zu dem Schluss, dass einer der Daniten sich wohl die bessere Übersicht von oben zunutze machte.

Der Goldene Hirsch lag unmittelbar unter diesem Mann, und der Eingang des Restaurants war von oben einsehbar, ebenso wie eine verkehrsreiche Straße, die die Autos um die Fußgängerzone des Innenstadtbereichs herumführte. Vermutlich beobachtete der andere Danite den zweiten Eingang des Hotels, der auf die Getreidegasse hinausging.

Hohe Linden und Kastanien bildeten ein geschlossenes Blätterdach über Malone und tauchten ihn in ihren Schatten. Er war auf demselben Weg wie gestern Abend hier heraufgewandert, hatte die Festung umrundet und war der Oberkante des Steilhangs einen halben Kilometer lang gefolgt. Unter ihm führte das Sigmundstor durch den Felsen, ein hundertdreißig Meter langer Tunnel mit reich verzierten Barockportalen an beiden Enden. Auf dieser Seite des Mönchsbergs verschwanden Autos in der Einfahrt oder schossen daraus heraus und hielten dann manchmal vor einer Ampel unmittelbar vor dem Goldenen Hirsch.

Ihn umgab ein naturbelassener, aber gepflegter Park aus Bäumen, Wiesen und Gebüsch. Es war ihm gelungen, sich dem Daniten bis auf fünfzig Meter zu nähern und dabei nahe genug an der Felskante zu bleiben, um ebenfalls nach unten schauen zu können. Der Vorfall gestern Abend hatte Salazar mit Gewissheit erschreckt, und so hatte er offensichtlich Schutzmaßnahmen ergriffen und seine Männer auf alles vorbereitet. Malone tappte immer noch im Dunkeln, was eigentlich vor sich ging, aber das war ihm inzwischen alles egal.

Das eigentliche Problem war Cassiopeia.

Ihr Besuch hatte ihn erschüttert.

Sie war nicht mehr dieselbe.

Als sie sich drei Wochen zuvor zum letzten Mal gesehen hatten, war alles ganz anders gewesen. Sie hatten das Wochenende in Avignon verbracht, waren durch die Kopfsteinpflastergassen der Altstadt geschlendert und in den Straßencafés eingekehrt. Abgestiegen waren sie in einem malerischen Gasthaus, dessen von einem schmiedeeisernen Zaun umschlossene Terrasse einen fantastischen Blick auf den ehemaligen Papstpalast bot. Alles war wunderschön gewesen. Wie sonst auch, wenn sie zusammen gewesen waren und nicht gerade eine Krise hatten durchstehen müssen.

War vielleicht das das Problem?

Zu viele Krisen.

Das leuchtete ihm ein. Genau wie er selbst lebte Cassiopeia bei einem Abenteuer auf.

Aber zu welchem Preis?

Er kauerte sich an den Stamm einer dicken Kastanie, während der junge Danite noch immer seine ganze Aufmerksamkeit nach unten richtete. Auch Malone spähte auf die Stadt hinunter, die sich für einen neuen, geschäftigen Tag bereit machte. In Salzburg gehörten die Straßen den eiligen Passanten, die anscheinend wenig Zeit zu vertrödeln hatten.

In der Ferne heulte eine Sirene.

Er entdeckte die Fußgängerbrücke, die von der Altstadt zur Neustadt über den Fluss führte. Er wusste, womit der

Maschendrahtzaun ihres Geländers geschmückt war. Mit Vorhängeschlössern in allen Größen und Formen. Jedes war mit einem Liebessymbol markiert, das das Band zwischen zwei Menschen darstellte. Normalerweise ein Herz, in dem die Initialen in Verbindung mit einem *und* standen. Hunderte von Liebespfändern. Eine Tradition dieser Stadt. So wie die Leute in den Südstaaten der USA Herzen in Bäume schnitten.

All diese Gefühle hatte er eigentlich nie richtig verstanden – bis vor Kurzem.

Er empfand ein eigenartiges Unbehagen und gleichzeitig einen Anflug von Zorn. Deshalb war er froh, dass er allein war, da er keine Lust auf ein Gespräch hatte. Die Stille umschloss ihn, und das war ihm willkommen. Er dachte gern von sich, dass er nicht zynisch sei. Sondern eher pragmatisch.

Aber vielleicht war er einfach nur ein Dummkopf.

Er schob die Hände in die Jackentaschen.

Unten sah er Cassiopeia aus dem Hotel kommen.

Und dann Salazar.

Hinter ihnen folgten zwei Hotelpagen mit ihrem Gepäck.

Ein Auto näherte sich auf der Straße und hielt auf einem der leeren Parkplätze gegenüber dem Hotel.

Beide stiegen ein.

Ganz in der Nähe hörte Malone das Brummen eines Motors und erblickte einen hellen Audi, der über die geteerte Fahrspur rollte, die durch den Wald führte. Es war möglich, von der anderen Seite des Mönchsbergs, aus den östlichen Stadtvierteln Salzburgs, nach oben zu fahren. Aus der Deckung des Baums beobachtete er, wie der Danite seinen Posten verließ und losrannte.

Der junge Bursche stieg ein, und das Fahrzeug schoss davon.

Anscheinend brachen jetzt alle auf.

Nun, das überraschte Malone nicht.

Und darum war seine eigene Reisetasche im Hotel schon gepackt.

Stephanie wartete ab, während Danny Daniels den Text verdaute, den Katie ihnen vorgelesen hatte. Die daraus zu ziehenden Schlussfolgerungen lagen klar auf der Hand. Die Gründerväter hatten den Bundesstaaten ausdrücklich den Weg für einen Austritt aus der Union geebnet, sollten sie das wünschen. Aber sie waren klug genug gewesen, diese Bestimmung nicht in die Verfassung aufzunehmen. Stattdessen war eine eigenständige Übereinkunft aufgesetzt worden, die gegebenenfalls dazu benutzt werden konnte, die Bedenken des einen oder anderen Staates zu zerstreuen, der fürchtete, durch die Ratifizierung seine Souveränität zu verlieren.

Wie hatte der Oberste Gerichtshof es noch im Urteil *Texas gegen White* formuliert?

Daher gelangen wir zu dem Schluss, dass Texas weiterhin ein Bundesstaat blieb, und zwar ein Bundesstaat der Union, ungeachtet der hier in Rede stehenden Transaktionen. Und diese Schlussfolgerung widerspricht nach unserem Dafürhalten keinem der Gesetze und keiner der Erklärungen irgendeines Teils der nationalen Regierung.

Doch, allerdings.

Und zwar befand sie sich im Widerspruch mit dem Willen der Gründerväter selbst.

»Die ganze Versammlung fand im Geheimen statt«, sagte der Präsident. »Sie haben hinter verschlossenen Türen alles abgeändert und genau den Absichten zuwidergehandelt, mit denen man sie dorthin geschickt hatte. Das ist schon schlimm genug, aber dann haben sie auch noch das hier gemacht.«

»Der Bürgerkrieg wurde vergebens geführt«, sagte Katie. »All diese Männer sind umsonst gestorben.«

»Wie meinst du das?«, fragte Luke.

»Das ist doch ganz einfach«, sagte der Präsident. »Lincoln hat entschieden, dass die Union unauflöslich ist. Man kann nicht aus ihr austreten. Keine Diskussion. Er hat die Entscheidung allein getroffen. Und dann hat er einen Krieg geführt, um klarzumachen, dass er recht hatte. Aber weißt du was? In Wirklichkeit kann man tatsächlich austreten. Die Union ist nicht auf ewige Dauer angelegt. Und das ist nachvollziehbar. Ich habe niemals geglaubt, dass die Gründerväter eine Union geschmiedet hätten, die unauflöslich sein sollte. Sie hatten gerade eine totalitäre Herrschaft abgeschüttelt. Warum hätten sie dann eine Neuauflage desselben Prinzips schaffen sollen?

Stephanie stellte die Frage, die Danny sich bestimmt auch gerade überlegte. »Wusste Lincoln das?«

»Mary Todd scheint das zu glauben.«

In Anbetracht des Briefs der ehemaligen First Lady an Ulysses Grant, den sie gut in Erinnerung hatte, stimmte Stephanie dem zu.

Während des Krieges litt er schwere Qualen. Ich hatte das immer für eine Folge seiner Pflichten als Oberkommandierender gehalten, aber einmal sagte er mir, Grund dafür sei die Botschaft.

»Und trotzdem hat er den verdammten Krieg geführt«, sagte sie.

Daniels zuckte mit den Schultern. »Was blieb ihm anderes übrig? Entweder das, oder er hätte das ganze verdammte Land abwickeln können.«

»Er hätte die Entscheidung dem Volk überlassen sollen.«

»Diese Mitschrift hier ist letztlich wertlos«, sagte Katie.

Daniels nickte. »Das sehen Sie ganz richtig. Sie ist ein guter Anfangspunkt und zeigte die Absicht, aber sie reicht nicht, um damit irgendetwas durchzusetzen. Um schlüssig zu beweisen, dass die Abspaltung eines Bundesstaates den Gesetzen entspricht, würde man das Dokument brauchen, das die Gründerväter unterzeichnet haben.«

Im Blick des Präsidenten las Stephanie das, was sie selber gerade dachte.

Und es wurde an Brigham Young gesandt.

Sie wandte sich an Luke. »Du musst es suchen und finden.«

»Und wo bitte sehr?«

Ihr Handy vibrierte.

Sie schaute aufs Display.

»Ich muss das Gespräch annehmen. Es ist Cotton.«

Sie stand auf, um hinauszugehen.

»Nimm die junge Dame bitte mit«, sagte der Präsident und deutete auf Katie. »Ich möchte einmal unter vier Augen mit meinem Neffen reden.«

Malone hielt sein iPhone in der einen Hand und stützte sich mit der anderen gegen eine Gebäudewand. Er war vom Mönchsberg herunter zu seinem Hotel zurückgekehrt und hatte ein Taxi zum Flughafen Salzburg genommen. Es war für ihn ziemlich klar gewesen, dass Salazar sich heute davonmachen würde. Weniger klar war die Frage, wohin er, Malone, sich begeben würde.

»Cassiopeia und Salazar sind aufgebrochen«, berichtete er Stephanie.

»Sie hat mich nicht darüber informiert.«

»Sie ist stinksauer. Wie ich das sehe, ist sie von unserem Radar verschwunden.«

Er berichtete von ihrem Besuch in seinem Hotelzimmer.

»Ich habe sie angelogen«, sagte Stephanie. »Ich habe ihr nicht erzählt, dass du ebenfalls involviert warst.«

»Und das hat ihr eindeutig nicht gepasst.«

»Ich habe keine Zeit, mich um ihre Empfindlichkeiten zu scheren. Wir haben hier eine schwierige Lage, und wir brauchen ihre Hilfe.«

»Deine schwierige Lage ist ihr scheißegal. Ihr geht es um sich selbst und den guten Josepe. Oder zumindest hat es diesen Anschein. Sie hat es geschafft, sich gründlich bei ihm einzuschmeicheln, das muss man ihr lassen. Aber ich weiß nicht, ob sie sich sicher ist, was sie jetzt, da sie dicht an ihm dran ist, damit anfangen soll. Bei ihr im Kopf stimmt irgendwas nicht.«

»Cotton, ich kann es mir nicht leisten, dass sie gerade jetzt den Lone Ranger spielt. Ich brauche ein Team, das zusammenarbeitet.«

»Ich denke darüber nach heimzufliegen.«

Und das stimmte. Das hier war nicht sein Kampf, und er wollte sich da raushalten.

»Salazar hat mir gegenüber praktisch zugegeben, dass er euren Agenten ermordet hat. Aber ich glaube nicht, dass Cassiopeia das gehört hat. Falls doch, ist in ihrem Kopf noch mehr kaputt, als ich dachte. Meiner Meinung nach befindet sie sich gerade im Blindflug. Sie will nicht glauben, dass er gefährlich ist. Und sie will, dass ich mich da raushalte. Ab jetzt sofort.«

»Wohin fliegt Salazar denn?«

Stephanie kannte Malone gut genug, um zu wissen, dass er sie nicht angerufen hätte, ohne die Antworten auf ihre sämtlichen Fragen parat zu haben. Er hatte im Terminal seine Agentenmarke gezückt und Einsicht in die Passagierlisten erhalten.

»Nach Des Moines, Iowa.«

»Entschuldigung?«

»Genau so habe ich auch reagiert. Nicht gerade das Ziel, das man erwarten sollte.«

»Es ist wichtig, dass du da dranbleibst«, sagte sie.

Das hörte er gar nicht gerne. »Salazar hat mir gesagt, die Sache habe etwas mit der sogenannten Prophezeiung vom Weißen Pferd zu tun. Ihr müsst herausfinden, was das ist.«

»Warum nur habe ich jetzt das Gefühl, dass du das schon erledigt hast?«

Er ging nicht auf ihre Bemerkung ein und fragte: »Wo ist das Fraternity-Bürschchen?«

»Ich schicke ihn nach Iowa, sobald ich hier aufgelegt habe.«

»Ich sollte heimfliegen.«

»Es war ein Fehler von mir, eine Amateurin mit in diese Sache hineinzuziehen. Nach meinen früheren Erfahrungen mit Cassiopeia habe ich geglaubt, sie würde das packen. Als ich die Entscheidung getroffen habe, war sie ja tatsächlich die Einzige, die an Salazar herankommen konnte. Aber die Lage hat sich geändert. Salazar ist gefährlich. Und wie du ja eben gesagt hast, sie denkt nicht klar.«

»Stephanie, irgendwann kommt eine Zeit, wo man den Dingen ihren Lauf lassen muss. Cassiopeia möchte die Sache auf ihre Art regeln. Lass sie das tun.«

»Das kann ich nicht, Cotton.«

Sie hatte die Stimme erhoben. Das war ungewöhnlich für sie.

Er hatte die ganze Nacht hin und her überlegt, um zu einer Entscheidung zu kommen. Dann war er auf den Mönchsberg hinaufgestiegen, um sich an einem der Daniten abzureagieren. Eigentlich hatte er vorgehabt, die Informationen, die er brauchte, aus dem jungen Kerl herauszuprügeln. Aber durch Salazars unvermittelten Aufbruch war dieser Impuls ins Leere gelaufen. Er könnte ohne Weiteres einen Rückflug nach Kopenhagen nehmen, dort seine Bücher verkaufen und abwarten, ob Cassiopeia Vitt je wieder mit ihm sprechen würde.

Oder er konnte an der Sache dranbleiben – und auf ihre Wünsche scheißen.

»Ich brauche sofort einen Flug nach Iowa.«

»Warte kurz«, antwortete sie. »Ich kümmere mich darum.«

VIERTER TEIL

49

Washington, D.C.

Luke saß schweigend da und wartete darauf, dass sein Onkel die Initiative ergriff.

»Wie geht es dir?«, fragte der Präsident.

»Mehr hast du nicht drauf?«

»Ich telefoniere regelmäßig mit deiner Mutter. Wie sie sagt, geht es ihr gut. Ich freue mich immer, das zu hören.«

»Aus irgendeinem Grund mag sie dich«, gab er zurück. »Warum, habe ich nie kapiert.«

»Vielleicht einfach deshalb, weil du nicht alles über alles weißt?«

»Ich weiß, dass mein Daddy dich immer für einen Blödmann gehalten hat, und so ganz nebenbei, das entspricht auch meiner Meinung.«

»Ganz schön grobe Worte gegenüber einem Mann, der dich jederzeit feuern könnte.«

»Als ob es mir nicht scheißegal wäre, was du tust.«

»Du ähnelst ihm so sehr, dass es schon unheimlich ist. Deine Brüder sind mehr wie deine Mutter. Aber du.« Sein Onkel zeigte auf ihn. »Du bist haargenau wie er.«

»Das ist so ziemlich das Netteste, was ich je aus deinem Mund gehört habe.«

»Ich bin nicht so schlimm, wie du denkst.«

»Ich denke überhaupt nicht über dich nach.«

»Grollst du mir so dessentwegen, was damals Mary zugestoßen ist?«

Dieses Gespräch hatten sie noch nie geführt. Dannys einziges Kind Mary, Lukes Cousine, war als kleines Mädchen bei einem Brand ums Leben gekommen, und ihr Vater hatte hilflos mit anhören müssen, wie sie ihn um Rettung anflehte, ohne eingreifen zu können. Das Feuer ausgelöst hatte ein Aschenbecher, in dem Danny eine brennende Zigarre hatte liegen lassen. Lukes Tante Pauline hatte Danny oft gebeten, nicht im Haus zu rauchen, aber wie Danny nun einmal war, hatte er nicht darauf gehört und getan, was er wollte. Mary wurde zwischen den hohen Kiefern Tennessees in der Grabstätte der Familie zur letzten Ruhe gebettet. Am Tag darauf hatte Danny eine Stadtratsversammlung besucht, als wäre überhaupt nichts gewesen. Danach hatte er als Bürgermeister, Bundesstaatssenator, Gouverneur und schließlich als US-Präsident Karriere gemacht.

»Kein einziges Mal hat er das Grab dieses Kindes besucht«, hatte Lukes Vater viele Male gesagt.

Tante Pauline hatte ihrem Mann nie verziehen, und danach war die Ehe der beiden nur noch reine Fassade gewesen. Auch Lukes Vater hatte Danny niemals vergeben. Nicht die Zigarre, und noch viel weniger seine dickhäutige Gleichgültigkeit.

»Du hast deine Sache heute Nacht gut gemacht«, sagte Danny zu Luke. »Ich wollte dich wissen lassen, dass ich Vertrauen in dich habe.«

»Wow, jetzt schlafe ich aber besser.«

»Du bist ein arroganter kleiner Scheißer, weißt du das?« Die Stimme von Lukes Onkel war lauter geworden, und sein Gesicht war vor Zorn gerötet.

»Vielleicht habe ich *das* ja von dir.«

»Im Gegensatz zu dem, was du vielleicht denkst, habe ich deinen Vater geliebt, und er mich auch. Wir waren Brüder.«

»Mein Daddy hat dich für ein Arschloch gehalten.«

»Das war ich auch.«

Dieses Eingeständnis verblüffte Luke. Wenn jetzt schon die Nacht der Geständnisse war, wollte er auch noch mehr wissen. »Warum hat meine Mama eine Schwäche für dich?«

»Sie war zuerst *meine* Freundin.«

Das hatte Luke nicht gewusst.

»Sie hat mir den Laufpass gegeben und lieber deinen Daddy genommen.« Danny lachte. »Sie hat es nie bereut. Und ich fand es, ehrlich gesagt, auch okay. Sie war verdammt noch mal zu gut für mich.«

Luke sah das genauso, hielt aber ausnahmsweise mal den Mund.

»Ich bedaure das, was zwischen deinem Daddy und mir vorgefallen ist. Und ich bedaure auch insgesamt, was in meinem Leben geschehen ist. Ich habe meine Tochter verloren.« Sein Onkel hielt inne. »Aber ich glaube, es wird Zeit, dass meine Neffen aufhören, mich zu hassen.«

»Du hast mit meinen Brüdern gesprochen?«

»Nein. Ich fange mit dir an.«

»Hast du Marys Grab besucht?«

Sein Onkel begegnete seinem Blick. »Noch nicht.«

»Und darin siehst du kein Problem?«

Die Spannung im Raum wuchs.

»Wir haben bei diesem Brand alles verloren«, sagte Danny mit leiser, gedankenverlorener Stimme. »Jedes einzelne Foto. Jedes Erinnerungsstück. Alles zu Asche verbrannt.«

»Und dann hast du einfach so getan, als wäre niemals etwas gewesen.«

Kurze Zeit breitete sich zwischen ihnen Stille aus. Dann sagte Danny: »Alles, was ich noch habe, ist ihr Bild in meinem Kopf.«

Luke wusste nicht, was er sagen sollte.

In den Augen des Präsidenten glänzten Tränen.

Luke hatte bei diesem Mann noch niemals Gefühle gesehen.

Danny schob die Hand in die Hosentasche und holte einen zusammengefalteten Umschlag heraus, den er Luke reichte. Vorn darauf stand in blauer Tinte: *Für meine Söhne.*

Es war die Schrift von Lukes Vater.

Danny fasste sich und stand auf. »Das hat er mir unmittelbar vor seinem Tod gegeben und mir aufgetragen, es seinen Jungs auszuhändigen – wann immer ich die Zeit für gekommen hielt.«

Der Präsident ging zur Tür.

Luke sah dem groß gewachsenen Mann nach, wie er sie öffnete und hinter sich schloss.

Er starrte auf den gefalteten Umschlag.

Was immer darin steckte, war vor mindestens dreizehn Jahren geschrieben worden. Sein erster Gedanke war, den Brief erst im Beisein seiner Brüder zu lesen, aber so lange konnte er unmöglich warten. Sein Onkel hatte gewusst, dass er heute Nacht hierherkommen würde, und offensichtlich diesen Augenblick ausgewählt, um ihm das Schreiben auszuhändigen.

Er strich den Umschlag glatt und riss ihn auf. Drinnen befand sich ein einzelnes Blatt, das die Handschrift seines Vaters trug.

Er holte tief Luft und las.

Damit mein Ende friedvoll wird und wir uns auf den Abschied konzentrieren können, habe ich beschlossen, dies hier aus dem Grab zu sagen. Fast mein ganzes Leben lang haben mein Bruder und ich uns schlecht verstanden. Nicht nur durchs Alter waren wir voneinander getrennt, sondern auch noch durch viele andere Dinge. Zwischen uns gab es nie ein echtes Band, wie es eigentlich zwischen Geschwistern bestehen sollte. Marys Tod und meine Reaktion auf Dannys Kummer hat in unserer Familie zu viel Schmerz geführt. Euer Onkel kann ein harter Brocken sein, manchmal ist er sogar grausam. Aber das bedeutet nicht, dass er keine Gefühle hat. Jeder von uns verarbeitet Kummer auf seine eigene Weise. Seine Art war es, ihn zu übergehen. Mein Fehler lag darin, dass ich ihm nicht erlauben wollte, er selbst zu sein. Ich möchte euch alle wissen lassen, dass Danny und ich Frieden geschlossen haben. Er weiß von meiner Krankheit, und wir haben miteinander darüber geweint, dass wir unsere Beziehung so gegen die Wand gefahren haben. Ihr sollt wissen, dass er mein Bruder ist, dass ich ihn liebe und dass ich mir von euch wünsche, ihn ebenfalls zu lieben. Er hat keine eigenen Kinder und wird auch niemals welche haben. Der schreckliche Verlust, den er erlitten hat, ist für mich unfassbar. Ich habe ihm die Schuld daran gegeben, und er hat mir das übel genommen. Aber das, was geschehen ist, war einfach ein Unfall. Ich habe mich geirrt, als ich das anders gesehen habe. Unser Verhalten hat uns beiden leidgetan, und wir haben einander vollständig vergeben, wie Brüder es tun sollten. Er sagte mir, Tag für Tag gebe es keine einzige Sekunde, in der er nicht an Mary denke. Der Schmerz wird ihn niemals loslassen. Darum, meine Söhne, lasst uns sein Leid nicht noch vergrößern. Seid gut zu eurem Onkel. Er braucht euch, auch wenn er das wahrscheinlich niemals zugeben wird. Tut dies also für mich.

Luke konnte die Tränen nicht zurückhalten.

Sein Vater hatte recht.

Die Welt ahnte nichts von Danny Daniels' geheimem Schmerz. Den hatte er immer für sich behalten. Luke hatte irgendwie gespürt, dass Stephanie etwas wissen könnte, aber sie hatten sich nie über das Thema unterhalten.

Danny hatte einige schlimme Sachen erlebt.

Und es geht ja *tatsächlich* jeder von uns mit Kummer auf eine andere Weise um.

Luke kam sich wie ein Dummkopf vor.

Oder genauer gesagt, wie ein Sohn, der von seinem Vater getadelt worden ist.

»Ich habe es getan«, flüsterte er auf die beschriebene Seite hinunter. »Ich habe Frieden mit ihm geschlossen. So, wie du es wolltest.«

Die Tränen flossen schneller.

Er hatte schon lange nicht mehr geweint.

Er hielt den Brief fest in der Hand und war sich sehr bewusst, dass sein Vater dieses Papier tatsächlich berührt hatte. Es war die letzte körperliche Verbindung, die sie jemals haben würden. Aber er begriff, was sein Vater gemeint hatte. Es gab noch immer einen lebenden Daniels, zu dem sie alle eine Beziehung hatten.

Missverständnisse hatten sie einander ferngehalten.

Damit musste Schluss sein.

Söhne schuldeten ihrem Vater Gehorsam.

»Ich werde tun, was du sagst«, flüsterte er lautlos. »Das verspreche ich dir. Wir werden alle genau das tun, was du sagst.«

50

07.30 Uhr

Rowan stieg am Stoneybrook Drive 9900 aus dem Taxi und bezahlte den Fahrer. Vier Kollegen erwarteten ihn, jeder ein Abgeordneter eines der vier Wahldistrikte Utahs für das US-Repräsentantenhaus. Er war der fünfte Abgeordnete und hatte einen Sitz im Senat. Der sechste Vertreter, sein Senatorenkollege, war nicht Teil des Plans, da die Wahl dieses Mannes vor sechs Jahren nur für den Gewählten ein Glückstreffer gewesen war. Alle fünf Versammelten waren Heilige, und Rowan bekleidete sowohl im Kongress als auch in der Kirche den höchsten Rang von ihnen. Er trug seinen Mantel bis zum Hals zugeknöpft, aber die prickelnd kalte Morgenluft war eher belebend als unangenehm. Er hatte das Treffen mit einer E-Mail einberufen, die er in den frühen Morgenstunden nach seiner Rückkehr von der Kongressbibliothek verschickt hatte.

Sie standen vor dem Tempel von Washington, D.C.,

einem hohen Gebäude mit einer Verkleidung aus weißem Alabama-Marmor, das mit sechs goldenen Türmen verziert war. Es lag zehn Meilen nördlich des Kapitols. Das auf einem Waldgelände von einundzwanzig Hektar errichtete, hoch aufragende Gebäude war mit seiner unverkennbaren Silhouette zu einem Orientierungspunkt geworden, der einem auf dem Capital Beltway, dem Schnellstraßenring um die Hauptstadt, schon von Weitem ins Auge sprang. Jedes Mal, wenn Rowan auf dem Reagan National Airport startete oder landete, konnte er ihn aus der Luft im ländlichen Maryland liegen sehen.

Sie begrüßten sich und gingen an einem Reflexionsbecken vorbei zu einem Springbrunnen, der den Haupteingang verschönerte. Rowan hatte diesen Ort gewählt, weil er wusste, dass hier so früh an einem Freitagmorgen niemand sein würde. Der Tempel selbst war verschlossen, und das war in Ordnung. Sie würden sich draußen unterhalten, in Sichtweite des Hauses Gottes, so dass alle Propheten es hören konnten. Sowohl das Repräsentantenhaus als auch der Senat traten heute zusammen, aber der Namensaufruf würde erst in zwei Stunden stattfinden.

»Wir haben es beinahe geschafft«, sagte er mit mühsam kontrollierter Erregung. »Endlich wird es wahr. Aber ich muss wissen, dass wir in Salt Lake City so weit sind.«

»Ich habe nachgehakt«, antwortete der Abgeordnete des vierten Wahldistrikts. »Die Zahlen haben sich nicht geändert. Im Repräsentantenhaus und Senat Utahs sind uns immer noch fünfundneunzig von hundertvier Stimmen für eine Sezession sicher.«

Bei dem, was nun bald geschehen würde, war die präzise Durchführung entscheidend. Utah würde der Testfall sein, mit dem man versuchen würde, den Präzedenzfall von 1869 *Texas gegen White* zu revidieren. Die Schlacht würde ausschließlich vor dem Obersten Gerichtshof der Vereinigten Staaten stattfinden, und das Letzte, was er wollte, war, dass ein kleiner Verfahrensfehler den ganzen Angriff scheitern ließ. Bei diesem Kampf sollte es darum gehen, dass ein Bundesstaat die Union verlassen wollte, und nicht darum, ob nun diese oder jene Abstimmung auch genau vorschriftsgemäß verlaufen war.

»Und der Gouverneur?«, fragte er. »Ist er immer noch einverstanden?«

»Vollkommen«, bestätigte der Abgeordnete des zweiten Wahlbezirks. »Wir beide haben uns ausführlich unterhalten. Er hat es genauso satt wie wir.«

Rowan wusste, was das bedeutete: Reformbemühungen funktionierten nicht. Bei den US-weiten Wahlen gab es keine echten Alternativen, und eine dritte Partei hätte keine Chance. Ein Aufstand? Eine Revolution? Beides würde von der US-Regierung niedergeschlagen. Daher bot, logisch gesehen, nur die Sezession die Chance auf eine dauerhafte Veränderung. Dieser Weg eröffnete dem Bundesstaat am ehesten wieder Zugang zu einer gewissen Kontrolle über sein Schicksal. Die Maßnahme war gewaltfrei – eine friedliche Zurückweisung als nicht akzeptabel eingeschätzter Politiken und Praktiken – und passte zur amerikanischen Kultur. Schließlich hatten die Gründerväter es mit England nicht anders gehalten.

Er blickte zum hoch aufragenden Tempel auf. Unter dessen Dach erstreckte sich eine Fläche von fünfzehntausend Quadratmetern. Sechs Endowment-Räume. Vierzehn Siegelungsräume. Die weißen Außenmauern symbolisierten

Reinheit und Erleuchtung. An manchen Stellen war der Stein nur einen Zentimeter dick, was dem Sonnenlicht erlaubte, zu manchen Tageszeiten hindurchzuscheinen.

Er fand es hier wunderschön.

»Es liegt bereits ein Gesetzesentwurf für die Verabschiedung durch Utahs Legislative bereit«, sagte ein anderer Abgeordneter. »Das Gesetz wird den Austritt unseres Bundesstaates aus der Union und zur Bestätigung ein sofortiges Referendum der Bürger Utahs fordern. Es wird auch Widerstand geben, aber die überwältigende Mehrheit der Abgeordneten wird dafür stimmen.«

Und die Bedingungen des Austritts würden Augenmaß beweisen.

Das Sezessionsgesetz würde anerkennen, dass es in Utah US-Staatsbesitz gab, für den man die Vereinigten Staaten würde entschädigen müssen. An vorderster Stelle waren hier riesige US-eigene Landflächen zu nennen. Einige Bürger Utahs würden vielleicht nicht Teil der neuen Nation werden wollen, und so würde man ihnen Umzugszuschüsse gewähren und sie vielleicht sogar für Besitzverluste entschädigen, die sie dadurch erleiden könnten. Das Gleiche würde auch für Firmen und Betriebe gelten, auch wenn die neue Nation Deseret ihnen ein wesentlich wirtschaftsfreundlicheres Klima bieten würde als bisher die Vereinigten Staaten. Man würde auch eine Vereinbarung treffen, um Utah seinen Prozentsatz an der Staatsverschuldung der USA – bis zum Tag des Austritts – zu übertragen, aber im Gegenzug würde der neue Staat für seinen Anteil am Staatsbesitz in den verbliebenen neunundvierzig Bundesstaaten entschädigt werden. Rowans Team hatte das Verhältnis von Aktiva und Passiva untersucht und festgestellt, dass die Vermögenswerte der Vereinigten Staaten ihre Schulden überstiegen und Utah dadurch tatsächlich einen Anspruch auf einen Aktivposten hätte. Natürlich würde man darauf verzichten, vorausgesetzt, die Bundesregierung ließe ihren Anspruch auf den Staatsbesitz in Utah fallen. Um allem eine definitive Form zu geben, würde das Referendum in einer eindeutigen Formulierung festhalten, was die Mehrheit der Bürger des Staates Utah sich wünschte.

Die Abspaltung.

Würde alles so glatt verlaufen? Das bezweifelte er, aber die Heiligen waren schon immer gut im Planen, Verwalten und Improvisieren gewesen.

Sie würden es schaffen.

»Natürlich wird Washington einfach über das Gesetz und das Referendum hinweggehen«, sagte der Abgeordnete. »Das weißt du. Und genau dann werden wir nachlegen.«

Es würde mit Sicherheit ein politischer Willenskampf folgen. Sie hatten in aller Stille Meinungsumfragen in Utah durchgeführt und festgestellt, dass beinahe siebzig Prozent für die Abspaltung eintraten und dass dieser Prozentsatz seit fünf Jahren unverändert blieb. Mit Hilfe dieser Information hatten sie sich in aller Stille der Unterstützung der Legislative versichert, was erstaunlich einfach gewesen war.

Die Bürger Utahs waren reif für die Unabhängigkeit.

Aber die Tatsache blieb bestehen, dass die Vereinigten Staaten von Amerika Utah nicht ohne Widerstand ziehen lassen würden.

»Unser Plan ist fertig. Utah wird sich ab Erlass des Gesetzes weigern, seinen bundesstaatlichen Verpflichtungen nachzukommen«, sagte einer von Rowans Kollegen. »Bundesgesetze und -verordnungen werden dann nicht mehr durchgesetzt. Die Bundesbeamten werden wir zum Gehen auffordern. Den Anweisungen Washingtons wird nicht mehr Folge geleistet. Unser Motto wird passive Verweigerung lauten. Sobald das Volk im Referendum für die Sezession gestimmt hat, werden wir fünf Abgeordneten hier dem Kongress den Rücken kehren und unser Mandat aufgeben. Ich denke, sogar unser unberechenbarer Kollege im Senat, der Nicht-Mormone, wird sich uns anschließen, wenn er merkt, wie zu Hause der Wind weht.«

Dieser Gedanke brachte ihn zum Lächeln. Sein Mitsenator und er hatten in den vergangenen sechs Jahren kaum je ein Wort miteinander gewechselt. »Diese Vorgehensweise ist kühn, aber notwendig. Während das alles abläuft, werde ich die Kirche dazu drängen, die Leute zu beruhigen.«

»Washington würde es nicht wagen, Truppen zu schicken«, sagte ein weiterer Kongressabgeordneter. »Sie können nicht riskieren, dass jemand verletzt wird. Das wäre eine internationale PR-Katastrophe.«

Zudem wirkten sich andere geschichtsträchtige Ereignisse zu ihren Gunsten aus.

1989 hatten sich Bulgarien, die Tschechoslowakei, Ostdeutschland, Ungarn und Polen aus dem kommunistischen Verbund gelöst, ohne dass es zu nennenswerter Gewalt gekommen wäre. Die Sowjetunion war nicht einmarschiert und hatte auch sonst nicht versucht, sich militärisch durchzusetzen. Sie hatte die Länder einfach ziehen lassen. Nur in Rumänien, wo beide Seiten auf einen Kampf aus gewesen waren, war es zu Blutvergießen gekommen. Die Vereinigten Staaten konnten es sich nicht leisten, sich anders zu verhalten. Ein Einmarsch in Utah ergab keinen Sinn.

»Nein«, erwiderte Rowan. »Sie werden die Sache vor Gericht bringen.«

Und genau das wollte er.

Die Vereinigten Staaten von Amerika würden einen Prozess gegen den Bundesstaat anstrengen und sowohl Feststellungsklage als auch eine Unterlassungsklage erheben, um ihn daran zu hindern, irgendeinen Teil seines Sezessionsgesetzes durchzusetzen. Die Argumentation würde lauten, dass der Bundesstaat Utah gemäß *Texas gegen White* kein verfassungsmäßiges Recht zum Austritt aus der Union besäße. Da einer der Prozessbeteiligten ein Bundesstaat wäre, wäre hier gemäß Artikel III der Verfassung der Oberste Gerichtshof zuständig. Das bedeutete, dass ein Urteil innerhalb weniger Wochen, wenn nicht, angesichts der Tragweite der Frage, sogar innerhalb weniger Tage zu erwarten wäre. Denn die US-Regierung würde der Sezessionsstimmung keinesfalls Zeit geben wollen, sich noch weiter auszubreiten.

Doch genau das würde geschehen.

Texas, Hawaii, Alaska, Vermont und Montana würden rasch Utahs Beispiel folgen. Dies würde sich als eine US-weite Bewegung erweisen.

Und dann würde er noch die letzte Zutat beimischen.

Ein verblüffendes neues Beweisstück.

Dessen Gewicht genügen würde, um sowohl die juristische als auch die PR-Schlacht zu gewinnen.

Die Worte der Gründerväter selbst.

»Die Anwälte sind so weit«, sagte er. »Ich habe mich gestern mit ihnen getroffen. Und ich komme dem letzten Puzzleteilchen, das uns noch fehlt, immer näher. Es ist nur noch eine Frage von Stunden oder wenigen Tagen.«

Was ihn ermutigte, war ein Päckchen, das heute kurz vor seinem Aufbruch bei ihm zu Hause in Georgetown eingetroffen war. Eine Kopie von Notizen, die James Madison angefertigt und in Montpelier versteckt hatte. Stephanie Nelle hatte sie gestern Nacht gefunden, und jedes Wort darin bestätigte das, was er seit jeher für wahr hielt.

Der Austritt aus der Union war legal.

Insbesondere eine Passage stellte das ganz deutlich heraus:

Das Dokument solle General Washington zur Verwahrung übergeben werden, der es so einsetzen solle, wie es ihm angemessen erscheine. Dabei bestehe der Wunsch, dass die Existenz dieses Dokuments gar nicht enthüllt werden müsse, außer gegebenenfalls, um die Ratifizierung der Verfassung durch einen der Staaten zu gewährleisten oder um später den Austritt eines Bundesstaates aus der Union zu rechtfertigen.

War eine eindeutigere Aussage überhaupt möglich?

Nelle hatte ihm das Original versprochen, sobald sie die schriftliche Bestätigung in Händen hielte, dass Rowan sich nicht mehr für ihre Abteilung interessiere. Er brauchte es, aber noch viel dringender brauchte er das eigentliche, von den Gründervätern an jenem Samstag im September 1787 unterzeichnete Dokument. Zum Glück befand sich die Antwort auf die Frage, wo es zu finden war, im Besitz der Kirche und nicht der Regierung.

Er betrachtete erneut den großartigen Tempel, der erste, den die Heiligen an der Ostküste erbaut hatten. Und nach dem Tempel in Salt Lake City der erste mit sechs Türmen. Die Heiligen hatten nirgends auf der ganzen Welt einen höheren errichtet. Er war einer von fünf Tempeln, in denen der Engel Moroni mit den goldenen Tafeln abgebildet war. Die sieben Stockwerke symbolisierten die sechs Tage der Schöpfung und den Tag der Ruhe. Die Türme waren mit wunderschönem Buntglas verziert, das von unten nach oben von Rot über Orangegelb und Blau in Violett überging und so die ununterbrochene Annäherung an das Göttliche darstellte. Das passte so gut zu dem, was nun bald geschehen würde.

»Wir werden unsere Welt verändern«, sagte er.

Die anderen wirkten frohen Mutes.

»Wir werden das schaffen, woran Joseph Smith, Brigham Young und die anderen Pioniere damals gescheitert sind.«

Er hielt inne.

»Wir werden endlich unabhängig sein.«

51

Über dem Atlantik

Salazar ließ sich auf dem Lederpolster des Sitzes nieder und beugte sich über den Teller mit der Mahlzeit, die der Catering-Service für den Flug geliefert hatte. Lamm mit Gemüse. Cassiopeia hatte alles aufgewärmt und für sie beide in der geräumigen Hauptkabine aufgetragen. Von allen seinen Besitztümern war ihm der Learjet das liebste. Er war viel unterwegs, und da war es wichtig, dass er komfortabel reiste.

»Ich hatte dir eine Erklärung versprochen«, sagte er.

Sie lächelte. »Das hast du.«

Seine beiden Mitarbeiter saßen hinten in der Nähe der Kombüse und der Toiletten und aßen ebenfalls. Er sprach mit gedämpfter Stimme, und auch das Dröhnen der Triebwerke schützte ihn vor ungewollten Zuhörern.

»Ich weiß nicht recht, wo ich anfangen soll. Die beste Zusammenfassung ist wohl, dass wir die Absicht hegen, die Errichtung Zions zu vollenden. Wir werden das Werk abschließen, das Joseph Smith und Brigham Young begonnen haben.«

»Die Kirche ist eine bedeutende Organisation«, erwiderte sie. »Sie gedeiht auf der ganzen Welt. Mir scheint, diese Mission *ist* schon vollendet.«

»Nicht so, wie sie es tatsächlich in ihrer Vision vor sich gesehen haben. Wir mussten uns immer anpassen – wir mussten wie alle anderen sein. Wir sind ins Tal des Großen Salzsees ausgewandert, um getreu dem Buch Mormon nach den Worten der Propheten leben zu können. Um ein wahres Zion auf Erden zu schaffen. Aber das ist niemals wirklich geschehen.«

»Dazu müsstet ihr euren eigenen, selbstständigen Staat haben.«

Er lächelte. »Und genau den wollen wir erschaffen. Die Nation Deseret mit ihrer Hauptstadt Salt Lake City, gelegen in den Grenzen des ehemaligen amerikanischen Bundesstaates Utah einschließlich weiterer Gebiete, die sich uns vielleicht anschließen wollen.«

Er sah, dass sie fasziniert war. Er erinnerte sich daran, wie er zum ersten Mal den Plan des Ältesten Rowan gehört hatte. Sein Herz hatte sich mit einer Mischung aus Freude und Verwirrung gefüllt. Aber alle Zweifel waren geschwunden, als Rowan ihm beschrieben hatte, wie die Prophezeiung vom Weißen Pferd sich schließlich vollständig erfüllen würde.

»Erinnerst du dich an die Abschnitte aus Rushtons Tagebuch, die ich dir vorgelesen habe? Die Prophezeiung vom Weißen Pferd sagt deutlich, dass die Heiligen den Schlüssel zur Verfassung in Händen halten. 1854 hielt Brigham Young eine Rede im Salt-Lake-Tabernakel. Er sagte: *Wird die Verfassung zerstört werden? Nein. Dieses Volk hier wird sie unversehrt erhalten, und wie Joseph Smith gesagt hat: ›Es wird eine Zeit kommen, da wird das Schicksal der Nation am seidenen Faden hängen. An diesem entscheidenden Punkt wird dieses Volk hier vortreten und sie vor der drohenden Zerstörung bewahren.‹ Und so wird es geschehen.*

Das sagte Prophet Brigham vierzehn Jahre vor der Enthüllung der Prophezeiung vom Weißen Pferd und sieben Jahre vor dem Bürgerkrieg. Seine Worte sind während des Bürgerkriegs wahr geworden, denn die Heiligen haben die Nation vor der Zerstörung bewahrt.«

Sie ließ sich von ihm die Abmachung zwischen Brigham Young und Lincoln erläutern. Diese war von Lincoln durch Aushändigung eines von den Gründervätern selbst unterzeichneten Dokuments besiegelt worden, in dem diese festgelegt hatten, dass die Bundesstaaten das Recht zum Austritt aus der Union besäßen.

»Prophet Brigham hat die Südstaaten niemals von diesem Dokument in Kenntnis gesetzt«, sagte er. »Vielmehr hat er es versteckt und so den Fortbestand der Union gesichert. Beim amerikanischen Bürgerkrieg ging es um die Frage, ob ein Bundesstaat sich abspalten dürfe. Was wäre geschehen, wenn die austrittswilligen Bundesstaaten gewusst hätten, dass die Gründer der Nation den Vollzug ihres Wunsches gebilligt hatten? Ich würde sagen, dass die Verfassung da wirklich am seidenen Faden gehangen hat. Aber die Kirche als Weißes Pferd hat den Fortbestand der Vereinigten Staaten ermöglicht.«

»Erstaunlich«, erwiderte sie, »wenn man bedenkt, wie die Bundesregierung sie behandelt hat.«

»Was nur beweist, wie sehr wir uns der Verfassung verpflichtet fühlen.«

»Und dieses Gefühl existiert nicht mehr?«

»Doch, natürlich. Aber die Prophezeiung vom Weißen Pferd stellt klar, dass wir *die Verfassung schützen* sollten, *wie sie uns durch göttliche Inspiration geschenkt wurde.* Das heißt also, das Dokument als Ganzes und so, wie es von seinen Schöpfern beabsichtigt war. Doch die Welt hat sich verändert, Cassiopeia. Und die amerikanische Regierung hat sich ebenfalls verändert. Nach allem, was ich gesehen und gelesen habe, wären viele Bürger der Vereinigten Staaten die Bundesregierung am liebsten los. Von ihnen sind wir nur eine einzige Gruppe, aber nun ist die Zeit gekommen, dass die Kirche ihren eigenen Weg geht. Der Älteste Rowan wird bei der Abspaltung Utahs die Führung übernehmen. Erinnerst du dich an die Bundesstaaten, die dir auf der Landkarte in meinem Arbeitszimmer aufgefallen waren? Sie werden diesem Beispiel folgen.«

Sie hörte auf zu essen und schien sich ganz auf seine Worte zu konzentrieren. »Was wirst du tun, wenn es euch tatsächlich gelingt, die Union zu verlassen?«

»Wir werden so leben, wie die Propheten es beabsichtigt haben. Wir sind klug mit unseren Gütern umgegangen. Die Kirche besitzt auf der ganzen Welt Aktivposten von Milliarden von Euros und hat praktisch keine Schulden. Wir sind intelligent, fähig, unabhängig und mit besseren Finanzmitteln ausgestattet als jede andere Regierung der Welt. Außerdem haben wir umfassende Erfahrungen in der Unternehmensführung. Es wird uns ein Leichtes sein, die Verantwortung für unsere eigene Regierung zu übernehmen.«

»Und wer ist dann Regierungschef?«

»Natürlich der Prophet. Dieser Mann ist jetzt und für alle Zeit unser Führer auf Erden. Bald wird das der Älteste Rowan sein.«

Er griff nach seiner Aktentasche und holte ein Blatt Papier heraus.

»Dies alles wurde schon vor langer Zeit vorhergesagt. Im Jahr 1879 durch den dritten Propheten John Taylor. Hör dir seine Worte an. *Der Tag ist nicht fern, da wird diese Nation bis in ihr tiefstes Inneres und bis zu ihren fernsten Rändern erschüttert werden. Und jetzt mögt ihr es niederschreiben, jedweder von euch, und ich werde es im Namen Gottes prophezeien. Und dann wird sich die Vorhersage erfüllen, die der Prophet Joseph Smith in einer Offenbarung verkündet hat. Wer nicht nach seinem Schwert greift, um gegen seinen Nächsten zu kämpfen, wird Zuflucht und Sicherheit in Zion suchen. Und sie werden mit den Worten kommen: Wir kennen die Prinzipien eurer Religion nicht, aber wir sehen, dass ihr eine ehrliche Gemeinschaft seid. Bei euch herrschen Gerechtigkeit und Rechtschaffenheit, und wir wollen bei euch leben und den Schutz eurer Gesetze genießen. Was aber eure Religion betrifft, so werden wir ein andermal darüber reden. Werden wir solche Menschen beschützen? Ja, alle, die ehrbar sind.*

Wenn das Volk die Verfassung der Vereinigten Staaten schon in Fetzen gerissen hat, werden die Ältesten Israels sie weiterhin hochhalten. Sie werden sie den Nationen der Erde vor Augen halten, allen Menschen Freiheit und gleiche Rechte verkünden und den Unterdrückten aller Nationen die Hand reichen. Dies ist Teil des Programms, und solange wir das Rechte tun und Gott fürchten, wird er uns helfen und uns unter allen Bedingungen beistehen.

Das habe ich nicht erfunden. Taylor hat es in aller Öffentlichkeit gesagt. Und nun wird der Älteste Rowan seine Prophezeiung erfüllen.« Er hielt inne. »Aber nicht ohne unsere Hilfe. Wir beide sind jetzt unterwegs, um das letzte noch fehlende Puzzleteilchen zu finden, damit all dies seinen Lauf nehmen kann.«

Er berichtete ihr von Lincolns Taschenuhr und dem, was in ihrem Inneren zu finden sein mochte.

»Das ist aber eine ziemlich gewagte Annahme.«

Er nickte. »Ja, aber das Risiko müssen wir eingehen. Sollten wir uns irren, versuchen wir es mit einer anderen Strategie.«

»Ich kann die Uhr für dich beschaffen«, sagte sie.

»Du?«

»Also, du selbst doch wohl sicher nicht. Was würde der Älteste Rowan sagen, wenn ein achtbares Mitglied des ersten Kollegiums der Siebziger beim Diebstahl eines historischen Objekts erwischt würde? Ich dagegen stehe in keinerlei Verbindung zu ihm oder der Kirche. Ich kann das durchziehen. Und mich wird keiner schnappen.«

Er war geradezu betört von ihrem Selbstvertrauen. Seine Mutter war eine sanfte, freundliche, stille Frau gewesen, die nur an ihre Familie gedacht hatte. Cassiopeia war ganz anders. Sie strahlte eine intensive Energie aus, die er einfach unwiderstehlich fand. Sie war genau die Richtige, um den Keim seiner aufblühenden neuen Familie zu bilden. Angesichts der Veränderungen, die bevorstanden, hatte er sich für die Polygamie entschieden, da der Engel, der ja Joseph Smith selbst war, wohl kaum etwas anderes von ihm erwarten würde. Aber nach Cassiopeias Neuerweckung für die Kirche hätte er von nun an eine treue Partnerin und wahre Gläubige an seiner Seite, mit der er dafür sorgen könnte, dass ihre Großfamilie für immer im Himmel zusammen sein würde.

»Denk doch nur«, sagte er. »Wir werden endlich ein eigenes Land besitzen. Die Nation Deseret, wie sie dem Propheten Brigham vor Augen gestanden hat. Wir werden das Recht haben, unsere eigenen Gesetze zu erlassen und auf unsere eigene Weise zu leben. Es wird ein wunderbarer, gesegneter Ort sein, zu dem die Menschen in Scharen pilgern werden, um unter uns zu leben. Und alles wird gut sein.«

Cassiopeia mochte kaum ihren Ohren trauen, aber Josepes Worte in ihrer schlichten Kraft waren Beweis genug, dass das hier real war. Doch offensichtlich hatten weder Josepe noch dieser Senator Rowan die internationalen Folgen einer Auflösung der Vereinigten Staaten bedacht. Und wie würde Washington auf die Abspaltung eines Bundesstaates reagieren? Mit Drohungen? Gewiss. Und mit Gewalt? Darüber würde man sorgfältig nachdenken müssen. Höchstwahrscheinlich würde die Reaktion vor Gericht erfolgen.

»Dir ist klar, dass die Bundesregierung versuchen wird, Utah aufzuhalten«, sagte sie.

»Mit Sicherheit. Aber genau das, was wir jetzt suchen, wird dafür sorgen, dass sie die Rechtsschlacht verlieren. Zwangsläufig. Die persönliche Aussage der amerikanischen Gründerväter zu dieser Frage wäre entscheidend. Ein von ihnen allen unterzeichnetes Dokument, dem zufolge der Austritt aus der Union erlaubt ist. Es hätte dasselbe Gewicht wie die Verfassung selbst.«

»Nur, dass es offensichtlich nicht von den Einzelstaaten ratifiziert wurde.«

»Aber es ist der schriftliche Wille der Gründerväter, und der lässt sich nicht ignorieren. Wir haben Anwaltsteams, die die Frage aus jedem Blickwinkel genau untersucht haben. Sie sind überzeugt, dass wir damit Erfolg haben werden. Der Oberste Gerichtshof der Vereinigten Staaten hat einen Austritt schon vor langer Zeit für rechtswidrig erklärt, aber dieses Urteil gründete darauf, dass ihm in den Grundlagen des amerikanischen Rechts nichts entgegensteht. In Wirklichkeit stimmt das allerdings nicht. Es gibt etwas, das einen eklatanten Widerspruch darstellt. Die Amerikaner setzen großes Vertrauen in die Absichten der Staatsgründer. Ihre Präzedenzfälle zu Verfassungsfragen berufen sich alle genau darauf.«

Das stimmte.

Stare decisis.

Bei früheren Entscheidungen bleiben.

»Es wird sich für die Gerichte als unmöglich erweisen, die Realität zu ignorieren. Und dann schau einmal, was Präsident Abraham Lincoln gemacht hat. Statt der Nation zu sagen, dass die Bundesstaaten die Wahl haben, ob sie Teil der Union bleiben wollen, hat er das Beweismittel für diese Option versteckt und einen Krieg geführt, um das

Gegenteil durchzusetzen. Was meinst du wohl, was das in der Öffentlichkeit für ein Bild ergibt?«

Kein gutes. »Existiert dieses Dokument denn tatsächlich?«

»Genau das werden wir beide ermitteln. Es hat einmal existiert, und wir glauben, dass es immer noch da ist.«

Jetzt verstand Cassiopeia, warum Stephanie Nelle so angespannt gewesen war. Natürlich gab es in den Vereinigten Staaten, wie in anderen Teilen der Welt, politischen Unwillen. Der Ruf nach einem radikalen Neuanfang war nichts Neues. Aber die rechtlichen Mittel zu besitzen, um diesen Umsturz tatsächlich zu bewirken, war eine ganz andere Sache.

Jetzt hatte sie begriffen.

Dies hier war ein Problem.

Aber das änderte nichts an ihrer Entscheidung.

Sie würde hier auf ihre eigene Weise vorgehen.

52

Malone saß angeschnallt auf dem Rücksitz eines F-15 Strike Eagle, der gerade die Südspitze Grönlands überquerte. Ein Air-Force-Pilot aus Deutschland steuerte das Kampfflugzeug. Doch auch Malone hatte eine Zeitlang die Kontrolle über den Jet übernommen. Zwanzig Jahre war es her, seit er zum letzten Mal einen geflogen hatte. Danach hatte er bei der Navy eine andere Laufbahn eingeschlagen, heißt: Man hatte ihn als Juristen zum Judge Advocate General Corps geschickt.

Stephanie hatte für ihn einen Hubschrauber von Salzburg zur US-Militärbasis Ramstein in Deutschland organisiert. Dort hatte sie der Strike Eagle schon mit laufenden Triebwerken erwartet, und sie waren sofort über Europa hinweg westwärts Richtung Atlantik gestartet. Nach Des Moines waren es 4600 Meilen, aber mit doppelter Schallgeschwindigkeit betrug die Flugzeit weniger als fünf Stunden. Das erforderte natürlich ein Auftanken in der Luft, und gerade schwebte ein KC-10-Extender-Tankflugzeug schräg über ihnen, während sein Ausleger in die Tanköffnung ihres Jets eingeführt war.

»Danke für den Flug«, sagte Malone ins Mikrofon seines Headsets.

Der Gesprächspartner auf der anderen Seite der Funkverbindung war Stephanie. »Dachte ich mir doch, dass dir das gefällt«, sagte sie.

Er ließ sich von ihr berichten, was sie in Montpelier gefunden hatten. Der Funkkanal war verschlüsselt, und da das Headset des Piloten vorläufig abgeschaltet war, wäre ein sichereres Gespräch wohl kaum möglich gewesen.

»Rowan arbeitet auf die Auflösung der Vereinigten Staaten hin«, sagte sie. »Und vielleicht gelingt ihm das auch.«

Sie machte mit den Hiobsbotschaften weiter und erklärte ihm, wohinter Rowan und Salazar her waren: Es ging um ein von den Gründervätern unterzeichnetes Dokument.

»Die Prophezeiung vom Weißen Pferd«, sagte sie. »Bist du diesem Thema nachgegangen?«

»Natürlich, genau wie du selbst gewiss auch.«

»Die mormonische Kirche hat sie inzwischen als Unsinn abgetan. 1918 rückte man offiziell von der Vorhersage ab. Heutzutage hält die Kirche die Sache nicht einmal mehr für plausibel. Es ist einfach nur eine Legende, mehr nicht.«

»Aber Rowan hält die Prophezeiung für ein tatsächliches historisches Ereignis, und das, wohinter er her ist, ist ebenfalls etwas real Existierendes. Leider weiß die Mormonenkirche mehr darüber als wir.«

Malone sah das genauso. Es war ein Problem.

»Wir haben von hier aus einige Nachforschungen angestellt«, sagte sie. »Unserer Meinung nach könnte Salazar hinter einem Objekt her sein, das sich in einer derzeit in Des Moines gastierenden Wanderausstellung befindet.«

»Recherche ist alles. Ihr habt jemandes Handy angezapft.«

Sie lachte. »Natürlich. Rowan und Salazar haben sich vor einigen Stunden über die Ausstellung unterhalten. Ihrer Meinung nach könnte der Schlüssel für das, was sie suchen, in einer Taschenuhr verborgen sein, die sich einmal in Lincolns Besitz befunden hat.«

Malone dachte kurz darüber nach. »In Römer 13,11, worauf Lincoln ja verwiesen hat, geht es um die Zeit. Und dazu fällt mir ein, dass ich vor ein paar Jahren einmal etwas über eine Taschenuhr Lincolns im Smithsonian gelesen habe, in deren Inneres etwas eingraviert war.«

»Dein gutes Gedächtnis ist manchmal durchaus nützlich. Die Taschenuhr in Iowa ist Lincolns zweiter Zeitmesser, der sich ebenfalls im Besitz des Smithsonian befindet. Diese Uhr wurde noch nie geöffnet. Sie wird bis morgen in einer Institution namens Salisbury House ausgestellt.«

Er schaute auf seine Armbanduhr. »Wenn man die Zeitverschiebung einrechnet, werden wir gegen 13 Uhr in Iowa landen. Salazar mit seinem Learjet schafft es bestimmt nicht vor 17 Uhr der dortigen Zeit. Das verschafft mir Gelegenheit, mich dort einmal gründlich umzuschauen.«

»Luke ist inzwischen auch da. Ich sage ihm, dass er sich mit dir treffen soll.«

»Wir landen nördlich von Des Moines auf dem Ankeny Regional Airport. Die Landebahn ist nur tausendsiebenhundert Meter lang. Der Kampfjet braucht eigentlich tausendachthundert, aber wir machen es trotzdem. Wir müssen dafür aber eine Sondergenehmigung haben.«

»Ich kümmere mich darum. Es wird keine Probleme geben. Luke wird dich dort erwarten.

Wir haben uns die Fotos näher angeschaut, die Luke von dem Rushton-Tagebuch gemacht hat«, fuhr Stephanie fort. »Unsere Recherchen haben ergeben, dass es wahrscheinlich nach 1890 verfasst worden ist. Also fünfzig Jahre nach der angeblichen Verkündung der Prophezeiung vom Weißen Pferd durch Smith. Die ganze Vorhersage über die Verfassung ist wenig glaubwürdig und wurde wahrscheinlich lange nach den angeblich vorhergesagten Ereignissen aufgeschrieben.«

»Wenn man die Prophezeiung liest, klingt sie einfach zu richtig. So wie an der einen Stelle, wo es eigens heißt: *Ihr werdet zu den Rocky Mountains ziehen und dort ein großes und mächtiges Volk werden, das ich das Weiße Pferd des Friedens und der Sicherheit nenne.* Warum steht da *Rocky Mountains*? Warum hieß es nicht einfach nur: *Ihr werdet nach Westen ziehen?* Angeblich soll Joseph Smith diese Worte viele Jahre vor dem Zeitpunkt ausgesprochen haben, als der Gedanke an Auswanderung aufkam. So gut ist kein Prophet.«

»Aber der Fund des Tagebuchs ist trotzdem von Bedeutung, da die Mormonenkirche bisher nur mündliche Berichte über den Inhalt der Prophezeiung besaß. Jetzt verleiht

Rushton der Sache mit seinen Worten eine neue Glaubwürdigkeit. Das können wir nicht außer Acht lassen.«

Und da war noch etwas. »Die Verfassung hängt ja tatsächlich an einem seidenen Faden, und die Mormonenkirche hält ja wirklich den Schlüssel zu der Angelegenheit in Händen.

Wir sind Rowan heute Morgen zu einem Treffen mit den anderen Kongressabgeordneten Utahs gefolgt und haben ihr Gespräch abgehört«, fuhr Stephanie fort. »Sie sind bereit, die Abspaltung Utahs in Angriff zu nehmen. Sie haben die nötigen Stimmen und die politische Unterstützung. Möglicherweise wird auch die Bevölkerung Utahs diesen Schritt absegnen. Jetzt brauchen sie nur noch das in Philadelphia von den Gründervätern unterzeichnete Dokument.«

Aber das war nicht das einzige Problem.

»Gibt es irgendetwas Neues von Cassiopeia?«, fragte er.

»Nichts. Du wirst sie mit dem Lasso einfangen müssen. Sie würde uns die Sache vermasseln.«

»Sie ist ein Profi, Stephanie. Wenn sie kapiert, was auf dem Spiel steht, wird sie das Richtige tun, was auch immer sonst noch sein mag.«

»Das ist es ja gerade, Cotton. Wir haben keine Ahnung, wie viel Salazar ihr anvertraut hat. Vielleicht reicht es nicht, um ihr klarzumachen, worum es wirklich geht. Wir müssen sie da rausziehen.«

Er wusste, was das bedeutete. »Ich kümmere mich darum. Du brauchst keine anderen Agenten darauf anzusetzen. Überlass das mir.«

»Schaffst du das denn?«

»Was habt ihr nur, du und dieses Fraternity-Bürschchen?

Beide behandelt ihr mich wie einen Welpen mit Liebeskummer. Ich kann mit Cassiopeia fertigwerden.«

»Okay, du bekommst die erste Chance. Wenn sie sich dann nicht zurückzieht, bin ich an der Reihe.«

Luke lenkte seinen Mietwagen durch die Straßen von Des Moines. Der Tag war verhangen, das Thermometer zeigte um die achtzehn Grad. In der Transportmaschine hatte er fast den gesamten Flug von der Andrews Air Force Base westwärts zu einem außerhalb der Stadt gelegenen Flugplatz der Air National Guard verschlafen. Er hatte einen ziemlich starken Jetlag, aber an dieses Gefühl war er gewöhnt.

Stephanie hatte ihn bereits informiert, dass Salazars Ziel möglicherweise eine gewisse Einrichtung namens Salisbury House sein würde, und so fuhr er dorthin, um sich einen kleinen Überblick zu verschaffen. Sie hatte ihm außerdem mitgeteilt, dass Malone auf dem Weg nach Des Moines war, aber sie hatte ihm noch nicht gesagt, wann und wo er den »alten Knacker« treffen sollte.

Er folgte der GPS-Navigation seines Smartphones und gelangte in ein ruhiges Viertel westlich vom Stadtzentrum. Von einem Eichenwäldchen umgeben, stand Salisbury House auf einer Hügelkuppe. Das Herrenhaus sah aus, als wäre es direkt aus dem ländlichen Raum Englands hierhergeschafft worden. Die Mauern waren aus Feuerstein, Naturstein und Backstein errichtet, und das Ziegeldach wies zahlreiche Giebel auf. Auf einem Schild vor dem Anwesen konnte man lesen, dass es sich einmal im Privatbesitz einer ortsansässigen wohlhabenden Familie befunden hatte. Doch inzwischen gehörte es einer Stiftung.

Es war niemand da.

Aber es war ja auch erst kurz nach 10 Uhr. Er wusste, dass die Lincoln-Ausstellung im Inneren erst um 18 Uhr geöffnet wurde. Heute war der letzte Tag, bevor die Show weiterzog.

Er lenkte sein Auto am Haus vorbei. Er hatte Hunger und beschloss, sich auf die Suche nach Pfannkuchen mit Würstchen zu machen.

Aber erst einmal musste er telefonieren.

Er hielt auf der grasbewachsenen Böschung der Straße, wo Bäume tiefe Schatten über das Pflaster warfen, holte sein Handy hervor und rief seine Mutter an. »Ich muss etwas von dir wissen. Haben Dad und Danny sich vor Dads Tod versöhnt?«

»Ich habe mich schon lange gefragt, wann wir endlich dieses Gespräch haben würden.«

»Anscheinend wusste außer meinen Brüdern und mir jeder Bescheid.«

Er erzählte ihr von dem Umschlag.

»Ich habe dafür gesorgt, dass dein Vater und sein Bruder Frieden geschlossen haben.«

»Warum?«

»Weil ich nicht wollte, dass mein Mann diese Frage mit ins Grab nimmt. Und er übrigens auch nicht. Er war froh, als er es gemacht hatte.«

»Warum hat er es uns nicht selbst erzählt?«

»Damals war so viel los. Mein Gott, Luke, er ist so schnell gestorben. Wir hatten beschlossen, das Thema auf später zu vertagen.«

»Das ist jetzt dreizehn Jahre her.«

»Die Entscheidung über den Zeitpunkt haben wir deinem Onkel überlassen. Da waren wir uns alle einig.«

»Warum haben Dad und Danny sich eigentlich niemals nahegestanden?« Das wollte er wirklich wissen.

»Sie waren von Kindheit an nie wirklich wie Brüder. Sie hatten einfach nie ein enges Verhältnis. Es gab nicht die eine, bestimmte Sache, die zwischen sie kam. Im Laufe der Zeit wuchs die Distanz zwischen ihnen, und sie haben sich beide daran gewöhnt. Und dann ist Mary gestorben. Dein Vater und deine Tante haben Danny die Schuld daran gegeben.«

»Aber du nicht.«

»Das wäre ein Fehler gewesen. Danny hat Mary heiß und innig geliebt. Sie war sein Ein und Alles. Er hat sie nicht getötet. Es war einfach ein schrecklicher Unfall. Und Dannys Art, mit seinem Schmerz umzugehen, war, ihn zu ignorieren. Das ist nicht gesund, aber so ist Danny nun mal. Ich weiß allerdings, wie sehr er gelitten hat.«

Luke erinnerte sich an die Worte seines Onkels. »Danny hat gesagt, du hast ihm den Laufpass gegeben.«

Sie lachte. »Das stimmt. Er und ich sind ein paarmal miteinander ausgegangen. Doch als ich deinen Vater kennengelernt hatte, war es um mich geschehen. Ein anderer Mann kam nie mehr für mich in Frage. Aber ich habe immer verstanden, wie Danny tickt. Vielleicht bin ich eine der Wenigen, denen das gelungen ist. Der Tod deiner Cousine hat ihn am Boden zerstört. Dann bekam er mit, wie sein Bruder in einer glücklichen Familie vier kräftige Jungs großzog. Das muss hart gewesen sein. Neid und Eifersucht sind nicht Dannys Stil, aber jedes Mal, wenn er uns vor Augen hatte, musste er daran denken, was hätte sein können – wenn er einfach nur zum Rauchen nach draußen gegangen wäre.

Die Schuldgefühle mussten unvorstellbar sein.

»Danny hat den Verlust bewältigt, indem er sich geweigert hat hinzuschauen. Darum hat er nie das Grab besucht. Das konnte er einfach nicht. Dein Vater hat das schließlich verstanden. Gott hab ihn selig. Er war ein so guter Mann. Ich war dabei, als euer Dad den Brief an euch geschrieben hat. Und ich war auch dabei, als Danny und er sich voneinander verabschiedet haben. Das war unmittelbar bevor wir euch Jungs informiert haben, dass euer Vater sterben würde.«

Luke hatte immer nur ein Minimum an Kontakt zu seinem Onkel gehabt, so gut wie gar keinen. Ihr Gespräch vorhin war das erste seit seiner Kindheit gewesen.

»Luke, Danny ist kein schlechter Mensch. Er hat ein Auge auf uns gehabt und dafür gesorgt, dass jeder seine Wünsche verwirklichen konnte.«

»Wie meinst du das?«

»Er hat deinen Brüdern geholfen, wenn es nötig war, was sie allerdings nicht ahnen. Du wolltest Geheimdienstagent werden. Er ist derjenige, der dich in deine jetzige Position gesteuert hat. Er und ich hatten miteinander gesprochen. Er sagte mir, das Justizministerium sei der beste Ort für dich und er werde sich darum kümmern.«

»Der Schweinehund«, flüsterte Luke. Das hatte er nicht gewusst.

»Versteh das jetzt nicht falsch. Er hat niemandem befohlen, dich einzustellen. Das hast du dir selbst verdient. Und wir waren uns einig, dass du wieder gehen müsstest, falls du den Anforderungen nicht genügst. Keine Gefälligkeiten. Keine Privilegien. Nichts. Ja, er hat dir die Chance verschafft, einen Fuß in die Tür zu setzen, aber du selbst hast dafür gesorgt, dass du bleiben konntest.«

»Bedeutet das, dass ich ihm oder *dir* etwas schuldig bin?«

»Du bist nur dir selbst etwas schuldig, Luke. Mach deinen Job. Mach uns alle stolz auf dich.«

Sie hatte immer genau gewusst, was sie ihm sagen musste.

»Ich bin froh, dass du angerufen hast«, endete sie.

»Ich auch.«

53

Des Moines, Iowa
18.40 Uhr

Cassiopeia setzte sich hinters Steuer, während Josepe auf dem Beifahrersitz Platz nahm. Seine beiden Mitstreiter ließen sich auf der Rückbank nieder. Josepe hatte veranlasst, dass sie an dem Terminal für Privatflugzeuge, das neben dem Hauptflughafen lag, von einem Mietwagen erwartet wurden. Vor der Landung hatte Cassiopeia sich umgezogen und trug jetzt einen dunklen Hosenanzug und bequeme Schuhe. Sie war für alles bereit, was sie erwarten mochte. Der Learjet verfügte über die modernste Kommunikationsausstattung, und so hatte sie sich über das Salisbury House informieren können.

Es war im Jahr 1920 von Carl und Edith Weeks errichtet worden, nachdem eine Reise nach Übersee in ihnen die Leidenschaft entfacht hatte, ein englisches Herrenhaus nachzubauen. Sie erwarben sechs Hektar Waldland und errichteten für sich und ihre vier Söhne ein Haus mit sechsundvierzig Zimmern und einer Wohnfläche von zweitausendsechshundert Quadratmetern. Das Innere dekorierten sie mit zehntausend Sammlerstücken – Gemälde, Bildhauerkunst, Gobelins, historische Objekte und seltene Bücher –, die sie auf ihren vielen Reisen erworben hatten. Die Zimmer waren mit offenen Kaminen im Tudorstil, Eichentäfelung aus dem 15. Jahrhundert und Deckenbalken aus einem abgerissenen britischen Gasthaus ausgestattet. In der Depressionszeit hatte die Familie das Haus verloren, und es war durch mehrere Hände gegangen, bis es schließlich von einer Stiftung übernommen worden war. Nun diente es als Kulturzentrum und Museum mit mietbaren Veranstaltungssälen und war ein Wahrzeichen der Stadt. Derzeit war eine Wanderausstellung darin zu Gast, die Abraham Lincoln zum Thema hatte.

Cassiopeia konnte eine PDF-Datei über das Haus herunterladen, in der sich ein Lageplan der beiden für Besucher zugänglichen Stockwerke befand. Die Wanderausstellung war in der Great Hall und dem Common Room untergebracht, die dicht beieinander im Erdgeschoss lagen. Sie hatte online ein Ticket für die Ausstellung bestellt und sich dann auf Google Maps die Umgebung angeschaut. Salisbury House lag in einem ruhigen Wohnviertel mit gewundenen Straßen und alten Häusern. Es war auf allen Seiten von Bäumen und Gärten umschlossen. Geplant war, dass sie Josepe und seine Leute beim Hotel absetzen und danach zur Ausstellung fahren würde. Sie würde dort nach Sonnenuntergang eintreffen und hätte Gelegenheit, den Ort auszukundschaften und zu entscheiden, wie ihre Aufgabe am besten zu lösen wäre.

»Ich kann mir nicht vorstellen, dass es dort ein besonders

ausgeklügeltes Sicherheitssystem gibt«, sagte sie zu Salazar. »Nach allem, was ich über die Ausstellung gelesen habe, ist keines der gezeigten Objekte besonders kostbar oder wertvoll. Einfach nur ein paar historische Sammlerstücke. Vermutlich wird es ein paar private Sicherheitsleute und vielleicht auch einen Polizisten geben, der sich nach dem Dienst etwas dazuverdienen will, aber das dürfte auch alles sein.«

»Du sprichst so, als hättest du so etwas schon öfter gemacht.«

»Ich habe dir ja gesagt, dass ich ein paar besondere Kenntnisse und Fertigkeiten besitze.«

»Darf ich dich fragen, wieso du die erworben hast?«

Die Wahrheit konnte sie ihm nicht enthüllen, und so antwortete sie: »Größtenteils zum Schutz meiner Geschäftsinteressen. Und dann, um mein historisches Rekonstruktionsprojekt zu behüten. Es hat Diebstahl und Vandalismus gegeben. Da habe ich gelernt, dass es am besten ist, wenn ich mich selbst um die Dinge kümmere.«

Sie verabscheute sich für all die Lügen, die sie ihm auftischte. Wann würde das aufhören? Unmöglich zu sagen. Insbesondere jetzt, da sie ihren Einsatz noch einmal gewaltig aufstockte.

Sie kamen zu dem Hotel, in dem Josepe drei Zimmer reserviert hatte, und verabschiedeten sich.

»Sei vorsichtig«, sagte er zu ihr.

»Das bin ich immer.«

Luke schaute aus dem Wagen. Er hatte die letzten vier Stunden mit Cotton Malone verbracht und festgestellt, dass die Stimmung des Exagenten sich seit Dänemark nicht verbessert hatte.

Er hatte ihn bei dem nördlich von Des Moines gelegenen Landefeld erwartet und beobachtet, wie der F-15 Strike Eagle sich aus dem Mittagshimmel gelöst hatte und mit donnernden Triebwerken auf der kurzen Landebahn zum Stehen gekommen war. Er war noch nie in einem Kampfflugzeug geflogen und beneidete jeden, der dieses Privileg genießen durfte. Von Stephanie wusste er, dass Malone ein ausgebildeter Kampfpilot war, der diese Laufbahn aber aufgegeben hatte, um Jurist der Navy zu werden. Stephanie hatte ihm nicht gesagt, warum er diesen Schritt getan hatte, aber vermutlich hatte es einen guten Grund gegeben, denn Luke bezweifelte, dass Malone jemals etwas tat, was ihm gegen den Strich ging. Sie hatten zu Mittag gegessen, anschließend Salisbury House erkundet und alles in Erfahrung gebracht, was sich über die Lage des Hauses und die Anordnung der Räume herausbekommen ließ.

»Sie fährt los«, sagte er, als er sah, dass Cassiopeia Vitt das Hotel im Stadtzentrum verließ und sich wieder in den Verkehr einfädelte. Josepe Salazar und die beiden anderen Männer waren nicht mehr bei ihr.

Luke hatte zusammen mit Malone beim Flughafen von Des Moines in der Nähe des Terminals für Privatflugzeuge geparkt und sie erwartet.

»Sie fährt in die richtige Richtung«, sagte er zu Malone.

»Lass dich auf keinen Fall von ihr entdecken. Sie hat einen scharfen Blick.«

Normalerweise hätte er eine freche Antwort gegeben, aber er beschloss, den alten Kerl nicht zu ärgern. Stattdessen fragte er: »Was machen wir, wenn sie da hinfährt, wo wir es erwarten?«

»Du kümmerst dich um sie. Sie kennt dich nicht. Du kannst dich einfach unauffällig unter die Leute mischen.«

»Und du?«

»Nun, ich halte dir den Rücken frei und versuche, ihre Schritte vorauszuahnen. Ich habe Erfahrung mit der Art, wie sie denkt.«

»Stephanie hat gesagt, wir müssen diese Taschenuhr um jeden Preis beschaffen.«

»Weiß ich. Mir hat sie das Gleiche gesagt.«

Luke mochte das Element der Ungewissheit, das mit einem improvisierten Vorgehen verbunden war. Das verschaffte einem einen besonderen Kitzel, insbesondere wenn alles klappte. So wie in Montpelier. Katie Bishop war vorläufig im Weißen Haus geblieben, da Onkel Danny sie aufgefordert hatte, nicht nach Virginia zurückzufahren. Man würde ihrem Arbeitgeber sagen, dass sie ein paar Tage in Washington gebraucht werde, bevor sie zu ihrem Job zurückkehren könne. Katie hatte begeistert gewirkt, und Stephanie hatte sie gebeten, Madisons Tagebuch eingehend zu untersuchen.

Luke hielt eine Viertelmeile Abstand von Cassiopeias Auto und achtete darauf, dass genügend Fahrzeuge zwischen ihnen waren. Auf der breiten Allee, die vom Stadtzentrum nach Westen führte, herrschte lebhafter Verkehr, und einen Verfolger konnte man hier unmöglich bemerken.

Sie fuhr noch immer in die »richtige« Richtung.

»Es wird schwieriger werden, wenn wir in die Nachbarschaft von Salisbury House kommen.«

Sie waren vor Salazars Landung schon einmal dort gewesen. Dass sie den Mormonen verpassen könnten, war ausgeschlossen gewesen, da das US-Militär den Learjet im

Luftraum der Vereinigten Staaten geortet hatte. Da diese Angelegenheit oberste Priorität hatte, hatte Stephanie die Truppe um Hilfe gebeten.

Weiter vorn bog Cassiopeia jetzt genau da nach links ab, wo sie es erwartet hatten.

»Lass ihr Raum«, sagte Malone mit ausdrucksloser Stimme.

Genau das hatte Luke vor.

Salazar betrat sein Zimmer und schloss die Tür hinter sich. Drinnen fiel er auf die Knie und betete um das Erscheinen des Engels. Zu seiner riesigen Erleichterung schwebte die Vision gleich darauf über dem Bett und sah ihn mit demselben freundlichen Blick, den er zu erwarten gelernt hatte, lächelnd an.

»Es ist, wie du befohlen hast. Ich habe ihr mein Vertrauen geschenkt.«

»Sie wird dich nicht enttäuschen.«

»Verhilf ihr zum Erfolg. Ich möchte nicht, dass ihr etwas Schlimmes zustößt.«

»Sie wird mit dir ein Fleisch werden. Sie wird deine Frau sein. Gemeinsam werdet ihr eine Familie gründen, und diese wird wachsen und in die Fülle des Himmels eintreten. Wisse, dass dies wahr ist.«

Er war dankbar für das Erscheinen des Engels. Das beruhigte ihn. Er hatte Cassiopeia begleiten wollen, aber begriffen, dass ihre Mahnung zur Vorsicht klug war. Er konnte es sich nicht leisten, bei dem Diebstahl ertappt zu werden. Derzeit wirkten sich Cassiopeias Fähigkeiten und ihre Unabhängigkeit zu seinen Gunsten aus. Aber wenn die Bedrohung einmal vorüber war und das Versprechen Zions sich erfüllt hatte, würde es Veränderungen geben. Eine Familie zu ernähren und ihr vorzustehen war die Aufgabe des Vaters, die Mütter erzogen die Kinder. So war es in seiner elterlichen Familie gewesen, und so würde es auch in seiner eigenen Familie sein. Wenn beide Eltern ihre Kräfte außerhalb des Hauses einsetzten, ging das zu Lasten der Kinder, und er wollte gute Kinder haben. Mindestens eines von Cassiopeia und noch mehr von weiteren Frauen. Er würde sein eigenes und Cassiopeias Alter mitbedenken müssen, und so würde er die anderen Verbindungen mit jüngeren Frauen eingehen. Er war fest überzeugt, dass eine Mutter, die zu Hause blieb, die Schulleistungen der Kinder verbesserte, ihnen einen positiveren Ausblick auf das Leben mitgab, eine bessere Arbeitsmoral im späteren Leben förderte und für eine klarere moralische Haltung sorgte.

Das wollte er für seine Kinder.

Er hatte sich mit der Suche nach einer neuen Frau geduldet.

Da wollte er nun alles richtig machen.

»Der Himmlische Vater und die Himmlische Mutter waren verheiratet. Als Eltern brachten sie die Geistkinder zur Welt, was bedeutet, dass alle Menschen, die je gelebt haben, im wahrsten Sinne des Wortes Kinder Gottes und einander Brüder und Schwestern sind. Bald wirst du ihre Zahl vergrößern.«

Das hörte er gerne.

Aber jetzt senkte er erst einmal den Kopf und betete für Cassiopeias Erfolg.

54

Luke betrat Salisbury House hinter einer Gruppe aufgeregter Besucher durch die Nordtür. Malone hatte ihn am Ende der Straße abgesetzt, und er war den Rest des Weges zu Fuß gegangen. Sie konnten es sich nicht erlauben, ihren Wagen auf einem gebührenpflichtigen Parkplatz zu lassen, wo sie ihn einem Mann vom Parkservice hätten übergeben müssen. Stattdessen stellte Malone ihn um zwei Ecken an der Straße ab, die hinten am bewaldeten Parkgelände des Anwesens vorbeiführte. Einen geeigneten Platz hatten sie schon vorher ausgekundschaftet.

Luke sah auf seine Armbanduhr: 19.25 Uhr.

Es war inzwischen dunkel, und eine Zahl von vielleicht hundert Besuchern schaute sich im Erdgeschoss und auf der erleuchteten Terrasse um. Das Eingangsportal führte in eine große Halle, deren hohe Decke von Balken getragen wurde, während ein riesiger offener Kamin im Stil des Mittelalters die gegenüberliegende Wand dominierte. Über ihm standen eine Menge Leute am Geländer einer Galerie im ersten Stock und schauten in die Halle hinunter.

Malone hatte ihm Cassiopeia Vitt beschrieben, und Stephanie hatte ihm ein Foto geschickt. Vor den Glasvitrinen mit Besitztümern Lincolns, die in der Great Hall ausgestellt waren, entdeckte er niemanden, der ihrem Bild entsprach. Der einzige Wächter war ein uniformierter Stadtpolizist ohne Waffe in der Nähe des offenen Kamins. Bestimmt war er hier, um sich nach dem Dienst ein paar Dollars dazuzuverdienen.

Sorry, dass ich dir den Abend versaue, dachte er.

Er stieg von der Eingangshalle eine kurze Treppe hinunter und betrat einen Saal, der, wie er einem Schild entnahm, den Namen Common Room trug. Hier waren im Schein von Halogenstrahlern weitere Ausstellungsstücke zu besichtigen, und auch hier gingen Besucher zwischen ihnen herum.

Eine der Anwesenden fiel ihm ins Auge.

Langes, dunkles Haar, leicht gelockt. Ein sagenhafter Body. Tolles Gesicht. Wie ein Model. Und er sah, dass sie in Form war. Sie trug einen eng anliegenden Hosenanzug, der sich um ihre Kurven schmiegte.

Sie sah super aus.

Kein Wunder, dass Malone durchdrehte.

Cassiopeia bewunderte einen grandiosen Steinway-Konzertflügel. An den Wänden des Common Room waren ihr bereits ein Porträt des Malers van Dyck aus dem Jahr 1624 sowie ein schönes Wappen der Armand Cosmetics Company aufgefallen, die an der Wende zum 20. Jahrhundert vom ursprünglichen Besitzer des Hauses gegründet worden war. In der Mitte des langen Saals standen erleuchtete Vitrinen, in denen Objekte ausgestellt waren, die einen Bezug zu Lincoln hatten. Ein Eisenkeil, mit dem man Holz gespalten hatte, verschiedene Kleidungsstücke, Bücher, Schriftstücke und sogar der Zylinderhut, den er in der Nacht seiner Ermordung getragen hatte. Der Gedanke hinter der Ausstellung war wohl, einen sehr persönlichen Eindruck von Lincolns Leben und Erbe zu vermitteln. Die

Vitrine, die ihre Aufmerksamkeit erregte, war die drittletzte, und in ihrem Inneren lag eine silberne Taschenuhr. Das Schildchen daneben bestätigte, dass dies das Objekt war, das sie suchte.

Die Räume im Erdgeschoss hatte sie bereits besichtigt.

Die Beleuchtung war indirekt und absichtlich gedämpft, damit die hell angestrahlten Ausstellungsstücke besser zur Geltung kamen. Das würde ihr helfen. Sie hatte nur zwei Sicherheitsleute gesehen, die beide Uniformen der Stadtpolizei trugen. Keiner wirkte besonders aufmerksam oder bedrohlich. Im Erdgeschoss wimmelten vielleicht hundert Besucher herum und sorgten für eine Menge Ablenkung.

Sie schlenderte vom Common Room zur Great Hall zurück und bewunderte dabei einen Halbharnisch, der neben der Treppe zu einer Galerie stand. Sie würde keine Minute brauchen, um die Uhr an sich zu nehmen. Das Glas der Vitrine war nicht dick. Es würde leicht zu zerbrechen sein, ohne dass die Uhr dabei zu Schaden käme. Außerdem war Josepe zufolge das, wohinter sie her waren, im Inneren des Zeitmessers zu finden.

Cassiopeia bewunderte die stilvolle Innenausstattung. Mit ihrem erfahrenen Blick erkannte sie Möbel in Stieleiche, elisabethanische Schränke und chinesische Vasen. Sie betrachtete alte, einzigartige Gemälde. Aber gleichzeitig spürte sie, dass dies einmal ein Zuhause gewesen war. Hier hatten Menschen gelebt. In gewisser Weise erinnerten sie die Räume hier an ihr Elternhaus, obgleich dort die Ausstattung nicht der Tudorzeit entlehnt war, sondern spanische und arabische Einflüsse aufwies. Aber auch ihre Eltern hatten das Haus mit Gegenständen eingerichtet, die ihnen etwas bedeutet hatten. So sah es dort noch heute aus, denn genau wie Josepe im Wohnzimmer seiner Mutter hatte sie nicht viel verändert.

Sie schlenderte auf die Terrasse hinaus.

Ein schöner Garten reichte bis zu einem Saum von Bäumen in vierzig Meter Entfernung. Sie ließ den Blick zum Dach hinaufwandern und entdeckte die Stelle, wo die elektrischen Leitungen ins Herrenhaus führten. Sie folgte den Kabeln mit den Augen bis zu einem kleinen Gebäude zwischen den Bäumen. Genau das hatte sie erwartet. Nach Jahrzehnten der Umrüstungen und Verbesserungen war irgendwann alles zentralisiert. So war es auch in ihrem Château in Frankreich und bei ihren Eltern gewesen. Hier lag das technische Herzstück in einem Cottage mit Giebeldach.

Sie brauchte nichts weiter zu tun, als hineinzugehen.

Und zwar unbeobachtet.

Luke hielt Abstand, verbarg sich zwischen den Besuchern und plauderte sogar mit einigen von ihnen, als gehöre er dazu. Aber er hielt ein Auge auf Cassiopeia Vitt, die ganz eindeutig die Lage erkundete. Er hatte sich unauffällig verhalten, während sie sich auf der Terrasse umgeschaut hatte und dann in den Garten geschlendert war.

Irgendetwas war ihr ins Auge gefallen.

Er kehrte ins Haus zurück und schaltete das Funkgerät in seiner Hosentasche ein. Er hatte ein Kommunikationsset aus Washington mitgebracht, zu dem ein Knopflochmikrofon und ein Ohrstöpsel gehörten. Malone trug das Gegenstück bei sich.

»Bist du da?«, flüsterte er.

»Nein, ich bin weggegangen«, erwiderte Malones Stimme in seinem Ohr.

»Sie kundschaftet hier alles aus.«

»Lass mich raten. Sie ist draußen und schaut nach dem Dach.«

»Du kennst dein Mädel.«

»Halt dich bereit, denn gleich wird es dunkel.«

»Wie meinst du das?«

»Du wirst schon sehen.«

Malone stand im Schatten des Wäldchens hinter dem Salisbury House. Er hatte den Wagen hundert Meter entfernt in einer Seitenstraße geparkt, die an der rückwärtigen Seite des Anwesens vorbeiführte. Da es keinen Zaun gab, war er mühelos zu einer Stelle gelangt, von der aus er die erleuchtete Terrasse des Hauses und die Leute, die dort die kühle Nacht genossen, im Auge behalten konnte. Aus den Erdgeschossfenstern leuchtete weiches Licht. Er hatte beobachtet, wie Cassiopeia aus dem Haus getreten war und vermeintlich ziellos durch den Garten schlenderte. Sie würde improvisieren müssen, und die einfachste Art, sich einen Vorteil zu verschaffen, bestand darin, die Gegenseite praktisch blind zu machen.

Nur für wenige Minuten.

Mehr würde sie nicht brauchen.

Auch er hatte die elektrischen Leitungen auf dem Dach entdeckt, die von einem Cottage im Garten dorthin führten. Wenn er sich nicht irrte, war sie jetzt auf dem Weg zu diesem Häuschen.

Der Kniff würde darin bestehen, genau zu spüren, wie weit er die Sache gehen lassen durfte.

Er musste zulassen, dass sie die Uhr stahl, aber er durfte sie nicht entkommen lassen. Er betrachtete die Frau, die er liebte. Sie sah so großartig aus wie immer und schlenderte voll Zuversicht durch den Garten. Sie hatten einander öfter, als er zählen konnte, gegenseitig die Haut gerettet. Er vertraute ihr. Hing an ihr. Und er hatte geglaubt, sie empfände dasselbe ihm gegenüber.

Jetzt war er sich da nicht mehr so sicher.

Interessant, wie sein Leben innerhalb von nur zwei Tagen eine komplette Kehrtwende genommen hatte.

Wozu?

Und warum?

Die Antwort darauf würde er erst erhalten, wenn er und Cassiopeia Gelegenheit hatten, sich zusammenzusetzen und miteinander zu reden. Doch was jetzt gleich passieren würde, würde dieses Gespräch vielleicht von Anfang an vergiften.

Sie würde sich nicht freuen, ihn zu sehen.

Aber sehen würde sie ihn.

55

Washington, D.C.
20.50 Uhr

Rowan näherte sich dem Blair House. Seit der Zeit Franklin Roosevelts befand sich das Gebäude im Besitz der Vereinigten Staaten und wurde ausschließlich von Gästen des Präsidenten genutzt. Inzwischen gehörten der Regierung auch die drei angrenzenden Häuser des Straßenzugs, und viele ausländische Würdenträger waren schon in den eleganten Räumlichkeiten mit einer Fläche von insgesamt 6500 Quadratmetern abgestiegen. Während einer umfassenden Renovierung des Weißen Hauses hatte Truman hier gelebt und war jeden Tag zu Fuß zu seinem Büro gegangen. Unmittelbar vor dem Hauseingang war am 1. November 1950 ein Attentat auf ihn durch einen Secret-Service-Agenten vereitelt worden, der dabei sein Leben gelassen hatte. Das schmiedeeiserne Gitter des Zauns war mit einer bronzenen Gedenktafel zu Ehren dieses Mannes geschmückt, und Rowan hatte sich einen Augenblick Zeit genommen, um diesem Helden seine Achtung zu erweisen.

Der Anruf war vor zwei Stunden in seinem Büro im Senat eingegangen. Der Präsident der Vereinigten Staaten wolle ihn sehen. Wie schnell er kommen könne? Einer seiner Berater hatte ihn gesucht und ihm die Botschaft überbracht. Ihm war klar, dass sich eine solche Aufforderung nicht ignorieren ließ, und so hatte er für 21 Uhr zugesagt.

Doch die Wahl des Ortes war interessant.

Nicht im Weißen Haus.

Sondern vielmehr im Gästehaus. Abgeschoben. Als ob Daniels ihm sagen wollte, dass er nicht willkommen sei. Aber vielleicht interpretierte er da auch zu viel hinein. Danny Daniels wurde im Allgemeinen nicht für einen großen Denker gehalten. Einige fürchteten ihn, andere spotteten über ihn, und die meisten ließen ihn einfach in Ruhe. Aber *beliebt* war er durchaus. Für einen Mann, dessen politische Karriere sich dem Ende näherte, hatte er erstaunlich hohe Zustimmungsraten. Daniels hatte beide Präsidentschaftswahlen mit einer soliden Mehrheit gewonnen. Um der Wahrheit die Ehre zu geben, war die Opposition einfach nur froh, ihn gehen zu sehen, zufrieden damit, dass der alte

Mann bald seine Bedeutung verlieren würde. Doch leider war diese Option Rowan nun verstellt. Der Präsident hatte ihn zum Erscheinen aufgefordert.

Er wurde ins Haus und durch ein Labyrinth von Räumen in ein Zimmer mit gelb gestreifter Tapete geführt, an einer Wand hing ein Porträt Abraham Lincolns über einem Kaminsims, der mit roten Lampen aus böhmischem Kristallglas geschmückt war. Er kannte diesen Raum. Hierher wurden die Amtsträger geführt, bevor sie einem im Haus logierenden Regierungs- oder Staatsoberhaupt einen Besuch abstatteten. Vor ein paar Jahren hatte er hier gewartet, als er der Königin von England seine Aufwartung machte.

Nun ließ man ihn hier allein.

Offensichtlich demonstrierte der Präsident ihm, wer das Heft in der Hand hatte. Damit hatte Rowan kein Problem. Er konnte eine solche Kleinlichkeit akzeptieren, zumindest noch für eine Weile. Wenn dann erst der Staat Deseret mit ihm als weltlichem Oberhaupt gegründet wäre, würden die Präsidenten auf *ihn* warten. Niemand würde die Heiligen mehr übergehen, zurückweisen oder lächerlich machen. Seine neue Nation würde der Welt ein leuchtendes Beispiel geben, wie sich Religion, Politik und solide Staatsführung zu einer Einheit verschmelzen ließen.

Die Tür ging auf, und Danny Daniels sah ihn mit einem lodernden Blick an.

»Es wird Zeit, dass wir beide uns einmal unterhalten«, sagte der Präsident mit leiser Stimme.

Daniels reichte Rowan nicht die Hand.

Und er forderte ihn auch nicht zum Sitzen auf.

Vielmehr blieben sie stehen, und in dieser Stellung überragte der mit einem langärmligen Hemd mit offenem Kragen und einer Anzughose ohne Jackett bekleidete Daniels Rowan um gut dreißig Zentimeter. Rowan trug seinen üblichen Anzug.

Daniels schloss die Tür. »Sie sind ein Verräter.«

Rowan hatte seine Antwort parat. »Ganz im Gegenteil. Ich bin ein Patriot. Sie, Sir, und all die Präsidenten vor ihnen bis zurück zu genau diesem Mann dort« – er deutete auf Lincolns Porträt – »sind die Verräter.«

»Wie kommen Sie denn auf die Idee?«

Zeit, die Wahrheit zu sagen.

»Wir in der Kirche wissen seit Langem, dass zur Verfassung der Vereinigten Staaten etwas gehört, das Lincoln niemals durchsickern lassen wollte.«

»Lincoln hat den Mormonen vertraut, so wie Brigham Young Lincoln vertraut hat.«

Rowan nickte. »Und schauen Sie, wohin wir damit gekommen sind. Als der Krieg vorbei und die Bedrohung vorüber war, verabschiedete der Kongress das Edmunds-Tucker-Gesetz, das die Polygamie kriminalisierte, und die US-Regierung hat Hunderte von Kirchenmitgliedern verfolgt. Was ist da mit dem Vertrauen geschehen?«

»Die Polygamie steht den Prinzipien unserer Gesellschaft entgegen«, entgegnete der Präsident. »Das hat sogar Ihre eigene Führung schließlich eingesehen.«

»Nein, wir wurden dazu gezwungen, es einzusehen, da es die Voraussetzung für den Status des Bundesstaates war. Damals haben alle geglaubt, dieser Status wäre der Weg zu Sicherheit und Wohlstand. Doch das ist nicht mehr der Fall.«

Der Gedanke an das, was vor so langer Zeit geschehen

war, widerte Rowan an. Durch das Edmunds-Tucker-Gesetz von 1887 war die Kirche Jesu Christi der Heiligen der Letzten Tage buchstäblich aufgelöst worden. Nie zuvor und niemals danach war der Kongress mit solchem Hass gegen eine bestimmte religiöse Organisation vorgegangen. Das Gesetz ordnete nicht nur die Auflösung der Kirche, sondern auch die Konfiskation ihres gesamten Vermögens an. Und 1890 bestätigte der Oberste Gerichtshof, den offensichtlich der Teufel ritt, diese Verfügung als verfassungsgemäß.

»Was ist Ihr Ziel?«, fragte Daniels.

»Ich will nur das, was das Beste für die Bevölkerung Utahs ist. Mir persönlich liegt absolut nichts an der Bundesregierung. Sie erweist sich nicht länger als nützlich.«

»Daran werde ich Sie erinnern, wenn Ihre Grenzen irgendwann angegriffen werden.«

Rowan lachte. »Ich bezweifle, dass jemals jemand anderer als Sie selbst den Wunsch verspüren könnte, in Deseret einzufallen.«

»Ist das der Name, für den Sie sich entschieden haben?«

»Für uns bedeutete er etwas. So hätte unser Land von Anfang an heißen sollen. Aber die Bundesregierung hat auf Utah bestanden.«

Auch das hatte zu den jämmerlichen Zugeständnissen gehört, die damals verlangt und gemacht worden waren. Jener Tag widerte Rowan noch immer an. Der 25. September 1890. Damals hatte der zu diesem Zeitpunkt amtierende Präsident eine Erklärung abgegeben, in der er sich zum Gehorsam gegenüber den Bundesgesetzen bekannt und das Ende der Mehrfachehe verkündet hatte. Sechs Jahre später erhielt Utah den Status des Bundesstaates; der Kirchenbesitz wurde nach und nach zurückgegeben, darunter auch der Tempel von Salt Lake City. Aber die Kirche hatte einen schweren Schlag erlitten. Sie war danach tief verschuldet und über theologische und finanzielle Fragen zerstritten gewesen und hatte Jahre gebraucht, um sich zu erholen.

Aber sie hatte sich erholt.

Jetzt belief ihr Vermögen sich auf Milliarden. Den genauen Betrag kannte niemand außer einigen Aposteln und ein paar Leuten an der Spitze der Verwaltung.

Auch unter Rowans Führung würde das so bleiben.

»Wir werden jeden in Ihrer Union verbliebenen Bundesstaat kaufen und wieder verkaufen können«, sagte er. »Und dazu viele Nationen der Welt.«

»Sie sind noch nicht draußen.«

»Das ist nur eine Frage der Zeit. Sie wissen ja offensichtlich über das Dokument Bescheid, das die Gründerväter 1787 unterschrieben und uns hinterlassen haben.«

»Ja. Aber ich weiß auch einiges, das Ihnen unbekannt ist.«

Rowan konnte nicht erkennen, ob Daniels die Wahrheit sagte oder nur bluffte. Der Präsident war als ausgezeichneter Pokerspieler bekannt, aber irgendetwas sagte Rowan, dass das hier keine Show war – sondern vielmehr der Grund, aus dem der Präsident ihn zu sich gerufen hatte.

»Ihrer Kirche wurde etwas anvertraut, das unsere Nation damals hätte zerstören können«, sagte Daniels. »Doch die Vereinigten Staaten haben die Krise überstanden, was zum Teil auch der Tatsache zu verdanken ist, dass Brigham Young das, was er in Händen hielt, nicht gegen uns einsetzte. Und als nach Lincolns Ermordung niemand das Dokument von ihm zurückverlangte, unternahm Young zum Glück weiterhin nichts.«

»Er hat törichterweise darauf vertraut, dass die Bundesregierung uns weiter in Ruhe lassen würde. Aber das hat sie nicht. Zwanzig Jahre später hätte sie uns beinahe vernichtet.«

»Und doch hat niemand in der Kirche das Dokument hervorgeholt. Ein extrem wirksames Druckmittel, das niemals eingesetzt wurde.«

»Niemand wusste etwas davon. Young war damals schon tot, und er hat das Geheimnis mit ins Grab genommen.«

»Das stimmt nicht. Die Mormonen waren sich dieses Unterpfandes *sehr wohl* bewusst.«

»Woher wollen Sie das wissen?«

Daniels trat zurück und machte die Tür auf.

Dahinter stand Charles R. Snow auf seinen gebrechlichen Beinen. Er trug Anzug und Krawatte und strahlte mit jeder Faser die Würde des Oberhauptes Zions aus. Der Prophet trat mit kurzen, aber festen Schritten ein.

Rowan war überrumpelt und wusste nicht, was er tun oder sagen sollte.

»Thaddeus«, sagte Snow. »Mir fehlen die Worte, um auszudrücken, wie enttäuscht ich von dir bin.«

»Du hast mir doch aufgetragen, mich auf die Suche zu begeben.«

»Das stimmt. Aber enttäuscht bin ich von deinen Motiven und deinem Urteilsvermögen.«

Rowan hatte keine Lust auf Kritik von diesem Idioten. »Du bist viel zu schwach. Einen Mann wie dich können wir uns nicht mehr leisten.«

Snow schleppte sich zu einem blassgrünen Sofa und ließ sich nieder. »Was du vorhast, Thaddeus, wird hundert Jahre harter Arbeit vernichten.«

56

Des Moines, Iowa

Cassiopeia musterte das Cottage, das sie an ein rustikales Landhäuschen in England erinnerte. Auch alles andere im Salisbury House strahlte diesen englischen Charme aus. Keiner hatte sie beachtet, als sie auf einem Kiespfad, der sich zwischen herbstlichem Gras und Blumenstauden hindurchschlängelte, aus dem Garten geschlendert war. Ein paarmal war sie stehen geblieben, um das bunte Blattlaub zu bewundern, und hatte sich umgeschaut, ob sie weiterhin allein war. Das Cottage stand etwa dreißig Meter vom Haupthaus entfernt, und die elektrischen Leitungen wurden durch ein Isolierrohr hineingeführt, das aus dem Giebel herausragte. Zum Glück lag der Eingang, von Haupthaus und Garten abgewandt, vollständig im Dunkeln.

Die Holztür war mit einem einfachen, über dem Türknauf angebrachten Zylinderschloss nachgerüstet worden. Zum Glück war Cassiopeia vorbereitet, da immer ein Dietrichset in ihrem Make-up-Beutel bereitlag. Cotton hatte das total witzig gefunden – dieses Einbruchswerkzeug im Handgepäck – aber er war genauso schlimm. In seiner Brieftasche steckte ebenfalls immer ein kleiner Dietrich. Das mochte sie an ihm. Allzeit bereit.

Sie holte das Dietrichset aus ihrer Handtasche und manövrierte den ersten in das Schloss. Licht brauchte sie nicht, hier war eher der Tastsinn gefragt. Sie musste den Mechanismus des Schließzylinders mit beiden Händen erspüren und ein Gefühl für die Zuhaltungen bekommen.

Ein zweimaliges Klicken signalisierte ihren Erfolg. Sie öffnete die Tür, trat ein, machte hinter sich zu und legte den Innenriegel vor. Wie sie erwartet hatte, war die eine Wand mit elektrischen Sicherungskästen vollgehängt. Ein Drittel des Raums war mit Werkzeug für die Rasen- und Gartenpflege belegt. Durch vier Fenster drang Licht ein. Ihre Augen hatten sich an die Dunkelheit gewöhnt, und so entdeckte sie die Hauptsicherung außen an einem der Sicherungskästen.

Wenn sie die umlegte, würde ihr das vielleicht fünf Minuten verschaffen, bevor jemand hier nachschauen käme. Das würde mit Sicherheit geschehen, insbesondere wenn man durch die Bäume bemerkte, dass in den Nachbarhäusern weiterhin Licht brannte.

Aber mehr Zeit würde sie auch nicht brauchen.

Sie entdeckte einen Schmutzlappen neben einem Rasenmäher und wischte damit den Türriegel ab. Dann legte sie, genauso geschützt, den Sicherungsschalter um.

Malone lächelte, als es im Salisbury House dunkel wurde.

»Was zum Teufel geht da vor sich, Papi?«, hatte er Lukes Stimme im Ohr.

»Sie legt los. Jetzt bist du dran, Fraternity-Bürschchen.«

»Lass sie kommen. Ich bin so weit.«

Ja, genau.

Luke stand in der Great Hall, als das Licht im Haus erlosch. Im ersten Augenblick hörte er von den Leuten um sich herum nur ein leises Gemurmel. Als den Besuchern dann klar wurde, dass der Strom nicht gleich wieder anging, wurden ihre Stimmen lauter. Luke machte auf dem Absatz kehrt und eilte in den Common Room zurück, wo die Taschenuhr lag. Es war sehr dunkel hier drinnen, und er kam nur langsam voran, da er niemanden über den Haufen rennen durfte und sich andauernd entschuldigen musste.

»Sie ist wieder im Haupthaus«, sagte Malone in seinem Ohr. »Viel Vergnügen.«

Luke meinte fast, das spöttische Grinsen in Malones Gesicht zu sehen. Aber eine Frau, der er nicht gewachsen war, war ihm noch nicht begegnet. Katie Bishop war das perfekte Beispiel. Diese saure Zitrone hatte er jedenfalls definitiv in Limonade verwandelt.

Er gelangte zu der kurzen Treppe, die in den Common Room hinunterführte. Zum Glück war der Korridor breit, und es herrschte kein solches Gedränge wie eben in der Great Hall. Er betrat den Hauptraum und bemerkte dunkle Gestalten, die sich zur Wand hinbewegten. Eine männliche Stimme forderte alle Besucher auf, sich langsam und vorsichtig dorthin zu begeben. Klug gedacht. So wurden die Glasvitrinen in der Mitte geschützt. Außerdem blieben die Leute unter Kontrolle und fühlten sich geführt. Der Mann machte deutlich, dass jemand die Verantwortung übernahm. Natürlich ignorierte Luke die Anweisung und näherte sich der dritten Vitrine.

Cassiopeia Vitt war bereits dort.

»Das scheint mir keine gute Idee«, flüsterte er.

»Wer sind Sie?«, fragte sie.

»Der Mann, der Sie daran hindern wird, die Uhr zu stehlen.«

»Falsch, Fraternity-Boy«, sagte Malone in seinem Ohr. »Du darfst sie doch nicht vorwarnen.«

Er ignorierte den Rat und sagte: »Treten Sie von der Vitrine zurück.«

Die schwarze Gestalt rührte sich nicht.

»Ich wiederhole das nicht noch einmal«, stellte er klar. »Treten Sie von der Vitrine zurück.«

»Gibt es ein Problem?«, fragte jemand. Es war dieselbe Stimme, die eben noch die Leute dirigiert hatte. Wahrscheinlich einer der Polizisten.

Cassiopeia reagierte schnell.

Sie riss das Bein hoch und versetzte dem Cop einen Tritt gegen die Brust. Der flog rückwärts und krachte gegen eine Vitrine, die umkippte und mit lautem Klirren auf dem Holzboden zerbrach.

Die Leute an den Wänden stießen ein bestürztes Keuchen aus.

Bevor Luke noch reagieren konnte, traf ihn ein Tritt in den Schritt. Der Atem schoss aus seiner Lunge. Schmerz brandete auf und zerriss ihn von innen.

Verdammte …

Seine Beine knickten unter ihm ein.

Und er ging zu Boden.

Er versuchte, sich zusammenzureißen und aufzustehen, aber der Schmerz war zu überwältigend. Er legte die Hand auf die gepeinigte Stelle und kämpfte gegen seine Übelkeit und Hilflosigkeit an, unfähig einzugreifen, als Vitt die Glasplatte des Schaukastens zerschmetterte und die Uhr an sich nahm.

»Was ist los?«, fragte Malone in Lukes Ohr. »Sprich mit mir.«

Luke versuchte es, brachte aber kein Wort heraus.

Er hatte in der Highschool Football gespielt und dabei einige Blessuren erlitten. Auch in seiner Zeit bei der Army war ihm das eine oder andere zugestoßen.

Aber einen solchen Schmerz hatte er noch nie erlebt.

Cassiopeia nutzte das Chaos, um im Dunkeln zu verschwinden.

Er holte tief Luft und kam taumelnd auf die Beine.

Die Leute versuchten, aus dem Raum zu flüchten.

Beiß die Zähne zusammen, befahl er sich.

»Sie hat die Uhr … und … haut ab«, keuchte er ins Mikrofon.

Dann nahm er die Verfolgung auf.

Cassiopeia verstand nicht, woher der Mann hatte wissen können, wohinter sie her war. Er hatte offensichtlich darauf gewartet, dass sie losschlug. Seine Stimme hatte recht jung gewirkt und den leichten Südstaatenakzent gehabt, den sie von Cotton kannte. Hatte Stephanie sie bis hierher verfolgt? Es schien die einzige Erklärung zu sein, und das bedeutete, dass der Bursche nicht allein war.

Sie drängte sich zwischen der dunklen Masse der Besucher zum Vordereingang durch. Ihr Auto parkte wenige hundert Meter hinter dem Anwesen. Auf direktem Weg durchs Haus hindurch dorthin zu eilen, könnte sich als Problem erweisen.

Besser war, sie lief von außen um Salisbury House herum.

Sie ertastete die Türklinke und schlüpfte in die Nacht hinaus.

Luke wandte sich zum Haupteingang und der Great Hall zurück. Die Leute, die im Common Room verharrten, hatten begriffen, dass nun überall auf dem Boden Scherben lagen und Vorsicht angebracht war. Daher nutzte er die kurzfristige Verwirrung, um sich durch die Dunkelheit davonzuschleichen.

Es tat immer noch weh, aber der Schmerz hatte wenigstens ein kleines bisschen nachgelassen.

Schmerz hin oder her, er würde nicht zulassen, dass Cassiopeia Vitt ihm entkam. Malone und Stephanie würden ihm den Kopf abreißen, insbesondere nachdem der alte Knacker ihn gewarnt hatte. Er bog um die Ecke und tastete sich an der Wand entlang die kurze Treppe hinauf, die zur Eingangshalle führte.

Er hörte, wie die Eingangstür aufging und wieder zufiel.

Ob sie das gewesen war?

Das lag nahe.

Und so machte er sich auf den Weg zum Ausgang.

Er öffnete die Tür und trat hinaus.

Niemand zu sehen.

Doch dann erhaschte er einen Blick auf Cassiopeia Vitt, die dicht bei der Hauswand um die Ecke bog und zur Rückseite des Hauses lief. Diesmal warnte er sie nicht, sondern sagte in sein Mikrofon: »Sie läuft in deine Richtung, Papi.«

Dann folgte er ihr.

57

Richard Nixon betrat den Konferenzsaal und schüttelte dem Propheten Joseph Fielding Smith, dessen beiden Beratern und allen Mitgliedern des Kollegiums der Zwölf Apostel die Hand. Der Präsident der Vereinigten Staaten war nach Salt Lake City gekommen, um den Wahlkampf der republikanischen Kandidaten für die zweijährige Legislaturperiode zu unterstützen. Er hatte seine Frau, seine Tochter Tricia und zwei Kabinettsmitglieder mitgebracht – George Romney und David Kennedy, beide Heilige. Die üblichen Auftritte in der Öffentlichkeit hatte er bereits absolviert, und nun hatten sie sich ins Hauptverwaltungsgebäude der Kirche zurückgezogen, wo sie hinter verschlossenen Türen zwischen holzgetäfelten Wänden und unter einer Kassettendecke vor Lauschern sicher waren. Nixon und Smith saßen am Kopfende eines matt schimmernden Tisches, und die Apostel nahmen die Plätze entlang der Längsseiten ein.

»Meine Besuche in Salt Lake City waren immer herzerwärmend für mich«, sagte Nixon. »Ihre Kirche ist eine großartige Institution, die bei meinen bisherigen Regierungshandlungen keine unerhebliche Rolle gespielt hat.«

Es war der 24. Juli 1970. Pioneer Day. Ein offizieller Feiertag im Bundesstaat Utah, an dem man die Ankunft der ersten Welle von Einwanderern im Salt-Lake-Becken beging. Traditionell wurde der Tag mit Umzügen, Feuer-

werk, Rodeos und anderen Festlichkeiten begangen. Er war eine Art Nationalfeiertag für Heilige der Letzten Tage. Später würde Nixon noch das berühmte Days of '47-Rodeo im Salt Lake Palace besuchen.

»Ich kenne keine Volksgruppe in Amerika, die stärker zu unserem ausgeprägten moralischen Führungsanspruch und unseren hohen moralischen Standards beigetragen hat – zu der Haltung, die Amerika in guten wie in schlechten Zeiten angetrieben hat. Keine Volksgruppe hat mehr dafür bewirkt als die Mitglieder dieser Kirche.«

»Warum sind Sie hier?«, fragte Smith.

Die unvermittelte Frage schien Nixon aus dem Konzept zu bringen. »Wie schon gesagt. Ich bin hier, um Ihnen meine Bewunderung auszudrücken.«

»Mr. President, Sie haben diese Privataudienz mit mir, meinen Beratern und dem Kollegium der Zwölf persönlich erbeten. Mit diesem Wunsch ist bisher noch kein Präsident an uns herangetreten. Da werden Sie gewiss verstehen, dass wir neugierig sind. Also, hier sind wir. Unter uns. Was ist es nun, das Sie wollen?«

Smith war zwar ein vollendeter Gentleman, aber kein Dummkopf. Er war der zehnte Prophet, der die Kirche führte, sein Vater war der sechste und sein Großvater der Bruder des Kirchengründers Joseph Smith gewesen. Er war 1910 mit fünfundzwanzig Jahren zum Apostel berufen worden und erst vor sechs Monaten ins Amt des Propheten aufgestiegen. Mit vierundneunzig Jahren war er der älteste Mann, der je dazu auserwählt worden war. Als Einziger der im Raum Anwesenden war er tatsächlich dabei gewesen, als der Tempel von Salt Lake City im Jahr 1893 geweiht worden war.

Er verneigte sich vor niemandem.

Noch nicht einmal vor einem Präsidenten der Vereinigten Staaten.

Nixons Miene veränderte sich; statt Charme zu versprühen, gab er sich nun als Mann, der eine Mission hat. »In Ordnung. Ich mag es, wenn es direkt zugeht. Das spart Zeit. Im Jahr 1863 wurde Ihnen etwas von Abraham Lincoln zugesandt, und dieses Etwas haben Sie niemals zurückgegeben. Ich will es wiederhaben.«

»Warum?«, fragte Smith.

»Weil es den Vereinigten Staaten gehört.«

»Und doch wurde es uns zur sicheren Aufbewahrung anvertraut.«

Nixon betrachtete die Männer, die um den Tisch saßen. »Wie ich sehe, wissen Sie, wovon ich rede. Gut. Das macht die Sache einfacher.«

Smith deutete mit seinem runzligen Finger auf den Präsidenten. »Sie haben keine Ahnung, was in dem Dokument steht, oder?«

»Ich weiß, dass es Lincoln große Sorge bereitet hat. Ich weiß, dass er nicht grundlos gerade dieses Dokument geschickt hat. Ich weiß, dass Brigham Young als Teil des Tauschgeschäfts Lincoln die Lage einer Mine verriet, nach der schon lange Zeit gesucht worden war. Ein Ort, an dem vielleicht ein großer Goldschatz der Mormonen versteckt liegen könnte, Gold, das während des Mormonenkriegs verloren ging, als zweiundzwanzig Planwagen spurlos verschwanden.«

»Von diesem Gold ist überhaupt nichts verloren gegangen«, entgegnete einer der Apostel. »Keine einzige Unze. Als die Kriegsgefahr gebannt und die Bedrohung durch die

Bundesregierung vorbei war, wurde alles wieder in unsere Wirtschaft eingespeist. Dafür hat Prophet Brigham gesorgt. Es gibt da kein Geheimnis.«

»Interessant, was Sie da sagen«, erwiderte Nixon. »Ich habe das untersuchen lassen. Brigham Young hat das Gold nach Kalifornien geschickt. Aber laut Ihrer eigenen schriftlichen Aufzeichnungen wurden diese Planwagen angegriffen, die Männer wurden ermordet und das Gold gestohlen. Es ist seitdem verschwunden. Wollen Sie etwa behaupten, Ihr Prophet sei in diesen Diebstahl verwickelt gewesen?«

»Wir behaupten überhaupt nichts«, entgegnete einer der Apostel. »Außer, dass das Gold nicht verloren gegangen ist.«

»Bedeutet die Prophezeiung vom Weißen Pferd Ihnen nichts? Sollten Sie nicht die Retter unserer Verfassung sein?«

Einige Apostel lachten.

»Das ist eine Legende«, sagte einer von ihnen. »Eine von den frühen Kirchenvätern erfundene Story, um unserer Religion Aufwind zu geben. Lauter Fehlinterpretationen, nur vom Hörensagen bekannt, die sich so ausgebreitet haben, wie Gerüchte es nun einmal tun. Solche Geschichten gibt es in jeder Theologie. Aber diese hier entspricht nicht den Tatsachen. Wir haben uns schon vor langer Zeit von ihr distanziert.«

Nixon lächelte. »Meine Herren, ich habe schon oft am Pokertisch gesessen und gegen die besten Leute gespielt. Mit Ihrem Bluff führen Sie mich nicht hinters Licht. Brigham Young und Abraham Lincoln haben einen Handel geschlossen, und man muss beiden Seiten lassen, dass sie ihren Teil der Vereinbarung eingehalten haben. Ich habe eine Notiz aus Lincolns Zeit gelesen. Eine handschriftliche Botschaft James Buchanans, der Lincoln ein Dokument schickte. Weitere Unterlagen, die ich einsehen konnte, weisen darauf hin, dass dieses Dokument schließlich als Lincolns Teil der Abmachung hier gelandet ist. Aber aufgrund von Lincolns plötzlichem frühem Tod befindet es sich weiterhin in Ihrer Hand.«

»Sagen wir einmal rein theoretisch, es gäbe ein solches Dokument und wir würden es Ihnen zurückgeben. Was würden Sie dann damit tun?«

»Das hängt davon ab, was darin steht. Nach meiner Vermutung geht es um die Gründerväter und etwas, das sie in Philadelphia möglicherweise getan haben.«

»Die Verfassung ist nach unserer Auffassung eine bewundernswerte Norm, die auf der Weisheit Gottes gründet«, sagte der Prophet. »Sie ist ein himmlisches Banner. All denen, die das Privileg der Segnungen der Freiheit genießen, ist sie wie der kühle Schatten und das erfrischende Wasser eines großen Felsens in einem ausgetrockneten und erschöpften Land.«

»Wunderschöne Analogien«, erwiderte Nixon. »Aber Sie haben noch nicht auf meine Frage geantwortet.«

Smith wandte sich an die am Tisch versammelten Apostel. »Hier haben Sie ein Beispiel dessen, womit wir von Anfang an konfrontiert waren. Die Arroganz eines Vertreters der Bundesregierung, der hierher zu uns in unser Zuhause kommt und verlangt, dass wir seinen Anordnungen Folge leisten.«

Ein paar Köpfe nickten zustimmend.

»Ich hatte der Bitte um eine Privataudienz in der Hoffnung stattgegeben, dass es bei diesem Präsidenten anders

wäre.« Smith heftete den Blick auf George Romney und David Kennedy.

»Zwei Männer unserer Kirche bekleiden Posten in dieser Regierung, und das haben wir für ein gutes Zeichen gehalten.« Der Prophet hielt inne, als müsse er sich sammeln. Smith hatte viele Jahre als Kirchenhistoriker und Berichtführer gedient. Wenn irgendjemand wusste, was in den Kirchenaufzeichnungen stand, dann er.

Schließlich sah er Nixon an.

»Wir sind tatsächlich die Hüter von etwas, das uns vor langer Zeit ausgehändigt wurde. Aber Brigham Young hat die Entscheidung getroffen, dieses Dokument zu behalten, und alle Propheten seitdem sind seinem Beispiel gefolgt. Daher liegt die Entscheidung bei mir. Und ich lehne Ihre Bitte ab.«

»Sie widersetzen sich einem direkt geäußerten Wunsch des Präsidenten der Vereinigten Staaten?«

»In unserem Buch Lehre und Bündnisse, 109,54 *steht:* Habe Erbarmen, o Herr, mit allen Nationen auf Erden; habe Erbarmen mit denen, die in unserem Land herrschen; mögen jene Grundsätze, die von unseren Vätern so ehrenhaft und vortrefflich verteidigt worden sind, nämlich die Verfassung unseres Landes, aufrechterhalten bleiben immerdar. *Diesen Worten gehorche ich, Mr. President. Und nicht den Ihren.*

Rowan starrte Charles Snow und Danny Daniels an.

Er hatte Snows Bericht über das vernommen, was vor vier Jahrzehnten vorgefallen war.

»Ich war da«, sagte Snow. »Ich saß mit am Tisch. Als ein noch relativ neuer Apostel, aber ich habe gesehen, wie

Joseph Fielding Smith mit Richard Nixon umgesprungen ist. Das war das erste Mal, dass ich etwas von unserem großen Geheimnis hörte.«

»Und die anderen wussten Bescheid?«

Snow nickte. »Einige der dienstälteren Apostel waren eingeweiht.«

»Charles«, sagte Rowan. »Du hast mich selbst losgeschickt, um das Geheimnis zu suchen. Du hast mir aufgetragen, danach Ausschau zu halten.«

»Nein, Thaddeus. Ich habe dir den Inhalt des Dokumentensteins einfach nur gezeigt, damit du einen Strick findest, um dich selbst zu erhängen. Präsident Daniels und ich haben das schon vor Monaten besprochen.«

Rowan traute seinen Ohren nicht. Der Prophet war selbst ein Spion? Ein Verräter? Er stellte die Interessen der Heiden über die der Heiligen?

»Joseph Fielding Smith war ein brillanter Kopf«, sagte Snow. »Er hat dieser Kirche während dreier Viertel des 20. Jahrhunderts gedient. Nach Nixons Aufbruch an jenem Tag wurden wir alle über das in Kenntnis gesetzt, was sich im Jahr 1863 ereignet hatte. Aber erst als Prophet habe ich dann den Rest erfahren. Seit damals hat jeder Prophet die Information an seinen Nachfolger weitergegeben. Alle Männer, die damals beim Besuch Nixons dabei waren, sind inzwischen verstorben. Nur ich bin noch übrig. Aber die Pflicht der Weitergabe endet hier und jetzt. Ich werde dich nicht aufklären.«

»Wir können es schaffen, Charles«, sagte Rowan. »Wir können dieses von Gott entfremdete Land mit all seinen Gesetzen, Regeln, Steuern und Problemen verlassen. Wir brauchen es nicht mehr. Wir haben Umfragen durchgeführt. Die Leute würden die Sezession eindeutig gutheißen. Das Volk Utahs wird jeder Entscheidung zustimmen, die etwas Derartiges fordert.«

»Ist Ihnen klar, was geschehen wird, wenn Sie das durchziehen?«, fragte Daniels. »Die Vereinigten Staaten sind eine Weltmacht.«

»Und durch das Ausscheiden Utahs sollte sich das ändern? Machen Sie sich doch nicht lächerlich.«

»Leider würde es nicht bei Utah aufhören. Und genau das ist ja auch Ihr Plan. Andere Staaten würden Ihrem Beispiel folgen. Sie haben recht, wir haben tief greifende Probleme. Die Leute würden am liebsten fliehen. Sie glauben, dass es etwas Besseres gibt. Aber ich kann Ihnen sagen, dass das nicht stimmt. Trotz all seiner Fehler ist das hier das verdammt noch mal beste politische System, das Menschen je erdacht haben. Es funktioniert. Aber nur als Union von fünfzig Staaten. Ich kann nicht zulassen, dass Sie das kaputt machen.«

»Obgleich die Gründerväter selbst ihr Okay dazu gegeben haben?«

Snow seufzte. »Thaddeus, die Gründer unserer Kirche haben ebenfalls eine Menge gesagt. Manches davon war klug und manches Unsinn. Es ist unsere Pflicht und wir haben die Verantwortung dafür, das Schlechte zurückzulassen und das Gute zu bewahren. Die Zeiten haben sich geändert. Was 1787 funktioniert haben mag, funktioniert heute nicht mehr.«

»Diese Entscheidung liegt nicht bei uns.« Rowan wurde laut. »Sie steht dem Volk zu. Die Leute haben das Recht, alles zu erfahren.«

»Wenn das der Fall wäre, warum ist dann die vertrauliche

Behandlung von Informationen überhaupt erlaubt? Warum kommen wir im Geheimen zusammen, wenn Entscheidungen mit Auswirkung auf die nationale Sicherheit anstehen? Weil es uns als Vertretern des Volkes obliegt, intelligente Entscheidungen zu treffen. Die Leute wählen uns und vertrauen sich uns an, damit wir das Richtige tun. Und alle paar Jahre haben sie Gelegenheit, uns zu sagen, wie wir unsere Sache gemacht haben. Herr Senator, wir fordern Sie auf, Ihr Vorhaben einzustellen. Sowohl als Ihr Präsident als auch als Ihr Prophet bitten wir beide Sie, damit aufzuhören.«

Rowans erster Gedanke galt der Frage, wie es wohl gerade in Iowa lief. War das letzte Teilstück des Puzzles tatsächlich in der Taschenuhr Lincolns zu finden? Außerdem dachte er über Stephanie Nelle und ihre Komplizenschaft nach. Sie hatte ihm entscheidende Informationen geliefert. Aber was hatte Snow gerade über die Unterstützung gesagt, die er Rowan bei seiner Suche gewährt hatte. *Ein Strick, um dich selbst zu erhängen.*

»Sie haben Stephanie Nelle zu mir geschickt, oder?«, fragte er Daniels.

»Ich habe überhaupt niemanden geschickt. Nelle ist eine Diebin und Verräterin. Ich werde sie entlassen und diese armselige Frau dann ins Gefängnis werfen. Und dort werden Sie auch landen, wenn Sie nicht aufhören.«

Rowan sah Snow an. »Nach den Worten der Propheten haben wir das Recht, in Freiheit gemäß unseren eigenen Vorstellungen zu leben. Das haben wir uns verdient. Das war die Vision *unserer* Gründerväter.«

»Wir *sind* frei, Thaddeus.«

»Wie kannst du das sagen? Es ist unsere Pflicht, die Prophezeiung vom Weißen Pferd zu erfüllen.«

»Das ist nur eine Geschichte. Es war nie etwas anderes.«

»Nein, das stimmt nicht. Wir haben den Auftrag erhalten, *die Verfassung zu schützen, wie sie uns durch göttliche Inspiration geschenkt wurde.* Das heißt also, die Verfassung in ihrer *Gesamtheit.* Und genau das tue ich. Die Gründerväter selbst haben einem Staat das Recht zum Austritt eingeräumt, wenn er es wünscht. Und nun möchte ich mir Gewissheit verschaffen, ob Utah den Austritt wünscht.«

Dann wurde Rowan plötzlich etwas klar.

»Du hast Nixon in Bezug auf die Prophezeiung angelogen, oder?«

Snow erwiderte seinen Blick.

»Genau das hast du getan«, wiederholte Rowan. »Du hast ihm gesagt, sie sei reine Fantasie.«

»Wir haben einfach nur die öffentliche Stellungnahme der Kirche zu dieser Verkündigung wiederholt«, stellte Snow klar.

»Und die war eine Lüge. Du hast gerade eben gesagt, jeder Prophet seit Brigham Young sei sich über die Wahrheit im Klaren gewesen. Jeder habe gewusst, was wir für die Vereinigten Staaten aufbewahrten.«

»Das hat nicht das Geringste mit jener Prophezeiung zu tun«, entgegnete Snow. »Es ist aber absolut entscheidend für die Zukunft unserer Nation. Wir haben ganz einfach beschlossen, dieses Land nicht zu zerstören. Die Verfassung würde tatsächlich am seidenen Faden hängen, wenn man dir freie Hand ließe.«

»Wo ist es, Charles?« Rowan zitterte am ganzen Leib vor Erregung. »Wo ist das Dokument versteckt? Sag es mir.«

Snow schüttelte den Kopf. »Diese Information wird

diesmal nicht an den nächsten Propheten weitergegeben. Und ich versichere dir, ich bin der Einzige, der Bescheid weiß.«

»Dann hast du deinen Glauben und alles, wofür er steht, verraten.«

»Ich bin bereit, mich vor dem Himmlischen Vater zu verantworten. Du auch?«

»Absolut. Ich weiß, dass Lincoln einen Krieg geführt hat, der niemals hätte stattfinden dürfen. Der Süden hatte das Recht auszutreten, und Lincoln wusste das. Dieser Krieg war seine ganz persönliche Entscheidung. Hunderttausende Menschen sind gestorben. Was meinst du wohl, was das amerikanische Volk sagt, wenn das ans Tageslicht kommt?«

»Dass Lincoln der Union den Vorrang gegeben hat?«, fragte Daniels zurück. »Er hat sich für das Land entschieden. Ich hätte dasselbe getan.«

»Dann sind Sie ebenfalls ein Verräter.«

»Lincoln ist zu dem Schluss gekommen, dass die *Vereinigten* Staaten wichtiger sind als die einzelnen Bundesstaaten«, erwiderte Daniels. »Sicher, die Zeiten haben sich geändert. Wir sind nicht denselben Zwängen unterworfen wie er. Aber auf uns lastet ein genauso unmittelbarer Druck. Internationale Belange. Es ist wichtig, dass diese Nation bestehen bleibt.«

Rowan fixierte den Präsidenten der Vereinigten Staaten mit seinem Blick. »Sie. Wird. Untergehen.«

»Ich entlasse dich aus deiner Berufung«, sagte Snow. »Ich möchte, dass du als Apostel zurücktrittst.«

»Und ich möchte Sie nicht mehr im Senat haben«, fügte der Präsident hinzu.

»Gehen Sie doch beide zum Teufel.«

Noch nie zuvor hatte er derart herabsetzende Worte geäußert. Fluchen lief all seinen Glaubensüberzeugungen zuwider. Aber er war wütend. Und er musste nun hoffen, dass Salazar Erfolg haben würde. Davon hing alles ab.

Er wandte sich zur Tür, konnte aber im Gehen einem letzten Hieb nicht widerstehen.

»Mit diesem Lincoln-Mythos ist bald Schluss. Die Nation wird ihn endlich als den Menschen sehen, der er wirklich war. Ein Mann, der für nichts und wieder nichts einen Krieg angezettelt und die Wahrheit aus eigensüchtigen Gründen unterdrückt hat. Im Gegensatz zu Ihnen beiden vertraue ich dem Urteil des Volkes. Die Menschen werden entscheiden, ob diese Union für immer Bestand hat.«

58

Malone beobachtete das sich dunkel abzeichnende Salisbury House. Die Elektrizität war schon eine Viertelstunde ausgefallen, als er endlich in dem Cottage, in dem Cassiopeia den Schaden angerichtet hatte, den Lichtstrahl einer Taschenlampe entdeckte. Ein paar Minuten später gingen drinnen und draußen die Lichter wieder an. Inzwischen war vermutlich klar geworden, dass jemand absichtlich den Schalter der Hauptsicherung umgelegt hatte. Nicht lange, und überall würde Polizei herumwimmeln.

»Sie läuft in deine Richtung, Papi«, sagte Luke ihm gerade ins Ohr.

Er verließ seinen Posten und kehrte durch die Bäume zu der Stelle zurück, an der er seinen Leihwagen geparkt hatte. Die Allee, in der er stand, führte an Vorgärten entlang, die bis zu den Häusern über dreißig Meter tief waren. Es war eines dieser alten Viertel, die in einer Zeit gebaut worden waren, als die Leute viel Wert auf ihre Privatsphäre legten und das Land billig war.

Was im Salisbury House vorgefallen war, war unmöglich zu sagen. Das Fraternity-Bürschchen hatte die Einzelheiten für sich behalten. Die Tatsache, dass Cassiopeia nun die Uhr in Händen hielt, bedeutete, dass Luke sie unterschätzt hatte.

Ein Riesenfehler.

Luke rannte schneller, noch immer mit einem pochenden Schmerz im Schritt. Da war er ihr etwas schuldig. Er kam zur Hausecke und bog darum herum. Entlang der Seitenwand wuchsen Bäume, Sträucher und Gehölz. Ein Rascheln weiter vorn bestätigte, dass Vitt noch immer vor ihm floh. Drinnen war das Licht wieder angegangen und erhellte durch die Fenster des Erdgeschosses auch diese Seite des Hauses.

Er schob sich zwischen den Zweigen hindurch.

Malone sollte irgendwo hinter dem Garten sein, und diese Vitt lief geradewegs auf ihn zu.

Cassiopeia blieb im Schutz der Bäume und ließ den Blumengarten hinter sich zurück. Ihr Auto stand fünfzig Meter entfernt in einer Straße namens Greenwood Drive. Sie hatte die Uhr. Josepe würde sich freuen. Wenn sie sie ihm übergab, würde sie vielleicht erfahren, was für eine

Bewandtnis es damit hatte. Josepe hatte bisher nur gesagt, sie könne sich als das letzte Teilstück eines viel größeren Puzzles erweisen. Würde sie Stefanie Nelle dann Bericht erstatten?

Vermutlich nicht.

Inzwischen waren Polizeisirenen zu hören.

Jetzt, da das Licht im Salisbury House wieder funktionierte, würde der Diebstahl sofort entdeckt werden.

Es wurde Zeit, dass sie von hier wegkam, und zwar schnell.

»Sie sollte jetzt gleich bei dir sein«, sagte Luke in sein Mikro.

Keine Antwort.

»Malone.«

Weiterhin Stille.

Wo zum Teufel war der alte Knacker?

Luke beschloss, die Sache selbst in die Hand zu nehmen. Der Schmerz hatte endlich nachgelassen, seine gut trainierten Muskeln waren zur Aktion bereit und seine Nerven im Alarmzustand.

Und so stürmte er weiter vorwärts.

Cassiopeia hörte das Rascheln und Knacken von Zweigen, das sich ihr rasch näherte.

Sie rannte schneller und hastete durch das Wäldchen zu ihrem parkenden Wagen. Jemand war ihr auf den Fersen. Die Wagentür war nicht verriegelt, und der Autoschlüssel befand sich neben der Uhr in ihrer Handtasche, die sie fest umklammert hielt.

Das Wäldchen endete, sie befand sich auf der Straße.

Sie sah ihren Wagen, rannte hin, stieg ein, steckte den Schlüssel in die Zündung, ließ den Motor an, stellte den Ganghebel auf Drive und wollte gerade Gas geben und losdüsen, als etwas auf ihre Motorhaube krachte. Durch die Windschutzscheibe erblickte sie einen Mann, der darauf kauerte: junges Gesicht, Ende zwanzig, Anfang dreißig.

»Wo soll's denn hingeh'n?«, fragte er.

Der Mann hob den linken Arm, und in der Hand hielt er eine Pistole, die er direkt auf sie richtete.

Sie lächelte und heftete den Blick in seinen.

Dann drückte sie mit dem rechten Fuß das Gaspedal durch.

Luke hatte so etwas erwartet, und deshalb hatte er sich mit der Rechten in die Oberkante der Motorhaube verkrallt, hinter der die Scheibenwischer versenkt waren.

Der Wagen machte einen Satz nach vorn, die Reifen drehten im Gras und Dreck durch und packten dann den Asphalt.

In dem Versuch, ihn abzuschütteln, lenkte sie mal nach links und mal nach rechts.

Er hielt weiter fest.

Sie erhöhte das Tempo.

»Papi«, sagte Luke. »Ich weiß nicht, wo du steckst, aber ich brauche dich. Ich muss diese verrückte Schlampe gleich erschießen.«

Stephanies Befehl war eindeutig gewesen.

Beschaffe die Uhr.

Um jeden Preis.

Cassiopeia wollte den Mann auf der Motorhaube nicht ernsthaft verletzen, aber sie musste ihn abschütteln. Bestimmt arbeitete er für Stephanie Nelle. Wer anderes könnte denn hier sein?

Sie befanden sich auf einer dunklen Nebenstraße ohne Verkehr; Wald zu beiden Seiten und nur gelegentlich eine Hauszufahrt.

Vor ihnen kam etwas zwischen den Bäumen hervor.

Ein weiteres Fahrzeug!

Es stellte sich quer auf die Straße und versperrte beide Fahrbahnen.

Die Fahrertür ging auf, und ein Mann stieg aus.

Ein Mann, den sie kannte.

Cotton.

Sie trat auf die Bremse und kam schleudernd zum Stehen.

Malone hielt die Stellung.

Luke rutschte von der Motorhaube herunter, riss die Fahrertür auf und richtete die Waffe auf Cassiopeia.

Sie bewegte sich nicht.

Das Innenlicht ließ ihre Züge erkennen, die auch jetzt wieder wie versteinert wirkten, genau wie schon in Salzburg. Ihr Blick heftete sich in seinen. Luke griff in den Wagen hinein und stellte den Motor ab.

»Aussteigen, verdammt«, schrie Luke.

Sie beachtete ihn gar nicht.

Malone trat mit langsamen, sicheren Schritten auf sie zu. Als er dicht bei ihr war, entdeckte er die kleine Handtasche auf dem Beifahrersitz. Schwarz. Von Chanel. Mit Anhängern geschmückt, deren Symbole in früheren Jahren als Markenzeichen gedient hatten. Er hatte sie letztes Jahr in

Paris gekauft, als Weihnachtsgeschenk für die Frau, die ganz buchstäblich alles hatte.

Er trat zur Beifahrertür, machte sie auf und holte die Handtasche heraus. Er nahm die Uhr heraus und warf die Handtasche auf den Sitz zurück. Er war so wütend auf sie wie sie auf ihn und blieb, genau wie sie, vollkommen stumm.

Er bedeutete Luke, dass sie gehen sollten.

»Bist du sicher?«, fragte der.

»Lass sie in Ruhe.«

Luke zuckte mit den Schultern und warf ihr den Autoschlüssel in den Schoß.

Noch immer reagierte sie mit keinem Wort. Stattdessen schlug sie die Tür krachend zu, ließ den Motor aufheulen, wendete und raste davon.

»Das war nicht gut«, sagte Luke.

Malone blickte den in der Ferne verblassenden Rückleuchten nach.

»Nein«, flüsterte er. »Das war es nicht.«

59

Maryland

Rowan saß im Tempel.

Von Kindheit an hatte er sich im Inneren von Tempelmauern sicher gefühlt. Damals war das in Salt Lake City gewesen. Seit er in Washington wohnte, hatte er im hiesigen Tempel seine neue Heimat gefunden. Hier, hinter dicken Steinmauern und verschlossenen Türen, konnten die Heiligen ihre Religion ausüben, wie es ihnen gefiel. Außer Heiligen, die eines Empfehlungsschreibens ihres Gemeindevorstehers würdig waren, kam hier niemand herein. Nur in den Wochen vor der Einweihung standen die Tore eines Tempels den Heiden offen. 1974 waren fast eine Million Besucher durch dieses großartige Gebäude im ländlichen Maryland gegangen. In der *Time*, in *Newsweek* und in *U.S. News & World Report* waren Artikel darüber erschienen. Schon seit den frühesten Tagen hatte für Neubauten eine Politik der offenen Tür gegolten. So hatte man den wilden Gerüchten und falschen Vorstellungen über das, was im Inneren lag, begegnen wollen. Aber wenn ein Tempel einmal geweiht war, wurde er zum allein den Heiligen vorbehaltenen Reich.

Er hatte Blair House eilig verlassen und war mit dem Taxi direkt hierhergekommen, sein zweiter Besuch des Tages. Heute früh hatte er hier noch in der frischen Morgenluft mit seinen Kongresskollegen Pläne geschmiedet.

Doch jetzt hatte er keine Ahnung, wie es weitergehen würde.

Charles R. Snow selbst hatte sich eingemischt.

Ein außergewöhnliches Ereignis, mit dem er nie gerechnet hätte. Tatsächlich hatte er auf Snows Tod gezählt. Wenn er selbst, Rowan, dann zum Propheten geweiht würde, eine Tatsache, die bereits feststand, hätte er die gesamte Kirche zu seiner Verfügung. Doch nun hatte Snow ihn entlassen und seinen Rücktritt gefordert. So etwas war noch nie da gewesen. Apostel blieben ein Leben lang im Kollegium. Er selbst hatte inzwischen von allen am längsten gedient, war durch die Hierarchie aufgestiegen und stand nun ganz kurz davor, selbst der Prophet zu werden.

Und zwar nicht einfach irgendein Prophet.

Sondern der erste seit Brigham Young, der sowohl der Kirche als auch der Regierung vorstehen würde. Und der erste, der das an der Spitze einer unabhängigen, lebensfähigen Nation tun würde.

Deseret.

Gewiss, vorher musste er die Zustimmung des Wahlvolks erlangen und einen Gerichtsprozess gewinnen, aber er war zuversichtlich, dass ihm das gelingen würde.

Doch plötzlich schien dieser Traum in Gefahr zu sein.

Sowohl Daniels als auch Snow wussten alles. Hatte Stephanie Nelle ihn verraten? War sie eine Spionin? Ihr Auftauchen war schon eine eigenartige Fügung gewesen.

Ein Anfall von Paranoia überkam ihn.

Es war genau wie nach dem Bürgerkrieg und vor der Wende zum 20. Jahrhundert, als die Heiligen unter Berufung auf das Polygamieverbot des Edmunds-Tucker-Gesetzes verfolgt und ins Gefängnis geworfen worden waren. Als sogar die Kirche selbst verboten worden war. Als einer sich gegen den anderen gekehrt hatte. Spione allerorten. Die *Zeit der Wirren*, so hatte man diese Phase inzwischen getauft. Sie hatte erst geendet, als die Kirche eingeknickt war und sich angepasst hatte.

Er befand sich allein im Celestialen Raum.

Er musste nachdenken.

Und jetzt läutete sein Handy.

Normalerweise waren diese Geräte im Tempel nicht zugelassen. Aber jetzt war keine normale Situation. Er schaute aufs Display.

Salazar.

»Wie ist es gelaufen?«, fragte Rowan nach dem Abnehmen.

»Die Uhr ist weg. Jetzt hat die Regierung sie.«

Rowan schloss die Augen. Der Abend wurde allmählich zur Katastrophe. Nichts war richtig gelaufen.

»Fliegen Sie nach Salt Lake City«, wies er Salazar an. »Ich bin morgen früh auch da.«

»Die Leute von der Regierung wussten, dass wir kommen würden«, sagte Salazar.

Natürlich. Wie sollte es auch anders sein?

»Wir unterhalten uns in Salt Lake City.«

Damit legte er auf.

Cassiopeia saß in Josepes Hotelsuite und sah ihm beim Telefonieren zu.

Das Gespräch endete.

»Der Älteste Rowan hat niedergeschmettert geklungen«, sagte Salazar, die Stimme kaum lauter als ein Flüstern. »Ich muss sagen, dass mich dasselbe Gefühl erfüllt. Wir waren mehrere Jahre an dieser Sache dran. Aber erst vor wenigen Monaten haben wir uns dem Ziel genähert. Es war ein langer, harter Kampf, so weit zu kommen.«

»Tut mir leid, dass ich mir die Uhr habe wegnehmen lassen.«

»Das ist nicht deine Schuld, sondern meine. Ich hätte Probleme vorhersehen und mich zum Handeln bereithalten sollen. Ich hätte dir meine Mitarbeiter mitgeben sollen.«

»Die wären nur im Weg gewesen. Ich bin diejenige, die die Gefahr nicht hat kommen sehen.«

Josepe stieß langsam die Luft aus. »Wie wäre es damit? Für heute Abend reden wir nicht mehr über die Niederlage. Lass uns irgendwo essen gehen.«

Sie war nicht in der Stimmung, was auch immer ihre Rolle vorsehen mochte.

»Ich habe einen ziemlichen Jetlag. Hättest du etwas dagegen, wenn ich einfach zu Bett gehe?«

Stephanie hatte in ihrem Zimmer im Mandarin Oriental ein improvisiertes Hauptquartier eingerichtet. Ihr Notebook war mit dem sicheren Server des Magellan Billet verbunden, das Handy eingeschaltet. Sie hatte Katie Bishop dabei, die im Nebenzimmer Madisons geheime Aufzeichnungen durchforstete und jeden noch so winzigen Informationsschnipsel aufklaubte, wenn er relevant zu sein schien. Die junge Frau war intelligent und redegewandt und hatte sich anscheinend für Luke Daniels erwärmt. Auf der Fahrt vom Weißen Haus hierher hatte sie im Taxi viele Fragen zu ihm gestellt.

Und jetzt hatten sie die Uhr in die Hände bekommen!

Luke und Cotton hatten Erfolg gehabt.

Sie schaute auf den Bildschirm mit dem Videofeed von Lukes Notebook in Des Moines. Katie hatte auf den einschlägigen Websites nachgeschaut und mit einem Kurator des Smithsonian National Museum of American History gesprochen. Der hatte ihr erklärt, wie man damals die erste Taschenuhr Lincolns geöffnet hatte.

Es war wirklich einfach.

Der rückwärtige Deckel wurde gegen den Uhrzeigersinn aufgedreht und gab dann das Werk frei. Allenfalls könnte es sich als kniffelig erweisen, den Rost in dem Gewinde zu lösen, der sich dort nach den Jahren ohne Wartung vielleicht festgesetzt hatte. Doch da hatten bei der ersten Uhr ein paar vorsichtige Schläge an den richtigen Stellen gut geholfen.

All das hatte Stephanie nach Iowa weitergegeben.

Malone nahm die Uhr von der Tischplatte. Luke und er waren in einem Hotel im Zentrum abgestiegen, mit ausreichend Abstand zu dem Haus, in dem Salazar logierte. Dann hatten sie eine Videoverbindung zu Stephanie in Washington hergestellt.

Malone bewunderte den Zeitmesser, der in einem ausgezeichneten Zustand war.

»Wir sollten versuchen, ihn nicht zu zerstören«, sagte Stephanie aus dem Bildschirm heraus.

Er grinste sie an. »Galt das mir?«

»Du hast tatsächlich eine Tendenz, Dinge kaputt zu machen.«

»Wenigstens ist es keine Weltkulturerbestätte.«

Nach früheren Erfahrungen zu schließen, tobte er sich dort am liebsten aus.

Die Begegnung mit Cassiopeia belastete ihn sehr. Sie hatten ein Problem, und das würde sich durch noch so viel Reden nicht so einfach beheben lassen. Er hatte genau das getan, was zu unterlassen sie ihn gebeten hatte, und das würde Folgen haben.

Er reichte Luke die Uhr. »Du bist am Zug.«

Luke nahm sie entgegen und versuchte, den rückwärtigen Deckel zu lösen. Stephanie hatte bei ihrer Anleitung darauf hingewiesen, dass sich das als schwierig erweisen könnte, und so war es tatsächlich.

Auch drei weitere Versuche blieben erfolglos.

»Er lässt sich nicht drehen«, sagte Luke.

Sie versuchten es mit ein paar sanften Schlägen gegen die Seite, wie empfohlen, doch das führte zu nichts. Malone erinnerte sich daran, dass er vor ein paar Jahren eine Vorliebe für einen bestimmten Salat aus Zitrusfrüchten gehabt hatte, Orangen und Grapefruitstücke, die geschält und in Wasser eingelegt in einem Kunststoffbehälter mit Schraubverschluss feilgeboten wurden. Beim ersten Mal war es immer schwierig gewesen, den Deckel aufzudrehen. Doch eines Tages hatte er endlich das Geheimnis entdeckt: nicht so fest zupacken. Genervt, wie er war, hatte er oft den Plastikdeckel so fest gedrückt, dass er sich nicht abschrauben ließ. Und so nahm er nun die Uhr sanft zwischen die Finger, gerade so fest, dass sie nicht wegrutschen konnte.

Er drehte und spürte den Widerstand des winzigen Gewindes.

Noch ein Versuch, und diesmal bewegte sich etwas.

Nur ganz leicht.

Aber ausreichend.

Er fasste erneut zu, achtete aber auf einen sanften Griff und schraubte den Deckel los. Dann legte er die Uhr auf den Tisch, und Luke richtete die Webcam des Notebooks auf die freigelegten Zahnräder und Federn. Stephanie hatte ihnen ein Foto vom Werk der anderen Taschenuhr Lincolns geschickt, und Malone hatte erwartet, im Innengehäuse ebenfalls eine Gravur von Worten oder Zeichen vorzufinden.

Aber da war nichts.

Luke und er schienen den Gedanken gleichzeitig zu haben.

Und so nickte er dem jungen Mann zu.

Luke drehte den rückwärtigen Deckel um …

Rowan saß in der Stille eines menschenleeren Siegelungsraums. In den Celestialen Raum waren Leute gekommen, und er war nicht in der Stimmung für Gesellschaft. Daher war er gegangen. Er fragte sich, wie viele Ehen hier wohl geschlossen worden waren und erinnerte sich an seine eigene Hochzeit in einem Siegelungsraum des Tempels in Salt Lake City. Braut und Bräutigam hatten einander mit dem Altar zwischen sich gegenüber gekniet, und ihre Familien hatten jeweils hinter ihnen gesessen. Sie beide hatten sich bei der Hand gehalten und sich gelobt, einander und Gott treu zu bleiben und Seine Gebote zu halten. Ein so durch priesterliche Autorität in einem Tempel gesiegelter Bund im Namen Jesu wurde für die Ewigkeit geschlossen – und nicht nur »bis dass der Tod euch scheidet«. Hier wie in den meisten Siegelungsräumen gestatteten die an den Wänden hängenden Spiegel dem Paar, sich in den zahllosen Reflexionen symbolisch für alle Zeiten vereinigt zu sehen.

Ich werde dir die Schlüssel des Himmelreichs geben; was du auf Erden binden wirst, das wird auch im Himmel gebunden sein, und was du auf Erden lösen wirst, das wird auch im Himmel gelöst sein.

Matthäus 16, 19.

Der Glaube an den ewigen Bestand der Ehe stärkte das irdische Band zwischen Ehemann und Ehefrau zusätzlich. Eine Scheidung wurde zwar von der Kirche toleriert, aber missbilligt. In der Lehre legte man Wert auf eine dauerhafte Bindung und erwartete diese auch.

Und daran war nichts verkehrt.

Er betete seit einer halben Stunde, unsicher, was er tun sollte. Er konnte nicht glauben, dass der Himmlische Vater ihn so weit hatte kommen lassen, nur um ihm dann den Moment des Triumphs vorzuenthalten.

Wieder klingelte sein Handy in der Hosentasche.

Er schaute aufs Display.

Eine unbekannte Nummer.

Er beschloss abzunehmen.

»Sie haben doch nicht etwa geglaubt, dass ich Ihnen tatsächlich vertrauen würde?«, hatte er Stephanie Nelles Stimme im Ohr.

»Sie haben mich reingelegt.«

»Wirklich? Und wie denn bitte schön?«

»Ich habe weder Zeit noch Lust, das näher zu erläutern.«

»Ich möchte, dass Ihre Kommission ihre Anfragen an meine Abteilung offiziell zurückzieht. Ich möchte Sie los sein, Herr Senator. Ich möchte, dass Sie aus meinem Leben verschwinden.«

»Das ist mir ehrlich gesagt vollkommen egal …«

»Ich habe die Uhr.«

Hatte er richtig gehört?

»Ich habe meine Leute losgeschickt, um sie zu beschaffen, und das haben sie getan.«

»Woher wussten Sie denn, dass ich sie haben wollte?«

»Ich habe ebenfalls die Notiz gelesen, die Lincoln in dem Buch hinterlassen hat. Ich habe die Seite kopiert, bevor Sie sie herausgerissen haben.«

Die Rettung? Eine zweite Chance?

»Sind wir uns einig, Herr Senator?«

Ihm blieb keine andere Wahl. »Einverstanden. Ich werde morgen einen Brief aufsetzen lassen. Meine Kommission wird erklären, dass sie keinerlei Unterlagen von Ihnen benötigt.«

»Genau darum geht es mir. Nur erwarte ich von Ihnen, dass sie den Brief innerhalb der nächsten Stunde aufsetzen und unterschreiben und mir das Original per Boten schicken.«

»Abgemacht. Und jetzt warte ich.«

»Öffnen Sie Ihren E-Mail-Account. Ich schicke Ihnen ein paar Fotos und eine Adresse, an die der Brief abgeliefert werden soll. Wenn ich ihn nicht innerhalb der nächsten Stunde in Händen halte, wird Ihre kleine Intrige sofort platzen. Haben Sie verstanden?«

»Ja.«

»Leben Sie wohl, Herr Senator.«

Er tippte auf das Display seines Smartphones und fand die E-Mail vor. Im Anhang waren zwei Fotos. Das erste zeigte eine geöffnete Taschenuhr. Das zweite war eine Nahaufnahme des rückwärtigen Deckels der Uhr, und zwar der Innenseite. Dort standen zwei Wörter ins Silber eingraviert.

Falta Nada.

Nichts fehlt.

Er dachte an die Kartenskizze, die Lincoln ins Buch Mormon gekritzelt hatte. Jeder Wegpunkt war mit einem Namen markiert gewesen, außer einem.

Und hier hatte er nun also die letzte Information, die noch gefehlt hatte.

Lächelnd schaute er zum Himmlischen Vater auf und flüsterte: »Danke.«

Seine Gebete waren erhört worden. Während er gerade

eben noch festgesteckt hatte und buchstäblich am Ende gewesen war, hatte er jetzt neuen Schwung erhalten. Besser noch, er brauchte weder Charles Snow noch Stephanie Nelle, Danny Daniels, Brigham Young oder irgendetwas von dem, was Lincoln hinterlassen hatte.

Er wusste genau, wo der Lohn seiner Mühen wartete.

60

22.00 Uhr

Stephanie verließ das Mandarin Oriental und fuhr im Taxi zum Weißen Haus. Sie hatte genau das getan, wozu Danny Daniels sie aufgefordert hatte, und Rowan die Nachricht durchgestochen, die sie in der Uhr gefunden hatten. Um ihre Glaubwürdigkeit zu unterstreichen, hatte sie ihm auch ein Foto des Werks mit dem rückwärtigen Deckel geschickt. Rowan musste sie zugutehalten, dass er die offizielle Verzichtserklärung unterschrieben und, wie von ihr gefordert, per Boten in ihr Hotel geschickt hatte. Inzwischen würden auch Salazar und Cassiopeia in Rowans Informationen eingeweiht sein. Sie begriff, dass die Anweisungen des Präsidenten klug waren, aber ihre Auswirkungen gefielen ihr ganz und gar nicht. Beinahe zwanzig Jahre im Geheimdienstgeschäft hatten sie gelehrt, ein Endspiel zu erkennen.

Das Taxi setzte sie in der Nähe des Blair House ab, und sie ging die letzten Meter zu Fuß. Am Ziel angekommen, wurde sie vom Secret Service hineingebeten und in ein Zimmer mit gelben Wänden geführt, in dem ein Porträt

Abraham Lincolns hing. Dort erwarteten sie Daniels und Charles R. Snow, der siebzehnte Prophet der Kirche Jesu Christi der Heiligen der Letzten Tage. Danny hatte ihr bereits am Handy berichtet, wie vor ein paar Stunden das Treffen mit Rowan verlaufen war.

Beide Männer wirkten aufgewühlt.

»Am 20. Dezember 1860, weniger als zwei Monate nach der Wahl Abraham Lincolns zum Präsidenten, spaltete South Carolina sich von der Union ab«, sagte Daniels. »Es war der erste Bundesstaat, der diesen Schritt jemals vollzog. Im Verlauf der nächsten sechzig Tage folgten Mississippi, Alabama, Georgia, Louisiana und Texas. Dann, am 12. April 1861, kam es zum Angriff auf Ford Sumter. Vier Tage später kehrten Virginia, Arkansas, Tennessee und North Carolina der Union den Rücken.«

Sie lauschte seiner Stimme, die wieder denselben leisen, monotonen Tonfall hatte wie am Tag zuvor.

»Genau hier in diesem Raum«, erzählte der Präsident, »setzten sich ein paar Tage nach dem Angriff auf Sumter Francis Preston Blair und Robert E. Lee zusammen. Lincoln wollte, dass Lee das Oberkommando über die Truppen der Nordstaaten übernahm und bat Blair, bei ihm nachzufühlen, ob er sich das vorstellen könne. Doch Lee blieb sich treu und lehnte ab. *Wie könnte ich das Schwert gegen meinen Heimatstaat Virginia erheben?*«

»Dieser Krieg stellte jedermanns Loyalität auf die Probe«, sagte Snow. »Auch die Heiligen mussten ihre Wahl treffen. Obgleich wir im Tal des Großen Salzsees weit ab vom Schuss waren, hat der Krieg uns gefunden.«

»Lincoln hat Ihnen genug vertraut, um Ihnen dieses Dokument zu schicken.«

»Ich weiß nicht, ob das wirklich ein Zeichen von Vertrauen war. Er musste Brigham Young ruhigstellen und sich den Westen sichern. Er wusste, dass Young sich niemals einfach nur auf sein Wort verlassen würde, und so schickte er Young etwas ausreichend Wertvolles, um ihm klarzumachen, dass er es ernst meinte.«

»Aber Young hätte das Dokument an den Süden weitergeben können«, sagte Stephanie. »Und damit hätte er der ganzen Sache ein Ende gesetzt. Nach allem, was ich gelesen habe, hassten die damaligen Mormonen die Bundesregierung.«

»Das stimmt. Wir fühlten uns von ihr im Stich gelassen. Aber es stimmt gleichermaßen, dass wir eine hohe Wertschätzung für die Verfassung hegten. Wir haben es niemals als unsere Pflicht betrachtet, die Nation zu zerstören.«

»Sie glauben nicht an die Prophezeiung vom Weißen Pferd, oder?«, fragte Daniels.

»Hätten Sie mich das vor ein paar Tagen gefragt, hätte ich mit Nein geantwortet. Jetzt bin ich mir da allerdings nicht mehr so sicher. So vieles davon erweist sich nun zunehmend als wahr.«

Der Präsident sah erschöpft aus. »Im Bürgerkrieg sind sechshunderttausend Menschen gestorben. Mehr als in allen anderen Kriegen zusammengenommen. Da wurde sehr viel amerikanisches Blut vergossen.«

Stephanie hörte, was dabei ungesagt blieb.

Und wahrscheinlich für nichts und wieder nichts.

»Aber wir können Lincoln sein Vorgehen nicht vorwerfen«, fuhr Daniels fort. »Er musste eine schwierige Entscheidung treffen und hat es getan. Ihretwegen sind wir überhaupt nur hier. Ihretwegen ist die Welt ein besserer

Ort. Die Enthüllung dieses Dokuments hätte der Nation sofort den Garaus gemacht. Und wer weiß, wie die Welt dann heute aussähe.« Der Präsident hielt inne. »Aber die Tatsache bleibt bestehen, dass er den Willen und die Worte der Gründerväter unter den Teppich gekehrt hat. Er hat beschlossen, ganz allein und persönlich zu entscheiden, was das Beste für sein Vaterland ist.«

Jetzt begriff Stephanie, warum sie da war. »Eine Entscheidung, die du auch bald wirst treffen müssen.«

Daniels begegnete ihrem Blick. »Sollte dieses Dokument noch existieren, werde ich vor genau derselben Aufgabe stehen. Madisons Notizen sind ein Problem, aber sie sind nur Notizen. Sein Ruf, alles Mögliche geändert und geschönt zu haben, macht sie verdächtig. Das würde als Beweis bei Weitem nicht ausreichen, um das Land aufzulösen. Aber wenn das unterzeichnete und versiegelte Dokument selbst auftauchte, wäre das eine Tatsache, die die Union der Bundesstaaten hinfällig machen könnte. Wer weiß, was die Gerichte damit anfangen würden. Dieser Schuss könnte in alle möglichen Richtungen losgehen. Und die öffentliche Meinung? Die wäre nicht günstig.«

Stephanie sah Snow an und beschloss, die Gelegenheit beim Schopf zu packen. »Was bedeutet *Falta Nada?*«

»Es ist ein Ort, und zwar einer, der Rowan nicht unbekannt ist.«

Sie erhaschte etwas in Snows Blick. »Sie wollen, dass er sich dorthin begibt?«

»Das möchte ich nicht nur, es ist *notwendig*. Aber es ist wichtig, dass er es aus eigenem Antrieb tut. Er darf nicht spüren, dass wir ihn dorthin lenken.«

»Weißt du eigentlich etwas über den Mann, dem dieses

Haus hier ursprünglich gehört hat?«, fragte Daniels, um die angespannte Stimmung aufzulockern.

»Ja, durchaus. Francis Preston Blair. Er hatte zu Andrew Jacksons informeller Gruppe von Beratern gehört, dem sogenannten Küchenkabinett, und war Herausgeber einer einflussreichen Washingtoner Zeitung gewesen. Irgendwann hatte er die Zeitung verkauft und sich aus der Politik zurückgezogen, war aber 1861 als einer von Lincolns engen Freunden wieder in den Vordergrund getreten.

»Lincoln hat Blair als inoffiziellen Gesandten nach Richmond geschickt, um Friedensgespräche einzuleiten. Zu diesen kam es dann im Februar 1865 in Hampton Roads. Lincoln begab sich persönlich dorthin, aber als der Süden auf seiner Unabhängigkeit als Bedingung für den Frieden bestand, kam es zu keiner Übereinkunft. Die Union war aus Lincolns Sicht nicht verhandelbar. In diesem Punkt blieb er seiner Haltung bis zum Schluss treu.«

»Du hast eben deine Überlegungen nicht zu Ende gebracht«, sagte Stephanie zu Daniels.

Er fixierte sie mit seinem Blick. »Ich möchte nicht zu der Entscheidung gezwungen werden, was ich mit dem Dokument anfangen soll. Ich möchte es niemals sehen.«

»Warum sollte ich dann Rowan wissen lassen, was ins Innere der Uhr eingraviert war?«

»Wir müssen ihn und Salazar aufhalten«, sagte Snow. »Wenn ich sterbe, und es kann jederzeit so weit sein, wird Rowan der nächste Prophet. So ist das bei uns geregelt. Er ist nach mir an der Reihe. Wenn er erst einmal der Prophet ist, ist er niemandem mehr Rechenschaft schuldig.«

»Wir haben versucht, ihn zum Rückzug zu bewegen«,

berichtete Daniels. »Aber du kannst dir gewiss vorstellen, was er dazu gesagt hat.«

Ja, das konnte sie.

»Derzeit« – Daniels hob die Finger beider Hände hoch – »gibt es zehn Menschen, die Bescheid wissen. Von denen können wir uns auf alle außer drei verlassen: Rowan, Salazar und Cassiopeia. Wir sind nicht sicher, wie viel Cassiopeia Vitt weiß, aber vermutlich ist es genug. Über unsere eigenen Leute mache ich mir keine Sorgen – und auch nicht über dich, mich und den Propheten hier. Wir wissen alle, wie man ein Geheimnis wahrt, und von unseren Leuten ist ohnehin niemand in alles eingeweiht. Aber diese drei? Die sind unberechenbar.«

Sie verstand. »Selbst wenn wir das Dokument also in die Hände bekommen, könnten Rowan, Salazar und Cassiopeia immer noch reden.«

Daniels nickte. »Und einer von ihnen wird das nächste Oberhaupt einer wohlhabenden und einflussreichen religiösen Organisation werden. Rowan hat einen guten Ruf und besitzt in der ganzen Nation eine große Glaubwürdigkeit. Alles weist darauf hin, dass Salazar ihm zur Seite stehen wird. Er ist ein gefährlicher Mann, von dem wir wissen, dass er einen unserer Leute ermordet hat.«

Was aus all dem folgte, wurde allmählich deutlicher.

»Haben Sie jemals von dem Mountain-Meadows-Massaker gehört?«, fragte Snow sie.

Sie schüttelte den Kopf.

»Ein schändliches Kapitel in unserer Geschichte. Im Jahr 1857 passierte ein Planwagenzug von Arkansas auf dem Weg nach Kalifornien das Utah Territory. Damals waren die Spannungen zwischen den Heiligen und der Bundesregierung gerade auf ihrem Höhepunkt angelangt. Eine Armee war unterwegs, um uns zu unterwerfen. Das wussten wir. Ängste griffen um sich und uferten aus. Die Planwagen machten in Salt Lake City halt und fuhren dann südwärts an einen Ort namens Mountain Meadow weiter. Aus Gründen, die noch immer unbekannt sind, griff eine einheimische Miliz die Wagen an und metzelte hundertzwanzig Männer, Frauen und Kinder nieder. Nur siebzehn kleine Kinder, die noch keine sieben Jahre alt waren, blieben verschont.«

»Grauenhaft«, sagte Stephanie.

»In der Tat«, gab Snow zurück. »Aber man muss es im Rahmen dieser verworrenen Zeiten sehen. Ich verteidige das, was geschehen ist, nicht, aber ich kann verstehen, wie so etwas passieren konnte. Die Paranoia hatte von uns Besitz ergriffen. Wir waren nach Westen ausgewandert, um in Sicherheit zu leben. Wir wollten einfach nur in Ruhe gelassen werden, und doch wurden wir von einer Regierung angegriffen, die ja zunächst einmal dazu hätte da sein sollen, uns zu beschützen.«

Snow hielt inne, als müsse er sich sammeln.

»Es hat siebzehn Jahre gedauert, aber 1874 wurden schließlich neun Männer des Mordes angeklagt. Nur einer von ihnen wurde letztlich verurteilt. John Lee. Zwar erst beim zweiten Prozess, aber eine Jury, die nur aus Heiligen bestand, erklärte ihn schließlich für schuldig, und er wurde hingerichtet. Bis heute halten viele Lee für einen Sündenbock. Manche behaupten sogar, Brigham Young sei selbst in die Sache verwickelt gewesen. Andere halten das für unmöglich. Wissen werden wir es niemals.«

»Weil die Wahrheit vertuscht wurde?«

Snow nickte. »Und dann wuchs Gras darüber. Aber Brigham Young hat als Prophet für den Weiterbestand der Kirche gesorgt. Und das ist auch meine Aufgabe.«

»Aber um welchen Preis? Damals sind Menschen dafür gestorben.«

»Und anscheinend haben wir jetzt den Kreis geschlossen.«

»Nur, dass diesmal eine ganze Nation die Krise überstehen muss«, fügte Daniels hinzu.

Sie verstand.

»Sie wollen, dass Rowan und Salazar sterben?«

Snow fuhr bei dieser direkten Frage aufgebracht auf, aber sie musste gestellt werden.

»Die Vereinigten Staaten von Amerika ermorden keine Menschen«, sagte Daniels. »Und wir billigen auch keinen politischen Mord. Aber – sollte sich die Gelegenheit bieten, dass Rowans Leben von dritter Seite bedroht wird, spricht nichts dafür, dass wir eingreifen.«

Sie begriff die Botschaft. *Finde einen annehmbaren Weg.*

»Und nun zu Salazar«, sagte der Präsident. »Das ist etwas ganz anderes.«

Das sah sie genauso.

Die Vereinigten Staaten von Amerika rächten ihre Leute.

»Der Älteste Salazar verehrt ein Idol, das wohl leider niemals wirklich existiert hat«, sagte Snow. »Joseph Smith, unser Gründer, hatte viele gute Ideen und war sowohl kühn als auch tapfer. Aber Männer wie Salazar weigern sich einzugestehen, dass er auch Fehler hatte. Sie sehen nur, was sie sehen wollen. Diese Daniten, die er organisiert hat, sind eine gefährliche Gruppe, genau wie auch schon zu Smiths Zeiten. Für sie ist in unserer Kirche kein Platz.«

»Wussten Sie schon von der Existenz der Daniten, bevor ich Sie darauf aufmerksam gemacht hatte?«, fragte Daniels.

»Ich hatte ein Gerücht gehört«, antwortete Snow. »Und deshalb hatte ich Rowan und Salazar beobachten lassen.«

Sie erinnerte sich an die Worte Edwin Davis'. *Wir hatten gehofft, dass die Zeit es gelöst hätte. Aber wir haben Informationen erhalten, die darauf hinweisen, dass das nicht der Fall ist.* Und noch etwas wurde ihr klar. »Sie haben uns regelmäßig informiert?«, fragte sie Snow.

Daniels antwortete an seiner Stelle. »Seit über einem Jahr. Inzwischen beobachteten wir Salazar auch unsererseits. Und so haben wir unsere Informationen ausgetauscht. Jeder von uns wusste Dinge, die dem anderen unbekannt waren.«

»Und jetzt sind Sie beide die Einzigen, die über alles Bescheid wissen?«

Auf diese Frage erhielt sie keine Antwort.

»Dass Salazar einen Ihrer Agenten getötet hat, macht mich traurig«, sagte Snow schließlich. »Aber es überrascht mich nicht. In der ersten Zeit der Kirche haben wir an die Blutsühne geglaubt. Morde wurden auf diese Weise rationalisiert und sogar gerechtfertigt. Von einer solchen Barbarei haben wir uns seit Langem abgekehrt. Unsere Kirche billigt keine Morde, aus welchem Grund auch immer. Der Tod dieses Mannes tut mir in der Seele weh.«

»Das muss aufhören«, sagte Daniels, nun mit festerer Stimme. »Wir haben im ganzen Land sezessionistische Bewegungen entdeckt, und Rowan schürt sie noch weiter. Er hat schon Leute bereitstehen, die nur darauf warten, auf den fahrenden Zug aufzuspringen, wenn es in Utah losgeht. Wie wir heute Morgen erfahren haben, hat er die Mehrheit der Legislative Utahs und den dortigen Gouverneur hinter sich gebracht. Es wird genau wie 1860 sein. South Carolina ist vorangegangen, und andere Bundesstaaten sind rasch gefolgt. Gewalt, in welcher Form auch immer, können wir definitiv nicht anwenden, und angesichts dessen, was wir inzwischen über die Gründerväter wissen, werden wir möglicherweise auch nicht juristisch einschreiten können.«

Ein Augenblick angespannter Stille erfüllte den Raum. Alle schienen die Folgen dessen abzuwägen, was nun getan werden musste.

»Ich möchte, dass du den Propheten nach Utah zurückbegleitest und eine Möglichkeit findest, Rowan und Salazar bei *Falta Nada* aufzuhalten.« Der Präsident hielt inne. »Dauerhaft.«

Aber da war noch etwas.

»Und Cassiopeia?«, fragte sie.

Cotton hatte in Iowa die Gelegenheit erhalten, sie wieder unter Kontrolle zu bekommen, und war gescheitert. Auch Lukes Bericht war nicht ermutigend. Cassiopeia war viel zu tief in die Sache verstrickt, um ihr jetzt noch nützen zu können.

Sie wusste, was zu tun war.

»Um sie kümmere ich mich auch.«

61

Salt Lake City
Samstag, 11. Oktober
10.00 Uhr

Malone bewunderte den Tempelplatz. Er hatte ihn noch nie zuvor besucht, aber er hatte gelesen, was hier einmal vor langer Zeit geleistet worden war. Ein an der hohen, den Platz umschließenden Steinmauer befestigtes Schild wies auf den Ursprung hin.

Festgelegt von Orson Pratt
unter Mithilfe von Henry G. Sherwood
am 3. August 1847
beim Beginn der Vermessung von
›Great Salt Lake City‹
im Umland des von Brigham Young am 28. Juli 1847
bestimmten Standortes des »mormonischen« Tempels.
Von diesem Punkt aus wurden die Straßen der Stadt
benannt und nummeriert.

Unter der Tafel stand ein Gedenkstein aus Beton, in den die Worte *Base and Meridian* eingemeißelt waren. Hier war der Anfangspunkt, von dem aus alles um Malone herum – eine vollständige Stadt, in der inzwischen zweihunderttausend Menschen lebten – errichtet worden war.

Da konnte man schon beeindruckt sein.

Malone und Luke waren unmittelbar nach Tagesanbruch in einem Flugzeug des Justizministeriums, das Stephanie ihnen geschickt hatte, aus Des Moines hierhergebracht worden. Man hatte ihnen gesagt, dass Salazar und Cassiopeia in dieselbe Richtung unterwegs seien. Senator Thaddeus Rowan hatte Washington, D.C. gestern spät in der Nacht verlassen und befand sich inzwischen wieder in seinem Haus in Utah.

Stephanies Anweisungen hatten gelautet, dass sie um 10 Uhr hier sein sollten. Dann würde man ihnen alles erklären, hatte sie gesagt. Schild und Gedenkstein standen ganz in der Nähe der belebten South Temple Street gegenüber einem innerstädtischen Einkaufszentrum und der Deseret Book Company. Sowohl Malone selbst als auch Luke waren mit Berettas des Magellan Billet bewaffnet, die gleiche Pistole, die auch in Kopenhagen unter Malones Bett lag. Er hatte vorhin, nach der Landung, daheim im Buchladen angerufen, um zu hören, wie es lief. Zum Glück beschäftigte er drei Damen, die sich im Laden so engagiert einsetzten, als gehöre er ihnen selbst, und so war alles unter Kontrolle. Er wusste ihren Eifer zu schätzen und belohnte sie mit einem guten Gehalt und einem Anteil am Gewinn. Wenn man bedachte, wie oft im Buchladen schon Chaos ausgebrochen war, war es ein Wunder, dass sie ihm die Treue hielten.

Ein schwarzer Lincoln Navigator mit getönten Scheiben löste sich aus dem Verkehr und hielt am Straßenrand. Das hintere Fenster wurde heruntergelassen, und das Gesicht eines älteren Mannes erschien.

»Mr. Malone, Mr. Daniels. Ich bin Charles Snow und möchte Sie abholen.«

Die Beifahrertür ging auf, und Stephanie kam heraus.

»Warum bin ich gar nicht überrascht, dich hier zu sehen?«, fragte Malone.

»Weil das hier nicht dein erstes Rodeo ist.«

Malone sah Luke an. »Du wusstest vermutlich Bescheid.«

»Ich stehe auf der Gehaltsliste, Papi.«

Der Fahrer, ein junger Mann, stieg aus und hielt ihnen den Schlüsselbund hin.

»Ich dachte, dass vielleicht Mr. Daniels fahren könnte«, schlug Snow vor. »Dann könnten wir beide uns hinten unterhalten, Mr. Malone.«

Malone erkannte sowohl den Namen als auch das Gesicht und wusste, dass Snow das derzeitige Oberhaupt der Kirche Jesu Christi der Heiligen der Letzten Tage war.

Er setzte sich auf den Rücksitz des Navigators, und Luke und Stephanie stiegen vorne ein.

»Es ist wichtig, dass ich Sie begleite«, sagte Snow. »Meine Beine sind schwach, aber sie werden mich wohl tragen müssen. Ich werde es schaffen.«

»Warum ist das so wichtig?«, wollte Malone wissen.

Snow nickte. »Das ist es nun einmal, und zwar sowohl für *meine* Kirche als auch für *unser* Land.«

»Wir fahren zu *Falta Nada*?«

»Genau. Mr. Daniels, wenn Sie bitte das Navigationsgerät einschalten würden, die Strecke ist bereits eingegeben. Die Fahrt dauert etwa eine Stunde.« Snow hielt inne. »Aber in den alten Zeiten waren es gut zwei Tage zu Pferd.«

Luke fuhr los, auf dem Bildschirm des Navigationsgeräts leuchtete eine Landkarte auf, und ein Pfeil wies ihnen den Weg.

»Mrs. Nelle hat mir berichtet, dass Sie einmal einer der besten Agenten der Regierung waren«, sagte Snow.

»Sie übertreibt gerne.«

»Präsident Daniels hat das Gleiche gesagt.«

»Der erzählt auch manchmal faustdicke Lügen.«

Snow lachte. »Er ist ein harter Brocken, trotzdem tut er mir enorm leid. Möglicherweise stehen ihm bald ein paar sehr schwierige Entscheidungen bevor.«

Malone meinte zu verstehen. »Salazar?«

Snow nickte. »Ein übler Kerl. Aber wie schlimm er wirklich ist, habe ich erst in den letzten zwei Tagen erfahren. Er hat einen Ihrer Agenten ermordet. Ich habe für den Dahingeschiedenen gebetet.«

»Für seine Witwe und seine Kinder ist das kein großer Trost.«

Der alte Mann musterte ihn mit einem harten Blick. »Nein. Vermutlich nicht.«

Auch Malone hatte schon getötet. Gut war das nicht. Aber es gab einen Unterschied zwischen der Selbstverteidigung in der Hitze des Gefechts und einem kaltblütigen Mord. Das schien Josepe Salazar jedoch nicht zu scheren.

»Ich muss wissen, was *Falta Nada* ist«, sagte Malone dann. Ihm fiel auf, dass Stephanie sich nicht umgedreht und ins Gespräch eingemischt hatte. Sie schaute durch die Windschutzscheibe nach vorn und sagte kein Wort.

»Ich hätte nie erwartet, dass ich noch einmal ins Gebirge fahre«, sagte Snow. »Sehen Sie, Mr. Malone, ich werde bald sterben. Das sieht man mir an. Aber seit Kurzem erfüllt mich eine neue Kraft. Vielleicht ist das ja das letzte Aufbäumen des Lebens, bevor der Tod sein Recht fordert.

Ich kann nur hoffen, dass diese Kraft mich trägt, bis wir mit allem fertig sind.«

Malone wusste genug über die Situation, um zu sagen: »Dieser Schlamassel ist vor langer Zeit angelegt worden. Sie haben es nur geerbt.«

»Das stimmt. Aber Thaddeus Rowan ist nun einmal *mein* Problem. Der Präsident und ich haben versucht, ihn zum Rücktritt zu zwingen, aber das hat er abgelehnt. Ich kann ihm nicht öffentlich entgegentreten, weil er ein so hohes Ansehen genießt und das Thema so heikel ist. Und so müssen nun *wir* uns mit ihm befassen. Und zwar heute.«

Nur wenige Männer stiegen zu Oberhäuptern der großen Weltreligionen auf. Katholische Päpste. Orthodoxe Patriarchen. Protestantische Erzbischöfe. Hier war nun der Prophet der Heiligen. Malone hatte Mitgefühl, sowohl wegen des schlechten Gesundheitszustandes dieses Mannes als auch wegen seiner schwierigen Lage, aber sie fuhren einer gefährlichen Ungewissheit entgegen.

Und er musste vorbereitet sein.

»*Falta Nada*«, sagte er. »Erzählen Sie mir davon.«

Utah wurde zwei Jahre vor dem kalifornischen Goldrausch von 1849 besiedelt. Die Kirche Jesu Christi der Heiligen der Letzten Tage wandte sich gegen das Goldschürfen in jeder Form, da es die Mitglieder davon abhielt, ihr ganzes Bemühen auf die Errichtung Zions zu konzentrieren. Als die Pioniere 1847 ankamen, waren die meisten von ihnen mittellos. Und doch prägten die Heiligen schon 1850 Goldmünzen und schmückten ihren neuen Tempel mit Blattgold aus. Wo war all dieser Reichtum hergekommen?

Das Salt Lake-Becken war lange Zeit von den Ute be-

wohnt gewesen. Überraschenderweise nahmen diese Eingeborenen die religiösen Einwanderer freundlich auf. Wakara, ihr Häuptling, entwickelte eine enge Beziehung zu den Neuankömmlingen und insbesondere zu einem Heiligen namens Isaac Morley. Irgendwann räumte Wakara Bruder Isaac gegenüber ein, er habe vor Jahren eine Vision gehabt, gesandt von Towats, was auf Ute »Gott« bedeutet. In dieser Vision hatte der Häuptling den Auftrag erhalten, den »Hochhüten«, die eines Tages in sein Land kommen würden, Gold zu geben. Die Heiligen entsprachen dieser Beschreibung vollkommen, und so führte Wakara Bruder Isaac zu Carre-Shinob, einem heiligen Ort, der angeblich von den Vorfahren der Ute errichtet worden war. Dort barg Morley achtundfünfzig Pfund Feingold und schickte sie Brigham Young in Salt Lake City. Man einigte sich, weitere Teile des Goldes zu übergeben, und Wakara war unter zwei Bedingungen dazu bereit. Nur ein einziger Heiliger durfte die Lage der Mine erfahren, und dieser Mann musste das Vertrauen beider Parteien genießen. Für die Aufgabe wurde Bruder Isaac ausgewählt, aber irgendwann war er zu alt, um die jährliche Reise zu unternehmen.

1852 wurde ein Nachfolger bestimmt.

Thomas Rhoades.

Von seiner ersten Reise zur geheimen Mine kehrte er mit zweiundsechzig Pfund Gold zurück. In den nächsten Jahren folgten weitere Ausflüge. Wakara starb 1855, und sein Sohn Arapeen folgte ihm als Häuptling nach. Gleichzeitig wurde nun auch Rhoades krank und war nicht mehr zu dem jährlichen Ritt in die Berge imstande.

Und so hatte Brigham Young nun ein Problem.

Er war sich nicht einmal sicher, ob der neue Häuptling zu der Vereinbarung stehen würde. Falls ja, brauchte Young Arapeens Genehmigung, um die Gewinnung des Goldes an Caleb Rhoades, Thomas Rhoades' Sohn, zu übertragen. Diese erhielt er versuchsweise, aber nur unter der Voraussetzung, dass ein Ute Caleb bei seinen Besuchen begleiten würde. Doch schließlich war Caleb in Arapeens Augen vertrauenswürdig genug, um alleine zu der Fundstätte zu reiten, und das tat er viele Male. Arapeens Nachfolger kündigte die Abmachung dann auf, aber Caleb Rhoades setzte seine Ausflüge im Geheimen fort. Er ersuchte den Kongress sogar um einen Pachtvertrag, aber die Bitte wurde abgelehnt. Schließlich erteilte die Bundesregierung anderen Gesellschaften die Genehmigung, nach Gold zu suchen und es abzubauen. Geologen im Regierungsdienst nahmen Erkundungen vor, fanden die legendenumwobene Rhoades-Mine aber nie.

Brigham Young wusste, dass die Nachricht über ein großes Goldvorkommen in Utah einen Goldrausch auslösen würde, der den in Kalifornien noch überträfe. Das war das Letzte, was er wollte, denn die Heiligen waren ja gerade nach Westen geflohen, um den Heiden zu entkommen. Daher verbot er, über die Mine zu reden. Jeder Heilige, der sich am Goldschürfen beteiligte, würde exkommuniziert werden.

»Die Rhoades-Mine gehört zu unseren Legenden«, sagte Snow. »Dank Youngs Schweigegebot sind nur wenige Tatsachen darüber bekannt. Es gibt einfach nur einen Haufen wilde Gerüchte. Aber nicht alles ist gelogen.«

»Interessant, dass Sie das einräumen«, sagte Malone.

»Bis jetzt war es einfach nur eine harmlose Legende. Aber inzwischen hat die Lage sich geändert.«

Um das Mindeste zu sagen.

»Brigham Young hatte eine schwierige Aufgabe«, sagte Snow. »Er musste eine Nation aufbauen und gleichzeitig einen Glauben. Seine Heiligen lebten an einem der härtesten Orte, die man sich überhaupt vorstellen kann. Geld gab es keines. Und so tat er, was getan werden musste.

Malone sah aus dem Fenster, als Luke sich nordwärts auf die Interstate 15 in Richtung Ogden einfädelte und Salt Lake City hinter sich zurückließ. Er bemerkte außerdem, dass der junge Mann sie im Rückspiegel beobachtete.

Von Stephanie kam noch immer kein Wort.

»In der heiligen Mine, die Wakara Isaac Morley zeigte, befand sich Feingold«, berichtete Snow. »Wahrscheinlich war es vor Jahrhunderten von den Spaniern aus Mexiko hergeschafft und versteckt worden. Barren, Münzen, Nuggets und Goldstaub. Die Ute entdeckten den Schatz, aber Gold bedeutete ihnen nichts. Und so schloss Wakara das Abkommen in der Überzeugung, damit nicht nur die Neuankömmlinge, sondern auch seinen eigenen Gott zu erfreuen. Ganz anders, als die Legende behauptet, kam die Forderung, nur einer Person Zugang zu gewähren, nicht von den Ute, sondern von Young. Zehn Jahre lang molk er diesen Schatz und ließ das Gold langsam in unser Wirtschaftsleben einsickern. Münzen wurden geprägt, mit den Münzen wurden Löhne bezahlt und davon wiederum Waren gekauft. Niemand fragte jemals, wo es herkam. Alle waren einfach nur froh, dass es da war. Vergessen Sie nicht, dass wir eine geschlossene Gesellschaft waren. Dieses Gold bewegte sich im Kreis, verließ Utah nie und kam jeder Person zugute, die es in Händen hielt. Als dann 1857 der Krieg mit den Vereinigten Staaten ausbrach, bestand die Gefahr, dieses Vermögen zu verlieren. Daher befahl Young allen, ihr Gold an die Kirchenkasse zurückzugeben. Alles wurde eingeschmolzen, auf Planwagen verladen und angeblich der Sicherheit halber nach Kalifornien geschickt, bis die Gefahr vorüber wäre.

Snow steckte die Hand in die Hosentasche, holte etwas heraus und reichte es Malone.

Eine Goldmünze.

Auf der einen Seite waren verschränkte Hände abgebildet, darum herum die Buchstaben G S L C P G und der Münzwert von 5 Dollar. Auf der Gegenseite befanden sich ein allsehendes Auge und umlaufend am Rand die Worte: HEILIG IST DER HERR.

»Diese Buchstaben stehen für: Greater Salt Lake City Pure Gold. Pure Gold, *reines Gold*, ist eine nicht ganz korrekte Bezeichnung, da die Münzen aus Goldbarren geschlagen worden waren, die Beimischungen von Silber und Kupfer enthielten. Der Goldanteil beträgt etwa achtzig Prozent. Dies hier ist eine der unter Brigham Young geprägten Münzen. Sie lag Aufzeichnungen bei, die Young wie in einer Zeitkapsel in einem Dokumentenstein im Tempel von Salt Lake City versteckt hatte. Wir haben ihn 1993 geöffnet. Die anderen Münzen sahen im Prinzip genauso aus, wiesen aber Werte zwischen 2,50 Dollar und 20 Dollar aus. Das war das sogenannte Mormonengeld.«

»Genau das war einer der Konfliktpunkte mit der Bundesregierung«, sagte Malone. »Der Verfassung zufolge kann nur der Kongress Geld prägen lassen.«

»Brigham Young hat Gesetze, die ihm nicht passten, gerne einmal einfach missachtet. Aber zu seiner Verteidigung muss ich sagen, dass wir von den Vereinigten Staaten weit entfernt waren und überleben mussten. Dazu mussten wir imstande sein, unsere Volkswirtschaft zu kontrollieren. Und er hat das Mittel dazu geschaffen.«

»Nur dass diese Planwagen niemals in Kalifornien angekommen sind«, kam Lukes Stimme vom Fahrersitz. »Tatsächlich wurden sie vor ein paar Tagen im Zion National Park gefunden, gut versteckt in einer Höhle. Vier Skelette lagen dabei.«

»Das stimmt«, bestätigte Snow. »Im Jahr 1857 war die heilige Mine der Ute inzwischen leer. Daher traf Young die Entscheidung, seine Vorräte mit dem Gold aus den Planwagen wieder aufzufüllen. Es war dasselbe Metall, und es stand wieder ganz am Anfang des Kreislaufs. Aber diesmal lag es nicht in der heiligen Mine versteckt. Vielmehr hatte Young sich von der Legislative des Territoriums privat ein Stück Land zusprechen lassen und dort einen neuen, eigenen Lagerort geschaffen, über den er allein zu bestimmen hatte. *Falta Nada.*

»Nichts fehlt. War das Ironie?«

»Mir kam es immer so vor. Im Verlauf der nächsten beiden Jahrzehnte ist das Geld dann langsam wieder in unsere Gemeinde zurückgeflossen.«

»Aber nicht zu seinen rechtmäßigen Besitzern.«

Snow hielt inne und schüttelte dann den Kopf. »Ich fürchte nicht. Wieder eine dieser heiklen Entscheidungen Youngs. Aber sie erwies sich als brillant. Unsere Wirtschaft florierte. Nach dem Ende des Bürgerkriegs und noch stärker nach dem Übergang des 19. Jahrhunderts ins 20. wuchs unser Wohlstand enorm.«

»In der Höhle mit den Planwagen lagen vier Tote«, sagte Luke vom Fahrersitz.

»Ich weiß«, antwortete Snow. »Fjeldsted. Hyde. Woodruff. Und Egan. Wir kennen ihre Namen seit vielen Jahren.«

»Und was hatte die Botschaft in der Höhle zu bedeuten?«, fragte Luke. »*Der Prophet sei verdammt. Vergesst uns nicht.*«

Niemand hatte Malone irgendetwas von einer Höhle erzählt, aber er hakte nicht nach.

»Ich fürchte, der Sinn dieser Worte lässt sich nicht leugnen. Der damalige Prophet war Young, und sie gaben ihm die Schuld an ihrem Tod.«

»Dazu hatten sie anscheinend allen Grund«, sagte Luke.

»Was ich Ihnen bisher berichtet habe, wurde von Prophet zu Prophet weitergegeben und war sonst für niemandes Ohren bestimmt. Aber als die Planwagen gefunden wurden, habe ich einen neuen Aspekt der Geschichte erfahren. Von vier Morden war niemals die Rede.«

»Ist Rowan über irgendetwas davon informiert?«

Snow schüttelte den Kopf. »Er weiß über die Planwagen Bescheid, aber die anderen Dinge habe ich ihm nicht erzählt, und das werde ich auch nicht tun.«

Das Auto fegte über die Interstate, und die Landschaft wurde immer ländlicher und zerklüfteter.

»*Falta Nada* wurde schließlich zu einem Ort innerer Einkehr für die Propheten«, sagte Snow. »Das Gold war irgendwann aufgebraucht, und der Schmelzofen wurde weggeschafft. Daher entwickelte sich daraus ein Haus des Rückzugs in der Wildnis.«

Malone gefiel das Schweigen auf dem Beifahrersitz gar

nicht, und so fragte er: »Stephanie, wo sind Salazar und Cassiopeia?«

»Sie haben Vorsprung«, antwortete sie, den Blick immer noch nach vorn gerichtet. »Sie sollten inzwischen an der Stätte angelangt sein, zusammen mit Rowan.«

Der ausdruckslose Klang ihrer Stimme entging ihm nicht. Er war beunruhigend – und zwar auf vielen Ebenen. Malone wusste genug über die Situation, um sich klar darüber zu sein, dass keine dieser Informationen jemals ans Tageslicht kommen durfte. Ihre Sprengkraft war zu groß, und das, was aus ihnen folgte, rüttelte an den Grundfesten. Und zwar nicht nur an denen der mormonischen Kirche, sondern auch an denen der Vereinigten Staaten von Amerika.

Salazar?

Und Rowan?

Das war das eine.

Aber Cassiopeia.

Das war eine ganze andere Sache.

Und diesmal steckte sie wirklich in der Tinte.

62

Cassiopeia stand neben dem Auto. Sie und Josepe waren in wenig mehr als einer Stunde von Salt Lake City nordostwärts hierhergefahren, und nun warteten sie seit zwanzig Minuten in der frischen Morgenluft des Gebirges. Die Gipfel um sie herum waren nicht besonders hoch, aber Gletscher hatten den Fels geformt, was an den tiefen Narben und dunklen Schluchten deutlich zu erkennen war. Der zweispurige Highway, der sie von der Interstate ostwärts hergeführt hatte, hatte sich durch eine atemberaubend schöne Wildnis von Fichten und von Pappeln und Birken in goldenem Herbstlaub geschlängelt. Weitere zwei Meilen über einen Schotterweg hatten sie zu der Lichtung geführt, auf der sie nun parkten. Ein Schild verkündete:

PRIVATBESITZ
ZUGANG VERBOTEN
GELÄNDE WIRD BEWACHT

Josepe hatte sowohl während des Flugs von Iowa als auch während der Fahrt vom Flughafen nach Norden geschwiegen. Das war ihr sehr recht, denn es fiel ihr immer schwerer, ihre Wut zu kontrollieren. Jemand spielte Thaddeus Rowan Informationen zu. Und zwar jemand, der diese von Cotton erhalten hatte. Wer hätte denn sonst wissen sollen, was ins Innere der Uhr eingraviert war? Cotton hatte sie mit Sicherheit geöffnet und seine Erkenntnisse an Stephanie weitergegeben. Danach hatte man die Sache bei Rowan durchsickern lassen. Sie hatte schließlich Josepe deswegen bedrängt; der hatte Rowan angerufen, und der Senator hatte preisgegeben, dass er einen Bundesgenossen in einer Regierungsbehörde sitzen hatte, der seine Quelle war.

Aber warum sollte man einer solchen Person vertrauen?

Die Antwort war einfach.

Rowan *wollte* ihr glauben. Und Josepe genauso. Sie hatten den objektiven Blick verloren und waren bereit, Risiken einzugehen, die sie normalerweise als vorsichtige Menschen gemieden hätten. Sie waren Dummköpfe. Aber was war sie? Eine Lügnerin? Eine Betrügerin?

Oder Schlimmeres?

Sie war wütend auf Cotton. Sie hatte ihn gebeten, sich aus der Sache herauszuhalten, aber er war darüber hinweggegangen. Er hatte sie in Des Moines bereits erwartet und anscheinend jede ihrer Handlungen vorhergeahnt. Aber war das verwunderlich? Sie kannten einander. Liebten einander.

Oder das hatte sie zumindest geglaubt.

Aber sie musste sich auch sagen, dass es hier um *sein* Land ging und nicht um ihres. Für ihn war die Bedrohung viel realer und unmittelbarer. Und das machte eindeutig einen Unterschied, zumindest in seinen Augen.

»Hier ist ein wunderschöner Ort«, sagte Josepe und unterbrach damit sein Schweigen.

Sie stimmte ihm zu. Die kühle, kristallklare Luft war erfrischend und erinnerte sie an Salzburg. Die Gipfel in der Ferne waren schneebedeckt, und vor ihnen erstreckte sich über Meilen hinweg eine bewaldete Hochebene, auf der die Narben früherer Waldbrände noch deutlich sichtbar waren. Die Morgensonne ließ das Wasser eines nahe gelegenen Sees aufschimmern. Die beiden Daniten hatten sie auf der Fahrt begleitet und hielten ein wachsames Auge auf ihren Chef; vermutlich waren beide bewaffnet. Genau wie Josepe. Cassiopeia war das Schulterholster unter seinem Jackett natürlich aufgefallen.

Interessanterweise hatte man ihr selbst keine Waffe angeboten.

Salazar war nie über Salt Lake City hinausgekommen und hatte sich bisher nicht in die Wildnis hinausgewagt, die die Pioniere einmal durchquert hatten. Aber nun befand er sich hier zwischen den Bäumen und Bergen Deserets in der Gegend, die die ersten Heiligen auf dem Weg ins gelobte Land passiert hatten. Diese frühen Siedler hatten sich ganz anders verhalten als die übrigen Pioniere. Sie engagierten keine bezahlten Führer und zogen es vor, ihren Weg selbst zu finden. Außerdem verbesserten sie unterwegs die Strecke, so dass der nächste Treck einfachere Bedingungen vorfand. Sie hielten zusammen und rückten vereinigt vorwärts, als eine einzige Kultur, ein einziger Glaube, ein einziges Volk – moderne Pilger, die man durch Intoleranz und Verfolgung entwurzelt hatte, doch fest entschlossen, ihre Rettung auf Erden zu finden.

Die erste Gruppe brauchte zwei Jahre, um die tausenddreihundert Meilen von Illinois zum Großen Becken zurückzulegen. Schließlich trafen im Jahr 1847 tausendsechshundertfünfzig Siedler im Tal ein. Das erste Jahr war hart, und das nächste wurde noch härter. Die Frühjahrssaat hatte vielversprechend ausgesehen, aber dann waren Heuschreckenschwärme – *drei oder vier Tiere pro Blatt,* wie ein Heiliger es beschrieb – über die Ernte hergefallen. Die Heiligen hatten sich mit Besen, Stöcken, Feuer und Wasser gewehrt. Mit allem, was gerade zur Hand war. Auch mit Gebeten. Und die wurden schließlich erhört. Seemöwen flogen zu Tausenden herbei und verschlangen die Insekten.

Das Möwenwunder.

Manche hielten es für eine Übertreibung. Andere sogar für eine Erfindung. Aber Salazar glaubte jedes Wort. Warum denn auch nicht? Gott und die Propheten sorgten immer für die ihren – warum sollte es da unmöglich sein, dass die Hilfe genau im richtigen Moment gekommen war? Die Möwe wurde Utahs Wappenvogel, und in der nun bald unabhängigen Nation Deseret würde sie es mit Sicherheit bleiben.

Er fühlte sich … belebt.

Bald würde ihnen das alles erneut gehören.

»Das hier ist ein ganz besonderer Ort«, sagte er zu Cassiopeia.

»Hier ist nichts zu finden«, erwiderte sie.

»Wir müssen hinwandern. *Falta Nada* ist ganz in der Nähe.«

Er hörte ein Motorengeräusch, drehte sich um und sah, dass ein kleines rotes Coupé auf sie zurollte. Der Wagen hielt, und der Älteste Rowan stieg aus. Mit Stiefeln und Jeans war er auf jeden Fall besser für die Wildnis gekleidet als er, sagte sich Salazar.

Sie begrüßten sich mit Handschlag.

»Es ist schön, Sie wiederzusehen, Bruder«, sagte Rowan. »Heute ist ein großer Tag, ähnlich bedeutsam wie jener, an dem hier die ersten Pioniere eingetroffen sind. Wenn wir Erfolg haben, wird sich alles ändern.«

Auch Salazar spürte, wie ihn die neuen Möglichkeiten mit Energie erfüllten.

Rowan bemerkte Cassiopeia. »Und wer ist das?«

Salazar stellte die beiden einander vor. »Cassiopeia hat sich in den letzten Tagen als unendlich wertvoll erwiesen. Sie ist die Person, die die Uhr an sich gebracht hatte, bevor sie ihr wieder abgenommen wurde.«

»Sie haben sie bisher nicht erwähnt«, sagte Rowan.

»Das stimmt. Sie ist erst seit Kurzem mit dabei.«

Er erklärte, dass Cassiopeia und er sich schon von Kindheit an kannten, dass sie sich einmal sehr nahegestanden und sich dann voneinander entfremdet hätten und dass sie jetzt ein neues Band knüpften. Rowan schien sich über das Wiedererwachen ihres Glaubens zu freuen und wusste zu schätzen, dass ihre Familie zu den frühen europäischen Bekehrten gehörte.

»Ich kann mich sogar an Ihren Vater erinnern«, sagte er. »In den 1970er Jahren habe ich für die Kirche in Europa gearbeitet. Wenn ich mich recht erinnere, war er der Pfahlpräsident von Barcelona. Ein wirklich frommer und engagierter Mann.«

»Danke, dass Sie das sagen. Ich habe es immer genauso empfunden.«

Wo in den Augen des Ältesten zunächst Sorge über Cassiopeias Anwesenheit zu lesen gewesen war, strahlten sie nun Ruhe aus. Vielleicht, weil Rowan jetzt wusste, dass sie in die Kirche der Heiligen hineingeboren war?

»Cassiopeia weiß, womit wir uns beschäftigen. Sie hat mir außerdem in Salzburg geholfen, die Amerikaner abzuwehren. Wir beide sprechen derzeit privat über eine gemeinsame Zukunft.«

Er hoffte, dass er sich mit dieser Bekanntgabe nicht zu weit aus dem Fenster lehnte.

»Ich hätte gerne, dass sie hier mit dabei ist«, sagte er.

»Dann soll es so sein«, antwortete Rowan. »Wir haben einen weiten Weg zurückgelegt, Bruder. Es hat Zeiten gegeben, zu denen ich gezweifelt habe, ob wir es jemals so weit schaffen würden. Aber hier sind wir. Und jetzt lassen Sie uns losgehen und uns unseren Lohn holen.«

Salazar wandte sich seinen beiden Leuten zu. »Bleiben Sie hier und halten Sie Wache. Im Notfall können wir per Handy Kontakt aufnehmen.«

Die beiden Daniten nickten.

Das, was nun bevorstand, war nicht für ihre Augen bestimmt.

Er sah den Ältesten Rowan an.

»Gehen Sie bitte voran.«

Rowan war vor Jahren einmal hier zu Besuch gewesen. Der Prophet, der das Amt vor Charles Snow bekleidet hatte, hatte hier damals Einkehrtage für die Ältesten abgehalten. Sie hatten drei Tage im Gebet verbracht und Entscheidungen getroffen, die die Kirche in den folgenden Jahren lenken würden. Seit damals hatte er wenig über die Stätte gehört, wusste aber, dass sie immer noch unterhalten wurde. Das Haus war vor fünfzig Jahren errichtet und seitdem einige Male umgebaut worden. Es war von hundert Hektar Wald umgeben, alles in Kirchenbesitz. Soweit er sich erinnerte, hielt eine private Sicherheitsfirma ein Auge auf alles; mit diesen Leuten würde er sich also vielleicht irgendwann befassen müssen. Es war allerdings unwahrscheinlich, dass sie dem zweithöchsten Kirchenältesten Ärger machen würden.

Rowan ging auf einem Pfad, der sich langsam ansteigend durch den Wald schlängelte, voran. Die Heiligen hatten sich überwiegend auf der Westseite der Wasatchkette niedergelassen, wohin die Flüsse abflossen, und unterhalb eines hundert Meilen langen Gebirgsriegels fünfundzwanzig Städte gegründet. Fünfundachtzig Prozent der Bevölkerung Utahs lebten noch immer in einem fünfzehn Meilen breiten Streifen entlang der Wasatchkette in einem Gebiet, das man einfach die *Front* nannte. Die östlichen Hänge waren weniger steil und boten gute Skigebiete. Hier, auf der westlichen Seite, war das Gelände wesentlich zerklüfteter und lag tausendfünfhundert Meter höher als Salt Lake City.

Der Gedanke hinter *Falta Nada* war gewesen, etwas zu schaffen, das an die frühen Tage erinnerte, und durch die Bäume erhaschte Rowan nun einen Blick auf das dreigeschossige Haus. Dicke, mit der Hand gehauene Balken waren in Blockhausbauweise zusammengefügt und die Spalten mit Mörtel ausgestrichen worden, der nun breite graue Linien zwischen dem alten Holz bildete. Im Erdgeschoss und in den oberen Stockwerken lagen große Erkerfenster, und das Haus stellte eine angenehme Mischung aus Holz, Stein und Glas dar. Es lag nur hundert Meter von einem Berg entfernt, an dessen Hang sich ein Pfad im Zickzack zwischen den Bäumen hinaufwand.

»Das Haus hier ist nicht *Falta Nada*«, informierte Rowan die anderen. »Es wurde erst errichtet, nachdem man die Zufluchtsstätte schon entdeckt hatte.«

»Und wohin gehen wir dann?«, fragte Salazar im Vorwärtsschreiten.

Rowan zeigte auf den Berg: »Dort hinein.«

63

Luke bog auf dem Schotterweg um die Kurve und erblickte weiter vorn zwei parkende Autos. Vom Navigationsgerät geleitet, hatten sie die Interstate vor einer halben Stunde hinter sich gelassen, und die asphaltierte Landstraße, der sie danach gefolgt waren, lag nun ebenfalls schon ein paar Meilen zurück. Stephanie hatte auf der ganzen Fahrt neben ihm gesessen, aber kaum etwas gesagt. Malone und Snow auf der Rückbank schwiegen ebenfalls schon eine ganze

Weile. Alle wirkten nervös. Luke selbst war einfach nur darauf aus, die Sache durchzuziehen. Bei den parkenden Fahrzeugen entdeckte er jetzt zwei Männer.

»Das sind dieselben Leute wie in Salzburg«, sagte Malone. »Sie werden sich wohl kaum freuen, mich zu sehen.«

»Um die werde ich mich kümmern«, erwiderte Snow. Rutschen Sie auf meine Seite rüber.«

Luke hielt den Wagen an, und der Prophet ließ die Seitenscheibe herunter. Beide Daniten standen verteidigungsbereit da, eine Hand unter die Jacke geschoben.

»Wissen Sie, wer ich bin?«, fragte Snow.

Sie nickten.

»Dann werden Sie jetzt genau das tun, was ich Ihnen auftrage. Ist das klar?«

Die beiden blieben still.

»Ich bin Ihr Prophet«, sagte Snow. »Sie haben geschworen, mich zu beschützen, richtig?«

Die Männer nickten erneut.

»Zur Schlange am Weg wird Dan, zur zischelnden Natter am Pfad. Sie beißt das Pferd in die Fesseln, sein Reiter stürzt rücklings herab. Sie kennen die Bedeutung dieser Worte?«

»Sie stammen aus der Genesis«, antwortete der eine. »Wir haben geschworen, nach ihnen zu leben.«

»Dann holen Sie Ihre Waffen hervor und legen Sie sie auf den Boden.«

Sie taten wie ihnen geheißen.

»Treten Sie zurück und warten Sie.«

Die Seitenscheibe fuhr summend hoch.

»Ich werde mit diesen armen Sündern um Vergebung beten«, sagte Snow. »Sie drei haben eine Aufgabe zu erledigen.«

Luke fing Stephanies harten Blick auf, es war der erste, den sie ihm zuwarf. Unmittelbar nach seinem Eintreffen mit Malone in Utah hatten sie miteinander telefoniert. Sie hatte ihm gesagt, was zu tun war, und nichts davon hatte ihm sonderlich gefallen. Mit ihrem strengen Blick fragte sie ihn jetzt, ob ihm klar war, dass er – genau wie die Daniten da draußen – geschworen hatte, seine Pflicht zu erfüllen.

Er nickte.

»Ich werde für Ihren Erfolg beten«, sagte Snow.

Luke drehte sich um und sah den Propheten an.

»Alter Mann, Sie führen hier niemanden an der Nase herum. Sie haben Rowan und Salazar hierhergelenkt, weil dieser gottverlassene Ort mitten im Nirgendwo liegt. Und jetzt wollen Sie, dass wir losziehen und die schmutzige Arbeit für Sie erledigen. Da sollten wir jetzt nicht so tun, als wäre das alles eine rechtschaffene Sache. Hier ist nichts richtig oder heilig.«

»Ich muss mich für die Ausfälligkeit meines Agenten entschuldigen«, sagte Stephanie.

»Er hat recht«, entgegnete Snow. »An dem hier ist tatsächlich nichts rechtschaffen. Es ist ein widerliches Geschäft. Ich habe mich die ganze Nacht gefragt, ob Brigham Young sich vielleicht genauso gefühlt hat, als er den Befehl erteilte, die Planwagen zu rauben und das Gold zu ihm zurückzubringen? Er muss gewusst haben, dass Menschen sterben würden. Aber ihm blieb keine andere Wahl. Und mir auch nicht.«

Luke öffnete die Tür und stieg aus.

Malone und Stephanie folgten ihm.

Als die beiden Daniten Malone erkannten, reagierten sie, indem sie ihre Waffen wieder an sich nahmen.

»Der da ist unser Feind«, sagte einer von ihnen.

»Nein, das ist er nicht«, entgegnete der Prophet. »Das mit Ihrem Feind ist wesentlich komplizierter.«

Keiner der Männer gab nach.

»Ich sage es kein weiteres Mal«, erklärte Snow. »Werfen Sie die Waffen weg und tun Sie, was ich Ihnen befehle. Oder Sie werden den Preis im Himmel bezahlen.«

Die beiden beförderten ihre Waffen wieder auf den Boden.

Snow bedeutete seinen drei Begleitern aufzubrechen. »Gehen Sie vor. Ich komme nach.«

Stephanie ging zu dem Pfad voran.

»Du wirst ihr kein Haar krümmen«, sagte Malone.

Stephanie blieb stehen und sah ihren früheren Mitarbeiter an. »Und du glaubst, dass ich das tun würde?«

»Das hängt davon ab, was geschieht.«

»Ich habe Befehl, dafür zu sorgen, dass nichts diesen Ort verlässt, was die Zukunft der Vereinigten Staaten von Amerika gefährden könnte.«

»Prima. Tu deine Arbeit. Aber du und der Fraternity-Boy, ihr solltet gleich hier an Ort und Stelle wissen, dass keiner ihr auch nur ein Haar krümmen wird. Punkt.«

»Ich habe ebenfalls eine Aufgabe zu erledigen«, sagte Luke.

»Nur zu. Aber solltest du Cassiopeia angreifen, werde ich dich töten.«

Luke ließ sich nicht gerne bedrohen. Noch nie. Aber Stephanie hatte ihm ebenfalls befohlen, Malone nicht zu provozieren. Mit Cassiopeia würden sie sich befassen, wenn es so weit war. Stephanie hatte ihn gewarnt, dass Malone wissen würde, wie der Hase lief. Es war besser, ihn in Sicherheit zu wiegen als ihn herauszufordern.

Sie waren nicht hier, um Schlachten zu gewinnen, sondern den Krieg.

Malone war es mit seinen Worten vollkommen ernst gewesen. Sollte Cassiopeia etwas zustoßen, würde er Luke Daniels erschießen. In Stephanies Schweigen hatte er den Ernst der Lage erspürt, und ihm war klar, dass bei dieser Operation keine losen Fäden zurückbleiben durften. Stephanie, Luke und er selbst? Sie waren Profis und hatten Geheimhaltung geschworen. Dass sie etwas enthüllen würden, war ausgeschlossen. Aber Rowan, Salazar und Cassiopeia? Bei denen sah das ganz anders aus. Insbesondere bei Cassiopeia, die nicht mehr sie selbst zu sein schien. Er hatte große Achtung vor Stephanie und verstand sogar, in welcher Zwickmühle sie steckte – Befehl war Befehl! –, und hier war der Einsatz so hoch, wie er es noch nie erlebt hatte. Aber das änderte nichts. Und wenn Cassiopeia sich zu sehr verstrickt hatte, um auf sich selbst achtzugeben, würde er eben an ihrer Stelle auf sie aufpassen.

Das hatte sie auch viele Male für ihn getan.

Nun war die Zeit gekommen, seine Schuld zu begleichen.

Ob sie das nun wollte oder nicht.

Stephanie war bewaffnet. Das war bei ihr unüblich. Unter ihrem Mantel steckte eine Beretta im Schulterholster. Das hatte Malone gewiss gesehen. Vor ihrem Aufbruch von Blair House hatte Danny Daniels sie zur Seite genommen, damit Charles Snow nicht mithörte.

»Uns bleibt keine Wahl«, hatte er gesagt. »Überhaupt keine.«

»Es gibt immer Optionen.«

»Hier nicht. Dir ist klar, dass es in diesem Land eine Unmasse Menschen gibt, denen es mit einer Sezession schnell ernst wäre. Und das ist weiß Gott unser eigener Fehler. Ich versuche seit acht Jahren zu regieren, und es ist nicht einfach, Stephanie. Es könnte sogar verdammt noch mal unmöglich sein. Und nun also eine Austrittsoption für Bundesstaaten? Ich könnte verstehen, wenn sie da zugreifen würden. Dabei spielt es keine Rolle, ob der Versuch Erfolg hat. Die Existenz dieses Dokuments genügt schon an sich, um die Zukunft unserer Nation zu untergraben. Sollte es bekannt werden, werden die Dinge nie wieder so sein wie zuvor, und das kann ich nicht zulassen. Es ist uns gelungen, alle Leute, die uns Probleme bereiten, an einen einzigen Ort zu bugsieren. Und jetzt seid ihr beide dran, du und Luke. Kümmert euch darum.«

»Cotton ist auch dabei.«

»Das weiß ich. Aber er ist ebenfalls ein Profi.«

»Keiner von uns ist ein Mörder.«

»Das hat auch niemand behauptet.«

Er ergriff sie sanft beim Arm. Es durchfuhr sie eiskalt.

»Mit genau so etwas war Lincoln konfrontiert«, sagte er. Seine Stimme war kaum lauter als ein Flüstern. »Er musste sich entscheiden. Der einzige Unterschied ist der, dass sich bei ihm die Staaten schon abgespalten hatten, und so musste er einen Krieg führen, um sie zurückzuerobern. Kein Wunder, dass jeder der Kriegstoten ihn schwer belastet hat. Er, und er ganz allein, hat die Wahl getroffen. Er musste sich die Frage stellen: Soll ich tun, was die Gründer vorgesehen haben? Oder soll ich es ignorieren? Das war seine persönliche Entscheidung. Verdammt, so war es. Aber Amerika

hat die Krise überstanden und ist zu dem geworden, was es heute ist.«

»Zerrüttet und pleite?«

Er sah sie mit einem schmerzlichen Blick an. »Es ist verdammt noch mal das beste zerrüttete System der Welt. Und ich werde nicht zulassen, dass es sich einfach auflöst und verschwindet.«

»Die Gründer dieses Landes haben das anders gesehen.«

»Und Lincoln selber sogar auch.«

Sie wartete ab.

»Er hat im Jahr 1848 eine Rede gehalten. Edwin ist daraufgestoßen. Lincoln sagte, jedes Volk der Welt habe das Recht, sich zu erheben, die existierende Regierung abzuschütteln und eine neue, ihm genehmere zu bilden. Er nannte das ein wertvolles und heiliges Recht. Schlimmer noch, er sagte, dieses Recht sei nicht nur auf die Gesamtheit eines Staatsvolkes beschränkt. Jeder Teil eines solchen, wie etwa ein Bundesstaat oder ein bestimmtes Territorium, dürfe seinen eigenen Weg gehen. Der Hurensohn hat, kurz gesagt, erklärt, Sezession sei ein natürliches Recht.

Aber als er dann dreizehn Jahre später Präsident war und die Zeit gekommen gewesen wäre, diesen Bundesstaaten den Austritt zu gestatten, entschied er sich dafür, das Interesse des Landes über die Rechte der Bundesstaaten zu stellen. Und ich treffe genau dieselbe Entscheidung. Jeder Präsident denkt in der Abenddämmerung seiner Amtszeit an seine Rolle in der Geschichte. Ich würde lügen, wenn ich das abstritte. Und mein Vermächtnis, Stephanie, ist nun dieses. Außer uns hier wird es kein Mensch jemals erfahren, aber das ist in Ordnung. Wie Lincoln entscheide ich mich dafür, die Vereinigten Staaten von Amerika zu retten.«

Stephanie hatte gehört, was Malone zu Luke gesagt hatte, und wusste, dass diese Drohung auch ihr galt. Malones Nerven waren zum Zerreißen gespannt und seine Geduld am Ende.

Aber er war hier nicht der Chef.

»Cotton«, sagte sie. »Wir werden tun, was wir tun müssen.«

Malone verharrte und trat ganz dicht an sie heran. Sie kannten einander seit langer Zeit und hatten gemeinsam vieles durchgestanden. Er hatte ihr immer geholfen, wenn sie es wirklich brauchte, und sie hatte ihm genauso oft einen Gefallen getan, so, wie Freunde es eben untereinander halten.

»Stephanie, ich habe kapiert. Dieser Kampf ist anders. Aber du bist diejenige, die Cassiopeia in die Sache hineingezogen hat, und ich habe gelogen, damit sie dabeibleibt. Und dann hast du mich auch noch in alles verwickelt. Darum sage ich es dir jetzt noch einmal. Lass. Sie. In. Ruhe. Ich kümmere mich um Cassiopeia. Sie wird keine Probleme machen.«

»Und wenn du dich irrst?«

Malones Gesicht wurde hart. »Ich irre mich nicht.«

Damit ging er davon.

64

Cassiopeia bewunderte die eindrucksvolle Berglandschaft. Alles wirkte so friedvoll und schön, so gar nicht erschreckend und unheilverkündend. Aber Letzteres entspräche der Wahrheit viel mehr. Sie waren um das große Haus herumgegangen und auf einen Felsenpfad gestoßen, der im Zickzack nach oben führte. Auf einem dicken Teppich von grünem Moos wuchs hier und dort Kanadischer Hartriegel mit seinen roten Beeren. Kiefern, Ahornbäume und Eichen breiteten ihr Schirmdach über ihnen aus und überschütteten sie bei jedem Windstoß mit Herbstlaub. Zwei Weißwedelhirsche kamen zwischen den Sträuchern hervor und trabten scheinbar ohne jede Angst bedächtig davon.

»Die Jagd ist hier verboten«, sagte Rowan. »Wir überlassen alles der Natur.«

Cassiopeia versuchte immer noch, sich ein Bild von dem Senator zu machen. Er war ein gut aussehender älterer Herr von großer Vitalität. Der steile Hang machte ihm nicht die geringste Mühe, ihm brach weder der Schweiß aus noch rang er um Atem. Er hatte die Ausstrahlung eines Mannes, der viel zu sagen hat – und das traf laut Josepe auch tatsächlich zu, da er das zweithöchste Amt der Kirche bekleidete. Er würde der nächste Prophet sein. Beim Kennenlernen war ihr das Misstrauen in seinem Blick aufgefallen. Sie erinnerte sich aus ihrer Kindheit an viele Männer in dunklen Anzügen, weißen Hemden und mit schmalen Krawatten, die zu ihnen nach Hause gekommen waren. Sie hatte immer gewusst, dass ihr Vater ein Kirchenoberer war, und ihre Mutter hatte ihr erklärt, dass die Besucher andere Kirchenobere von nah und fern seien. Aber gegenüber diesen Männern hatte sie immer Unbehagen empfunden.

Und jetzt wusste sie auch warum.

Sie waren typische Gefolgsleute.

Sie folgten blindlings einem Pfad, den andere ausgetreten hatten, und hofften, unterwegs ein wenig Gunst von höherer Stelle zu erlangen. Niemals entschieden sie etwas selbstständig.

Doch Rowan und Josepe waren anders.

Sie hatten ihren Weg selbst gewählt.

Und sie näherten sich seinem Ende.

Eine zehnminütige Wanderung den Pfad hinauf führte sie zu einer dunklen Spalte im Berghang. Ein Eisengitter, das mit einem Vorhängeschloss gesichert war, versperrte den Zugang.

Rowan zerrte ein paarmal prüfend daran.

Es gab nicht nach.

Dann erteilte der Senator Josepe einen Wink, und der zog seine Waffe und feuerte drei Kugeln ins Schloss.

Stephanie hörte, wie es dreimal knallte.

Schüsse.

Malone und Luke gingen schneller, und sie folgte ihnen. Noch nie hatte sie sich Cotton so fern gefühlt. Aber ihr blieb keine Wahl. Was sie tun würde, wenn das Problem sich unmittelbar stellte, wusste sie nicht. Hier improvisierte sie bei jedem Schritt.

Aber eine Tatsache stand felsenfest, da war sie sich mit

Danny Daniels einig: Die Vereinigten Staaten durften nicht untergehen.

Salazar entfernte die Überreste des Schlosses und machte das Gittertor auf. Wenige Schritte tiefer im Höhlengang entdeckte er einen Schaltkasten, aus dessen Boden ein dickes Kabel hinunterführte und dann weiter vorn im Gang verschwand. Rowan trat an ihm vorbei und legte den Schalter, der auf der einen Seite angebracht war, nach oben um.

Lichter gingen an und vertrieben die Dunkelheit.

»Das hier ist *Falta Nada*«, sagte Rowan.

Salazar und Cassiopeia folgten dem Ältesten in einen breiten Gang, der in eine kleine Kammer führte. Stalaktiten, Stalagmiten und Sinter füllten mit ihren lebendigen Windungen den Raum, als trotzten sie der Schwerkraft. Alles war so fein und wirkte so zerbrechlich wie mundgeblasenes Glas. Die Kristalle brachen das Licht zu Prismen und schimmerten in allen Farben. Eine verblüffende Szenerie, deren Wirkung durch die sorgfältige Beleuchtung noch betont wurde.

»Es ist atemberaubend schön, nicht wahr?«, fragte Rowan.

Cassiopeia musterte ein paar Zeichnungen auf der Felswand. Salazar nahm sie ebenfalls in Augenschein und erkannte eigenartige Tiere. Sie sahen wie Lamas aus und wurden von einem Mann geführt, der anscheinend eine Rüstung trug.

»Die Spanier«, sagte Rowan, der ihr Interesse bemerkte. »Sie haben diese Höhle entdeckt, als sie im 16. Jahrhundert von Mexiko nach Norden kamen und hier im Gebirge nach Gold geschürft haben.« Rowan trat zu einem Haufen weißen Quarzgesteins und hob einen Brocken hoch. Im Stein waren gelbe Bänder zu sehen. »Die wurden hier gefunden, und außerdem hat man an den Wänden die Spuren von Schaufeln und Hauen entdeckt. Lange bevor die Heiligen kamen, waren die Spanier schon hier gewesen.«

Rowan zeigte auf einen Gang.

»Dort ist noch mehr zu sehen.«

Rowan ließ Salazar und Cassiopeia Vitt als Erste hineingehen, legte den Quarzbrocken dann wieder auf den Boden und folgte ihnen. Er hatte sich zurückhaltend gegeben, als Josepe seine Begleiterin vorstellte, so getan, als wüsste er von nichts, und sich schließlich einverstanden gezeigt.

Aber in Wirklichkeit wusste er genau über Cassiopeia Vitt Bescheid.

»Sie arbeitet für den Präsidenten«, sagte Stephanie Nelle.

Der Anruf hatte ihn erreicht, als er gerade von zu Hause hatte aufbrechen wollen.

»Sie wurde schon vor einer Weile bei Salazar eingeschleust. In jungen Jahren waren die beiden ein Liebespaar, und so glaubte man, dass sie im Gegensatz zu anderen bis ganz in seine Nähe vordringen könnte. Und das ist ihr gelungen. Er hat keine Ahnung.«

Rowan hatte mit einer Mischung aus Besorgnis und Wut zugehört. Wie oft hatte die Bundesregierung sich nicht schon in Kirchenangelegenheiten eingemischt? Wie viele Spione hatte sie geschickt? Zu viele, um sie auch nur zu zählen. Alle behaupteten, solche Übergriffe gehörten inzwischen der Vergangenheit an. Wie sehr sie sich irrten.

»Sie wurde von Daniels beauftragt. Er beobachtet Sie

und Salazar schon über ein Jahr. Ihr Prophet Charles Snow hat ebenfalls mit Daniels zusammengearbeitet.«

Das wusste Rowan bereits.

»Diese Information über Vitt und Snow habe ich erst vor Kurzem herausgefunden.«

»Und warum geben Sie mir Bescheid?«

»Weil Ihr Erfolg bei Ihrem Vorhaben für mich wichtig ist. Das hilft mir bei meinem Vorhaben. Daher habe ich entschieden, Ihnen die Information weiterzugeben.«

»Ich bin froh darüber. Aber was soll ich damit anfangen?«

»Das ist mir scheißegal. Ziehen Sie Ihr Vorhaben einfach nur durch, das hält den Präsidenten auf Trab. Und mehr brauche ich nicht.«

Tatsächlich wusste Rowan immer noch nicht, was er tun sollte. Sein eigener Prophet ein Feind? Sein Präsident gegen ihn? Und jetzt hatte sein wichtigster Verbündeter einen Spion an seiner Seite? Er war sich der Lösung nicht sicher, aber er begriff, wenn Josepe die Wahrheit erst einmal kannte, würde er wissen, was zu tun war. Daniten kannten Mittel und Wege. Niemals hatte Rowan auch nur den kleinsten Hinweis erhalten, dass etwas Ungehöriges oder Illegales vorgefallen sein könnte. Sein Herz war daher rein. Die Details hatte er Salazar überlassen, der sie, wie Rowan ihm zugutehalten musste, immer geregelt hatte.

Und genau so würde es auch heute laufen.

Hier, in *Falta Nada.*

Der Name war passend.

Nichts fehlt.

65

Malone rannte, dicht von Luke gefolgt, den Pfad in die Richtung hinauf, in der die drei Schüsse gefallen waren. Hinter einer Biegung tauchte ein großes Haus auf. Eine Konstruktion aus Holz und Stein, drei Geschosse hoch, mit großen, geschwungenen Erkerfenstern und einem steilen Giebeldach. Zwei Schornsteine reckten sich dem Himmel entgegen. Zu allen Seiten Wald, hinter dem Haus erhob sich ein Berg und eine grasbewachsene Lichtung führte zu seinem Vordereingang.

Stephanie kam im Trab bei ihnen an.

»Das ist es«, sagte sie. »Da sind sie drin.«

»Ich dringe vorne ein«, wies Malone Luke an. »Und du kommst von hinten.« Er sah Stephanie an. »Du wartest hier.«

Sie nickte.

Luke schlüpfte mit der Pistole in der Hand nach rechts davon und schlängelte sich zwischen den Bäumen hindurch.

Malone rannte geduckt zum Fuß einer Freitreppe aus Redwood-Holz, die zur drei Meter höher gelegenen Haustür führte. Als er sich umschaute, sah er, dass Stephanie hinter einem Baumstamm in Deckung ging. Er stürmte die Treppe hinauf, deren Holzstufen vom jahrelangen Wirken der Elemente weiche Stellen aufwiesen. Das Haus selbst schien in einem guten Zustand zu sein. Jemand hatte regelmäßig für den Unterhalt gesorgt. Malone kam zur

Veranda, die auf allen Seiten um das Haus herumzulaufen schien.

Die Tür war aus massivem Holz und hatte einen hölzernen Rahmen.

Er versuchte es mit dem Drehgriff.

Sie war abgeschlossen.

Er spähte aufmerksam durch jedes Fenster und lauschte, hörte aber nichts.

Luke stand unter einem Terrassendach vor der Hintertür. Hundert Meter hinter ihm erhob sich ein Berg, dessen Hänge mit dichtem Wald bewachsen waren. Er versuchte, die Tür zu öffnen, musste aber feststellen, dass sie abgeschlossen war. Neben dem Eingang lag eine Reihe von Fenstern, und er schaute hinein und entdeckte einen in Naturholz gehaltenen, großen Raum, in dem die Maserung von Kiefern- und Fichtenpaneelen mit den schlichten Pfeilern und Balken verschmolz, die die hohe Decke trugen. Die Möblierung war einfach und funktional, Farbakzente setzten nur die Polster von Sofas und Sesseln. Ein weiteres Fenster gewährte Einblick in eine Küche, die mit steinernen Arbeitsplatten, Holzschränken und Edelstahlgeräten ausgestattet war. Auf der anderen Seite der Terrasse hörte er das Rauschen eines Bachs und sah ein sich drehendes Wasserrad.

Hier stimmte irgendwas nicht.

Aus dem Haus klangen keine Stimmen heraus.

Er würde die Tür aus dem Rahmen treten müssen, wenn er eindringen wollte. Das wäre kein Problem, nur dass er damit seine Anwesenheit laut und deutlich ankündigen würde.

Plötzlich hörte er auf der Terrasse eine Bewegung.

Und dann spürte er, wie der Holzboden vibrierte.

Malone ging auf der überdachten Veranda um das Haus herum und schaute dabei in die Fenster. Alles da drinnen strahlte die Atmosphäre eines typischen Wochenendhauses aus, wobei Größe und Möblierung von Reichtum sprachen. Noch immer war nirgends im Haus ein Geräusch zu vernehmen. Hatte man sie kommen sehen und sich an einen sicheren Ort zurückgezogen?

Das glaubte er nicht.

Die Bestätigung für seine Vermutung sah er drinnen auf dem Holzboden, der von einer gleichmäßigen Staubschicht überzogen war. Keinerlei Spuren. Nichts wies darauf hin, dass jemand eingetreten und herumgegangen war.

Hier befanden sie sich in einer Sackgasse.

»Luke«, sagte er.

Der jüngere Agent kam um die Hausecke. »Ich hatte gehofft, dass du es bist. Es ist niemand da.«

Malone gab ihm mit einem Kopfschütteln recht. Aber Stephanie hatte doch ausdrücklich gesagt, Rowan, Salazar und Cassiopeia seien hierhingegangen.

»Sie hat uns angelogen.«

Sie rannten beide zum Vordereingang. Stephanie war nirgends zu sehen. Malone eilte, zwei Stufen auf einmal nehmend, die Treppe hinunter und stürmte zu dem Baum, unter dem er sie zuletzt erblickt hatte.

Sie war verschwunden.

Ein Geräusch auf dem Pfad hinter ihm erregte seine Aufmerksamkeit. Er fuhr herum und legte die Pistole an. Luke hielt es genauso. Dort tauchte nun Charles Snow auf, den die beiden jungen Daniten beim Gehen stützten.

Malone und Luke senkten ihre Waffen.

»Was ist los?«, fragte Snow, der die Arme von den Schultern seiner Helfer nahm.

»Stephanie Nelle ist weg«, sagte Malone.

»Hat Sie Ihnen nicht Bescheid gesagt? Dieses Haus ist nicht *Falta Nada.*«

Diese Information ließ Malone aufhorchen.

»Das Haus wurde später gebaut.« Snow zeigte auf den Berg. »*Falta Nada* ist dort oben. Eine Höhle. Sie können sie nicht verfehlen.«

Stephanie hastete auf dem Felsenpfad über den bewaldeten Hang nach oben. Die Luft war hier merklich kühler. Sie hatte Cotton und Luke in die Irre geleitet, um sich selbst eine Gelegenheit zum Davonschlüpfen zu verschaffen. Snow hatte ihr gestern auf dem Flug nach Salt Lake City alles genau beschrieben.

»Es gibt etwas, das Sie über diesen Ort wissen müssen«, hatte Snow ihr anvertraut. »Auf dem Gelände steht ein Haus, aber das ist nicht Falta Nada. *Die eigentliche Stätte liegt im Berg oberhalb des Hauses. Der Pfad dorthin ist leicht zu finden. Einer der frühen Siedler hat den Ort entdeckt. Es wird erzählt, er habe beim Holzhauen die Spuren von Berglöwen gefunden. Er folgte ihnen zu einem hoch gelegenen Felsband und fand dort eine Felskluft vor. Dahinter lag eine Höhle, die er erkundete. Vor fünfzig Jahren haben wir elektrisches Licht dorthin gelegt, und es ist noch immer da. Diesen Ort haben nur wenige Menschen je betreten. Früher galt er als etwas Besonderes, heute ist er vergessen. Die Tatsache, dass Brigham Young ihn als Aufbewahrungsstätte sowohl für das Gold als auch für das von Lincoln gesandte Unterpfand ausgewählt hat, ist keine Überraschung.«*

Cotton hatte recht. Sie hatte dieses Chaos geschaffen, und nun war es an ihr, es wieder in Ordnung zu bringen. Wie sie das tun würde, war ihr immer noch ein Rätsel, aber ihr würde schon etwas einfallen. Sie glaubte kaum, dass Luke oder Cotton sie finden würden, da die beiden den korrekten Ort nicht kannten. Sicher, Charles Snow würde ihn ihnen verraten. Aber bis sie bei den parkenden Wagen zurück wären, die Wahrheit erfahren hätten und wieder umgekehrt wären, würde alles vorbei sein.

Vor sich erblickte sie den Höhleneingang, in den ein Rahmen aus grün bemoosten Kiefernbalken eingezogen war. In dessen Mitte stand ein Eisentor halb offen, und auf dem Boden davor lag ein zerstörtes Vorhängeschloss. Sie hob es auf und begutachtete den Schaden. Jetzt wusste sie, warum die drei Schüsse abgegeben worden waren.

Sie warf das Vorhängeschloss weg und griff nach ihrer Waffe.

Der Gang vor ihr war beleuchtet.

Jetzt konnte sie in die Tat umsetzen, was sie sonst immer predigte.

Zwei Schritte, und sie war drinnen.

Malone war außer sich vor Wut.

Er hatte Stephanie bedrängt, und nun begab sie sich in etwas hinein, dem sie nicht gewachsen war.

»Papi, das ist überhaupt nicht gut«, sagte Luke, der neben ihm den Pfad hinaufrannte.

»Sie bringt es fertig, dass die sie umlegen.«

»Das dürfen wir nicht zulassen.«

»Das ist der Plan. Aber leider haben wir keine Ahnung, was da oben los ist. Es sei denn, du weißt mehr als ich.«

»Diesmal nicht. Sie hat mich im Dunkeln gelassen.«

Malone starrte den Pfad hinauf.

»Jetzt hängt alles von uns beiden ab«, sagte er zu Luke.

»Das hab ich kapiert. Und ich steh dir zur Seite. Bis zum Ende.«

66

Cassiopeia war beeindruckt. Der Felsensaal, in dem sie standen, war zwanzig Meter lang und sogar noch höher und breiter. Stalaktiten hingen wie Eiszapfen herab. Nadelähnliche Kristalle und gewundene Excentriques wuchsen von der Decke. Papierdünne Faltenwürfe von orangefarbenem Kalzit ließen das Licht der Glühlampen auf spektakuläre Weise hindurchscheinen. Popcornähnlich verklumpte, weiße Steinstrukturen überzogen die Wände. In der Mitte des Saals lag ein mit stillem grünem Wasser gefülltes Becken, die Oberfläche so glatt und glänzend wie ein Spiegel. Am Rand erhob sich eine riesige Statue des Engels Moroni auf einem Sockel. Die vier Meter hohe Steinfigur war in der bekannten Haltung des Trompetenbläsers dargestellt und mit Blattgold überzogen.

Sie trat dicht heran.

»*Er hatte den Bewohnern der Erde ein ewiges Evangelium zu verkünden, allen Nationen, Stämmen, Sprachen und Völkern*«, zitierte Rowan. »Offenbarung 14,6. Moroni ist unser Sendbote aus dem Himmel. Dies ist die Steinmatrize der Hohlform aus Gips, in der die Kupferstatue auf dem

Salt-Lake-Tempel getrieben wurde. Brigham Young hat sie persönlich hergebracht.«

Josepe war unübersehbar beeindruckt. »Er ist der Engel des Lichts, der ein loses Gewand von außergewöhnlicher Weiße trug. Es war weißer als alles, was Smith auf Erden je gesehen hatte. Seine ganze Gestalt war unbeschreiblich herrlich.«

Rowan nickte. »Sie zitieren den Propheten richtig. Genau so hat Joseph Smith Moroni beschrieben, und so versuchen wir ihn abzubilden.«

»Aber der hier ist golden, nicht weiß«, sagte Cassiopeia.

»So unterstreichen wir seine strahlende Erscheinung noch.«

Aber sie war sich da nicht so sicher.

Sie hatte einmal gelesen, Smith sei möglicherweise bei der Lektüre über die Suche nach dem Schatz des William Kidd auf den Namen Moroni gestoßen. Der Legende zufolge hatte Kidd den Schatz auf den Komoren vergraben. Moroni war die Hauptstadt dieser Inselgruppe. Den Berg, auf dem Smith die goldenen Platten gefunden hatte, nannte er außerdem Cumorah. Zufall? Falls ja, kam er ihr ziemlich unwahrscheinlich vor.

»Dies hier ist gewissermaßen ein Tempel unter der Erde«, sagte Rowan. »Er wurde vor langer Zeit von den Propheten als Ort des unterirdischen Gebets geschaffen. Hier kommt nur noch selten jemand her. Doch dies ist der Ort, an dem Brigham Young das von Abraham Lincoln erhaltene Unterpfand versteckt hat.«

Cassiopeia hatte sich bereits in dem Felsensaal umgeschaut. Abgesehen von der Statue und dem elektrischen Licht war nichts von Menschen Geschaffenes zu sehen.

»Das einzige Mal, dass ich hier war, fand hier eine Ausstellung historischer Objekte der Spanier statt«, erzählte Rowan. »Knochenstücke, Knöpfe, Eisenteile und Schulterjoche. Die Joche waren aus Zedernholz gehauen, etwa einen Meter lang und in der Mitte mit einer Ausbuchtung versehen, die dem Nacken des Trägers entsprach. An den Enden hatten sie Kerben, an die schwere, rohlederne Goldsäcke gehängt wurden. Ich war verblüfft, dass sie die Jahrhunderte überdauert hatten.«

Aber hier waren jetzt keine geschichtlichen Objekte zu betrachten.

»Wo sollen wir suchen?«, fragte Josepe.

»Wir fangen gleich an«, antwortete Rowan. »Aber erst müssen wir noch ein Problem lösen.«

Der Senator zeigte mit dem Finger auf Cassiopeia.

»Diese Frau ist eine Spionin.«

Salazar war von der Erklärung des Apostels schockiert. »Eine Spionin? Da irren Sie sich.«

»Meinen Sie? Denken Sie einmal darüber nach, Josepe, auf welche Weise diese Frau wieder ein Teil Ihres Lebens geworden ist. Nach so vielen Jahren und in genau diesem Augenblick.«

»Sie hat mir immer nur geholfen.«

»Wie Spione das eben tun. Wie sollten sie sich denn sonst einschmeicheln? Sie wollten gestern von mir wissen, wie ich von diesem Ort hier erfahren habe. Schließlich habe ich Ihnen enthüllt, dass ich über eine Quelle in einer Regierungsbehörde verfüge, eine Person, die dicht an unseren Feinden dran ist. Von ihr habe ich nicht nur den Tipp, hier zu suchen, sondern sie hat mir auch verraten, dass diese Frau hier für den Präsidenten der Vereinigten Staaten arbeitet.«

»Und das glauben Sie?«, fragte Cassiopeia. »Natürlich wollen Ihre Feinde Verwirrung in Ihren Reihen stiften. Was wäre besser dazu geeignet als Fehlinformationen?«

»Und woher hat meine Quelle dann Ihren Namen gekannt?«, fragte Rowan. »Oder woher wusste sie auch nur von Ihrer Existenz?«

Salazar wartete auf eine Antwort.

»Ich kann nur vermuten, dass Ihre Quelle im Geheimdienstgeschäft ist und weiß, was dieser Malone so treibt.«

»Interessant, dass Sie seinen Namen erwähnen. Meine Quelle hat mich außerdem noch informiert, dass Sie Cotton Malone nicht nur kennen, sondern dass Sie sogar eine Liebesbeziehung mit ihm haben.«

»Stimmt das?«, fragte Salazar mit erhobener Stimme.

Cassiopeia fühlte sich in die Enge getrieben.

Stephanie hatte sie absichtlich kompromittiert, mit Sicherheit eine Reaktion auf Cassiopeias Kontaktabbruch und Diebstahl der Uhr.

Sie hörte den Zorn in Josepes Stimme.

Es gab nur zwei Alternativen.

Lügen oder die Wahrheit sagen.

Salazar wartete auf eine Antwort, unsicher, was nun vielleicht gleich aus Cassiopeias Mund kommen würde. Die Tatsache, dass sie die Beschuldigungen nicht sofort bestritten hatte, gab ihm zu denken. Sein Herz hämmerte und sein Atem war flach geworden. Ihm war schwindelig.

Da tauchte der Engel auf.

Er schwebte neben der Statue Moronis, aber diesmal stand nicht das übliche beruhigende Lächeln in seinem Gesicht.

»Vielleicht haben wir uns in ihr geirrt.«

Salazar konnte nicht antworten, und so weigerte er sich nur mit einem ganz leichten Kopfschütteln, diese Tatsache zu akzeptieren.

»Schäme dich nicht, Josepe. Die Zeit der Vortäuschung ist vorüber. Enthülle mich diesen beiden. Lass sie wissen, dass die Propheten mit dir sind.«

Er hatte noch nie jemandem von dem Engel erzählt.

»Wohin schauen Sie eigentlich?«, fragte Rowan Salazar.

Dieser beachtete den Ältesten nicht und konzentrierte sich auf die Vision.

»Beschütze mich.«

Und nun entdeckte er etwas im Gesicht des Engels, das er dort noch nie gesehen hatte.

Besorgnis.

Salazar schob die Hand unter sein Jackett und fand die Waffe.

Stephanie hatte sich langsam durch den Gang vorgearbeitet und war der elektrischen Beleuchtung und dann den Stimmen gefolgt. Sie war durch eine kleine Kammer gekommen und anschließend auf eine größere gestoßen. In diese war sie hineingeschlüpft und im Schatten der beleuchteten Steinformationen unentdeckt geblieben. Sie hatte das Gespräch zwischen Rowan, Salazar und Cassiopeia belauscht und Salazars Zorn über Rowans Enthüllung mitbekommen.

»Josepe«, erklärte Rowan. »Was ich sage, ist wahr. Diese Frau ist eine Spionin. Sie ist nicht anders als die Leute, die sich in der Zeit der Wirren gegen uns gekehrt haben. Wie viele von unseren Brüdern sind der Spione wegen ins Gefängnis gekommen? Ich bin Ihr Ältester. Ich habe Sie noch nie belogen, und ich lüge auch jetzt nicht.«

Aber Salazar beachtete den Senator nicht und war ganz auf die Statue auf dem Sockel konzentriert. Sein Blick ging in weite Ferne, und den Kopf hatte er zur Höhlendecke gehoben.

Eigenartig.

In seiner Rechten hielt Salazar eine Pistole.

Stephanie griff nach ihrer eigenen Waffe.

Nein.

Damit würde sie die Lage nur zum Eskalieren bringen.

Es gab nur eine Möglichkeit. Beim Hereinkommen war sie sich nicht sicher gewesen, was sie tun würde, aber jetzt lag der einzuschlagende Weg deutlich vor ihr. Sie legte die Waffe weg, trat aus ihrem Versteck und rief: »Er sagt die Wahrheit.«

Alle drei fuhren zu ihr herum.

»Ich bin seine Quelle.«

Stephanie Nelles Auftauchen überrumpelte Rowan vollkommen.

Sie hatte hier nichts zu suchen!

»Wer sind Sie?«, fragte Salazar.

»Stephanie Nelle. Vom Justizministerium der Vereinigten Staaten. Sag es ihm, Cassiopeia. Erzähl ihm die Wahrheit.«

»Was für eine Wahrheit?«, rief Salazar.

Nelle hielt weiter den Blick auf Vitt gerichtet. »Sag ihm, was du ihm eben hast gestehen wollen.«

»Senator Rowan hat recht. Ich bin eine Spionin.«

Salazar starrte sie ungläubig an. »Das kann nicht sein. Ich weigere mich, es zu glauben.«

»Es stimmt aber«, entgegnete Vitt. »Diese Frau hat mich gebeten, im Auftrag der amerikanischen Regierung den Kontakt mit dir zu suchen, und das habe ich getan. Aber ich bin unabhängig geblieben.« Sie hielt inne. »Ich habe dich als einen guten, sanften, freundlichen Mann im Gedächtnis. Diese Erinnerungen waren mir lieb und teuer. Was ist geschehen, Josepe? Was hat deine Seele so verändert?«

Salazar antwortete nicht. Stattdessen schien er seine Aufmerksamkeit wieder auf die Statue gerichtet zu haben. Er bewegte die Lippen, aber es kam kein Laut heraus.

»Was siehst du?«, fragte Vitt.

»Bruder Salazar«, sagte Rowan.

»Der Prophet Joseph ist hier. Er begleitet mich schon seit einiger Zeit.« Salazars Waffe zeigte auf die vermeintliche Spionin. »Du hast auch ihn getäuscht.«

»Sie ist nicht die Einzige, von der Sie hinters Licht geführt wurden«, sagte Nelle und zeigte auf Rowan.

»Der Senator ist ebenfalls ein Spion.«

67

Luke hatte seine Worte ernst gemeint. Er würde Malone zur Seite stehen. Stephanie hatte sie beide in die Irre geführt und steckte nun massiv in Schwierigkeiten. Sie mussten jetzt zusammenarbeiten. Schluss mit dem Zanken und

Streiten. Malone hatte sich in Iowa perfekt in Cassiopeia hineingedacht und war ihr immer einen Schritt voraus gewesen. Außerdem kannte er Stephanie besser als Luke. Zu ihrer beider Pech waren sie jetzt aber mindestens zwei Schritte hinter die Meute zurückgefallen.

Sie waren den bewaldeten Hang hinaufgetrabt. Im Höhlengang angekommen, hatten sie zunächst eine kleine, elektrisch beleuchtete Kammer erkundet und waren von dort durch einen weiteren Gang zu einem Felsensaal gelangt. Der wirkte vollkommen surreal, die Steinformationen waren wie Kunstwerke, und das Licht verhielt sich wie Farbe auf einer Leinwand.

Malone hob die Hand und bedeutete Luke, dass sie stehen bleiben sollten.

Aus dem Höhlensaal drangen Stimmen nach draußen.

Sie schlichen sich bis zum Eingang, und drinnen erkannte er Vitt, Rowan und Salazar. Salazar hatte eine Pistole in der Hand und hielt sie direkt auf Stephanie gerichtet, die mit erhobenen Armen zwanzig Schritte vor dem Spanier stand.

Lukes erster Impuls war, dort hineinzustürmen.

Sie hatten zwei Pistolen, Salazar nur eine.

Doch Malone schien seine Gedanken zu lesen und schüttelte den Kopf.

Nichts von dem, was Malone da sah, gefiel ihm. Stephanie war entweder kompromittiert worden oder hatte sich selbst kompromittiert. Er vermutete Letzteres, insbesondere nachdem er ihre Beretta entdeckt hatte, die von einem großen Steinklotz halb verborgen ganz in ihrer Nähe auf dem Boden lag. Sie hatte ihn und Luke absichtlich in die Irre geführt, um für sich die Zeit herauszuschinden hierherzugelangen. Sie musste davon ausgehen, dass sie beide zu Charles Snow auf den Parkplatz zurückkehren und erst dort von der Höhle erfahren würden. Daher war sie gewiss überzeugt, sich fünfzehn oder zwanzig Minuten Zeit erkauft zu haben.

Zum Glück hatten Luke und er ihren Vorsprung halbiert und waren bereits da.

Denk nach.

Mach es richtig.

Stephanie stand mit erhobenen Händen Salazar gegenüber. Sie hatte keine Angst, obwohl das angemessen gewesen wäre. Danny Daniels hatte ihr gesagt, falls eine dritte Partei sich einmischen und ein Chaos anrichten würde, hätten sie und ihre Leute keinerlei Veranlassung einzugreifen. Aber sie hatte auch begriffen, was der Präsident der Vereinigten Staaten nicht gesagt hatte: *Und wenn du selbst dieses Chaos auslösen kannst, umso besser.*

»Was wollen Sie damit sagen, dass der Älteste Rowan ein Spion sein soll?«, fragte Salazar.

»Er ist ein altgedientes Mitglied des US-Senats. Er hat geschworen, Gesetze und Verfassung dieses Landes zu beschützen. Er ist einer der mächtigsten Männer in Washington.«

»Aber außerdem bin ich auch ein Heiliger der Letzten Tage«, sagte Rowan. »Und diese Verpflichtung nehme ich sogar noch ernster als meinen Eid für dieses Land.«

Stephanie musste hier vorsichtig zu Werke gehen.

Timing war alles.

»Was der Senator über Cassiopeia gesagt hat, stimmt. Als

ich von dem Foto erfahren habe, das Sie von Cassiopeia und sich selbst aufgestellt hatten, war mir plötzlich klar, dass sie Ihnen vielleicht noch immer etwas bedeutet. Ich habe Cassiopeia gefragt, ob sie vielleicht bereit wäre, Kontakt zu Ihnen aufzunehmen, und sie war einverstanden.«

»Stimmt das?«, fragte Salazar.

Cassiopeia nickte. »Man hatte mir gesagt, du seist in illegale Aktivitäten verstrickt. Sogar in einen Mord. Ich wollte dich von aller Schuld reinwaschen.«

»Mord?«, fragte Rowan.

»Er hat einen Mann in Michigan ermordet, um ein mormonisches Tagebuch zu entwenden. Und außerdem hat er einen meiner Agenten getötet.«

Der Senator wirkte bei dieser Information ehrlich schockiert.

»Josepe«, bat Rowan. »Sagen Sie mir, dass sie lügt.«

Salazar schaute auf den Engel, um sich von ihm führen zu lassen.

»Sie wissen nicht, womit wir konfrontiert sind. Wir beschützen die Heiligen und alles, was ihnen teuer ist. Der Älteste Rowan wollte es selbst so haben. Er darf sich nicht über die Mittel beschweren.«

»Die haben ihren Agenten geschickt, um uns zu vernichten«, sagte er. »Meine Aufgabe war es, das zu verhindern. Der Agent wurde nicht ermordet. Er wurde zur richtigen Buße angeleitet und genießt nun seinen Lohn beim Himmlischen Vater.«

»Sie haben ihn geschlagen«, sagte die neu gekommene Frau. »Und dann haben Sie ihn erschossen. Er hatte eine Frau und Kinder.«

»Das ist die Schuld dieser Frau dort. Nicht deine.«

»Josepe«, sagte Rowan. »Stimmt das, was sie sagt?«

»Fürchte dich nicht.«

»Ja.«

»Dann haben Sie schwer gesündigt.«

»Es war seit jeher unsere Art, unseren Feinden Gelegenheit zur Buße zu geben. So war es am Anfang, und so ist es immer noch.«

»Nein«, erklärte Rowan. »Wir haben schon vor langer Zeit jeder Gewalt abgeschworen. Sie ist kein Mittel, das durch den Zweck geheiligt wird. Mein ganzes Leben lang habe ich dafür gearbeitet, einen *gewaltfreien* Weg zu finden, damit die Heiligen unabhängig und frei von äußeren Einflüssen leben können.«

Hatte Salazar recht gehört? Er wurde dafür getadelt, dass er getan hatte, was von ihm erwartet wurde. Und Cassiopeia?

»Warum hast du mich angelogen?«, fragte er. »Warum nur hast du das getan?«

»Es war notwendig. Was du gemacht hast, ist falsch.«

»Wie kann sie es wagen! Sie muss ihren Platz kennen.«

»Ich habe geschworen, den Propheten zu gehorchen, und etwas anderes habe ich nicht getan.«

»Als Sie die Bildung einer Gruppe von Daniten vorgeschlagen haben, hätte ich niemals geglaubt, dass Sie so weit gehen würden«, sagte Rowan.

»Er ist schwach, Josepe. Ein Dummkopf wie all die anderen. Dulde das nicht. Das dürfen wir nicht dulden. Nicht mehr.«

Der Engel hatte recht.

»Der Prophet Joseph sagt mir, dass Sie sich im Irrtum befinden«, sagte er.

»Joseph Smith ist seit hundertfünfzig Jahren tot«, erklärte die neu hinzugekommene Frau.

»Halt's Maul«, brüllte er, riss die Pistole zu ihr herum und richtete sie auf ihre Brust. »Hüte dich, das zu sagen. Er lebt.«

»Finde heraus, was mit dem Ältesten los ist. Wir müssen wissen, wo er steht.«

»Ist er ein Verräter?«, fragte Salazar und zeigte mit der Waffe auf Rowan.

Rowan hatte Salazar nicht kontrolliert und verdammt wenig Fragen gestellt, aber er hatte definitiv niemals mit einem Mord gerechnet.

»Haben Sie diesen Mann in Michigan getötet, wie Ms. Nelle behauptet?«, fragte er.

»Wir brauchten sein Tagebuch, und er hat es nicht verkauft. Darum haben wir ihn zur Buße für seine Sünde angeleitet.«

»Und was war das für eine Sünde?«

»Habgier. Was denn sonst? Und zum Teil sind wir heute nur wegen meines Aktes der Güte ihm gegenüber hier.«

»So beschreiben Sie also einen Mord?«, fragte Rowan. »Als Akt der Güte?«

»Es ist so, wie der Prophet es gesagt hat.« Salazar wandte sich wieder Nelle zu. »Wieso ist dieser Apostel ein Verräter?«

»Sie sind hier, um ein Dokument zu finden, das Abraham Lincoln den Mormonen anvertraut hat. Fragen Sie den Senator also, wo es ist.«

Diese Frage hatte Rowan sich auch schon gestellt. Er hatte angenommen, dass das Problem sich von selbst lösen würde, wenn er erst einmal hier wäre. Aber in *Falta Nada* gab es nichts als Stein, das Becken und eine Statue. Und doch hatte Lincoln hierher verwiesen. Rowan hatte die Gravur im Inneren der Uhr gesehen. Aber das setzte voraus, dass sowohl die Uhr als auch das Foto keine Fälschung waren.

Er zeigte auf Nelle. »Sie hat mir gesagt, dass das hier der richtige Ort ist.«

»Und das stimmt auch«, erwiderte sie. »Dies hier ist der Ort, den Brigham Young Lincoln genannt hat. Der Ort, an dem das Gold der Mormonen versteckt lag. Lincoln hat seinen Namen ins Innere der Uhr gravieren lassen. Und wo ist nun das Dokument?«

Sie hatte die Frage direkt an Rowan gestellt.

Er sah, dass Salazar auf eine Antwort wartete.

Aber er hatte keine.

Nelle nahm die Arme herunter. »Er weiß keine Antwort, weil es hier nichts zu finden gibt. Er ist nicht Ihr Verbündeter. Tatsächlich ist er sogar Ihr Feind. Er gibt Ihnen sein Okay zur Gründung der Daniten und regt sich dann über die Maßnahmen auf, die Sie ergreifen. Er möchte Ergebnisse sehen, beschwert sich aber darüber, wie sie erreicht wurden. Er ist ein geachtetes Mitglied des US-Senats, und damit gehört er zum Regierungssystem der Vereinigten Staaten. Glauben Sie etwa auch nur einen Augenblick, er würde die Verantwortung für eine illegale Handlung übernehmen, die Sie vielleicht begangen haben?«

»Hören Sie nicht auf sie«, schrie Rowan ihn an.

Salazar wandte sich ihm zu. »Warum nicht? Weil sie die Wahrheit sagt?«

»Das muss aufhören, Josepe.«

»Es wird sogar noch viel schlimmer«, sagte Nelle. »Weitere Agenten sind auf dem Weg hierher. Das alles wird sehr bald vorbei sein. Und Senator Rowan weiß das. Wir haben es gemeinsam geplant.«

Rowan ging auf Salazar zu.

Salazar brachte ihn mit einem Schwenk der Pistole zum Stehen.

»Josepe«, sagte Rowan mit ruhiger Stimme. »Sie müssen auf mich hören.«

Cassiopeia stand schweigend da, hörte zu und versuchte, das Ausmaß von Josepes Wahnsinn einzuschätzen. Er behauptete, Joseph Smith zu sehen, hier und jetzt. Aber sie hatte auch die Kränkung in seinem Blick bemerkt, als sie ihn zum zweiten Mal in seinem Leben verletzt hatte.

»Keine Bewegung, alle miteinander«, sagte Josepe zu Rowan.

»Ist der Prophet noch immer hier?«, fragte Cassiopeia.

»Er beobachtet euch genauso, wie er über mich wacht.«

»Wie lange erscheint er dir schon?«

»Seit vielen Jahren. Aber erst vor Kurzem habe ich seine wahre Natur erkannt. Zuvor hatte ich ihn immer für Moroni gehalten.«

»Hat der Prophet Ihnen befohlen, den Agenten zu töten?«, fragte Stephanie.

Josepe warf ihr einen wütenden Blick zu. »Er hat mir aufgetragen, ihm eine Buße für seine Sünden anzubieten, damit er in den Genuss der ewigen Seligkeit kommt. Und genau das habe ich getan.«

»Die beiden haben Sie zum Narren gehalten«, sagte Stephanie. »Rowan genauso wie Cassiopeia.«

»Und doch stehe ich hier und halte eine Waffe auf sie alle gerichtet.«

Cassiopeia begriff, dass Stephanie versuchte, Salazar zu einer Reaktion zu provozieren, und wenn sie ihn weiter so bedrängte, würde ihr das auch gelingen. »Josepe, ich bitte dich, die Waffe herunterzunehmen und damit aufzuhören. Es ist vorbei.«

»Vorbei? Es hat gerade erst begonnen. Erzählen Sie es ihr, Ältester Rowan. Erzählen Sie ihr von der großen Vision, die nun bald Wirklichkeit wird.«

»Jawohl, Senator«, sagte Stephanie. »Erzählen Sie uns von der kommenden Herrlichkeit. Aber natürlich brauchen Sie das von den Gründervätern unterzeichnete Dokument, damit Ihr Plan gelingt. Erinnern Sie sich inzwischen, wo es sich befindet?«

»Sie haben mich reingelegt«, knurrte Rowan sie an. »Sie haben mich an der Nase herumgeführt und hereingelegt.«

»Ich habe Ihnen die Wahrheit gesagt – bei jedem Schritt des Weges. Im Inneren von Lincolns Uhr stand tatsächlich *Falta Nada*. Mary Todds Brief existiert im Original, und Madisons Notizen ebenfalls. All diese Dokumente habe ich Ihnen in die Hände gespielt. Und so ganz nebenbei, haben Sie Ihren Kumpanen hier irgendetwas davon verraten?«

»Hör auf«, schrie Cassiopeia.

»Ach ja?«, fragte Stephanie. »Jetzt willst du aufhören? Aber als du nach Österreich geflogen bist, da wolltest du ganz und gar nicht aufhören. Oder auf dem Flug nach Iowa. Natürlich kannte dein Exlover die Wahrheit nicht. Du hast ihn angelogen. Ihn benutzt. Alles auf mein Geheiß.«

»Halt den Mund.«

Stephanie nahm wieder Josepe aufs Korn. »Fragen Sie doch mal Ihren Propheten, welche Strafe auf Lügen steht.«

Salazar wollte nicht zuhören, aber er konnte die Worte nicht ausblenden. Cassiopeia hatte selbst zugegeben, dass sie ihn angelogen hatte. Und der Älteste Rowan hatte keine Ahnung, warum sie überhaupt hier waren. Das alles brachte ihn ins Grübeln. Wurde er gerade hereingelegt? Nelle hatte angekündigt, dass weitere Agenten auf dem Weg seien. Vielleicht sollte er von hier verschwinden und mit seinen beiden Leuten telefonieren. Aber das war aus dem Inneren der Höhle nicht möglich. Und dann blieb da noch die Frage, was mit Cassiopeia, Nelle und Rowan geschehen sollte.

»Sie hat recht, Josepe. Auf Lüge steht eine strenge Strafe. Da ist eine Buße angebracht. Diese drei verirrten Seelen sind alle deiner Wohltat bedürftig. Jemanden um seines Seelenheils willen zu töten ist absolut keine Sünde.«

68

Malone hatte genug gehört. Salazar war verrückt, so viel war klar. Aber dieser Mann war außerdem bewaffnet. Sie könnten sich den Weg nach drinnen freischießen und Nägel mit Köpfen machen, aber das barg das Risiko von Kollateralschäden.

Oder sie könnten die Sache ganz geschickt deichseln.

Er hatte sich angehört, wie Stephanie Salazar zu provozieren versuchte und ihn mit der Behauptung verwirrte, sowohl Cassiopeia als auch Rowan hätten ihn betrogen. Malone hatte eine ziemlich gute Vorstellung von dem, worauf sie abzielte, aber er würde nicht einfach dasitzen und zulassen, dass sie sich selbst und Cassiopeia in die Schusslinie brachte.

»Wir müssen da rein«, flüsterte er Luke zu.

Der jüngere Mann nickte.

Malone hob mit einer Geste seine Pistole und schüttelte den Kopf. »Nicht mit denen.«

Luke schien zu verstehen.

Aber Malone war kein Dummkopf.

»Du hast doch bestimmt zwei Schusswaffen dabei?«, flüsterte er.

Luke schob sein rechtes Hosenbein hoch und brachte einen kleinen Revolver zum Vorschein, den er um den Unterschenkel geschnallt trug. Es hatte einmal eine Zeit gegeben, da hatte Malone es genauso gehalten. Luke zog die Waffe heraus und reichte sie ihm; Malone steckte sie ihm über dem Gesäß unter den Gürtel.

Geh vor mir her, flüsterte er.

Stephanie wusste, dass es in dieser Höhle nichts zu finden gab. Vor ihrem Aufbruch aus dem Blair House hatte Danny Daniels ihr als Letztes noch berichtet, dass das Dokument tatsächlich zu Lincolns Zeit hier gelegen habe, seitdem aber entfernt worden sei. Charles Snow hatte dem Präsidenten alles erzählt, und der hatte die Information an sie weitergegeben. Sie hatte Rowan diese Tatsache aber verschwiegen, weil sie ihn zusammen mit Salazar und Cassiopeia hierher hatte locken wollen. Wenn sie richtiglag – und zwanzig Jahre des Vorausberechnens der Handlungen anderer Menschen hatten sie zur Expertin gemacht –, waren Cotton und Luke nun ganz in der Nähe.

»Die Strafe für Lügen ist *tatsächlich* streng«, sagte Salazar. »Seit eh und je.«

»Ich lüge *nicht*«, entgegnete Stephanie. »Tatsächlich bin ich hier die Einzige, die die Wahrheit sagt. Senator Rowan hat Ihnen immer noch nicht mitgeteilt, wo das Dokument sich befindet. Das kann er auch nicht, weil er es nicht weiß. Ich bin die Einzige, die diese Information kennt. Der Gedanke war, Sie herzuführen, damit ich mir Sie, Mr. Salazar, hier vorknöpfen kann. An dieser Intrige war der Senator beteiligt.«

»Mich vorknöpfen?«, fragte Salazar.

Sie begegnete seinem Blick. »Die Strafe für den Mord an meinem Agenten ist ebenfalls schwer.«

»Brigham Young hat einen Fehler begangen, als er der Bundesregierung vertraute«, sagte Rowan. »Lincoln war tatsächlich anders, aber die Präsidenten, die nach ihm kamen, nicht. Die waren alle Schlangen. Und diese Frau ist genauso, Josepe. Ich habe der Regierung nie vertraut. Das wissen Sie.«

»Zeigen Sie mir das Dokument«, sagte Salazar.

Stephanie hörte eine neue Entschlossenheit in seiner Stimme.

Ein Test?

»Geheimdienst«, rief Malone, blieb aber mit Luke in der Deckung des Gangs stehen. »Es ist vorbei, Salazar. Für Sie ist es aus.«

Er spähte vom Rand des Tunnels in den Saal und sah, dass der Spanier sofort reagierte, sich auf Stephanie stürzte, ihr den Arm um den Hals legte und ihr die Pistole an die Kehle setzte.

»Kommen Sie raus«, schrie Salazar.

Malone gab Luke einen Wink, und dieser ging voran.

Beide hielten die Beretta in der Hand, und sie hatten die Arme so erhoben, dass die Waffen deutlich zu sehen waren. Er hoffte, dass Salazar nicht klar dachte und der erste Anschein ihm genügen würde.

»Werfen Sie die Waffen ins Wasser«, forderte Salazar sie auf.

Sie zögerten einen Augenblick und gehorchten dann.

»Sind Sie vollzählig?«

»Nur wir zwei Amigos«, antwortete Luke. »Aber das sollte reichen.«

Malone hätte beinahe gelächelt. Diesen zupackenden Aufschneider musste man einfach lieben.

Er ging mit einem Schritt Abstand hinter Luke her, immer den kleinen Revolver im Auge. Dabei fing er Stephanies Blick auf und versuchte, sich ein Bild zu machen, was sie gerade dachte. Er sah kurz zu Cassiopeia, und diese starrte mit ausdrucksloser Miene zurück. Im Hinblick auf sie war hier absolut gar nichts richtig gelaufen.

»Ich hätte Sie in Salzburg erschießen sollen«, sagte Salazar zu ihm. »Als ich die Gelegenheit dazu hatte.«

»Wer hat Sie denn daran gehindert?«, fragte Stephanie.

Salazar antwortete nicht.

Stephanie zeigte auf Cassiopeia. »Das war sie.«

Cassiopeia kannte Cotton gut genug, um sich klar darüber zu sein, dass er noch einen Trumpf in der Hinterhand hatte. Sowohl er als auch der jüngere Mann, den sie schon aus

Iowa kannte, hatten ihre Waffen zu bereitwillig weggeworfen. Sie hätten vorhin ebenso gut aus der Deckung heraus angreifen können. Stattdessen standen sie nun verletzlich und mit erhobenen Händen vor Salazar.

Oder waren sie gar nicht so schwach?

»Josepe, ich bitte dich«, sagte sie. »Leg die Waffe weg. Tu das nicht.«

»Du kennst also Malone?«

Sie nickte.

»Hast du ... eine Beziehung mit ihm?«

Sie zögerte, aber es gab keinen Ausweg.

Wieder ein Nicken.

»Du hast mich in jeder Hinsicht angelogen«, schrie er. »Dein Glaube ist gar nicht wiedererwacht. Die Worte des Propheten haben dich nicht berührt. Du hast alles verhöhnt, was heilig ist.«

»Du bist nicht mehr der Mann, den ich einmal gekannt habe.«

»Ich bin genau derselbe geblieben. Ich war und bin ein frommer Anhänger des Propheten Joseph Smith. Der Himmlische Vater hat mir den Propheten gesandt. Er ist jetzt hier und beobachtet euch alle. Er ist mein Führer. *Er* lügt niemals.«

»Das ist nicht real«, erklärte sie ihm.

Die Mündung von Josepes Waffe schwenkte zwischen allen Versammelten hin und her, er nahm mal diesen, mal jenen aufs Korn, stets den zitternden Finger am Abzug. Cassiopeia wusste, dass er ein ausgezeichneter Schütze war, doch jetzt konnte er sich nicht konzentrieren.

»Bruder Salazar«, sagte Rowan. »Ich gehe jetzt. Ich mache hier nicht länger mit.«

»Sehen Sie? Er überlässt Ihnen die schmutzige Arbeit«, sagte Stephanie. »So kann er hinterher seine Hände in Unschuld waschen. Fragen Sie doch die Erscheinung, ob *sie* will, dass dieser Apostel geht.«

Josepes Blick schoss zu der Statue und verweilte kurz dort.

»Siehst du ihn wirklich?«, fragte Cassiopeia.

Er nickte. »Ein wundervoller Anblick.«

»Josepe«, sagte Rowan, die Stimme voll Mitleid.

»Jetzt merken Sie, was er von Ihnen hält«, sagte Cotton. »Er hatte nichts dagegen einzuwenden, dass Sie den Agenten in Dänemark töteten. Ihm war alles recht, solange nur *Sie* derjenige waren, der den Abzug drückte. Und jetzt ist es ihm vollkommen gleichgültig, was Sie mit uns anfangen, solange er nur nicht daran teilhat.«

Rowan drehte sich um und machte einen ersten Schritt.

»Halt«, schrie Josepe.

Der Senator zögerte, schaute über die Schulter zurück und sagte: »Und was wollen Sie tun? Mich erschießen? Ich bin ein Mitglied des Quorums der Zwölf Apostel. Sie beteuern immer Ihren Gehorsam. Da nehme ich doch an, dass Ihnen das etwas bedeutet.«

»Er lässt Sie im Stich«, sagte Stephanie. »Er überlässt Sie uns. Aber Sie können uns nicht alle töten – wir sind schneller. Glauben Sie wirklich, ich hätte nur zwei Agenten dabei?«

Tatsächlich glaubte Cassiopeia genau das.

Furchtbar genug, was Josepe jetzt bereits angerichtet hatte.

Sie konnte nicht zulassen, dass er noch schlimmere Dinge tat.

In Salazars Kopf herrschte ein einziges Chaos.

Er schaute erneut auf den Engel.

»Ich war der Prophet, der Seher, der Offenbarer. Ich war der Diktator, wo es um Gott ging, und es war die Pflicht der Gläubigen, auf mich zu hören und zu tun, was ich ihnen sagte.«

Salazar wusste, dass das stimmte.

»Mein Plan war, ein zeitliches Königreich zu schaffen, das keinerlei Gesetzen irgendeiner anderen Regierung unterworfen wäre. Wir würden unsere eigenen Gesetze machen und sie mit Hilfe unserer eigenen Beamten umsetzen. Unseren Erlassen würde man ohne Murren gehorchen.«

Davon träumte auch Salazar.

»Bruder Salazar«, sagte Rowan. »Schauen Sie mich an.«

Salazar wandte sich von der Erscheinung ab.

»Dort ist niemand. Joseph Smith ist tot. Er bietet Ihnen keine Führung.«

»Das ist Blasphemie. Er beleidigt mich. Ich bin sein Prophet. Sorge dafür, dass er gehorcht.«

Luke war mit jedem Muskel zu einer geschmeidigen, sofortigen Reaktion bereit, seine Nerven waren wie elektrisiert. Salazar konnte in jede Richtung loslegen, und Luke musste dann sofort eingreifen. Er spürte die Waffe, die hinten in seinem Gürtel steckte. Malone stand unmittelbar hinter ihm, leicht nach links versetzt, so dass er mit der Rechten mühelos die Waffe ziehen könnte. Aber nicht, solange Salazars Blick auf sie geheftet war. Sie mussten für eine Ablenkung sorgen, und zwar am besten für eine, bei der niemand erschossen wurde.

»Bruder Salazar«, sagte Rowan. »Ich werde beim

Himmlischen Vater für Ihre Seele beten, denn Sie sind vom Weg abgekommen.«

»Falls das stimmt, dann nur Ihretwegen«, sagte Stephanie. »Sagen Sie mir, Señor Salazar, wer hat Sie ermutigt, die Daniten zu gründen? Wer hat Sie auf jedem Schritt des Weges angeleitet? Wer hat die Befehle gegeben? Und wer hat gehorcht? Und nun fragen Sie sich, ist dieser Mann, dieser Senator der *Vereinigten* Staaten, für Sie oder gegen Sie?«

Salazar war ganz offensichtlich vollkommen verwirrt.

»Was nun also?«, fragte er Rowan. »Für? Oder gegen?«

Salazar erwartete die Antwort auf seine Frage. Und ebenso der Engel, der den Ältesten Rowan mit strengem Blick beobachtete.

»Ich habe weder zu Mord ermutigt noch einen solchen für verzeihlich erklärt«, sagte Rowan. »Niemals.«

»Wir haben niemanden ermordet«, sagte der Engel. »Wir haben diese Sünder vor der Kälte und Dunkelheit bewahrt. Das war gut, gerecht und richtig. Er ist gegen uns, Josepe. Die Frau sagt die Wahrheit.«

»Ich habe keinen Mord begangen. Ich habe Sünder zur Buße angeleitet. So ist es unsere Art.«

»Nein«, widersprach Rowan. »Das stimmt nicht. Niemand und nichts in unserer Kirche heißt etwas so Schreckliches gut. Was Sie getan haben, ist vollkommen verkehrt.«

Salazar fühlte sich durch diesen Tadel gekränkt.

»Wir haben eine große Vision«, erklärte Rowan. »Ein neues Zion. Genau, wie der Prophet Joseph es sich gewünscht hat. Und es liegt noch immer in Reichweite. Aber Sie haben mit Ihrer Dummheit alles gefährdet.«

»Wo ist das Dokument?«, fragte Salazar.

»Ich dachte, dass es sich hier befände. Aber ich habe mich getäuscht.«

»Und jetzt hat er vor, dich hier euren Feinden zu überlassen.«

Rowan drehte sich erneut um und ging.

Die anderen sahen ihm nach.

Salazar hatte noch immer die Pistole in der Hand und den Finger am Abzug, während Cassiopeias Augen ihn anflehten, nicht zu schießen.

»Tu es.«

Ich kann nicht.

»Dann bist du nicht besser als er. Du hast mich enttäuscht.«

Diesen Tadel ertrug Salazar nicht. Der Engel stand ihm schon seit langer Zeit unerschütterlich zur Seite und hatte ihn genau hierhergeführt, wo er, Salazar, in diesem Augenblick entscheiden musste, was wichtiger war.

Das Jetzt oder die Ewigkeit?

Die Antwort war ihm immer eindeutig erschienen.

Seine Loyalität gegenüber den Propheten ging allem anderen vor.

Und so schwenkte er die Waffe herum und schoss.

Rowan hörte den Knall und spürte gleich darauf, wie die Kugel seine rechte Schulter von hinten durchschlug. Im ersten Augenblick war es, als hätte ihm jemand einen heftigen Stoß versetzt. Dann brach ein sengender Schmerz auf, eine Pein, wie er sie nie zuvor erlebt hatte.

Er taumelte ein paar Schritte vorwärts und drehte sich um.

Der Schmerz schwächte ihn und versetzte ihn gleichzeitig in Alarmzustand.

Salazar hielt noch immer die Pistole auf ihn gerichtet.

Rowan öffnete den Mund zum Protest. Er wollte nach dem Grund fragen und auf die Dummheit einer derart irrationalen Tat hinweisen, aber ein weiterer Schuss zerriss die Luft.

Und die Welt hörte auf.

69

Stephanie sah mit an, wie Senator Thaddeus Rowan starb.

Weder sie noch Luke, Cotton oder Cassiopeia rührten sich.

Alle beobachteten stumm, wie Salazar ihr Problem aus dem Weg räumte.

Ein Problem war also gelöst.

Zwei blieben noch.

Cassiopeia zuckte zusammen, als Josepe den Mord beging.

Ihre erste Reaktion war Abscheu, doch gleich darauf kam Wut.

»Du bist schuld«, schrie sie Stephanie an. »Du hast ihn dazu getrieben.«

»Dieser Mann ist ein Mörder. Schlimmer noch, er ist ein *wahnsinniger* Mörder. Er glaubt tatsächlich, er täte etwas Gutes.«

»Ich bin ein Krieger Gottes. Ein Diener der Propheten«, sagte Salazar und hielt die Waffe jetzt direkt auf Stephanie gerichtet. »Auf. Die. Knie.«

»Möchte das der Engel von mir?«

»Sie verspotten ihn?«

Cassiopeia beschloss, einen Versuch zu wagen. »Josepe. Bitte. Gib diese Leute frei und lass uns beide gehen.«

»Du hast mich angelogen, mich benutzt. Du bist genauso schlecht wie sie.«

»Ich bin überhaupt nicht wie sie.«

»Josepe deutete mit der Mündung auf Stephanie. »Hinknien, habe ich gesagt.«

Malone begriff, dass das hier heikel werden würde. Salazar hatte den Verstand verloren. Aber das bedeutete nicht, dass man ihn nicht lenken konnte. Tatsächlich würde es die Aufgabe vielleicht sogar erleichtern. Er fing Stephanies Blick auf und nickte ganz leicht, damit sie wusste, dass sie mit ihm rechnen konnte.

Also kniete sie sich auf den trockenen Boden.

Luke stand weiterhin vor ihm. Sie beide hatten die Arme unten, und die Waffe befand sich nur dreißig Zentimeter vor Malones Hand und war für alle außer ihm selbst verborgen. Er durchforstete sein eidetisches Gedächtnis nach dem Text, den er in dem Buch in seinem Laden gelesen hatte. Salazar lebte eindeutig in der Vergangenheit, und so würde die Vergangenheit Malones Waffe sein.

»Darum ist dies das Land der Verheißung und der Ort für die Stadt Zion. Und so spricht der Herr, euer Gott: Wenn ihr Weisheit empfangen wollt, hier ist Weisheit«, sagte er.

»Sie kennen *Lehre und Bündnisse*?«

»Ich habe es gelesen. *Wahrlich, dies ist das Wort des Herrn: Die Stadt Neues Jerusalem soll durch die Sammlung der Heiligen erbaut werden.*«

»Und wir haben sie erbaut. In Ohio. In Missouri und in Illinois. Und zuletzt am Großen Salzsee. Wenn Sie unsere Lehren kennen, dann wissen Sie auch, dass der Prophet Joseph erklärt hat, der Freikauf Zions erfordere Macht.«

»Und doch haben Sie keine.«

»Ich habe diese Pistole. Meine Feindin liegt vor mir auf den Knien. Und Sie alle sind mir auf Gedeih und Verderben ausgeliefert.«

»Ihr Ältesten Israels, seid ihr nicht ein Bündnis mit Gott eingegangen, einander nie zu betrügen? Ein Bündnis, nie das Wort gegen den Gesalbten zu ergreifen.« Er zitierte wieder aus demselben Buch, eine Erklärung eines der frühen Kirchenältesten.

»Das gelobt jeder Heilige«, sagte Salazar. »Wir müssen zusammenhalten. Wir schöpfen unsere Kraft aus unserem Zusammenhalt.«

»Und doch waren Sie von Lügnern umgeben«, sagte Stephanie.

Salazar versuchte, die Wirklichkeit im Blick zu behalten, aber zu viel auf einmal stürmte auf ihn ein. Zum Glück war der Engel noch da, beobachtete alles, verhielt sich still und ließ ihm Zeit zum Nachdenken. Salazar war wütend auf alle, Cassiopeia eingeschlossen. Der Älteste Rowan lag auf dem Boden. Sein Körper war bewegungslos, er war fast mit Sicherheit tot.

»Das Vergießen von Menschenblut ist zur Vergebung der Sünden unabdingbar«, sagte der Engel. »Der Apostel hat gesündigt. Jetzt ist er beim Himmlischen Vater. Er ist glücklich und wird sich eines Tages bei dir bedanken. Seine gequälte Seele war nur durch das Vergießen seines Blutes zu retten.«

Dieses Wissen tröstete Salazar.

Doch Rowan war ein Auserwählter gewesen.

War es Unrecht gewesen, ihn zur Buße zu führen?

»Erschrick nicht darüber, dass es in Zion Absonderlichkeiten gibt. Sollte ich den besten Menschen der Welt suchen, würde ich ihn in Zion finden. Und sollte ich den schlimmsten Teufel suchen, würde ich ebenfalls in Zion danach Ausschau halten. Denn im Volk Gottes kann ich auch auf die größten Halunken stoßen.«

Das erklärte natürlich Rowans Verrat.

Und jetzt?, fragte Salazar stumm mit einem eindringlichen Blick zu der Erscheinung.

Seine Gegnerin kniete noch immer vor ihm.

»Sie muss zur Buße geführt werden.«

Das sah Salazar genauso.

»Sie alle müssen zur Buße geführt werden.«

Cassiopeia eingeschlossen?

»Gerade sie. Sie hat dich an unsere Feinde verraten.«

»Salazar.«

Malones Stimme riss ihn aus der Zwiesprache mit der Erscheinung.

»Es ist vorbei.«

»Nein, ist es nicht.«

»Doch, ist es«, sagte Cassiopeia.

Er riss seine Pistole zu ihr herum. »Sag das nicht. Sag das niemals. Du hast dir nicht das Recht verdient, über mich oder sonst irgendjemanden zu urteilen.«

»Willst du mich erschießen?«, fragte sie.

»Führe sie zur Buße.«

»Ich kann nicht«, rief Salazar. »Ich kann nicht.«

Stephanie machte sich Sorgen um Cassiopeia. Salazar sah nicht nur Erscheinungen, er unterhielt sich auch mit ihnen. Er war also vollkommen unberechenbar. Sie nahm an, dass Luke und Cotton die Lage unter Kontrolle hatten. Sie hatten ihre Pistolen bereitwillig weggeworfen, was bedeutete, dass zumindest einer der beiden noch bewaffnet war. Ihr war aufgefallen, dass Cotton immer dicht bei Luke blieb, und zwar so, dass dieser sich zu jeder Zeit nur ein kurzes Stück schräg rechts vor ihm befand.

Das musste Absicht sein.

Aber zum Glück war Salazar in seiner gegenwärtigen Verfassung nicht imstande, so etwas zu bemerken.

Cassiopeia ging einen Schritt auf Josepe zu.

Er reagierte, indem er erneut auf sie zielte, die Augen lodernd vor Zorn.

»Denk an die Zeit, als wir jung waren«, sagte sie mit leiser Stimme. »Als wir ein Paar waren.«

»Daran denke ich jeden Tag.«

»Ja, das waren unschuldige Zeiten. Wir können niemals zu ihnen zurückkehren, aber wir könnten etwas Neues haben. Leg deine Waffe weg und gib das hier auf.«

»Der Prophet befiehlt mir zu kämpfen.«

»Es gibt hier keinen Propheten.«

»Ich wünschte, du könntest ihn sehen. Er ist so schön, er ist von Licht umflossen und voller Güte. Er hat mich noch nie in die Irre geführt.«

»Josepe, sie werden dir nichts tun, wenn du die Waffe wegwirfst.«

»Sie können mir nichts tun.«

Sie schaute zu Cotton und dem jüngeren Mann hinüber.

»Doch, ich fürchte schon. Sie warten nur auf die Gelegenheit, dich zu töten.«

Nicht einmal eine Andeutung von Angst stand in den Augen, die sie beobachteten. Vielmehr las sie Berechnung in den kühlen Blicken der Profis. Josepe war ihnen nicht gewachsen. Sie wussten das. Er nicht.

»Bitte«, sagte sie. »Ich flehe dich an. Keiner von ihnen wird einen Unbewaffneten erschießen.«

Josepe wirkte verwirrt.

»Verstehst du denn nicht?«, fragte sie. »Sie sind hier, um dich zu töten. Weder du noch Rowan solltet lebendig von diesem Ort weggehen.«

»Woher weißt du das?«

»Weil sie den Auftrag hatte, Sie herzulocken«, sagte Stephanie.

Luke zuckte bei Stephanies Worten zusammen. Sie lag auf den Knien und war unbewaffnet, befand sich aber immer noch in der Offensive. Das musste er ihr lassen. Er entwickelte eine ganz neue Hochachtung für seine Chefin.

»Sie versucht nur, dich gegen mich aufzubringen«, sagte Cassiopeia. »Das wird ihr nicht gelingen, wenn du deine Waffe weglegst und dich ergibst.«

»Du hast keine Macht mehr über mich.«

»Josepe, du musst auf mich hören. Diese Leute wissen, was sie tun. Du hast die Lage nicht im Griff.«

»Mir kommen sie nicht wie ein Problem vor«, sagte Salazar. »Es wäre ein Leichtes, sie zu erschießen.«

»Dann tun Sie es«, sagte Luke.

»Vielleicht schieße ich Ihnen allen einfach ein Loch ins Knie und mache Sie für den Rest Ihres Lebens zu Krüppeln.

Genau das hätten Sie verdient. Für euch ist der Tod doch zu gut.«

»Schließt das mich mit ein?«, fragte Cassiopeia.

»Deine Gedanken sind unrein. Deine Motive unlauter. Du hast damals, vor Jahren, mit mir gespielt, und in den letzten Tagen erneut. Also, ja, das schließt dich mit ein.«

Malone maß die Entfernung zwischen seiner rechten Hand und der Pistole, die über Lukes Gesäß in dessen Gürtel steckte. Keine fünfzig Zentimeter. Der Griff zeigte nach hinten, so dass er mühelos zu packen wäre. Aber das musste schnell und vorsichtig geschehen, ohne dass Salazar etwas bemerkte. Cassiopeia hatte ihre Absichten begriffen. Zum Glück war Salazar so verwirrt, dass er nicht wusste, wem er glauben sollte.

»Josepe«, sagte Cassiopeia. »Ich möchte, dass du die Pistole weglegst und mich begleitest. Wir beide können alles klären.«

»Wie denn?«

»Ich weiß es nicht. Aber wir werden eine Möglichkeit finden. Mach es nicht noch schlimmer, als es schon ist. Von hier gibt es kein Entkommen.«

Salazar lachte. »Du unterschätzt mich. Da draußen stehen meine beiden Männer und warten. Ich denke, mehr Beamte, als wir hier sehen, werden nicht mehr kommen. Sonst wären sie ja wohl längst aufgetaucht.«

Salazar zielte mit der Pistole auf Stephanie.

Cassiopeia trat dazwischen, um ihn am Schießen zu hindern.

Malones Hand schob sich auf den Griff von Lukes Waffe zu.

»Ich lasse nicht zu, dass du das tust«, sagte Cassiopeia. »Erst müsstest du mich erschießen.«

»Ich empfinde nichts für dich«, stellte Salazar klar. »Jetzt nicht mehr.«

Salazar rang um Fassung.

»Sie sollte nicht mehr Schutz von dir erwarten als ein Wolf oder Hund, der Schafe reißt, vom Hirten erhält. Es ist unsere Pflicht, all die Unreinen aus unserer Mitte zu tilgen. Übergib sie der Verantwortung des Himmlischen Vaters.«

Der Engel sah ihn streng an.

»Wer um etwas betet, sollte auch bereit sein, selbst darauf hinzuarbeiten.«

Das war richtig.

»Töte sie alle. Fang mit der verlogenen Verführerin an.«

Malone ergriff die Waffe. Als sein Finger den Abzug fand, spürte er, wie Lukes Körper sich anspannte. Cassiopeia hatte Salazar so gut abgelenkt, dass dieser die Bewegung nicht bemerkte.

»Wer kehrtmacht und die heiligen Gebote Gottes mit Füßen tritt«, sagte Salazar zu Cassiopeia, »wer seinen heiligen, feierlich geschlossenen Bund bricht und zum Verräter am Volk Gottes wird, wäre der nicht des Todes würdig?«

»Du darfst das nicht tun …«

»Du hast eine Sünde begangen, die in dieser Welt nicht vergeben werden kann.«

Salazars Stimme wurde laut.

»Lass den Rauch aufsteigen, dass sein Duft zur Buße für deine Sünden wie Weihrauch vor Gottes Thron zieht.«

Malone vernahm das magische Wort.

Buße.

Er packte die Pistole noch fester, hatte sie aber noch nicht aus Lukes Gürtel gezogen.

»Hör auf«, sagte Cassiopeia. »Hör sofort auf.«

»Du bist genau wie Judas, der Jesus Christus getäuscht und verraten hat.«

Salazars Stimme war inzwischen ein Brüllen.

Er redete sich in Rage, um sich Mut zu machen.

»Ganz genau so. Die Propheten sagen, lieber sollten wir uns die Eingeweide aus dem Bauch reißen lassen, als den Bund zu verwirken, den wir mit Gott geschlossen haben. Judas war wie Salz, das seinen Geschmack verloren hat, es taugt zu nichts mehr, als dass es weggeworfen und von den Leuten zertreten wird.«

Malone zog die Pistole heraus.

»Eins«, flüsterte er Luke zu, ohne die Lippen zu bewegen.

»Ich liebe dich, Josepe.«

Cassiopeias Worte zerschnitten Malone das Herz.

Stimmte das, oder sagte sie es nur, um Salazar zu beschwichtigen?

»Du bist der Liebe nicht würdig«, brüllte Salazar zurück. »Dir kann man nicht glauben.«

»Bitte.«

Tränen strömten ihre Wangen herunter.

»Bitte, Josepe.«

Der Spanier hatte seine ganze Aufmerksamkeit auf sie fixiert. Stephanie lag noch immer auf den Knien, den Rücken gerade, den Kopf hoch erhoben, und beobachtete ihn. Salazars Waffe war auf Cassiopeias Brust gerichtet. Malone kotzte es an, dass er in diese Position geraten war. Stephanie war gekommen, um das Problem zu beseitigen.

Doch diese Aufgabe war nun Malone zugefallen.

»Zwei«, hauchte er.

Salazar stählte sich.

»Wenn die Heiden ein paar Zauberstückchen sehen wollen, können wir die vorführen«, sagte der Engel. »Sie nennen dich einen Teufel. Das ist keine Beleidigung. Wir Heiligen haben die gemeinsten Teufel der Welt in unserer Mitte. Ohne ihre Existenz können wir unsere Verheißung nicht verwirklichen. Ohne sie können wir keine Fortschritte erzielen und im Reich Gottes nicht gedeihen. Wir haben immer Leute in unserem Kreis gebraucht, die für uns die Zaunpfähle stehlen oder das Heu aus Nachbars Scheune oder Mais von einem Feld. Diese Männer haben immer einem Zweck gedient. So wie du.«

Dass er Teufel genannt wurde, nahm Salazar übel, aber er verstand, was die Erscheinung ihm sagen wollte. Für harte Aufgaben hatte man immer auf harte Kerle zurückgegriffen. Er nahm wahr, dass Cassiopeias Tränen immer stärker flossen. Er hatte sie noch nie zuvor weinen gesehen, und der Anblick brachte ihn aus der Fassung.

Und ihre Worte.

Ich liebe dich.

Die gaben ihm zu denken.

»Der Himmlische Vater wird ihrer aller Seelen gnädig sein.«

Das gefiel ihm.

»Wir werden die Erde besitzen, weil sie Jesus Christus gehört; er gehört zu uns und wir zu ihm. Wir sind alle eins, und wir werden das Reich nehmen und nach Gottes Willen besitzen und für immer und alle Ewigkeit darüber herrschen. All ihr Könige, Kaiser und Präsidenten, helft euch selbst, wenn ihr könnt.«

»Das stimmt«, sagte er zu der Erscheinung.

»Die Nationen werden sich vor unserem Königreich verneigen, und der Teufel selbst kann das nicht aufhalten. Tu deine Pflicht. Und zwar sofort.«

»Drei.«

Malone riss die Pistole hoch, während Luke sich zu Boden warf.

Malone zielte.

Salazar reagierte und schwenkte seine Waffe nach links.

»Nein«, schrie Cassiopeia.

»Waffe runter«, rief Malone. »Sonst schieße ich.«

Doch Salazars Arm hielt nicht inne, und der schwarze Punkt der Mündung nahm Malone aufs Korn.

Malone blieb keine Wahl.

Er schoss.

Die Kugel traf Salazar in die Brust und ließ ihn zurücktaumeln. Doch der Verletzte fand sein Gleichgewicht wieder und legte, ohne zu zögern, erneut auf Malone an.

Der schoss ein zweites Mal.

In den Kopf.

Salazar schaute nach dem Engel. Aber die Erscheinung war verschwunden.

Er hielt noch immer die Pistole in der Hand, aber kein einziger Muskel seines Körpers schien zu funktionieren. So verweilte er kurz, schon von seiner Kraft verlassen, doch noch fähig, seine Umgebung wahrzunehmen.

Finsternis umfing ihn.

Die Welt flackerte ein paarmal auf und erlosch dann wieder.

Das Letzte, was er sah, war Cassiopeias Gesicht.

Und sein letzter Gedanke war der Wunsch, dass die Dinge zwischen ihnen anders gelaufen wären.

Stephanie stand auf.

In Cassiopeias Augen trat Verachtung, und sie starrte Cotton wütend an. »Bist du jetzt zufrieden?«

»Ich habe ihm die Chance gegeben aufzuhören.«

»Eine winzige.«

»Er hätte dich erschossen.«

»Nein, das hätte er nicht. Ihr beide hättet das mir überlassen sollen.«

»Das war unmöglich«, erklärte Stephanie.

»Ihr seid Mörder.«

»Nein, das sind wir nicht«, erwiderte Stephanie, die nun laut wurde.

»Mach dir das nur selber vor. Dann fühlst du dich vielleicht besser. Aber du bist kein bisschen anders als er.«

70

Washington, D.C.
Montag, 13. Oktober
04.50 Uhr

Stephanie folgte Danny Daniels die Treppe des Washington Monument hinauf. Der Präsident war in der frühmorgendlichen Kälte vom Weißen Haus zu Fuß hierhergekommen. Sie hatte ihn vor dem unteren Eingang erwartet. Er hatte sie gestern während ihres Rückflugs von Utah angerufen und hergebeten.

Luke und sie waren allein zurückgekehrt. Cotton hatte einen Überseeflug nach Kopenhagen genommen. Cassiopeia war mit der Absicht zurückgeblieben, die Rückführung von Salazars Leiche nach Spanien zu veranlassen. Nach den Ereignissen hatte in *Falta Nada* dicke Luft geherrscht, und Cassiopeia hatte sich geweigert, mit irgendeinem von ihnen zu reden. Malone hatte auf sie zugehen wollen, aber sie hatte ihn scharf zurechtgewiesen. Daraufhin hatte er klugerweise entschieden, sie in Ruhe zu lassen. Cassiopeia hatte ein Stück weit recht gehabt. Sie waren *tatsächlich* Mörder. Nur dass sie einen Freipass hatten und nicht ins Gefängnis mussten. Sie hatte sich immer gefragt, warum das Töten in ihrem Geschäft erlaubt war. Die ganzen Entschuldigungen, es ginge um ein größeres Gut, zogen nicht. Mord war Mord, egal wo, wie oder warum.

»Mein Junge hat seine Sache gut gemacht, oder?«, fragte Daniels sie auf dem Weg nach oben.

Sie wusste, wer mit *mein Junge* gemeint war. »Luke hat sich wie ein Profi verhalten.«

»Er wird sich bestens schlagen. Du wirst froh sein, dass du ihn hast. Ich glaube sogar, dass wir beide, er und ich, Frieden schließen könnten.«

Sie war froh, dass Danny wieder eine Rechnung beglichen hatte.

Ein weiterer Schritt in Richtung Pensionierung.

Sie war noch nie im Washington Monument gewesen. Eigenartig, wenn man bedachte, dass sie schon tausend Mal daran vorbeigekommen war. Es war eben einfach einer dieser Besuche, die man immer aufschob. Der aus Marmor,

Granit und Gneis errichtete, hundertneunundsechzig Meter hohe Obelisk war insofern einzigartig, als er das höchste Steinmal der Welt war. 1884 war endlich sein Schlussstein gelegt und das Bauwerk vollendet worden. Ein Erdbeben, an der Ostküste eigentlich ungewöhnlich, hatte ihn ein paar Jahre zuvor von außen beschädigt und eine dreijährige Reparatur erforderlich gemacht.

»Gibt es einen Grund, warum wir nicht den Lift nehmen können?«, fragte sie ihn.

»Das wirst du gleich sehen.«

»Wohin gehen wir?«

Der Secret Service erwartete sie am Fuß der Treppe, die sich von Absatz zu Absatz in rechten Winkeln nach oben schraubte – ein langer Aufstieg von achthundertsiebenundneunzig Stufen, wie der Aufseher des Monuments ihnen unten erklärt hatte.

»Nur bis zur halben Höhe«, antwortete er. »Was ist? Bist du nicht in Form?«

Sie lächelte. Jetzt war er wieder ganz der Alte. »Mit dir halte ich jederzeit Schritt.«

Er blieb stehen und drehte sich um. »Ich werde dich beim Wort nehmen.«

»Das hoffe ich sehr.«

Sie waren allein und fühlten sich in der Gesellschaft des anderen wohl. Bald würde er nicht mehr der Präsident der Vereinigten Staaten sein, und sie nicht mehr seine Angestellte.

Sie zeigte auf das Gerät in seiner Hand.

Ein Notebook.

»Ich wusste gar nicht, dass du mit so was umgehen kannst.«

»Dann muss ich dir sagen, dass ich da sogar ziemlich beschlagen bin.«

Er erklärte nicht näher, warum er den kleinen Computer mitgebracht hatte, aber das hatte sie auch nicht erwartet.

Sie stiegen weiter die Treppe hinauf.

Unterwegs kamen sie an Gedenksteinen vorbei, die mit patriotischen Botschaften der Stifter in die Außenmauer eingebettet waren. Diese nahmen Bezug auf bestimmte Städtchen, Großstädte oder Bundesstaaten, auf verschiedene Länder, Freimaurerlogen, Bibelstellen, Landkarten, Militärregimente oder Colleges, ein bisschen von allem und jedem.

»Wurden die alle gestiftet?«, fragte sie.

»Jeder einzelne von ihnen. Alle zu Ehren George Washingtons. Hier drinnen sind hundertdreiundneunzig dieser Steine zu finden.«

Sie hatten nicht über Rowan oder Salazar gesprochen, abgesehen von Stephanies kurzem Bericht, dass beide inzwischen tot waren, dass aber keiner durch die Hand eines offiziellen Angehörigen einer Regierungsbehörde gestorben war. Charles Snow hatte sie vor der Höhle erwartet, einen traurigen, unglücklichen Ausdruck im Gesicht. Man schickte Leute der US-Army, um die Toten abzuholen. Alle Hinweise auf die tödlichen Schüsse wurden von Rowans Leiche getilgt, die Spuren der Wunden während einer gründlichen Autopsie durch Gerichtsmediziner des Militärs gelöscht. Der Familie des Senators hatte man mitgeteilt, er sei während einer gemeinsam mit dem Propheten unternommenen Reise in Kirchenangelegenheiten an einem Herzanfall gestorben. Im Verlauf der Woche würde er ein feierliches Begräbnis in Salt Lake City erhalten. Salazars

Leiche übergab man an Cassiopeia, die an Bord von Salazars Jet nach Spanien flog.

Auf dem nächsten Treppenabsatz blieb Daniels vor Stephanie stehen. »Hier sind wir auf siebenundsechzig Meter Höhe. Mir tun tatsächlich die Waden weh. An so viel Sport bin ich nicht gewöhnt.«

Auch Stephanie verspürte ein Pulsieren in den Beinen.

»Dessentwegen da sind wir hier«, sagte Daniels und deutete auf einen weiteren Gedenkstein.

Sie betrachtete seine rechteckige Front, in die etwas eingraviert war, das wie ein Bienenkorb aussah, der auf einem Tisch stand. Über dem Korb schwebte ein allsehendes Auge, von dem Strahlen nach unten gingen und die Worte *Heilig ist der Herr* erfassten, die den Bienenkorb krönten. Unter dem Tisch war das Wort *Deseret* eingraviert. Den Stein überzog ein Relief von Trompeten, Blumen, Ranken und Blättern.

»Den hier hat Brigham Young im September 1868 persönlich gestiftet. Er stammt aus einem Steinbruch in Utah und wurde von einem mormonischen Pionier namens William Ward behauen. Der Bienenkorb war das Symbol des Staates Deseret, denn so wollte Young sein neues Land nennen. Wir hier hatten damals natürlich andere Vorstellungen. Es hat dann noch einige Jahre gedauert, bis Utah den Status des Bundesstaates erlangt hatte, aber das hier zeigt Youngs Absichten.«

Daniels klappte das Notebook auf und stellte es auf eine Stufe der weiter nach oben führenden Treppe. Der Bildschirm erwachte zum Leben und zeigte Charles Snow.

»Da draußen bei Ihnen ist es jetzt ja noch ganz schön früh«, sagte der Präsident zum Propheten.

»Das stimmt. Aber ich habe in den letzten Nächten nicht viel geschlafen.«

»Das Gefühl kenne ich. Mir geht es genauso.«

»Ich habe für den Ältesten Rowan und Bruder Salazar gebetet. Ich hoffe nur, dass der Himmlische Vater ihnen gnädig ist.«

»Wir haben getan, was getan werden musste. Sie wissen, dass es so ist.«

»Ich frage mich, wie viele meiner Vorgänger dasselbe gesagt haben. Auch sie haben Dinge getan, die ihrer Meinung nach sein mussten. Aber werden sie dadurch richtig?«

»Die beiden haben uns keine Wahl gelassen«, erwiderte der Präsident. »Überhaupt keine.«

»Ich sehe den Stein hinter Ihnen. Es ist lange her, seit ich ihn schon einmal vor Augen hatte. Ich habe das Monument vor langer Zeit besucht, als man noch die Treppe hochsteigen durfte und die Steine besichtigen konnte.«

Stephanie fragte sich, was hier ablief. Warum diese Internetverbindung nach Utah, die doch gewiss durch eine Verschlüsselung gesichert war?

»Unsere Kirche hat Stein immer sehr geschätzt«, erklärte Snow. »Er ist unser bevorzugtes Baumaterial. Vielleicht, weil er schwer zu zerstören ist. Unsere Holztempel haben nie lange gestanden und wurden meistens von einem Mob niedergebrannt. Doch als wir endlich begannen, die Tempel aus mächtigem Stein zu errichten, haben sie die Zeiten überdauert. Fast alle dieser frühen Bauwerke bestehen bis heute.«

Stephanie schaute erneut auf den gestifteten Gedenkstein aus Utah.

»Die Verwendung von Stein hat auch noch einen weiteren, besonderen Zweck«, erklärte Snow. »Joseph Smith hat die Goldtafeln zuerst in einer Steinkiste entdeckt. Am 2. Oktober 1841 legte Smith das Originalmanuskript des Buchs Mormon in den Grundstein des Nauvoo-Hotels. Brigham Young hinterlegte Dokumente und Münzen im Grundstein des Salt-Lake-Tempels, und dieses Vorgehen wurde in anderen Tempeln viele Male wiederholt. Für uns ist es ein Zeichen der Ehrfurcht, wenn wir etwas in Stein einschließen.«

Plötzlich begriff Stephanie. »Das Dokument der Gründerväter liegt hier verborgen?«

»Brigham Young erschien es nur angemessen, es in die Hauptstadt zurückzubringen«, erklärte Snow. »Und so hat er es in seiner Stiftungsgabe für das Monument eingeschlossen. Er hat John Taylor, seinen Nachfolger, darüber informiert, und von da an wurde das Geheimnis vom einen Propheten zum nächsten weitergegeben. Wir achten diese Nation und empfinden es als Ehre, ihr anzugehören. Nur einige wenige von uns haben das anders gesehen, so wie Rowan. Aber diese Leute sind die Ausnahme und unterscheiden sich nicht von den Radikalen anderer Religionen. Die Männer, die letztlich in die Führung unserer Kirche aufgestiegen sind, haben das gefährliche Potenzial ihres Wissens begriffen und es daher geheim gehalten. Vollkommen zu Recht.«

»Ist das der Grund, warum man Nixon 1970 eine Abfuhr erteilt hat?«, fragte Daniels.

»Genau. Es kam nicht in Frage, diese Information preiszugeben. Rowan ist der Erste, der jemals so viel in Erfahrung bringen konnte, eine beachtliche Leistung. Aber als künftiger Nachfolger des Propheten hatte er Zugang zu so viel Wissen, wie nur wenige andere es zuvor besessen hatten. Und sein Amt als Senator verschaffte ihm weitere Ressourcen.«

Sie trat zum Gedenkstein und strich leicht über seine blassgraue Oberfläche. Hinter diesem unscheinbaren Äußeren war ein Dokument verborgen, das die Vereinigten Staaten von Amerika zerstören konnte.

»Warum bin ich hier?«, fragte sie. »Warum weihst du mich in diese Sache ein?«

»Die Toten machen uns allen zu schaffen«, antwortete Daniels. »Du hast ein Recht zu erfahren, dass das, weswegen sie gestorben sind, in der Tat existiert.«

Sie wusste diese Geste zu schätzen. Aber sie kannte das Geschäft seit einer halben Ewigkeit. Bei der Ausübung ihres Dienstes waren schon viele Menschen gestorben. Bei keinem war es ihr leichtgefallen, und keinen hatte sie vergessen.

»Abraham Lincolns Ruf bleibt unversehrt«, sagte Snow aus dem Bildschirm heraus. »Und das ist gut so. Jede Nation braucht ihre Helden.«

»Der größte Feind der Wahrheit ist oft nicht die Lüge – absichtlich ersonnen und unehrlich –, sondern der Mythos – dauerhaft, eingängig und unrealistisch.«

Daniels' Bemerkung machte ihr Eindruck, und sie fragte, wen er da zitierte.

»John Kennedy. Und er hat recht. Gegen einen Mythos kann man viel schwerer angehen als gegen eine Lüge. Wir lassen den Lincoln-Mythos weiterbestehen. Er scheint diesem Land gut gedient zu haben.«

»Im Rahmen der Prophezeiung vom Weißen Pferd werden die Leute aus den Rocky Mountains, die Heiligen, als das Weiße Pferd beschrieben«, berichtete Snow. »Es wurde vorhergesagt, dass sie Zion errichten und die Verfassung behüten. Die Bürger der Vereinigten Staaten waren das Fahle Pferd. Das Schwarze Pferd war dagegen die Kraft aus der Dunkelheit, die die Verfassung bedrohte. Und dann war da noch das Rote Pferd. Es wurde nicht näher bezeichnet, aber als mächtige Kraft geschildert, die eine Schlüsselrolle spielen würde.«

Snow hielt inne.

»Ms. Nelle, Sie, Mr. Malone und der junge Mr. Daniels sind das Rote Pferd. Joseph Smith hat gesagt: *Ich liebe die Verfassung. Sie wurde durch göttliche Inspiration geschaffen, und sie wird durch das Weiße Pferd und das Rote Pferd gerettet werden, die sich zu ihrer Verteidigung vereinigen.* Wir haben diese Prophezeiung immer für wenig glaubwürdig gehalten. Wir sind davon ausgegangen, dass sie erst lange nach dem Bürgerkrieg aufgeschrieben wurde und eher fiktiv als wahrhaftig ist, aber alles hat sich genau so abgespielt, wie es vorhergesagt war. Von wem die Prophezeiung nun auch immer stammen mag, ihr Schöpfer hat recht behalten.«

»Was machen wir mit dem Dokument im Inneren dieses Steins?«, fragte Stephanie.

»Nichts«, antwortete Daniels. »Es bleibt einfach darin liegen.«

»Und Madisons Notizen zu dem Thema?«

»Die habe ich verbrannt.«

Diese Erklärung bestürzte sie, doch sie verstand, dass es notwendig gewesen war. Katie Bishop hatte man bereits Geheimhaltung schwören lassen und sie andernfalls mit einem Strafverfahren bedroht. Aber da es keine Beweisstücke gab, würde man ihr ohnehin kein Wort glauben.

»Alles ist wieder so, wie es war«, sagte Daniels.

Aber Stephanie war sich da nicht so sicher.

Cassiopeia betrat den kleinen Friedhof neben Salazars Grundstück. Die Rasenfläche beherbergte etwa fünfzig Gräber. Geheiligter Boden, in dem man seit über hundert Jahren verstorbene Salazars zur letzten Ruhe bettete. Sie war am Vortag gekommen und hatte die Einäscherung von Josepes Leiche veranlasst. Gewiss, das entsprach nicht dem mormonischen Brauch, aber in diese Kategorie passte auch kaum eine der Taten Josepes. Selbst falls Gott und das Himmelreich tatsächlich existieren sollten, bezweifelte sie, dass Josepe dort eingelassen werden würde.

Seine Sünden waren viel zu groß gewesen.

Obgleich Josepe mehrere Geschwister hatte, hatte sie keines von ihnen kontaktiert. Stattdessen hatte sie einige Angestellte von ihrem Landgut zum Flughafen beordert und sie die Leiche in ein Krematorium vor Ort bringen lassen, das ihrer Bitte um eine rasche Einäscherung nachgekommen war. Eine Erklärung für die Geschwister, wie es dazu hatte kommen können, dass einer der ihren dem Wahnsinn verfallen war, hatte sie als zu kompliziert verworfen. Und sie konnte ihnen mit Sicherheit nicht preisgeben, dass die US-Regierung den Tod ihres Bruders gebilligt hatte.

Sie kochte noch immer vor Zorn. Es wäre nicht nötig gewesen, Josepe zu erschießen. Sie hätte ihn unter Kontrolle bringen können. Offensichtlich war die von ihm ausgehende Bedrohung so groß gewesen, dass der Mord an ihm als die einzig akzeptable Alternative erschienen war.

Manches davon konnte sie verstehen.

Aber nicht so sehr, dass es dadurch richtig geworden wäre.

Cotton hätte nicht auf den Abzug drücken dürfen.

Und er hatte es nicht nur einmal getan.

Sondern zweimal.

Unverzeihlich, welche Fehler Josepe auch immer begangen haben mochte.

Deswegen gab es ja Gerichte. Aber Stephanie hätte niemals zulassen können, dass er sich öffentlich äußerte. Und so hatte man ihn zum Schweigen gebracht.

Einer von Cassiopeias Angestellten hatte bereits ein Loch gegraben, das die Silberurne fassen würde. Sie würde Josepe hier bestatten und seiner Familie irgendwann berichten, was vorgefallen war. Das Schreckliche würde sie auslassen und einfach nur erklären, ihr Bruder habe eine Grenze überschritten, nach der es keine Umkehr mehr gab.

Aber das würde sie ein andermal tun.

Heute würde sie selbst Abschied nehmen.

Malone trat hinter der Theke seines Buchladens hervor. Heute kam wenig Kundschaft, für einen Montagvormittag völlig normal. Er war nach einem Nachtflug von Salt Lake City über Paris vor vierundzwanzig Stunden hier eingetroffen. Er konnte sich nicht erinnern, jemals so verstört gewesen zu sein. Cassiopeia war von *Falta Nada* losgestürmt, ohne mit ihm zu reden.

Er war frustriert, müde und hatte einen Jetlag.

Das war nichts Neues, nur den Frust kannte er so nicht.

Seine Mitarbeiterinnen hatten den Laden wieder einmal wundervoll am Laufen gehalten. Sie waren großartig. Er hatte ihnen den ganzen Tag frei gegeben und beschlossen, sich allein ums Geschäft zu kümmern. Das besserte auch tatsächlich seine Laune, da er keine Lust auf Gesellschaft hatte.

Er trat zu einem der Fenster und schaute auf den Højbro Plads hinaus. Draußen war es nass und windig, aber trotzdem eilten Passanten hin und her. Alles hatte vor fünf Tagen mit einem Anruf Stephanies hier im Laden begonnen. Er dachte an Luke Daniels. Was der junge Mann wohl als Nächstes tun würde? Er hatte ihm in Salt Lake City Lebewohl gesagt und dabei gehofft, dass ihre Pfade sich vielleicht irgendwann einmal wieder kreuzen würden.

Seine Gedanken wurden durch das Aufgehen der Ladentür unterbrochen.

Ein FedEx-Bote kam mit einem Päckchen herein, dessen Annahme Malone mit seiner Unterschrift bestätigen musste. Er unterzeichnete auf dem Signatur-Pad und riss den perforierten Streifen des Kartons auf, als der Bote ging. Drinnen lag ein in Luftpolsterfolie eingeschlagenes Buch. Er legte das Bündel auf die Theke und packte es behutsam aus.

Das Buch Mormon.

Eine Originalausgabe von 1830.

Das Buch, das er in Salzburg ersteigert und das Cassiopeia und Salazar ihm dann gestohlen hatten.

Unter dem Buchdeckel klemmte ein Zettel. Er zog ihn hervor und las die in schwarzer Tinte verfasste Notiz.

Dies hier wurde bei der Durchsuchung von Salazars Flugzeug gefunden. Ich habe beschlossen, es Ihnen zum Ausgleich für alles, was Sie für uns getan haben, zu überlassen. Sie sollen schließlich nicht umsonst arbeiten. Ich weiß, dass diese Sache

hart war, und man hat mir gesagt, sie könnte Folgen für Sie haben. Gott weiß, dass ich kein Frauenkenner bin, aber gehen Sie behutsam vor und bewahren Sie Geduld. Sie wird sich wieder beruhigen.
Danny Daniels

Malone hatte lächelnd den Kopf geschüttelt. Er hatte für dieses Buch 1 Million Dollar bezahlt. Tatsächlich war es nur ein Viertel davon wert, aber trotzdem ergab das keinen schlechten Lohn. Es war nun einmal so, dass er hier den Laden am Laufen halten musste, und durch Herumtreiben in der Weltgeschichte bekam man sein Geld selten zusammen.

Daher war er für die Geste dankbar.

Danny Daniels würde ihm fehlen.

Er trat zum Fenster und schaute hinaus.

Und er fragte sich, was Cassiopeia jetzt wohl gerade tat.

Cassiopeia warf die letzte Schaufel voll Erde auf das Grab und klopfte die Stelle sanft fest.

Josepe war nun bestattet. Ihr Vater, ihre Mutter und ihre erste Liebe lebten nicht mehr. Sie fühlte sich einsam. In Anbetracht der schrecklichen Dinge, die Josepe getan hatte, sollte sie eigentlich nicht so traurig sein. Aber in ihrem Inneren hatte sich Melancholie breitgemacht, und sie glaubte nicht, dass die so bald wieder verschwinden würde.

In ihrem Herzen war keine Liebe.

Trotz der Worte, die sie in der Höhle zu Josepe gesagt hatte.

Vielmehr war sie wütend auf Stephanie und Cotton und wollte nur noch von ihnen in Ruhe gelassen werden.

Die Zeit für einen klaren Bruch war gekommen.

Sie brauchte ein neues Leben.

Neue Herausforderungen.

Sie rammte die Schaufel in die feuchte Erde und ging zum Tor hinaus.

Hier draußen im ländlichen Spanien war es wunderbar friedlich, und der Tag war sonnig und warm. Das Landgut ihrer eigenen Familie lag nicht weit entfernt. Sie hatte diesen Ort hier oft besucht. Heute würde es jedoch das letzte Mal sein. Wieder war eine Verbindung zu ihrer Vergangenheit abgeschnitten.

Sie holte ihr Handy heraus, öffnete ihre Kontakte und scrollte zu Cotton Malone.

Alles war da.

Die Nummer seines Mobiltelefons, die Festnetznummer des Buchladens und seine E-Mail-Adresse.

All das hatte ihr einmal viel bedeutet.

Das war vorbei.

Sie drückte auf *Löschen.*

Sind Sie sicher?, fragte ihr Handy.

Das war sie.

Malone hielt noch immer das Buch Mormon in der Hand.

Er würde es auf einer Auktion anbieten und lieber das Geld nehmen. Sein Inhalt hatte keine besondere Bedeutung für ihn, für Millionen andere Menschen dagegen schon. Vor fünf Tagen war ihm sein Leben ganz okay vorgekommen, doch inzwischen hatte sich das ins Gegenteil umgekehrt. Er war lange nicht mehr verliebt gewesen, und er hatte sich gerade erst allmählich an das Gefühl gewöhnt und auf seine Anforderungen eingestellt. Er hatte Salazar getötet, weil der Drecksack es erstens verdient hatte und ihm zweitens keine andere Wahl geblieben war. Er hatte dem Mann Gelegenheit gegeben, die Waffe zu senken. Es war nicht seine Schuld, dass der andere das Angebot nicht angenommen hatte. Das Töten bereitete Malone *niemals* Genugtuung. Aber manchmal war es einfach unvermeidlich.

Die Vereinigten Staaten von Amerika befanden sich jetzt außer Gefahr.

Die Bedrohung war abgewendet.

Wer eine Strafe verdiente, hatte sie bekommen.

Alles war in Ordnung, mit einer einzigen Ausnahme.

Er schaute in den Regen hinaus.

Und fragte sich, ob er Cassiopeia Vitt jemals wiedersehen würde.

Anmerkungen des Autors

Für dieses Buch haben wir uns mehrmals auf Reisen begeben. Elizabeth und ich haben Washington, D.C. besucht, außerdem Des Moines in Iowa, Salt Lake City in Utah und Salzburg in Österreich.

Nun wird es Zeit, Fakten und Fiktion voneinander zu trennen.

Das im Prolog beschriebene Treffen Abraham Lincolns mit Mrs. John Fremont hat tatsächlich stattgefunden. Der Ort des Gesprächs (der Rote Salon des Weißen Hauses) ist korrekt beschrieben, und der größte Teil des Dialogs ist historischen Berichten entnommen. General Fremont hat seine Befugnisse damals tatsächlich überschritten, und Lincoln hat ihn schließlich entlassen. Lincolns Äußerungen über seine Gewichtung der Sklavenbefreiung im Verhältnis zur Bewahrung der Union sind wörtlich einer 1862 veröffentlichten Antwort des Präsidenten auf einen Brief Horace Greeleys, des Herausgebers der *New York Tribune* entnommen. Die Notiz James Buchanans und das Dokument, das angeblich von George Washington bis zu Lincoln weitergegeben wurde, sind meine Erfindung. Buchanan hat aber tatsächlich gesagt, er halte es für möglich, dass er der letzte Präsident der Vereinigten Staaten sein werde.

Die Kirche Jesu Christi der Heiligen der Letzten Tage spielt in dieser Geschichte eine wichtige Rolle. Es ist eine durch und durch amerikanische Religion – hier begründet und hier bedeutend geworden. Es ist die einzige Religion, die die Verfassung der Vereinigten Staaten in ihre Lehre integriert hat (Kapitel 37 und 57). Die Mormonen haben zweifellos eine Rolle in der amerikanischen Geschichte gespielt, da sie sich aus bescheidenen Anfängen zu einer Kirche entwickelt haben, der inzwischen über vierzehn Millionen Mitglieder in der ganzen Welt angehören. Den Bundesstaat Utah haben sie im wahrsten Sinne des Wortes geschaffen und aufgebaut.

Im vorliegenden Roman werden die Bezeichnungen *Mormonen* und *Heilige* austauschbar verwendet. Es gab einmal eine Zeit, in der das Wort *Mormone* als beleidigend empfunden worden wäre, da die Religionsgemeinschaft dieses Etikett ihren Verfolgern zu verdanken hatte. Aber das ist heute nicht mehr der Fall, und die Bezeichnung *Mormone* wird nun allgemein akzeptiert. Dennoch habe ich besonders frommen Gläubigen wie Rowan oder Salazar gestattet, mit dem Begriff *Heilige* auf ihre Glaubensbrüder zu verweisen. Der moderne Ausdruck LDS (Latterday Saints) ist ebenfalls gängig, ich habe mich aber hier gegen seine Verwendung entschieden. Das Oberhaupt der Kirche Jesu Christi der Heiligen der Letzten Tage wird entweder Präsident oder Prophet genannt. Ich habe mich an letztere Bezeichnung gehalten, um eine Verwechslung mit den Präsidenten der Vereinigten Staaten zu vermeiden.

Von den Aposteln der Kirche erwartet man ein Vollzeitengagement für ihre Pflichten. Thaddeus Rowan bleibt jedoch gleichzeitig US-Senator. Eine solche Lösung ist zwar ungewöhnlich, es gibt jedoch einen Vorläufer. Reed Smoot

(Kapitel 11) hat zu Beginn des 20. Jahrhunderts sowohl als Apostel als auch als Senator gedient.

Die in Kapitel 2 zum ersten Mal beschriebene Blutbuße gehörte einmal zum Gedankengut der mormonischen Gemeinschaft. Die Idee entstand als Reaktion auf die Gewalterfahrungen, denen die frühen Gläubigen ausgesetzt waren. Ob die Blutbuße tatsächlich praktiziert wurde, ist umstritten. Eines ist jedoch gewiss: Seit langer Zeit ist ihre Ausübung ausgeschlossen, und sie gehört nicht mehr zur mormonischen Theologie. Dasselbe gilt für die Daniten (Kaptitel 8), eine Gruppe, die heute nicht mehr existiert. Die Worte, mit denen Sidney Rigdon in Kapitel 8 zitiert wird, trafen damals zu, heute jedoch nicht mehr. Die Mehrfachehe wurde von der Kirche am 25. September 1890 offiziell aufgegeben (Kapitel 18 und 55).

Im Verlauf des Romans erscheint Josepe immer wieder ein Engel, was auf eine Geistesstörung zurückzuführen ist. Beinahe alles, was der Engel zu ihm sagt, entstammt der Lehre, den Reden und Predigten der mormonischen Kirche des 19. Jahrhunderts. Wie die Blutbuße und die Daniten spiegelt es die feindselige Umgebung wider, in der diese Leute sich damals befanden. Nichts davon trifft heute zu. Der Engel Moroni bleibt allerdings weiterhin ein Pfeiler der mormonischen Theologie.

Der Zion National Park (Kapitel 3) ist zutreffend geschildert. Die Legende von den zweiundzwanzig verschwundenen Planwagen gehört zur mormonischen Folklore (Kapitel 11), es ist jedoch niemals eine Spur von ihnen aufgetaucht. Der Mormonenkrieg von 1857 hat tatsächlich stattgefunden, und Lincoln hat tatsächlich (wie in Kapitel 9 berichtet) ein Abkommen mit Brigham Young geschlossen. Lincolns Worte sind hier zutreffend zitiert. Beide Seiten haben sich an die Abmachung gehalten. Das gegen die Polygamie gerichtete Morril-Gesetz wurde niemals durchgesetzt, und die Mormonen hielten sich dem Bürgerkrieg fern. Das zur Sicherung dieses Abkommens angeblich gegenseitig ausgetauschte jeweilige Unterpfand war jedoch meine Erfindung.

Die Örtlichkeiten in Kopenhagen, Kalundborg, Salzburg, Iowa, Washington D.C. und Utah sind real. Leser früherer Cotton-Malone-Abenteuer erkennen vielleicht das Café Norden wieder (Kapitel 10), das am Højbro Plads in Kopenhagen liegt. Der reale Sitz des Vizepräsidenten auf dem Gelände des Naval Observatory entspricht der Schilderung (Kapitel 25). Das Hotel Monaco in Salt Lake City (Kapitel 26) und das Mandarin Oriental in der US-Hauptstadt (Kapitel 38) bieten wunderbare Gastlichkeit.

Der Tempel in Washington, D.C. ist ein bekannter Orientierungspunkt in Maryland (Kapitel 50 und 59). Der Tempel von Salt Lake City (in Kapitel 14 beschrieben) ist ein Baudenkmal mit hohem Symbolwert, und dasselbe gilt auch für den ihn umschließenden Temple Square (Kapitel 61). Das in Kapitel 11 zitierte Kirchenlied für Kinder (hier ins Deutsche übertragen, *Anmerk.d.Übers.*) gibt es wirklich, und die Lage der Wohnung des Propheten in Salt Lake City entspricht den realen Gegebenheiten.

Der (in Kapitel 14 erwähnte) Dokumentenstein wurde 1993 im Salt Lake Temple ausgegraben. In seinem Inneren lagen verschiedene Objekte, die Brigham Young 1867 dort hinterlegt hatte. Die Aufzählung in Kapitel 14 gibt alles exakt wieder, nur Youngs Botschaft lag de facto nicht darin.

Der Geschichtsschreibung zufolge hat Joseph Smith die Goldtafeln in einer Steinkiste entdeckt. Am 2. Oktober 1841 legte Smith das Originalmanuskript des Buchs Mormon in den Grundstein des Hotels Nauvoo. Brigham Youngs Vorgehen – das Einschließen von Gegenständen, Dokumenten und Goldmünzen in Stein – wurde zu einem Zeichen der Verehrung (Kapitel 70), das in vielen Tempeln auf der ganzen Welt nachgeahmt wurde. Daher war es naheliegend, das von Lincoln nach Westen geschickte Unterpfand in dem Gedenkstein einzuschließen, den Young dem Washington Monument gestiftet hat (Kapitel 70). Er ist dort noch immer auf dem Treppenabsatz in siebenundsechzig Meter Höhe zu sehen.

Der Mord an Joseph Smith und seinem Bruder am 27. Juni 1844 ist eine historische Tatsache (Kapitel 16). Edwin Rushton hat ebenfalls tatsächlich gelebt und ein Tagebuch verfasst. Die immer wieder zitierte Prophezeiung vom Weißen Pferd (Kapitel 17, 18) gehört zu den Legenden der Mormonen. Keiner weiß, wann die Prophezeiung zum ersten Mal festgehalten wurde, aber die meisten stimmen darin überein, dass es lange nach den Äußerungen Joseph Smiths im Jahr 1843 war. Der Text in Kapitel 17 ist aus Rushtons Tagebuch zitiert und dort in den 1890er Jahren niedergeschrieben worden. Die Prophezeiung selbst ist so zutreffend und detailreich, dass sie zu der Frage provoziert, ob sie im Nachhinein an die Tatsachen angepasst wurde. Wie auch immer, sie wurde zu Beginn des 20. Jahrhunderts von der Kirche verworfen (Kapitel 52). In verschiedenen mormonischen Texten ist sie aber immer noch erwähnt.

Die in Kapitel 51 zitierten Worte Brigham Youngs wurden nachweislich so gesprochen. *Wird die Verfassung zerstört werden? Nein. Dieses Volk hier wird sie unversehrt erhalten, und wie Joseph Smith gesagt hat: »Es wird eine Zeit kommen, da wird das Schicksal der Nation am seidenen Faden hängen. An diesem entscheidenden Punkt wird dieses Volk hier vortreten und sie vor der drohenden Zerstörung bewahren.«* Das Gleiche gilt für die Prophezeiung von John Taylor, die 1879 verkündet wurde (Kapitel 51) und ebenfalls geradezu unheimlich genau ins Schwarze trifft.

Ein Buch Mormon der Originalausgabe von 1830, wie in den Kapiteln 20 und 30 beschrieben, ist selten und wertvoll. Die Ausgabe von 1840 liegt tatsächlich in der Kongressbibliothek vor (Kapitel 41). Lincoln ist der erste (und einzige) Präsident, der sie gelesen hat, und der Zeitraum, in dem er das Buch in Besitz hatte (in Kapitel 41 festgehalten), wurde den Aufzeichnungen der Kongressbibliothek entnommen. Alle angeblich in dieses Buch eingetragenen handschriftlichen Notizen sind Fiktion, aber die in Kapitel 43 zitierten Textstellen sind korrekt. Der Besuch Joseph Smiths bei Präsident Martin Van Buren ist wie geschildert abgelaufen (Kapitel 21).

Salzburg ist eine großartige Stadt. Der Goldene Hirsch nimmt seit Jahrhunderten Gäste auf (Kapitel 27), und oben wacht noch immer die Festung Hohensalzburg (Kapitel 30). Der Petersfriedhof, die Katakomben und die Gertraudenkapelle sind korrekt geschildert, und dasselbe gilt für den die Stadt überragenden Mönchsberg (Kapitel 48). Das Dorotheum (Kapitel 20) ist tatsächlich ein traditionsreiches europäisches Auktionshaus.

Mary Todd Lincoln hat viele schwere Schicksalsschläge

erlitten. Fast alle ihre Kinder und ihr Mann wurden früh von ihr genommen. Der in Kapitel 28 angeführte Brief existiert nicht, aber zahlreiche Formulierungen entstammen ihrer tatsächlichen Korrespondenz. Lincolns Taschenuhr (wie in Kapitel 47 beschrieben) ist im Smithsonian's National Museum of American History zu besichtigen. Die erwähnte Inschrift in ihrem Inneren wurde beim Öffnen der Uhr im Jahr 2009 gefunden. Der zweite Zeitmesser wurde von mir hinzuerfunden. Das Salisbury House in Des Moines, Iowa ist wahrheitsgemäß geschildert – das gilt für das Grundstück wie für die Lage und die Ausstattung (Kapitel 53 und 58). Nur das Cottage im Garten ist imaginär. Ebenso existiert das Blair House in Washington, D.C. auch in Wirklichkeit, und dasselbe gilt für den Salon mit dem Porträt Lincolns (Kapitel 55, 60).

Richard Nixon hat sich im Juli 1970 privat mit der Führung der Mormonenkirche getroffen (Kapitel 31). Eine vorbildlose halbstündige Zusammenkunft hinter verschlossenen Türen. Bis heute kennt niemand den Inhalt dieses Gesprächs, und sämtliche Teilnehmer sind inzwischen verstorben.

Montpelier, sein Gartentempel und der Eiskeller sind der Wirklichkeit entnommen (Kapitel 33, 35, 40, 42). Der Keller selber ist verschlossen, und ich konnte keine Fotos seines Inneren finden. Daher war es nicht schwer, sich dort ein paar römische Ziffern an die Wände zu denken.

Die Goldmine Rhoades' gehört bis heute zum mormonischen Erzählgut. Die Geschichte der Mine, ihrer Entdeckung und Ausbeutung ist in Kapitel 61 entsprechend geschildert. Die Mine ist so von Legenden umwoben, dass sich schwer sagen lässt, ob irgendetwas davon der Wirklichkeit entspricht. Die in Kapitel 18 abgebildete Landkarte ist eine der zahllosen Versionen der »eigentlichen« Karte. Der Bericht über Brigham Young, der das Gold der Mormonen eingeschmolzen hat, um es zur sicheren Aufbewahrung westwärts nach Kalifornien zu transportieren (Kapitel 61), entspricht den Tatsachen. Diese zweiundzwanzig Planwagen sind tatsächlich verschwunden. Für meinen Roman habe ich die Rhoades-Mine mit der Geschichte über das verschollene Mormonengold verschmolzen und bin von der Hypothese ausgegangen, Brigham Young hätte den Schatz einfach konfisziert und ihn unter dem Deckmantel einer Goldmine wieder in die Gemeinschaft zurückfließen lassen (Kapitel 61). Das erschien mir nachvollziehbar, aber es lässt sich nicht in Erfahrung bringen, ob es stimmt. Goldmünzen wie die in Kapitel 61 geschilderte wurden tatsächlich geprägt und sind bis heute erhalten geblieben. Der als *Falta Nada* bezeichnete Ort ist gänzlich von mir erfunden.

Dieses Buch beschäftigt sich mit dem Thema der Sezession, über das die Verfassung sich ausschweigt. Nirgends ist angeführt, wie ein Bundesstaat aus der Union austreten könnte. James Madisons *Notes of Debates in the Federal Convention of 1787* sind der anerkannte Bericht über die Verfassungsgebende Versammlung. Die in Kapitel 46 zitierten Reden entstammen diesen Aufzeichnungen. Der Wortlaut entspricht zu neunzig Prozent diesem Vorbild, und nur die Erläuterungen über eine Austrittsmöglichkeit aus der Union sind von mir hinzugesetzt.

Aber Madisons Notizen sind in der Tat fragwürdig.

Sie wurden erst dreiundfünfzig Jahre nach der Versammlung veröffentlicht, und zwar nachdem alle Teilnehmer verstorben waren. Zudem hat Madison offen Änderungen an dem Bericht eingeräumt (Kapitel 25). Was tatsächlich bei der Verfassungsgebenden Versammlung vorgefallen ist, werden wir nie erfahren. Zu behaupten, der Austritt eines Bundesstaates verstoße gegen die Verfassung oder die Gründerväter hätten eine solche Möglichkeit nie erwogen, wäre falsch. Doch genau das hat der Oberste Gerichtshof der Vereinigten Staaten im Urteil *Texas gegen White* (1869) behauptet. Die in Kapitel 19 zitierten Auszüge der Urteilsbegründung sind ausgezeichnete Beispiele dieser nicht schlüssigen Argumentation. Aber was hätte das Hohe Gericht sonst tun sollen? Entscheiden, dass der komplette Bürgerkrieg vergebene Mühe gewesen war? Dass sechshunderttausend Menschen umsonst gestorben waren?

Wohl kaum.

Der Jurisdiktion blieb buchstäblich keine andere Wahl.

Wir jedoch genießen größere Freiheit.

Die Amerikanische Revolution war eindeutig ein Sezessionskrieg (Kapitel 9). Die Kolonisten hatten nicht das Ziel eines Umsturzes im gesamten British Empire, der zu einem neuen Herrschaftssystem geführt hätte. Sie wollten einfach nur hinaus. In der Unabhängigkeitserklärung ließen sie ihre Abspaltung verlautbaren (Kapitel 26). Warum hätten die Gründerväter in einem langen, blutigen Krieg darum kämpfen sollen, das Joch eines autokratischen Königs abzuschütteln, nur um dann unter ihrer neuen Regierung wieder eine Autokratie zu etablieren?

Die Antwort ist eindeutig.

Das hätten sie niemals getan.

Der Verfassung waren die *Articles of Confederation and*

Perpetual Union vorausgegangen, die von 1781 bis 1789 gültig waren. 1789 wurden sie als Ganzes verworfen und durch die Verfassung der Vereinigten Staaten ersetzt.

Was war nun mit der *perpetual union*, der ewigen Union geschehen?

Noch bezeichnender ist, dass in der neuen Verfassung nichts von »ewiger Dauer« steht. Vielmehr wird in der Präambel erklärt: *Wir, das Volk der Vereinigten Staaten, von der Absicht geleitet, unseren Bund zu vervollkommnen …*

Stellte man sich unter einem *vollkommeneren Bund* vielleicht einen vor, der nicht auf ewige Dauer angelegt war?

Eine interessante Frage

Und wie in Kapitel 26 angemerkt, hatten sich Virginia, Rhode Island und New York bei der Ratifizierung der neuen Verfassung das Recht des Austritts eigens vorbehalten, und keiner der anderen Staaten hatte sich dem entgegengestellt.

Die Frage der Sezession bleibt ein brandheißes Thema, und alle Argumente, die Thaddeus Rowan in Kapitel 26 anführt, sind einleuchtend. Der Auszug aus der von hundertfünfundzwanzigtausend Unterstützern unterschriebenen Petition im Bundesstaat Texas ist ein realer Text. Und die hundertfünfundzwanzigtausend Texaner, die das Dokument 2012 unterzeichnet haben, waren auch real. Alle erwähnten Meinungsumfragen kann man in Presseberichten nachlesen. Die Skizzierung des tatsächlichen juristischen Wegs zum Austritt eines Bundesstaates – wie er durchzusetzen wäre und welche politischen und wirtschaftlichen Auswirkungen er hätte (Kapitel 50) – wurde den maßgeblichen Texten entnommen, die sich mit diesem Thema befassen. Würde ein Bundesstaat den Austritt vollziehen, käme es in der Tat zu einem neuen Gerichtsverfahren, in dem das Urteil *Texas gegen White* überprüft würde, aber diesmal könnte die Entscheidung ganz anders ausfallen, insbesondere da keine so starke und entschlossene Persönlichkeit wie Abraham Lincoln den Ausgang beeinflussen würde.

Lincoln ist in der Tat so von Mythen umrankt, dass die realen Tatsachen verdeckt wurden.

Das Zitat, das diesem Roman vorangestellt ist, bildet ein gutes Beispiel. Hier stellte Lincoln klar:

Jedes Volk der Welt hat, wenn es dazu geneigt ist und die nötige Macht besitzt, das Recht, sich zu erheben, die existierende Regierung abzuschütteln und eine neue, ihm genehmere zu bilden. Dies ist ein äußerst wertvolles und heiliges Recht – ein Recht, das, wie wir hoffen und glauben, die Welt befreien wird. Dieses Recht ist auch nicht nur auf Fälle beschränkt, in denen das ganze Staatsvolk einer existierenden Regierung sich zu seiner Ausübung entschließt. Jeder Teil eines solchen Volkes, der dazu imstande ist, darf sich erheben und sich den Teil des Territoriums, den es selbst bewohnt, zu eigen machen.

Lincoln hielt die Sezession eines Volksteils unbedingt für legal.

Zumindest 1848.

Aber der Mythos, der ihn umgibt, behauptet etwas ganz anderes.

Jedem Schulkind wird erzählt, Lincoln habe mit seiner Emanzipations-Proklamation die Sklaven befreit. Aber nichts könnte weiter von der Wahrheit entfernt sein! Die in

Kapitel 7 gemachten Anmerkungen über dieses Bestreben entsprechen den historischen Tatsachen. Zum Zeitpunkt der Proklamation war die Sklaverei durch die Verfassung gedeckt und gebilligt (Kapitel 7). Kein Präsident besaß die Befugnis, das zu ändern. Nur ein Verfassungszusatz konnte diesen Wandel bewirken. Und so geschah es dann auch schließlich durch den Dreizehnten Verfassungszusatz, der lange nach Lincolns Tod erlassen wurde.

Mythisch verklärt ist auch der Grund, aus dem Lincoln sich zum Kampf im Bürgerkrieg entschieden hat. Angeblich wollte er damit die Sklaverei beenden. Aber Lincoln hat seine Haltung 1862 mit folgenden Worten klargemacht:

Meine Aufgabe besteht darin, die Union zu retten. Dabei ist mir der kürzeste Weg im Rahmen der Verfassung der liebste. Könnte ich die Union retten, ohne einen einzigen Sklaven zu befreien, würde ich es tun. Könnte ich sie retten, indem ich alle Sklaven befreie, würde ich das auch tun. Und könnte ich sie retten, indem ich einige Sklaven befreie und andere nicht, würde ich das ebenfalls tun. Was ich in den Fragen der Sklaverei und der farbigen Rasse unternehme, tue ich nur unter dem Aspekt, inwieweit es hilft, die Union zu retten. Was ich unterlasse, unterlasse ich, weil ich nicht glaube, dass es helfen würde, die Union zu retten.

Auch hier steht seine Absicht fraglos fest.

Und sie ist dem Mythos diametral entgegengesetzt.

Als Präsident überging Lincoln das, was er selbst 1848 gesagt hatte, und führte einen Krieg, um zweifelsfrei klarzumachen, dass der Süden nicht das Recht hatte, die Union zu verlassen. Die in Kapitel 60 erwähnten Friedensgespräche in Hampton Roads im Februar 1865 haben tatsächlich stattgefunden. Lincoln war persönlich anwesend, aber als der Süden auf seiner Unabhängigkeit als Bedingung für einen Frieden bestand, brach er die Gespräche ab.

Für Lincoln war die Union nicht verhandelbar.

John Kennedy hat es am besten gesagt: *»Der größte Feind der Wahrheit ist oft nicht die Lüge – absichtlich ersonnen und unehrlich –, sondern der Mythos – dauerhaft, eingängig und unrealistisch.«*

Die Vorstellung einer unteilbaren, ewigen Union von Bundesstaaten bestand vor 1861 nicht. Einen solchen Unsinn glaubte damals keiner. In jenen Tagen waren die Rechte der Bundesstaaten vorrangig. Die Bundesregierung galt als klein, schwach und unbedeutend. Wenn ein Staat sich dafür entschied, sich der Union anzuschließen, konnte er sich auch dafür entscheiden, sie wieder zu verlassen.

Wie im Prolog erwähnt, ebnete James Buchanan, Lincolns Vorgänger, South Carolina tatsächlich den Weg zur Sezession, indem er die Schuld an einem Austritt *der maßlosen Einmischung der Bürger des Nordens in die Frage der Sklaverei* gab. Buchanan sprach außerdem aus, was viele Angehörige der Nation für richtig hielten: dass man es den Sklavenhalterstaaten überlassen sollte, ihre innerstaatlichen Einrichtungen nach eigenem Gutdünken zu regeln. Außerdem sollten die Staaten des Nordens alle Gesetze zurücknehmen, die die Sklaven zur Flucht ermutigten. Andernfalls, so Buchanan, hätten *die geschädigten Staaten nach Ausschöpfung aller verfassungsmäßig garantierten Mittel, um diesen Missstand auf friedlichem Wege zu beheben, das Recht, sich der Regierung der Union auf revolutionäre Weise zu widersetzen.*

Starke Worte von unserem 15. Präsidenten.

Doch die Dinge änderten sich rasch.

Unser 16. Präsident glaubte an eine *ewige Union.* Eine Union, aus der kein Staat austreten durfte.

Hier ist eine Tatsache, die über den Mythos hinausweist.

Lincoln hat den Bürgerkrieg nicht geführt, um die Union zu *bewahren:*

Er hat ihn geführt, um sie zu *schaffen.*

Danksagung

Danke euch, Gina Centrello, Libby McQuire, Kim Hovey, Cindy Murray, Jennifer Hershey, Debbie Aroff, Carole Lowenstein, Matt Schwartz, Scott Shannon und allen in Buchgestaltung, Marketing und Vertrieb.

Mark Tavani und Simon Lipskar danke ich wieder einmal für großartige Arbeit.

Einige Personen seien noch gesondert erwähnt: Grant Blackwood, ein extrem talentierter Romancier, der ganz zu Beginn beim Entwerfen der Handlung geholfen hat. Meryl Moss und ihr außerordentliches PR-Team (insbesondere Deb Zipf und JeriAnn Geller). Jessica Johns und Esther Garver, die weiterhin für einen glatten Ablauf bei Steve Berry Enterprises sorgen. John Cole von der Library of Congress, der mir einen erhellenden Besuch ermöglicht hat. Und John Busbee in Des Moines, der mir das Salisbury House vorgestellt hat. Ein ganz besonderer Dank gilt Shauna Summers, einer großartigen Lektorin bei Random House, die mir bei allen Fragen zu den Mormonen zur Seite gestanden hat. (Fehler gehen jedoch auf meine Kappe.)

Wie immer gilt meiner Frau Elizabeth der größte Dank von allen.

Ich habe meine Romane schon meinen Eltern, Kindern, Enkeln, einer Tante, meiner ehemaligen Schreibgruppe, meinem Lektor, meinen Buchagenten und Geschäftspartnern gewidmet. Als Elizabeth und ich heirateten, gehörte Augustus Eli Reinhardt IV mit zum Gesamtpaket. Damals war er vier. Inzwischen ist er ein Jugendlicher. Eli vergöttert seine Mutter und seinen Vater. Aber ich würde gerne glauben, dass er auch ein wenig für mich übrighat. Wie Cotton Malone bin ich nicht gerade der knuddeligste Typ der Welt.

Aber das heißt nicht, dass einer wie wir keine Zuneigung empfindet.

Dieses Buch ist also für Eli.